ANNA JESSEN

Die Insel der Wünsche

Stürme des Lebens

GOLDMANN

Buch

Hamburg 1887. Das junge Blumenmädchen Tine Tiedkens lebt in ärmlichsten Verhältnissen. Um ihrer Not zu entfliehen, will sie ihr Glück auf Helgoland suchen. Doch die Überfahrt auf die mondäne Insel wird zum Albtraum, und vor Ort scheint sich alles gegen Tine zu verschwören. Als sie zufällig den jungen Hotelier Henry Heesters wiedertrifft, der in Hamburg Blumen bei ihr gekauft hat, erhält sie eine Stellung in seinem eleganten Hotel. Mit Fleiß und Leidenschaft arbeitet sich Tine vom Serviermädchen zur Hausdame hoch – und verliebt sich in Henry, der ihre Gefühle erwidert. Doch als ihr Glück zum Greifen nah scheint, wendet sich das Schicksal erneut ...

Informationen zu Anna Jessen
sowie zu lieferbaren Titeln der Autorin
finden Sie am Ende des Buches.

Anna Jessen

Die Insel der Wünsche – Stürme des Lebens

Roman

GOLDMANN

MIX
Papier | Fördert
gute Waldnutzung
FSC® C014496

Penguin Random House Verlagsgruppe FSC® N001967

1. Auflage
Taschenbuchausgabe März 2023

Dieses Werk wurde vermittelt durch die Montasser Medienagentur, München.
Gestaltung des Umschlags: UNO Werbeagentur, München,
nach einem Entwurf von www.buerosued.de
Umschlagmotiv: © arcangel / Ildiko Neer / mauritius images /
Novarc Images / Hans P. Szyszka
Redaktion: Christiane Mühlfeld
Karte: © Peter Palm, Berlin
BH • Herstellung: ik
Satz: KCFG – Medienagentur, Neuss
Druck und Einband: GGP Media GmbH, Pößneck
Printed in Germany
ISBN: 978-3-442-49424-8

www.goldmann-verlag.de

»To me, Heligoland has a charm and fascination
which no other place possesses …
It is one of the prettiest little places imaginable.«

Fanny Barkly,
Frau des britischen Gouverneurs 1888–1890

Biolog. Station
Versuchsgarten
Pastorei
Ka
Spielplatz
Sapskuhlen-
weg
Kasinostr.
BAUTEN DER REICHS-MARINE-VERWALTUNG
Windstr.
Norderstr.
Nikolaikirche
Marinestr.
Kasernenstr.
Kirchenstr.
Sonnen-
untergangsweg
Emsn
Landstr.
Eiderstr.
Berlin
Aug
Weserstr.
Mitte
Trafalgarstr
Leuchtturm
von-Aschen-
Sü
Kommandantu
Alter Leuchtturm
Ufer-Schutz-Mauer
Pfanne
Spitz Horn
Blockhorn
Ufer-Schutz-Mauer
Billbeg
Mörmers
Baakhorn
Ufer-Schutz-Mauer
Hoyshorn
Bullbake
Erdbeben-
station
Moderberg
Bullhorn
Ingels Kark
0 50 100 150 Meter
Der Mönch
Sü

N
W
O
S
Jip é Miir
Rote Burg
NORDSTRAND
Lindaustr.
Melkersweg
Aufzug
Falm
Bremer Str.
Mathies-Terrasse
Kaiserstr.
Post
Mellinstr.
Aquarium
J.A. Siemens-Terrasse
Albertstr.
Schifferstr.
Kurhaus
Walhorn
Theater
SÜDSTRAND
Am Strande
enhaus
Badehaus
Landungsbrücke
Mole
ilitärbadeanstalt
Oberland
Unterland
Helgoland
Düne
Südhafen
0 200 400 600 800 1000 Meter
n

1.

Zeit der Träume

Hamburg 1887

Erstes Kapitel

In den frühen Morgenstunden lag oft noch Nebel über dem Heideland nordöstlich des Elbstrands. Zwischen Othmarschen und Blankenese, dort wo die Landschaft rauer wird und sich dichtes Gestrüpp mit sumpfigem Boden abwechselt, gab es reiche Erntegründe für das besondere Grün, das Tine täglich suchte: Moosröschen, wilde Veilchen, Schlüsselblumen, Graukresse, Glockenblumen, Vergissmeinnicht, Zichorien oder auch das ein oder andere wilde Stiefmütterchen. Aus dem, woran die Bewohner dieser Gegend achtlos vorübergingen, zauberte das Mädchen mit flinken und geschickten Fingern kleine Kunstwerke, denen niemand ansah, welche Mühen sie gekostet hatten und welche Not sie zu lindern halfen. Es war der besondere Zauber dieser Kreationen, dass sie so leicht und fröhlich wirkten, als wären sie aus reinem Glück erschaffen, auch wenn dieses Glück oft nur wenige Stunden währte, ehe es wieder verwelkte.

Momente reinen Glücks gab es in Tines Leben nicht viele. Aber wenn sie an einem Frühlingsmorgen durch die wilden Wiesen hinter dem Elbdamm streifte, dann war sie von einer Leichtigkeit erfüllt, die ihr sonst fremd war. Wer immer sie beobachtet hätte, hätte sie Melodien summen gehört, und manchmal hätte er gesehen, wie sie innehielt, um einen besonderen Vogel zu bewundern oder auf das Horn eines der Schiffe zu lauschen, die im Hamburger Hafen oder auf der Elbe einen Gruß oder eine Warnung in die Welt schickten. Die Stunden, in denen Tine Tiedkens allmorgendlich ihre Ernte einbrachte, waren für sie die schönsten des Tages. Selbst bei schlechtem Wetter und sogar wenn es noch früh im Jahr war und die Natur mit ihren Früchten geizte. Es war die Zeit, in der Tine ungestört ihren Träumen nachhängen durfte, in denen sie dem Geschrei und der Bitterkeit ihres Zuhauses entkam und sich zugleich noch nicht durch die dichten Reihen der Passagiere, der Gepäckträger, Hafenarbeiter und Tagediebe drängen musste, die ab den frühen Mittagsstunden auf sie warteten.

Gelegentlich begegnete ihr auf dem Rückweg in die Hansestadt Peer, der in einer reichlich düsteren Unterkunft in Altona wohnte. Genau genommen begegnete ihr Peer in letzter Zeit ziemlich häufig. Dann zog er seine Mütze vom Kopf und rief ihr schon von weitem zu: »Moin, Tine!«

»Moin, Peer«, rief sie zurück und schenkte ihm ein Lächeln. Peer war ein netter Junge. Er schlug sich mit Gelegenheitsarbeiten am Hafen durch, wie so viele andere auch. Wo immer jemand gebraucht wurde, um beim Löschen von Schiffsladungen mit anzupacken, um Botendienste zu verrichten oder um an den schweren Kohlekränen auszuhelfen, war Peer zur Stelle. Es war, als röche er, wo es Arbeit gab.

»Und?«, fragte Tine. »Weißt du schon, was du heute tun wirst?«

»Klar!«, erklärte der Junge und setzte seine Mütze wieder auf. »Was ich immer tue. Ich mache mir die Hände schmutzig. Und dann bekomme ich ein paar Pfennige, die hoffentlich bis morgen reichen.«

Ja, so konnte man es auch sehen, dachte Tine und warf einen verstohlenen Blick auf seine Hände, die rau und derb waren – und ziemlich groß für einen Jungen seines Alters. Wobei niemand genau wusste, wie alt er tatsächlich war. Sogar er selbst hatte nur eine vage Ahnung. Zwölf oder dreizehn, hatte er einmal gesagt. Das war vor zwei Jahren gewesen, als Tine selbst zwölf oder dreizehn gewesen und zum ersten Mal allein hinaus in das Heideland hinter Oevelgönne gewandert war. Damals hatte sie sich auf dem Rückweg verlaufen und war schließlich am Elbstrand gelandet, wo der Junge mit den Füßen im Wasser gesessen und auf den Fluss geblickt hatte.

»Weißt du noch?«, sagte Peer. »Da drüben hab ich dich entdeckt.« Er deutete auf die Wurzel eines großen Baumes, der irgendwann einmal vom Hochwasser umgerissen und dann von den Anwohnern in Stücke gehauen worden war.

»Ja«, murmelte Tine. »Das weiß ich noch gut.« Sie hatte so geweint damals, dass es ihr heute noch peinlich war. Und leise fügte sie hinzu: »Zum Glück hast du mir geholfen.«

»Würde ich glatt wieder tun«, erklärte der Junge und grinste. Seine abstehenden Ohren leuchteten verdächtig rot, aber Tine tat so, als sähe sie es nicht. Peer war schon in Ordnung. Sehr sogar. Manchmal fragte er sie sogar, ob er …

»Soll ich deinen Korb ein Stück tragen?«, fragte er prompt.

»Das wäre sehr nett«, erwiderte sie und reichte ihm den Korb, in dem die Blumen für den ganzen Tag lagen, weswegen er nicht eben leicht war. Auch wenn Peer nur von »einem Stück« sprach, würde er ihr den Korb bis zu den Landungsbrücken tragen, das wusste Tine. Selbst wenn sie ihn von ihm zurückforderte, würde er darauf bestehen. Denn auch wenn er ein Waisenjunge und Hilfsarbeiter war, der nur ein halbes Bett belegte und manchmal auch gar kein Dach über dem Kopf hatte, war er doch ein feiner Kerl. *Wäre Peer nicht als Kind armer Leute zur Welt gekommen*, dachte Tine manchmal, *sondern in eine Familie in Blankenese oder Harvestehude hineingeboren worden, dann wäre sicher ein echter Gentleman aus ihm geworden.*

Doch das verschwieg sie ihm. Es wäre ihm sicher peinlich gewesen und ihr auch.

Nicht nur Peers Händen war die harte Arbeit anzusehen. Tine versteckte ihre Finger unter dem Tuch, das sie sich über die Schulter geworfen hatte. Rot und rissig war die Haut, stumpf und zerkratzt ihre Nägel. Das stundenlange Wühlen im Gestrüpp, die klamme Feuchtigkeit der Büsche und Gräser und natürlich die Dornen, an denen sie sich täglich blutig stach, bewirkten, dass ihre Hände schon jetzt aussahen wie die ihrer Mutter. Der Gedanke setzte ihr zu, und so marschierte sie ein gutes Stück des Weges schweigsam neben Peer her, der ebenfalls still geworden war. Denn auch wenn er stets fröhlich auf sie zukam und nette Worte zu sagen wusste, wurde er schon bald einsilbig, fast so, als hätte er sich die Sätze vorher zurechtgelegt und nun fiele ihm kein neuer mehr ein.

So wanderten die beiden durch Altona an der Elbe entlang bis zum Hafen, der sie schließlich mit seinen gewaltigen Schiffen, den Kränen, Kais, Docks und Hallen wie ein kaltes graues Tier umfasste und verschlang.

»Tja, ich muss dann mal«, sagte Peer und reichte Tine den Korb, als sie an einem der Anleger der großen Passagierdampfer angelangt waren.

Tine nickte. »Danke, Peer.«

»Gerne. Bis bald!«

»Ja. Bis bald!«

Wenige Augenblicke später war der Junge zwischen den Matrosen und Hafenarbeitern, den Lieferanten und Händlern, den Bettlern und Tagelöhnern, die sich zu jeder Zeit des Tages am Hafen herumtrieben, verschwunden. Tine indes suchte sich einen Platz nahe den Droschken, die bereits auf die Reisenden warteten. Alle wollten in die Stadt gebracht werden. Mit etwas Glück begleitet von einem von Tines kleinen Blumensträußen.

***

In den letzten Jahren hatte sich Hamburgs Hafen zu einem Giganten entwickelt. Gebirge aus Stahl und Stein türmten sich an den Elbufern, unablässig legten Schiffskolosse aus aller Welt an, luden ihre Fracht ab, nahmen neue an Bord und schoben ihre massigen Körper wieder hinaus, vorbei an all den anderen Frachtern und Kuttern, an den Lotsenbooten und Dampfern, aber auch an den Fregatten und Torpedobooten, an den Schlachtschiffen und den Kreuzern. Denn nicht nur die Handelsmarine war spätestens mit der Gründung des Kaiserreichs unglaublich gewachsen, auch die Kriegsflotte wurde mit aller Macht ausgebaut. Immer größere, immer schnellere Schiffe liefen vom Stapel, immer mächtigere Geschütze thronten auf ihren Decks. Ihr Anblick war ebenso erhebend wie erschreckend. Wenn sich einer der großen Frachter, mehr aber noch, wenn sich eines der neuen Kriegsschiffe an den Landungsbrücken vorbeischob, verspürte Tine manchmal ein Schaudern. Denn nichts anderes als den Tod führten diese gewaltigen Maschinen mit sich. Und ihre Aufgabe war Vernichtung und Zerstörung – irgendwo würden sie irgendwann ihr Werk verrichten, so viel wusste sie.

Manchmal standen die Matrosen an Deck und entboten den militärischen Gruß. Junge Männer, die mehr Leben in sich trugen, als ihnen ihr Schicksal womöglich zubilligen würde. Ob der Stolz in ihrem Blick nur ihre Angst verdecken sollte? Tine wusste es nicht. Sie hoffte nur, dass alle die Kadetten und

Matrosen, die Offiziere und die Heizer, dass all diese Männer glücklich wiederkehren würden.

Kehr wieder, dachte sie dann und blickte hinüber zur Spitze der neuen Speicherstadt, die jenen Namen trug: *Kehrwieder.*

Wie viele Männer mochten so gedacht haben und dann doch draußen geblieben sein auf See?

Noch war nur ein kleines Passagierschiff aus Amsterdam eingelaufen, früher als erwartet. Für Tine war hier kein Geschäft zu machen. Die Holländer waren stets nur geschäftlich in Hamburg, es gab kaum Frauen an Bord, nur manchmal hatte ein Kaufmann seine Familie dabei. Aber dann waren es allenfalls die Mädchen in ihren hübschen Kleidern, die den Vater am Gehrock zupften und darum baten, ihnen ein paar Veilchen zu kaufen oder ein Sträußchen Schlüsselblumen für den Sonnenhut.

Gegen Mittag würde ein großer Dampfer aus London einlaufen, spätestens dann musste Tine sich alle Mühe geben! Bis dahin konnte sie noch die Blumen binden, die sie nicht bereits draußen vor der Stadt zu hübschen Bouquets zusammengefügt hatte.

»Na, Mädchen«, sprach sie ein Fischer an, der gerade mit seinem Karren vorbeikam, auf dem er die leeren Kisten vom Markt zu seinem Kutter zurücktransportierte. »Magste nicht mal einem alten Seebären deine Knospen zeigen?« Und er entblößte grinsend seine Zahnlücken.

»Möchten Sie vielleicht Ihrer Frau ein paar hübsche Vergissmeinnicht mitbringen?«, fragte Tine geistesgegenwärtig zurück. Sie wusste, dass es klüger war, sich nicht auf die Sprüche der Seemänner einzulassen. Sie waren so ausgehungert nach Zuneigung und so verhärtet von ihrer täglichen Arbeit, dass ihnen jegliches Gefühl für den richtigen Ton abhandengekommen war. Der Fischer lachte nur, hustete, spuckte aus und zog mit seinem Wagen weiter. »Haste recht«, hörte ihn Tine noch murmeln, dann war er schon wieder im dichten Treiben verschwunden, und sie konzentrierte sich erneut auf ihre Arbeit. Die kleinen Blümchen verschnürte sie mit Flachs, den sie alle paar Tage zusammen mit ihrer jüngeren Schwester Fritzi zu Hause vorbereitete. Was nicht einfach war, weil es zu Hause so gut wie keinen Platz für sie gab außer einem Bett, und selbst das mussten sich die beiden Schwestern teilen. Immerhin besaßen sie wenigstens eines, wenn man den Heusack, auf dem sie schliefen, überhaupt so bezeichnen wollte. Es war Tines Aufgabe, die vier Säcke, die ihre Familie als Nachtlager benutzte, immer wieder mit frischem Heu zu füllen. Natürlich hatte sie schon davon gehört, dass in den vornehmen Häusern, an denen sie oft vorbeilief, jeder Bewohner ein eigenes Federbett sein Eigen nannte und auf aufwendig gepolsterten Kissen schlief, die man als Matratze bezeichnete. Gesehen hatte sie dergleichen noch nie und konnte es sich auch nicht wirklich vorstellen. Manchmal träumte Tine davon, in einem dieser feinen Häuser zu leben, wo es viel mehr als nur einen oder zwei Räume für eine große Familie gab.

Die Buschwindröschen wand Tine nun zu zarten Kränzen. Das war riskant. Wenn Mädchen an Bord waren, mochte sie einen oder zwei davon verkaufen. Wenn nicht, würde sie keine Sträußchen mehr daraus machen können, und die Ware wäre verloren. Aber zur Not würde sie Fritzi eines der Kränzchen mitbringen. Sie war gerade fertig mit ihrer Arbeit, als sie das Nebelhorn des großen Linienschiffs aus London hörte. Der Klang war ihr wohlbekannt, und er ließ ihr Herz schneller schlagen. Passagiere aus London galten zwar als knickrig, aber nie um Geld verlegen. Wer kaufen wollte, kaufte.

Der Bug des weißen Schiffs kam näher. Schon waren die Hafenarbeiter aufgesprungen, um die Taue aufzufangen und zu befestigen, die ihnen die Matrosen herabwarfen. Andere zerrten den Steg an die Kante der Kais, um ihn hinüberzuschieben, sobald das Schiff auf Position war. Ein Dutzend schwere Pontons wurden herabgelassen, um Schiff und Mauer zu schützen. Kommandorufe flogen durch die Luft, knappe Befehle, denen präzise Handgriffe folgten. Jeder wusste genau, was zu tun war. Niemand, der es wagte, auch nur eine Sekunde ungeschickt zu sein. Zu groß die Gefahr, den gewaltigen Dampfer zu beschädigen oder sich gar selbst zu verletzen. Als Tine sah, wie einer der Hafenarbeiter ausrutschte und der Kante des Anlegers gefährlich nahe kam, unterdrückte sie einen Aufschrei. So musste es damals ihrem Vater ergangen sein, als er sein Bein verlor. Sie konnte sich nicht wirklich daran erinnern, obwohl sie angeblich selbst dabei gewesen war. Doch sie entsann sich zu gut der Zeit, die daraufhin folgte: ein einziges Bangen und Hoffen. Würde ihr Vater überleben? Es waren die Tage gewesen, in denen sich ihre Mutter für immer verändert hatte. Sie war alt geworden, das Haar weiß, und sie hatte ihr Lachen verloren. Von einem Tag auf den anderen hatte sich Mutter in einen anderen Menschen verwandelt. Daran hatte sich auch nichts geändert, als ihr Vater endlich außer Lebensgefahr war. Vielleicht wenn sein Bein gerettet worden wäre … Aber von dem Bein war nicht mehr viel übrig geblieben. Tausende Tonnen Stahl hatten es an der Kaimauer zermalmt – und mit ihm die Zuversicht im Leben der ganzen Familie.

»Oh, look! How lovely!«, rief nun eine Frau in kirschblütenfarbenem Kleid. Ein Herr in Frack und Zylinder warf einen flüchtigen Blick auf Tines Korb und griff dann in seine Westentasche. Tine war schon im Begriff »Das macht zwei Pfennige!« zu rufen, als sie sah, dass die Frau nach einem Sträußchen Vergissmeinnicht griff, doch noch ehe sie einen Ton sagen konnte, fiel eine Münze in ihre Schürze. Tine wusste, dass es die typische Geste eines Kaufmanns war, der nicht die Absicht hatte, nach dem Preis zu fragen oder gar darüber zu feilschen. Sie hatte nur die Wahl, ihm die Ware zu geben, und zwar zu dem von ihm gezahlten Betrag. Und da Tine auf keinen Pfennig verzichten konnte, war sie wohl oder übel mit jeder Summe einverstanden.

Als das feine Paar sich entfernte, griff sie nach der Münze und stellte fest, dass es ein englischer Penny war. Eigentlich wertlos im Deutschen Reich, weil Beträge unter einem Schilling nirgendwo getauscht wurden. Dennoch galten sie unter den Lastenträgern, Laufburschen und Dienstboten rund um den Hafen als gültige Währung. Man behandelte sie wie einen deutschen Pfennig, ohne dass irgendwer zu sagen vermocht hätte, ob der Penny nun mehr wert war oder weniger.

Hastig steckte Tine die Münze in ihren Beutel und fixierte die Passagiere, die nun von Bord strömten. Sie hatte sich einen Platz nahe dem Vorderschiff gesucht, wo der Hauptsteg angelegt wurde: Hier verließen die Fahrgäste der ersten Klasse das Schiff, die restlichen Passagiere nahmen einen schmalen, wackeligen Steg am Heck. »Sir!«, rief Tine. »Flowers for the Lady!« Fünf Worte auf Englisch, die sie beherrschte. Es waren die fünf entscheidenden Worte. Die Herren musterten die junge Verkäuferin, die Damen musterten die Blumen, die sie in ihrem Korb präsentierte. Manchmal waren die Blicke der Männer kaum erträglich, manchmal waren sie aber auch schmeichelhaft.

An diesem Tag schienen wenige Reisende Sinn für die schönen Dinge des Lebens zu haben. Die meisten hasteten an Tine vorbei, ohne sie auch nur zur Kenntnis zu nehmen. Dazu trug sicherlich bei, dass es angefangen hatte zu regnen, gerade als die Stege befestigt worden waren. Tine seufzte. Bei schlechtem Wetter verkaufte sie viel weniger als bei gutem. Wenn sie Pech hatte und es den Rest des Tages goss, blieb ihr nur, die Blumen in der großen Halle anzubieten. Aber ohne Erlaubnis durfte sie ihre Waren dort eigentlich nicht präsentieren. Eine Erlaubnis aber kostete mehr, als sie an einem guten Tag einnahm! Das wussten natürlich auch die Beamten von der Hafenaufsicht. Einmal, ein einziges Mal hatte einer von ihnen Tine zu sich in die Amtsstube gerufen. Dass sie ihm damals die von ihm geforderten »Gefälligkeiten« verweigerte, hatte dazu geführt, dass sie mehrere Wochen lang nicht mehr am Hafen verkaufen konnte, weil die Aufsicht ihr mit der Gendarmerie drohte. Noch immer hielt Tine wachsam Ausschau nach jenem Hafeninspekteur namens Wacker. Entdeckte sie ihn irgendwo, eilte sie sich, ihren Korb zu packen und wegzukommen, ehe er auf sie aufmerksam wurde.

Die Engländer hatten sich unter ihre Schirme geflüchtet, die man so nur von den Schiffen von der Insel kannte. Dort hieß es ja, sollte das Wetter ständig schlecht sein. Tine fragte sich, wie ihre Kolleginnen in den Hafenstädten des Königreichs das wohl machten. Aber vielleicht war es dort ja einfacher, auch bei schlechtem Wetter Blumen zu verkaufen, weil alle den ständigen Regen gewöhnt waren. Tine jedenfalls packte ihren Korb, ehe alles unter Wasser stand, und eilte hinüber zu den Hallen. Kurz überlegte sie, ob sie weiterwandern sollte Richtung Alster. Auch am Jungfernstieg könnte sie ihre Blumen anbieten. Doch bei Regen würde es dort auch nicht besser sein. Und bis zum Abend würden ihre Blumen nicht halten, sodass sie sie in Gasthäusern hätte verkaufen können.

***

Bevor Tine Stunden später ihre Sachen packte, hatte sie dreimal ihren Standort gewechselt. Ein ums andere Mal war sie verjagt worden. Die Hälfte der Blumen war inzwischen verwelkt. Niedergeschmettert tastete sie den Inhalt des Beutels ab, der viel zu leicht war. Sie sah das kummervolle Gesicht ihrer Mutter schon vor sich, lange bevor sie zu Hause war. Vielleicht hätte sie doch zum Berliner Bahnhof gehen sollen. Gerade bei schlechtem Wetter war es dort in der Ankunftshalle besser auszuhalten – trotz des Qualms der Lokomotiven und der Gendarmen, die streng kontrollierten. Einmal sogar hatte sie einem von ihnen ihren Korb aushändigen müssen, ohne ihn jemals wiederzubekommen, weswegen ihr Vater ihr eine schreckliche Tracht Prügel verabreicht hatte.

»Nun, Tine, sind noch ein paar Hyazinthen zum halben Preis übrig?«, hörte sie eine Stimme neben sich. Als sie aufsah, glitt ein Lächeln über ihr erschöpftes Gesicht. »Herr Reiner! Aber ja, ich gebe Ihnen zwei Sträußchen zum Preis von einem.«

Reiner war Zollinspekteur, ein freundlicher Mann mit mächtigem Schnauzbart, der Tine an den Reichskanzler erinnerte. Nur dass man den Kanzler nie lachen gesehen hatte – jedenfalls konnte Tine sich nur an Bilder erinnern, die Fürst Bismarck ernst und würdevoll zeigten. Herr Reiner dagegen war ein fröhlicher und sanftmütiger Mann, der seinen Uniformrock ablegte, wenn er nach Hause ging, und dann vor allem gerne Privatier war. Tine mochte ihn. Nicht zuletzt, weil er seiner jungen Frau jede Woche mindestens einmal Blumen mit nach Hause brachte. Das machte ihn nicht nur zu einem ihrer treuesten Kunden, es zeigte auch, wie sehr er seiner Gemahlin zugetan war. »Nun gut«, erklärte der Mann und griff nach seiner Börse. »Das macht dann wohl drei Pfennige?« Er zählte das Geld in Tines Hand und zwinkerte ihr zu. Sie wussten beide, dass er für ein Sträußchen nur zwei Pfennige hätte bezahlen müssen.

»Danke, Herr Reiner. Ich wünsche Ihnen und Ihrer Gattin einen schönen Abend.«

»Danke dir, Tine. Und einen schönen Tag des Herrn!«

Tine nickte und dachte daran, dass viele am morgigen Sonntag nicht arbeiten mussten. »Ja«, sagte sie deshalb. »Den natürlich auch.«

Der kleine Mann mit dem mächtigen Bart nickte ihr freundlich zu, nahm sich zwei Sträußchen aus Tines Korb und ging dann ein fröhliches Lied summend seiner Wege.

Tines Heimweg war nicht weit, aber in den Abendstunden ziemlich unangenehm. Ihre Familie lebte im Gängeviertel, dem Teil, der nicht dem Bau der neuen Speicherstadt zum Opfer gefallen war. Seit man die Gebäude auf der Elbinsel abgerissen hatte, war es in den Straßen Richtung St. Johannis noch enger geworden. Noch ehe Tine ihr Viertel erblickte, konnte sie es schon riechen. Wenn der Wind von Osten kam, drang ein elender Gestank von dort zum Elbufer herüber. Die Häuser im Gängeviertel standen so eng und waren derart ineinander verschachtelt, dass niemand, der nicht von dort stammte, sich zurechtfand. In den schmalen Gassen rann eine dreckige Brühe zu den nächstgelegenen Fleeten hin, Ratten tummelten sich nur deshalb nicht vor den Türen, weil sie fürchteten, von den Bewohnern als Sonntagsbraten verspeist zu werden. Aber im Verborgenen existierten sie in großer Zahl und machten sich gegenseitig das Futter streitig. Unter Türstürzen gingen Huren ihrer Arbeit nach, beobachtet von den Kindern der Nachbarschaft. Wer sich zu lange auf der Straße aufhielt, wurde unweigerlich von Strauchdieben verfolgt und um seine wenigen Pfennige gebracht. Elende Spelunken spuckten allmorgendlich Säufer auf die Gassen, die den Weg nach draußen nicht mehr von selbst gefunden hatten. Wasserträger zwängten sich zwischen den eng stehenden Häusern hindurch, um jene zu beliefern, die nicht die Kraft oder den Mut fanden, ihr Wasser aus einem der verseuchten Fleete zu schöpfen.

Tines Familie lebte über einem Barbierladen, in den sich niemand verlief, um sich den Bart scheren oder die Haare schneiden zu lassen. Für solchen Luxus gab es in dieser Gegend kein Geld. Aber Meister Herzfeld, so der Name des Barbiers, hatte genug zu tun, faule Zähne zu ziehen, Arme und Kiefer einzurenken, offene Wunden zu versorgen oder auch hie und da ein Bein abzutrennen, ehe der Wundbrand den ganzen Menschen auffraß.

So hatte es Meister Herzfeld auch mit Tines Vater gemacht, der seither mehr schlecht als recht am Leben war – wenn man das überhaupt Leben nennen konnte, was ihm geblieben war.

»Vater!«, rief Tine, als sie endlich im dunklen Treppenhaus hinter dem Barbierladen angekommen war. Wilhelm Tiedkens stand am Fuße der Stufen und wankte. Ein unverwechselbarer Geruch ging von ihm aus, den Tine ebenso hasste wie den des ganzen Viertels: den nach Schnaps und Urin. Die Hand, mit der er einen groben Holzstock umklammert hielt, zitterte, sein Unterkiefer bebte, sein Blick flackerte, als er Tine erkannte. Das Mädchen stellte erschrocken fest, dass sein Gesicht nass von Tränen war. »Mein Bein«, lallte er und senkte seinen Blick dorthin, wo es früher gewesen war. »Ich … ich schaffe es nicht.«

»Komm, Vater«, sagte Tine seufzend. »Ich helfe dir.« Sie stellte den Korb beiseite und schickte ein leises Stoßgebet gen

Himmel, dass er nachher noch da sein würde. Sie hakte den betrunkenen Mann unter, legte seinen rechten Arm über ihre Schulter, hielt die Luft an, weil sie seine Ausdünstungen kaum aushielt. Stufe um Stufe kletterte sie mit ihm hinauf ins dritte Stockwerk, wo die Familie ihre zwei kleinen Kammern hatte. »Bist ein gutes Mädchen«, knurrte Wilhelm Tiedkens unter Schmerzen. Tine antwortete nicht. Sie wusste, dass solche Worte nur dem Augenblick geschuldet waren. Später würde er trotzdem nicht zögern, die Hand gegen sie zu erheben und ihr für eine Nichtigkeit ein paar heftige Ohrfeigen zu verpassen. Vor allem dann nicht, wenn er noch weitertrank. Unauffällig fühlte sie, ob in seiner Manteltasche wohl noch eine Flasche verborgen war, und atmete auf, als sie nichts dergleichen entdeckte.

Oben angekommen lehnte sich der Vater gegen die Wand und schloss die Augen. *Mein Gott,* dachte Tine, *er sieht so alt aus.* Wie alt er wirklich war, wusste sie nicht. Einmal hatte die Mutter erzählt, dass sie siebzehn gewesen war, als sie ihn geheiratet hatte, und er zwanzig. Demnach wäre er nun Mitte dreißig. Ungefähr. Seit er im vorletzten Winter das Bein verloren hatte, war er ganz grau geworden. Nur die Spitzen seines Bartes zeigten noch ein wenig von dem dunklen Blond, das er früher auf dem Kopf getragen hatte. Unter seinen Augen lagen tiefe Schatten. *Wie tot*, dachte Tine. *Er sieht aus wie ein Toter.* Sie hatte schon viele Tote gesehen. Manchmal lagen sie einfach draußen in der Gasse, wenn sie ihren frühmorgendlichen Weg zu den Blumenwiesen und Rieselfeldern antrat. Manchmal besuchte man sie auch in einer der Nachbarwohnungen, um Beileid zu bekunden und sich zu verabschieden. Dort lagen sie dann auf dem einzigen Tisch, den es in einer solchen Behausung gab, oder – wo kein Tisch war – auf einem Nachtlager, aus dem sie nicht mehr aufgestanden waren.

»Geh rein«, murmelte Wilhelm Tiedkens. »Ich komme gleich.«

»Gut«, erwiderte Tine und duckte sich durch die niedrige Tür hindurch in die Wohnung. Sie würde ihn nachher holen. Vermutlich würde er sich auf den Boden gleiten lassen und nach einer kleinen Weile einschlafen. Falls Gerda oder Jolante da waren, ihre beiden größeren Schwestern, konnten sie ihr später helfen, ihn hereinzuzerren und auf seinen Strohsack zu legen.

»Tine!« Die Erleichterung über die Heimkehr ihrer Tochter war der Mutter anzuhören, wobei es ihr nicht darum ging, dass das Mädchen einen weiteren Tag in einer feindseligen Welt unbeschadet überstanden hatte. »Wie viel hast du eingenommen?«

»Zweiundzwanzig Pfennige, Mutter«, sagte Tine leise.

»Zweiundzwanzig Pfennige? Bist du verrückt? Wie sollen wir damit auskommen?« Die Mutter nahm ihr Jüngstes von der Brust und legte es neben sich auf den Boden. Der Junge fing sofort an zu greinen, ohne dass sich jemand darum gekümmert hätte.

»Es tut mir leid. Heute war das Wetter schlecht.«

»Dann musst du dir eben mehr Mühe geben!« Sie knöpfte ihre Bluse über den schlaffen Brüsten zu und schlug sich die Hände vors Gesicht. »Wie soll ich das nur deinem Vater erklären?«

»Was erklären?«, knurrte Wilhelm Tiedkens, der es allein geschafft hatte, in die Wohnung zu kommen. Sein Blick war eisig. »Was habt ihr schon wieder getan, um uns zu ruinieren, hä?«

»Nichts, Vater«, sagte Tine leise, die vor allem eines nicht wollte: dass er die Mutter schlug, wie so oft in letzter Zeit.

»Nichts. So.« Er ließ sich ächzend auf einen der zwei Stühle nieder, die die Familie besaß. Inzwischen hatte auch der andere Säugling zu schreien begonnen. In einer der Kammern nebenan wurde gestritten, im Hinterhof quiekte eine Sau, vielleicht weil sie abgestochen wurde. Die Schmiede gegenüber beteiligte sich an dem Lärm, der die Wohnung der Familie umgab, mit unablässigem Gehämmer. Wer Ruhe suchte, musste die Gassen des Gängeviertels verlassen, hier gab es nur Lärm und Geschrei. »Gib mir deinen Beutel«, herrschte Wilhelm Tiedkens seine Tochter an. Tine schluckte und reichte ihm die mageren Einnahmen des Tages. »Das ist alles?«, fluchte er, während er den Inhalt auf den Tisch kippte, auf dem der Topf und die paar Blechteller standen, die der Familie gehörten. »Was hast du mit dem Rest gemacht?«

»Es gibt keinen Rest, Vater. Das ist wirklich alles.«

Die Ohrfeige kam so schnell, dass Tine zuerst den Knall hörte und dann den Schmerz fühlte. So betrunken ihr Vater war, so blitzartig und genau konnte er zuschlagen. Manchmal dachte Tine, dass ihm das Zuschlagen geradezu neue Energie verlieh. Je mehr er schlug, umso mehr Kraft sammelte er, umso mehr tobte er, vor allem aber: umso besser schien es ihm zu gehen! Es war, als würde das Leid, das er verteilte, sein eigenes Leid vermindern! Rasch duckte sie sich und wich zurück, sodass die nächste Ohrfeige nur die Luft traf. »Wilhelm!«, rief die Mutter. »Sie …« Der Rest des Satzes blieb ihr in der Kehle stecken, als der Gehstock sie mitten auf den Brustkorb traf. Stöhnend kippte sie nach hinten und hielt sich die Brust. Der Vater hatte den Stock schon erhoben, doch dann hielt er inne, weil auch er sogar im Zustand völliger Betrunkenheit wusste, dass sie die Milch brauchten, die seine Frau gab. Wenn er ihre Brüste verletzte, würden nicht nur die beiden Kleinen nichts mehr zu essen haben, auch die paar Pfennige, die seine Frau als Amme verdiente, wären verloren. »Pack!«, ächzte er und richtete sich auf, um hinüberzuwanken zu dem Lager, auf dem er mit seiner Frau und den beiden Säuglingen schlief. Dann fiel er darauf nieder und weinte sich in den Schlaf.

* * *

An manchen Tagen mussten sie hungrig schlafen gehen. Doch mitunter hatte die Mutter auch in einer der Backstuben, für die sie die Wäsche machte, einen halben Laib vom Vortag ergattert, als Dreingabe für einen zusätzlichen Korb weißer Linnen oder für das Ausbessern einzelner Tücher. Tine beneidete die Bäcker, sie waren für sie wie Könige, gingen sie doch tagtäglich mit vollem Bauch zu Bett.

Seit Vater nur noch selten arbeitete und dann nur die niedrigsten Hilfsarbeiten bekam, die er im Sitzen verrichten konnte – Netze flicken oder Taue, Körbe ausbessern –, war Mutter diejenige, die die Familie hauptsächlich ernähren musste. Oft wurde sie von den Nachbarinnen angefeindet, weil die Arbeit als Wäscherin zwar schwer war, aber zumindest regelmäßig und ordentlich bezahlt. Zweimal schon hatte ihr eine Neiderin den Korb mit der sauberen Wäsche aus der Hand geschlagen, sodass all die mühsam gewaschenen Stücke in der Gosse lagen, mit Kot und Unrat besudelt. Dass die Mutter überdies auch noch als Amme ein paar zusätzliche Pfennige verdiente, machte es nicht einfacher: Immerhin wussten alle um die Not, in der Tines Familie trotzdem lebte. So wie die meisten Familien im Gängeviertel. Gewiss, es gab auch hier so etwas wie Reichtum. Doch der war denjenigen vorbehalten, die sich auf ihre ganz eigene Art zu arrangieren wussten: den Königen der Bettler, den Anführern der Diebesbanden und den Hurentreibern, die genügend Mädchen für sich arbeiten ließen. Sie hatten es zu einem finsteren Ansehen und zu genügend Geld gebracht, um auch in dieser Gegend wie die Fürsten zu residieren. Doch wo genau und wie sie lebten, das wusste niemand wirklich. Umso schillernder die Gerüchte und umso fabelhafter die Erzählungen von ihren Helden- und Gräueltaten. Vor allem von Letzteren.

Tine hörte vieles davon in der Barbierstube von Meister Herzfeld, wo sie allabendlich nach dem Essen vorbeisah, um ihre Messer zu schleifen. Sie hatten eine Vereinbarung, wonach das Mädchen die nötigen Klingen für das Sammeln von Blumen und Zweigen aus Meister Herzfelds Beständen erhielt, ihm dafür aber jeden Abend das gesamte Sortiment an Messern und Scheren schliff. Eine Arbeit, die zwar schwer war, Tine aber dennoch gefiel, weil Meister Herzfeld ein unterhaltsamer Mann war. Ihm gehörte das Haus, er kannte alle Bewohner und war ein aufmerksamer Beobachter des Viertels und speziell seiner Mieter. »Siehst dünn aus, Mädchen«, sagte er, als Tine sich hinter den Holzklotz gesetzt hatte, der auch ihr als Arbeitsplatz diente. »Solltest mehr essen.«

Tine nickte nur, was sollte sie auch erwidern.

»Hier«, sagte er und stellte großmütig einen Teller vor sie hin, auf dem, wie Tine zuerst dachte, eine Wurst lag. Im nächsten Moment aber stürzte das Mädchen ins Freie und erbrach sich in die Gosse. Von drinnen hörte sie den Barbier laut lachen. »Tut mir leid«, kicherte er, als sie wieder zurückkam, blass und mit flachem Atem. »Den Spaß musste ich mir gönnen.« Er nahm den Teller wieder weg, auf dem ein abgeschnittener Finger lag, dessen oberstes Glied schwarz grünlich schillerte. »Komm, ich geb dir einen Schnaps.«

Aber Tine schüttelte den Kopf und senkte den Blick stumm

über ihre Arbeit, indem sie die Messer vor sich ausbreitete, den Wetzstein mit etwas Wasser aus einem Eimer befeuchtete und begann, die Klingen über den Stein zu ziehen.

»Dann nicht«, murmelte der Barbier, griff dennoch zu einer Flasche Branntwein, die er auch nutzte, um seine Patienten zu betäuben oder Wunden zu versorgen, nahm einen Schluck daraus, stopfte den Korken wieder darauf und stellte sie zurück. »Bist noch'n büschen empfindlich, Deern.« Er blickte sie nachdenklich an. »Am Ende auch noch Jungfrau, hm?«

Erschrocken sah sie auf. Das Messer in ihrer Hand zitterte leicht. Der Barbier lachte. »Keine Sorge. Meinetwegen musst du's nicht ändern.« Er wandte sich ab und begann, seine Stube aufzuräumen. »Aber wenn du erst einmal Besuch von der roten Tante hast, dann werden sie schon zusehen, dass sie dich unter die Haube bringen«, sagte er leise und ohne zu Tine hinzublicken. »So hübsch wirst du nicht lange bleiben. Und eine gute Partie bist du ja beileibe nicht.« Meister Herzfelds Frau war im Kindbett gestorben, das Mädchen, das sie zur Welt gebracht hatte, wenig später. Tine fragte sich, ob der Barbier wohl Pläne hatte, sich wieder zu verheiraten. Wenn er gewusst hätte, dass sie schon seit letztem Jahr blutete, ob er dann wohl genauso gesprochen hätte? Tine hatte es bisher verheimlichen können. Niemand brauchte es wissen. Denn dass die Mädchen in eine Ehe gegeben wurden, in irgendeine, egal mit wem, egal wohin, das war nichts Neues, auch nicht für Tine. Das lernte man schnell, wenn man im Gängeviertel aufwuchs. Doch Tine wollte nicht irgendwem zur Frau gegeben werden, nur damit sie der Familie nicht länger zur Last fiel. Wenn sie heiratete, dann wollte sie einen Mann, der etwas konnte, der jemand war, der sich nicht um sein tägliches Brot Sorgen machen musste. Erschrocken stellte sie fest, dass sie sich in ihrem Kopf jemanden wie Meister Herzfeld zurecht geformt hatte. *Aber jünger soll er sein,* dachte sie. *Und nicht solch widerliche Scherze machen.*

Mit jeder dieser Bedingungen sank natürlich die Chance, dass sie genau so jemanden zum Mann bekommen würde. Wer würde sie schon nehmen, ein armes Mädchen aus einer armen Familie, das nichts konnte und niemand war. Nicht einmal eine Mitgift würde sie haben, nicht die geringste! Trude aus dem Nebenhaus hatte letzten Monat geheiratet. Die hatte wenigstens Wäsche mit in die Ehe bekommen. Oder Frieda, die über ihnen gewohnt hatte und nun ausgezogen war. Ein neues Kleid und zwei Paar Schuhe hatte sie bekommen, außerdem eine Kinderwiege, die ihr Vater seit Weihnachten an den Abenden gebaut hatte.

Vermutlich würde Tine überhaupt nie einen Mann bekommen. Aber das machte ihr nichts, denn so würde es zumindest nicht der falsche sein. Alles, was sie bisher von der Ehe kannte, war mehr als abschreckend. Die Männer schlugen ihre Frauen, die Frauen brachten ein Kind nach dem anderen zur Welt, bis sie irgendwann im Kindbett blieben und eine neue Mutter in die Familie kam – oder auch nicht. Die Ehefrauen mussten alle Arbeit tun: Kochen und Putzen und Waschen und die Kinder aufziehen, sie mussten ihren Männern zu Willen sein und ihre Launen aushalten, und arbeiten sollten sie gefälligst obendrein, weil die Hungerlöhne der Väter ja nicht ausreichten für die großen Familien. Das Gleiche galt für die Kinder. Die mussten auch arbeiten. Tine merkte es erst gar nicht, dass sie weinte, bis sie sich die Nase wischte und sich dabei mit dem Messer, das sie in der Hand hielt, in die Stirn ritzte.

»Du gehörst ins Bett«, erklärte der Barbier, der ihr schon eine Weile zugesehen hatte. »Du bist müde.«

»Nur noch die drei Messer hier«, sagte Tine hastig, weil sie

Angst hatte, er könnte ihr womöglich für den nächsten Tag nicht ihre Klingen leihen, ohne die sie die Blumen und Zweige nicht sauber würde schneiden können, sodass alles vor der Zeit verdarb.

»Dann sei aufmerksam.« Mit geschickten Fingern nahm er ein kleines Tüchlein aus einem Fach, ließ ein paar Tropfen seines Branntweins darauf fallen und trat zu ihr. »Es brennt kurz ein bisschen. Aber dann wissen wir, ob es von alleine wieder gut wird. Und du bist nicht mehr so müde.« Er nickte ihr aufmunternd zu. Dann tupfte er ihre Stirn mit dem Tuch ab. Tine zuckte zusammen, schrie aber nicht. Schmerzen kannte sie, Schmerzen waren nichts Besonderes. Man hielt sie aus und lebte weiter. Jedenfalls normalerweise. Und wenn man sie nicht überlebte, dann taten sie zumindest nicht mehr weh. So hatte es Frau Schack gesagt, bevor sie starr zur Decke geblickt hatte, bis ihr Mann ihr die Augen schloss.

Wenig später stieg Tine wieder die schmale Treppe hinauf und wankte völlig erschöpft vom langen Tag und der vielen Arbeit in die Kammer, die sie sich mit fünf ihrer Geschwister teilte. Gerda und Jolante, die beiden ältesten, waren natürlich nicht da, die kamen meist erst gegen Morgen, oft blieben sie auch ganz weg, und niemand fragte sie, wo sie die Nacht verbracht hatten. Vielleicht war das auch der Grund, warum sie noch nicht verheiratet waren, obwohl sie längst bluteten. Paul und Irmchen hatten dadurch zumindest einen ganzen Sack für sich alleine. Ebenso wie Tine und Fritzi, die sich ganz an die Wand gelegt hatte, weil sie von dort aus durch das schmale Fenster hinauf in den Himmel blicken konnte. Das tat sie immer, bis sie einschlief.

Leise, um sie nicht zu wecken, legte Tine sich zu ihr. Mit einem Seufzen rückte sie zu ihrer Schwester hin und suchte ihre Wärme. Friderike oder Fritzi, wie sie von allen genannt wurde, war nur ein Jahr jünger als Tine, und sie war der liebste Mensch, den Tine kannte. Hätte sie sich für einen einzigen anderen Menschen entscheiden müssen, der mit ihr auf dieser Welt leben sollte, dann hätte Tine sich gewünscht, dass es Fritzi gewesen wäre. Obwohl die Schwester ganz in ihrer eigenen Welt lebte. Ihr Vater schimpfte sie »einen Tölpel«, während die Mutter mit »Unschuld vom Lande« dagegenhielt. Tine wusste, was sie sagen wollten: Fritzi war ein bisschen langsam, manchmal ein bisschen schwer von Begriff, oft ein wenig einfältig. Unschuld traf es eigentlich ganz gut, fand Tine.

Fritzis Geburt war schwer gewesen, fast wäre Mutter dabei gestorben. Aber dann war Meister Herzfeld doch noch rechtzeitig erschienen, hatte das Kind irgendwie aus dem Bauch der Mutter gezogen und die Nabelschnur vom Hals der Kleinen. *Aber es hat lange gedauert, bis Fritzi endlich Luft bekommen hat. Deshalb ist sie etwas seltsam.* So hatte es Mutter Tine einmal erklärt. Doch egal, wie seltsam Fritzi auf andere Menschen manchmal wirken mochte, für Tine hätte es auf der ganzen Welt keine bessere Schwester gegeben. Vorsichtig beugte sie sich zu ihr und küsste sie auf die Stirn. »Schlaf gut, Fritzi«, flüsterte sie. Dann legte sie sich nieder und fiel endlich in einen viel zu kurzen, aber tiefen Schlaf.

***

An manchen Tagen half Mutter in der Waschküche des Rathauses aus. Dann konnte sie Fritzi nicht bei sich brauchen, da das Mädchen in dem hektischen Gedränge in den Wirtschaftsräumen des gewaltigen Baus allen im Weg stand. Wer sich in den Katakomben des Rathauses verdingen wollte, musste parieren, und zwar in jedem Augenblick. Eine Aushilfe, die nicht voll und ganz bei der Sache war, konnte man nicht brauchen. Deshalb ließ Mutter die jüngere Schwester bei Tine, die sie mit auf ihren allmorgendlichen Marsch vor die Stadt nahm. Für Tine war das anstrengend, weil Fritzi sich ständig ablenken ließ: von den Fuhrwerken mit ihren prächtigen Pferden, von den Schiffen, die auf dem Fluss fuhren, von den schönen Kleidern der Frauen, an denen sie vorbeikamen, von den prächtigen Häusern Blankeneses, die man von ferne sah, vom Tau auf den Blättern und den glitzernden Wellen der Elbe … An allem hatte Fritzi ihre Freude. Oft unterhielten sich die Schwestern über Gott und die Welt, dann fragte Fritzi Dinge wie »Wohin geht der Regenbogen, wenn er wieder verschwindet?« oder »Meinst du, Vaters Bein wächst wieder nach?«. Manchmal wunderte sich Tine über die Ideen ihrer Schwester, manchmal schüttelte sie den Kopf, und manchmal lachte sie laut. Aber nie machte sie sich über Fritzi lustig. Denn so viel hatte Tine schon vor langer Zeit verstanden: Die Schwester mochte anders sein, sie mochte langsamer sein und seltsame Gedanken haben – doch niemand hatte ein so gutes Herz wie Fritzi, und dafür liebte Tine sie über alles. Fritzi hingegen würde ihr das ein ganzes Leben lang danken.

»Schau, Tine!«, rief die Schwester nun. »Auf dem Schiff sitzt ein Adler!«

»Eine Möwe, Fritzi«, erwiderte Tine und beschirmte ihre Augen mit der Hand. Tatsächlich zog auf dem Fluss ein großer Schoner vorbei. Auf einem der Fockmasten thronte ein Vogel und blickte wie der Kapitän persönlich gen Hamburg, während das Schiff Richtung Hafen fuhr. Fritzi hatte unglaublich gute Augen. »Was du alles siehst«, staunte Tine leise.

»Ich würde auch gerne mal da oben sitzen und auf die Welt herunterschauen.«

»Ja, das kann ich verstehen. Aber jetzt müssen wir erst durch die Büsche streifen und Blumen sammeln. Wenn du besonders schöne siehst, gib mir Bescheid. Du gehst hier lang und ich dort drüben.« Tine wies ein Stück nach links. Hier konnte Tine nach Schneeglanz schauen und nach Blausternen. Ihre Schwester würde dafür vielleicht Primeln entdecken oder Iris.

»Fährst du mit mir auf einem Schiff?«, fragte Fritzi, die sich vom Anblick des Schoners nicht losreißen konnte.

»Klar«, sagte Tine. Doch dann erinnerte sie sich, wie verletzt ihre kleine Schwester immer war, wenn jemand ein Versprechen nicht einlöste. »Nein, Fritzi«, erklärte sie deshalb. »Wir können nicht auf einem Schiff fahren.«

»Und wenn wir ganz schnell wieder zurückkommen?«

Tine schüttelte den Kopf. »Das ist viel zu teuer. Dafür braucht man Geld.« Fritzi drehte sich strahlend zu ihr um. »Ich habe Geld«, rief sie und griff in die Tasche ihrer Schürze. »Hier. Jetzt können wir fahren, oder?«

»Ein Pfennig? Wo hast du denn den her?«

Erschrocken blickte Fritzi zu Boden. »Ich hab ihn gefunden«, flüsterte sie. »Vor dem Haus.«

»Du hast ihn auf der Gasse gefunden?«

Fritzi nickte.

»Nun, dann gehört er dir.«

Augenblicklich war das Strahlen zurück. »Dann können wir fahren?«

»Leider nein, Fritzi, so eine Schifffahrt ist viel teurer. So viel Geld haben wir nicht.«

»Nie?«

»Nie.«

Ohne ein weiteres Wort wandte sich die Schwester ab und ging an den Sträuchern entlang, um die schönsten Blüten zu suchen. Später hörte Tine sie vor sich hin summen. Das war der Vorteil an Fritzis Eigenart: Sie vergaß nicht nur all die wichtigen Dinge, die sie sich hätte merken sollen, sie vergaß auch ihren eigenen Kummer, was sie weitaus glücklicher sein ließ, als andere es von ihr annehmen mochten.

***

Das Wetter hatte entschieden, nicht besser zu werden. Im Gegenteil: Als die Schwestern durch Altona kamen, regnete es stetig, als sie am Hafen anlangten, goss es wie aus Eimern. An einem solchen Tag war es hoffnungslos, Blumen am Hafen anzubieten, auch nicht in der Halle bei den Droschken. Deshalb entschloss Tine sich, es in den Kaffeehäusern rund um den Jungfernstieg zu probieren. Da sie Fritzi dabeihatte, konnte sie vorausgehen und mit ein oder zwei hübschen Sträußchen in der Hand die Kunden ansprechen, während die Schwester mit dem Korb folgte. Auf die Weise würde sie die Kellner, die es stets eilig hatten, Gesindel aus dem Haus zu scheuchen, frühzeitig erkennen und Fritzi mit den Blumen in Sicherheit bringen können, ehe alles kaputt auf der Straße landete.

Tine fürchtete und liebte diese Orte. Sie fürchtete sie, weil man dort beschimpft, bespuckt und verjagt wurde. Niemand wollte in einem der feinen Lokale ein Gossenmädchen wie sie sehen. Jemand wie die Tiedkens-Schwestern gehörte nach St. Pauli oder ins Schanzenviertel, an den Hafen oder auf die Reeperbahn, aber gewiss nicht in ein Kaffeehaus an der Binnenalster. Gleichzeitig liebte Tine jene Orte aber, weil sie so makellos, elegant und wunderbar aufgeräumt waren, weil sich die Menschen dort leise unterhielten, weil es dort sauber war, alle Möbel und selbst die Menschen hübsch arrangiert schienen und weil es köstlich duftete. Die Kaffeehäuser und Restaurants der Altstadt glichen ihren Blumen: Sie waren bezaubernd schön und verführerisch.

»Schau nur«, sagte Fritzi, die mit ihrer größeren Schwester vor einem eleganten Café stand und durch die Fenster blickte. »So viele Menschen müssen in einem einzigen Zimmer leben. Und die haben gar nichts, wo sie sich drauflegen können. Haben wir's gut. Wir sind nur zehn und haben zwei Kammern.«

Tine musste lachen. »Die leben hier nicht. Sie kommen nur hierher, um Kuchen zu essen und Kaffee zu trinken und um dabei ein bisschen zu schnacken.«

»Wirklich? Dann haben sie es aber gut.«

»Ja«, sagte Tine. »Das haben sie.« Sie nahm ein paar Veilchen in die eine und einige wilde Glockenblumen in die andere Hand und gab Fritzi ein Zeichen, ihr nach drinnen zu folgen. Zu ihrer unendlichen Enttäuschung stand ein Kellner direkt am Eingang und hielt sie auf, noch ehe sie einen einzigen Gast angesprochen hatte. »Raus hier«, herrschte er sie leise, aber unmissverständlich an. »Ihr habt hier nichts zu suchen.«

»Aber wir wollen doch nur …«

»Ich sage es nicht noch einmal«, erklärte der Mann, dessen blütenweißes Hemd und dessen makelloser schwarzer Anzug im größten Widerspruch zu seinen schroffen Worten standen. Er trat so nah an Tine heran, dass sie erschrocken rückwärtsstolperte. Im nächsten Moment war die Tür wieder geschlossen. Hinter dem Fenster erblickte sie den Kellner, dessen Nasenspitze beinahe die Glasscheibe berührte. *Aussichtslos*, dachte Tine. *Da werden wir nicht landen.* Sie hakte Fritzi unter und zog sie mit sich. Zum Glück gab es in der Gegend sehr viele solcher Cafés. Sie würden es schon schaffen, in das ein oder andere hineinzukommen.

Doch auch die nächste Tür schloss sich hinter ihnen, ehe sie nur einen einzigen Kunden gewonnen hatten. Und auch die übernächste. Ein Gefühl der Panik begann sich in Tine auszubreiten. Vielleicht wäre sie alleine doch besser zurechtgekommen. Zu zweit waren sie auffälliger, zumal Fritzi mit dem Korb ziemlich tollpatschig umging und einmal fast einen kleinen Tisch in der Nähe des Eingangs umgestoßen hätte.

Es war schon nach Mittag, und die beiden Mädchen hatten noch immer fast nichts verkauft. Der Regen hatte sie auf ihrem Weg von Haus zu Haus völlig durchnässt. Das Tuch, mit dem Tine ihre Blumen bedeckte, lag schwer auf den Blüten. Zuvor war Fritzi auf dem nassen Kopfsteinpflaster ausgerutscht, und all die kleinen Sträußchen und Gebinde hatten sich auf die Straße ergossen. Manche hatten es nicht überlebt.

Als sie schließlich an einem Hotel vorbeikamen, hielt Tine inne. In solchen Häusern, so hatte sie gehört, gab es Empfangshallen, in denen sich Gäste zu ihrer Unterhaltung bei Kaffee oder Tee und Kuchen aufhielten. Feine Menschen, die es sich leisten konnten, in so noblen Gegenden zu logieren, und deshalb auch ein paar Pfennige für Blumen übrig haben würden.

»Komm«, forderte Tine die Schwester auf, deren Lächeln und Schritttempo längst ermüdet waren, sodass Tine an jeder Hausecke auf sie warten musste. »Vielleicht haben wir hier Glück!« Schon setzte sie den Fuß über die Schwelle des *Hotel Continental*. Der Wagenmeister war für einen Moment von ankommenden Gästen abgelenkt und schritt deshalb nicht ein. Der Boy am Eingang sah offenbar nicht richtig hin, sondern riss die Tür auf und verbeugte sich, ehe er stutzte und Anstalten machte, sie nun doch aufzuhalten.

»Hoppla!«, entfuhr es ihm. »Moment!«

Dann geschah ein kleines Wunder: Ein Herr in Hausuniform tauchte wie aus dem Nichts auf, trat auf die beiden Mädchen zu und rief hörbar erleichtert: »Gott sei Dank! Das hat ja ewig gedauert!« Er nahm der völlig verdutzten Fritzi den Korb aus den Händen, lupfte kurz das nasse Tuch, seufzte und griff nach seiner Börse. »Nun, besser als nichts«, stellte er fest. »Aber sagt eurer Patronin, dass ich nächstes Mal absolute Pünktlichkeit erwarte. Und vor allem auch mehr Blumen.« Mit einem verschwörerischen Blick drückte er Tine ein paar Münzen in die Hand. Dann wedelte er mit den Fingern, dass sie schnellstens wieder das Haus verlassen sollten. »Und nächstes Mal nehmt ihr gefälligst den Lieferanteneingang«, zischte er noch. »Was sollen denn die Gäste denken!« Völlig verdattert, ohne Blumen und vor allem ohne Korb stolperten Tine und ihre Schwester die paar Stufen vor dem Eingang hinab. Dann erst wagte Tine, die Münzen zu betrachten. Es dauerte eine kleine Weile, bis sie begriff, was sie da in der Hand hielt: mehr, als sie jemals zuvor verdient hatte! Einen Taler und fünfzig Pfennige! Lohn, den sie sonst mit Glück in einer ganzen Woche erwirtschaftete. Selbst wenn sie sich einen neuen Korb kaufen musste – Tine konnte es kaum glauben. »Hotel Continental«, flüsterte sie und blickte auf die stolze Fassade des Hauses, auf die Fahnen über dem Eingang, die selbst im Regen noch erhaben wirkten und sich leicht im Wind blähten: eine für Hamburg, eine für das Deutsche Reich. »Diese Menschen müssen unglaublich wohlhabend sein.«

* * *

Zu gerne wäre Tine noch einmal zum *Continental* gegangen. Aber es war ihr bewusst, dass sie das Wunder nur einem Missverständnis zu verdanken hatte, und sie fürchtete, man könnte sie für eine Betrügerin halten. Was, wenn sie dort ihr Geld zurückhaben wollten? Was, wenn die Blumenfrau, die das Hotel eigentlich hätte beliefern sollen, sie anzeigte?

Nein, Tine musste wohl oder übel zurück an den Hafen und weiterhin dort ihre Arbeit verrichten, so wie all die anderen Männer und Frauen, die sich tagtäglich an den Kais und Landungsbrücken verdingten.

Ihre Einnahmen hatte sie wie stets bei ihrer Mutter abgegeben, die ein Dankgebet in den Himmel gesandt und das Geld an den Vater weitergereicht hatte. Der hatte Tine ein paar heftige Ohrfeigen verpasst, weil der Korb verloren war und sie einen neuen brauchten. »Aber Vater«, hatte Tine unter Tränen geschluchzt. »Einen neuen Korb bekomme ich für vierzig Pfennige. Und ich kann auch selbst einen neuen flechten.«

»Einen neuen flechten, ja, das wirst du tun, dummes Gör! Aber in der Zeit hättest du auch was verdienen können, statt den Schaden zu beheben, den du selbst angerichtet hast!« Und um seinen Worten Nachdruck zu verleihen, schlug er noch einmal kräftig links zu und einmal kräftig rechts, sodass Tine mit glühenden Wangen in die Stube von Meister Herzfeld kam. »Moin, Tine«, sagte der. »Sieht aus, als hättste was ausgefressen.«

Doch kein Wort kam über Tines Lippen. Stattdessen schliff sie mit gesenktem Blick die Messer und Scheren des Baders und tat, als würde sie seine Blicke nicht bemerken, die Verwunderung, Neugier und Mitleid spiegelten. Vor allem Mitleid aber wollte sie nicht. »Diesmal bräuchte ich noch ein etwas größeres Messer«, erklärte sie unvermittelt.

»Ein größeres Messer? Wofür?«

»Ich muss Zweige aus einer Weide schneiden, um einen neuen Korb zu flechten.«

»Einen neuen Korb, soso.« Der Bader grinste. »Wie wäre es

mit meinem Amputationsmesser?« Schwungvoll zog er eine mächtige Klinge aus einem Fach. Tine zuckte erschrocken zusammen. »Ein Am…putationsm…«

Im selben Moment bereute Meister Herzfeld seinen Scherz. Er selbst hatte Tines Vater den Unterschenkel amputiert, möglicherweise sogar genau mit dieser Klinge. »Entschuldige«, murmelte er und steckte das Messer wieder zurück. Da sah er auch schon, wie eine Träne auf die Schere tropfte, die das Mädchen gerade bearbeitet hatte. »Hm.« Er räusperte sich und kratzte sich am Bart. »Also … Wie wäre es … hm … wie wär's mit diesem Messer hier?« Er schob ihr eines mit kurzer, kräftiger Klinge hin. Tine kannte es. Es wäre tatsächlich das perfekte Werkzeug gewesen. Sie nickte, suchte vergeblich nach Worten und nickte erneut.

»Kannst es behalten«, sagte der Bader leise.

Da blickte Tine auf. »Behalten?«

»Es gehört dir.«

Vorsichtig berührte Tine das Messer mit den Fingerspitzen, strich darüber und drehte es in der Hand. So etwas Wertvolles hatte sie noch nie besessen! Der Griff war aus Schildpatt, die Klinge blank poliert! »Ich …« Und wenn es nur ein weiterer Scherz des Baders war? Meister Herzfeld war kein schlechter Mensch. Aber er machte gerne Scherze auf Kosten anderer. Wenn er nun …

»Kannst es schon nehmen«, erklärte er ein weiteres Mal und lächelte ihr freundlich zu. »Kannst mir ja eine Woche lang Blumen für meinen Laden bringen.«

»Das werde ich gerne tun«, erwiderte Tine. »Danke!«

* * *

Statt eines großen Weidenkorbs flocht Tine zwei kleinere. So konnte sie einen links und einen rechts tragen – und wenn Fritzi sie begleitete, konnte jedes der Mädchen einen Korb nehmen. Körbe zu flechten hatte Tine von ihrem Vater gelernt, da war sie neun oder zehn gewesen. Vater verstand sich bestens darauf, Netze zu flicken und Taue auszubessern, ein Talent, das er genutzt hatte, um sich selbst das Flechten von Weidenkörben beizubringen. Dann hatte er dieses Wissen weitergegeben, zunächst an Tines große Schwester Gerda, dann an Tine. Es war kurz vor dem großen Unglück gewesen. Manchmal dachte Tine an diese Zeit zurück, daran, wie es sich angefühlt hatte, als die Zukunft für alle noch ein Versprechen war. Wenn nur alle fleißig arbeiteten, lernten und sich Mühe gaben, dann würde es den Kindern eines Tages viel besser gehen als den Eltern. Ein schöner Traum, der sich letztendlich als Illusion erwiesen hatte. Tine kam es vor, als ginge es der Familie jeden Tag noch ein bisschen schlechter als zuvor, obwohl das kaum möglich war. Sicher, noch gab es meist etwas zu essen. Meist verdiente zumindest eines der Geschwister etwas zum Einkommen der Mutter dazu. Vater indes brachte nur noch selten Geld nach Hause. Dafür warf er die paar Pfennige, die für das Leben so wichtig gewesen wären, oft zum Fenster hinaus, trug sie in den *Alten Seemann* oder zum *Störtebeker* oder in eine andere Spelunke auf St. Pauli, um spätnachts oder frühmorgens sturzbetrunken heimzukommen, wenn er überhaupt nach Hause kam. Dann hörte Tine ihre Mutter oft leise weinen.

Wie anders wohl das Leben gekommen wäre, hätte Wilhelm Tiedkens damals nicht um eine Handbreit die Kante der Landungsbrücke verpasst und wäre er nicht mit dem Bein zwischen die Mole und den stählernen Schiffsrumpf geraten? Hätte er dann auch zu trinken begonnen? Bestimmt nicht. Tine glaubte fest daran, dass ihr Vater eigentlich ein guter Mann war. Er war ein Opfer des Schicksals. Sie alle waren Opfer des Schicksals. Sie alle waren verzweifelt.

Zu ihrer Freude hatte Tine am Elbstrand, wo sie die Körbe geflochten hatte, eine Stelle entdeckt, an der herrliche Frühlingsastern wuchsen. Prompt hatte sie einen der Körbe ausschließlich damit gefüllt. Während sie nun gen Hamburg wanderte, umschwebte sie der Duft der kleinen, aber üppigen Blüten und beflügelte sie so sehr, dass sie hungrig wurde.

Vor den Landungsbrücken verkaufte eine alte Vettel frisches Schmalzgebäck, bei dessen Anblick sich Tines Magen zusammenzog.

Drei Pfennige hatte sie bei sich, falls jemand sie mit einem Fünfer bezahlen wollte, damit sie ihm herausgeben konnte. Drei Pfennige. Ein Schmalzkringel sollte vier kosten. »Ich hab leider nur drei«, sagte Tine und konnte ihren Blick gar nicht von den Köstlichkeiten abwenden.

»Tja«, sagte die Alte. »Dann wirste dir wohl keinen leisten können.«

»Ob ich einen halben …?«

»Ha! Und was mach ich mit dem Rest? Nee, Kindchen, die Dinger gibt es ganz oder gar nicht.«

Tine zuckte die Achseln und wandte sich schon zum Gehen, es war ja nicht so, als wäre sie an solcherlei Erfahrungen nicht gewöhnt. Da fiel ihr plötzlich ein: »Vielleicht kann ich Ihnen drei Pfennige geben und ein Sträußchen Blumen?« Sie schlug das Tuch über ihrem Korb zurück und griff nach einem besonders prächtigen Gebinde von Frühlingsastern.

»Die wachsen bei mir hinterm Haus wie Unkraut«, beschied sie die alte Frau und zuckte nun ihrerseits die Achseln.

»Oder ein paar Blausterne?« Die hatte sie im Vorbeigehen gepflückt.

»Tut mir leid, Kindchen, musste wohl hungrig bleiben. Ich kann es nicht ändern. Muss ja auch von was leben.«

»Vier Pfennige. Topp!«, sagte plötzlich eine Stimme neben Tine, die sich als die von Peer erwies, der ihr verschwörerisch zuzwinkerte. Er streckte ihr die Hand entgegen. »Gib mir mal zwei von deinen. Ich hab auch zwei. Dann teilen wir uns den Kringel.«

Er teilte nicht wirklich. Das hieß: Er teilte, und zwar die Kosten. Doch von dem Kringel nahm er gerade den allerkleinsten Teil, während er Tine den Löwenanteil überließ. »Hab eigentlich gar keinen Hunger«, erklärte er und zwinkerte wieder. »Hat mich nur so angelacht.«

Und so saßen sie auf einem Balken der Hafenanlagen, die Beine über dem Wasser in der Luft, Schmalzkringel essend, und träumten davon, wie schön das Leben irgendwann sein würde.

***

Zweites Kapitel

W*arum nur taucht Peer nicht mehr auf?*, dachte Tine, als sie aufs Neue allein in die Stadt unterwegs war. *Nun hat er mich schon zehn Tage nicht mehr zum Hafen begleitet. Nein, elf! Ob ihm etwas zugestoßen ist?* Vielleicht hatte er eine Arbeit woanders gefunden und war gar nicht mehr am Hafen. Er hätte bei der Bahn arbeiten können. Oder auf dem Markt. Eigentlich komisch, dass so viele Leute immer am selben Ort arbeiteten. Dabei konnten sie doch auch woanders Geld verdienen, vielleicht sogar mehr! Wie Tine selbst neulich in dem Hotel. Na ja, in den Kaffeehäusern hatte es jedenfalls nicht funktioniert. Und am Hafen gab es eben doch immer wieder Arbeit. Sicher hatte Peer schon eine Vielzahl von Auftraggebern. Schließlich kannte er die meisten Schiffe, die regelmäßig anlegten. Weshalb also sollte er woanders hingehen, wenn er doch wusste, dass er hier immer Arbeit finden würde. Arbeit gab es im Hafen schließlich genug. Eigentlich sogar immer mehr! Legten nicht jede Woche mehr Schiffe an als in der Woche zuvor? Die Ladungen wurden auch immer größer. Es gab immer mehr Passagiere. Wenn sie nur alle Blumen kaufen würden …

»Träumst du, Tine?«

»Peer!« Lächelnd wischte sich Tine eine Haarsträhne aus der Stirn. »Ich habe gerade an dich gedacht.«

»Ich denke ständig …« Peer unterbrach sich, suchte mit seinem Blick das Wasser, wo gerade ein großer Frachter hereingeschleppt wurde. »Ähm …«, sagte er dann. »Schön, dich zu sehen.«

»Wo warst du so lange?« Tine erhob sich und strich dabei ihren Rock glatt. »Ich hab dich schon so lange nicht mehr gesehen.«

»Kopenhagen«, sagte Peer und grinste. »Und Malmö.«

»Malmö?«

»Das liegt in Schweden.«

»Hm. Als Matrose?«

»Na ja, Leichtmatrose«, erklärte Peer etwas beschämt. »Vor allem war ich bei den Heizern.«

»Oh.« Erst jetzt sah Tine, dass Peers Kleider vor Schmutz nur so starrten. Auch sein Hemd, sonst von einem vagen Hellgrau, war nun fast so schwarz wie seine Hose. Heizer verrichteten die schwerste Arbeit auf den Dampfern, Tine wusste das. Sie mussten stundenlang Kohle in die Kessel schaufeln, kamen kaum je an Deck und schliefen meist auch noch neben den stampfenden Maschinen. »Dann hattest du harte Tage«, murmelte sie. »Hast du denn wenigstens was von Kopenhagen gesehen? Und von …«

»… Malmö. Geht so. Da musste ich mit der Ladung helfen«, sagte Peer verhalten. Fast schien es Tine, als sei er ein bisschen älter geworden in den paar Tagen. »Und du?«, fragte er. »Schon was verkauft heute?«

»Geht so«, echote Tine. Sie musste ihm ja nicht auf die Nase binden, dass die Geschäfte zäh gingen. Das waren ihre Sorgen.

Peer wühlte in seiner Hosentasche. »Diese … hm … Röschen sind das, oder?« Tine nickte. »Also, die sind schön«, sagte er. »Davon hätte ich gern ein paar.«

»Du?«

»Klar. Oder denkst du, ein Leichtmatrose mag keine Blumen?«

»Doch, doch«, beeilte sich Tine zu sagen.

»Was kosten die denn?«, wollte Peer wissen.

»Also, du musst mir die doch nicht bezahlen.«

»Hm. Und normalerweise?«

»Normalerweise kosten sie zwei Pfennige«, sagte Tine wahrheitsgemäß.

»Dann möchte ich sie gerne bezahlen«, erklärte der Junge und reichte ihr mit feierlicher Geste ein Zweipfennigstück. »Ich habe schließlich gute Geschäfte gemacht.«

Einerseits war es Tine unangenehm. Peer war schließlich ein Freund. So oft schon hatte er ihr den Korb eine lange Strecke getragen. Da konnte sie doch nicht … Aber als er ihr die Münze in die Hand drückte und die Hand auch noch zumachte, zuckte sie mit den Schultern und steckte es ein. Sie verdiente das Geld ja nicht für sich allein, sondern vor allem für die Familie. »Dann bekommst du aber jedenfalls zwei«, sagte sie und reichte ihm zwei Sträußchen, die er nickend entgegennahm. Wem er sie wohl schenken würde? »Danke schön«, sagte er und betrachtete die Blumen, die in seiner schwarzen Hand umso fröhlicher zu leuchten schienen. »Sie sind wunderschön.«

»Und wem wirst du sie …?«, hörte Tine sich nun doch selbst neugierig fragen.

»Wem ich sie schenken werde?« Peer grinste dieses freche Grinsen, das so typisch für ihn war. »Dir natürlich, Tine Tiedkens!« Und ehe sie sich's versah, hatte er ihr die Blumen an die Schürze gesteckt und lief davon. Völlig überrumpelt und auch ein wenig geschmeichelt sah Tine ihm hinterher, wie er seine Mütze in der Luft schwenkte. *Was für ein komischer Kerl,* dachte sie und war gleichzeitig froh, einen so guten Freund zu haben.

***

In den vielen Stunden, die Tine an den Landungsbrücken saß und auf Kundschaft wartete, wurde ihr niemals langweilig. Es war nicht nur die Arbeit, die sie beschäftigte. Mehr noch war es der aufregende Hafen selbst, der sie mit seiner atemberaubenden Entwicklung fesselte. Ob nach Norden, Richtung Köhlbrand, oder nach Süden, Richtung Veddel, überall wurde gebaut. Die Werften von Heinrich Brandenburg, von Stülcken Sohn und Blohm & Voss übertrumpften sich gegenseitig, sowohl beim Bau der Docks als auch bei dem der Schiffe. Der Lärm der Stahlstempel und der Schermesser, der Niethämmer, der ächzenden Schwingbäume und dröhnenden Pumpen erfüllte fortwährend die Luft über der Stadt. Dampfkräne, hoch wie Häuser, säumten die Liegeplätze, unablässig wurden Bollwerke und Pontons in die Tiefen der Elbe gerammt, während andernorts die Fahrrinnen und Hafenbecken tiefer und tiefer ausgebaggert wurden. Dampfbarkassen und Schlepper kreuzten den Fluss zu jeder Tages- und Nachtzeit, sodass auf der Nordelbe niemals Ruhe einkehrte. Selbst in völliger Dunkelheit wurden bei Fackelschein und im trüben Licht von Petroleumlampen noch Ladungen gelöscht, Wagen aufgeladen, rollten Tender mit Kohle heran, um die Vorratsräume der Schiffe aufzufüllen, ehe sie am Morgen mit der Flut wieder auslaufen würden. Zeit zu verlieren, das war im Hamburger Hafen nicht vorgesehen, denn Zeit war Geld. Wer zu lange brauchte, verlor. Und manches Mal war selbst der Stundenball an der Spitze des Kaispeichers vor Dampf und Qualm kaum zu sehen.

Der Stundenball, den Tine täglich betrachtete, wenn sie endlich ihre müden Schritte nach Hause lenkte. Denn ehe sie in das Gewirr des Gängeviertels eintauchte, wandte sie regelmäßig den Blick nach der stolzen, neuen Speicherstadt, deren rote Klinkerbauten sich elegant zwischen dem Binnen- und dem Strandhafen erhoben. Peer hatte ihr einmal geschildert, dass Reichtümer wie Kaffee aus Brasilien, Tee aus Indien, Teppiche aus Persien, Stoffe aus Flandern, Gewürze aus Afrika, Tabak aus Amerika in unvorstellbaren Mengen dort lagerten.

Halb bewundernd, halb befremdet blickte Tine deshalb auch an diesem Abend hinüber zu den spitzen Giebeln, den Türmchen und Seilzügen, ehe sie endlich gen Norden wanderte, um nach Hause zu gehen. Schon bald beschlich Tine ein mulmiges Gefühl. Schwere schwarze Wolken hatten die Stadt schon früh verdunkelt. Doch der Regen blieb noch immer aus, stattdessen schimmerte ein seltsames Dämmerlicht in den Straßen, das sich zusehends verdüsterte.

Beklommen schlich Tine an den heruntergekommenen Mauern entlang und sah sich immer wieder um. Sie fühlte sich beobachtet oder gar verfolgt. Auch wenn sie nicht viel Geld gemacht hatte an diesem Tag, so waren es doch die Einnahmen stundenlanger Arbeit, die sie bei sich führte. Die zahlreichen Gauner und Strauchdiebe, die sich überall herumtrieben, wussten genau, dass bei denen, die von der Arbeit nach Hause kamen, am meisten zu holen war.

Am Ende rannte sie fast. Sie hatte gerade den Fuß auf die Schwelle gesetzt, als eine grobe Männergestalt sich ihr in den Weg stellte. »Sieh an, die kleine Tiedkens!«

Im Zwielicht des schmalen Treppenhauses konnte Tine zunächst gar nicht erkennen, wer ihr den Weg versperrte.

»Oh!« Nun hatte sie ihn erkannt. Es war der Wirt der *Seemannsbraut*, einer ziemlich verrufenen Kneipe auf St. Georg. »Sie wollen bestimmt zu meinem Vater?«

»Und schlau ist sie auch noch, die Kleine«, sagte der Mann, als spräche er gar nicht mit ihr. Er trat einen Schritt auf sie zu, sodass sie beide vor dem Haus standen, und starrte ihr ebenso unverhohlen ins Gesicht wie auf die Brust. »Hast du noch alle Zähne?«, fragte er unvermittelt. Tine konnte seinen Zwiebelatem riechen und wich zurück. »Oder muss man bei dir noch fragen, ob du sie *schon* alle hast.« Er lachte, doch sein Lachen hatte nichts Fröhliches, sondern vielmehr etwas Lauerndes.

»Mein Vater …«, versuchte das Mädchen es noch einmal. Doch der vierschrötige Kerl winkte ab. »Dein Vater ist ein Lump«, stellte er fest. »Und er ist auch nicht da. Ich war schon oben in eurem schönen Zuhause.« Tine spürte einen Kloß im Hals. Es war nicht zu überhören, dass er sich über die armselige Wohnung der Familie lustig machte. »Gut für ihn, dass er nicht da war. Aber nicht gut für mich.« Der Wirt griff nach Tines Arm. Sie wollte ausweichen, stieß jedoch gegen die Hauswand und musste ihn gewähren lassen. »Hat eine Menge Schulden bei mir«, erklärte der Besitzer der *Seemannsbraut*. »Sollte er besser nicht haben.« Er schnalzte mit der Zunge. »Immerhin hat er ein paar sehr passable Mädchen. Sag ihm, er soll dich mal bei mir vorbeischicken. Dann vergess ich seine Schulden.«

»Vorbeischicken?«, stotterte Tine. »Wozu denn?«

»Heda!«, rief plötzlich Meister Herzfeld, der in der Tür seiner Baderstube aufgetaucht war. »Was willst du von dem Mädchen, Bracht?«

Überrascht drehte sich der Wirt zu ihm um. »Schau an, der Bader«, sagte er mit falscher Freundlichkeit. »Was geht's dich an?«

»Die Kleine arbeitet für mich«, erklärte Meister Herzfeld und trat einen Schritt auf ihn zu.

»Soso. Dann kann sie auch für mich arbeiten, was? Ich bin sicher, sie macht ihre Sache sehr gut!« Ein dreckiges Lachen entrang sich seiner Kehle. »Sind doch alle kleine Huren hier.«

»Sprich nicht so, du Dreckskerl«, fuhr der Bader ihn an. »Du solltest dich entschuldigen.« Aber Bracht hörte gar nicht auf ihn, sondern kniff Tine nur heftig in die Wange, knurrte: »Sag's deinem Vater. Es soll sein Schaden nicht sein.« Dann spuckte er aus und schritt davon, ohne den Bader noch eines einzigen Blickes zu würdigen. Der atmete heftig, schien etwas zu Tine sagen zu wollen, wandte sich dann aber verstohlen ab und verschwand nach drinnen. Tine sammelte ihre Körbe, die sie hatte fallen lassen, als der Wirt sie am Arm gepackt hatte, wieder auf und huschte ins Haus, wo sie neben der Tür stehen blieb und in die Düsternis starrte. *Es soll sein Schaden nicht sein*, klangen Brachts Worte in ihr nach, und sie konnte nicht anders als an Gerda und Jolante zu denken, ihre beiden großen Schwestern.

Sie wollte gerade die Stufen nach oben nehmen, da hörte sie unter der Treppe ein Geräusch, einen Laut wie von einem seltsamen Tier. Erschrocken hielt sie inne und lauschte. Da! Ein eigenartiges Heulen, ganz leise, dann ein Ächzen. Ob es am Ende gar … ein Mensch …? Sie stellte die Körbe beiseite und tappte vorsichtig hinab, wo es noch dunkler war als im oberen Teil des Treppenhauses, die Hände vor den Körper gestreckt, sodass sie sich jederzeit verteidigen konnte. »Hallo?«, fragte sie zaghaft.

Das Heulen verstummte. Nur um wenige Augenblicke später wieder einzusetzen, heftiger als zuvor. »Hallo?« Sie blickte um die Ecke, wo es in den Kohlenkeller ging, in dem längst keine Kohlen mehr lagerten, sondern eine vielköpfige Familie hauste. »Ist da wer?«

Als Antwort stöhnte jemand: »Lass mich in Ruhe!«

»Vater? Bist du das?« Schockiert starrte Tine auf das Bündel Mensch, das zusammengekauert und offensichtlich betrunken unter dem Treppenabsatz hockte und mit angstvollen Augen heraufglotzte: Wilhelm Tiedkens. »Ist er weg?«, ächzte er leise.

»Der Wirt? Ja«, stotterte Tine verwirrt. »Aber was …«

»Geht dich nichts an«, zischte Tiedkens. »Hau ab!« Beschämt

und verletzt wandte Tine sich ab. Der Vater hinter ihr aber schlug die Hände vors Gesicht und begann hemmungslos zu heulen. Ratlos blieb das Mädchen stehen. Aber dann trat sie auf den kümmerlichen Mann zu, der ihr Vater war, kniete sich neben ihn und legte ihren Arm um seine Schultern. Schluchzend vergrub Wilhelm Tiedkens das Gesicht in ihrem Haar, geschüttelt von Trauer und Bitternis, und trotz allem empfand Tine in diesem Augenblick unendliches Mitleid mit ihm. Allzu gut erinnerte sie sich an den Mann, der er früher gewesen war: der liebevolle Gatte, der gewissenhafte Erzieher, der fleißige Arbeiter, der sich lieber einen Arm abgehackt hätte, als seine Familie hungern zu sehen. Am Ende waren ihm Hoffnung und Würde genommen worden.

***

Ihre älteste Schwester Gerda sah Tine nur selten. Sie wohnte zwar bei der Familie, aber oft war Gerda noch nicht zu Hause, wenn Tine in den frühen Morgenstunden zu ihren Blumengründen aufbrach – und wenn Tine am Abend endlich heimkehrte, war Gerda ebenso wie Jolante schon wieder weg. Beide arbeiteten in Michel Brachts *Seemannsbraut*, einem Gasthaus, an dem Tine wohl schon manches Mal vorübergegangen war, das sie aber nie betreten hatte. Etwas Ungutes umgab diese Kneipe, etwas, das Tine nicht hätte benennen können. Doch sie spürte, dass es da war.

In der *Seemannsbraut* trieben sich mehr Frauen herum als sonst in den Wirtshäusern üblich, das war Tine aufgefallen. Aber das war typisch für St. Georg, wie auch für St. Pauli. Dass ihre älteren Schwestern in einem Gasthaus bedienten, in dem es auch Frauen gab, die mit den Männern Dinge taten, die sie sich lieber gar nicht so genau ausmalte, das beschäftigte Tine.

Es musste doch für Gerda und Jolante schwer sein, sich die Matrosen und Hafenarbeiter vom Hals zu halten, wenn sie dort arbeiteten ... Einmal hatte sie Jolante vorsichtig darauf angesprochen, doch die hatte nur gelacht. Und nun beobachtete sie die ältere Schwester, die offenbar den Tag über zu Hause gewesen war und sich später als üblich für die Arbeit fertig machte. Jolante stand über die Waschschüssel gebeugt und spritzte sich Wasser unter die Achseln. Sie hatte nur ihren Schlüpfer an und kümmerte sich gar nicht darum, dass Frieder und Paul, Tines kleinere Brüder, sie halbnackt sehen konnten. Tine hatte den Eindruck, dass die beiden schweigsamer waren als sonst bei ihrer Arbeit. Vielleicht zitterten sogar ihre Finger ein wenig, als sie die Zündhölzer in die kleinen Schachteln sortierten. Jedenfalls schielten sie immer wieder zu Jolantes beachtlichem Busen hin, der munter wackelte, während sie sich unter den Achseln wusch. »Ist so ein kleiner Schlüpfer nicht unpraktisch«, entfuhr es Tine.

»Hm?« Jolante blickte ihre jüngere Schwester mit mokantem Lächeln an. »Unpraktisch wofür?«

»Na, ich meine bloß ...« Tine senkte die Stimme. »Wenn du deine Tage hast.«

»Kennst du dich etwa schon damit aus?«

Tine schwieg erschrocken. Das war ein Thema, über das sich die Eltern besser keine Gedanken machen sollten. Ein wissendes Lächeln huschte über Jolantes Gesicht. »Verstehe«, sagte sie. »Ich verrate nichts.«

»Danke.«

»Und nein.«

»Nein was?«, fragte Tine verwirrt.

»Er ist nicht unpraktisch. Außerdem gefällt so was den Männern.« Und als wollte sie es beweisen, wackelte sie ein wenig mit dem Hintern und zwinkerte den Jungs zu, die kicherten und schnell wegguckten.

Tine errötete. »Aber die Männer wissen doch gar nicht, wie dein Schlüpfer aussieht«, flüsterte sie, entschlossen, nicht mehr hinzusehen.

»Meinst du? Na dann ist es ja gut.« Jolante streifte ihr Hemdchen über, das ebenfalls mit etwas Spitze besetzt war, und zwängte sich ihr Korsett über den Kopf. »Ziehst du's mal zu?«, fragte sie die kleinere Schwester.

Tine nickte und machte die Schnüre Loch um Loch enger, um am unteren Ende schließlich eine Schleife zu binden. »Du bist wunderschön«, sagte sie leise.

»Oh, danke!«, erwiderte Jolante und drehte sich zu ihr um. Das Haar, das sie noch offen trug, fiel ihr weich über die Schultern. Sie betrachtete Tine und stellte dann anerkennend fest: »Du aber auch.«

Tine schlug die Augen nieder. Wie gern hätte sie sich über diese Worte gefreut, aber ihr stand plötzlich wieder das Bild von dem Wirt vor Augen. Wie er sie taxiert und auf ihren kleinen Busen gestarrt hatte. Wie er sie aufgefordert hatte, in der *Seemannsbraut* zu arbeiten. *Sind doch alles kleine Huren hier.*

»Ist alles in Ordnung, Tine?«, fragte Jolante.

Tine nickte. Aber dann blickte sie auf und fasste sich ein Herz: »Da in der *Seemannsbraut* …«

»Ja?«

»Die Arbeit …«

»Was ist damit?«

Wie sollte sie es sagen? »Ist sie … Machst du es … gerne?«

»Ob ich gerne dort arbeite? Na ja, es gibt schlechtere Kneipen mit schlechteren Gästen, wenn du das meinst«, sagte Jolante leichthin, aber Tine hatte das Gefühl, dass die Schwester sich weiter nicht darüber unterhalten wollte. Und eigentlich wollte sie es ja selbst nicht, wollte noch nicht einmal mehr darüber nachdenken.

»Dann ist es gut«, sagte sie deshalb nur.

»Jolante ist so schön«, sagte Fritzi, die ihnen von ihrem Platz am Fenster aus zugehört hatte. Sie saß oft dort und blickte hinunter auf die Straße. »Ja«, stimmte Tine ihr zu. »Sie ist die Schönste.« Sie trat zu ihrer Schwester und legte ihr die Hand auf die Schulter, folgte ihrem Blick hinab auf die Gasse. Gleich würde dort Jolante auftauchen auf ihrem Weg zu Brachts Kneipe. Tatsächlich blitzte ein paar Sekunden später ihr Kleid auf und erhellte die düstere Gasse. Zwei junge Burschen lehnten in einer Tür und pfiffen ihr laut hinterher, worauf sie nur lachte. Die Kerle johlten und riefen ihr etwas Unverständliches zu. Dann war Jolante verschwunden. »Sie ist wirklich schön«, murmelte Tine vor sich hin. »Viel zu schön.«

***

Peer hatte seinen Schlafplatz verloren, das bekümmerte Tine. Denn sie wusste, wie schwer es war, eine sichere Unterkunft zu finden. Wie so viele Gelegenheitsarbeiter mietete sich Peer stundenweise ein Bett. Wenn er Glück hatte, bekam er irgendwo die dritte Schicht: Er durfte dann acht Stunden – von Mitternacht bis acht Uhr morgens – in dem Bett schlafen. Bekam er die erste Schicht zwischen acht Uhr morgens und nachmittags um vier, bedeutete das, dass er sich nur um Handlangerdienste in den späten Nachmittagsstunden, abends und nachts bemühen konnte. Für diese Zeiten gab es keine zusammenhängenden Arbeiten, weshalb er dann oft ein paar Stunden beim Löschen der Ladung eines spät eingelaufenen Schiffs half, anschließend beim Rangieren an den Gleisen den Eisenbahnern zur Hand ging und schließlich noch in einer Wirtschaft beim Aufräumen mit anpackte oder sich als Laufbursche für ein Hotel verdingte. Peer hatte zwar nichts gelernt, beherrschte aber alles. Immer wieder lauschte Tine erstaunt seinen Erzählungen, auch wenn er dabei manchmal ins Stocken geriet und sie ihm nach oft vielversprechendem Anfang buchstäblich alles aus der Nase ziehen musste. »Manchmal beneide ich dich um deine Blumen«, sagte er gelegentlich.

»Ach, das könntest du bestimmt auch.«

»Bestimmt nicht!«, widersprach der Junge. »Blumen will man nicht von einem Mann kaufen, sondern von einer Frau.« Auf Tines befremdeten Blick hin ergänzte er schnell: »Oder von einem Mädchen. Es heißt schließlich auch Blumenmädchen und nicht Blumenbursche, oder?«

»Blumenbursche«, kicherte sie. »Das wäre zumindest mal was Neues.«

»Stimmt. Aber jetzt muss ich trotzdem los«, sagte Peer. »Hab heute eine Arbeit beim Zollamt, die wird gut bezahlt.« Er nickte in Richtung eines einlaufenden Dampfers. »Und du hast auch gleich was zu tun.«

»O ja, die *Tahiti*. Vielleicht kommen ja ein paar betuchte Reisende aus Cuxhaven.«

»Viel Glück!«

»Danke!«

Schon war Peer verschwunden, und Tine sah dem Schiff zu, wie es anlegte. Mit geübten Handgriffen fingen die Hafenarbeiter die Taue auf, die ihnen von Bord aus zugeworfen wurden, und banden den Dampfer an den Pollern fest. Wenige Augenblicke später konnten die Passagiere aussteigen.

Viele der großen Überseedampfer und der modernen Frachter fuhren ja nicht die Elbe herauf bis Hamburg. Die Kolosse, die seit einiger Zeit gebaut wurden, hatten zum Teil zu viel Tiefgang und wären in Gefahr gewesen, auf Grund zu laufen. Auch wenn der Hamburger Hafen immer wieder und immer tiefer ausgebaggert wurde, war er für diese Königinnen der Meere nicht tief genug. Und so gingen sie vor Cuxhaven vor Anker, und die Ladung wurde auf kleinere Frachter oder zur Bahn gebracht, um weiter landeinwärts transportiert zu werden. Die Passagiere wurden ausgebootet und nahmen dann eines der kleineren Linienschiffe von Cuxhaven in die Hansestadt.

Tatsächlich stellte sich heraus, dass überraschend viele privat Reisende an Bord waren. Das Mädchen sah sich auf einmal von Kunden umringt und konnte sogar das ein oder andere besonders schöne Sträußchen für einen deutlich höheren Preis verkaufen als sonst. Schon war einer der beiden Körbe leer, und Tine griff zu dem anderen, als sie plötzlich eine Stimme hinter sich vernahm: »Mädchen, ich seh dich hier immer am Hafen sitzen. Du kannst gut mit Leuten …«

»Verzeihung, mein Herr?« Sie drehte sich um. Ein fein gekleideter, doch noch recht junger Gentleman war die Brücke heruntergekommen. »Da lässt sich mehr draus machen, ist dir das klar?«, erklärte er mit freundlichem Lächeln.

»Wenn Sie meinen, mein Herr.« Tine war verunsichert. Wollte er etwas kaufen? Wollte er mehr? Sein Blick ruhte auf eine Art auf ihr, dass sie nicht wusste, ob es ihr angenehm war oder unangenehm. Er schien sie zu mustern. Und sie schien ihm zu gefallen. So viel immerhin aber wusste Tine: Es war gefährlich, einem Mann zu gefallen. Es würde besser sein, das Gespräch zu beenden. »Ich muss weiter, mein Herr. Entschuldigen Sie …«

»Du bist aufgeweckt, du siehst ordentlich aus, und du bist nicht auf den Mund gefallen«, stellte der Mann fest und griff in seine Weste. Er nahm eine Münze heraus, legte sie Tine in die Hand und griff nach einem kleinen Bund Schlüsselblumen. »Wenn du dich mal verändern möchtest, melde dich bei mir. Henry Heesters, Hotel Heesters.«

Hotel Heesters? Den Namen hatte Tine noch nie gehört, obwohl sie meinte, alle Hotels von Hamburg zu kennen. »Heesters?«

»Helgoland«, erklärte der Mann, steckte sich die Schlüsselblumen in die Brusttasche seines Fracks, was ihm plötzlich ein ganz fröhliches Erscheinungsbild gab. Dann zwinkerte er ihr zu und sagte: »Wir brauchen immer Leute. Du kannst als Zimmermädchen anfangen. Und wenn du dich gut machst, wirst du vielleicht eines Tages Hausdame.«

Ja, dass die Helgoländer Leute brauchten – vor allem während der Saison –, davon hatte Tine schon gehört. Wenn täglich Tausende und Abertausende von Gästen auf die Insel kamen, dann konnten die wenigen Einheimischen das gar nicht bewältigen. Wie auch? Jeder Wunsch sollte ihnen von den Augen abgelesen werden. Die Gäste wollten verwöhnt, umsorgt sein. Dazu brauchte es mehr als ein paar Ortsansässige. Sogar viel mehr. So viel war Tine klar, auch wenn sie nicht wirklich wusste, wie viele Menschen eigentlich auf der Insel lebten.

Der Herr im Frack lupfte lächelnd seinen Hut und ging seiner Wege, ohne auf Wechselgeld zu warten. Das hatte Tine eigentlich noch nie erlebt, dass ein feiner Herr vor ihr den Hut lupfte. Peer tat das mit seiner Mütze, wenn er ihr begegnete. Aber Peer war, nun ja: Peer eben. Dieser hier aber, der war bestimmt ein erfolgreicher Geschäftsmann, so wie er aussah mit seinem maßgeschneiderten Frack und den schicken Hosen. Dabei war er gar nicht alt und ging beschwingt dahin, als wäre er auf dem Weg zu einer angenehmen Verabredung. Tine seufzte.

Ja, das waren die Dinge, mit denen sich solche Menschen beschäftigten: angenehme Verabredungen, schicke Kleider – und ab und zu kauften sie einem Blumenmädchen ein Sträußchen ab und sahen gleich ganz unbeschwert und fröhlich drein.

Wenige Minuten später hatten die Passagiere das Schiff verlassen, und Tine packte ihren Korb, um zum nächsten Pier zu ziehen. Helgoland. Das lag draußen in der Nordsee. Die britische Insel war in den letzten Jahren zu einem beliebten Reiseziel auch für Besucher aus dem Deutschen Reich geworden. Irgendjemand hatte mal erzählt, dass inzwischen mehr Deutsche dorthin reisten als Briten. Natürlich keine gewöhnlichen Leute, die hätten sich das nie leisten können. Nach Helgoland fuhr man, um zu kuren, sich zu vergnügen und der guten Luft wegen. Prompt musste Tine husten, weil ihr eine schwarze Qualmwolke ins Gesicht wehte. Die Luft am Hafen war besser als die im Gängeviertel, wo einem der Mief der Gassen in die Nase drang. Aber auch hier mischte sich der Dunst verdorbenen Fischs mit dem Gestank von Rauch und Ruß. Der Hafen war seit Jahren eine immerwährende Großbaustelle. Mole um Mole entstand, Halle um Halle, es wurden Gleise verlegt, Fundamente gegossen. Hinzu kam der Qualm aus den Werften und natürlich von den Hunderten Schiffen, die stets im Hafen lagen, ein- oder ausliefen.

Helgoland war ein Seebad, das gern mit seiner vollkommen reinen Luft warb. Tine hatte schon Plakate gesehen, auf denen ein stolzer roter Felsen aus der See ragte, umringt von weißen Segeln unter strahlend blauem Himmel. *Ja*, dachte sie, *Helgoland, das klingt wunderschön.* Ob sie sich als Zimmermädchen eignen würde? Sie würde saubere Kleider tragen und in einem schönen Haus arbeiten. Sie bekäme vielleicht ab und zu Trinkgeld. Sie hätte sicheren Lohn und könnte ab und an etwas davon nach Hause schicken. Die Insel war schön und aufgeräumt, hieß es, anders als der Hamburger Hafen, der nicht nur dreckig, sondern auch gefährlich war, wo man sich nach Einbruch der Dunkelheit als Frau besser nicht aufhielt und jederzeit damit rechnen musste, dass man weggescheucht wurde wie eine Bettlerin. Die Blumen freilich würden ihr fehlen. Und die Spaziergänge hinter dem Elbstrand. Und Mutter natürlich. Vater nicht so sehr. Fritzi würde ihr fehlen!

Sie vor allem.

Ich würde auf einem Schiff fahren, dachte Tine. *Ich würde die frische Seeluft atmen. Ich würde mich ganz nach vorne stellen und übers Meer blicken.* Vielleicht würde eine Möwe durch die Luft gleiten. Sie würde in die Sonne blinzeln und ein Lied summen. Wie viele Stunden die Überfahrt wohl dauern würde? Sie würden in Glückstadt anlegen und in Cuxhaven. Danach käme die offene See. Ob starker Seegang sein würde? Und sie selbst seekrank? Vielleicht sollte sie dann doch besser unter Deck bleiben. Oder half es gegen Seekrankheit, wenn man oben war? Sie musste Peer fragen, der kannte sich da aus. Sie könnte auch Vater fragen. Aber dem erzählte sie es besser nicht. Ob sie überhaupt jemandem etwas sagen sollte? Oder ob sie einfach abreiste? Nein, das ginge nicht. Sie musste wenigstens Fritzi einweihen. Aber wenn sie das tat, dann mussten auch die anderen davon erfahren. Denn Fritzi verplapperte sich am Ende noch. Ganz sicher würde sie das. Vielleicht sagte sie es ihr dann am besten erst im letzten Moment. Dass sie nicht zum Blumenpflücken ging. Sondern auf einen Dampfer. Und dass sie nicht wiederkommen würde. Jedenfalls nicht so bald …

***

Drittes Kapitel

Der April war längst vorüber, der Mai stand schon in voller Blüte. Endlich trugen die Moosröschenbüsche ihre Pracht in Hülle und Fülle. Mit zerstochenen Fingern, aber mit reicher Ernte schleppte Tine ihre Körbe allmorgendlich vom Elbstrand zum Hafen. Manchmal begleitete Fritzi sie, Peer dagegen tauchte nicht mehr auf. Er hatte jetzt eine Unterkunft auf St. Georg gefunden. Deshalb sah sie ihn nur noch gelegentlich am Hafen, wenn sie sich zufällig über den Weg liefen oder er in einer freien Minute vorbeischaute.

Trotz der wundervollen Blumen, die Tine in diesen Wochen zu kleinen Sträußchen, Kränzen und Gestecken band, wurde die Arbeit immer mühsamer. Das gute Wetter sorgte zwar für viele zusätzliche Reisende, aber neue Hafenbaustellen und eine immer strengere Aufsicht machten ihr das Leben schwer. »He du!«, fuhr sie ein Hafeninspekteur an, den sie noch nicht kannte. »Hier ist Betteln nicht erlaubt.«

»Entschuldigen Sie, mein Herr«, verteidigte sich Tine. »Ich bettle nicht, ich verkaufe Blumen.«

»Hast du eine Erlaubnis dafür?«

Tine blickte zu Boden. »Wenn Sie es mir erlauben«, sagte sie leise. »Darf ich dann hier bleiben?«

Der Hafeninspekteur lachte. »Das hast du dir ja schön ausgedacht. Ich bin nicht der Hafendirektor. Und der wird dir auch keine Erlaubnis geben. Da könnte ja jede kommen und ihren Stand hier aufbauen!«

»Aber …« Das Mädchen zögerte. War es klug zu sagen, dass

der Hafeninspekteur Stademann immer ein Auge zudrückte? Was, wenn Stademann dann Schwierigkeiten bekäme und in Zukunft vielleicht nicht mehr erlauben würde, dass sie bliebe und ihre Blumen verkaufte? »Verstehe«, sagte Tine also und nickte tapfer. »Ich gehe woanders hin.«

Was sie dann auch tat, und zwar unter den Argusaugen des Aufsehers, der scheinbar nichts Wichtigeres zu tun wusste, als kleine Blumenhändlerinnen zu drangsalieren. Müde schleppte Tine ihre Körbe über die Passagierrampe und verließ das Hafengelände Richtung St.-Pauli-Hügel. Doch dann wandte sie sich nach links und kehrte etwas weiter südlich wieder zu den Kais zurück. Hier legten die kleineren Schiffe an, die die Elbstädte miteinander verbanden. Vielleicht hatte sie ja Glück und fand dort ein paar Käufer.

Bewundernd betrachtete sie die neue Speicherstadt. Obwohl sie von dichtem Treiben umgeben war, überall Waren transportiert und teils mit Flaschenzügen in erstaunliche Höhen verfrachtet wurden, obwohl sich an den Kais die Boote drängten und so viel und so laut geflucht und geschimpft wurde, dass man es manchmal bis herüber zu den Landungsbrücken hörte, war Tine fasziniert von der Größe und der Eleganz der Lagergebäude und Kontore. Auf einigen thronten Türmchen wie auf dem Rathaus, Fahnen und Wimpel in den Farben der großen Handelshäuser flatterten über den Dächern, auf großen Schildern prangten Firmennamen in goldenen Lettern auf schwarzem Grund. Die reichen Händler – sie waren die neuen Könige. Vater hatte das einmal gesagt, und auch Tine glaubte daran. Groß wie Schlösser hatten die Kaufleute ihre Warenlager und Geschäftsräume errichtet. Dort wurde oft die halbe Nacht noch gearbeitet, während die Besitzer längst per Kutsche nach Hause in ihre prachtvollen Villen gefahren waren.

Vater hatte sich einmal als Kutscher beworben. Doch einen Einbeinigen wollte niemand anstellen. »Ein Krüppel kann nicht schnell genug auf den Bock und nicht schnell genug herunter. Und das Gepäck kriegt er auch nicht befördert. Außerdem ist sein Anblick eine Beleidigung für den Herrn.« Tine hatte diese Worte mit eigenen Ohren gehört. Vater hatte sie mitgenommen, damit sie die Pferde sehen konnte. Das war in einer anderen Zeit gewesen, in einem anderen Leben.

»Wie laufen die Geschäfte, Tinchen?«, fragte Gerda, die plötzlich an ihrer Seite auftauchte.

»Gerda! Na ja, ich bin von meinem Lieblingsplatz verjagt worden.«

»Warst du nicht nett zum Herrn Inspekteur?«

»War ein neuer«, erklärte Tine und zuckte die Achseln.

»Verstehe.«

»Und du? Was machst du denn hier? Musst du nicht arbeiten?«

»Tu ich doch.«

»Wirklich? Hier? Was hast du denn hier für Arbeit?«, fragte Tine erstaunt.

»Willste nicht wissen, Tinchen«, erklärte die große Schwester. Gerda war die Älteste. Zehn Kinder hatten die Tiedkens. Sechs Töchter, vier Söhne. Nach Gerda und Jolante kam Johann, dann Tine und Fritzi, Frieder und Paul, Irmi, Georg und die kleine Emmy, die erst kurz vor Weihnachten zur Welt gekommen und seither ständig krank war. Aber das waren Paul und Georg auch. Jolante hatte mal erzählt, dass es noch zwei oder drei weitere Geschwister gegeben hätte. Aber an die konnte Tine sich nicht erinnern, weil sie selbst noch zu klein gewesen war oder sie vor ihr geboren worden waren.

»Hier am Hafen machst du dir leicht deine schönen Kleider

schmutzig«, sagte Tine und deutete auf das hübsche Jäckchen, das Gerda über ihrer strahlend weißen Bluse trug.

»Das hast du ganz richtig erkannt.« Gerda nickte mit süffisantem Lächeln. »Aber gerade hier am Hafen wollen die Kunden doch auch mal was Hübsches sehen, oder?« Und auf Tines unsicheren Blick: »Du ziehst dich doch auch jeden Tag ordentlich an, ehe du hierherkommst.«

»Na ja«, murmelte Tine. »Ich hab ja eigentlich gar nichts anderes.«

»Siehste«, sagte Gerda. Doch das überzeugte Tine nicht. Sie wusste, dass Gerda auch einfache Alltagskleidung hatte. Gerda besaß eine kleine Truhe, nur für sich, in der sie ihre Kleider aufbewahrte. Einmal hatte Tine hineingesehen und gestaunt. Ein Mann kam den Pier entlang und musterte Gerda so unverschämt, dass Tine peinlich berührt den Blick senkte.

»Arbeitest du heute nicht in der *Seemannsbraut*?«, fragte sie, als der Mann wieder weg war.

»Nein. Heute nicht«, erklärte Gerda scheinbar gelangweilt. »Morgen auch nicht.«

»Übermorgen?«, schlug Tine vor.

Doch Gerda schüttelte den Kopf. Sie blickte sich kurz um, und als niemand hersah, zog sie den Rock ein Stück hoch und zeigte Tine ihre Hüfte. Sie war von einem riesigen blauroten Bluterguss verunstaltet.

»Gerda!«, rief Tine erschrocken. Die große Schwester holte tief Luft, ließ den Rock wieder fallen und schob den Ärmel ihres Jäckchens hoch. Mehrere Striemen in der gleichen Farbe waren dort zu sehen. »Was ist passiert?«

»Das war Bracht«, knurrte die Schwester und blickte in eine ungewisse Ferne, als würde sie dort den Wirt sehen. Ihre Augen drückten gleichermaßen Wut und Hoffnungslosigkeit aus.

Doch nur für einen kurzen Moment, dann hatte sie sich wieder im Griff und setzte ein unbekümmertes Lächeln auf. Es wirkte, als hätte sie in ihrem Inneren ein Lämpchen angeknipst. Doch was Gerda wirklich bei Bracht trieb, war für Tine damit noch immer nicht geklärt.

***

Es war an einem Abend Mitte Mai, als Tine erschöpft nach Hause kam. Der neue Hafeninspekteur hatte sie wieder von ihren Stammplätzen verscheucht und ihr gedroht, sie einsperren zu lassen, wenn er sie noch einmal auf den Piers sehen würde. Auch wenn Tine wusste, dass die Gendarmerie besseres zu tun hatte, als ein Blumenmädchen hinter Gitter zu bringen, war sie aufgewühlt. Es hatte schon Fälle gegeben, in denen Bettler einfach ins Hafenbecken gestoßen wurden, einer von ihnen war sogar unter dem Gelächter Umstehender ertrunken. Tine hatte die Geschichte nicht selbst erlebt, aber sie erinnerte sich noch gut an Peers verstörtes Gesicht, als er ihr davon erzählt hatte. Er war damals der Einzige gewesen, der den Bettler herauszuziehen versucht hatte. Vergeblich. Nein, es lohnte nicht, sich mit der Hafenaufsicht anzulegen, das konnte böse enden.

Also hatte Tine sich einen Platz an den Gleisen gesucht. Doch die meisten jener Herrschaften, die auch Blumen kauften, fuhren nicht auf direktem Wege weiter, sondern suchten zunächst ein Hotel auf, ehe sie zur Weiterreise in die Bahn stiegen. Am Hafen nahmen sie deshalb eine Mietdroschke und ließen sich zu ihrer Unterkunft chauffieren. Also hatte Tine den Platz am Hafenbahnhof wieder geräumt und war weitergezogen Richtung Alster. Sie kam dabei sogar am Hotel Continental vorbei und zögerte kurz. Zu verlockend war der Gedanke, dasselbe kleine Wunder wie beim letzten Mal könne passieren. Zu erschreckend indes der Gedanke, dass man sie im hohen Bogen hinausschmeißen könne. Nein, das wollte sie auf keinen Fall riskieren. Weshalb sie sich vor einem Kaffeehaus an der Binnenalster auf den Bürgersteig setzte und zu singen begann. Es fiel ihr nicht leicht, doch es gelang ihr, fröhlich zu klingen, denn nur von einem fröhlichen Mädchen würden die Passanten etwas kaufen.

Irgendwann schloss das Kaffeehaus, und die letzten Gäste gingen – *ohne* vorher ein Sträußchen Blumen von Tine zu nehmen. Aber das war auch gut so, denn es war Abend geworden, und die Blüten waren inzwischen welk und der Duft verflogen. Seufzend stand Tine auf, breitete die Tücher über ihre Körbe und griff nach ihrer Geldbörse. Einundfünfzig Pfennige hatte sie an diesem Tag eingenommen. Ein Drittel der Blumen war noch übrig.

Müde klapperte sie mit ihren Holzschuhen an einem Fleet entlang. Ehe sie ins Gängeviertel eintauchte, kippte sie die restlichen Blumen ins dunkle Wasser, vergaß aber nicht, das schönste Sträußchen für Fritzi aufzuheben.

Sie war noch nicht ganz zu Hause angekommen, da hörte sie schon das laute Stöhnen der Nachbarin. Als sie die Treppen hochstieg, lief ihr ein Schauder über den Rücken. Offenbar lag die Frau in den Wehen. Sie musste unglaubliche Schmerzen leiden. Mit klopfendem Herzen sah sich Tine nach der Mutter um, doch war sie nirgends zu sehen. »Fritzi? Wo ist Mutter?« Mit aufgerissenen Augen bewegte die Schwester den Kopf Richtung nebenan.

»Sie hilft der Nachbarin?«

Sie nickte.

»Gut. Bleib du hier.« Rasch lief Tine los. Sie brauchte nicht zu klopfen, die Tür stand offen. Drinnen drängten sich die größeren Töchter der Nachbarin und ihre Mutter um das Bett: einen schmutzigen Strohsack, der an der Wand lehnte und auf dem die Frau halb hockte, halb lag. »Mutter«, flüsterte Tine und kniete sich neben sie. »Kann ich was tun?«

»Es ist gleich da«, keuchte die Mutter, die eine Hand auf den Bauch der Gebärenden presste, mit der anderen versuchte, den Muttermund zu weiten. Schweiß stand auf ihrer Stirn. Erneut fing die Frau zu stöhnen an, schrie schließlich, wobei sie wild den Kopf hin und her warf. »Gleich hast du's geschafft«, machte die Mutter ihr Mut. Und tatsächlich war das Köpfchen des Kindes schon fast da. »Ein bisschen noch. Noch einmal pressen, Anna«, redete die Mutter ihr zu. »Bitte. Gib dir Mühe. Du schaffst es!« Sie hatte es kaum ausgesprochen, als sie erschrocken aufschrie.

»Mama? Was ist?«

»Tine! Lauf sofort runter zu Meister Herzfeld! Er muss seine schärfsten Messer bringen.«

»Seine Messer?«, fragte Tine verständnislos.

»Er muss das Kind von vorne holen. Los, lauf!«

Von vorne holen? Messer? Die schärfsten? Verwirrt rannte Tine die Stufen hinab, stolperte über die letzten und schlug auf den kalten, harten Steinboden auf. Benommen taumelte sie weiter zu Herzfeld.

Zum Glück war der Bader da. Auch wenn er einen Kunden mit massiv angeschwollener Backe bei sich und die Zange schon zur Hand genommen hatte, zögerte er keinen Augenblick, raffte alle Klingen, deren er habhaft werden konnte, zusammen und stürmte so schnell hinaus, dass das Mädchen nur hinterherlaufen konnte.

»Meister Herzfeld! Gott sei Dank! Das Kind hängt fest«, erklärte die Mutter, als sie eintrafen. Die Nachbarin war inzwischen ohnmächtig geworden. Ihr Körper hing schlaff auf dem Strohsack, mühsam gehalten von den großen Töchtern.

Der Bader verlor keine Zeit, schob Frau Tiedkens zur Seite und betrachtete die Situation.

»Sie müssen das Kind von vorne holen«, sagte sie mit hohler Stimme. Der Schrecken, der ihr in den Gliedern saß, war deutlich zu hören. Doch der Bader schüttelte den Kopf. »Nein«, widersprach er, während er eine besonders gebogene Schere zur Hand nahm. »Das werden wir nicht.« Er wirkte ganz ruhig, ganz überlegt. Dann griff er nach dem Kopf des Kindes, schob ihn ein wenig zur Seite, zögerte einen Moment lang, setzte dann die Schere an und drückte beherzt zu. Es ging so schnell, dass Tine unwillkürlich rückwärtsstolperte. Das Kind kam heraus! Mit rotem Kopf zwar und verdreht, aber es kam. Der Bader zog vorsichtig mit der einen Hand und breitete die andere unter den winzigen Leib des Säuglings, damit er nicht zu Boden fiel, dann hatte er es in seinen riesigen Händen, packte mit der einen die Füße, klatschte mit der anderen auf den winzigen Po. Doch das Kind begann nicht zu schreien. Er klopfte noch einmal erfolglos, legte das Kind dann auf den warmen Leib der Nachbarin und beugte sich darüber.

»Was machen Sie da?«, fragte Frau Tiedkens.

Doch der Bader reagierte nicht, vielmehr schien es, als sauge er am Gesicht des Kindes, richtete sich nach wenigen Augenblicken auf, spuckte aus, hob das Neugeborene abermals an den Beinen hoch, klopfte nochmals auf den Po – und auf einmal war das winzige Stimmchen des Säuglings zu hören! Es schrie! Behutsam legte er das Baby erneut auf den Leib seiner Mutter, die in diesem Augenblick die Augen öffnete und lächelte. Was Tine wiederum zutiefst erstaunte. Als sie zu ihrer Mutter hinsah, bemerkte sie, dass sie vor Glück weinte.

***

»Meister Herzfeld?«

»Ja, Tine?«

»Woher wussten Sie, dass Sie das Kind nicht von vorne holen mussten?« Tine zögerte und fragte dann: »Was heißt das eigentlich: von vorne holen?«

Der Bader legte die Instrumente beiseite, die er gerade gereinigt hatte. Wie so viele Menschen, die im Dreck des Gängeviertels leben mussten, legte er größten Wert auf Sauberkeit. Mochte sich vor seiner Tür der Unrat durch die Gasse schieben, hier drinnen lag kein Stäubchen auf dem Tisch und kein Krümel auf dem Boden. Seufzend setzte sich der große Mann neben sie und erklärte: »Manchmal kommen die Kinder nicht so, wie die Natur es vorgesehen hat.«

Tine schwieg und blickte ihn nur neugierig an.

»Dann ist es nötig, dass man einen Schnitt macht.«

»Einen … Schnitt?«

»Hier.« Er legte die Kante seiner Hand ganz unten an seinen Bauch.

»Und dann?«

»Man muss sehr vorsichtig schneiden – und trotzdem sehr schnell. Ein solcher Kaiserschnitt …«

»Kaiserschnitt?«

»Ja, man nennt es Kaiserschnitt, weil angeblich die Kaiser in früheren Zeiten so zur Welt gebracht wurden.«

»Aber das ist doch gefährlich!«, entfuhr es Tine.

Der Bader nickte. »Das ist es, Tine. Und ich mache es nicht gerne.«

»Aber ich bin froh, dass Sie das Kind doch holen konnten und dass es gesund ist.«

Der Bader wiegte den Kopf. »Das bleibt abzuwarten, Tine.«

»Abzuwarten? Aber der Kleine hat doch geschrien. Und gesaugt hat er auch! Ich hab es selbst gesehen.«

»Das ist richtig, Tine. Aber die Nabelschnur hatte sich um seinen Hals gewickelt. Du weißt, was die Nabelschnur ist?«

Tine nickte. Sie hatte sie bei der Geburt ihrer jüngeren Geschwister gesehen.

»Also«, erklärte der Bader und nickte ihr aufmunternd zu. »Wenn sich die Schnur um den Hals wickelt, dann staut sich das Blut im Kopf des Kindes. Und das kann dazu führen, dass …«

»Dass?«

»Nun …« Meister Herzfeld sah zum Fenster hin, hinter dem es inzwischen ganz dunkel war, und zuckte die Achseln. »Es ist spät. Du solltest jetzt nach oben laufen.«

Tine stand auf. »Wozu kann es führen?«, fragte sie, als sie schon an der Tür stand.

»Nun, dass das Kind vielleicht behindert ist.«

»Behindert?«

»Geistig. Zurückgeblieben.«

Es lag eine Art väterlicher Zärtlichkeit im Blick des Baders, als er Tine wehmütig anlächelte. »Sie meinen«, sagte sie. »So wie …«

Er nickte. »Ja, Tine. So wie Fritzi.«

* * *

Fritzi begleitete Tine in jenen Wochen öfter in die Rieselwiesen hinter dem Elbstrand und zu den Marschen. Oft sang sie dabei Lieder, die ihnen die Mutter vorgesungen hatte, als sie beide noch klein gewesen waren. Tine betrachtete ihre jüngere Schwester seit dem Gespräch mit Meister Herzfeld mit etwas anderen Augen. Plötzlich war es nicht mehr eine Fügung des Schicksals oder eine Laune des Lieben Gottes, dass Fritzi einfältig geworden war. Vielleicht hatte einfach nur niemand aufgepasst oder schnell genug eingegriffen, als die Schwester zur Welt gekommen war. Vielleicht wäre alles anders gekommen, wenn … Aber es änderte natürlich nichts. Es war, wie es war: Fritzi war der liebste Mensch der Welt – aber eben nicht der schlaueste.

Mariechen saß träumend im Garten
Im Grase lag schlummernd ihr Kind

sang die kleine Schwester.

Mit ihren schwarzbraunen Locken
Spielt' leise der Abendwind.

Tatsächlich hatte auch Fritzi dunkles Haar. Sie und Paul waren die beiden Geschwister mit haselnussbraunem Haar.

Sie saß still, so träumend,
So einsam, geisterbleich.
Und dunkle Wolken zogen
Und Wellen schlug der Teich …

Es war ein seltsames Lied, denn es kamen sowohl Berge darin vor als auch das Meer. Vor allem aber kam ein Seemann darin vor, der nicht mehr zurückgekehrt war von seiner Fahrt. Ein Schicksal, das es tausendfach gab in Hamburg wie in jeder anderen Hafenstadt. Auch Tine kannte Frauen, deren Männer auf See geblieben waren. Die Mutter sang dieses Lied immer noch für die Kleinen unter den Geschwistern. Aber Tine hatte manchmal das Gefühl, dass es darin eigentlich gar nicht um einen Matrosen ging, den die Fluten geholt hatten, sondern um den Mann, der ihr Vater einst gewesen war und der nach dem Unfall am Hafen nicht mehr als derselbe nach Hause zurückgekehrt war. Die Trauer darüber würde auf ewig in ihrer Mutter bestehen bleiben.

Dein Vater hat uns verlassen,

sang Fritzi nun weiter.

Verlassen, weiß nicht warum.
Drum stürzen wir uns beide
In einen tiefen See.
Vorüber ist alles Leiden,
Vorüber ist alles Weh.

Tine nahm Fritzis Hand, während sie durch die Wiesen gingen, hinüber zu den alten Hecken, an denen Margeriten und Huflattich wuchsen. Und sie stimmte mit ein in Fritzis Lied:

Mariechen saß oft noch am Strande
Die ganze lange Nacht,
Bis einst aus fernem Lande
Ein Schiffer die Botschaft ihr bracht'
Das Kind an deinem Busen
Hat keinen Vater mehr.
Er ruht als braver Seemann
Im weiten breiten Meer.

Und dann weinten sie ein wenig und schwiegen, während sie vorsichtig Zweig um Zweig von den Büschen brachen und ihren so unterschiedlichen Gedanken nachhingen. Tines Gedanken aber wanderten zu einem roten Felsen draußen in der Nordsee. Es war, als flüsterte ihr dieses geheimnisvolle Helgoland eine Botschaft zu: Komm zu mir und lass deinen Kummer hinter dir!

***

Als Tine die Insel aber zum ersten Mal erblickte, geschah das nicht in Wirklichkeit, vielmehr entdeckte sie das Eiland auf einem Bild im Schaufenster einer Galerie. Es war ein Druck oder die Zeichnung einer Insel, die stolz aus dem Meer ragte, von hohen Wellen umwogt. Ein paar Vögel überflogen die Szenerie. Das Bild war so perfekt, dass Tine beinahe das Gefühl hatte, die Insel tauche vor ihr aus dem Wasser auf. Darüber hatte der Künstler mit eleganten Buchstaben ein einziges Wort geschrieben: Heligoland.

»Heligoland«, flüsterte Tine, die einen Moment gebraucht hatte, um es zu entziffern. Sie hatte schließlich nie eine Schule besucht. Lesen hatte ihnen die Mutter an manchen Abenden beigebracht, zumindest einigermaßen. Natürlich gab es die Schulpflicht. Aber die Familien im Gängeviertel waren zu arm, um die Kinder in den Unterricht zu schicken. Und wer kontrollierte es letztendlich schon?

»Heligoland«, wiederholte sie sehnsüchtig. Das klang wie »Helgoland«. Und der Fels im Meer entsprach dem Bild, das Tine sich stets von der Insel gemacht hatte: vornehm und einzigartig, fremd und zugleich magisch.

***

Am nächsten Tag ließ sie die Körbe bei Fritzi am Pier und lief zu den Fahrkartenschaltern der Schifffahrtsgesellschaften, die in einem langgestreckten Bau an den Landungsbrücken gelegen waren. Die unterschiedlichsten Menschen standen dort für Fahrscheine an: Kontormitarbeiter in ihren schwarzen Anzügen, Dienstboten, die für ihre Herrschaften eine Schiffspassage buchen sollten, Auswanderer, die oft mit der ganzen Familie warteten und nicht selten in heftige Diskussionen mit den Verkäufern hinter den Schaltern gerieten, weil ihnen die Preise für die ersehnte Überfahrt viel zu hoch erschienen.

Seit einiger Zeit war es die *Freya* von Blohm & Voss, die die Nordseebäder von Hamburg aus anlief. Lange Zeit hatte es einen Linienverkehr zu den Nordfriesischen Inseln nur von Bremen oder Bremerhaven aus gegeben, vor allem nach Wangerooge und Norderney. Die Schiffe, die Woche für Woche in Hamburg, Bremerhaven, Cuxhaven, in Kiel oder Rostock vom Stapel liefen, vor allem aber in Glasgow, Liverpool und anderen großen Werftstädten, wurden immer größer, immer prächtiger und immer schneller. Tine bewunderte die Eleganz, mit der auch mancher Dampfer inzwischen durch die Elbe glitt. Allein die Größe verlieh diesen Schiffen schon etwas Majestätisches. Mit einem solchen Schiff wollte sie fahren. Immer wieder rief sie sich den Namen des Herren in Erinnerung, der sie auf der Mole angesprochen hatte: Heesters hatte er gesagt, Henry Heesters, und ihr ein freundliches Lächeln geschenkt.

»Moin. Wo soll's denn hingehen?«, fragte der Mann hinter dem Schalter. Erschrocken bemerkte Tine, dass sie inzwischen in der Reihe ganz nach vorn gerückt war. »Helgoland«, stotterte sie.

»Erste Klasse? Dritte?«

»Erste?«, fragte Tine unsicher zurück. »Was würde das denn kosten?«

»Erste macht vierzig Mark, dritte macht acht Mark fünfzig.«

»Acht … Mark?« So viel Geld hatte Tine noch nicht einmal gesehen, geschweige denn gehabt.

»Nun?« Der Mann hinter dem Schalter war nicht unfreundlich. Allerdings war er erkennbar ungeduldig. Natürlich, hinter dem Mädchen warteten noch zwei Dutzend andere Kunden, die ihre Fahrkarten kaufen wollten.

»Gibt es auch etwas Günstigeres?«, wollte Tine wissen, die mit einem Mal eine unerträgliche Scham in sich aufsteigen fühlte. Sie mied den Blick des Fahrkartenverkäufers. »Tut mir leid, junges Fräulein«, sagte er. »Billig geht nicht. Der Nächste, bitte!«

Schon wurde Tine von den Nachfolgenden beiseitegeschoben und fand sich neben dem Fahrkartenschalter wieder, unverhohlen von den anderen Leuten in der Schlange gemustert: von manchen mitleidig, von anderen schadenfroh oder abschätzig. Armut, das wusste Tine schon lange, wurde von vielen Menschen als etwas betrachtet, wofür man sich schämen musste. Und in der Tat schämte sie sich für ihre schlichten, fadenscheinigen Kleider, für ihre abgewetzten Holzpantinen, für ihre rissigen, wunden Hände und für den Hunger, den zwar niemand sah, aber dennoch jeder erkannte. Selten hatte sie sich so geschämt wie in jenem Augenblick auf den Ladungsbrücken, wo sie kaum mehr als vierzig Cent in der Tasche trug, aber mehr als acht Mark gebraucht hätte. So viel Geld, dass ihre Familie davon fast zwei Wochen hätte leben können. Hatte sie sich vorhin noch geschämt, dass sie vierzig Pfennige von ihrem Verdienst vor der Mutter verheimlicht hatte, um sich eine Fahrkarte kaufen zu können, so schämte sie sich jetzt dafür, wie wenig sie ihr Eigen nannte.

Nein, so würde es nicht gehen mit einer Überfahrt. Sie musste einen anderen Weg finden, wenn sie Herrn Heesters'

Angebot annehmen wollte, auf der Insel als Zimmermädchen in einem schönen Hotel zu arbeiten. Dafür aber brauchte sie Rat. Und sie wusste auch, wer ihr einen solchen Rat geben konnte.

***

Den ganzen Tag hatte sie nach Peer Ausschau gehalten, ihn aber nirgends entdeckt. Mehrmals hatte sie ihren Platz gewechselt, sogar als sie eigentlich ganz gut hätte verkaufen können. Aber sie wollte ihn unbedingt finden, sie *musste* ihn finden. Endlich entdeckte sie unter den Männern, die eine Ladung Kaffee aus Südamerika löschten, einen jungen Burschen, den sie schon öfter mit Peer zusammen gesehen hatte. Vielleicht wusste er, wo sie den Freund finden konnte.

Der Bursche kannte sie offenbar auch, denn als Tine auf ihn zukam, grinste er und rief: »Bringst du mir Blumen, Blumenmädchen?«

Tine, die wie immer ein Tuch über die kleinen Gebinde in ihrem Korb geworfen hatte, rief zurück: »Vielleicht. Wenn du mir helfen kannst …«

Er wischte sich mit dem Handrücken über die schweißnasse Stirn, unterbrach aber nicht seine Arbeit. Denn für persönliche Plaudereien wurden die Hilfsarbeiter am Hafen nicht bezahlt. Also packte er einen weiteren Sack und wuchtete ihn auf einen der bereitstehenden Karren. »Und was müsste ich da tun?«, fragte er.

»Du müsstest mir sagen, wo ich Peer finde.«

»Peer aus Altona?«

Tine nickte. »Da wohnt er aber nicht mehr.«

»Stimmt«, bestätigte der Bursche. »Wohnt jetzt im Gängeviertel.«

»Oh. Da wohne ich auch«, sagte Tine. Doch Anlass zur

Freude war das nicht, denn das Gängeviertel war riesig, und es lebten viele Tausend Menschen dort, es war wie eine Stadt in der Stadt. »Hast du auch eine Ahnung, wo er dort untergekommen ist?«

»In irgendeinem Laden. Er schläft dort im Keller.«

»Und was für ein Laden soll das sein?«

»Schiffsausrüstungen.«

Tines Miene hellte sich auf. »Davon dürfte es nicht so viele geben im Gängeviertel, oder?«

»Eher nicht. Weiß aber nicht, wo der Laden ist.«

»Na gut, ich frage mich durch. Hast mir sehr geholfen, vielen Dank!«

Der Bursche blickte sie schräg an. »Und die Blümchen?«

»Stimmt! Die Blümchen!« Sie schlug das Tuch zurück und nahm einen besonders hübschen Maiglöckchenstrauß heraus und drückte ihn ihm in die Hand. Der Bursche zwinkerte ihr zu und steckte es sich hinters Ohr, was ihm ein fröhliches Aussehen verlieh. »Schön, dich kennengelernt zu haben.«

»Danke«, sagte Tine und machte sich auf den Weg.

Ein Laden für Schiffsausrüstungen. Vermutlich waren damit Taue gemeint. Oder Kompasse? Netze? Seekarten? Windlichter? Tine versuchte sich vorzustellen, was ein solches Geschäft wohl führte, und vor allem, wo es gelegen sein konnte. Wahrscheinlich war, dass es nicht weit vom Hafen entfernt lag. Nun, sie würde sich durchfragen.

Hoffnungsvoll tauchte sie in die dunklen Gassen ein, orientierte sich dabei an den Hauptkirchen, überlegte, wo St. Michaelis und St. Katharinen lagen, wo St. Nicolai und wo St. Petri. So weit wollte sie nicht gehen, dort würde kein Laden für Schiffsausrüstung zu finden sein. Nein, zuerst würde sie sich am Nicolaifleet entlangbewegen. Vielleicht hatte sie ja Glück.

Doch egal, wen sie auch fragte, entweder wusste man nichts von einem Laden für Schiffsausrüstungen, oder man nahm Tine nicht ernst und ließ sie schlichtweg stehen. Nahe dem Rödingsmarkt hatte sie plötzlich das Gefühl, als folge ihr jemand. Verunsichert blieb sie stehen. War das hier überhaupt am Rödingsmarkt? War sie nicht vorhin über das Alsterfleet gegangen? Die Häuser drängten sich dicht an dicht, nirgendwo konnte sie einen der Kirchtürme entdecken, die ihr geholfen hätten, sich zurechtzufinden.

Ein Geräusch ganz in der Nähe ließ Tine aufschrecken. Waren es Schritte? Doch nirgends war ein Mensch zu entdecken. Hinter einem dunklen Fenster standen ein paar Kinder und blickten mit neugierigen Augen auf das Blumenmädchen herab. »He!«, rief Tine ihnen zu. »Wisst ihr, in welcher Richtung St. Nicolai ist?« Keines der Kinder antwortete, sie starrten sie einfach weiter an, bis plötzlich eine Frau auf Tine zutrat. »St. Nicolai?«, fragte sie mit einer Stimme, die kaum mehr als ein Flüstern war. Sie deutete mit einem gichtgekrümmten Finger die Gasse hinab. »Die zweite links. Und dann fragst du besser wieder.«

»Danke«, murmelte Tine und überreichte der Frau eins ihrer Blumensträußchen.

Ein Teil der Gasse war fest in der Hand zukünftiger Auswanderer. Sie kamen aus allen Teilen Europas und hatten sich in den Häusern und Baracken Richtung Hafen zusammengepfercht. Dort hausten sie unter elenden Bedingungen, stets hoffend, dass sie eine Passage in die Neue Welt ergattern würden, ehe das wenige Geld, das sie besaßen, von der Wartezeit in der Hansestadt aufgezehrt war. Tine ging weiter und heftete sich an die Fersen einer Frau vor ihr, die deutlich besser gekleidet war als die anderen Bewohner. Ein Mann mit vier Kindern an der Hand versperrte ihr plötzlich den Weg. »Brauchen Kind?«, fragte er in schlechtem Deutsch. Er schob das kleinste seiner Kinder vor und drehte es hin und her. »Ist gutes Kind. Ganz gesund.« Wie zum Beweis für das Gegenteil hustete die Kleine, deren Kleid vor Flecken starrte.

Die Frau jedoch wich ihm stumm aus, bahnte sich den Weg an ihm vorbei und verschwand in einer Seitengasse. *Eine feine Dame*, dachte Tine ein weiteres Mal, als sie ihr hinterherblickte. Was in aller Welt tat sie in einer Gegend wie dieser?

Hastig setzte sie ihren Weg fort. Inzwischen war es fast dunkel in den lärmerfüllten Gassen, doch sie lief weiter, bis sie auf eine schmale Tür stieß, über der ein Windlicht hing, darunter ein Schild: *Zum Schwarzen Piraten*. Drinnen war die Luft zum Schneiden dick, wenige, betrunkene Gäste leisteten dem Wirt Gesellschaft. »Immer herein, junge Dame!«, rief der jovial und wedelte mit seinem schmutzigen Geschirrtuch. »Hier tut dir keiner was!«

Aus dem Hintergrund konnte Tine ein hämisches Kichern hören. Fast blieben ihr die Worte im Hals stecken, als sie nach dem Laden für Schiffsbedarf fragte. Einen Augenblick schien der Wirt zu überlegen, ob er ihr kostenlos Auskunft geben sollte. Aber dann siegte wohl die Einsicht, dass bei Tine nichts zu holen war. »Hast es fast geschafft«, erklärte er also. »Hier runter …« Er wies mit dem Daumen in eine Richtung. »Und dann gleich an der nächsten Ecke. War mal 'n prächtiges Geschäft. Ist aber schon lange her.«

Tine dankte und beeilte sich, die Kneipe schleunigst zu verlassen.

Und dann stand sie endlich vor dem Laden. *Tendorp Schiffsausrüstungen* war direkt auf die Fassade gepinselt. Früher einmal musste die Schrift leuchtend weiß gewesen sein, so wie das ganze Haus überhaupt bessere Zeiten gesehen haben musste.

Mehrere hohe, schmale Fenster reihten sich aneinander. Hier, in unmittelbarer Nähe zum Alsterfleet und an einer Stelle, an der die Gebäude etwas weiter auseinanderlagen, wirkte der verwitterte Laden immer noch beinahe herrschaftlich auf Tine. Sie wischte sich die Haare aus der Stirn und trat ein. Das Erste, was ihr auffiel, war der Geruch: Hier drinnen stank es nicht. Stattdessen mischten sich ganz eigene Düfte zu einem beinah edlen Bouquet. Paraffin und Lacke, Talg und Werg, Schafswolle und eine metallische Note, Öle, Wachse und Lederzeug schwängerten die Luft.

»Ja, bitte?«, fragte ein schmaler älterer Mann, der sich an einigen Fässern zu schaffen machte.

»Ich … ähm, guten Tag. Ich suche nach einem jungen Mann.«

Der alte Herr musterte Tine mit hochgezogener Augenbraue. »Und da kommen Sie zu mir?«

»Er heißt Peer.«

»Hm.«

»Er ist ungefähr fünfzehn Jahre alt und arbeitet am Hafen.«

»Am Hafen.« Der Alte nickte. »Und als was arbeitet er da?«

»Nun, er macht alles, was anfällt und …«

»Ein Tagelöhner«, fiel ihr der Mann ins Wort. »Dann gehört er wahrscheinlich zu den Schlafgängern.«

»Ja!«, rief Tine. »Genau! So habe ich es gehört! Er soll hier wohnen!«

Der Alte schüttelte geringschätzig den Kopf. »Wohnen …«, murmelte er, als sei das mehr als fragwürdig. »Ums Haus und dann die Treppe runter.« Er hatte ganz offensichtlich nicht die Absicht, noch ein weiteres Wort mit Tine zu wechseln, weshalb sie nur ein leises »Danke« vernehmen ließ und den Laden mit einem Gefühl des Bedauerns verließ. Wie schön musste es sein, an einem solchen Ort arbeiten zu dürfen! Im Hinterhof erinnerte nichts an die gediegene Atmosphäre des Ladens. Hier war das Haus so schäbig wie all die anderen auch, ja mehr noch! Neben einer kaum verborgenen Latrine türmte sich Abfall, offenbar aus einer Abdeckerei. Mehrere Ratten tummelten sich in dem Unrat. Tine wich einen Schritt zurück, dann erblickte sie die Treppe. Schaudernd stieg sie die steilen Stufen hinab und versuchte, unten die Tür aufzudrücken, in der es einmal ein Fenster gegeben hatte. Doch das Glas war zerbrochen, dahinter war es schwarz wie die Nacht. Und die Tür war verriegelt. Sie klopfte zaghaft, drinnen knurrte ein Hund, und eine Männerstimme begann unverständlich zu murren.

»Hallo?«, rief Tine schließlich. »Ist jemand da? Ich bin auf der Suche nach Peer!« Der Hund verstummte, und das Murren ging in ein Poltern über. Dann tauchte ein Gesicht hinter dem Fenster auf, und Tine zuckte zurück. *Ein Schwarzer! Ein Mohr! Ein Afrikaner!*, schoss es ihr durch den Kopf. Sie hielt noch den Atem an, da wurde die Tür aufgerissen. Der Hund stürzte wild kläffend auf sie zu, sodass sie rückwärtsstolperte und gegen die Wand knallte. Panisch starrte sie auf das Tier, doch es schien im selben Moment in der Luft stehen zu bleiben.

»Ist angebunden«, sagte der Mann knapp, der kein Schwarzer, sondern dessen Gesicht einfach nur vollkommen dunkel gefärbt war. »Aus!« Und er trat mit dem Fuß gegen den Hund, der röchelnd zu Boden gegangen war, nachdem ihm die Leine in den Hals geschnitten hatte. Dann wandte er sich wieder Tine zu. »Zu wem willst du denn?«

»Ich suche Peer«, erklärte Tine verzagt. Nein, hier würde sie ihn sicher auch nicht finden. Das hier war ein Ort, an dem die

Ärmsten der Armen lebten, diejenigen, für die es nicht einmal mehr einen Platz mit etwas Licht gab.

»Liegt ganz hinten«, sagte der Mann knapp und deutete mit dem Kopf in eine unbestimmte Richtung hinter sich.

»Peer? Der im Hafen arbeitet?«

»Ganz hinten. Hat sich aber gerade erst hingelegt.« Er zuckte mit den Schultern und schlurfte zurück zu seinem eigenen Schlafplatz, wo er sich ächzend niederließ, während der Hund winselnd zu ihm schlich.

»Danke«, flüsterte Tine und trat ein in das dunkle Reich der Armut.

***

Es war ein Kohlenkeller, in dem die Männer hausten. Zwei oder drei Dutzend Schlafplätze drängten sich an die feuchtkalten Mauern, hinter denen das Fleet liegen musste. Es dauerte eine Weile, bis Tines Augen sich an die Dunkelheit gewöhnt hatten. Vorsichtig stieg sie zwischen den dösenden und schlafenden Männern umher. »Peer?«, fragte sie vorsichtig in die Finsternis, die sich immer tiefer vor ihr ausbreitete. »Peer?«

»Ich bin hier«, ächzte ein alter Mann und hob sein weißbehaartes Haupt.

»Entschuldigung, ich suche einen anderen Peer.«

»Sie sucht mich, mein Freund«, hörte sie da aus einem Winkel die vertraute Stimme. »Alles gut.« Er trat hervor, und Tine konnte sein Gesicht sehen, seine schmale Gestalt, seine freundlichen Augen. Nur sein Lächeln, das fehlte. »Was machst du hier?«, fragte er.

»Ich habe dich gesucht.« Plötzlich fand Tine kaum Worte.

»Lass uns rausgehen«, entgegnete Peer leise. »Die Männer

müssen schlafen. Sie haben nur wenige Stunden, bis sie wieder zur Arbeit müssen.«

Tine nickte und folgte ihm über die Hinterhöfe zu einem Fleet. Es gab dort eine Stelle, an der eine Treppe zum Wasser hinabführte, von der aus man bis zum Hafen blicken konnte. Der Junge setzte sich und klopfte auf die Stelle neben sich.

»Tut mir leid, dass ich … nun, dass ich dich hier gestört habe.«

Peer zuckte die Achseln. »Ist nur ein Schlafplatz. Weiter nichts.«

Aber dass du so leben musst, dachte Tine, sagte jedoch nichts. Sie wollte ihn nicht beschämen. Und was hätte er auch erwidern sollen. Gleichwohl schien er ihr die Gedanken an der Miene ablesen zu können und lachte. »Ich komme schon noch zu einer guten Arbeit, Tine, wirst sehen«, sagte er. »Und dann ist das alles Vergangenheit hier.« Er seufzte. »Tut mir nur um die Kumpels leid, die da unten mit mir hausen. Von denen sind einige so alt, dass sie nichts Besseres mehr bekommen werden in ihrem Leben.«

»Du meinst, sie werden da unten wohnen bleiben?«

»Nein«, erklärte Peer. »Das nicht. Wenn sie den Schlafplatz nicht mehr zahlen können, dann fliegen sie raus.«

»Dann fliegen sie raus? Ja, aber wo leben sie denn dann?«

Peers Blick war in die Ferne gerichtet, als würde er drüben am Hafen alles ganz genau vor sich sehen. »Dann leben sie auf der Straße.«

Tine schüttelte den Kopf. »Aber da kann man doch nicht leben.«

»Stimmt. Deshalb dauert das meist auch nicht lang.« Sein nüchterner Ton schockierte Tine zutiefst.

»Was … ich meine, wie …« Da war er wieder, der Peer, den

sie kannte. Der Junge, der neben ihr lief, von den Blumengründen bis zum Hafen, und sich schwertat, die richtigen Worte zu finden. »Also, du wolltest ja zu mir …«

»Ja, Peer. Ich brauche deine Hilfe.«

»Oh! Und wie kann ich dir helfen?«

»Es geht um eine Schiffspassage.«

Er riss seinen Blick los von den Hafenanlagen, von den Lastkränen und den Masten, die in den rötlichen Abendhimmel ragten. »Aha. Und zwar?«

»Eine Schiffspassage nach Helgoland.« Sie zögerte. »Weißt du, was die kostet?«

Peer hob die Schultern. »Keine Ahnung.«

»Acht Mark fünfzig.«

Schweigen. Eine Summe, die wochenlange Arbeit und monatelanges Sparen bedeutete. Eigentlich beinahe jahrelanges Sparen, denn es war ja nie genug Geld da, um etwas beiseitezulegen. »Na ja, ist zum Glück nicht unser Problem«, sagte Peer und sah Tine von der Seite an, als wäre er sich auf einmal nicht ganz sicher.

»Ich möchte hinfahren«, erklärte Tine.

»Nach Helgoland? Was willst du denn da?«

»Ich möchte mir dort Arbeit suchen. Weißt du, die brauchen da Leute, die arbeiten.«

»Und warum Helgoland? Du könntest doch nach Cuxhaven gehen. Oder nach Bremen.«

»Da ist es doch nicht anders als hier, Peer.«

»Aber Helgoland ist anders?« Er klang auf einmal ganz seltsam. Irgendwie wütend.

»Helgoland hat viele Besucher. Die kommen da hin, um es sich gut gehen zu lassen. Die machen eine Badekur und gehen ins Casino und …«

Peer stieß heftig den Atem aus. »Bitte«, krächzte er. »Dann geh doch nach Helgoland.«

Erschrocken über die Art, wie er plötzlich sprach, stand Tine auf. »Aber ich habe keine acht Mark.«

»Na, dann wird das wohl nichts.« Auch Peer stand auf und ging die Stufen wieder hinauf. »Musst eben hier bleiben.«

»Ich hatte gedacht …« Tine spürte, wie sich ihr der Hals zuschnürte. »Ich hatte gedacht …«

»*Was* hattest du gedacht, Tine Tiedkens? Dass ich dir das Geld leihen kann? Tut mir leid, ich bin nur ein armer Schlucker.«

»Aber das ist es doch gar nicht«, stammelte Tine und stolperte hinter ihm her, als er wütend davonstapfte. »Ich dachte, du hättest vielleicht eine Idee …«

»Eine Idee.« Er blieb stehen und drehte sich zu ihr um. »Wenn ich eine Idee hätte, wie man mal eben schnell zu acht Mark kommt, würde ich nicht da unten hausen.« Er deutete mit dem Kopf zum Eingang des Hinterhofs hin. »Dann wäre alles anders. Dann wäre ich selbst längst …« Er hielt inne.

»Dann wärst du was, Peer?«

»Ach, egal. Ich kann dir nicht helfen.« Er wandte ihr den Rücken zu, stapfte davon und war im nächsten Augenblick verschwunden.

***

An den folgenden Tagen gab es einen Kälteeinbruch. Eisiger Ostwind ließ die Temperaturen fallen, sodass Tine schon am Morgen fröstelte, wenn sie sich auf ihren Weg vor die Stadt machte. Die Mauern, auf denen sie am Hafen saß, waren frostig, und es half auch nichts, sich auf die Jacke zu setzen, denn dann fror sie an den Armen. Ein paar Tage später begann sie unter heftigen Bauchschmerzen zu leiden und fieberte. Sie musste irgendwo ins Warme kommen, bevor sie ernsthaft krank wurde und womöglich längere Zeit gar nicht mehr arbeiten konnte.

Verzweifelt durchwanderte sie die Gegend um das Alsterfleet und gelangte schließlich zu den Geschäften nördlich des Rathausplatzes. Auch wenn der Wind hier kaum weniger als am Hafen durch den dünnen Stoff ihres Kleides und das fadenscheinige Jäckchen schnitt, konnte sie beim Anblick der Schaufenster doch für eine kurze Zeit vergessen, dass ihre Glieder schmerzten. Modegeschäfte gab es da, ein Buchladen präsentierte seine geheimnisvolle Ware, ein Kolonialwarenladen fügte sich an ein Fotoatelier, hinter dessen Fenstern vornehme Porträts zu bewundern waren. Und schließlich traf sie auf das Paradies auf Erden: einen Blumenladen. Er präsentierte sich mit einer Märchenhaftigkeit, wie sie das Mädchen noch nicht gesehen hatte: Rosen mit Blütenköpfen, so groß wie Kinderfäuste. Orchideen, die wirkten wie eine Zauberform des Frauenschuhs. Tulpen in leuchtenden Farben. Palmen! Pflanzen, von denen Tine nicht einmal die Namen kannte, so üppig und bunt, dass sie vor Staunen den Mund öffnete. »Nu, Mädchen, was gibt es?«, fragte die Blumenhändlerin, die ihr einige Zeit von drinnen aus zugesehen hatte und nun vor die Tür getreten war.

»Wunderschön sind Ihre Blumen«, sagte Tine, ohne den Blick von den Kostbarkeiten zu lassen.

»Willst du mal reinkommen?«

Tine nickte und betrat schüchtern den Laden, in dem es so intensiv nach Blumen duftete, dass sie unwillkürlich seufzen musste.

»Scheint dir wirklich zu gefallen, hier.« Die Frau, sie mochte etwa im Alter von Tines Mutter sein, betrachtete die jugendliche Besucherin aufmerksam.

»Ich … ich bin selbst …« Die Worte wollten ihr nicht über die Lippen kommen. Es schien ihr, als würde ein Ruderer auf der Binnenalster zum Kommandanten eines Panzerkreuzers sagen: Ich bin auch Kapitän. Doch die Frau hatte gute Sinne für ihre Kundschaft – und sie konnte auch Tines Gedanken lesen. »Blumenmädchen? Bist du ein Blumenmädchen?« Sie nickte zu Tines Körben hin. »Hast du was dabei?«

Tine hätte die Körbe am liebsten hinter ihrem Rücken versteckt, wenn sie es gekonnt hätte. Zum Glück hatte sie ihre Tücher über die Blumen geworfen. »Ach, das ist … das ist nichts. Wirklich.«

»Lass mal sehen«, sagte die Blumenhändlerin und griff beherzt nach einem Tuch, schlug es zurück und nickte. »Schöne Moosröschen. Bisschen klein, aber gut ausgewählt und schön gebunden«, stellte sie fachmännisch fest. »Gute Arbeit. Die Veilchen sind schon etwas welk. Wo hast du die Waren denn geholt?«

Tine blickte zu Boden.

»Schon in Ordnung. Musst es mir nicht sagen. Behalt deine Geschäftsgeheimnisse nur gut für dich, das ist richtig.« Dann wandte sie sich ab. »Siehst hungrig aus«, sagte sie, während sie nach hinten ging. »Möchtest du mit einer Kollegin eine Tasse Tee trinken und ein selbstgebackenes Rosinenbrötchen teilen?« Sie wartete nicht, bis Tine antwortete, sondern ging voran ins Hinterzimmer und winkte nur, dass das Mädchen mitkommen solle. Zögerlich folgte ihr Tine nach hinten und fand sich dort in einer hellen und aufgeräumten winzigen Küche wieder. Die Blumenhändlerin holte eine zweite Tasse von einem Brett, ihre eigene stand schon auf dem Tischchen, über dem eine geblümte Decke lag. Sie schenkte Tee aus einem Blechkessel ein und teilte mit einem Messer das kleine Gebäck, das auf einem Teller lag, den sie nun zwischen sich und das Mädchen stellte. »Bitte schön. Greif zu.«

»Aber …« Tine wusste kaum, wohin sie schauen sollte, so befangen war sie ob der Freundlichkeit dieser Frau. Sie war ihr vollkommen fremd. Wer sonst war schon so freundlich zu ihr? Fritzi vielleicht. Aber sonst? Sie zögerte. »Es ist doch Ihr Essen.«

»Stimmt. Und ich teile es mit einer jungen Kollegin. Oder hast du schon gegessen?« Das Lächeln der Blumenhändlerin war so unbefangen und gewinnend, dass Tine völlig vergaß, wie schlecht sie sich vor wenigen Minuten noch gefühlt hatte. Sie vergaß ihre Zurückhaltung und griff beherzt nach ihrer Hälfte des Gebäcks. Fast hätte sie es sich im Ganzen in den Mund geschoben, so groß waren der Hunger und Appetit plötzlich! »Danke«, murmelte sie zwischen dem ersten und dem letzten Bissen.

»Eigentlich hab ich gar keinen Hunger«, erklärte die Blumenhändlerin darauf und schob Tine die andere Hälfte zu. »Kannst es ganz haben.« Trotz der freundlichen Worte war ihr Gesicht mit einem Mal ernst geworden. Beinahe traurig.

»Wirklich? Aber … aber das kann ich nicht …«

»Doch, Mädchen. Das kannst du annehmen. Ich seh ja, dass du es brauchen kannst.«

Danke, wollte Tine sagen, aber sie musste die Lippen aufeinanderpressen und nickte deshalb nur, ehe sie auch die andere Hälfte nahm, um sie dann doch nicht zu essen. Sie räusperte sich. »Darf ich es auch mitnehmen?«, fragte sie schließlich. »Für später?«

»Sicher.« Die Frau legte eine Hand auf Tines. Sie hatte die gleiche rissige, rote Haut. Da fühlte Tine sich doch irgendwie als Kollegin und wagte ein Lächeln. Das Eis war gebrochen. »Hinter Altona«, sagte sie leise.

»Ach, bei den Rieselwiesen? Ja, da war ich früher auch oft.«

»Früher?«

»Ich hab auch als Blumenmädchen angefangen«, erklärte die Frau. »Und Glück gehabt, dass ich später meinen Mann kennengelernt habe.«

»Ist er auch Blumenhändler?«

»Nein. Er war Obst- und Gemüsehändler. Das hier war früher ein Gemüseladen.«

»Oh. Und was macht er jetzt, Ihr Mann?«

Die Blumenhändlerin lächelte wehmütig. »Nichts, Mädchen. Er ist schon vor Jahren gestorben. Und ich habe einen Blumenladen aus dem Geschäft gemacht.«

»Das tut mir leid«, sagte Tine betroffen. »Also mit Ihrem Mann, nicht mit dem Laden …« Sie zuckte erschrocken zusammen über ihre Ungeschicklichkeit. Doch die Frau lachte frei heraus und beruhigte sie: »Mach dir keine Gedanken. Ich habe meinen Frieden damit gemacht.« Sie beugte sich vor und erklärte: »Außerdem gibt es einen neuen Mann.«

Tine sagte nichts. Sie wollte nicht schon wieder in ein Fettnäpfchen treten. Das Schweigen, das ihr mindestens genauso peinlich war, wurde zum Glück von der Ladenglocke unterbrochen. »Ich muss nach vorne«, sagte die Blumenhändlerin. »Gieß dir noch ein bisschen Tee ein. Der wärmt von innen.«

***

Als Tine eine Stunde später wieder auf die Straße trat, konnte sie ihr Glück kaum fassen: Die Blumenhändlerin hatte ihr angeboten, im Laden zu arbeiten. Nicht immer. Aber an zwei oder drei Tagen jeweils ein paar Stunden. Sie würde damit nicht mehr verdienen wie mit dem Verkauf ihrer kleinen Blumensträußchen an guten Tagen. Aber sie würde ihre Arbeit nicht schon im Morgengrauen beginnen, und sie würde nicht bei Wind und Wetter am Hafen sitzen und auf Kunden warten, sondern mit sauberem Kittel in einem sauberen, geschützten Laden stehen. Die Kunden würden sie respektvoll behandeln und ihr womöglich sogar hie und da ein kleines Trinkgeld zustecken.

Sie hatten ein wenig über die verschiedenen Blumen geplaudert, darüber, wann sie und wo sie wuchsen, wie man sie pflegte und frisch hielt. Über den richtigen Schnitt und Möglichkeiten, sie zu binden. »Du bist ein Naturtalent«, hatte die Blumenhändlerin gesagt, und Tine war bei diesen Worten fast ein wenig gewachsen, so stolz war sie. Der Blumenladen an der Alster bezog seine Ware von verschiedenen Lieferanten: Gärtnereien aus dem Umland ebenso wie von fern her! Manchmal kamen Lieferungen aus den Niederlanden, manchmal sogar von Madagaskar oder Südamerika! Tine konnte sich das gar nicht richtig vorstellen. Wie die Blumen nur so lange überleben konnten auf so langen Reisen! »Das werde ich dir alles noch früh genug beibringen«, hatte die Blumenhändlerin erklärt. »Ein Blumenladen ist eine Wissenschaft – und man lernt nie aus.«

Die aufziehende Erkältung war wie weggeblasen, als Tine über das buckelige Kopfsteinpflaster nach Hause schwebte. Erst als sie wenig später auf den Strohsack sank, spürte sie, wie schwindelig ihr war. Doch schon nach wenigen Augenblicken war sie ins Reich der Träume hinübergeglitten, wo sie fiebernd durch die Nacht jagte, bis jemand sie an den Schultern packte und wach rüttelte. »Tine? Tine? Was ist mit dir? Ich hab Angst!«

Es war Fritzi, die mit schreckensweiten Augen auf die große Schwester starrte.

»Fritzi«, lallte Tine, die mit einem Mal vor Kälte zitterte. Das

Hemd klebte ihr am Leib, sie hatte schrecklich geschwitzt. »Du bist ganz heiß«, sagte Fritzi.

»Das ist das Fieber«, murmelte Tine. »Ist schon in Ordnung.«

»Bist du krank?«

»Ich werde schon wieder gesund.« Fritzi würde ihr sowieso nicht helfen können, wozu sollte sie die Schwester beunruhigen. »Schlaf wieder.« Und das wollte sie auch selbst: schlafen. Einfach nur schlafen.

Die nächsten Tage verbrachte Tine fiebernd auf ihrem Nachtlager. Sie bekam wenig mit, was um sie herum geschah. Einmal riss der Vater sie mit seinem Gebrüll aus dem Schlaf, einmal schreckte sie hoch, weil sie meinte, den Teufel ums Haus schleichen zu sehen und seinen Schwefelatem zu riechen. Dann aber war es nur der bittere Geschmack einer Medizin gewesen, die jemand ihr eingeflößt hatte. Nein, nicht jemand, sondern Meister Herzfeld, der sich gewundert hatte, dass Tine nicht mehr aufgetaucht war, und der nach ihr gefragt hatte. Auch wenn er nur ein Bader war und sich neben den Zahnextraktionen noch etliche Arbeiten eines Chirurgius angeeignet hatte, so kannte er doch allerlei Arzneien – und vor allem kannte er den Apotheker vom Alten Wall. Der hatte ihm ein Pulver gegeben, das Meister Herzfeld nun mit etwas Wasser vermengt und Tine mit einem Löffel in den Mund geträufelt hatte. Auch wenn das Mittel scheußlich schmeckte, spürte das Mädchen schon nach Kurzem, dass es etwas bewirkte. Das Schwindelgefühl ließ nach, die Schweißausbrüche, das Zittern … Am nächsten Tag war das Fieber weg. Meister Herzfeld hatte noch einmal bei ihr vorbeigeschaut, zufrieden gebrummt, der Mutter ein paar Anweisungen gegeben, die Tine nicht verstehen konnte, dann war er wieder in seine Stube hinabgestiegen, nicht ohne dem Mädchen noch einen aufmunternden Blick zuzuwerfen und

Friderike ein Lächeln. Der Bader mochte die kleinere Schwester, das war Tine schon früh aufgefallen, und sie mochte ihn dafür.

»Ich glaube, es ist vorbei«, sagte Tine mit trockenem Mund. Sie richtete sich auf, musste sich aber doch gleich wieder hinlegen, weil sich alles um sie herum drehte.

»Wird auch Zeit«, sagte die Mutter, deren Augenringe noch dunkler schienen als sonst. »Wenn du nicht bald wieder arbeiten gehst, weiß ich nicht, wie wir die Miete bezahlen sollen. Und dann Gnade uns Gott …«

»Ich bin so froh, dass alles wieder gut ist«, flüsterte Fritzi. Und Tine wünschte, es wäre alles gut. Denn plötzlich fiel ihr die Blumenhändlerin wieder ein. Es war wie ein Schlag in die Magengrube. »Welcher Tag ist heute?«

»Na, heute«, sagte Fritzi.

»Nein Fritzi. Welcher Wochentag?«

Es war Dienstag. Und sie war nicht gekommen. Nicht am Freitag, nicht am Samstag und auch nicht am Montag. *Zu spät*, dachte Tine. Zu spät. Nun brauchte sie nicht mehr hingehen. Die Möglichkeit, in einem wunderschönen Blumenladen zu arbeiten, war verloren. Denn wer zur Arbeit nicht auftauchte, der brauchte gar nicht mehr zu kommen, das hatte Tine mehr als einmal am Hafen beobachtet.

* * *

Viertes Kapitel

Der Mai verabschiedete sich mit eisigem Wind, der Juni tauchte Hamburg in düsteres Licht. Schwere Wolken rollten von Nordwest heran und wälzten sich landeinwärts. Währenddessen gingen die Arbeiten an den Werften von Blohm & Voss und von Laeisz weiter, die Kräne, die Monat für Monat an den Hafenanlagen errichtet wurden, ragten immer höher in den Himmel. Immer weniger Segelschiffe liefen in den Hafen ein, immer mehr Dampfer drängten sich an den Landungsbrücken und spuckten ihren schwarzen Qualm über die Stadt. Immerhin, es kamen auch immer mehr Passagiere, die die Hansestadt besuchten, sodass Tine Tiedkens an manchen Tagen sogar vorsichtig einen oder gar zwei Pfennige mehr für ein Bündchen Rosen oder für ein Kränzlein Vergissmeinnicht verlangen konnte. Doch ihre Stimmung entsprach dem Wetter: Dunkle Gedanken hingen ihr nach. Sie trauerte um die Möglichkeit, in einem schönen Laden zu arbeiten, und manchmal, wenn sie ihre Ware den Passagieren, die von Helgoland her kamen, anbot, dachte sie seufzend, wie schön es hätte sein können, auf einer so eleganten Insel in einem Hotel zu arbeiten. Doch dann verwarf sie diese Gedanken rasch wieder und versuchte, sich an das zu erinnern, was ihre Mutter immer sagte: *Ein jeder Stand hat seinen Frieden, ein jeder Stand hat seine Last.* Sie hasste den Spruch. Aber sie musste zunehmend erkennen, dass er auf schreckliche Weise wahr war. Die Frage war nur: Worin lag der Frieden?

Und dann, an einem Donnerstag, stand ohne Ankündigung

Peer vor ihr, mit ernstem Gesicht und ohne Anstalten zu machen, sich zu ihr zu setzen. »Moin, Tine.«

»Hallo, Peer! Wie geht es dir?«

»Theo«, sagte er, ohne auf ihre Frage einzugehen. »Frag nach Theo. Er ist Matrose auf der *Bombay*.«

»Theo?« Tine war verwirrt. »Matrose? Warum soll ich nach ihm fragen?«

»Am Montag. Sei früh genug am Schiff.«

»Aber wozu? Ich meine …« Tine stand auf und trat einen Schritt auf den Freund zu, der sich aber abwandte. »Du kannst es abarbeiten.«

»Was abarbeiten, Peer?«

»Die Überfahrt natürlich. Du bedienst die Passagiere auf dem Oberdeck mit Kaffee und Kuchen und musst nichts zahlen.«

Die Überfahrt! »Die *Bombay*?« Plötzlich verstand Tine, was Peer ihr da sagte. »Das ist das Schiff nach Helgoland. Und ich kann … Ich soll …«

Peer nickte. »Zieh dir was besonders Schönes an.« Er blickte an ihr vorbei, so als wollte er sie gar nicht ansehen. »Theo kümmert sich um alles«, sagte er mit rauer Stimme. »Er weiß Bescheid.«

»Du hast das für mich eingefädelt? Oh, Peer! Wie kann ich dir nur danken?« Tine wollte den Freund umarmen, doch der wich zurück und hob nur die Hand. »Schon gut, Tine. Pass auf dich auf.«

Noch ehe das Mädchen etwas erwidern konnte, war der Freund zwischen den anderen Menschen auf dem Pier verschwunden und nicht mehr zu sehen. Betroffen und mit ihren Gefühlen ringend stand Tine neben ihren Körben und blickte ihm hinterher. Er hatte ihr wirklich eine Überfahrt verschafft?

Ohne dass sie dafür bezahlen musste? Sie konnte es kaum glauben.

***

An diesem Abend kam Tine erst spät nach Hause. Leider war Jolante schon längst weg. Auch Gerda war nicht da. *Montag*, dachte sie, *bis dahin muss ich alles vorbereitet haben.* Mit schlechtem Gewissen blickte sie auf Fritzi, die schon schlief. Genau wie Irmi und die Jungs. Von drüben hörte Tine die Stimme ihrer Mutter, die den Jüngsten etwas sang. Das tat sie immer nach dem Stillen, so hatte sie es mit allen gemacht. Mit Wehmut dachte Tine daran, dass auch sie einst den Liedern der Mutter gelauscht hatte. Natürlich konnte sie sich daran nicht mehr erinnern. Aber der Gesang der Mutter hörte sich immer an, als würde man nach Hause kommen. Selbst jetzt fühlte Tine sich getröstet, als sie die Stimme hörte, und zugleich gequält vom schlechten Gewissen. Während niemand auch nur etwas ahnte, hegte sie Pläne, um in ein neues Leben aufzubrechen.

Nachdem sie sich eine Weile schlaflos hin und her gewälzt hatte, schlich Tine sich nach draußen. Die Nacht war kalt. Aber der Wind tat gut und half ihr, die Gedanken zu ordnen. Helgoland. Das war nicht nur ein verrückter Einfall, dachte sie. Sie fuhr ja nicht hin, ohne zu wissen, was sie mit sich anfangen sollte. Sie hatte eine Einladung! Sie würde zum Hotel Heesters gehen und dort um Arbeit bitten. Der Hotelier selbst hatte es ihr angeboten, und er hatte nicht ausgesehen wie ein Mann, der nicht zu seinem Wort stand. Wenn sie dann einmal dort war und Geld verdiente, dann würde sie sparen, was sie nicht selbst brauchte, und die Familie unterstützen! Zimmermädchen, das wusste sie, wohnten wie Dienstboten in den Häusern, in denen sie arbeiteten. Sie brauchte also kein Geld für eine Unterkunft auszugeben. Womöglich würde sie sogar Kost bekommen, sodass sie das meiste, was sie verdiente, behalten konnte. Zugleich würde es in der Wohnung der Tiedkens weniger eng sein. Und sie selbst würde mehr Platz haben. Denn dass zehn Bedienstete des Hotels in nur zwei Räumen untergebracht sein würden, das mochte sie nicht glauben.

Nein, Helgoland, das war ein wirklich guter Plan. Und nun, da ihr Peer eine Möglichkeit verschafft hatte, auch die Überfahrt anzutreten, rückte ihr Traum in greifbare Nähe. So sehr war Tine von diesem Gedanken gefangen genommen, dass ihr die beiden dunklen Gestalten entgingen, die ihr durch die Gassen des Gängeviertels folgten. Sie bemerkte sie erst, als sie bereits auf eine Armeslänge an sie herangekommen waren. Tine stolperte ein paar Schritte voran. »Nicht so schnell, mein Fräulein!«, rief einer der Verfolger. Der andere lachte, begann zu husten und spuckte aus. »Wir beißen nicht.« Er griff nach ihr, erwischte aber nur Tines Ärmel, der prompt zerriss. Das Mädchen schrie auf und rannte blindlings los. »Ruhe da unten!«, rief irgendwer aus einem der Fenster über ihnen.

»Maul!«, grölte einer der Männer zurück und polterte hinter Tine her. Der andere folgte ihm auf den Fersen. Tine hatte einen kleinen Vorsprung gewonnen. Hastig sah sie sich um. Ein Hausflur. Sollte sie …? Nein, drinnen wäre sie gefangen. Also rannte sie weiter. Verlor eine ihrer Holzpantinen, versuchte sie aufzuheben, erkannte aus dem Augenwinkel, dass dafür keine Zeit war, und lief weiter. Über das Fleet, die Treppe runter bis ans Wasser. Auf der anderen Seite würde sie nach oben fliehen. Zu spät erkannte sie, dass sie sich damit selbst eine Falle gestellt hatte. Einer der Männer rannte ihr hinterher, der andere lief zur gegenüberliegenden Treppe und versperrte Tine damit den Ausweg. Langsam stieg er herab, während das

Mädchen sich plötzlich von zwei Seiten bedrängt sah, vor sich die Mauer, hinter sich das Wasser. »Hehehe«, lachte der Kerl, der sich hinter ihr näherte. »Es macht ja auch mehr Spaß, wenn sich das Gör wehrt«, knurrte er. Dann sah Tine in seiner Hand etwas blitzen. Eine Klinge! Er hat ein Messer dabei! Er wird mich … Sie wäre ins Wasser gesprungen, obwohl sie gar nicht schwimmen konnte, wären nicht mehrere Kähne unten am Fleet vertäut gewesen. So fiel sie rücklings auf eines der Boote, schlug hart mit der Schulter auf, rang um Atem und rappelte sich wieder auf. Gerade rechtzeitig, um den Pranken zu entgehen, die nach ihr griffen, stürzte sie über das geschlossene Deck bis ans Ende des Kahns, sprang von da auf den nächsten und sogar auf den übernächsten Kahn, bis sie sich vor den stählernen Streben eines Wehrs fand, neben dem die Boote festgemacht waren. Verzweifelt griff sie in das Gestänge und zog sich daran hoch. Zum Glück bewegte sich das gewaltige Zahnrad nicht, an dem sie sich abstützte. An den schweren Planken, die die Wasser beiderseits des Wehrs trennten, riss sie sich die Hände blutig, doch sie spürte es kaum, sondern stieg nur panisch noch weiter hinauf, bis sie ganz oben war und zurückblickte. Einer der Kerle stand immer noch bei den Treppen, der andere, der ihr gefolgt war, hatte es nicht geschafft, von einem Kahn auf den nächsten zu springen, und balancierte jetzt mit dem rechten Bein auf dem einen und mit dem linken auf dem anderen Boot, ohne vorwärts oder zurück zu kommen. Vielmehr ruderte er mit den Armen, schrie etwas Unverständliches – und fiel im nächsten Moment mit dem Kopf voran in das Fleet. Einen Atemzug lang hatte es seinem Kumpan offenbar den Atem verschlagen, doch dann fing der Bursche bei der Treppe zu lachen an, dass er kaum mehr an sich halten konnte. Bis ihm irgendwann aufging, was Tine schon nach wenigen Momenten erkannt hatte: Der Mann tauchte nicht mehr auf. Nach einem kurzen Platschen zwischen den Kähnen war es dort still geworden. Gespenstisch still. Und es blieb still.

Auch der grölende Mann war inzwischen verstummt und glotzte mit schreckgeweiteten Augen an die Stelle, an der sein Kumpan untergegangen war. Dann starrte er zu Tine herüber, die auf dem Wehr saß und ihre schmerzenden Hände unter die Achseln geschoben hatte. Für einen Moment trafen sich ihre Blicke, und das Mädchen konnte das Entsetzen in seinem Gesicht erkennen. Schließlich wandte er sich ab, stolperte die Treppen hoch, heulend, fluchend, sich immer und immer wieder umsehend, um schließlich im Dunkel der Gassen zu verschwinden.

***

»Tine, hast du gar nicht geschlafen?«, fragte Gerda, als sie im Morgengrauen endlich nach Hause kam. Sie hatte ihre jüngere Schwester zitternd am kalten Herd gefunden. Tine schüttelte den Kopf.

»Was ist denn passiert?« Sie entdeckte einige blaue Flecken und die zerschundenen Hände. »Hat Vater dich geprügelt?«

»Nein«, flüsterte Tine mit rauer Stimme »Es ist alles gut.«

»So siehst du aber nicht aus.«

»Gerda?«

»Hm?«

»Kannst du mir helfen?«

»Helfen wobei?« Die große Schwester streifte sich das Kleid über den Kopf. Auch sie hatte einige blaue Flecken, seltsamerweise aber an Stellen, wo man eigentlich nie welche bekam: zwischen den Beinen und am Po. »Unbekümmert nahm sie einen Lappen, tauchte ihn in das Wasser der Waschschüssel, die in einer Nische neben der Eingangstür stand, und wusch sich damit unter den Achseln und dann ganz vorsichtig auch zwischen den Beinen, ohne ihren Schlüpfer auszuziehen.

»Ich brauche etwas Gutes anzuziehen.«

»Oh. Hast du ein Stelldichein?« Ein Lächeln halb amüsiert, halb besorgt huschte über das Gesicht der Schwester.

»Na ja. So würde ich es nicht sagen«, wich Tine aus.

»Und was brauchst du? Schöne Unterwäsche? Oder eine hübsche Bluse?«

»Wenn du mir dein Jäckchen leihen könntest … das Strickjäckchen …«

»Das weiße?«

Tine nickte.

»Kein Problem. Aber pass nur gut darauf auf. Du weißt, ich hab nur das eine. Und mit einem weißen Jäckchen kannst du nicht so umgehen wie mit deinen Sachen, die du sonst so trägst.«

»Natürlich, Gerda. Das weiß ich.«

»Du kannst es dir nehmen.« Gerda nickte in Richtung der Truhe, in der sie ihre Sachen aufbewahrte.

»Ich brauche es erst am Montag.«

»Dann werde ich am Montag jedenfalls was anderes tragen.« Sie wrang den Lappen aus und hängte ihn über den Rand der Schüssel. »Aber jetzt musst du mich schlafen lassen, Tinchen. Ich bin gerädert. Manchmal ist es wirklich eine Schinderei mit den Kerlen …« Sie hielt inne, schüttelte dann den Kopf, als wollte sie sich selbst daran erinnern, ihrer jüngeren Schwester nicht alles zuzumuten, was es an Zumutungen gab, strubbelte Tines Haar und ließ sich dann seufzend auf ihr Nachtlager sinken, um im nächsten Augenblick in Schlaf zu fallen, als wäre sie eine Kerze, deren Licht jemand einfach gelöscht hatte.

***

Sich von Jolante die guten Strümpfe und die blaue Schürze auszuleihen war einfacher gewesen als gedacht! Tine hatte alles sorgfältig gefaltet und in ihren Körben verborgen, das Tuch darüber geworfen, als wären sie leer, und dann einmal mehr kein Auge zugetan in der Nacht vom Sonntag auf den Montag. In aller Frühe war sie aufgestanden und hatte die Wohnung verlassen, so wie sie es immer tat. Nur dass sie wenig später zurückgekommen war, als Mutter sich längst auf den Weg zum Waschplatz gemacht hatte. Der Vater war in der Nacht nicht nach Hause gekommen. Sosehr Tine sich darüber normalerweise grämte, denn es kam immer öfter vor, so froh war sie an diesem Morgen. Denn nun war die Wohnung leer.

Wenig später, sie hatte noch einmal Wasser vom Fleet geholt und sich frisch gemacht, die Zöpfe neu geflochten und die Fingernägel geputzt, stand Tine so adrett und aufgeräumt vor dem halbblinden Spiegel über der Waschschüssel, wie sie sich selbst noch nie gesehen hatte. Gerdas Jäckchen war ein wenig zu groß, Jolantes Strümpfe ein bisschen zu weit. Aber alles in allem sah sie sehr ordentlich aus. Und mit der Schürze wirkte sie tatsächlich ein bisschen wie eine Bedienung eines großen Passagierdampfers – auch wenn sie noch nie eine gesehen hatte. Rasch sammelte sie ihre wenigen Habseligkeiten zusammen und stopfte alles in die einzige Tasche, die sie besaß, eigentlich eher ein Beutel, den sie selbst einmal mit einer kleinen Stickerei verziert hatte. Zu ihrem Entzücken passte das ganz wunderbar zu Jolantes Schürze.

Sie war an diesem Morgen zwar nicht mehr hinausgewandert vor die Stadt, aber es gab einen kleinen Rosenstrauch am Elbufer hinter dem Hafen, den sie aufgesucht und von dem sie einige Zweige abgeschnitten hatte. Nun legte sie für jedes ihrer Geschwister einen davon auf die Nachtlager, die sie erst am Vortag mit frischem Heu neu aufgepolstert hatte. Für die Mutter hinterließ sie ein Zweiglein an dem Platz am Fenster, an dem sie immer saß und die Kleinen wiegte. Für Fritzi aber knotete sie aus ihrem geblümten Taschentuch und ein paar kleinen Moosbällchen eine kleine Puppe, die sie auf den Schlafplatz der Schwester legte. Fritzi würde ihr besonders fehlen. Vor allem aber wusste sie, wie sehr sie selbst Fritzi fehlen würde, und das schmerzte sie am meisten.

Kurz darauf war sie auf dem Weg zu den Landungsbrücken am Hafen, zum ersten Mal seit langer Zeit ohne die schweren Körbe mit den Blumen. Immer wieder überlegte sie, ob sie etwas vergessen hatte, immer wieder fragte sie sich, ob es wirklich recht war, ob es klug war, ohne einen Abschiedsgruß wegzugehen. Ja, ob es überhaupt richtig war zu gehen. Und immer wieder drängte sich ein ganz seltsamer, geradezu schrecklicher Gedanke auf: *Was, wenn ich nie wiederkomme?* Unwillkürlich blickte sie hinüber zur Spitze der Speicherstadt, wo längst hektisches Treiben herrschte. Stolz ragten die roten Gebäude über dem Fluss auf, auf manchen Dächern flatterten Fahnen. »Kehrwieder«, so hieß die Spitze der Insel. Kehrwieder, das war eine hoffnungsvolle Aufforderung an all jene, die hinausfuhren aufs Meer und sich in die Ferne aufmachten. Manche Reise jedoch blieb ohne Wiederkehr. Ob das auch für ihre gelten würde? Tines Herz war so schwer, dass sie kurz davor war, den Mut zu verlieren. Doch dann erblickte sie die *Bombay*, ein großes weißes Schiff, das stolz und sicher am Pier lag. Es kam ihr wie ein Versprechen vor. Auf diesem Schiff wirst du reisen, Tine Tiedkens! Dieser Dampfer wird dich übers Meer tragen, hin zu dem roten Felsen, auf dem schöne Menschen ein schönes Leben führen! So oft schon hatte sie Passagiere aus Helgoland vom Schiff herabsteigen sehen. Und stets hatte ein Hauch von Eleganz und Vornehmheit diese Fahrgäste umweht. Mit ihnen würde nun auch Tine die Überfahrt machen. Die Knie wurden ihr weich, als sie sich dem Dampfer näherte. Einer der beiden Männer in ihren dunkelblauen Borduniformen, die die Fahrkarten kontrollierten, musterte das Mädchen unverhohlen. Als Tine auf ihn zutrat, hob er eine Augenbraue. »Dritte Klasse?«, fragte er, und es war klar, dass er nicht die Absicht hatte, sie über den Zustieg, der für die Passagiere erster Klasse vorgesehen war, das Schiff betreten zu lassen.

»Nein«, erwiderte Tine. »Ich suche Theo.«

»Theo? Theo wen?«

»Theo. Den Matrosen.«

Der Kontrolleur nickte seinem Kollegen zu. »Kennst du einen Theo? Mannschaft.«

Der andere schüttelte nur den Kopf und wandte sich wieder den Fahrgästen zu, die bei ihm in der Reihe standen. »Kennen wir nicht«, sagte der Kontrolleur. »Wir müssen hier arbeiten.«

Tine wusste, dass sehr viele Männer auf einem solchen Schiff Dienst taten. Deshalb gab sie die Hoffnung nicht auf, dass es dennoch einen Theo geben konnte. »Trotzdem danke«, sagte sie. »Haben Sie vielleicht eine Idee, wen ich noch fragen könnte?«

»Hinten wird gerade die Ladung aufgenommen«, knurrte der Mann, während er bereits einem Herrn mit Zylinder zunickte und nach seiner Fahrkarte griff. »Kannst dort fragen.«

Tine danke und eilte sich, zu den Arbeitern zu kommen, die mit einem Kran große eiserne Körbe verluden, in denen sie das Gepäck der Passagiere verstaut hatten. »Entschuldigung?«

Die Arbeiter blickten kaum auf. Sie hatten wenig Zeit. Und wenn sie nicht rechtzeitig fertig wurden, würden sie beim nächsten Mal leer ausgehen. Denn es gab stets mehr Hilfsarbeiter als nötig. »Ich suche Theo.«

»Soll das ein Hafenarbeiter sein?«

»Ich glaube, er gehört zur Mannschaft.«

»Frag ihn.« Der Mann, den Tine angesprochen hatte, nickte zu einem vierschrötigen Kerl hin, der mit einer Liste ein Stück weiter stand und Transportstücke registrierte. »Verzeihung?« Der Mann blickte auf und musterte das Mädchen. »Was gibt's?«

»Ich suche einen gewissen Theo.«

Ein Lächeln zeichnete sich hinter dem mächtigen Schnauzbart ab, der das Gesicht des Mannes zierte. »Ob er ein gewisser ist, das weiß ich nicht«, sagte er schmunzelnd. »Aber den findest du vermutlich noch drüben im Büro.« Er deutete mit der Hand, in der er einen Graphitstift hielt, zu den Kassenbüros. »Hab ihn gerade rübergeschickt.«

»Oh, da bin ich froh. Danke.«

»Gern geschehen.« Neugierig blickte der Mann hinter Tine her, die sich eilte, nur nicht zu viel Zeit zu verlieren. Sie hätte doch längst auf dem Schiff sein sollen! Die ersten Passagiere, nein viele Passagiere waren schon an Bord. Wenn sie bedient werden wollten, dann konnte die Bedienung nicht als Letztes kommen. Gerade als sie das Kassenbüro erreichte, trat ein junger Matrose heraus. »Theo?«, fragte das Mädchen unsicher.

»Du musst Tine sein, richtig?«

Sie nickte. Jetzt, da sie ihn gefunden hatte, diesen jungen Mann, der ihr zu der Überfahrt verhelfen würde, fühlte es sich mit einem Mal ganz wirklich an. Plötzlich wurde ihr bewusst, dass sie nur wenige Minuten davon entfernt war, ihr altes Leben zu verlassen und in ein völlig neues aufzubrechen!

»Komm mit!«, rief er ihr zu. Er sah sehr selbstbewusst aus, wie er vor ihr herlief. Im Vorbeigehen winkte er einem Kollegen aus der Mannschaft zu, der sich prompt umdrehte und wie zufällig nicht hinsah, als Tine hinter Theo über eine schmale Planke auf das Schiff stieg. Einen Herzschlag lang meinte sie, gleich ins Wasser zu fallen, so schwach fühlten sich ihre Beine an. Als sie hinunterblickte in die schmutzigen Fluten der Elbe, musste sie an den Mann denken, der vor wenigen Nächten vor ihren Augen ertrunken war.

»Alles in Ordnung?«, fragte der Matrose, als er sich zu ihr umwandte und erkannte, wie blass sie plötzlich geworden war. Sie waren beim Frachtraum angekommen.

»Alles gut«, hauchte Tine. »Wo soll ich hin? Was muss ich tun?«

Der junge Mann lachte. »Nicht so schnell, mein Fräulein. Zuerst muss ich mit Zumwege sprechen.«

»Zumwege?«

»Dem Chefstewart.«

Auch wenn Tine keine Ahnung hatte, was das war, ein Chefstewart, verstand sie so viel, dass es jemand war, auf den es hier ankam. »Du wartest hier«, sagte Theo leise und wies ihr einen Platz neben einer riesigen Stahltrommel zu, wo sie sich zwischen allerlei Gerätschaften in einen Winkel drückte, um nicht entdeckt zu werden. Es war, wie sie herausfand, der Kran, der hier verankert war und seine Seilwinden hatte. Als sich die Trommel mit den schweren Tauen in Bewegung setzte, konnte Tine den Boden vibrieren spüren, so groß waren die Kräfte, die auf die Maschine einwirkten.

Es kam ihr wie eine Ewigkeit vor, bis Theo endlich wiederkam. Sie hatte schon befürchtet, hier allein zu bleiben und die Reise als blinde Passagierin machen zu müssen. Doch die

Erleichterung währte nur kurz. »Zumwege ist einverstanden«, sagte Theo leise. »Er verlangt aber drei Mark.«

»Drei Mark?«, rief Tine erschrocken, um auf ein gezischtes »Pssst!« leiser fortzufahren: »Ich habe keine drei Mark. Wofür will er die denn?«

»Dann setzt er dich auf dem Salondeck ein.« Und als Tine ihn verständnislos anblickte: »Wo du als Bedienung arbeiten wirst.«

Das Mädchen zuckte die Achseln. »Ich habe keine drei Mark. Was soll nun passieren?«

Theo verdrehte die Augen. »Ich geh nochmal«, sagte er und schüttelte den Kopf, als könne er gar nicht fassen, wie viel Unverstand ihm entgegenschlug.

Wieder dauerte es lange. So lange, dass bereits zweimal die Glocke ertönt war, ehe der Matrose wieder auftauchte. »Zwei Mark«, sagte er trocken. »Sein letztes Wort.«

Tine überlegte. Sie hatte zwei Mark. Es war ihr ganzes Geld. Wenn sie sie ihm nun gab, würde sie völlig mittellos reisen und vor allen: ohne einen einzigen Pfennig auf Helgoland ankommen. Das konnte sie unmöglich tun. Es war viel zu riskant, dass sie doch etwas Geld benötigte, wofür auch immer. Sie hob die Hände. »Tut mir leid«, sagte sie. »Ich … Wenn ich Geld gehabt hätte, hätte ich mir eine Fahrkarte gekauft.«

Der junge Mann seufzte. Kein Geld zu haben, das kannte er zu gut. »Schon klar«, murmelte er. Irgendjemand rief nach ihm. »Warte.« Er entfernte sich noch einmal, diesmal jedoch in die entgegengesetzte Richtung, die Glocke ertönte ein weiteres Mal. Gleich würden sie ablegen! Der Kran schwenkte über Tines Kopf, zwei Männer standen plötzlich neben ihr und drehten an einer Kurbel, um das Gerät in die richtige Position zu bringen und festzumachen. Sie achteten nicht auf sie, vielleicht hatten sie das Mädchen aber auch nicht gesehen. »Fertig machen zum Ablegen!«, rief draußen jemand, und der Befehl setzte sich fort und wurde mehrmals wiederholt. Voll Panik stolperte Tine aus ihrem Winkel zu den Matrosen hin. »Ich muss von Bord!«, rief sie. Beide blickten sie an wie eine Erscheinung. »Was machst du denn hier, Mädchen?«, fragte schließlich einer.

»Ich muss von Bord«, wiederholte Tine und rüttelte ihn am Arm. »Du musst mir helfen!«

In dem Augenblick tauchte Theo auf. »Schon gut, Mann«, wandte er sich dem Matrosen zu. »Ich kümmere mich um sie.« Und er zog Tine mit sich. »Was sollte das denn?«, zischte er, als sie ein paar Schritte entfernt waren. »Willst du, dass ich kolossalen Ärger bekomme?«

»Nein«, stotterte Tine. »Natürlich nicht. Ich … ich hatte nur Angst … das heißt, ich meine … Wir legen doch schon ab, oder?«

Er schüttelte den Kopf und seufzte. »Nein, junge Frau«, erklärte er. »Inzwischen *haben* wir abgelegt.« Und tatsächlich spürte Tine plötzlich, wie ein mächtiges Dröhnen durch den Schiffsrumpf ging, wie die Maschinen zu stampfen begannen, wie der Dampfer wankte, ganz leicht nur, aber doch deutlich. Sie hatten abgelegt!

»Aber … aber, was mache ich denn? Ich kann doch nicht als blinde Passagierin …«

Der junge Matrose schien sie gar nicht zu hören, sondern zerrte sie weiter hinter sich her, bis sie zu einer Treppe nach unten kamen. »Ich hab das für dich geregelt. Du kannst mitfahren, wenn du mit anpackst. Aber nicht oben an Deck, da lässt Zumwege nicht mit sich reden. Der bekommt sein Geld, oder er spielt nicht mit.«

»Und wer spielt mit?«, fragte Tine.

»Die Heizer.« Theo zwinkerte ihr zu. »Die spielen immer mit.«

***

Es waren viele Passagiere an Deck, um zu winken. Aus dem Hamburger Hafen auszulaufen, das war stets ein Ereignis. Die Türme der Kirchen, die gewaltigen Hafenanlagen, die stolze neue Speicherstadt und die eindrucksvollen Kriegsschiffe zu sehen, die vorüberzogen … und unten die Menschen, die zurückwinkten, bang oder neidvoll, die ihre Tücher schwenkten und ihre Hüte – all das machte es jedes Mal aufs Neue zu einem Ereignis, wenn einer der großen Passagierdampfer ablegte, so wie es die *Bombay* in diesen Minuten tat.

Am Kai stand auch ein junger Mann mit Schiebermütze und zu weiter Jacke. Auch wenn er wusste, dass das Mädchen, nach dem er Ausschau hielt, eigentlich nicht an Deck sein durfte und auch gar nicht wissen konnte, dass er zum Abschied gekommen war, hoffte er doch für einige unsinnige Minuten, sie könne plötzlich auftauchen und ihm noch einmal ein Lächeln schenken, wie sie es so oft getan hatte auf dem Weg von Altona zum Hafen. Doch Tine tauchte nicht auf. Unter all den Gesichtern, die sich an der Reling drängten, war ihres nicht zu sehen.

Wahrscheinlich hat sie mich schon vergessen. Sie hat sich ein anderes Leben gewünscht. Soll sie es haben. Da passen wir hier gar nicht rein, in so ein Leben. Jetzt wird sie eine feine Dame. Und wenn sie auf Helgoland ist, dann denkt sie nicht mehr an Hamburg. Würde ich auch nicht. Außer an Tine. An die würd ich schon denken. Aber sie wird bestimmt nicht an mich denken. Na ja, vielleicht auf der Überfahrt. Ich bin Theo was schuldig. Aber für

Tine bin ich das gern. Gebe Gott, dass sie glücklich wird in ihrem neuen Leben.

Und auch wenn sie es nicht sehen konnte, riss Peer sich zuletzt doch noch die Mütze vom Kopf und schwenkte sie zum Abschied, so lange, bis außer einer Rauchfahne nichts mehr von dem Schiff zu sehen war.

***

Der Lärm war ohrenbetäubend. Theo bedeutete ihr, zu den Männern zu gehen, die zwischen riesigen Maschinen arbeiteten, und winkte ihr noch einmal kurz zu. Dann war er weg. Und Tine stand im Maschinenraum des Schiffs, der so groß war, dass es ihr vorkam, als hätte ein Schiff allein hier drin Platz. Zugleich war es eng und vor allem: unendlich heiß und völlig verrußt. »Hier rüber!«, rief einer der Männer und winkte ihr, zu ihm zu kommen. Vorsichtig stieg Tine noch ein paar Stufen weiter hinab in den Bauch des Schiffs, wo stampfend das Herz des Dampfers schlug. Er zeigte auf eine Schütte mit Kohlen, die vermutlich die Ausmaße der Wohnung hatte, in der das Mädchen aufgewachsen war. Und auf eine Schaufel. »So viel davon so schnell wie's geht, hierhin!«, bellte der Mann, dessen Gesicht vom Ruß geschwärzt war wie auch seine Kleider und Hände. Er deutete auf die zwei Öfen, in denen fauchend gewaltige Feuer loderten. Immer wieder riss einer der Männer eine Klappe auf, und ein anderer schippte ein paar Schaufeln Kohle hinein, dann knallte er die Abdeckung wieder zu und verriegelte sie, ehe sich das gleiche Schauspiel am nächsten Ofen wiederholte, dessen Maul sich brüllend öffnete, um gierig das schwarze Gestein zu verschlingen und in ein wohlgenährtes Inferno zu verwandeln.

Tine legte ihren Beutel beiseite und überlegte kurz, die

schöne weiße Strickjacke auszuziehen. Bei all dem Dreck konnte sie damit doch kaum arbeiten. Doch hinlegen konnte sie sie auch nirgends. Denn nirgendwo war ja ein sauberes Fleckchen, an dem es sicher gewesen wäre. Also behielt sie es an, um schon nach wenigen Minuten schweißüberströmt entsetzt auf ihre Hände zu starren: Jetzt konnte sie es absolut nicht mehr ausziehen, denn ihre Finger waren schwarz von Kohlestaub.

Wenig später war einer ihrer Strümpfe zerrissen, das hieß: einer von Jolantes Strümpfen! Sollte sie wirklich die Überfahrt hier unten verbringen und sich und ihre Kleider ruinieren? Sollte sie nicht doch die zwei Mark bezahlen, um auf Deck bedienen zu können? War es das wert? War es die Ersparnis wert? Tines Gedanken drehten sich im Kreis. Völlig verzweifelt erkannte sie, dass es für alles andere zu spät war. Denn längst war auch die Schürze verdreckt. Vielleicht hätte sie sie umdrehen und auf links tragen können. Aber dann wäre auch das Kleid unter der Schürze schmutzig geworden. Und vorher hätte sie ohnehin die Hände sauber bekommen müssen, was völlig aussichtslos war. Oder vielleicht doch nicht? »Toilette!«, rief sie einem der Männer zu. Der nickte und gab ihr ein Zeichen, ihm zu folgen. Dankbar schob sie sich in ein enges Kabuff, in dem man kaum aufrecht stehen konnte: Wohl gab es dort einen Abort, der genauso vor Schmutz starrte wie der Maschinenraum Was es nicht gab, war eine Gelegenheit, sich zu waschen. Wer hier seine Notdurft verrichtete, brauchte dergleichen natürlich nicht. Erschüttert darüber, dass all ihre Bemühungen um einen guten Eindruck zerstört worden waren, schlug Tine die Hände vors Gesicht und schluchzte, womit sie den Kohlenstaub, der sich auf ihrer Haut abgesetzt hatte, noch weiter verschmierte.

Zurück im Maschinenraum lachte einer der Heizer ihr zu. Seine weißen Zähne blitzten geradezu in dem schwarzen Gesicht. *So ähnlich sehe ich inzwischen wahrscheinlich auch aus*, dachte Tine und schaffte es nicht, sein Lächeln zu erwidern. Vermutlich machte sie einen mehr als elenden Eindruck, als sie wieder zur Schaufel griff. Jedenfalls legte ihr einer der Heizer plötzlich die Hand auf die Schulter. »Mach du die Klappe!«, wies er sie an und deutete auf die Pforten zur Hölle. Tine nickte und war schon im Begriff, nach einem der Hebel zu greifen, als der Mann brüllte: »Halt! Zurück! Bist du wahnsinnig?« Er rollte mit den Augen und presste Tine dann ein Paar riesiger Handschuhe vor die Brust. »Niemals ohne die hier!«, fuhr er sie an. »Sonst kannst du deine Hände als Sonntagsbraten auftischen!«

Tine nickte beklommen und streifte sich die Handschuhe über. Dann erst griff sie wieder nach dem Hebel der Stahltür und zog heftig daran, sodass der Deckel aufflog und ein Luftstrahl so heiß wie eine Stichflamme herausschoss, ihr unmittelbar ins Gesicht. Hustend und um Atem ringend fuhr Tine zurück und hielt sich die Hände vors Gesicht, während der Heizer schon die ersten Schippen mit Kohle hineinschleuderte. »Jetzt zu!«, brüllte er.

Tine packte den Hebel und warf die Tür zu. Trotz der Handschuhe hatte sie das Gefühl, als müsste ihr die Haut von den Fingern brennen, so unvorstellbar heiß war das Metall.

Gerade als ihr so schwindlig wurde, dass sie sich festhalten musste, um nicht umzukippen, spürte sie, wie einer der Männer sie am Arm zog. »Komm mit!«

Sie wankte hinter ihm her zu einer schmalen Tür, hinter der sie einen Tisch und zwei Bänke erblickte, daran zwei weitere Heizer, die über einer Schüssel saßen und ein paar Becher vor sich stehen hatten.

»Iss und trink!«, befahl der Mann, der sie begleitet hatte.

»Sonst hältst du nicht durch.« Er warf die Tür hinter sich zu, sodass der Lärm ringsumher mit einem Mal verstummte. »Komischer Heizer bist du«, sagte einer der beiden Männer, die am Tisch saßen, dann lachten beide.

Tine ließ sich auf die andere Bank nieder und schielte zu dem Krug mit Wasser hin. »Hier«, sagte der Mann, der eben schon gesprochen hatte. »Trink. Kannst auch bei uns mitessen.« Er schob ihr den Krug und einen Becher hin. »Löffel gibt es dort.« Er nickte zu der Wand hin, vor der Tine saß. Tatsächlich hing dort allerlei Besteck, mit einer Schnur davor geschützt herunterzufallen. Sie nahm sich mit zitternden Fingern einen Löffel und beugte sich über die Schüssel. Was immer es war, es sah widerlich aus und roch auch so. Allein um die Männer nicht zu beleidigen, nahm Tine ein-, zweimal davon und spülte die graue Masse mit viel Wasser hinunter. Erst jetzt merkte sie, wie durstig sie war. Nach vier Bechern Wasser lachten die beiden Heizer, die sie keine Sekunde aus den Augen gelassen hatten, erneut auf. »Ja«, sagte der Gesprächige wieder. »So ein Feuerchen zieht einem das Wasser ganz schön raus, was?«

Tine nickte. Sie wusste nicht, was sie sagen sollte. Zudem war es ihr peinlich, dass sie die Männer überhaupt nicht unterscheiden konnte. Jeder von ihnen war von oben bis unten so voller Ruß, dass sie völlig gleich aussahen: schwarze Gestalten mit strahlend weißen Zähnen und Augäpfeln. *Wie Afrikaner,* kam es Tine in den Sinn. In dem Moment schienen die Maschinen plötzlich etwas langsamer zu gehen. Tines Herz machte einen Hüpfer. »Legen wir an? Sind wir da?«, fragte sie und sprang auf.

»Ob wir da sind? Na, sicher. In Glückstadt.«

»Glückstadt?« Tines Stimme zitterte. »Aber … aber das ist … das ist ja noch mitten auf der Elbe!«

»Wo dachtest du denn, Mädchen?«, lachte der Heizer. »Auf dem Rhein?«

»Nein.« Tränen schossen ihr plötzlich in die Augen. »Wir … wir fahren doch nach Helgoland!«

»Da sind wir noch eine Weile unterwegs, mein Fräulein«, sagte nun der andere und schleckte seinen Löffel sorgfältig ab, ehe er ihn neben die anderen an die Wand zurückhängte.

»Aber wir sind doch schon so lange …« Tine hielt inne, sie wusste nicht, was sie sagen sollte. Die Reise bis hierher war ihr schier endlos erschienen. Jeder Knochen im Leib tat ihr weh, ihre Hände schmerzten, ihr Haar und die Kleider waren ruiniert, und wenn sie daran dachte, wie voller Staub und Rauch die Luft im Maschinenraum war, dann spürte sie schon einen Hustenreiz, selbst wenn die stählerne Tür sie von dort drüben immer noch sicher trennte.

»Kommt einem am Anfang immer so vor«, erklärte der Mann und nickte verständnisvoll. »Aber eigentlich sind wir gerade erst losgefahren.«

* * *

Als sie viele Stunden später abermals die Maschinen herunterfuhren, gab ihr der Erste Heizer, John, ein Zeichen. »Pack dein Zeug, Mädchen, und mach dich fertig. Jetzt hast du dein Ziel endlich erreicht.« Tine blickte ihn aus glasigen Augen an. Längst spürte sie ihre Beine nicht mehr, ihre Hände nicht mehr, eigentlich gar nichts außer einer unendlichen Erschöpfung, die buchstäblich jede Faser ihres Körpers erfasst hatte. Sie schwieg deshalb und nickte nur.

Minuten später öffnete sich eine der Stahltüren, und Theo steckte den Kopf herein. »Wir sind fast da!«, rief er. »Sieh zu, dass du raufkommst!« Verstohlen blickte er sich um, als könne das Mädchen jetzt noch entdeckt werden, bevor er es so hurtig durch die Katakomben des Schiffs führte, dass es kaum hinterherkam. »Mach schon!«

»Ich … ich … kann nicht schneller!«, rief Tine verzweifelt. Ihre Glieder gehorchten ihr einfach nicht mehr. Sie torkelte mehr, als dass sie lief. Endlich kamen sie zu einem kalten, feuchten Raum, in dem eine riesige Seilwinde untergebracht war. Allerdings waren es keine Taue, die über die Trommel liefen, sondern Ketten, so dick wie der Arm eines ausgewachsenen Mannes. Zwei Matrosen warfen Theo und seiner Begleiterin zweifelnde Blicke zu.

»Moin«, sagte Tine vorsichtig, doch keiner reagierte.

»Du bleibst hier, bis die Passagiere ausgebootet werden.«

»Ausgebootet?«, fragte sie.

»Mit den Börtebooten.«

Tine verstand nichts, sondern sah offenbar so ratlos drein, dass Theo lachte und erklärte: »So nennen die hier die Nussschalen, mit denen sie die Gäste von den Schiffen holen und an Land bringen.«

»Fahren wir denn nicht an die Landungsbrücken?«

»Keine Ahnung, wie du dir Helgoland vorstellst«, sagte Theo mit schiefem Grinsen. »Aber so viel kann ich dir verraten: Es ist nicht Hamburg.«

An den Winden hingen, wie Tine rasch erkannte, die Anker. Noch waren sie nicht nah genug an der Insel. Aber durch eines der Löcher, durch die die Ketten liefen, konnte Tine einen Blick auf den berühmten roten Felsen erhaschen. Es würde nicht mehr lange dauern.

Und tatsächlich lösten wenige Augenblicke später die beiden Matrosen die Riegel, mit denen die Winden gesichert waren, und die Ketten begannen zuerst langsam, dann aber immer schneller durch die Löcher im Bug des Schiffes zu rattern. Der Lärm war ohrenbetäubend. Funken schlugen aus dem Metall, der Boden unter Tines Füßen dröhnte. Bis das Inferno von einem Moment auf den anderen in völlige Ruhe umschlug und alles still stand. Tines Herz raste. *Seefahrt*, dachte sie, *Seefahrt ist überhaupt nicht romantisch. Schrecklich ist sie. Hart und gefährlich, selbst wenn man bei ruhiger See fährt.* Und sie musste an Peer denken, der sich immer so sehr eine Arbeit auf einem großen Schiff wünschte und stets stolz davon erzählte, wenn er mal wieder eine Fahrt mitgemacht hatte. Erzählt *hatte,* kam es Tine in den Sinn. Nun würde er seine Geschichten nie wieder mit ihr teilen. Und in die Erleichterung über die Ankunft des Schiffes mischte sich mit einem Mal tiefe Trauer. Über all das, was sie zurückgelassen hatte. Peer. Mutter. Und Fritzi, die an diesem Abend vergeblich auf die große Schwester warten würde.

***

»Wie komme ich an Deck?«, fragte Tine einen der beiden Matrosen, die sich eilig an ihr vorbeiquetschten, um über die steile Treppe dorthin zu verschwinden, woher das Mädchen mit Theo gekommen war. Die Männer reagierten gar nicht, sondern ließen sie einfach stehen. Unschlüssig wartete Tine einige Augenblicke, dann beschloss sie, selbst einen Weg hinauf zu suchen, und fand schließlich eine Treppe, die allerdings auf eines der Zwischendecks führte, wo die Passagierkabinen untergebracht waren. Längst waren noch nicht alle Fahrgäste von Bord gebracht worden. Im Gegenteil: Wer auf sich hielt, überließ die anderen der Eile. Einmal kam Tine an einem Salon vorbei, in dem mehrere Zigarre rauchende Herren standen, die ihr entrüstete Blicke zuwarfen. Einmal lief sie einer vornehmen

Dame in die Arme, die sich das Handgepäck von zwei Zofen tragen ließ und Tine anherrschte: »Was hast du hier zu suchen, du dreckiges Ding?« Ohne eine Antwort abzuwarten, stolzierte sie davon.

Gekränkt und trotzig suchte sich Tine den Weg aufs Oberdeck und schaffte es schließlich in eine Reihe, die sich zum Ausbooten gebildet hatte. Jetzt endlich sah sie die Insel vor sich: Stolz und geheimnisvoll ragte der rote Fels aus dem Meer, umringt von weißen Segeln und Kähnen, die auf den Wellen schaukelten. Prächtige Holzstege ragten aus dem Wasser, auf denen fahnenbekrönte Masten aufgepflanzt waren: Die Flagge des britischen Weltreichs flatterte im Wind, ein Tuch in den Farben Grün, Rot und Weiß, das Tine nicht kannte, vereinzelt auch die Farben des deutschen Kaiserreichs, vermutlich der Gäste wegen.

Als sie endlich an der Reihe war, in eines der Börteboote hinabzusteigen, rief ein feiner Herr, der hinter ihr wartete: »Maat! Soll so ein verdrecktes Weib am Ende mit uns in einem Ruderboot sitzen? Das verbitte ich mir!«

Der so angesprochene Matrose eilte herbei, musterte Tine von oben bis unten und sagte leise: »Kommen Sie bitte mit.« Und als das Mädchen sich nicht rührte, schob er noch leiser, aber mit gefährlichem Unterton hinterher: »Wird's bald?«

Erschrocken räumte Tine ihren Platz. Plötzlich hörte sie ringsum missbilligende Bemerkungen: »Unglaublich, was sich heute auf einem solchen Schiff herumtreibt.« – »Eine Schande, dass man sowas mitnimmt!« – »Man will sich gar nicht ausmalen, was das Luder an Bord getrieben hat.« – »Ich werde mich beschweren.« – »Eine Frechheit!« – »Eine Dreistigkeit!« – »Sie sollten sie über Bord werfen.« – »Wirklich! Soll sie doch rüberschwimmen!« – »Die würden sie ja doch nicht an Land lassen.«

Zutiefst beschämt ließ Tine sich von dem Matrosen wieder unter Deck führen. »Das wird ein Nachspiel haben«, stellte der Mann trocken fest. »Du wartest hier.« Er wies ihr einen Platz unter einer Treppe und war im nächsten Moment wieder weg. Ein Nachspiel? Tine spürte, wie ein unbändiger Zorn in ihr hochkochte. Nach allem, was sie unten im Maschinenraum ertragen hatte, würde ihr nun jemand noch weiteren Ärger bereiten wollen? Nein, sie würde nicht hier stehen bleiben und warten, bis sie ausgescholten wurde und wer weiß welche Demütigungen noch hinnehmen musste! Sie würde zum Kapitän gehen und ihm ihre Meinung sagen! Schlimmer, als es war, konnte es für sie nicht werden. Dann wollte sie zumindest Gerechtigkeit für sich. Sie hatte ihre Überfahrt mit ihrer Arbeit und dem Ruin ihrer Kleider teuer bezahlt. Jetzt würde sie … »Tine!« Plötzlich stand Theo vor ihr. »Was machst du hier?«

»Ich … ich …« Wie sollte sie ihm das nur alles erklären? »Wo warst du?«

»Ich wollte dich gerade holen. Aber du warst nicht mehr da.«

»Ich muss von Bord.«

Theo nickte. »Klar. Musst du.« Er kaute an seiner Lippe. »Die Börteboote werden dich nicht mitnehmen.«

»Hab ich gemerkt.«

»Wie? Warst du etwa dort? Bei den Passagieren?«

»Ich bin auch eine Passagierin«, erklärte Tine trotzig. »Ich habe nur anders bezahlt als die anderen.«

Theos Blick wanderte über das Mädchen, das er vorhin gar nicht richtig betrachtet hatte. »Bist ziemlich schmutzig geworden da unten.«

»Ja. Das habe ich auch bemerkt.«

»So kannst du auf keinen Fall mit den anderen von Bord gehen.«

»Und wie komme ich dann auf die Insel?«

»Warte hier. Ich frage mal einen von den Matrosen, die …«

»Ich warte hier nicht«, stellte Tine klar. »Ich komme mit.«

»Na gut. Die Offiziere sind sowieso anderweitig beschäftigt.« Theo lief einmal mehr voran, gefolgt von dem Mädchen, das seinen Beutel mit beiden Händen fest umklammert hielt. Sie stiegen ein paar Treppen hinab, bogen mehrmals in andere Richtungen ab und landeten schließlich im Laderaum, über dem der Kran baumelte. Mehrere Männer hievten Kisten und Säcke umher und riefen einander Anweisungen zu. »Ole!«

»Hm?«

»Könnt ihr nachher das Mädchen mitnehmen?«

»An Land?«

Theo nickte.

»Klar. Sie soll uns nicht im Weg umgehen. Kann drüben bei den Kojen warten.«

»Ich warte lieber hier«, entgegnete Tine, die lieber nicht in die Schlafräume der Matrosen gehen wollte.

»Dann warte hier. Dauert aber noch.«

Tatsächlich dauerte es noch Stunden. Es dämmerte bereits, als der Mann, den Theo Ole genannt hatte, endlich vor ihr stand und sie aufforderte mitzukommen. Einige Matrosen hatten ein Boot zu Wasser gelassen, mit dem sie übersetzen würden, um auf Helgoland noch ein paar gemütliche Stunden zu verbringen, ehe es am nächsten Morgen weiterging Richtung England. »Hier, Knut macht die Kasse.«

Knut nickte Tine zu. Er hatte einen etwas lauernden Blick, der das Mädchen frösteln ließ. »Dann mal her mit den Mäusen.«

»Mäusen?«

»Den Märkern, Gnädigste«, sagte Knut und grinste, dass man seine Zahnlücken sehen konnte.

»Aber ich habe kein …«

»Zwei Mark«, erklärte Knut, plötzlich ganz ernst. »Und das ist ein guter Preis.«

»Zwei … Mark?« Tines Herz begann heftig zu pochen. Schon wieder erwartete jemand, dass sie ihr ganzes Geld hergab, nur weil sie endlich auf diese verdammte Insel wollte?

»Oder willst du mit uns weiterfahren?« Er nickte zu dem Schiff hin. »Die Jungs im Maschinenraum waren ganz zufrieden mit deiner Arbeit. Kannst gerne bleiben.«

Der Maschinenraum. Allein der Gedanke daran löste bei Tine das Gefühl aus, keine Luft mehr zu bekommen. »Zwei Mark«, flüsterte sie. »Darf ich bitte nur eine Mark zahlen?«

»Sicher«, erwiderte Knut, und die anderen Matrosen, die um ihn her saßen, grinsten. »Eine Mark für dich, eine Mark für deine Kleider. Willst du nur eine Mark zahlen, lässt du einfach die Kleider da.«

Ein heiseres Lachen ging durch die Reihen. Tine blickte sich um, doch Theo war nirgends zu sehen. Offenbar kam er nicht mit auf die Insel. »Zwei Mark«, wiederholte sie. Sie wäre geschwommen – hätte sie denn schwimmen können. Einen Moment lang tauchte vor ihrem inneren Auge das Bild des Mannes auf, der im Fleet ertrunken war. Sie fröstelte. Dann griff sie mit zitternden Fingern nach ihrem Beutel und holte das Geld heraus: nahezu alles, was sie besaß.

***

II.

Zeit der Hoffnung

Helgoland 1887

Erstes Kapitel

Obwohl sie das Gefühl hatte, unter die Räuber gefallen zu sein, verspürte Tine große Erleichterung, als sie endlich festen Boden unter den Füßen hatte. Die Matrosen hatten ihre Nussschale zwischen den viel größeren Börtebooten festgemacht, einer von ihnen hatte Tine sogar geholfen, über die wankenden Planken zu steigen.

Dann plötzlich war alles sehr schnell gegangen und sie an Land gewesen. Allein. Vor sich die weißen Bauten, die schönen Fassaden altehrwürdiger Häuser, den hohen Felsen, der weit dahinter aufragte, ebenfalls bekrönt von weiteren herrschaftlichen Anwesen, die Hafenpromenade, in feine Kleider gewandete Damen, die am Arm ebenso eleganter Herren wie schwerelos durch den frühen Abend spazierten. Nie zuvor hatte Tine eine so fröhliche Stimmung erlebt – und nie zuvor hatte sie sich so ihres Aussehens geschämt. Verzweifelt blickte sie sich nach einem Brunnen um, wo sie sich zumindest Hände und Gesicht waschen konnte. Doch sie entdeckte nichts dergleichen. Nur das Meer schwappte in freundlicher Gleichmütigkeit an die Mole, als wollte es sich ein klein wenig lustig machen über dieses völlig verschmutzte Wesen, das da am Rande einer Insel stand, wie es sie schöner und aufgeräumter im weiten Ozean nicht gab.

Das Meer. Natürlich. Hastig lief Tine über den Steg und hinüber zum Strand. Sie schlüpfte aus den Schuhen, versuchte die ohnehin schwarz-grau verschmutzten Strümpfe abzustreifen, ohne sie noch dreckiger zu machen, und stieg dann hinab zum Wasser, das so eisig wie angenehm ihre Füße umspielte. Welle um Welle leckte nach ihren Zehen und Knöcheln, als wollte die See ihr Scham und Erschöpfung abwaschen. Erst nach einer Weile beugte Tine sich hinab, um sich auch Hände und Gesicht zu waschen. So gut es eben ohne Seife möglich war. Wieder und wieder rieb sie die Hände im salzigen Wasser, doch die Nägel blieben schwarz.

Sie konnte nur hoffen und beten, dass ihre Erscheinung nicht allzu schrecklich war, obwohl sie ahnte, dass sie noch immer ein Bild des Jammers bot. Aber Herr Heesters kannte sie ja, hatte sie doch gesehen, damals am Hafen. Hoffentlich erinnerte er sich daran. Im März war das gewesen! So lange her. Und wenn er sie doch vergessen hatte? Weshalb sollte er sich überhaupt an sie erinnern? Was, wenn er gar nicht da war?

Verzagt wanderte Tine durch den Sand zurück zur Promenade, wo sie sich auf ein Mäuerchen setzte und wartete, bis ihre Füße getrocknet waren. Dann streifte sie sich die Strümpfe wieder über, schlüpfte in die Schuhe und fasste all ihren Mut. Jetzt kam es darauf an. Jetzt musste sie sich von ihrer besten Seite zeigen. Sie sammelte sich, stand auf, drückte den Rücken durch und wandte sich der Häuserzeile zu, in deren Mitte ein stolzes Gasthaus stand. *Victoria*, stand über dem Eingang, und Tine erinnerte sich, dass sie hier nicht im Deutschen Reich war, sondern auf einer britischen Insel. Hoffentlich sprachen die Leute trotzdem deutsch. Denn sie selbst sprach kein Englisch außer den wenigen Worten, mit denen sie ihre Blumen feilbot.

Was immer er da von sich gab – Deutsch war es jedenfalls nicht. Das erkannte Tine sogleich, als sie einen Mann, der neben dem Eingang auf einer Bank saß, nach dem Hotel Heesters fragte. Immerhin deutete er klar in eine bestimmte Richtung, die Tine sogleich einschlug. Wenig später stand sie so unvermittelt vor dem Hotel, dass sie beinah bereit war zu glauben, das Glück sei auch ihr endlich hold. Bis sie durch die Tür trat und eine Matrone sich ihr in den Weg stellte. Sie war offenbar die Hausdame, die hochgeschlossene Rüschenbluse mit einer Brosche am Kragen verziert, der schwarze Rock bis über die Knöchel reichend.

Draußen auf der Sonnenterrasse saßen noch ein paar Gäste beim Wein und lauschten der Musik, die ein Geigentrio in einem Pavillon gleich gegenüber gab. Es war ein lauschiger Frühsommerabend, das Glück hätte vollkommen sein können. Auch Tines Glück.

»So, zu Herrn Heesters willst du also«, sagte die Frau, und der Zug um ihren Mund schien giftig. »Das wäre ja noch schöner! Warum nicht gleich zu ihrer Majestät, der Queen?« Herablassender hätte der Blick, mit dem sie Tine bedachte, nicht sein können.

»Aber Herr Heesters hat mir angeboten, hier zu arbeiten.« So leicht würde sie sich nicht abschütteln lassen. Nun, da sie es bis hierher geschafft hatte, *musste* sie einfach mit dem Hotelier sprechen. Und er musste ihr die Stelle als Zimmermädchen geben!

»So einem Zigeunergör? Ganz sicher nicht. Und wenn du nicht ganz schnell deine dreckigen Füße von unserem Teppich nimmst, dann hol ich den Gendarm, der wird dir schon zeigen, was wir hier mit Gesindel machen, das unsere Gäste belästigt und unsere Herrschaft.«

»Herr Heesters hat mir selbst gesagt …«

»Er würde nie mit jemandem sprechen, der sich so präsentiert.« Die Hausdame wandte sich ab und tat, als müsse sie sich dringenderen Aufgaben widmen. Doch aus den Augenwinkeln behielt sie das Mädchen im Blick. Denn man wusste ja zu gut, wie dreist solche kleinen Diebinnen und Huren waren! Tine indes drehte sich um und versuchte, die Stufen des Hauses so würdevoll wie möglich wieder hinabzusteigen und nicht umzuschauen. Niemand sollte ihre Tränen sehen.

Nur verschwommen nahm sie die flanierenden Damen mit ihren Chiffonkleidern und die Herren im Abendanzug auf der Promenade wahr, während sie am Ufer entlangging, ohne zu wissen wohin. Ihre Tasche, in der sie all ihre Habseligkeiten mit sich führte, hielt sie fest umklammert. Lachen drang wie durch einen Schleier an ihr Ohr, das Rauschen der Wellen, knappe Befehle unter Seeleuten, die sich um ihre Boote kümmerten. Als sie schließlich auf eine Bank sank und das Gesicht in die Hände legte, schalt sie sich selbst der Dummheit und des Hochmuts. Mutter hatte es ihr gesagt, als sie einmal von ihrem Traum, auf Helgoland zu arbeiten, erzählt hatte. *Kind, du gehörst nicht an einen solchen Ort. Da muss man was Besseres sein. Das sind wir nicht.* Und sie hatte recht gehabt. Nie würde Tine den Blick der Hausdame vergessen, die Verachtung, mit der sie auf sie herabgeblickt hatte wie auf eine Kröte oder einen Wurm. Niemals hatte sie sich selbst so hässlich und klein gefühlt wie in diesem Moment. Ja, Mutter hatte recht behalten, und Tine bereute ihren Hochmut zutiefst. Es brauchte eine Weile, bis sie sich aufraffen konnte. Doch dann stand sie auf, atmete tief durch, nahm tapfer ihre Tasche und sah sich um. Die Kirche lag oben auf dem roten Felsen. Es dauerte eine Weile, bis Tine den Weg dorthinauf fand. Doch als die kühle Stille von St. Nicolai sie schließlich umgab, glaubte sie, eine große Last von sich abfallen zu fühlen.

* * *

Die Kirche der Insel erhob sich über dem Oberland. Es war ein alter Bau mit hölzernen Bänken und einem hölzernen Umlauf, auf dessen Balustrade sich Bild an Bild reihte. Die Frömmigkeit der Helgoländer war geradezu körperlich spürbar in diesem freundlichen, aber kühlen Kirchenschiff. Staunend und beklommen betrachtete Tine die Gemälde, auf denen biblische Szenen dargestellt waren, von Adam und Eva bis hin zu Christi Kreuzigung. Unwillkürlich knickste sie und setzte sich dann – ganz hinten – in eine Bank. Eine Weile saß sie so, weinte still vor sich hin, trauerte ihren Träumen nach, dachte an die Mühsal der Überfahrt, an die Demütigung im Hotel, daran, dass sie Gerdas Jacke und Jolantes Strümpfe und Schürze kaputt gemacht hatte, dachte an das Geld, das sie sich so hart erspart und am Ende an ein paar Matrosen verloren hatte, die es vermutlich in dem Augenblick in einer Kneipe unten am Hafen versoffen. Dachte daran, wie dumm sie war, wie unerfahren und wie leichtsinnig. Und daran, dass alles vorbei war, noch ehe es begonnen hatte.

Sie merkte gar nicht, wie sie einschlief, die Müdigkeit überfiel sie wie ein gnädiger Schleier, der sich über die düsteren Gedanken und die Scham legte, die Tine aus tiefster Seele verspürte. Sie erwachte erst wieder, als jemand behutsam eine Decke über sie breitete. »Schsch …«, sagte eine leise, freundliche Stimme. »Schlafen Sie ruhig weiter. Hier sind Sie sicher.«

Doch Tine war viel zu erschrocken. Sie richtete sich auf und blickte sich um. Im ersten Moment wusste sie gar nicht, wo sie war. Sah ein Schiff, das über ihr hing, sah üppige goldene Blumenranken auf blauen hölzernen Planken, die sich wie ein umgestülptes Boot über ihr wölbten. Der Geruch war es, der ihr im nächsten Augenblick klarmachte, dass sie sich in einer Kirche befand. Natürlich! St. Nicolai! Sie war auf Helgoland. Gestrandet auf einer Insel inmitten der Nordsee, so weit von zu Hause entfernt, dass es keine Hoffnung gab, wieder zurückzukommen nach Hamburg. So wenig wie es Hoffnung für sie gab, hier Fuß zu fassen. Denn sie hatte ja buchstäblich nichts.

»Wer sind Sie?«, fragte sie den Mann, der sich mit einem Lächeln zu ihr heruntergebeugt hatte.

»Pastor Thevessen«, antwortete er. »Sie sehen aus, als bräuchten Sie vielleicht Hilfe?« Er sagte es so, dass Tine gar nicht wusste, wie sie reagieren sollte. Seit … seit … Sie wusste gar nicht, seit wie langer Zeit niemand so liebenswürdig mit ihr gesprochen hatte. Selbst ein Nicken fiel ihr schwer. Doch er verstand auch so und machte eine einladende Geste, mit ihm zu kommen. Tine stolperte fast aus der Kirchenbank, so sehr schmerzten ihre Beine. Der Pastor griff nach ihrem Arm und stützte sie, bis es wieder besser ging. »Kommen Sie, wir gehen hinüber ins Haus«, sagte er. »Meine Frau wird sich um Sie kümmern.«

Beklommen und zugleich dankbar folgte Tine dem Geistlichen, der sie über den Kirchhof führte. Beiderseits des breiten Wegs lagen die Gräber der Helgoländer mit den alten Grabsteinen, auf denen fremd klingende friesische Namen eingraviert waren.

Es war eine schöne Kirche. Nicht so groß wie jene in Hamburg, in denen Tine manchmal Zuflucht vor Regen und Sturm gesucht und gefunden hatte. Nun war es der Sturm der Zeiten, die Niedergeschlagenheit ihres kümmerlichen Daseins, die sie in die schützenden Mauern des Gotteshauses gedrängt hatten. Und ein barmherziger Mensch geleitete sie in sein Heim, um ihr Obdach zu bieten, und sei es nur für die Dauer einer Tasse Tee. »Wo wohnen Sie denn?«, fragte der Pfarrer, bemüht, ein

Gespräch aufzubauen und die junge Frau aus ihrer offensichtlich düsteren Stimmung zu befreien.

»Ich …« Tine stockte. Was sollte sie auch antworten? In Hamburg etwa? Nirgendwo? Jedenfalls wohnte sie nicht auf Helgoland.

Der Pastor war lebensklug und erfahren genug, um auch ihre unausgesprochenen Worte zu hören. »So bleiben Sie doch diese Nacht zunächst einmal bei uns. Meine Frau wird Ihnen ein Bett richten.«

Ein Bett richten. Wie das klang! Ein Bett! Tine hatte in ihrem ganzen Leben noch nicht in einem Bett geschlafen – und sie würde es zweifellos auch diese Nacht nicht tun, denn woher sollte der Pfarrer ein Bett für sie nehmen. Aber wenn er in einem Winkel des Pfarrhauses Platz hatte, um sie auf einer Decke oder einem Strohsack schlafen zu lassen, dann wäre das … das wäre … Tine seufzte so tief, dass der Pastor ihr die Hand auf die Schulter legte. »Nun sei nicht verzagt, mein Kind«, sagte er behutsam. »Vielleicht erzählst du uns ja von deinem Kummer. Der Herr hat dich zu uns geführt, das kann nur Gutes bedeuten.« Noch niemals hatte jemand in solchen Worten mit Tine gesprochen! Als sich die Tür zum Pfarrhaus öffnete, grüßte eine freundliche kleine Frau, die wirkte, als wäre sie einer Puppenstube entsprungen, so aufgeräumt und rosig sah sie aus. Sie trug eine Haube, was Tine seltsam fand, aber auch auf eigentümliche Weise entzückend, und um ihren Bauch war eine Küchenschürze gebunden, so strahlend weiß, als schiene die Sonne geradewegs darauf – dabei war es doch inzwischen längst dunkel.

»Gott zum Gruße«, sagte die Frau freundlich und reichte ihr die Hand.

»Gott zum Gruße«, erwiderte Tine und deutete einen Knicks an.

»Tritt nur herein, wir wollten uns gerade zum Abendbrot setzen.«

Tine schluckte. »Zum … Abendbrot?«

»Oder hast du schon gegessen?«

Das Mädchen schwieg.

»Na, dann passt es doch«, erklärte die Frau und zog Tine am Arm ins Haus, als wären sie alte Freundinnen. »Oh«, sagte sie dann mit einem Blick auf die Kleider, die die junge Besucherin trug. »Vielleicht magst du dich zuerst einmal frisch machen?«

Verzweifelt schüttelte Tine den Kopf, nickte dann, schüttelte abermals den Kopf und erklärte: »Ich habe fast nichts anderes anzuziehen. Es tut mir leid. Ich kann … So kann ich doch nicht bleiben!« Denn erst jetzt wurde ihr bewusst, dass sie außer einer zweiten Bluse, den einfachen Strümpfen, die sie sonst immer trug, und der Leibwäsche keine anderen Kleider dabeihatte.

Die Pfarrersfrau wiegte den Kopf, schien ein wenig nachzudenken und sagte dann zu ihrem Mann: »Es ist noch Zeit für ein wenig Lektüre, mein Lieber. Lies doch ein paar Psalmen, bis wir wieder da sind. So lange kann das Abendbrot noch warten.« Dann machte sie eine einladende Geste die Treppe hinauf, wo sich die Wohnräume der Thevessens befanden.

Alles in dem Haus war ordentlich und sauber. Ein wenig fühlte sich Tine, als würde sie durch ein Gemälde spazieren. Die Pfarrersfrau bemerkte ihre Blicke. »Ich hoffe, du fühlst dich hier nicht unwohl? Es ist alles sehr einfach …«

»Oh, es ist wunderschön hier!«, rief Tine. »Ich habe noch nie ein so schönes Haus gesehen. Von innen, meine ich. Ich war noch nie irgendwo, wo es so gut gerochen hat.«

Die Pfarrersfrau lächelte. »Das ist der Lavendel. Wir haben ihn im Garten.«

»Sie haben einen Garten?«

»Ja. Wenn du möchtest, kann ich ihn dir morgen zeigen. Oh, Entschuldigung, darf ich denn *du* sagen? Du scheinst mir noch so jung.«

Tine nickte. »Das ist mir sogar lieber.« Sie schloss für einen Moment die Augen und stellte sich vor, sie stünde im Pfarrgarten, atmete den wundervollen Duft von Lavendel ein und staunte, wie seltsam die Welt war und wie merkwürdig das Leben spielte.

* * *

»Möchtest du den Psalm lesen?«, fragte der Pastor, als Tine etwas später sich zwischen die Pfarrersleute auf die Bank in der Stube setzte.

»Ich bin leider nicht sehr gut im Lesen«, erklärte sie wahrheitsgemäß. Doch das focht den Geistlichen nicht an. »Ich bin sicher, der Herr wird darüber hinweghören.«

Und er schob ihr die Bibel hin. Voller Ehrfurcht nahm Tine das mächtige Buch zur Hand und blickte auf die Stelle, die der Pastor ihr wies. »Der Herr …«, begann sie zögerlich. »… ist mein Hirte.« Sie blickte auf. »Ich kenne den Psalm«, sagte sie.

»Dann wirst du ihn mit Leichtigkeit lesen.« Der Pastor nickte ihr aufmunternd zu. Und Tine las oder vielmehr sprach aus der Erinnerung, während sie die Worte mit dem Blick ins Buch verfolgte:

»Mir wird nichts mangeln.« Sie stockte. »Er weidet mich auf einer grünen Aue und führet mich zum frischen Wasser.«

Leise stimmten der Pastor und seine Frau mit ein: »Er erquicket meine Seele. Er führet mich auf rechter Straße um seines Namens willen. Und ob ich schon wanderte im finstern Tal …« Da legten sich zu beiden Seiten Hände auf Tines

Hände. »… fürchte ich kein Unglück; denn du bist bei mir, dein Stecken und Stab trösten mich.« Tine musste tief Luft holen. »Du bereitest vor mir einen Tisch im Angesicht meiner Feinde.« An der Stelle brach Tines Stimme, und die Pfarrersleute vollendeten den Psalm, ohne die Hände von Tines Händen zu nehmen. Als sie aber den letzten Vers aufsagten: »Und ich werde bleiben im Hause des Herrn immerdar«, da vollendete Tine die Worte ganz von allein mit einem so tiefempfundenen wie tröstlichen »Amen«.

»Amen«, erwiderten die beiden und schwiegen für einen Moment. Anschließend nahm der Pfarrer die Bibel vom Tisch und trug sie hinüber zu einem kleinen Hausaltar, über dem ein hölzernes Kreuz hing, ehe er sich wieder zu den beiden Frauen an den Tisch setzte und Tine bedeutete zuzugreifen.

Nicht dass Tine noch nie etwas Besonderes zu essen gehabt hätte. Wenn die Mutter an manchen Tagen Kabeljau briet und dazu Röstkartoffeln machte, wenn es gar ein wenig Butter dazu gab und Tine irgendwo etwas Petersilie gefunden und mitgebracht hatte, dann war allein der Duft, der die enge Wohnung der Tiedkens erfüllte, ein Fest für die Sinne. Doch so reichlich gedeckt hatte Tine noch keinen Tisch gesehen – nicht für drei Personen! Frau Thevessen hatte dunkles Brot aufgeschnitten und Schmalz dabei, sie hatte einen Kanten Speck, dazu Räucherwurst und Räucherfisch. Ein kleines Stück Käse duftete verlockend. Und zu alledem reichte der Pastor Wein. Wein! Den hatte Tine noch nie in ihrem Leben getrunken. Und sie verschluckte sich auch erst einmal ordentlich daran. Erst der zweite oder dritte Schluck gelang und schmeckte ihr. Die Frau des Pfarrers ermunterte sie, sich noch etwas mehr aufzutun. Und als Tine zögerte, lud sie ihr einfach selbst noch Wurst und Käse auf den Teller, ohne auf die abwehrende Geste des Mädchens zu achten. Es schien ihr geradezu Freude zu machen, großzügig zu sein. Dergleichen hatte Tine noch nie erlebt. Sicher, Meister Herzfeld hatte ihr manchmal, wenn er gute Geschäfte gemacht oder von seinen Patienten etwas Feines bekommen hatte, eine Kleinigkeit zugesteckt. Einen Bissen Wurst oder ein hartgekochtes Ei. Aber eben *eines,* nicht viel davon! Bei Thevessens jedoch musste Tine nach kurzer Zeit innehalten, weil ihr schwindelig wurde vom Essen. Die Frau des Pastors, die ein feines Gespür für Menschen zu haben schien, lächelte ihr aufmunternd zu: »Nun erzähl doch mal, was machst du bei uns auf Helgoland?«

Tine holte Luft. Im ersten Moment wusste sie kaum, wo sie beginnen sollte. Zu wirr erschien ihr die Geschichte, zu beschämend die Ereignisse. Doch dann fasste sie Mut und erklärte: »Ich wollte hierherkommen, um zu arbeiten.« Sie räusperte sich. »Es ist … also, meine Familie … wir haben nicht viel Geld. Ich komme aus Hamburg. Und eigentlich hat niemand von uns eine gute Arbeit.« Sie blickte zu Boden.

»Das ist keine Schande«, sagte der Pfarrer und schenkte ihr noch Wein nach. »Das geht vielen Menschen so in diesen Zeiten. Leben denn deine Eltern noch?«

Tine nickte. »Die Mutter verdingt sich als Wäscherin. Der Vater ist Hafenarbeiter. War Hafenarbeiter«, verbesserte sie sich. »Aber er hat … nun, er hat ein Bein verloren und ist jetzt nur noch … Er …«

»Er arbeitet als Tagelöhner?«, fragte die Pfarrersfrau mit sanfter Stimme. »Das ist kein leichtes Los.«

»Nein«, murmelte Tine. »Für alle nicht. Ich meine …« Sie unterbrach sich, weil ihr bewusst wurde, wie undankbar das alles klang. Doch die Thevessens schienen nicht entrüstet, sondern nickten nur mitfühlend. »Und dann hat mich ein Herr von der Insel angesprochen und gefragt, ob ich nicht nach Helgoland kommen möchte. Hier würden tüchtige Frauen und Männer gesucht. Ich könnte als, als Zimmermädchen arbeiten. Vielleicht. Na ja …«

»Das ist eigentlich eine sehr gute Idee, oder?«, pflichtete der Pastor bei. »Hier auf der Insel sind so viele Besucher, dass die Einheimischen die ganze Arbeit gar nicht erledigen können. Wir brauchen hier, wie hast du es so schön gesagt: tüchtige Frauen und Männer vom Festland.« Ernster fuhr er fort: »In der Kirche sahst du aber nicht aus, als hätte dir dieser Rat Glück gebracht.«

Tine schüttelte den Kopf. »Nein. Das hat er nicht. Ich musste auf dem Schiff im Maschinenraum arbeiten …«

»Warum das denn?«, fiel Frau Thevessen ein.

»Weil ich die Überfahrt nicht bezahlen konnte.«

»Oh.«

»Und dabei habe ich all meine Kleider ruiniert. Sie haben ja gesehen, wie ich …« Ein Schluchzen entrang sich Tines Kehle. »Ich hätte mich auch nicht eingelassen«, stellte sie dann bitter fest. »Wer will denn eine solche Erscheinung? Nein, ich habe meine Lektion gelernt«, sagte sie und schluckte kräftig. Sie trank von ihrem Wein, horchte dem seltsamen Gefühl hinterher, das dieses Getränk in ihr erzeugte, und stellte den Becher wieder hin. »Sie sind unendlich freundlich. Tausend Dank. Ich hoffe, ich kann … Ich hoffe, Gott wird es Ihnen vergelten.«

Sie war im Begriff aufzustehen, doch der Pastor legte seine Hand auf ihren Unterarm und drückte sie sanft wieder hinunter. »Das hat er bereits getan«, sagte er. »Wir haben die Freude, dich unter unserem Dach zu beherbergen. Heute Nacht gehst du nicht mehr hinaus in die Dunkelheit. Meine Frau wird dir die Kammer herrichten, die wir für Gäste bereithalten. Dann schläfst du, und dann wollen wir morgen früh beraten, was wir tun können.« Mit diesen Worten nickte er seiner Frau zu, die Tine an der Hand nahm und mit sich in den hinteren Teil des Hauses führte.

***

Die Gästekammer war kaum kleiner als das Zimmer, in dem Tine bisher mit fünf ihrer Geschwister geschlafen hatte. Und sie hatte tatsächlich ein Bett! *Mir wird nichts mangeln*, dachte das Mädchen. Es war, als hätte sich der Psalm für sie bewahrheitet. Zuerst hatten ihr der Pfarrer und seine Frau einen Tisch bereitet, nun boten sie ihr Obdach. Ein wenig fühlten sich die Ereignisse für Tine an wie ein Traum – und das lag am wenigsten am Wein, obwohl er machte, dass sie sich seltsam leicht fühlte.

Wie weich sich das anfühlt, dachte Tine. *Fast als würde das Bett meinen Körper gar nicht berühren.* Es war so leise im Haus. Niemand schrie, niemand schimpfte. Niemand weinte. Irgendwo schliefen jetzt in diesem Haus der Pastor und seine Frau. Zu Hause würden sie jetzt endgültig bemerkt haben, dass sie fortgegangen war. Fritzi würde weinen. Vielleicht weinte sie auch nicht, weil sie die kleine Puppe gefunden hatte. Sie würde sie festhalten, wenn sie schlief. So wie sie Tine immer festgehalten hatte. Gerda würde sich fragen, ob sie ihre Jacke wiederbekäme. Und Jolante ihre Schürze. Und die Strümpfe. O Gott, das war alles so verdreckt, sie würde es nie wieder tragen können! Die Schwestern auch nicht. Ob Mutter es noch sauber bekommen würde? Die Strümpfe vielleicht. Aber das wollene Jäckchen? Das war doch so schwer zu waschen …

Die Gedanken summten in Tines Kopf, dass sie kein Auge zubekam. Und über dem Bett das Kreuz tat sein Übriges: Sich

Jesus am Kreuz vorzustellen, das quälte Tine. Sie musste ständig zu ihm aufsehen und meinte fast, seine Schmerzen selbst zu fühlen. Ob die Helgoländer sehr fromme Menschen waren? Aber wer waren die Helgoländer denn eigentlich? Die Einheimischen sprachen eine Art Friesisch, von dem Tine jetzt schon wusste, dass sie kaum ein Wort verstand. Es war ein deutscher Dialekt. Glaubte sie zumindest. Andererseits gehörte die Insel zum Vereinigten Königreich. Ein britischer Gouverneur hatte hier das Sagen. Weder das eine noch das andere – weder Deutschland noch Großbritannien – schien die Insulaner zu interessieren, solange sie nur ihren Geschäften nachgehen konnten. Jedenfalls hatte niemand Tine nach einem Reisepass gefragt, den sie allerdings auch nicht besaß.

Morgen werde ich wieder auf der Straße stehen. Ich habe nicht einmal mehr das Geld, um mit einem Boot auf ein Schiff zu kommen, auf dem ich für die Überfahrt wieder arbeiten könnte – was auch immer. Am Ende muss ich auf der Insel verhungern.

Die erste Nacht in Tines Leben, in der sie nicht bei ihrer Familie schlief. Die erste Nacht, in der sie in einem richtigen Bett schlief. Die erste Nacht, seit sie sich erinnern konnte, in der sie nicht zumindest ein bisschen hungrig war – und doch konnte sie kein Auge zu tun. Sie war auf einer Insel mitten im Meer gestrandet. Vielleicht würde sie ihre Eltern nie wiedersehen! Die Mutter nie wiedersehen. Die Geschwister nicht, vor allem Fritzi nicht. Und Peer. Den würde sie auch nicht wiedersehen. Und er war nicht einmal zum Hafen gekommen, obwohl er doch gewusst hatte, welches Schiff sie nehmen würde.

Irgendwann hielt Tine es nicht mehr aus und stand auf. Ruhelos wanderte sie durch das Zimmer. Es gab eine Kerze hier, die sie entzünden konnte, doch der Mond leuchtete so hell durch Fenster, dass es gar nicht nötig war. Obwohl alles da war, ja mehr als nötig für sie allein, kam ihr der Raum ganz kahl und leer vor. Sie war es nicht gewöhnt, so viel Platz zu haben. Natürlich wusste sie, dass es Menschen gab, die zu zweit oder dritt ein ganzes Haus bewohnten. Aber dieser Raum, den sie um sich hatte, diese Leere, die Stille: Das alles machte ihr Angst. Niemanden zu hören in der Nacht gab ihr das Gefühl von Einsamkeit. Und dabei hatten der Pastor und seine Frau sie so freundlich aufgenommen, wie niemand zuvor es je getan hatte. Unwillkürlich musste Tine an die Blumenhändlerin vom Jungfernstieg denken, die ihr Tee angeboten hatte und sie in ihrem Laden hätte arbeiten lassen. Wäre sie vor Wochen nicht so krank geworden, dann wäre sie jetzt nicht hier, sondern dort. In ihrer Heimatstadt. In der Nähe ihrer Familie. Wo man Hamburgisch sprach und nicht dieses merkwürdige Platt. Wo sie eine Arbeit hatte und das Geld nur brauchte, um es der Mutter zu geben.

Es war weit nach Mitternacht, als Tine sich wieder hinlegte, mit Gänsehaut, weil das Bett ihren Körper so weich umschmeichelte, und dann endlich in einen tiefen Schlaf sank, in dem sie von Maschinenräumen und Ankerwinden träumte, von bunten Kirchenfenstern, wankenden Börtebooten und himmlisch duftendem Speck.

***

Als sie am Morgen erwachte, sandte die Sonne ihr einen freundlichen Gruß durchs Fenster. Der Himmel war so strahlend blau wie manches Mal über dem Elbstrand, aber sicher nie über Hamburg. Möwen kreischten so laut, dass man sie durch die geschlossenen Scheiben hörte. Tine stand auf, erstaunt, wie leicht ihr das fiel nach einer Nacht auf einer echten Matratze und unter einem echten Federbett. Sie tappte auf nackten

Füßen zum Fenster hin und blickte hinaus. Von ihrem Zimmer aus konnte sie zur Kirche hinüberblicken. Der Turm erhob sich unweit dem Leuchtturm zwischen stolzen Gebäuden. Erst jetzt fiel ihr auf, dass es die Glocken von St. Nicolai gewesen waren, die sie geweckt hatten. Helle Glocken mit freundlichem Klang. Wie weit man sie wohl hörte? Ob vorüberfahrende Schiffe ihr Läuten vernahmen?

Ein Stück die Straße hinunter spielten ein paar Kinder mit einem Reifen und einem Stock. Tine betrachtete die Häuser. Sie schienen hier in der Richtung etwas einfacher zu sein als unten am Strand. Vielleicht lag das daran, dass unten mehr Hotels waren, hier oben aber die einfache Bevölkerung der Insel lebte? Die meisten Gebäude hatten nur ein Stockwerk. Nur einige überragten die anderen. Die Pastorei war eines davon.

Bei Tageslicht sah ihr Zimmer noch viel größer aus als bei Kerzenschein oder in der Nacht. Und hell war es! Einen so hellen, freundlichen Raum hatte Tine noch nicht gesehen. Wie schön hier alles war und wie sauber! Frau Thevessen war eine gute Hausfrau. Ob die Pfarrersleute Kinder hatten? Aber sie hatte keine gesehen, und Kinder hätten doch sicherlich beim Abendbrot mit am Tisch gesessen. Nein, der Pastor und seine Frau mussten kinderlos sein.

Von ihrem Fenster aus entdeckte Tine eine voll beladene Wäscheleine. Jedoch sahen die Kleidungsstücke merkwürdig aus – wie Dutzende von hellgrauen Socken, die steif im Wind baumelten. Aber so kalt, als dass die Wäsche hätte gefroren sein können, war es nicht. Im Gegenteil: Als Tine das Fenster öffnete, fiel ihr auf, wie mild die kräftige Brise war, die über die Insel wehte. Und wie rein diese Luft war!

In dem Moment klopfte es an der Tür. »Ja?«, hörte Tine sich

sagen, und es kam ihr seltsam vor, weil noch nie jemand an eine Tür geklopft hatte, hinter der sie sich befand.

»Guten Morgen!«, rief die Frau des Pastors. »Darf ich reinkommen?«

Erschrocken stellte Tine fest, dass sie nur im Unterkleid dastand. Aber: Würde es besser aussehen, wenn sie wieder in die völlig verschmutzten Kleider schlüpfte? »Ich habe nur ein Unterkleid an«, rief sie zurück.

»Ach, das macht doch nichts«, entgegnete Frau Thevessen und öffnete die Tür. Sie trug einen Korb mit Wäsche unter dem Arm und stellte ihn auf das kleine Tischchen in der Ecke. »Wir wollen versuchen, deine Sachen sauber zu bekommen. Aber bis sie trocken sind, kannst du nicht gut im Unterkleid herumlaufen, was?« Sie lachte selbst über diese Idee und bedeutete Tine, näher zu kommen. »Schau, ich habe hier ein paar Röcke und Blusen für dich und ein paar Strümpfe. Probier doch mal, ob dir das eine oder andere davon passt.«

Tine blickte betroffen zu Boden. »Frau Pastorin …«

»Also Pastorin bin ich ja nun nicht«, erklärte die Frau lachend und öffnete das Fenster weit, um frische Luft hereinzulassen. »Frau Thevessen genügt völlig.«

»Frau Thevessen … ich habe leider gar kein Geld mehr.«

Überrascht drehte sich die Frau des Pfarrers um. »Und? Dachtest du, ich will dir mein altes Zeug verkaufen?«

»Nun ja …«

»Ach, was für ein Unsinn! Ich kann ja nicht alles gleichzeitig tragen, nicht wahr? Dann können wir uns meine Kleider auch teilen. Ich bin zwar ein bisschen kleiner als du, aber dafür etwas kräftiger.« Sie griff sich fröhlich an die Hüften. »Das könnte hinkommen. Und dass die Sachen an dir etwas kürzer sind, das macht bei einem so jungen Ding nicht viel, oder?« Sie griff in den Korb und nahm einen Rock heraus. »Hier! Schlüpf doch da mal rein.«

Verlegen drehte Tine sich zur Seite und zog den Rock an, der tatsächlich etwas kurz war, aber um die Taille perfekt passte. »Na, wer sagt's denn!«, rief die Pfarrersfrau entzückt. »Jetzt noch eine hübsche Bluse dazu. Du hast Glück, dass ich meine Lieblingsbluse gerade frisch gewaschen und geplättet habe!«

»Aber wenn es doch Ihre Lieblingsbluse ist, Frau Thevessen«, sagte Tine voller Skrupel.

»Nun, wenn du sie trägst, sehe ich sie wenigstens richtig, nicht wahr? Wenn ich sie selbst trage, müsste ich ja ständig an mir herabsehen, um sie genießen zu können.« Sie zwinkerte dem Mädchen zu und drückte ihm eine Bluse mit wunderschön geblümtem Muster in die Hand. Tine streifte sie über. Sie war zwar etwas weit, aber das machte nichts. Sie konnte sie in den Bund stecken, dann wirkte es ganz sommerlich-elegant. »Darf ich das wirklich tragen?«

»Du musst sogar!«, erklärte Frau Thevessen. »Stell dir mal vor, was für ein Inselgespräch wir wären, wenn in der Pastorei und im Pfarrgarten junge Mädchen in Unterkleidern herumliefen!« Wieder lachte die Hausherrin, und Tine staunte, wie fröhlich manche Menschen offenbar waren. Sie konnte sich nicht erinnern, schon einmal jemanden getroffen zu haben, der so viel lachte und so viele Scherze machte. *Der Pfarrer*, dachte sie, *muss ein glücklicher Mann sein, dass er so eine Frau hat. Und sie scheint eine glückliche Frau zu sein, sonst wäre sie nicht so fröhlich.*

»Und jetzt, wo du etwas anhast, können wir uns um deine eigenen Kleider kümmern. Ich hab sie über Nacht in Lauge eingeweicht. Sie werden vielleicht nicht mehr so strahlend wie vorher, aber wenn wir sie ordentlich auswaschen und anschließend in die Sonne hängen, dann glaube ich, dass du sie wieder tragen kannst.«

Tine nickte. »Ich müsste nur vorher …«

»Ach, natürlich!«, rief die Hausherrin und lachte. »Wie töricht von mir, dass ich daran nicht gedacht habe.« Sie packte ihren Korb. »Du weißt ja, wo es ist. Und ich gehe schon mal runter. Komm einfach raus in den Garten. Der Waschplatz ist gleich neben der Tür.«

»Das mache ich«, sagte Tine und lief rasch zur Toilette, die im Erdgeschoss im rückwärtigen Teil des Hauses lag. Sie war schon am Vorabend dort gewesen und hatte auch hier bewundert, wie ordentlich alles war. Kein Vergleich zu dem Abort im Hinterhof des Hauses im Gängeviertel, wo sie bisher gewohnt hatte. Dort hatte es stets Überwindung gekostet auszutreten, und Tine hatte es sich wegen des Drecks und des Gestanks oft verkniffen, bis sie vor der Stadt war, wo sie sich lieber in den Büschen erleichterte. Aber hier war die Toilette ein Ort, an dem man sich nicht vor sich selbst ekeln musste und auch nicht an die anderen dachte, die hierher kamen. Sogar ein kleines Fenster spendete Licht von oben, sodass es ganz leicht fiel, umsichtig zu sein.

Wenige Minuten später trat Tine in den Pfarrgarten hinaus, wo sich Frau Thevessen schon ans Schrubben gemacht hatte. »Bitte!«, rief Tine. »Lassen Sie mich das machen.«

Die Pfarrersfrau lächelte und trocknete sich die Hände. »Gerne. Kannst du denn waschen?«

»Meine Mutter arbeitet als Wäscherin.«

»Wie schön. Du hast also Familie.«

»Sehr viel sogar«, erklärte Tine und musste schlucken. »Neun Geschwister.«

»Herr im Himmel! Zehn Kinder! Deine Eltern sind gesegnet.«

Es fiel Tine nicht leicht, das so zu sehen.

»Und was macht dein Vater?«, fragte Frau Thevessen neugierig.

»Er ist … er war Hafenarbeiter.«

»Oh. Der Herr hat ihn zu sich gerufen?«

Erschrocken schüttelte Tine den Kopf. »Nein«, stellte sie richtig. »Nur sein Bein. Ich meine, er hat nur sein Bein verloren. Na ja, nur …«

Die Pfarrersfrau nickte verständnisvoll. »Und mit dem Bein die Arbeit, was?«

»Ja.«

»Dann habt ihr es vermutlich nicht leicht. Zehn Kinder wollen ja irgendwie ernährt werden.« Sie sah Tine zu, wie sie mit geübten Händen die Gallseife in den Stoff rieb und Jolantes Schürze kräftig über das Waschbrett rieb. Nach einiger Zeit hielt das Mädchen inne. »Ich glaube, jetzt müsste ich das Wasser wechseln, wenn ich noch mehr erreichen will.«

»Aber ja! Natürlich! Hier drüben ist die Tonne.« Neben der Tür stand ein großes Fass voller Regenwasser. Tine schüttete das schwarze Wasser in die Rinne daneben und schöpfte mit einem Eimer frisches in den Zuber. Dann wiederholte sie die Prozedur mit der Schürze und mit Gerdas Bluse. Frau Thevessen goss unterdessen einige Blumen an den Fensterbrettern und blickte ihr immer wieder über die Schulter. Als Tine sich nach der Strickjacke umblickte, die so besonders unter der Arbeit im Maschinenraum gelitten hatte, erklärte sie: »Um die habe ich mich vorher schon gekümmert.« Sie zeigte in Richtung Schuppen, wo auch die Wäscheleine gespannt war, die Tine von oben gesehen hatte. Dort hing die Jacke und trocknete bereits in der Sonne. »Komm, wir hängen noch die anderen Sachen dazu.«

Was sie dann auch taten. Erstaunt stand Tine vor den Kleidern, die beinahe so weiß waren wie zuvor. Sie würde sie wieder tragen können! Sie würde wieder ordentlich aussehen und sich unter Menschen wagen können, ohne scheel angesehen zu werden!

Ebenso erstaunt aber blickte sie auf die anderen Teile, die an der Leine hingen. Denn das waren mitnichten Socken. »Das ist ...«

»Fisch«, erklärte die Pfarrersfrau mit strahlendem Lächeln.

»Fisch? Auf der Wäscheleine?«

»Dorsch. Getrockneter Dorsch ist eine feine Sache. Er hält sich lange und schmeckt köstlich, wenn man ihn zuzubereiten versteht.« Sie zuckte die Achseln. »Einer der Fischer ist meinem Mann sehr dankbar für eine kleine Hilfe gewesen und hat uns einen ganzen Berg Dorsch gebracht. Was sollten wir machen? Wir haben ihn getrocknet.«

Die Helgoländer waren wirklich ein erstaunliches kleines Volk. Getrockneten Fisch gab es in Hamburg natürlich auch. Aber eine ganze Wäscheleine voll? Allein so viel zu essen auf einmal zu haben, das erschien Tine unglaublich. Aber am unglaublichsten war, mit welcher Selbstverständlichkeit der Pfarrer und seine Frau ihr halfen, ohne irgendetwas von ihr zu erwarten. »Danke«, murmelte Tine schließlich. »Ich weiß nicht, wie ich Ihnen danken soll.«

»Indem du jetzt zum Frühstück kommst«, erklärte Frau Thevessen. »Mein Mann wartet schon. Und wenn er Hunger hat, wird er immer unleidlich.«

Ja, dachte Tine, *das kenne ich. Da wo ich herkomme, sind alle andauernd unleidlich.* Aber sie sagte es nicht, denn um nichts in der Welt wollte sie die fröhliche Stimmung dieses Morgens zerstören.

***

Der Pastor saß mit einer Zeitung am Frühstückstisch. »Die Nachrichten von vorgestern!«, rief er, als die Frauen eintraten. »Aber heute kommen immerhin die von gestern.« Er schmunzelte. »Nun, konntet ihr die Kleider der jungen Dame retten?«

»Gott sei Dank«, erwiderte Frau Thevessen. »Ich glaube, niemand wird Anstoß daran nehmen.«

»Das ist doch eine gute Nachricht. Ich habe inzwischen mal den Tee gemacht.«

Den Tee gemacht! Tine staunte. Dass ein Mann, wenn er nicht alleinstehend war, etwas in der Küche machte, hatte sie noch nicht gehört. »Ja, also …«, sagte sie, denn plötzlich wurde ihr bewusst, wie unverschämt es war, hier auch noch ein Frühstück zu nehmen. »Vielleicht sollte ich …« Sie stockte.

»Solltest du was?« Die Pfarrersfrau schenkte ihr ein schiefes Lächeln. »Vielleicht solltest du dich jetzt einfach mal hinsetzen und meinen Mann von der Weltpolitik von vorgestern ablenken, während ich den Tisch decke.« Sie schob Tine zu dem Platz hin, auf dem sie schon am Vorabend gesessen hatte, dann wandte sie sich dem Küchenschrank zu und nahm Geschirr heraus. Wenige Augenblicke später war der Frühstückstisch bereitet, und vor Tine stand eine Tasse dampfenden Tees, ein Teller mit Graubrot, Butter und Konfitüre. »Sanddorn. Davon haben wir jede Menge auf der Insel«, erklärte Frau Thevessen. »Sehr gesund!«

»Und überaus köstlich«, fügte der Pastor hinzu und reichte Tine einen Korb, der mit einem Tuch bedeckt war. »Ein Ei?«

»Ein Ei?« Tine wagte nicht, in den Korb zu greifen. Ein Ei zum Frühstück, das hätte sie sich zu Weihnachten vorstellen können oder zu Ostern. Aber einfach so, an einem ganz normalen Tag im Jahr, der nicht einmal ein Sonntag war?

»Wir haben hinter dem Haus einen kleinen Hühnerstall«, erklärte Frau Thevessen. »Die Tiere sind alt. Aber ich bringe es nicht über mich, sie zu schlachten. Dafür sind die Eier größer.«

Das Ei schmeckte himmlisch. Der Tee duftete, dass Tine ganz schwindelig wurde. Am liebsten wäre sie gar nicht mehr weggegangen aus diesem Pfarrhaus. Ob alle Pfarrer so lebten? Ob es gar alle Menschen auf Helgoland so gut hatten?

»Wir haben uns Gedanken gemacht, Tine«, erklärte der Pastor unvermittelt und riss Tine aus ihren Gedanken. »Du bist auf unsere Insel gekommen, um dir hier Arbeit zu suchen. Das ist eine gute Idee. Hier werden immer tüchtige Menschen gesucht. Wenn du also Arbeit findest, ist allen damit geholfen.«

Frau Thevessen nickte und fuhr fort: »Ich möchte dich gerne einer Frau vorstellen, die ein Gästehaus betreibt und jemanden sucht. Sie hat mir erst neulich ihr Leid geklagt, dass sie mit den drei Mitarbeitern nicht auskommt, die sie hat. Sie ist auch schon ein wenig in die Jahre gekommen, musst du wissen.«

»Und Sie glauben, diese Frau würde mich vielleicht nehmen?«

»Nun, ich bin sicher, sie würde es zumindest mit dir probieren«, sagte der Pastor. »Jedenfalls wenn meine Frau es ihr ans Herz legt.«

»Oh, das wäre wunderbar, Herr Pastor!«

»So wollen wir nach dem Frühstück hinuntergehen?«

»Hinunter?«

»Zum Unterland. Die Pension Wagner liegt am Nordstrand.«

Am Nordstrand! »Ja, gerne!«, rief Tine. »Ich bin Ihnen so dankbar!«

»Danke Gott, Tine Tiedkens«, sagte der Pfarrer mit gütigem Lächeln. »Denn alles, was wir Gutes an unseren Mitmenschen tun, hat er getan.«

»Dann danke ich Gott aus tiefstem Herzen.«

***

Der Weg vom Ober- zum Unterland führte an der Schule vorbei, durch die Kirchstraße bis zu einem Klippenweg, den die Einheimischen »Falm« nannten. Tine staunte über den Blick, den sie von diesem Ort aus über die See und übers Unterland hatte. Zum ersten Mal sah sie auch die kleine Nebeninsel, die ganz flach in der Sonne lag und deren Grün und Beige getupft war von roten Dächern und kleinen dunklen Tupfen am Strand, die Tine nicht genau erkennen konnte. Hübsch sah das aus! Eine steife Brise wehte von West her und ließ sie frösteln. Die Pfarrersfrau lachte. »Daran musst du dich hier gewöhnen. Wind haben wir mehr als alles andere.« Mit einem Nicken bedeutete sie Tine weiterzugehen. Vor ihnen lag die Treppe, die den oberen Teil der Insel mit dem unteren verband: ein langgezogener Steig, der in der Mitte einen Knick machte und sich dann weit hinunter erstreckte.

Sowohl der Falm als auch die Geschäfte am Fuß der Treppe beeindruckten Tine: Es gab Läden für Spirituosen und Konfitüren, Schneidereien, ein Tabakwarengeschäft, Kolonialwaren, Stoffe, einen Laden, der nur Schuhe verkaufte, und sogar ein Fotostudio! Alles war geschmückt und geputzt, als feiere man hier unablässig Hochzeit. Vor manchem Geschäft gab es zusätzliche Auslagen, als hätte man hier keine Angst, bestohlen zu werden. Schaufenster öffneten den Blick auf feinste Waren.

Während Tine staunend neben Frau Thevessen herging, wurden sie immer wieder von Frauen und Männern gegrüßt, die an ihnen vorüberkamen. Die Herren hoben den Hut oder tippten sich an die Mütze, die Frauen knicksten andeutungsweise. Die Pastorengattin war offenbar eine sehr angesehene Person auf der Insel. Natürlich bemerkte Tine auch, dass alle sie mehr oder weniger unauffällig musterten. Offenbar fragten sie sich, wer die Person war, die da an der Seite der Frau Pastor schritt. Womöglich erkannte der ein oder andere gar Frau Thevessens Bluse? »Denk dir nichts«, sagte sie, als hätte sie Tines Gedanken gelesen. »Die Insel ist ein Dorf. Jeder kennt hier jeden, über jeden wird getratscht. Aber im Grunde sind sie alle gute Seelen. Alte Fischerfamilien. Sie leben von der Hoffnung und wissen, dass niemand es im Leben leicht hat.«

Ja, dachte Tine, *niemand hat es im Leben leicht.* So hatte sie es sich auch immer vorgestellt. Doch seit sie auf der Insel war, schien es ihr, als gäbe es zwei sehr unterschiedliche Arten von Beschwernissen: die auf Helgoland und jene in Hamburg. So schwer es manch einer hier auch haben mochte, mit dem Elend des Gängeviertels ließ sich nichts auf dieser Insel vergleichen.

Alles schien hier glänzender, prächtiger, geordneter. Der Dreck, das Elend und das Leid der Armen waren weit, unendlich weit von hier entfernt. »In welcher Richtung liegt die Elbe?«, fragte Tine, während sie hinüberblickte zu den Schiffen, die vor dem Südstrand vor Anker lagen. »Du schaust genau dorthin«, sagte Frau Thevessen und legte ihr den Arm auf die Schulter. »Hast du Sehnsucht nach dort?«

Kein bisschen, wollte sie antworten. Doch aus irgendeinem Grunde brachte sie es nicht über die Lippen.

***

Das Haus Wagner lag etwas zurückgesetzt in erster Reihe am Nordstrand, der Nebeninsel Düne gegenüber. Anders als bei den großen Häusern gab es hier keine Sonnenterrasse, weswegen auch keine spontanen Besucher hier einkehrten. Worauf das kleine Hotel in den letzten Jahren wohl in eine Art von Dornröschenschlaf gefallen sein musste. Zumindest war das

Tines erster Eindruck. Das Haus Wagner erschien ihr zwar als ein ordentliches, sorgfältig geführtes, aber offenbar nicht sonderlich erfolgreiches Unternehmen. Trotz der eindrucksvollen und charmanten Aussicht gen Düne und auf die vielen Boote, die tagsüber die Binnenreede schmückten. »Frau Wagner!«, begrüßte die Pastorengattin die Wirtin. »Gott zum Gruße.«

»Grüß Sie, Frau Thevessen«, erwiderte die Pensionsbesitzerin etwas spröde und warf einen prüfenden Blick auf Tine, die sie natürlich sogleich als Ortsfremde erkannte.

»Ich bringe Ihnen die Näharbeiten«, sagte Frau Thevessen mit ihrem strahlenden Lächeln und reichte der Wirtin den Korb, den sie dabeihatte. »Und ein paar Eier, wie gewünscht.« Sie beugte sich vor und raunte: »Nicht ganz das bestellte Dutzend, leider, aber die Hühner waren wohl ein bisschen müde.« Unauffällig zwinkerte sie Tine zu, die die Augen niederschlug und an die Frühstückseier denken musste. Nun fehlten sie hier!

»Vielen Dank.« Frau Wagner nahm den Korb und stellte ihn beiseite.

»Und hier bringe ich Ihnen noch etwas«, erklärte die Frau des Pfarrers. »Das heißt, ich bringe Ihnen *jemanden.*« Sie lächelte Tine aufmunternd zu und schob sie ein Stück vor sich. »Das hier ist eine junge Frau aus Hamburg, die sich auf unserer schönen Insel verdingen will.«

»So. Will sie das.« Die Wirtin hob eine Augenbraue und musterte das Mädchen sorgfältig. »Und als was will sie sich verdingen? Hat sie in irgendetwas Erfahrung?«

»Ich war Blumenmädchen«, antwortete Tine wahrheitsgemäß.

»Nun, damit wirst du auf Helgoland nicht weit kommen«, erklärte die Pensionsbetreiberin halb amüsiert, halb befremdet. Und zu Frau Thevessen: »Auf was die Jugend so kommt …«

»Eigentlich«, sagte Tine verlegen, »also eigentlich wollte ich ja auch nicht als Blumenmädchen hier arbeiten, sondern … als Zimmermädchen.«

Frau Wagner warf theatralisch die Arme in die Luft. »Na, da ist Blumenmädchen ja genau die richtige Ausbildung!«

Nun, da sie ihrem Ziel so nah war, wollte Tine nichts unversucht lassen. Wenn es jetzt nicht klappte, würde es vermutlich nie klappen. Und nach der Demütigung gestern im Hotel Heesters brauchte Tine einfach einen Erfolg. »Außerdem habe ich meiner Mutter immer im Haushalt geholfen«, erklärte sie stolz. »Wir sind zehn Geschwister, mit den Eltern also zwölf Personen …«

»Zählen kann sie immerhin«, sagte Frau Wagner leicht spöttisch, doch Tine bemerkte, dass ihr Gesichtsausdruck verbindlicher wurde. »Nun, was erwartest du dir denn hier von deiner Arbeit als Zimmermädchen?«

Das war eine große und schwierige Frage. Augenblicklich begriff Tine, dass sie nicht einfach antworten konnte, ich erwarte mir gute Bezahlung oder eine sichere Arbeit oder Unterkunft und ein neues Zuhause – zumal sie tatsächlich alles das erwartete! Stattdessen sagte sie: »Ich möchte zeigen, dass ich mehr kann, als Blumenmädchen zu sein. Ich möchte auf dieser schönen Insel leben und hier mein Bestes tun, um eine gute Bürgerin von Helgoland zu werden.«

Die Wirtin warf der Pastorenfrau einen nachdenklichen Blick zu. Dann hob sie die Brauen und erwiderte gedämpft: »Das sind große Worte, junges Fräulein. Bürgerin wirst du noch lange Zeit nicht sein hier. Wenn du aus Hamburg stammst, wirst du wohl eine Deutsche sein und keine Britin, was? Da kannst du das Bürgertum gleich vergessen.«

»So habe ich es nicht gemeint«, stellte Tine richtig. »Was ich meine ist, dass ich hier leben und Teil der Inselgemeinschaft werden möchte.«

Frau Wagners Blick lag lange auf Tine, als müsste sie sorgfältig abwägen, ob sie das Risiko eingehen könne, bis sie schließlich anbot: »Gut. Du kannst eine Woche hier als Mädchen für alles arbeiten. Kost und Logis sind frei. Aber zahlen werde ich dir keinen Penny. Wenn ich nach einer Woche zufrieden bin, sprechen wir über deinen zukünftigen Lohn.«

»Mädchen für alles«, murmelte Tine, die wusste, wie gefährlich es sein konnte, eine solche Zusage zu machen.

»Du wirst Hedi zur Hand gehen, das ist unser Zimmermädchen. Und du wirst Alfred zuarbeiten, unserem Hausdiener. Wenn du dich gut machst, kannst du als Zweites Zimmermädchen arbeiten.« Sie hob das Kinn ein wenig, um ihre Autorität zu unterstreichen. »Aber mach dir keine allzu großen Hoffnungen. Die Pension Wagner ist vielleicht keines der führenden Häuser, aber wir haben unseren Stolz, und wir haben unseren Anspruch.«

Tine atmete tief durch. Ein wenig war ihr schwindelig ob der wundervollen Gelegenheit, aber auch ob der Verantwortung, die die Pensionswirtin mit diesen Worten auf ihre Schultern lud. »Ich werde Sie nicht enttäuschen, Frau Wagner«, sagte sie.

»Das hoffe ich.«

Die Frau des Pastors klatschte in die Hände. »Wie schön!«, rief sie. »Dann hat der Herr ja wieder einmal alles zum Besten gefügt!«

Und in der Tat, das hatte er. Als Tine neben ihrer Fürsprecherin her zurück zur Pastorei ging, um ihre Sachen zu holen, schien ihr Helgoland wie das Paradies auf Erden. Und selbst die Passanten, die ihnen begegneten, schienen sie wohlwollender und freundlicher zu betrachten als zuvor. »Ich weiß nicht, wie ich Ihnen danken soll«, sagte Tine ein ums andere Mal.

»Mach deine Sache gut und leb ein gottgefälliges Leben«, erklärte Frau Thevessen. »Dann hast du wohl gedankt.« Und mit einem feinen Lächeln fügte sie hinzu: »Und hilf mir vielleicht gelegentlich im Pfarrgarten, der könnte die geübte Hand eines Blumenmädchens wirklich brauchen.«

***

Noch am selben Nachmittag sollte Tine in der Pension Wagner antreten. Die Pfarrersleute hatten ihr ein frühes Mittagessen bereitet, sodass sie genügend Zeit hatte, noch einmal für ein kurzes Gebet in die Kirche zu gehen, ehe sie sich wieder auf den Weg ins Unterland machte. Während Frau Thevessen sich um den Haushalt kümmerte, begleitete der Pastor Tine hinüber nach St. Nicolai. Er zeigte ihr die Bänke, die nach Familien geordnet und verschlossen waren, damit niemand sich an einen Platz setzte, der ihm nicht zustand, erklärte ihr die Szenen, die auf den Bildern mit biblischen Geschichten dargestellt waren, führte sie zu den bunten Fenstern, auf die er besonders stolz zu sein schien. Und dann ließ er sie alleine, sodass sie in sich gehen und beten konnte.

Als sie auf die Knie sank und die Hände auf einer der hinteren Bänke, die für alle frei waren, faltete, fiel eine so große Last von Tines Schultern, dass sie am liebsten nie wieder aufgestanden wäre. *Welch ein Glück, dass ich in diese Kirche gefunden habe,* dachte sie immer wieder. *Was wäre mit mir geworden, wenn ich nicht hierhergekommen, sondern an einen anderen Ort geflüchtet wäre?* Was hätte mir zustoßen können? Und nun: Alles schien sich zum Guten zu wenden, ja alles *hatte* sich doch schon zum Guten gewendet. Denn *natürlich* würde sie Frau

Wagner nicht enttäuschen, niemals! Kost und Logis frei! Tine konnte sich kaum vorstellen, dass es nicht auch in der Pension Wagner für alle Betten gab. Richtige Betten mit Matratzen und warmen Decken, womöglich gar Federbetten. Und dort sollte, dort würde sie fortan schlafen – und sie müsste nichts dafür bezahlen, sondern in ein paar Tagen gar noch etwas dafür *bekommen*! Die Welt war ein Wunder, und der Herr im Himmel hatte sie erschaffen. *Danke*, dachte Tine wieder und wieder, *danke Gott, dass du mich gerettet hast.*

Sie schwor sich, von ihrem ersten Lohn etwas der Kirche zu spenden. Und wie mit himmlischem Einverständnis kam in diesem Moment die Sonne hinter den Wolken hervor und schickte ihre Strahlen durch die bunten Fenster direkt in Tines lächelndes Gesicht.

Da sie noch ein wenig Zeit zur Verfügung hatte, wollte sie einen kurzen Spaziergang über das Oberland machen. In den nächsten Tagen würde sie kaum mehr dazu kommen.

Sie war erstaunt, wie groß die Insel wirkte. Es gab hier prächtige Bauten, sogar eine Kaserne, in der die englischen Soldaten exerzierten, als sie vorüberlief. Sie beeilte sich, schnell wegzukommen, denn sie konnte die Blicke der Männer spüren, die äußerlich scheinbar reglos in Reih und Glied standen, sie aber mit den Augen verfolgten.

Schon nach wenigen Schritten aber lichteten sich die Häuserreihen und gaben den Blick auf eine große Weide frei, auf der Schafe grasten. Nur wenige Hütten säumten dieses weite Feld, das sich unter eilig dahinziehenden Wolken erstreckte. Aus der Gasse wurde ein Pfad, den Tine einfach weiterlief, zwischen einigen Kühen hindurch, vorbei an niedrigen Sanddornbüschen und vom Wind niedergedrückten Bäumen. Rau war die Schönheit dieses Teils der Insel, und Tine staunte, wie anders es im

Vergleich zu den Straßen mit den feinen Läden und den vornehmen Kurgästen aussah.

Bald schon gelangte sie an die Klippen, die steil zum Meer abfielen, das schäumend gegen den Fels rollte. Die Sonne ließ das Land beinahe bernsteinfarben leuchten. Schaumkronen zierten wie kleine Wölkchen weithin die Wellen. Über einzelnen in den Fluten stehenden Felsnadeln kreisten Möwen und schrien – ganz anders als die Möwen in Hamburg. *Vielleicht lag es an ihrer britischen Herkunft,* dachte Tine. Doch Tiere kümmerten sich vermutlich nicht darum, in welchem Land sie lebten. Es musste wohl einfach eine andere Art von Seevögeln sein, die hier den Himmel beherrschte. Majestätisch, kam es Tine in den Sinn, majestätisch sahen sie aus, diese großen Tiere, die gegen den Wind flatterten, dann wieder die Flügel einzogen und hinabschossen in die Tiefe, um mit einer blitzschnellen Bewegung den Schnabel in die Wellen zu tauchen und sogleich mit ihrer silbernen Beute wieder hinaufzusteigen. Dutzende von Booten umringten die Insel. Allein von der Westseite aus, wo sie sich befand, erblickte Tine etliche Kutter, Segelboote und sogar Frachter, die weiter draußen vorüberglitten. Als Tine sich landeinwärts wandte, entdeckte sie den Leuchtturm wieder. Es war ein kleiner Signalbau, aber natürlich würde er nachts weithin sichtbar sein, weil er so hoch über dem Meer lag.

Für den Rückweg wählte Tine die andere Klippenseite, sodass sie hinüberblicken konnte zur Düne, wo zahlreiche Ruderboote, Jollen und Barkassen lagen, mit denen die Gäste der Insel hinübergefahren waren, um den Tag beim Sonnenbaden zu verbringen. Dorthin wollte sie so bald wie möglich auch übersetzen. Allein das Grün dieses flachen Eilands machte Tine neugierig. Welche Blumen dort wohl blühten?

Für einige Momente schloss sie die Augen und lauschte auf den Wind, die Möwen und das Blöken der Schafe, denen sie inzwischen wieder näher gekommen war. Auch ein paar englische Befehle vom Kasernenhof mischten sich darunter. *Ganz anders als zu Hause in Hamburg*, dachte sie. *Alles klingt vollkommen anders.* Vielleicht klang es am ehesten noch wie draußen am Elbstrand. Ja, und so fühlte es sich auch am ehesten an: nach Schönheit, Reinheit und Freiheit. Vor allem nach Freiheit.

***

Zweites Kapitel

Pünktlich um zwei Uhr nachmittags stand Tine vor Frau Wagner. Gerdas Jacke war bereits in der Sonne getrocknet, sodass das Mädchen nicht mehr wie eine jüngere Ausgabe der Frau des Pastors wirkte. »Dann komm mal mit.« Die alte Dame, sie mochte weit in den Sechzigern sein, ging vor Tine her durch eine rückwärtige Tür neben der Treppe, wo sich zu Tines Erstaunen eine weitere Treppe verbarg, wenn auch eine sehr schmale, steile. Auf den erstaunten Blick des Mädchens hin erklärte sie: »Den vorderen Aufgang hat mein Mann selig einbauen lassen. Er ist für die Gäste reserviert und wird von den Mitarbeitern nur genutzt, um Gepäck hinaufzutransportieren, wenn es zu groß ist für dieses Treppenhaus, oder wenn Gäste begleitet werden müssen.«

Tine nickte. Sie würde alles sehr genau befolgen und sich alles genauestens merken. Der hintere Aufgang war sehr düster, und einmal stolperte sie, worauf Frau Wagner missbilligend schnaubte. Es klang wie: *Ich habe es ja gewusst.* Erschrocken umfasste Tine ihr Bündel fester. Als sie unter dem Dach angekommen waren, erstreckte sich ein schmaler Flur zu beiden Seiten. »Die weiblichen Dienstboten schlafen hier, die männlichen auf der anderen Seite«, erklärte Frau Wagner und wies Tine, nach links zu gehen. Es gab zwei Kammern in dem Teil des Dachs, wobei durch die geöffnete Tür zu erkennen war, dass die eine als Depot genutzt wurde für Wäsche, Putzmittel und andere Dinge, mit denen Tine zweifellos schon sehr bald würde umgehen müssen. Die Tür zur anderen Kammer war geschlossen. Frau Wagner ließ das Mädchen vorgehen. »Bitte«, sagte sie. »Hier wirst du mit dem Zimmermädchen Hedi wohnen, solange du bei uns bist.« Auch dies klang, als würde sie weit mehr sagen, als sie aussprach: *Lange wird es ja nicht dauern.*

»Danke«, entgegnete Tine und sah sich um. Es gab zwei schmale Betten in dem Raum, einen Schrank und einen Schemel. Außerdem eine Fensterbank, auf der ein großer Krug und eine Schüssel aus emailliertem Blech standen: das Waschzeug. Über einem der Betten lag ein Unterkleid. »Hier schläft vermutlich Frau Hedi?« Tine spürte, wie ihr Herz heftig klopfte. »Und hier darf also ich schlafen?« Sie trat an das andere Bett, das sehr ordentlich gemacht und mit einer rauen, aber warmen Decke überzogen war.

»So ist es.« Die Wirtin trat an den Schrank und öffnete ihn. Unter den Kleidern, die offenbar dem Zimmermädchen gehörten, lagen sorgfältig gefaltet einige schwarze und weiße Stücke. »Hier. Zieh das an, ich hoffe, es passt. Und dann erwarte ich dich unten am Empfang. Alfred wird dir alles Weitere zeigen.«

»Jawohl, Frau Wagner.«

Die Wirtin nickte und war schon im Begriff, das Zimmer zu verlassen, als Tine rief: »Frau Wagner?«

»Ja?« Ein Blick, so ernst, als gäbe es auf dieser Welt keine Fröhlichkeit.

»Danke. Ich danke Ihnen tausendmal.« Auf dem Gesicht der alten Dame erschien beinah so etwas wie ein Lächeln, ihre Züge schienen eine Spur milder zu werden. Es folgte ein kleines Nicken, ehe sich die Tür hinter ihr schloss. *Sie ist nicht so hart, wie sie sich gibt*, dachte Tine. *Wahrscheinlich gibt es einen weichen Kern unter der harten Schale.*

Dann zog sie sich rasch um, machte sich noch ein wenig

frisch, richtete sich schnell das Haar, um auch auf die Gäste einen tadellosen Eindruck zu machen, und lief – beinahe hätte sie die vordere Treppe genommen! – hinab zum Empfang, wo ein sehr adrett gekleideter Mann dabei war, die Zeitungen auf die beiden Tische zu verteilen. »Aha!«, sagte er. »Du musst Tina sein.«

»Tine.«

»Tine. Fein. Willkommen in der Pension Wagner.«

»Danke. Und Sie sind wohl Herr Alfred?«

Der so angesprochene lachte vergnügt. »Herr Alfred, ja, der bin ich. Aber es wäre mir schon recht, du würdest mich einfach Alfred nennen.«

»Alfred. So werde ich Sie gerne nennen«, versicherte ihm Tine.

»Und du.«

»Und ich?«

Wieder lachte der Hausdiener und entblößte dabei strahlend weiße Zähne. »Und wir sagen *du* zueinander. Das Personal hier, meine ich.«

»Ach so.« Beschämt schlug Tine die Augen nieder. »Danke.«

»Keine Ursache. Bist du bereit?«

Tine nickte.

»Dann wollen wir uns mal unser Grand Hotel vom Scheitel bis zur Sohle ansehen. Wir sind allerdings etwas in Eile. In einer halben Stunde werden die ersten Ausflügler von der Düne zurückkommen. Die Deutschen. Dann müssen wir uns um den Tee kümmern.«

»Die Deutschen?«

»Ja«, erklärte Alfred. »Sie haben andere Gewohnheiten als die Engländer. Ihnen sind andere Dinge wichtig. Zum Beispiel trinken sie ihren Tee viel früher als die englischen Gäste. Wenn die Engländer noch beim Tee sitzen, erwarten die Deutschen schon Abendbrot.«

»Oh. Aber ist das nicht schrecklich umständlich?«

»Ist es. Aber wir müssen uns auf die Gäste einstellen. Merk dir eines, Tine, und merk dir, dass es die wichtigste Regel ist, die es im Hotelgewerbe gibt: Der Gast hat immer recht.«

»Der Gast hat immer recht«, murmelte Tine, die hinter Alfred her nach draußen ging. »Und wenn er nicht recht hat?«

»Dann gibst du ihm recht«, erklärte der Hausdiener, der ein paar Stufen hinab zur Seite des Gebäudes ging. »Auf die Weise hat er es wieder.« Er blieb stehen und wandte sich zu ihr um: »Das ist eine Regel, über die wir nicht diskutieren, Tine. Wenn du meinst, du weißt es besser als der Gast, dann behalte diese Meinung für dich. Glaub mir, das ist besser für dich.«

»Verstehe«, sagte Tine leise und schluckte. Sie folgte Alfred in einen Kellerverschlag, der überraschend tief in den Felsen hinabreichte. »So«, sagte er und leuchtete mit einer Petroleumlampe den Weg. »Hier haben wir unsere Vorräte: Kohle, Holz, Paraffin, alles das ist hier drüben …« Er deutete zu der einen Seite. »Wein, Öl, Spirituosen, Eingemachtes und so weiter findest du hier.« Langsam ließ er die Lampe an mehreren Regalen entlanggleiten, in denen Kostbarkeiten lagerten, wie Tine sie noch nie gesehen hatte. »So viel?«, flüsterte sie.

»Na ja, eigentlich ist es zu wenig.« Alfred seufzte. »Unsere kleine Pension ist nicht gerade das Schlaraffenland. Du müsstest mal die Weinkeller der großen Häuser sehen. Da reicht ein solcher Raum nicht allein für die Roten.«

»Die Roten?«

»Die Rotweine.«

»Oh.« Tine hatte von dem einen Glas in der Pastorei abgesehen noch keinen Wein getrunken, nur ein paarmal an einem

Kräuterschnaps genippt, den Meister Herzfeld von einem Patienten bekommen und zu dem er sie eingeladen hatte.

»Du wirst mir holen, was ich benötige, wenn ich dich darum bitte.«

»Natürlich.«

»Mach dich vertraut mit allem, was hier lagert. Denn wenn ich dir sage: Ich brauche einen Fünfundsiebziger Chateau Penin, dann können wir nicht lange warten, bis wir ihn servieren.«

»Verstanden.« Tine hatte keine Ahnung, wovon der Hausdiener da sprach, aber sie wusste, dass es irgendwie gelingen musste. Plötzlich flackerte ein Verdacht in Alfreds Miene auf. »Du kannst doch lesen?«

Tine zögerte kurz, dann trat sie an das Regal und nahm ein Glas mit Konfitüre zur Hand. »Sand…dorn«, las sie.

Alfred nickte zufrieden. »Gut. Das beruhigt mich. Dann gehen wir mal nach oben und sehen uns die Küche an.«

Anders als erwartet, ging es nicht wieder den Weg über den Empfang zurück ins Haus, sondern durch eine Tür auf der Rückseite des Gebäudes. Unmittelbar standen die beiden in der Küche, die beherrscht wurde von zwei mächtigen Herden und einem großen groben Tisch, auf dem sich allerlei Utensilien befanden. Dahinter in mehr als ausladenden Dimensionen eine äußerst rotgesichtige Frau, die beinahe so breit war wie hoch, einen überaus roten Kopf hatte, auf dem ein verknotetes Tuch thronte, und die gerade in ein leidenschaftliches Gespräch mit sich selbst vertieft war.

»Frau Paulsen«, stellte Alfred die Köchin vor.

Tine knickste und grüßte: »Gott zum Gruße, Frau Paulsen. Ich bin Tine, das neue … Mädchen für alles.«

Die Köchin blickte überrascht von ihren Töpfen auf. »Ein Mädchen für alles haben wir jetzt?«, sagte sie und sah zu Alfred hin. »Was soll das denn heißen: Mädchen für alles? Soll sie mir hier in der Küche zur Hand gehen? Zeit dafür wird's.«

Alfred zuckte die Schultern. »Ich schätze, Tine soll uns allen zur Hand gehen. So jedenfalls hat es Frau Wagner mir erklärt.«

Die Köchin lachte auf. »Na, dann mal viel Spaß, kleines Fräulein. Da wird dir die Arbeit nie ausgehen.«

***

Im Salon endlich traf Tine auch auf Hedi, die sie mit einem knappen »Moin!« begrüßte und es dann dabei beließ. Stattdessen plauderte sie mit Alfred, als wäre die neue Kollegin nicht anwesend: »Krügers sind schon wieder da. Sie werden sicher gleich zum Tee kommen.«

»Gut. Tine? Gib Frau Paulsen Bescheid, dass sie eine Kanne vom Darjeeling vorbereiten soll und die Scones.«

Tine nickte und eilte sich, in die Küche zu laufen. Doch als sie dort angekommen war, stand sie plötzlich ratlos vor der Köchin. »Ich soll sagen, dass … Sie …«

»Nun?« Frau Paulsen musterte das Mädchen mit einem leicht spöttischen Lächeln.

»Dass Sie …«

»Nun, ich nehme an, ich werde gebeten, etwas vorzubereiten?«

»Ja.«

»Und zwar?«

Betroffen schlug Tine die Augen nieder. »Es tut mir leid. Ich … ich habe es vergessen.«

»Auf dem Weg vom Salon bis hierher?«

»Es waren …« Tine schossen Tränen in die Augen. »Es waren … lauter Namen, die ich … die ich nicht … kannte.« Plötzlich wurde ihr klar, dass es nichts gab, was sie wirklich berechtigte, eine solche Arbeit zu tun. Nicht nur hatte sie buchstäblich nichts von dem gelernt, was hier erwartet wurde, sie kannte die einfachsten Dinge nicht. Ja, eine Kanne sollte Frau Paulsen zubereiten. Aber eine Kanne wovon? Wenn man nicht weiß, was gemeint ist, ist es auf einmal eine große Sache, sich die kleinste Kleinigkeit zu merken!

Die Köchin seufzte. »Für wen sollte es denn sein?«

»Fräulein Hedi … Ich meine: Hedi hat gesagt, dass die Krügers wieder zurück wären«, erklärte Tine in der Hoffnung, dass das Frau Paulsen irgendwie weiterhalf. Und das schien es zu tun! »Darjeeling, richtig? Alfred hat dir aufgetragen, Darjeeling zu bestellen. Und vermutlich ein paar Scones.«

Tine nickte. »Ja«, sagte sie, und es war ihr unendlich peinlich. »Das war es.«

»Aber du weißt nicht, was das ist?«

Das Mädchen zuckte entschuldigend die Schultern.

»Dann wirst du wohl oder übel auch einen Scone essen und eine Tasse Darjeeling dazu trinken müssen. Dann merkst du dir das.« Die Köchin nickte ihr aufmunternd zu. »Ich kümmere mich jetzt darum, und du gehst wieder hinüber zu den anderen, dort gibt es gleich viel zu tun. Die Gäste kommen nach und nach von ihrem Ausflug auf die Düne zurück. So ist das jeden Tag nach der Mittagszeit.«

»Ja«, sagte Tine. »Das habe ich schon gehört. Zuerst die Deutschen, dann die Engländer.«

Die Köchin lachte. »Genauso ist es. Aber Scones und Tee mögen die Deutschen auch ganz gerne.« Sie winkte dem Mädchen, sich davonzumachen, und wandte sich wieder ihrer Arbeit zu. Tine lief zurück zum Salon und fand Alfred im Gespräch mit einem sehr streng gekleideten Herrn vor, der sich über die Tagespolitik ausließ und nicht zögerte, die britische Queen eine »alte Vettel« zu nennen, deren größter Verdienst es sei, »eine

Tante unseres deutschen Kaisers zu sein«. Außerdem belehrte der Mann den Hausdiener: »Dass diese urdeutsche Insel immer noch in der Hand der Engländer ist, ist eine Schande. Von Hause aus spricht hier kein Mensch Englisch! Das sagt doch schon alles.«

Alfred verbeugte sich leicht. Zu einer Entgegnung ließ er sich nicht hinreißen, dergleichen stand einem Bediensteten nicht zu, so viel wusste auch Tine. Bewundernd beobachtete sie, wie er sich stattdessen zu einer schlanken Frau in hochgeschlossenem Kleid umwandte, die in diesem Moment die große Treppe herabkam. Die Verbeugung, die er vollführte, verdiente schlichtweg die Bezeichnung galant. »Gnädige Frau«, sagte Alfred und griff sogleich nach einem der gepolsterten Stühle, um ihn ihr mit der größten Zuvorkommenheit anzubieten.

»Danke, mein Guter«, entgegnete die Frau. »Ich bin doch etwas erschöpft nach unserem Ausflug auf ihre entzückende Nachbarinsel.«

»Ich freue mich, dass es Ihnen dort gefallen hat, gnädige Frau.«

»Aber diese Landungsstege! Meine Güte! Das reinste Abenteuer. Eigentlich sind sie für eine Dame völlig unzumutbar.«

»Ach, du übertreibst, meine Liebe«, warf Herr Krüger ein, der inzwischen eine der Zeitungen zur Hand genommen hatte. »Ich fand das Gekreische der holden Damen beim Verlassen der Boote doch eher amüsant.«

Frau Krüger sog scharf die Luft ein. »Ich denke nicht, dass du mich kreischen gehört hast, Richard.«

»Oh nein«, beeilte sich der Ehemann zu sagen. »Dich natürlich nicht, meine Liebe. Ich wüsste nicht, wann ich dich zuletzt kreischen gehört hätte.« Er warf ihr einen vielsagenden Blick zu. »Oder ob überhaupt jemals …«

»Richard!«, warf seine Frau entrüstet hin. »Ich darf dich doch sehr bitten!«

Mit süffisantem Lächeln nahm Herr Krüger die Zeitung auseinander und studierte ohne ein weiteres Wort die Schlagzeilen des Vortags. »Wie immer streiten sich die Parteien des Reichstags«, stellte er mit verdrossener Stimme fest. »Diese sogenannten Volksvertreter sind am Ende nichts anderes als Streithähne und Querulanten. Sie werden dem Reich nicht guttun …«

Seine Frau indes achtete nicht auf seine Worte. »Alfred, wären Sie so gut, uns etwas Tee zu servieren? Und vielleicht ein paar von den, nun wie heißen sie …«

»Scones?«, sagte Tine, ohne groß nachzudenken. Erst jetzt schien die feine Dame das Mädchen überhaupt wahrzunehmen. »Scones, sehr richtig«, sagte sie dann, wobei es offensichtlich war, dass sie es einigermaßen impertinent fand, dass ihr ein Dienstmädchen das Wort aus dem Mund nehmen zu dürfen glaubte.

»Wir haben uns erlaubt, beides schon vorzubereiten. Wenn ich Ihnen etwas Clotted Cream dazu reichen darf, gnädige Frau?«

»Ja, Alfred, tun Sie das.«

Der Hausdiener gab Tine ein Zeichen, ihn zu begleiten. »Wir fallen nie einem Gast ins Wort, Tine, merk dir das.«

»Es tut mir leid«, sagte Tine. »Ich wollte nur behilflich sein.«

»Ich weiß. Trotzdem.«

Sie würde noch viel lernen müssen, sehr viel. Falls sie denn überhaupt die Möglichkeit dazu bekam. Hastig eilte sie hinter Alfred her, der so flink war, dass sie ihm kaum folgen konnte. Mit geübten Bewegungen griff er in der Küche nach einem Tablett, reichte es Tine, stellte eine Kanne Tee dazu, ebenso eine Schale mit duftendem Gebäck, ein Schälchen dicker Sahne,

Marmelade, zwei Teller, Besteck, schneeweiße Servietten in silbernen Ringen, Zucker und ein Kännchen Milch. Tine wurden die Arme schwer. Natürlich war sie es von ihrer Arbeit als Blumenmädchen gewöhnt, einiges zu tragen. Doch es war schon ein Unterschied, ob man sich einen Korb unter den Arm klemmte oder ob man ein Tablett mit allerlei empfindlichen Gegenständen vor sich balancierte. »Geht es?«, fragte Alfred mit skeptischem Blick. Tine lächelte tapfer und marschierte los, Richtung Salon, wo inzwischen weitere Gäste eingetroffen waren.

Die nächsten Stunden vergingen einerseits wie im Flug, andererseits waren sie unendlich beschwerlich. Wieder und wieder wurde Tine in die Küche geschickt, richtete dort Bestellungen aus und holte sie ab, reichte Alfred das Gewünschte oder hielt ihm die Tabletts, damit er servieren konnte. Voller Ehrfurcht beobachtete sie, mit welcher Ruhe, Eleganz und Routine er jedem Gast das Gefühl zu geben schien, der Mittelpunkt des Universums zu sein, und alles ebenso flink wie souverän erledigte. Für jede der Damen fand er eine freundliche Bemerkung, jedem Herren lieh er ein offenes Ohr. Er war umsichtig und schien immer im Voraus zu wissen, was gewünscht sein würde. Dabei gab er Tine eine Anweisung nach der anderen, bis sie sich irgendwann fragte, wie er wohl vorher zurechtgekommen war, bevor es ein »Mädchen für alles« gegeben hatte, das er wieder und wieder durchs Haus scheuchen konnte.

Die Antwort erhielt sie, als sie am Abend endlich in die Kammer hinaufstieg, wo Hedi sie schon erwartete.

* * *

»Guten Abend, Hedi«, sagte Tine und war für einen Moment versucht zu knicksen, ließ es dann aber. Denn es schien ihr seltsam, vor einem Zimmermädchen zu knicksen.

Die junge Frau blickte kaum von ihrer Handarbeit auf und murmelte etwas.

Tine trat an die Fensterbank und tauchte die Hände in die Waschschüssel. Nach den Stunden harter Arbeit war diese Erfrischung geradezu ein Hochgenuss. Wie gerne hätte sie die Schüssel auf den Boden gestellt und ihre Füße hineingestreckt. Gerdas Schuhe mochten tausendmal besser sein als die Holzpantinen, die in Hamburg ihr Eigen gewesen waren. Aber sie passten nicht richtig, sie waren etwas zu eng, und das büßte Tine nun mit mehreren Blasen, die sie sich gelaufen hatte, und mit brennenden Zehen.

»Du wechselst das Wasser, bevor du zu Bett gehst«, stellte Hedi fest, ohne auch nur zu ihr hinzusehen.

»Bitte?«

»Das Wasser. Du wechselst es. Ich werde mir nicht morgen früh das Gesicht waschen mit dem Wasser, in dem du jetzt deine schmutzigen Hände wäschst.«

»Meine Hände sind nicht …« Tine unterbrach sich und murmelte: »Natürlich. Ich hole gleich frisches Wasser.« Und so tat sie es dann auch. Sie trug die volle Schüssel mit schmerzendem Rücken hinunter und schüttete das Wasser hinters Haus. Dann schöpfte sie frisches Wasser aus der Tonne, die neben dem Eingang zum Vorratskeller stand – und wäre beinahe über Alfreds Füße gefallen. Eigentlich sah sie nicht einmal ihn selbst, sondern nur die Glut seiner Zigarettenspitze. »Ha… hallo?«, stotterte sie unsicher, als sie bemerkte, dass sie nicht alleine war.

»Hallo«, sagte der Hausdiener und stieß sich von der Hausmauer ab, sodass sein Gesicht im Mondlicht sichtbar wurde. Gut sah er aus, fand Tine. Er war ein gutaussehender Mann. Wie alt er wohl sein mochte? Hier draußen im Dunkeln wirkte er älter. Aber drinnen … Sie schätzte ihn auf dreißig Jahre.

Vielleicht war er auch noch nicht ganz so alt. »Schon dein Pläuschchen mit Hedi gehabt?«

»Pläuschchen? Wir … wir sind noch gar nicht dazu gekommen, uns richtig zu unterhalten.«

»Unterhalten«, lachte Alfred. »Das glaube ich nicht, dass ihr euch unterhalten werdet. Hedi ist nicht der Typ, der sich mit einem *Mädchen für alles* unterhält.«

»Oh.« Tine zögerte. »Und was für ein Typ ist sie dann?«

»Ich denke, das wirst du ganz schnell herausfinden. Aber lass dir einen guten Rat geben, Tine.« Er kam etwas näher heran, und Tine konnte riechen, dass er nicht nur nach Zigaretten roch, sondern auch nach einem Duft, der gleichsam an Blüten und etwas Herbes erinnerte. »Lass dich nicht einschüchtern von Hedi«, sagte er leise. »Sie ist nicht so freundlich, wie sie manchmal tut. Und sie ist nicht so gefährlich, wie sie sich gibt.«

»Ich … ich verstehe nicht.« Tine wich einen Schritt zurück.

»Was ich sagen will, ist, Hedi versucht, andere Menschen zu manipulieren.«

»Zu … manipulieren?«

»Zu beeinflussen.«

»Hm.« Tine nahm die Wasserschüssel wieder hoch. »Aber tun wir das nicht alle?«, fragte sie.

Alfred lachte leise. »Du bist nicht dumm, Tine«, sagte er dann. »Nein, du bist nicht dumm. Aber ich könnte mir vorstellen, dass du ein bisschen zu harmlos bist. Deshalb pass auf dich auf und, wie gesagt, lass dich nicht von Hedi einschüchtern.«

»Gut«, entgegnete Tine. »Ich danke dir für den Rat. Gute Nacht, Alfred.«

»Gute Nacht, Mädchen für alles.« Er schnippte die Zigarette weg, dass sie einen leuchtenden Bogen in der Abendluft beschrieb. Dann schritt er davon Richtung Strand. Tine aber atmete noch einmal tief durch und stieg wieder hinauf in die Kammer, wo sie das Licht gelöscht und ihre Mitbewohnerin schlafend vorfand. So leise wie möglich stellte sie die Schüssel mit frischem Wasser auf die Fensterbank, blickte noch eine kleine Weile auf den Mond, der über dem Meer stand und alles in ein silbernes Licht tauchte, dann schlüpfte sie aus den Kleidern und nur mit dem Unterkleid unter die Decke. Ihr Rücken schmerzte, ihre Füße brannten, ihre Hände fühlten sich an, als wären sie doppelt so groß wie sonst – und ihr Herz schlug wie verrückt. Es würde Stunden dauern, bis sie einschlief. Dabei war sie so erschöpft, dass sie glaubte, der Ohnmacht nahe zu sein.

»Glaub nicht, dass du hier eine gemütliche Zeit haben wirst, Mädchen für alles«, hörte sie nach einiger Zeit unvermittelt die Stimme des Zimmermädchens. »Ich bin länger hier als du. Wenn du denkst, ich mache die Drecksarbeit und du bedienst recht nett im Salon, dann hast du dich geschnitten.«

»Aber ich …«, wollte Tine entgegnen, doch Hedi fiel ihr ins Wort: »Damit das klar ist: Wenn es eine Arbeit gibt, die getan werden muss und die ich nicht tun kann oder will – aus welchem Grund auch immer –, dann bist du es, die diese Arbeit übernehmen wird. Wenn es jemanden gibt, der von uns beiden entscheidet, wer was tut, dann bin ich das. Und wenn du dich nicht an diese Regeln hältst, dann wird eine von uns schneller wieder weg sein, als du Amen sagen kannst. Und das bist du.«

Die Stille nach diesen Worten war so intensiv, dass Tine meinte, die Luft spüren zu können. Eine Weile sagte keine von beiden etwas, dann erwiderte Tine ganz leise: »Ich hoffe, dass wir Freundinnen werden können, Hedi.«

»Dann sieh zu, dass wir keine Feindinnen werden, Mädchen für alles.«

In der Ferne schlug die Turmuhr von St. Nicolai Mitternacht.

***

Es fiel Tine nicht schwer, im Morgengrauen aufzustehen. Auch in Hamburg war das so gewesen. Dennoch war es in den ersten Tagen hart für sie, aus dem Bett zu kommen. Einerseits wurde es regelmäßig so spät, dass die Nächte sehr kurz und für den Schlaf nur wenige Stunden übrig waren. Andererseits hatte Tine sich so schnell an das Bett gewöhnt, das – auch wenn die Decke kratzig und hart war – ein so unendlicher Genuss war im Vergleich zu den Strohsäcken, auf denen sie in der Hamburger Wohnung geschlafen hatte, dass sie sich kaum überwinden konnte, es zu verlassen. Am liebsten wäre sie den ganzen Tag auf der Matratze liegen geblieben, und sie schwor sich, dass sie genau das an ihrem ersten freien Tag tun würde.

Doch bis dahin gab es noch viel zu tun. Vor allem musste sie Frau Wagner überzeugen, dass es richtig wäre, sie zu behalten, ja überhaupt: sie in den Dienst zu nehmen. Manchmal malte Tine sich aus, welcher Luxus es wäre, neben der guten Unterkunft und dem Essen auch noch Lohn zu bekommen, den sie letztlich für gar nichts brauchte, denn sie hatte ja alles! Das hieß, natürlich brauchte sie den Lohn. Sie würde ihn nach Hause schicken, damit auch die anderen etwas davon hatten, dass sie Arbeit gefunden hatte. Manchmal musste sie auch an die Mutter denken, die jetzt niemanden mehr hatte, der auf Fritzi aufpassen konnte, oder an Meister Herzfeld, der seine Klingen nun selbst schleifen musste – oder vielleicht auch längst jemand anderen gefunden hatte, der an Tines Stelle getreten war.

Die Gedanken an ihr altes Leben kamen vor allem nachts,

tagsüber kam sie nicht eine Sekunde zum Nachdenken. Dazu war sie viel zu beschäftigt. Ihr Tag begann damit, die Herde und Kamine zu schüren, damit Frau Paulsen gleich mit der Arbeit beginnen konnte und es den Gästen schön warm war, sobald sie ihre Zimmer verließen. Während der Nacht wurde es noch immer bitterkalt auf der Insel. Das hatte natürlich auch mit dem Wind zu tun, der hier unablässig wehte.

Die Feuerstellen reinigen, ohne die Glut ausgehen zu lassen, das Feuer wieder zu schüren und die angemessene Menge Holz zu verwenden, sodass der Kamin bis in die Vormittagsstunden angenehme Wärme spendete, war für Tine nicht einfach. Dergleichen hatte sie nie gemacht. Sie hatte in der Hamburger Wohnung nur den kleinen Kohlenofen, auf dem Mutter auch kochte, geschürt, aber das war im Vergleich hierzu lächerlich.

Mehrmals ging das Feuer aus, und sie musste es mühsam wieder entzünden. Meistens war sie selbst hinterher von oben bis unten voller Ruß und konnte unmöglich in derselben Kleidung weiterarbeiten. Unter den tadelnden Blicken der Pensionswirtin meinte Tine, im Erdboden versinken zu müssen. Immerhin hatte sie für die Arbeit an den Kaminen und fürs Putzen einen eigenen Kittel, sodass die Uniform, mit der sie im Salon arbeitete oder sonstige Besorgungen erledigte, zumindest nicht litt.

Natürlich hatte sie auch in Hamburg geputzt, oft sogar. Aber Frau Wagner wollte es nicht einfach nur sauber, sie wollte, dass ihre Pension geradezu leuchtete! Nachdem Tine den Boden gewischt hatte, musste sie ihn bohnern. Und wenn man sich nicht darin spiegeln konnte, ließ die Wirtin sie alles noch einmal mit der Hand polieren, bis die Dielen glänzten. So ging das im Salon, wenn die Gäste sich abends in ihre Zimmer zurückgezogen hatten, im Raucherzimmer, in den Fluren und am

Empfang. Auf den Treppen lagen zum Glück Teppiche, die lediglich sehr sorgfältig abgekehrt werden mussten. Die Teppiche in den Zimmern musste Tine zusammenrollen und in den Hof der Pension hinuntertragen, wo es eine Teppichstange gab, über der sie sie ausklopfte und solange in der Sonne hängen ließ, bis sie die Böden gewischt und poliert hatte. Dann trug sie die Teppiche wieder hoch und rollte sie aus. Währenddessen machte Hedi die Betten und lüftete die Zimmer, wischte ein wenig Staub und sah nach dem Rechten.

Das Haus verfügte über zwölf Gästezimmer mit jeweils zwei Betten, wobei es auf einem Flur Verbindungstüren zwischen jeweils zwei Zimmern gab, sodass bis zu sechs Zimmer vergrößert werden konnten. In zwei Fällen war das auch geschehen: Eine Familie aus York hatte ein solches Doppelzimmer belegt und ein Ehepaar aus Aachen. Letztere schliefen in zwei getrennten Zimmern, während Erstere eine Tochter von vielleicht zwölf Jahren dabeihatten, die im anderen Zimmer untergebracht war. Die Arbeit in diesen Suiten – ein Wort, das ihr Alfred beigebracht hatte – war für Tine besonders anstrengend, weil sie zwar doppelt so umfangreich war, aber nicht doppelt so lange dauern durfte. Sie hatte gerade den zweiten Zimmerteppich hinuntergetragen und stand mit schmerzendem Rücken hinter dem Haus, als Alfred mit einem Korb Lebensmitteln aus dem Vorratslager trat. »Musst du die Teppiche alleine transportieren?«, fragte er erstaunt.

»Hedi wischt inzwischen Staub«, erklärte Tine und versuchte, nicht zu erschöpft zu klingen.

»Verstehe.« Er blickte nach oben zu den Zimmerfenstern, wo die Kollegin aber nicht zu sehen war. »Warte«, sagte er. »Ich helfe dir beim Hochtragen.«

»Ich muss ihn zuerst ausklopfen.« Tine schickte sich an, den

Teppich über die Stange zu wuchten, doch es gelang ihr nicht auf Anhieb. »Dann lass mich dir hierbei helfen«, sagte der Hausdiener, stellte den Korb beiseite und schnappte sich den Teppich, als wäre er aus Papier. Innerhalb weniger Augenblicke hatten sie das schwere Stück ausgeklopft – und trugen es gemeinsam wieder hoch. Erst am oberen Treppenabsatz hielt Alfred inne und flüsterte: »Ab hier wieder allein.« Er zwinkerte Tine zu, legte ihr den Teppich vorsichtig über die Schulter und huschte wieder nach unten, um seiner eigenen Arbeit nachzugehen.

Nachdem die Zimmer fertig waren, gab es eine kleine Pause, in der die Angestellten sich zu Mittag in die Küche setzten. Frau Paulsen hatte ein paar belegte Brote bereitet und einen Krug Limonade auf den Tisch gestellt. Schweigsam aß Tine und lauschte den anderen bei ihren Gesprächen. Es ging um Menschen, die sie nicht kannte, um ein Schiff, das heute erwartet wurde und Gäste bringen würde, die schon seit vielen Jahren in der Pension Wagner logierten, um Lieferungen eines Weinhändlers aus Bremen, Frau Paulsens Knie (um die es offenbar nicht zum Besten stand) und allerlei Tratsch. Tine litt unter gewaltigem Hunger, die schwere Arbeit machte, dass sie so gut wie ständig hungrig war. Doch sie wagte es nicht, ein zweites Brot zu nehmen, zumal sie das Gefühl hatte, dass Hedi sie ständig beobachtete. »Ach«, sagte da die Köchin. »Ich hatte dir doch aufgetragen, einmal meine Scones zu probieren.« Sie stand mühsam auf und holte von der Anrichte einen Teller mit dem fremdartigen Gebäck. »Hier. Die musst du jetzt essen, vorher lasse ich dich nicht von hier weg.«

Aus den Augenwinkeln konnte Tine erkennen, wie Alfred spitzbübisch lächelte, während Hedi die Stirn runzelte. »Ich … ich weiß nicht …«, sagte Tine. »Vielleicht möchte ja Hedi? Oder Alfred?«

»Papperlapapp!«, erklärte die Köchin. »Die haben schon so oft Scones gegessen, die müssen aufpassen, dass sie nicht selbst welche werden.«

Voller Unbehagen und neugieriger Erwartung griff sich Tine ein Stück, tunkte es vorsichtig in die Marmelade, von der Frau Paulsen einen Klecks daneben gegeben hatte, und biss hinein. Erst das Gelächter der anderen machte ihr bewusst, dass sie laut geseufzt hatte. »Oh, Entschuldigung«, murmelte sie.

»Ich glaube nicht, dass du dich dafür entschuldigen musst«, sagte Alfred fröhlich. »Es gibt ja kein schöneres Kompliment für eine Köchin, oder Frau Paulsen?«

Die Köchin nickte. »Darjeeling muss sie auch noch trinken.«

»Tatsächlich?«, fragte Hedi etwas säuerlich. »Und vielleicht auch noch ein wenig Kaviar essen? Und mit Champagner anstoßen?« Sie wandte sich an Tine. »Oder kennst du das alles schon?«

»Nein«, stotterte Tine. »Das kenne ich nicht … Ich meine … deshalb muss ich aber nicht … Oder doch?« Hilflos blickte sie zur Köchin, die amüsiert den Kopf schüttelte. »Immer diese neidischen Weiber, was Alfred? Da lob ich uns anderen. Mich alte Frau und dich jungen Burschen, wir haben das nicht nötig.«

Mit rotem Kopf verschwand Hedi aus der Küche, ohne ein weiteres Wort zu sagen. Frau Paulsen zuckte die Schultern und wandte sich wieder ihrem Herd zu, Alfred aber machte ein besorgtes Gesicht. »Ich weiß nicht, ob das so gut ist«, murmelte er. »Mir wäre lieber, das wäre anders gelaufen.«

Auch wenn sie die Gepflogenheiten des Hauses nicht kannte und nicht wusste, wie Dienstboten sonst miteinander umgingen, hatte Tine ein feines Gespür dafür, dass Hedi sich nun mit ihren Vorbehalten gegenüber der neuen Kollegin im Recht fühlte. Sie erinnerte sich an Hedis Worte: *Sieh zu, dass wir keine Feindinnen werden, Mädchen für alles.* Und sie beschloss, dass es Zeit wäre, Hedi ein Zeichen der Freundschaft zukommen zu lassen. »Frau Paulsen?«

»Ja?«

»Könnte ich noch für ein paar Minuten nach draußen gehen? Es dauert nicht lange.«

»Du weißt, dass ich jetzt die Sachen für die Rückkehrer vorbereiten muss …«

»Das weiß ich, Frau Paulsen.«

Die Köchin seufzte. »Gut. Zehn Minuten. Ich hatte ja lange genug keine Hilfe in meiner Küche …«

Mit einem Knicks huschte Tine an ihr vorbei durch die Hintertür nach draußen und hinüber zur Klippe. Sie hatte entdeckt, dass am unteren Ende der steilen Hänge, nördlich der großen Treppe, einige Sträucher mit Hundsröschen wuchsen. Hastig rupfte sie ein paar Zweige ab, pflückte noch eine Handvoll saftiger, blühender Gräser dazu und eilte zurück zur Pension. Minuten später hatte sie alles erledigt und ging Frau Paulsen in der Küche zur Hand, wobei sie ihr möglicherweise mehr Arbeit machte als abnahm. Denn nahezu jeder Handgriff hier war für sie neu.

***

An diesem Tag musste Hedi für Alfred im Salon einspringen, weil er die neu angekommenen Gäste zu versorgen hatte: Es galt Gepäck von der Landungsbrücke zu holen und auf die Zimmer zu bringen, den Gästen Zimmer vorzuführen, allerlei Wissenswertes über die Insel und die Pension darzulegen und die Gäste mit den Gepflogenheiten im Haus Wagner bekannt zu machen. Auch langjährige Besucher der Insel waren unter den Neuankömmlingen. Sie wurden von Frau Wagner persönlich ganz besonders umsorgt, doch auch bei ihnen hatte Alfred einiges zu tun.

Hedi hatte sich eine andere Uniform angezogen und bediente einstweilen die Rückkehrer von der Düne ebenso elegant und gekonnt wie die neuen Gäste, scheuchte Tine ein ums andere Mal zur Küche, hieß sie Tee und Gebäck holen, Geschirr abtragen und frei gewordene Tische wischen, kritisierte sie scharf, als Tine Kaffee verschüttete, ließ sie fortwährend ihre Unerfahrenheit und Ungeschicklichkeit spüren, während sie selbst vor den Gästen mit forscher Fürsorge glänzte. Obwohl sie von ihr so schlecht behandelt wurde, empfand Tine Bewunderung für Hedi und ihr Können. Gleichzeitig fühlte sie sich in Gegenwart der erfahrenen Kollegin noch unbedarfter und ärmlicher.

Alfred hatte angesichts des Umstands, dass das Haus mit diesem Tag voll werden würde, und in Ermangelung einer Sonnenterrasse einige Tische und Stühle auf die kleine Wiese neben dem Haus gestellt. Ein Sonnensegel spendete Schatten, und auch wenn der Ort nicht so vornehm war wie die Brüstungen zur Promenade hin, machte der wundervolle Blick auf die Binnenreede ihn idyllisch und reizvoll. Eine Familie aus England hatte sich dort niedergelassen: ein Ehepaar mit einer Tochter. Es waren die Fieldings, die eine der Suiten bewohnten.

»You want some tea or coffee?«, fragte Hedi. Immerhin ließ sich erahnen, was das bedeutete. »Tea!«, orderte der Gentleman, dessen Anzug aus feinstem englischem Tuch ein wenig über dem Bauch spannte. Hedi nickte Tine zu, die sogleich zur Küche hin verschwand. »Tee!«, rief sie Frau Paulsen zu. »Für Familie Fielding.«

»Natürlich. Steht schon bereit. Und ein wenig schottisches Gebäck.«

»Oh. Wir bekommen Lieferungen aus Schottland?«

»Ha!«, lachte die Köchin. »Du hast Humor, Mädchen. Das Rezept ist schottisch, die Köchin ist Helgoländerin.« Sie wackelte etwas mit dem Kopf und schürzte die Lippen. »Kannst es gerne probieren. Ich hab etwas Bruch übrig.«

»Bruch?«, fragte Alfred, der in dem Moment zur Tür hereinkam.

»Zu spät, Tine«, erklärte Frau Paulsen. »Wenn Alfred da ist, bekommen die Mädels nichts mehr ab.«

Tadelnd hob Alfred den Finger. »Also wirklich, Frau Paulsen, das fällt aber unter üble Nachrede.« Er griff nach dem Teller mit den Krümeln und nahm zwei kleine Stücke, von denen er eines Tine reichte. »Hier, wir teilen geschwisterlich.«

»Danke.« In der Tat schmeckte auch dieses Gebäck himmlisch! »Und jetzt los!«, rief Alfred. »Hedi hat sicher schon wieder Arbeit für dich.«

»Oh! Ich bin schon auf dem Weg.« Hastig nahm Tine ein Tablett, packte alles darauf und trug es hinaus auf die kleine Wiese. Hedi war nicht mehr zu sehen. Und von dem, was der Familienvater zu ihr sagte, verstand sie kein Wort, weshalb sie einfach tat, was sie für richtig hielt: Tee einschenken, Gebäck vorlegen, lächeln. »Milk« konnte sie sich immerhin vorstellen, also gab sie ein wenig in die Tassen.

Das Mädchen blickte wortlos aufs Meer hinaus, eine gewisse Melancholie lang in diesem Blick. Es schien ganz in sich versunken. Ein wenig erinnerte es Tine an Fritzi. Der Blick. Dieser harmlose, freundliche Gesichtsausdruck … Aus einer Eingebung heraus griff Tine nach der Serviette, die vor dem Mädchen auf dem Tisch lag und knotete mit einigen flinken Bewegungen eine kleine Puppe daraus, wie sie es für Fritzi immer gemacht hatte. Als sie dem Kind die Stoffpuppe in die Hand legte, breitete sich ein Lächeln auf seinem Gesicht aus. »Puppe«, sagte Tine.

»Doll«, flüsterte das Mädchen und drückte die Figur an seine Brust. »Thank you.«

»Gerne geschehen«, flüsterte Tine zurück. Einen Augenblick lang betrachtete sie das Mädchen, dachte an Fritzi und spürte einen leichten Stich im Herzen.

»Genug geträumt«, zischte Hedi sie plötzlich von der Seite an. »Tisch vier will eine Karaffe Limonade.«

»Tisch vier …« Dass die Tische nummeriert waren, war Tine noch nicht klar gewesen. Welcher nun die Nummer vier hatte? Sie beschloss, Alfred zu fragen. Doch so eifrig sie sich auch nach ihm umsah, sie konnte ihn nicht entdecken. »Eine Limonade für Tisch vier«, orderte Tine deshalb in der Küche.

»Für Tisch vier? Soll ich sie selbst hinbringen?«

»Nein. Ich weiß nur nicht, welcher Tisch welche Nummer hat. Ich dachte, Sie könnten mir vielleicht …«

»Also jetzt ist aber auch mal gut!«, erklärte die Köchin erzürnt. »Immer diese Spielchen!« Sie blickte Tine fest in die Augen. »Unsere Tische haben keine Nummern. Dafür gibt es gar keinen Grund. Es sind ja nicht so viele.«

Entschuldigend hob Tine die Hände. »Ich hatte keine Ahnung …«

»Natürlich nicht! Das ist eine Idee von Hedi, diesem Drachen! Aber die kann was erleben.« Sie schüttete Limonade aus einem großen Krug in eine Karaffe, stellte sie auf ein Tablett, zwei Gläser dazu, gab in jedes Glas ein Minzblatt und trug dann das Tablett eigenhändig hinaus in den Salon. Hedi kam gerade zur Tür herein, als die Köchin den Salon von der anderen Seite her betrat. »So«, sagte Frau Paulsen. »Hier ist die Limonade für *Tisch vier.*« Und sie drückte das Tablett dem Zimmermädchen in die Hand. Zu Tine sagte sie: »Und du kommst jetzt mit mir, für dich habe ich eine ganze Reihe dringender Arbeiten. Hedi hier schafft das schon.«

Tatsächlich hatte auch Frau Paulsen mehr als genügend zusätzliche Arbeiten zu erledigen, über die Tine niemals nachgedacht hatte, wenn sie sich den Tagesablauf einer Köchin vorstellte. Es gab Gemüse zu putzen, Fisch zu filetieren, Kartoffeln zu schälen, es gab Teig zu kneten, wieder und wieder die Arbeitsflächen zu putzen, den Boden zu wischen, den Herd nachzuschüren, Wasser aufzusetzen, Zwiebeln zu schneiden, Vorräte aus der Kammer zu holen, Abfälle nach draußen zu bringen, Eier zu kochen und zu schälen, es gab Teller vorzuwärmen, Portionen anzurichten, alles auf Tabletts zu verteilen, es gab Salat zu putzen, immer wieder in den Töpfen umzurühren, Braten zu wenden, Gräten zu zupfen, Wasser oder Wein anzugießen, zu garnieren und zu dekorieren, was den Gästen serviert wurde … Das Kochen selbst schien bei all diesen unendlich vielen Tätigkeiten beinahe das Geringste zu sein. Wo immer eine Hand gebraucht wurde, bot Tine sich an, was immer Frau Paulsen brauchte, bemühte sie sich zu erledigen, und zwar schnell und sorgfältig. Doch auch hier fehlte ihr Erfahrung und Wissen, weshalb mehr als einmal etwas zu Bruch ging. Und gerade als eine der teuren Saucieren ihr aus den Fingern glitt und auf dem Steinboden in tausend Scherben zersprang, stand plötzlich Frau Wagner in der Tür. Sie sagte kein Wort, sondern blickte nur von Tine auf das Malheur und wieder zurück. Zu allem Unglück war es eine volle Sauciere gewesen, und die Sauce béarnaise klebte nicht nur auf dem Boden, sondern ringsumher auf allen Möbeln, auf Tines Strümpfen und Schuhen – und auf Frau Wagners dunkelblauem Kleid. Die Pensionswirtin drehte sich um und verließ die Küche, ohne ein Wort zu sagen. Es war der Tag vor dem Ende der Frist. Morgen würde sich entscheiden, ob Tine weiter in der Pension Wagner arbeiten durfte. Das hieß: Morgen *hätte* es sich entschieden. Denn nach diesem Vorfall war nicht mehr damit zu rechnen, dass sich die alte Dame ernsthaft darüber Gedanken machen würde. Die Entscheidung war in dem Moment gefallen, in dem die Sauciere gefallen war, dessen war Tine sich sicher.

***

An diesem Abend stieg Tine mit besonders schweren Beinen und mit besonders schwerem Herzen die schmalen Stufen der hinteren Treppe hinauf zu der Dachkammer, die sie einige Nächte lang mit Hedi hatte teilen dürfen. Auch wenn sie sich unendlich erschöpft fühlte, war das, was sie in diesem Haus erlebt hatte, um ein Vielfaches besser als ihr früheres Leben. Der Gestank des Gängeviertels war nur noch eine ferne Erinnerung, ebenso der magere Strohsack, auf dem sie mit ihrer Schwester geschlafen hatte, an die kalten, zugigen Tage am Hafen und die Mühsal, für wenige Pfennige ihre Blumen loszuwerden, tagein, tagaus, als hätte der liebe Gott nur Krümel von Leben für sie übrig gehabt statt eines richtigen Lebens.

»Hast du die Kamine noch einmal geprüft?«, empfing sie Hedi, die bereits auf dem Bett lag und in einer Zeitschrift blätterte.

»Ja«, sagte Tine und trat in die Kammer. Sie blickte zum Kopfende des Bettgestells hin. Doch da war nichts.

»Hast du die Lampe am Empfang geprüft?«

»Habe ich«, versicherte Tine ihrer Zimmergenossin. Kein Blumensträußchen. Tines Blick wanderte durch das kleine Zimmer.

»Die Hintertür ist abgesperrt?«

»Die Hintertür!«, fiel es Tine siedend heiß ein. »Ich gehe nachsehen.«

»Tu das.« Hedi blickte nicht einmal auf, sondern schien völlig vertieft in ihre Lektüre. Mit müden Gliedern schleppte Tine sich noch einmal hinunter ins Erdgeschoss und prüfte zuerst die Vordertür und dann diejenige, die von der Küche aus in den Garten ging. Beide waren verschlossen. Als sie sich umdrehte, stand plötzlich Alfred hinter ihr. Sie erschrak so, dass sie einen kleinen Schrei ausstieß. »Was schleichst du denn noch hier herum?«, fragte er sie gar nicht unfreundlich.

»Ich … ich sollte noch einmal prüfen, ob die Hintertür verschlossen ist.«

»Sagt wer?«

»Sagt Hedi.«

»So. Ich habe sie abgeschlossen«, erklärte der Hausdiener und atmete tief ein. »Und Hedi war dabei. Hm. Es scheint nicht zum Besten zu stehen mit euch beiden.«

»Das tut mir sehr leid«, versicherte ihm Tine. »Ich wäre gerne gut Freund mit Hedi. Sie hat mir nichts getan.« Sie hielt inne, entschloss sich aber dann, das so stehen zu lassen. Es hatte ja auch keinen Sinn, sich über die Schikanen, die sich das Zimmermädchen für Tine hatte einfallen lassen, zu entrüsten. Es war nun einmal, wie es war. Und es würde bald vorbei sein.

»Das glaube ich dir sogar.«

»Na ja«, sagte Tine. »Wird ja nicht mehr lange dauern. Morgen ist mein letzter Tag.«

»Dein letzter Tag? Willst du uns verlassen?«

»Wollen? Nein. Aber ich habe bis heute Probezeit gehabt.«

»Und du denkst nicht, dass Frau Wagner dich übernimmt?«

Tine schüttelte den Kopf. »Nein«, sagte sie. »Das denke ich nicht.«

»Verstehe.« Alfred seufzte. »Wir werden sehen. Aber falls es dich tröstet: Ich würde mich freuen, wenn du bleibst.« Er berührte sie zart an der Schulter, und Tine erschauderte leicht, vielleicht weil es kühl geworden war in der Küche. Vielleicht auch, weil sie solche Berührungen nicht gewöhnt war.

Zurück in der Kammer sagte Tine nichts zu der Tür. Doch ihr Blick wanderte umher auf der Suche nach dem kleinen Blumensträußchen. »Suchst du was Bestimmtes?«, fragte Hedi, die sie offenbar nicht aus den Augen gelassen hatte, obwohl sie vorgab, sich gar nicht um sie zu kümmern.

»Ach, nichts.«

»Falls es die Blumen sind …« Ein kurzes Zögern, ein seltsam dünnes Lächeln. »Die habe ich weggeworfen.«

»Oh. Ich …«

»Sie haben gestunken.«

»Es waren Strauchröschen.«

»… und ich vertrage solchen Gestank nicht.«

»Das … das tut mir leid.«

»Das will ich hoffen«, sagte Hedi und beugte sich vor, um die Lampe zu löschen.

Im Dunkeln zog Tine sich um. Sie verzichtete darauf, sich zu waschen und zu erfrischen, denn noch einmal wollte sie nicht mit der Schüssel hinuntergehen, um frisches Wasser für Hedi zu holen. Überhaupt konnte sich Hedi ab morgen die Arbeit wieder alleine machen. Und bei aller Kränkung und Demütigung, die ihr das Zimmermädchen zugefügt hatte, genoss Tine diesen Gedanken durchaus. *Morgen*, dachte sie, *kannst du wieder selber laufen und jeden Schritt selber tun.* Sie mochte sich nur nicht vorstellen, was sie selbst tun würde, nachdem sie mit Frau Wagner gesprochen hatte.

***

Am nächsten Morgen traf Tine Frau Wagner schon vor dem Frühstück an. Sie war gerade dabei, in die Küche zu laufen, nachdem sie überall die Kamine geschürt hatte, um Frau Paulsen zur Hand zu gehen, da stand die Pensionswirtin plötzlich auf der Treppe vor ihr. »Küche?«

Tine nickte.

»Gut. Dann tu deine Arbeit in der Küche und hilf dann bei Alfred im Frühstücksraum. Anschließend erwarte ich dich in meinem Kontor.«

Das Kontor war eine kleine Kammer hinter dem Empfang, in dem Frau Wagner alle schriftlichen Arbeiten zu erledigen pflegte. Es war vermutlich der einzige Raum des Hauses, in dem Tine noch niemals gewesen war. »Sehr wohl, Frau Wagner«, sagte sie und beeilte sich, in die Küche zu kommen, wo Frau Paulsen bereits eifrig zugange war. »Ach, wie gut, dass du da bist«, stöhnte sie. »Heute will mir nichts gelingen. Hol mir schnellstens Milch von Freese, am besten zwei Kannen. Die von gestern ist uns verdorben. Und jetzt läuft mir die Zeit weg. Freese soll dich am besten begleiten, damit du mit beiden Kannen zugleich kommen kannst. Und dann musst du die Tabletts bestücken. Ich weiß gar nicht, wie das passieren konnte!«

»Was passieren, Frau Paulsen?«, fragte Tine und nahm ihre Schürze ab.

»Zum ersten Mal in, ach Gott, in zwanzig Jahren habe ich verschlafen!« Die Köchin verdrehte die Augen. »Ich!«

»Wenn es nur alle zwanzig Jahre passiert …«, erwiderte Tine mit einem Lächeln.

»Hach, du bist ja ein Schatz. Danke für die aufmunternden Worte. Aber jetzt flott!«

Im nächsten Moment war Tine aus der Tür und rannte die hintere Reihe entlang zu Jan Freese, der die Pension mit Milch, Butter, Sahne und Käse versorgte. Er gehörte zu den wenigen, die auf der Insel Kühe hielten, und war ein jovialer Mann in den Fünfzigern. Als er Tine in der Tür stehen sah, sagte er: »Oha! Was ist passiert?« Neugierig musterten seine listigen Augen das Mädchen.

»Wir brauchen Milch. Dringend und ganz viel. Zwei Kannen!«

»Zwei Kannen! Da scheint jemand sehr durstig gewesen zu sein.«

Tine zuckte die Schultern. Sie wollte lieber nicht plaudern. »Frau Paulsen fragt, ob Sie mich begleiten können, damit wir es auf einmal schaffen.«

Freese kratzte sich den Bart und grinste. »Wollen mal hoffen, dass sich die Insulaner nichts Falsches denken, wenn sie uns begegnen.«

»Verzeihung?«

»Wenn ein Mann und eine Frau je eine Milchkanne spazieren tragen, heißt das, dass die Frau Zwillinge bekommt.« Als Freese Tines schockiertes Gesicht sah, brach er in lautes Gelächter aus. »Ihr Landratten seid ja die reinsten Schafe!«, rief er kichernd. »Das war ein Scherz, Gnädigste!« Er amüsierte sich so über seinen eigenen Witz, dass er einiges an Milch verschüttete, ehe er die Deckel auf die Kannen machte und sich ein paar Tränen aus den Augen wischte. »So. Nun ist aber auch wieder gut.« Trotzdem zwinkerte er ihr noch einmal zu und kicherte ein wenig hinterher. »Du nimmst eine, ich nehm die andere. Und dann wollen wir mal Frau Paulsen aus ihrem Malheur erlösen.«

So krumm Freeses Beine waren und so seltsam sein Gang, Tine konnte kaum mit ihm mithalten, als sie den Weg zur Pension Wagner liefen. Völlig außer Atem huschte sie hinter ihm durch die Küchentür, wo die Köchin die Hände über dem Kopf zusammenschlug. »Gott sei Dank!«, rief sie. »Hier geht alles drunter und drüber. Der Tag ist verflucht!«

Ja, dachte Tine, die Worte von Frau Wagner im Ohr, *das ist er.* Sie sortierte schnell Teller und Tassen auf die Tabletts, legte Servietten dazu, füllte Milchkännchen und Zuckerdosen und vergaß auch die Eierbecher nicht. Dann brachte sie das erste davon zu Alfred ins Frühstückszimmer. Wenige Minuten später arbeitete sie ihm zu und brachte immer wieder benutztes Geschirr in die Küche, um von dort neue Kannen mit Tee und Kaffee zu holen.

Als sich nach einer guten Stunde der Frühstücksraum langsam zu leeren begann und ihr der Hausdiener bedeutete, dass er sie jetzt nicht mehr brauchte, ließ Tine noch einen letzten Blick über diesen Raum schweifen, der ihr von allen Räumen des Hauses am besten gefiel, weil er so hell und freundlich war mit den englischen Möbeln und den hohen Fenstern zur Ostseite hin. Schön war es hier gewesen, anstrengend, aber schön. Und sie hatte viel gelernt, auch wenn es ihr nun nichts mehr nützte. Sie nickte Alfred zu, dann zog sie sich zurück. An der Treppe begegnete ihr Familie Fielding, deren Tochter Tine so an Fritzi erinnerte.

»Good morning!«, grüßte sie und knickste, dann eilte sie hinüber zum Empfang, um Frau Wagner in ihrem Kontor aufzusuchen.

Die Tür stand bereits offen. Dennoch klopfte Tine und wartete, bis von drinnen ein »Ja, bitte« ertönte. Dann trat sie ein und fühlte sich mit einem Mal wie bei ihrem ersten Besuch in diesem Haus. Ihr Herz schlug ebenso heftig, und ihre Hände waren ganz feucht. »Hier bin ich, Frau Wagner.«

»Ja«, sagte die Pensionswirtin. »Das sehe ich.« Sie stand von ihrem Schreibtisch auf und wandte sich ihrem »Mädchen für alles« zu. »Nun warst du also eine knappe Woche bei uns. Ich will nicht behaupten, du hättest dir keine Mühe gegeben. Und ich kann dir versichern, dass das Wort von Frau Thevessen einiges Gewicht für mich hat.« Sie machte eine bedeutungsvolle Pause, in der sie das Mädchen mit gerunzelter Stirn musterte. Dann griff sie nach einem Blatt Papier und hielt es Tine hin. »Weißt du, was das ist?«

Ahnungslos blickte Tine auf den Zettel, auf dem einige Notizen und Zahlen standen. »Tut mir leid, Frau Wagner, das weiß ich nicht.«

»Es ist eine Liste.« Wieder eine Pause. Die Pensionsbesitzerin atmete tief durch und schüttelte den Kopf. »Eine Liste mit Kosten.«

Tine wartete, denn sie konnte sich darauf keinen Reim machen.

»Kosten, die mir durch dich entstanden sind.« Frau Wagner nahm auf ihrem Stuhl Platz, setzte die Brille auf und las vor: »Zwei Gläser, einmal Wasser, einmal Wein. Dreißig Shilling. Ein Teller vom Essservice, vierzig Pence. Eine Flasche vom besten Burgunder: ein Pfund dreißig!«

Atemlos und mit dem Gefühl, gleich ohnmächtig zu werden, lauschte Tine der Aufzählung. Alles war durch ihre eigene Unachtsamkeit oder Ungeschicklichkeit kaputtgegangen. Dass eines der Gläser Hedi aus der Hand gefallen war, spielte angesichts der Höhe der beanstandeten Summe gar keine Rolle mehr, und sie hütete sich, es auch nur zu erwähnen. Es hätte nicht nur wie grober Undank gewirkt, es wäre auch völlig nutzlos gewesen. Denn ob sie nun zwei oder drei Pfund hätte zahlen müssen, wäre völlig unerheblich gewesen: Tine hatte weder die eine noch die andere Summe. Sie hatte, wie ihr einmal mehr schmerzlich bewusst wurde, so gut wie nichts. Die letzten Worte der Hausherrin hatte Tine gar nicht mehr mitbekommen. Aber als Frau Wagner nunmehr wieder aufstand und ihr mit tiefem Ernst ins Gesicht sah, wusste Tine, dass das Urteil über sie gefallen war. Sie senkte den Kopf und nahm hin, wie die Wirtin ihr beschied: »Es ist nicht so, dass es mir leichtfiele, über solche Kosten hinwegzusehen. Ich will auch nicht so tun, als ginge nie etwas zu Bruch in einem Haus, in dem viel gearbeitet wird. Aber das alles hat das übliche Maß weit überschritten. Da ich annehme, dass du nicht über die nötigen Mittel verfügst, mir den Schaden zu ersetzen, und da ich dir keinen Lohn versprochen habe, von dem ich ihn nun abziehen könnte, gehe ich wohl leer aus.« Tine atmete innerlich auf, als sie das hörte. Zumindest würde sie nun nicht auch noch Schulden haben oder gar in den Schuldturm gesperrt werden, falls es hier so etwas gab. Doch die Stelle als Zimmermädchen oder wenigsten als Mädchen für alles war verloren, da konnte kommen, was wollte.

In dem Moment klopfte es leise an der Tür. »Miss Wagner?«

»Ma'am?«

»I am sorry, if I am bothering you, but our daughter is asking for your waitress.«

»Pardon me, Ma'am. My waitress? Isn't she with you?«

»No! I mean this young lady!«

Sie deutete auf Tine, die kein Wort verstanden hatte.

»I don't understand, Ma'am …«

»She made a doll for her. Unfortunately it broke. So our daughter would like to have a new one. And you can't imagine how happy Lilly was, when …« Was immer die Dame der Hausherrin erzählte, Frau Wagners Gesicht nahm einen Ausdruck immer größeren Erstaunens an, bis sie schließlich sagte: »I'll send her with you, Ma'am.« Um sich dann an Tine zu wenden und ihr das Unglaubliche zu eröffnen: »Deshalb versuche ich es noch einmal mit dir.«

»Verzeihung, Frau Wagner?«

»Als Mädchen für alles. Du kannst bis Ende dieser Woche bleiben, wenn Mr und Mrs Fielding abreisen. Dann sehen wir weiter.« Sie hob die Hand. »Mit einer Einschränkung! Geht noch einmal eine Flasche Wein zu Bruch, will ich dich nicht mehr sehen, und zwar augenblicklich.«

»Sehr wohl, Frau Wagner. Ich … ich danke Ihnen tausendmal!«

»Danke nicht mir, sondern der Lady, die hier für dich gesprochen hat.«

»Der … Lady?« Mit großen Augen blickte Tine die vornehme Dame an und machte einen Knicks. Frau Wagner verdrehte die Augen. »So und jetzt rüber mit dir ins Frühstückszimmer. Du sollst eine Puppe machen. Wie immer du das machst, es scheint die Herrschaften für dich eingenommen zu haben.«

Und so blieb Tine Tiedkens länger als für ihre Probezeit im Haus Wagner – und auch über die folgende Woche hinaus, um als »Mädchen für alles« zu wirken, was sie voll Dankbarkeit und Hingabe auch tat.

* * *

Drittes Kapitel

Seit alle Zimmer voll belegt waren, hatte sich die Arbeit in der kleinen Pension Wagner vervielfacht. Alle waren nun pausenlos im Einsatz, selbst Frau Wagner kümmerte sich um vieles, was vorher Alfreds oder Hedis Sache gewesen war. Einmal traf Tine sie spätabends im Frühstücksraum an, wo die alte Dame eindeckte, obwohl es doch ihre Aufgabe gewesen wäre. »Ach, Tine«, seufzte Frau Wagner, als sie sie sah. »Gut, dass du kommst.«

»Soll ich jetzt hier übernehmen, Frau Wagner?«

»Nein. Geh und sammle die Schuhe ein und bring sie in den Hauswirtschaftsraum. Und dann kannst du sie auch gleich putzen. Alfred hat von mir einige andere Arbeiten bekommen und wird es heute Abend nicht mehr schaffen.«

»Sehr wohl, Frau Wagner.« Tine machte den obligatorischen Knicks und lief sogleich die hintere Treppe hoch ins Obergeschoss, wo die Gästezimmer waren. Vor allen Türen standen Schuhe, die von ihren Besitzern zum Putzen herausgestellt worden waren. Es war nicht allzu schwer, sich zu merken, zu wem welche Paare gehörten, denn während die Engländer in diesen Zeiten Schlüpfschuhe für ihre Sommerreisen bevorzugten, galten im Deutschen Reich weiterhin geschnürte Schuhe und selbst im Sommer leichte Stiefel als schick. Tine ärgerte sich nur, dass sie nicht erst Alfreds Schuhkorb geholt hatte, weshalb sie jetzt mehrmals gehen musste.

Der Hauswirtschaftsraum lag neben der Küche, war aber nur von außen zugänglich. Hier hatte Alfred vor allem Werkzeug für leichte Arbeiten und seine Putzsachen untergebracht. Die Schuhe waren traditionell das Hoheitsgebiet des Hausdieners, so war das in den meisten Hotels. Sie auf Hochglanz zu polieren war der Ehrgeiz jedes Kammerdieners. Nur dass Alfred, warum auch immer, verhindert war.

Nachdem sie alle Schuhe beisammenhatte, band Tine sich eine der Schürzen um, mit denen sonst Alfred arbeitete, und begann mit dem Putzen. Für jedes Modell hatte der Hausdiener eine besondere Schuhcreme, die Tine vorsichtig auf die Spitze eines Tuchs nahm, damit sie nicht zu viel davon verbrauchte, um sie dann möglichst gleichmäßig auf dem Leder zu verteilen. Dann versuchte sie es mit der Bürste, was ihr mehr schlecht als recht gelang. Denn obwohl sie Alfred schon einige Male bei dieser Tätigkeit gesehen hatte, war es doch etwas ganz anderes, sie selbst auszuführen. Mühsam kämpfte sie mit dem Leder, das stumpf blieb und teilweise sogar gescheckt. Erschrocken hielt Tine inne. Wenn sie es nicht schaffte, die Schuhcreme gleichmäßig einzuarbeiten, wären die Schuhe ruiniert! Nicht auszudenken, was das nach sich ziehen würde! Immer hastiger rieb und wichste Tine die Stiefel und die eleganten Stöckelschuhe, immer verzweifelter mühte sie sich, nicht alles zu zerstören. Doch es schien, als würde sie alles nur noch schlimmer machen, je mehr sie sich anstrengte.

Die kleine Uhr, die über der Werkbank hing, zeigte fast Mitternacht, als Tine verzweifelt und entkräftet die Arme sinken ließ. Wenn sie auf die Arbeit der zurückliegenden Stunden blickte, hätte sie heulen können. Auch wenn sie in ihrem ganzen Leben keine so makellosen Schuhe angehabt hatte, die Gäste erwarteten andere Qualität. Die Damen ohnehin, die Herren aber, die alle das Schuheputzen im Militärdienst gelernt hatten, erst recht. Manchmal dachte Tine, die Deutschen und die Briten fochten den Krieg der blitzenden Schuhe aus, so peinlich achteten sie auf Glanz und Perfektion.

Sie musste Alfred finden, sonst säße sie am Morgen noch da – und die Schuhe wären immer noch nicht präsentabel. Zuerst sah sie in den Vorratsräumen nach. Es hätte gut sein können, dass er dort noch sein Register machte oder Notizen für Nachbestellungen, die er alle paar Tage für die Lieferanten in Bremen und London aufgab. Doch da war er nicht. Auch im Salon, im Raucherzimmer und im Kontor konnte sie ihn nicht finden. Vielleicht war er ja längst mit seinen eigenen Arbeiten fertig, ja sicher, das würde er sein. Tine hoffte nur, dass er nicht schon schlief. Leise schlich sie hinauf unters Dach und schlug den Weg nach rechts ein, wo Alfred seine Kammer hatte. Sie klopfte so zaghaft, dass sie es selbst kaum hörte. Und als er sich nicht rührte, klopfte sie etwas lauter. Ein Lichtschein unter dem Türspalt verriet ihr, dass er noch wach war. »Alfred?«

Es klang, als würde im Zimmer ein Stuhl gerückt. Dann kamen Schritte näher. Die Tür öffnete sich, und die müde, aber freundliche Miene des Hausdieners blickte Tine ins Gesicht. »Guten Abend«, sagte er leise. »Was willst du denn noch um diese Uhrzeit?«

»Ich fürchte, ich brauche deine Hilfe, Alfred. Verzeih«, sagte Tine leise, aber nicht leise genug. Denn in dem Augenblick öffnete sich wenige Meter weiter noch eine andere Tür. Das aber bekam weder Tine noch Alfred mit.

***

Als am nächsten Morgen die Gäste der Pension Wagner ihre Schuhe wieder in die Zimmer nahmen, hatte keiner von ihnen Anlass zur Reklamation, und Tine hatte einige Geheimnisse des perfekten Schuheputzens gelernt – allerdings kaum noch zwei Stunden geschlafen. Schwindelig vor Müdigkeit wankte sie die Stufen der hinteren Treppe hinab in die Küche, wo Frau Paulsen sie mit besorgtem Blick musterte. »Was ist denn geschehen, Mädchen? Du siehst ja aus, als ginge es dir ganz elend.«

»Ich bin nur müde«, erklärte Tine. »Die Nacht war sehr kurz.«

»Tja«, sagte Hedi, die in diesem Moment zur Tür hereinkam. »So geht's, wenn man um Mitternacht an fremde Türen klopft.«

Erschrocken wandte Tine sich zu ihr um. »Aber ich …«

»Fremde Türen?«, fragte Frau Paulsen, die feine Antennen hatte und sogleich alarmiert war. »Wenn du dich hier auf irgendetwas mit einem unserer Gäste einlässt …«, sagte sie leise und blickte Tine mit Augen an, die klein waren wie Schlitze.

»Mit einem Gast?« Tine wusste nicht, wie ihr geschah. »Aber was sollte ich denn …« Jetzt erst wurde ihr überhaupt bewusst, was die Köchin dabei im Sinn hatte. »Überhaupt nicht! Ich würde niemals etwas mit einem Gast …«

Hedi schnaubte verächtlich. »Nein«, sagte sie. »An Gästetüren klopft unsere Tine nicht.« Und nach einer winzigen Pause, in der ihre Worte die gewünschte Wirkung bei Frau Paulsen nicht verfehlten, fügte sie hinzu: »Noch nicht.«

Das Frühstück war kaum zu Ende, da wurde Tine zu Frau Wagner zitiert. Die Pensionswirtin saß in ihrem Kontor und gab vor, Geschäftsbücher zu studieren. Doch sie hatte ihre Brille nicht auf der Nase. Als Tine klopfte, hieß sie sie sofort eintreten und die Tür zu schließen. Dann erhob sie sich und hielt ihr mit eisiger Stimme vor: »Ist es wahr, dass du letzte Nacht in Alfreds Zimmer gewesen bist?«

Röte schoss in Tines Wangen. Sie fühlte sich wie vor Gericht. »Nein«, stammelte sie. »Ich war nicht in Alfreds Zimmer.«

»So hast du also nicht bei ihm geklopft?«

»Geklopft … doch, das habe ich.«

»Darf ich wissen, weshalb ein Dienstmädchen um Mitternacht an der Tür eines jungen Mannes klopft? Um diese Uhrzeit haben Mitarbeiter meines Hauses zu schlafen. Andernfalls geschieht nämlich das, was heute geschehen ist. Ich habe dich vorhin beobachtet, Tine Tiedkens, im Frühstücksraum. Du warst nicht bei der Sache, du warst ja kaum bei Sinnen!«

»Das … das tut mir aufrichtig leid, Frau Wagner!«, verteidigte sich Tine. »Es ist … es war … Also: Sie haben mich geheißen, die Schuhe zu putzen.«

»Und?«

»Es war sehr viel Arbeit und …«

»Ich habe es dir am Abend gegen neun Uhr gesagt. Willst du mir erzählen, dass du drei Stunden brauchtest, um die Schuhe zu polieren?«

»Gnädige Frau …«

»Ich bin keine *gnädige Frau,* ich bin Frau Wagner, das genügt.«

»Frau Wagner, ich habe noch keine Erfahrung mit Schuheputzen. Nicht so, wie man es hier tun muss. Deshalb habe ich … nun, ich habe Alfred gefragt, als ich merkte, dass ich es alleine nicht schaffen würde.«

»Und das ist dir erst nach drei Stunden aufgefallen?« Die Pensionswirtin ließ sich auf ihren Stuhl sinken und schüttelte den Kopf. Sie schwieg für einige Augenblicke, und Tine wagte nicht, etwas zu sagen.

»Gut«, erklärte Frau Wagner schließlich. »Ich weiß nicht, ob es Märchen sind, die du mir erzählst, oder nicht. Was ich weiß, ist, dass es nicht sein darf, dass du in meinem Haus an die Tür eines Mannes klopfst, und zwar *irgendeines* Mannes. Du darfst es nicht einmal, wenn es aus lauteren Gründen geschieht. Denn wie dieser Fall zeigt, öffnet es der üblen Nachrede Tür und Tor. Und das ist etwas, das ich hier nicht brauchen kann. Die Pension Wagner hat einen tadellosen Ruf. Wer diesen Ruf beschädigt, wird die Konsequenzen tragen.« Wieder schwieg sie eine kleine Weile. Dann erhob sie sich erneut, trat ans Fenster und sah hinaus auf den Nordstrand. »Ich hätte gute Lust, das deine Kollegin spüren zu lassen, die sich hier das Maul über dich zerrissen hat«, sagte sie leise, scheinbar mehr zu sich als zu Tine. »Andererseits: Wäre wirklich etwas dran gewesen an der Sache, dann hätte ich es wissen wollen und wäre ihr dankbar gewesen …« Sie drehte sich zu Tine um. »Du. Dass ich dir glaube und nicht Hedi, liegt nicht an dir. Es liegt auch nicht an Hedi, sondern nur an Alfred. Er würde so etwas nicht machen. Deshalb gehe ich davon aus, dass das, was du sagst, den Tatsachen entspricht. Mehr oder weniger. Geh jetzt wieder an die Arbeit. Aber lass es dir eine Lehre sein! Wenn es Probleme gibt, sprich sie sofort an. Treib dich nicht an Orten herum, die nichts für dich sind. Und halte dich nachts von den Männern in diesem Haus fern. Am besten von den Männern überhaupt.«

»Sehr wohl, gnädige … Frau Wagner.«

Die Pensionswirtin hob eine Augenbraue, zuckte mit dem Mundwinkel und deutete mit einer Geste an, dass Tine sich zurückziehen durfte.

***

Nach Wochen schönsten Wetters hatte sich der Himmel in der Nacht zugezogen, und schwere Regenwolken hingen über der kleinen Insel. Die Gäste nutzten die Morgenstunden noch für Spaziergänge in der Nähe der kleinen Pension, hielten sich aber zunehmend im Haus auf, und tatsächlich begann es schon im

Laufe des Vormittags, heftig zu regnen. Auf den so beliebten Ausflug zur Düne verzichteten die Urlauber. Stattdessen fanden sie sich zahlreich im Salon ein, der schon bald zu wenig Platz bot, sodass auch der Speiseraum geöffnet werden musste. Frau Paulsen bereitete unablässig Tee und Kaffee, der ein oder andere Gast wünschte trotz der frühen Stunde angesichts des Wetters einen Helgoländer Eiergrog. Da der Wetterumschwung absehbar gewesen war, hatte die Köchin schon vor dem Frühstück einige Kuchen gebacken, die sich nun großer Beliebtheit erfreuten. Alfred trug sein Servierjacket und umsorgte die Gäste so gekonnt, dass es beinahe wirkte, als wäre es das reine Vergnügen. Tine und Hedi eilten indes ohne Unterlass hin und her und gingen ihm zur Hand. Gegen die Mittagsstunde musste Alfred gelegentlich Gäste mit dem Schirm zu einem Restaurant oder zum Kurhaus geleiten, sodass die Bedienung in Salon und Speisesaal allein den Mädchen oblag. Dadurch wurde es zwar noch anstrengender, aber auch interessanter. Denn es war auf jeden Fall stets eine spannende Angelegenheit, die Fremden zu studieren, die aus allen Winkeln des Deutschen Reichs oder aus dem Vereinigten Königreich kamen: wie sie sich gaben, wie sie sprachen, *was* sie sagten … Wobei natürlich Tine kaum ein Wort Englisch verstand. Immerhin hatte sie inzwischen von Frau Paulsen die wichtigsten Wörter bei Bestellungen gelernt: tea, coffee, milk, sugar, cake, bread, butter … Gelegentlich sorgte sie in der Küche für Belustigung, etwa wenn sie »bacon« für Gebäck hielt oder wenn sie einem Gast eine Gabel brachte und sie als »Frosch« bezeichnete, weil sie »fork« und »frog« verwechselte. Doch alles in allem wurde ihr schnell klar, dass es nichts Besseres für sie geben konnte, als so viel wie möglich mitzubekommen, sich zu merken und zu dem Wissen hinzuzufügen, das sie nach und nach über die Gepflogenheiten und die

Regeln eines Gästehauses lernte. Tine ging so sehr in ihren vielfältigen Aufgaben auf, dass es ihr nicht nur immer weniger ausmachte, auch noch einen Teil von Hedis Arbeit zu tun, sondern dass sie gar nicht damit rechnete, dass ihr am Samstagabend ein sichtlich erschöpfter Alfred sagte: »Tut mir ja wirklich leid für dich, dass du an deinem freien Tag so ein Hundewetter hast.«

»An meinem freien Tag?«, stotterte Tine verwirrt.

»Ab jetzt bis morgen um fünf Uhr«, stellte der Hausdiener fest, und ein amüsiertes Lächeln umspielte seine Lippen. »Oder dachtest du, es gibt keine freien Tage?«

»D… doch. Aber … ich wusste nicht, wann. Und wie oft.«

»Nun, du bist jedenfalls morgen dran.«

»Aha. Und wie oft haben wir … oder wie oft habe ich einen freien Tag?«

Alfred hielt sich den schmerzenden Rücken, doch seine Miene blieb unverändert sanftmütig. »Alle zwei Wochen, Tine. Wobei der freie Tag, wenn wir ehrlich sind, kein ganzer Tag ist. Du hast deine Arbeit hier an einem Sonnabend begonnen, also hast du nach dem Ende des übernächsten Sonnabends frei bis zum Abend des Folgetags. Also bis Sonntagabend. Allerdings ist es in diesem kleinen Haus Tradition, dass die Mitarbeiter am folgenden Tag um fünf Uhr nachmittags wieder ihren Dienst antreten müssen.«

»Also habe ich ab jetzt frei bis morgen um fünf?«

Alfred nickte.

»Oh! Damit hatte ich gar nicht gerechnet.«

»Und nun weißt du nicht, was du mit all der Zeit anfangen sollst?«, amüsierte sich Alfred.

»Im Gegenteil!«, versicherte ihm Tine. »Ich habe so viele Ideen!« Dass sie eigentlich vorgehabt hatte, den ganzen Tag im Bett zu verbringen, das wollte sie ihm nicht auf die Nase binden, zumal dieser Plan warten musste. Zuallererst würde sie Frau Thevessen besuchen, der sie all das hier verdankte. Es war höchste Zeit. Die Pastorengattin war zwar zweimal in der Zeit, die Tine nun in der Pension Wagner arbeitete, vorbeigekommen, um sich nach ihr zu erkundigen, doch da hatte Tine keine Zeit für einen Plausch gehabt, und Frau Thevessen hatte sich sehr rücksichtsvoll wieder rasch verabschiedet. Außerdem war ja Sonntag, da würde sie natürlich zur Messe gehen. Und sie würde …

»Tine?«

»Entschuldige, Alfred.«

»Gute Nacht.«

»Gute Nacht. Und danke.«

»Danke?«

»Für alles.«

Der Hausdiener lächelte müde, schien einen Moment zu zögern, doch dann legte er kurz den Arm um sie und drückte sie. »Du bist schwer in Ordnung, Tine Tiedkens«, sagte er leise. »Ich bin froh, dass wir dich haben.«

Tine musste schlucken. »Und ich …«, sagte sie, doch plötzlich konnte sie nicht weitersprechen. Alfred nickte. »Ich weiß«, erwiderte er leise. »Ich weiß.« Dann machte er sich auf den Weg in sein Zimmer, ebenso wie Tine und – Augenblicke später – Hedi, die ihr Gespräch beobachtet hatte.

***

Es dämmerte noch, als Tine aus dem Schlaf gerissen wurde. »Aufstehen, gnädiges Fräulein!«, rief Hedi und zog ihr die Bettdecke weg. Erschrocken fuhr Tine hoch, doch dann fiel ihr ein: »Ich habe heute meinen freien Tag, Hedi! Da darf ich länger schlafen.«

Die Zimmergenossin schnaubte verächtlich. »Das kannst du dann vielleicht nächstes Mal machen. Es sei denn, du wanzt dich nicht wieder an irgendwelche Gäste heran.«

Nun war Tine endgültig wach. »Heranwanzen? An wen soll ich mich denn herangewanzt haben, Hedi? Und wie kommst du darauf?« Sie konnte die Empörung in ihrer Stimme nicht unterdrücken. Bisher hatte sie die Sticheleien und Gemeinheiten des Zimmermädchens klaglos geschluckt und auf Widerworte verzichtet. Hedi war nun einmal die Ältere von ihnen und vor allem diejenige, die länger im Hause arbeitete, Erfahrung hatte und auf die Frau Wagner niemals verzichten würde – anders als auf das dahergelaufene Blumenmädchen, das oft noch unbeholfen war und so manches gute Stück zerbrochen hatte.

»Pah! Die Fieldings wünschen, von dir zum Schiff begleitet zu werden«, erklärte Hedi spitz.

»Die Fieldings?« Tine rieb sich den Schlaf aus den Augen. »Von mir? Aber das macht doch Alfred immer.« In der Tat war es die Aufgabe des Hausdieners, das Gepäck und mitunter auch die Gäste zum Hafen zu begleiten und dafür zu sorgen, dass sie und ihre Sachen mit den Börtebooten sicher zu den vor Anker liegenden Schiffen gelangten. Er regelte alles mit den Bootsleuten, mit den Matrosen, gelegentlich auch mit dem Zollamt oder der Hafenaufsicht. Es sollte alles so bequem für die Gäste sein wie nur möglich.

»Alfred wird natürlich auch dabei sein. Vielleicht könnt ihr euch dann ja bei einer kleinen Bootsfahrt herzen.«

»Herzen? Ich verstehe nicht …« Doch. Tine verstand. Hedi hatte sie wieder einmal beobachtet! Sie schnüffelte hinter ihr her. Hinter ihr und Alfred. Auch wenn es da gar nichts zu schnüffeln gab. Aber man konnte bekanntlich alles falsch verstehen. Und wenn Hedi gestern Abend an der Treppe … »Aber was soll ich denn dann dabei?«, fragte sie und tappte aus dem Bett und zur Tür, um auf die Toilette zu gehen.

»Keine Ahnung, was die Fieldings für einen Narren an dir gefressen haben«, sagte Hedi, während sie bereits ihr Bett machte. »Oder ihre beschränkte Tochter.«

»Beschränkte …« So empört Tine über diese Beleidigung des Mädchens war, so genau wusste sie, dass Hedi nur eines Menschen Wort in dieser Sache akzeptieren würde. »Wenn Frau Wagner hören würde, dass du so über unsere Gäste sprichst!«, sagte sie deshalb. Und tatsächlich verfehlte diese Vorhaltung nicht ihre Wirkung. Hedi trat auf sie zu und funkelte sie an. »Ein Wort an Frau Wagner, und du sitzt wieder auf der Straße.«

Tine hielt ihrem Blick stand. »Und wie willst du das schaffen?«, fragte sie, selbst erstaunt über ihren Mut.

»Was denkst du, für wen sie sich von uns beiden entscheidet, wenn sie die Wahl treffen muss?« Hedi wandte sich ab und griff nach dem Wasserkrug auf der Fensterbank. Sie trug ihn hinüber zu Tines Bett, schlug die Decke zurück und goss einen kräftigen Schwall von dem Wasser mitten auf die Matratze. »Wenn ich ihr sage, dass ich mit einem Luder wie dir nicht länger zusammenarbeiten kann? Und wenn ich ihr dann auch noch klarmache, dass du dem Druck dieser Arbeit nicht gewachsen bist und deshalb immer wieder ins Bett machst …«

Einen Moment war Tine sprachlos. »Das würdest du nicht tun«, flüsterte sie schließlich.

»Das würde ich tun, Fräulein Neunmalklug. Und zwar ohne mit der Wimper zu zucken. Ihr eisiger Blick ruhte auf Tine, und in der Tat schienen diese Augen wie erstarrt.

***

Es war ein kleines Frühstück, das Tine in der Küche nahm, aber es war ein gemütliches. Zum ersten Mal, seit sie hier war, konnte sie ihren Tee trinken, ohne sich die Lippen zu verbrühen, sie musste ihr Brot nicht hinunterschlingen – und Frau Paulsen hatte sogar ein wenig Kuchenbruch für sie zur Seite getan, weshalb Tine nun in ihrem Winkel neben dem Backofen saß und dankbar die süße Köstlichkeit naschte, während sie der Köchin bei der Arbeit zusah und bewunderte, mit welcher Routine, mit welcher Geschwindigkeit und zugleich mit welcher Ruhe Frau Paulsen all ihre Aufgaben erledigte. »Ich möchte Ihnen doch ein wenig zur Hand gehen«, sagte sie, nachdem sie ihren Tee ausgetrunken hatte.

»Papperlapapp. Ich gehe dir auch nicht zur Hand, wenn ich meinen freien Tag habe.«

Erschrocken erkannte Tine: »Einen freien Tag? Aber wann haben Sie denn den? Es gibt doch gar niemanden außer Ihnen, der für die Gäste kochen könnte.« Und verschämt fügte sie hinzu: »Oder für uns.«

»Na, für euch selbst werdet ihr es ja wohl alleine schaffen, was?« Frau Paulsen stemmte die Hände in die Seiten. »Aber hier kommt es ja nicht auf euch an, sondern auf die Besucher unserer schönen Insel. Und die können wir nicht gut verhungern lassen.« Sie seufzte. »Ich habe meine freien Tage im Winter.«

Tine schwieg eine Weile, dann fragte sie doch nach: »Haben wir die nicht alle? Ich meine: Was machen wir eigentlich im Winter?«

Erstaunt blickte die Köchin das Mädchen für alles an. »Das fragst du dich erst jetzt? Also ich kann es dir nicht sagen, was du im Winter machst. Ich mache Urlaub. Denn ich arbeite ja neun oder zehn Monate ohne einen Tag Pause. Die restliche

Zeit muss mich Frau Wagner bezahlen, ohne dass ich mehr erledige, als für sie und für mich zu kochen. Und vielleicht für Alfred oder Hedi, je nachdem, wer diesmal über den Winter hierbleibt.«

Es stellte sich heraus, dass die meisten Dienstboten und Hilfskräfte, die während der Saison auf der Insel arbeiteten, außerhalb der Saison nicht gebraucht wurden und Helgoland deshalb in den kalten Monaten wieder verließen. Da sie in der Zeit keinerlei Einkünfte hatten, mussten sich die meisten dann Arbeit auf dem Festland suchen. Nachdenklich stieg Tine wieder hinauf in die Kammer, um sich für die Abreise der Fieldings die Uniform anzuziehen.

Wenig später stand sie am Empfang, wo Alfred bereits mit dem Gepäck wartete. Er hatte einen kleinen Leiterwagen, auf den er die Koffer und Taschen packte, um alles hinüber zur Landungsbrücke zu bringen. Wie sonst auch packte Tine eines der Stücke und trug sie hinaus. »Was machst du da?«, rief Alfred, der ihr, seinerseits mit zwei schweren Taschen bepackt, hinterhereilte.

»Wir müssen das doch in den Wagen verfrachten.«

»Aber heute ist dein freier Tag, Tine! Du musst das nicht tun.«

Tine zuckte die Achseln. »Ob ich nun dastehe und dumm in die Gegend gucke oder ob ich dir ein bisschen zur Hand gehe …« Sie zwinkerte ihm zu.

»Das ist aber wirklich nicht nötig«, erklärte der Hausdiener.

»Dann ist ja gut.« Beherzt wuchtete Tine den Koffer in den Handwagen. Dann fiel ihr etwas ein. »Ich muss aber sowieso noch etwas erledigen!« Rasch eilte sie zurück ins Haus und hinüber in die Küche. Als sie wenig später wieder vor die Tür trat, standen die Fieldings bereits bei Alfred und warfen einen letzten Blick auf den Nordstrand und die gegenüberliegende Düne. »Farewell«, sagte Mrs Fielding leise. Sie trug einen wunderschönen Hut mit breiter Krempe und einer Feder, die sich elegant darum wölbte. Tine war froh, dass der Regen endlich aufgehört hatte. Es wäre zu schade um das gute Stück gewesen – und um ihren freien Tag, den sie zu genießen beabsichtigte, sobald die Familie aus England abgereist war.

»Good morning!«, grüßte sie und machte den obligatorischen Knicks.

»Good morning, Miss«, entgegnete Mr Fielding und lupfte sogar ein klein wenig den Hut. »I heard you are not working today. I'm delighted that you're accompanying us anyway.«

Obwohl Tine kein Wort verstand, nickte sie ihm lächelnd zu – und errötete ein klein wenig. Denn so viel Aufmerksamkeit stand ihr eigentlich nicht zu.

Alfred ging voran Richtung Kurhaus. Der Wind kräuselte die Wellen auf der Binnenreede, die Fahnen auf der Düne flatterten kräftig, ebenso die Fahnen, die die Landungsbrücke säumten. Einige Börteboote schaukelten auf dem Wasser. In sicherer Entfernung lag der Dampfer vor Anker, mit dem die Fieldings den Weg nach Hause antreten würden. Über den beiden mächtigen Schloten zogen Rauchfahnen gen Osten. Unwillkürlich musste Tine an die Heizer denken – und an ihre Arbeit im Bauch des Schiffs, mit dem sie selbst nach Helgoland gekommen war. »Alles in Ordnung?«, fragte Alfred von der Seite.

»Alles in Ordnung, danke.«

Wenige Augenblicke später halfen die Bootsmänner zuerst Mr Fielding in die Nussschale, dann seiner Frau, die ihren Hut festhalten musste, damit ihn ihr nicht eine Windböe vom Kopf riss. Das Mädchen – Lilly, wie Tine inzwischen wusste – wollte nicht auf das Börteboot steigen, ohne an Tines Hand zu gehen. Also schritten sie zu zweit die Stufen des Stegs hinab und traten dann hinüber auf den wankenden Kahn. Alfred fertigte inzwischen mit einigen Hafenarbeitern das Gepäck auf ein anderes Boot ab, das hinter dem der Fieldings her zum Schiff rudern würde. Als alle Passagiere an Bord und alles Gepäck verladen war, legten die beiden Boote ab, und kräftige Männer zogen die Ruder mit geübten Bewegungen durch die Wellen. Erschrocken sah Tine sich um, wie die Insel sich entfernte. Das Schiff vom Ufer aus zu sehen wirkte weniger weit weg als umgekehrt. Plötzlich packte sie eine tiefe Angst, dass sie nicht wieder mit zurück durfte, dass die Bootsmänner ihr die Mitfahrt verweigerten, wie sie es schon einmal getan hatten, dass sie einmal mehr im Maschinenraum landen und Kohlen würde schippen müssen! »Thank you for coming with me«, hörte sie da Lilly, nah an ihrem Ohr flüstern. Und auch wenn sie die Worte nicht wirklich verstand, wusste sie, sie zu deuten, und antwortete, was sie von Alfred gelernt hatte: »My pleasure, Miss.«

Nach wenigen Minuten ragte der stählerne Mantel des Ozeanriesen vor ihnen auf. Wie ein gewaltiges Bauwerk, ja wie ein Berg stand das Schiff im Wasser, scheinbar unbewegt trotz des kräftigen Wellengangs. Die ganze Fahrt über hatte Lilly Tines Hand festgehalten, und Tine hatte ihre Hand gedrückt. Als das Boot schließlich vertäut war und die ersten Passagiere hinüberstiegen auf die herabgelassene Treppe, wandte Tine sich Lilly zu und nahm eine winzig kleine, aber besonders hübsche Puppe aus ihrer Schürzentasche. »For you«, sagte sie, wie sie es sich von Frau Paulsen hatte beibringen lassen, und reichte dem Mädchen das Stoffwesen, das sie aus einem bunten Taschentuch geknotet und mit zwei Handvoll getrockneter Lavendelblüten aus Frau Thevessens Garten gefüllt hatte. Sie bedeutete dem Mädchen, an der Puppe zu riechen. Mit großen Augen sog Lilly den Duft des kleinen Kunstwerks ein und schlang dann die Arme um Tine, als wollte sie sie nie wieder loslassen.

Die feine Dame aus London mahnte die Tochter, nun ebenfalls zu kommen. Sie reichte Tine vornehm die Hand und nickte ihr mit einem Lächeln zu. Tine knickste und wäre beinahe über Bord gefallen. Mr Fielding packte sie und lachte. Er sagte etwas, was Tine nicht verstand, dann griff er in seine Weste und entnahm ihr etwas, das er Tine in die Hand drückte, ehe er sich erstaunlich schwungvoll auf die Stufen nach oben begab und im nächsten Moment hinter seiner Frau hinaufstieg. Fast schon oben drehte er sich noch einmal um, tippte sich an den Hut und rief: »Thank you very much, Miss. Goodbye!«

»Goodbye!«, rief Tine zurück und winkte den Fieldings hinterher. Erst als die Familie oben an Bord des Dampfers angelangt und wenige Augenblicke später hinter der Reling verschwunden war, sah sie in ihre Hand und erschrak. Englische Pfund! Zwei Banknoten hatte ihr der Gentleman zugesteckt. So viel Geld hatte Tine noch nie in der Hand gehabt. Zwei englische Pfund. Ihr wurde fast ein wenig schwindelig. Rasch setzte sie sich und verbarg die Scheine in ihrer Schürzentasche. Sie blickte auf und geradewegs Alfred in die Augen. Er zwinkerte ihr zu und stellte fest: »Hast du dir redlich verdient.«

Im nächsten Moment wurde das Börteboot wieder losgemacht, und die Bootsleute stießen es mit ihren Rudern von dem Ozeanriesen ab. Dann legten sie sich wieder in die Riemen, und wenige Augenblicke später schaukelte der Kahn schon wieder gen Helgoland, gerade als auf dem Oberland die Glocken von St. Nicolai zur Messe riefen. *Was für eine Insel,* dachte Tine. *Hier ist scheinbar nichts wie am Festland. Nicht die Insulaner, nicht die Gäste und auch nicht die Gepflogenheiten.*

Auch wenn die Sonne noch nicht wieder herausgekommen war, lag der Fels wunderschön vor ihnen, tiefrot mit weißen Häusern und grüner Decke. Auch wenn alles, alles anders gekommen war als geplant, betrachtete Tine sich als Glückskind. Das Nebelhorn des Dampfers riss sie aus ihren Gedanken. Sie blickte sich um. An Deck des Dampfers glaubte sie, ein Mädchen zu entdecken, das ihr zuwinkte. *Lilly*, dachte sie, *ich wünsche dir alles Glück der Welt.* Vielleicht würden sie sich ja eines Tages wiedersehen auf dieser wunderschönen, stolzen Insel mitten in der rauen See.

***

Für den Gottesdienst war es zu spät, als Tine einige Minuten später wieder an Land ging. Denn natürlich konnte sie nicht in der Uniform eines Zimmermädchens die Messe besuchen. Und bis sie wieder in die Pension gelaufen wäre und sich umgezogen hätte, bis sie dann die Treppen auf den oberen Teil der Insel hinaufgestiegen und zur Kirche gelaufen wäre – sie hätte die Andacht nur gestört. Also entschied sie sich, Gott bei einem Spaziergang über die Insel zu danken und sich zum stillen Gebet einen einsamen Ort in der Natur zu suchen.

Nun, da die meisten Insulaner und auch viele Gäste in der Kirche waren, wirkte Helgoland in manchem Winkel geradezu menschenleer. Tine lenkte ihre Schritte an den Militärbauten der Royal Army vorbei auf die freien Wiesen des Oberlands zu, wo sich kleine Spazierpfade wie ein Netz über den dichten Bewuchs der Insel zogen.

Der Blick übers Meer war atemberaubend, an diesem Tag noch mehr als üblich, weil die schweren Wolken, die über die Insel Richtung Festland rollten, von beängstigender Schönheit waren und dem Licht, in das der Fels getaucht wurde, etwas magisch Schimmerndes verliehen. An manchen Stellen ragten bizarre Monolithe aus den Fluten, Teile der Insel, die durch Sturmfluten früherer Zeiten abgespalten worden waren. Das Hoyshorn war eine solche Felsnadel und die berühmte Lange Anna, vor der Tine andächtig staunend stehen blieb. Möwen kreisten über diesen Felsen. Tausende von Vögeln, die ihre Nester an die Steilwand gebaut hatten, diesseits und jenseits des Grabens, der zwischen der Insel und ihren steinernen Gesellen lag. So schroff diese Gebilde der Natur waren, so eindrucksvoll und elegant standen sie im Meer, einsam und prachtvoll.

Immer wieder erfreute sich Tine eines blühenden Ginsters, eines Strauchs wilden Jasmins oder eines Fleckens mit zauberhaften Margeriten. Es dauerte nicht lange, da hielt sie in beiden Händen je einen Strauß entzückender Blumen, die sie schließlich mit ein wenig Blattwerk als Manschette umkränzte und mit einigen Gräsern zusammenband. Dann eilte sie hinüber zur Pastorei, wo sie Frau Thevessen in der Küche wusste. Die Pfarrersfrau hatte einiges zu tun, während ihr Mann in der Kirche die Messe las. Denn es war üblich, dass der Pastor sonntags nach der Messe eine Anzahl von Gästen bei sich empfing. Das konnte der Gouverneur der Insel genauso sein wie ein altes Mütterchen, das alleinstand und sich die Woche über mit dem Allernötigsten plagte. So kam manche erstaunliche Runde um den Tisch der Thevessens zusammen, und der Pfarrer erfuhr allerlei aus seiner Gemeinde, was ihm sonst unbekannt geblieben wäre.

»Tine! Das ist aber nett, dass du mich besuchst!«, rief Frau Thevessen, als das Mädchen plötzlich ans Fenster der Küche klopfte. »Wenn man davon absieht, dass du nicht im Gottesdienst bist …«, schob sie mahnend hinterher.

»Leider. Ich konnte nicht rechtzeitig weg«, erklärte Tine und errötete ein wenig.

»So komm doch herein!«

»Nein, Frau Thevessen, vielen Dank! Ich weiß, dass Sie gleich Gäste erwarten. Ich wollte Ihnen nur das hier bringen.« Tine hielt ihr den Blumenstrauß hin. Die Pfarrersfrau trocknete ihre Hände an der Schürze und nahm ihn ihr ab. »Sind die aber hübsch!«

»Ich habe sie eben gepflückt.«

»Aber warum nimmst du sie nicht mit zu dir?«

»Ach, ich hätte gar keinen Platz. Und außerdem hab ich ihn ja wirklich für Sie gepflückt, Frau Thevessen.«

Die Pfarrersfrau lächelte ihr freundlich zu. »Dann soll er heute meine Tafel schmücken«, sagte sie und stellte den Strauß schnell in eine Vase und gab Wasser hinein. »Geht es dir denn gut?«, wollte sie wissen, als sie wenige Augenblicke später wieder ans Fenster kam.

Tine hob die andere Hand, in der sie den anderen Blumenstrauß hielt. »Der ist für Frau Wagner.«

Die Pastorengattin klatschte in die Hände. »Hach, wie mich das freut!«, rief sie. »So weiß ich, dass es richtig war, dir dort eine Stelle zu verschaffen.«

»Dafür werde ich Ihnen ewig dankbar sein, Frau Thevessen«, sagte Tine leise.

»Ach Kind, sei nicht mir dankbar. Dank dem Herrn, der uns manchmal einen Geistesblitz schenkt. Er ist unser Herr. Und er ist der Herr allen Gelingens.«

»Das ist er, Frau Thevessen. Gott zum Gruße.«

»Gott zum Gruße, Tine!«

Auf dem Rückweg fanden sich schon einige Kirchgänger neben Tine. Man kehrte in die Häuser zurück oder in den Gasthäusern der Insel ein. Schöne Menschen in schönen Kleidern strömten aus dem Kirchenportal über die Insel, alle im besten

Sonntagsstaat, das Gesicht erhellt von der Vorfreude auf die Köstlichkeiten, die einen erwarteten. Tine bewunderte diese Menschen, die Einheimischen ebenso wie die Gäste, sie beneidete sie aber auch. Vor allem zwickte sie der Gedanke, dass ihre eigene Familie in diesem Moment womöglich gerade auf dem Weg von St. Pauli zurück nach Hause war – und dort würde kein reich gedeckter Tisch sie erwarten, sondern lediglich ein weiteres Mal die karge Kost der Armut: Haferbrei, ein wenig Gemüse, Grütze, mit Glück ein Fisch, den sich alle, die am Mittagstisch Platz nahmen, teilen würden, weil es nur diesen einen gab … In dem Moment wusste Tine nicht nur, dass sie nie wieder zurück nach Hamburg kehren wollte, sie wusste auch, dass sie die zwei englischen Pfund, die sie in der Tasche trug, sparen und an die Mutter schicken würde. Denn so leicht es für Mr Fielding sein mochte, einen solchen Betrag als kleine Aufmerksamkeit an ein Dienstmädchen zu verschenken: Für die Familie Tiedkens war es der Unterhalt für eine ganze Woche.

Auch wenn sie beschlossen hatte, dass sie ihr Geld nicht ausgeben würde, fühlte sich der Bummel durch die Ladenzeilen an diesem Tag für Tine anders an. Zum ersten Mal hätte sie sich etwas kaufen können. Gewiss, nichts Großes, denn zwei englische Pfund mochten viel für ihre Verhältnisse sein, doch die Preise, die man etwa für eine neue Bluse bezahlen musste oder ein Kopftuch, waren unerschwinglich – von Dingen wie Parfüms oder einem Paar Ohrringen gar nicht zu sprechen! Ein wenig schwindelig wurde Tine, wenn sie daran dachte, dass sie keinen Wintermantel hatte, keine festen Schuhe für die kalte Jahreszeit. In Hamburg hatte sie in den Wintermonaten das Haus gehütet: sich um die kleinen Geschwister gekümmert, geputzt, alle bekocht und gelegentlich in Meister Herzfelds

Baderstube ausgeholfen, da waren warme Sachen nicht so wichtig gewesen. Aber hier? Wie würde es wohl sein auf Helgoland, wenn auf dem Meer der Sturm tobte?

Es war schon früher Nachmittag, als sie vor einem Lokal stehen blieb, vor dem auf einem sorgsam gepinselten Schild stand:

Grün ist das Land
Rot ist die Kant
Weiß ist der Sand
Das sind die Farben von Helgoland

Und ein anderes Schild verkündete: *Traditionelle Helgoländer Küche.* Plötzlich spürte sie einen überwältigenden Hunger. Zum Glück hatte sie nicht erst von Mr Fielding Trinkgeld bekommen, sondern schon einige Male von anderen Gästen der Pension, wenn auch natürlich bei weitem nicht so viel, sondern eben nur hie und da ein paar Pfennige oder Pence. Bisher hatte sie keinerlei Gelegenheit gehabt, dieses Geld auszugeben. Jetzt aber würde sie einmal essen gehen. Essen gehen! In ein Lokal! Das war etwas, was sie bisher noch nie getan hatte. Es fühlte sich aufregend an, als sie die Tür aufdrückte und eintrat in die kleine Wirtschaft, durch deren niedrige Fenster kaum Tageslicht ins Innere drang. »Moin!«, grüßte der Wirt, der hinter einer Theke stand und gerade ein Bier einschenkte.

»Moin«, grüßte Tine zurück und setzte sich schüchtern an einen kleinen Tisch in der Ecke.

»Wat willste denn haben, Mädchen?«, fragte der Wirt, als er wenig später vor ihr stand.

»Auf dem Schild draußen steht, dass es hier Helgoländer Küche gibt«, sagte Tine. »Was wäre das denn zum Beispiel?«

»Ich kann dir einen Hummer anbieten, wenn du Geld hast, Mädchen. Sonst nimmst du besser einen Stockfisch.«

»Hm. Stockfisch dann«, murmelte Tine. Den kannte sie eigentlich, während sie Hummer nur vom Markt kannte – als etwas, das man nicht kaufte, weil es viel zu teuer war.

»Und zu trinken?«

»Gibt es da auch etwas … Helgoländisches?«

Der Wirt lachte. »Klar!«, rief er. »Wenn de willst, mach ich dir 'n Grog.«

Grog, das hatte sie schon gelesen. »Gut«, sagte Tine, »wenn Sie mir den empfehlen …«

Wieder lachte der Wirt, und er lachte auch noch, als er wieder hinter seiner Theke stand. »Marthe!«, rief er nach hinten in die Küche. »Mach mal ein Eiergrog. Und geiz nich!«

Wenig später stand ein Teller mit Stockfisch und eine Tasse Grog vor Tine auf dem Tisch. »Wohl bekomm's«, sagte der Wirt und grinste breit. Er schien nicht die Absicht zu haben, sich von ihrem Tisch zu entfernen, was Tine als störend empfand. Wollte er etwa hier stehen bleiben und ihr beim Essen zusehen? »Hm. Sieht sehr fein aus«, sagte sie und nickte. Sie wartete, bis er sich endlich hinter seine Theke zurückgezogen hatte, bis sie das Besteck zur Hand nahm.

Der Fisch war in der Tat vorzüglich! Tine kannte Stockfisch, aber sie hatte noch nie einen so köstlich zubereiteten gegessen. Er war in Kräutern gebacken worden und schwamm geradezu in Butter. Das Getränk dagegen schmeckte seltsam zu dem Fisch. Tine bedauerte, dass sie sich nicht einen Tee dazu bestellt hatte. Das wäre besser gewesen.

Nachdem allerdings der Fisch endlich verzehrt war und der Geschmack sich langsam verflüchtigt hatte, begann auch der Eiergrog zu schmecken – und er schmeckte von Schlückchen zu Schlückchen besser! Tine spielte schon mit dem Gedanken, sich noch eine Tasse zu bestellen, doch dann beschloss sie, lieber erst einmal den Wirt nach den Kosten zu fragen. Es stellte sich heraus, dass sie kaum das schon Genossene bezahlen konnte. Gerade zwei Pfennige blieben ihr noch übrig, sodass sie sich lediglich bedankte und dann das Lokal eilig wieder verließ.

Frische Luft schlug ihr entgegen. Seltsamerweise hatte Tine das Gefühl, als würde sie auf einem Schiff gehen: Der Boden unter ihren Füßen wankte leicht. Es amüsierte sie, auch wenn sie sich nicht erklären konnte, weshalb die Insel mit einem Mal schwankte. Kichernd ließ sie sich auf eine Bank an der Strandpromenade nieder und blickte hinüber zum Kurhaus und zur Landungsbrücke.

Einige Fischerboote kamen herein. Die Männer schienen auch am Sonntag ihre Gründe zu besuchen, und das war ja auch mehr als verständlich, wenn man bedachte, dass auf einer Insel, auf der Tausende von Fremden zu Besuch waren, ständig für Nachschub gesorgt werden musste. Da durfte der Fisch nie ausgehen. Von einer plötzlichen Müdigkeit ergriffen, schloss Tine kurz die Augen und lauschte auf die Geräusche der Insel, auf die Wellen, die an den Strand schwappten, die Stimmen der Seeleute, die sich etwas zuriefen, lachende Kinder, eine einsame Fiedel, die irgendwo um ein paar Pfennige warb, diese Mischung von Tönen, die man Leben nennt, bis irgendwann ein Schatten auf sie fiel und sie hochschreckte.

»Sie haben meinen Rat also befolgt?«

Tine blickte auf. Es dauerte einen Moment, bis sie gegen die schräg stehende Sonne mehr als die Umrisse des Mannes erkennen konnte, der sie angesprochen hatte. »Oh«, erwiderte sie. »Sie sind es.«

»Aber Sie sind nicht zu mir gekommen«, stellte er fest, und

es klang halb empört, halb amüsiert. Als stünde er nicht auf einer ganz anderen Stufe als sie, ließ sich der Hotelier neben Tine auf der Bank nieder.

»Ich wollte, Herr Heesters«, erklärte die junge Frau, deren Hals sich plötzlich wie zugeschnürt anfühlte. Beschämt erkannte sie, wie unschicklich sie auf der Bank saß, ja beinahe lag!

»Aber?«

Tine zögerte. »Ach«, sagte sie dann, während sie ihr Jäckchen enger um die Schultern zog und sich etwas weiter aufrichtete. »Es wird besser sein, wir sprechen nicht darüber.«

Ein spöttisches Lächeln umspielte seine Lippen. »Nun, dann schweigen wir«, entgegnete er. »Darüber.« Er nahm seinen Hut ab und legte ihn auf eines seiner Knie. »Wollen Sie mir aber verraten, was Sie hier machen, *obwohl* Sie sich nicht bei mir gemeldet haben?«

»Gewiss, mein Herr.« Und doch zögerte sie kurz, denn es kam ihr seltsam vor, ihm zu gestehen, dass sie tatsächlich Zimmermädchen geworden war. Nun ja, eigentlich Mädchen für alles. »Ich arbeite in der Pension Wagner.«

»Ach!« Das schien ihn ernsthaft zu verblüffen. »Nun, wenn das die bessere Wahl ist …«

***

Viertes Kapitel

Am Nachmittag, wenn Alfred seinen Handwagen nicht mehr für das Gepäck der Gäste benötigte, war es Tines Aufgabe, die Wäsche der Pension Wagner hinüberzubringen in die Reinigung der Familie Küppers. Jeden Tag bekamen die Gäste frische Handtücher, alle drei Tage wurde die Bettwäsche erneuert. Bei vollem Haus bedeutete das täglich zwei bis drei Fuhren Wäsche, die eingeweicht, gekocht, mit der Hand geruffelt und schließlich gewrungen werden musste. Manches musste anschließend noch durch die Mangel. Nicht selten war so viel zu erledigen, dass Tine Frau Küppers und ihren Töchtern zur Hand ging, etwa in dem sie noch mehrere Eimer Wasser aus der Zisterne holte, wofür der Leiterwagen gute Dienste tat. Es war eine schwere Arbeit, die die Küppers leisteten, Tine kannte sie gut. Manchmal, wenn sie die Wäscherei verließ und mit der frischen Wäsche vom Vortag wieder zurück zur Pension marschierte, dachte sie an ihre Mutter, die sich Tag um Tag und Jahr um Jahr die Hände runzlig schrubbte und deren völlig ausgetrocknete Haut an den Unterarmen rot und rissig war. Tine war überzeugt, dass Fritzi der Mutter durchaus hätte helfen können, denn ihre Schwester mochte vielleicht einfältig sein, aber sie war nicht so dumm, wie alle dachten! Doch Tine hatte nie darauf gedrängt. Letztlich war sie froh, wenn Fritzi diese schwere Arbeit nicht tat. Nicht tun musste.

Zurück in der Pension schichtete Tine die frischen Handtücher und Bettlaken in die Wäschekammer, dann brachte sie den Wagen wieder zum Vorratskeller. Ein Blick auf die Uhr in der Küche zeigte ihr, dass es bald Zeit wäre, den Tee vorzubereiten. Die Engländer würden demnächst von der Düne zurückkehren.

Im Salon saßen zwei deutsche Herren bei Kognak und etwas Gebäck beisammen. Zwischen ihnen stand ein Schachbrett, das sie aber nicht mehr beachteten. Stattdessen waren sie in eine heftige Diskussion vertieft. Einer der beiden zog eine Zigarre aus einem Etui und war schon im Begriff, sie anzuzünden, als Alfred ihn diskret darauf hinwies, dass für den Genuss von Tabakwaren das Raucherzimmer vorgesehen sei. »Gut«, sagte der Mann und wedelte unwirsch mit der Hand, als wollte er Alfred wie eine lästige Fliege verscheuchen. »Dann gehen wir eben hinüber.«

»Sehr wohl, mein Herr. Darf ich Ihnen noch etwas bringen?«

»Bringen Sie uns einfach die Flasche.« Er gab seinem Gesprächspartner ein Zeichen, sich ihm anzuschließen, dann schritten die Herren hinüber, ohne weiter auf Alfred zu achten. Der drehte sich um und entdeckte Tine in der Tür stehen. »Du hast es gehört? Bring ihnen bitte die Flasche Kognak, die wir in der Küche stehen haben. Sie ist noch ungefähr zur Hälfte gefüllt.«

Tine nickte und tat, wie ihr geheißen. Als sie das Raucherzimmer betrat, umgaben bereits dichte Rauchschwaden den Tisch der beiden Herren, die sie als Geschäftsleute aus Lübeck und aus Schwerin kannte. »Das werden sie niemals!«, rief der Schweriner empört.

»Und wie sie das werden!«, hielt der Lübecker dagegen. »Ich wette um ein Diner in der Überseegesellschaft.«

»Pah, ich wette nicht.«

»Dann nicht. Sie werden es trotzdem tun.«

»Und wann erwarten Sie diese Wahnsinnstat?« Der Schweriner griff nach seinem Glas und hielt es Tine hin, die es füllte, bis er nickte.

»Schneller, als Sie glauben, mein Lieber. Es ist eine strategische Frage.«

»Ach was, strategisch. Wozu sollte sich das Empire noch eine weitere Kolonie in Afrika einverleiben? Der halbe Kontinent gehört der britischen Krone!«

»Eben. Aber die Lage, mein Lieber. Die Lage!«

»Auf der anderen Seite von Afrika«, sagte der. »Weitab von allem, was bedeutend ist. Man braucht die Insel nicht als Zwischenstation für irgendeine Mission, egal welche.«

»Das sehe ich anders«, erklärte der Lübecker und hob nun seinerseits sein Glas zu Tine, die beflissen einschenkte. »Sansibar ist erstens reich an Rohstoffen, es liegt zweitens strategisch günstig gen Arabien. Drittens ist es sehr wohl eine Station auf der Strecke nach Indien …«

»Viel zu weit nördlich«, warf der Schweriner ein. Doch der Lübecker zuckte die Achseln, ließ sich in seinem Sessel zurücksinken und hob das Glas: »Und weitaus größer als dieses winzige Fleckchen Erde hier ist die Insel auch! Cheers!« Er stürzte den Kognak und stellte sein Glas mit einem Knall auf den Tisch, dass Tine erschrak, weil sie dachte, es müsste zerbrechen. »Geben Sie her. Wir bedienen uns selbst.« Sie stellte die Flasche auf den Tisch und knickste. Im Hinausgehen hörte sie noch, wie der Schweriner sagte: »Die Briten werden Helgoland nie aufgeben. Sie werden es nicht gegen Sansibar tauschen und auch nicht gegen irgendein anderes Land. Diese Insel hier ist ein Schmuckstück – und sie liegt strategisch so wertvoll vor den Toren des Deutschen Reichs, dass sie von allen guten Geistern verlassen wären, wenn sie auf eine solche Position verzichteten.«

»Und doch werden sie es tun, mein Lieber. Und doch werden sie es tun.«

Helgoland eintauschen? »Hast du davon schon gehört, Alfred«, fragte Tine den Hausdiener, als sie ihn etwas später in der Vorratskammer antraf.

»Gerede«, antwortete er missmutig. Etwas schien ihn zu bedrücken. »Aber wer weiß, vielleicht machen sie's ja eines Tages.«

»Aber das wäre doch völlig unvernünftig!« Tine schüttelte heftig den Kopf. »Ich kann mir das nicht vorstellen.«

Alfred seufzte. Mit nachdenklichen Augen blickte er sie an. »In der Politik passiert ständig Unvernünftiges. Hättest du dir vorstellen können, dass Frankreich Preußen den Krieg erklärt?«

»Na ja …« Das war vor Tines Zeit gewesen, und sie kannte die Geschichte nur aus Erzählungen. Der Vater hatte gelegentlich darüber gesprochen. »Immerhin sind wir so zum Kaiserreich geworden«, sagte sie.

»Eben«, beschied Alfred. »Das konnten die Franzosen ja wohl nicht wollen. Und all die Reparationszahlungen auch nicht.«

Bestürzt musste Tine einsehen, wie wenig sie von der Welt verstand und wie wenig sie über die Politik wusste. »Ich fände es jedenfalls gut, wenn sich nichts verändern würde.«

Alfred nickte. »Das fänden vermutlich auch die meisten Helgoländer. Aber falls es doch so kommt, dass die Insel deutsch wird, dann werden sie auch damit zurechtkommen. Es gab schon so viele verschiedene Herren über die Jahrhunderte, da kommt es auf einen mehr oder weniger auch nicht an.«

Auf dem Weg zurück ins Haus wurde Tine von Frau Wagner abgepasst. »Ins Kontor, bitte«, sagte die alte Dame und ging vor.

Tine folgte ihr mit bangem Gefühl. *Was habe ich jetzt schon wieder angestellt?*, fragte sie sich. Nichts war zu Bruch gegangen. Es hatte keine verfänglichen Situationen mit Alfred oder irgendeinem anderen Mann gegeben, glaubte sie jedenfalls. Selbst Hedi war geradezu freundlich zu ihr gewesen in den letzten ein, zwei Tagen. Oder war das nur eine Falle gewesen? Hatte das Zimmermädchen etwas gegen Tine ausgeheckt?

»Nimm Platz.«

Tine setzte sich ganz vorne auf die Kante des Stuhls neben Frau Wagners Schreibtisch und wartete mit pochendem Herzen. Die alte Dame schlug ihr Dienstbuch auf und machte sich eine Notiz, dann wandte sie sich an das »Mädchen für alles«.

»Nun«, sagte sie. »Du hast in den drei Wochen, die du inzwischen hier bist, schnell gelernt. Wenn ich mir überlege, was du alles nicht konntest und inzwischen ganz passabel erledigst und beherrschst, sollte ich Lehrgeld von dir nehmen.« Tine hätte beinahe aufgeschrien, so erschrocken war sie über diesen Gedanken. *Lehrgeld?* Ich muss *zahlen*, um hier arbeiten zu dürfen? Frau Wagner blinzelte sie amüsiert durch ihre Brille an. »Das scheint dir nicht ganz passend, was?« Sie lachte leise. »Nun gut, ich will dich nicht ärgern, Tine Tiedkens. Du hast deine Sache nicht immer gut gemacht, aber meist dann doch zu meiner Zufriedenheit. Und du wirst mit jedem Tag besser und zuverlässiger, das muss ich dir lassen. Deshalb wird es Zeit, dass du auch einen gerechten Lohn für deine Arbeit bekommst.«

Tine hielt den Atem an. In ihren Ohren sauste es, sie musste sich konzentrieren, um überhaupt etwas zu hören. »… es nicht ganz korrekt, wenn du jetzt schon den gleichen Betrag bekämst wie Hedi, die ja viel länger da ist«, hörte sie die alte Dame sagen. »Aber fürs Erste scheint mir ein Lohn von zwei Shilling die Woche angemessen.« Ein fragender Blick, ein Zögern. »Nun?«

Tine schluckte. »Sie wissen es besser als ich«, sagte sie. »Ich will gerne zufrieden sein mit dem, was Sie mir geben.«

»Gut. Dann ist das also abgemacht. Für die nächste Zeit erhältst du am Ende jeder Woche zwei Shilling. Wenn ich sehe, dass du in allem gleichwertige Arbeit leistest wie Hedi, erhöhe ich deinen Lohn auf drei Shillinge. Du bleibst aber Mädchen für alles.« Und als wäre Tine gar nicht anwesend, murmelte die alte Dame zu sich selbst: »Sonst habe ich nur Ärger mit der Zicke.« Sie nickte Tine zu, die sich eilig entfernte und mit weichen Knien Richtung Küche ging, um sich nützlich zu machen. *Geld*, dachte sie. *Ich verdiene nun richtiges Geld. Nicht nur ein paar Pfennige oder Pence Trinkgeld, die mir ein Gast ab und an zusteckt, sondern echten Lohn. Zusätzlich zur freien Wohnung, meinem gemütlichen Bett, dem guten Essen von Frau Paulsen und der Sicherheit, jeden Morgen zu wissen, was mein Tag bringen wird.* Und sie fühlte sich wie der glücklichste Mensch auf Erden.

***

Frau Paulsen schickte Tine nun öfter zum Einkaufen. Das Mädchen hatte sie gelegentlich begleitet, um die Körbe zu tragen. Inzwischen wusste es, wo es welche Dinge zu besorgen hatte, und war bei den Händlerinnen und Händlern eingeführt als rechte Hand der Köchin. Man würde ihr also keine minderwertige Ware unterschieben und sie auch nicht mehr bezahlen lassen als angemessen.

Besonders gerne ging Tine in die Obst- und Gemüsehandlung Freriksen nahe beim Hafen. Frau Freriksen erinnerte sie an Frau Paulsen. Auch sie war eine ebenso fröhliche wie resolute Frau, die zwar freundlich, aber bestimmt war. Immer wieder lernte Tine in dem kleinen Laden neue Früchte kennen: Mal waren es rote Weintrauben, die sie noch nie gekostet hatte, mal rote Früchte, die mehr als einen Namen hatten. »Die einen nennen sie Paradiesäpfel«, erklärte Frau Freriksen. »Die anderen sagen Tomate.«

»Tomate«, wiederholte Tine und betrachtete staunend die rotglänzenden Gewächse. »Paradiesäpfel klingt wundervoll.«

»Sie schmecken auch wundervoll!«, erklärte die Gemüsehändlerin. »Allerdings nicht jedem.« Sie zwinkerte Tine zu. »Ein halbes Pfund das Pfund«, ergänzte sie. Und als sie Tines erschrockenen Gesichtsausdruck sah, meinte sie: »Pass auf, ich lass dich mal eine probieren, dann kannst du Frau Paulsen fragen, ob ihr nicht mal Tomaten kaufen wollt.« Sie griff nach einem Messer und schnitt eine der geheimnisvollen Früchte mitten durch. Eine Hälfte reichte sie dem Mädchen, die andere nahm sie selber und biss mit dem Lächeln der Vorfreude hinein.

Tine knickste und tat es ihr gleich. »Danke«, sagte sie, nachdem sie das Stückchen hinuntergeschluckt hatte. Dann beeilte sie sich, den Laden zu verlassen. Allerdings schlug sie nicht den direkten Weg zurück zur Pension ein, sondern hielt an einer schattigen Ecke an und betrachtete die Frucht in ihrer Hand. Selten hatte sie etwas gegessen, das so scheußlich schmeckte. Sie wusste gar nicht, wie sie den Geschmack hätte beschreiben sollen. Wenn man sich das Ding so ansah, dann erwartete man, dass es süß und saftig war. Aber es war nur saftig. Eigentlich eher glibberig. Nein, so etwas würde sie garantiert nie wieder essen. Unauffällig ließ Tine die restliche Tomate in eine Ritze neben einer Hauswand fallen. Dann machte sie sich wieder auf den Weg. Sie hatte Blumenkohl gekauft, neue Kartoffeln, Lauch, Zwiebeln, Karotten, Bohnen und einige Salatköpfe. Alfreds Leiterwagen tat ihr gute Dienste. Aber sie musste sich beeilen. Denn an diesem Tag waren zwar keine Gäste abgereist, es würden aber am frühen Nachmittag neue Gäste eintreffen, wenn der Dampfer aus Cuxhaven einlief. Frau Paulsen brauchte außerdem die Ware, um mit den Vorbereitungen für das Abendessen beginnen zu können. Tine würde ihr mit Kartoffelschälen und Karottenputzen helfen, das war immer ihre Aufgabe.

In Gedanken betrachtete sie die Boote, die Richtung Düne ablegten. Die Strandgäste hatten leichte Kleider an und trugen fröhliche Strohhüte, selbst die Herren. Tine mochte diese Art, sich zu kleiden. Die Menschen sahen so unbeschwert aus. Manchmal träumte sie davon, sich auch einen eleganten Sommerhut zu kaufen und ein leichtes Kleid aus Baumwolle, wie es die vornehmen Damen trugen. Manchmal, wenn sie alleine im Haushaltsraum stand und Kleider der Gäste aufbügelte, hielt sie sich eines davon vor die Brust und betrachtete sich im Spiegel. Ob sie jemals ein solches Kleid ihr Eigen nennen würde? Eine Möwe kreischte über ihr. Tine blickte hinauf. Die Sonne blendete, sodass der Vogel kaum zu sehen war. In dem Moment kreuzte ein Mann ihren Weg, oder vielmehr lief sie einem Herrn in den Weg, der mit kleinem Gefolge vom Kurhaus her zu den Landungsbrücken unterwegs war. Ein Stolpern, ein erschrockener Aufschrei: Beinahe wäre sie gestürzt. Doch der Herr hatte sie geistesgegenwärtig an den Armen gepackt und festgehalten. Als Tine, geblendet von der Sonne, wieder etwas sehen konnte, erkannte sie, wer sie gerettet hatte: der Inselkommandant! »Oh … I'm sorry«, stotterte Tine.

Der Gouverneur aber, Sir Terence O'Brian, ein eleganter Mann in mittleren Jahren, im feinsten Tuch, den Kneifer auf der Nase und mit mächtigem Backenbart, lachte und wandte sich mit einigen Worten an seine beiden Begleiter, deren erschrockene Mienen ihn erst recht zu amüsieren schienen. Verlegen richtete Tine sich auf und knickste, den Blick zu Boden gerichtet. »And … thank you«, flüsterte sie.

»You're welcome, Miss!«, rief der Gouverneur und bedachte sie mit einem wohlwollenden Blick. Dann hob er seinen Hut auf, der zu Boden gefallen war, und setzte ihn sich wieder auf den Kopf, nur um ihn noch einmal kurz anzuheben und Tine zuzunicken. »Have a nice day«, sagte er. Und einmal mehr bedauerte Tine es zutiefst, dass sie diese schöne, fremde Sprache nicht beherrschte, sondern kaum ein paar Worte zu sagen vermochte. »Thank you«, wiederholte sie, knickste abermals und ergänzte zur Sicherheit: »I'm sorry.«

Der Gouverneur aber hatte sich schon abgewandt und steuerte mit seinen Begleitern ein Café nahe dem Theater an, wo er sich an mehreren Tagen der Woche niederzulassen und seine Erfrischung zu genießen pflegte. Überhaupt war es seit jeher üblich, dass die englischen Gouverneure öfter einen Spaziergang über die Insel machten. Sie waren beliebt auf Helgoland, weil sie Interesse zeigten, sich aber im Übrigen kaum einmischten. Das Gouverneursgebäude lag auf dem Oberland oberhalb des Südstrands und damit ein wenig abseits. Auch das schätzten die Halunder. Denn auch wenn es ihnen im Grunde gleich war, wessen Flagge auf der Insel wehte, nichts lag ihnen ferner, als *beherrscht* zu werden. Sie betrachteten den Gouverneur der britischen Krone ebenso als Gast, wie sie womöglich dereinst den Vertreter des deutschen Kaisers als Gast betrachten würden.

Ein wenig hatte Tine bei dem Zusammenstoß mit Sir Terence sich den Fuß verstaucht, weswegen sie leicht humpelnd in der Pension eintraf.

»Alles in Ordnung mit dir?«, fragte ein besorgter Alfred.

»Ja, Alfred, danke.«

»Kannst du denn bedienen? Ich muss nämlich bald runter und die Gäste von der Landungsbrücke holen.«

»Gewiss. Das klappt schon. Geh nur.« Gemeinsam schafften sie einen Teil der Einkäufe in die Küche und den Rest in die Vorratskammer, dann machte der Hausdiener sich auf Richtung Waalhörn und dann zum Anleger, während Tine sich ihre Schürze umband und – den Schmerz in ihrem Knöchel ignorierend – in den Salon eilte, wo bereits einige Gäste warteten.

Zu ihrer Überraschung saß auch Herr Heesters an einem der Tische. Er hatte sich eine Zeitung genommen und machte nicht den Eindruck, als erwartete er noch jemanden. »Guten Tag, Herr Heesters«, grüßte Tine ihn, bemüht, sich ihre Verblüffung nicht anmerken zu lassen.

»Guten Tag. Ich hätte gerne eine Tasse Tee mit Milch und Zucker.«

»Gerne, mein Herr«, erwiderte Tine. »Darf ich Ihnen unseren Darjeeling empfehlen?«

Herr Heesters nickte. Er schien sich schon wieder in die Zeitung vertiefen zu wollen, doch dann fiel ihm ein: »Haben Sie Kuchen?«

»Gewiss, mein Herr. Unsere Köchin hat heute frischen Kirschkuchen gebacken. Außerdem gibt es Käsekuchen.«

»Der aber nicht frisch ist«, stellte Herr Heesters mit spöttischem Gesichtsausdruck fest. Tine schenkte ihm unbeirrt ein Lächeln und erklärte: »Er ist von gestern. Wenn Sie mir die Bemerkung aber erlauben, Herr Heesters, er schmeckt am zweiten Tag immer noch etwas besser als am ersten.«

»Tatsächlich. Nun, so bringen Sie mir ein Stück von beiden.«

»Sehr wohl, mein Herr.« Tine machte ihren kleinen Knicks und entfernte sich, um wenig später mit dem Kuchen wieder zurück zu sein. »Ich habe mir erlaubt, Ihnen die beiden Stücke auf zwei Tellern zu bringen«, erklärte sie. »Falls Sie zum Kirschkuchen etwas Sahne wünschen …« Doch der Hotelier schüttelte den Kopf. »Und der Tee?«, fragte er.

»Zieht bereits, mein Herr. Ich habe die Sanduhr gestellt.« Denn in der Tat war es eines von Alfreds Geheimnissen der Teezubereitung, dass er die Blätter nur für eine ganz bestimmte Zeit in der Kanne ziehen ließ: gerade so lange, wie eine kleine Eieruhr, die er in der Küche stehen hatte, brauchte, um abzulaufen. »Ich bringe ihn in einer Minute.« Heesters schien kurz zu überlegen, dann nickte er und widmete sich wieder den Meldungen der Presse.

Als der Hotelier einige Zeit später ging, ließ er ein kleines Trinkgeld für Tine an seinem Platz liegen: zehn Pfennige. *Deutsches Geld*, dachte Tine, *fast als wüsste er, dass ich alles für meine Familie in Hamburg spare.* Sie räumte das Geschirr weg, nahm vergnügt zur Kenntnis, dass er beide Teller leergegessen hatte. Auch der Tee war getrunken. Offenbar hatte der Konkurrent von Frau Wagner nichts an Frau Paulsens Künsten auszusetzen gehabt – und auch nichts an Tines Bedienung. Die Pensionswirtin war an diesem Tag nicht da gewesen. Was sie wohl zu dem Besuch gesagt hätte?

* * *

An diesem Abend waren die Arbeiten schon früh erledigt, was auch daran lag, dass die Kamine nicht mehr geschürt werden mussten: Die Temperaturen waren auf beinahe dreißig Grad gestiegen und würden auch nachts nicht weit unter zwanzig Grad fallen. In der Dachkammer war es heiß und stickig. Tine öffnete das Fenster weit und blickte hinaus auf die See, über der die Sterne leuchteten. Sie beschloss, noch einmal nach draußen zu gehen. Es war üblich, dass man an lauen Sommerabenden noch einen Spaziergang am Strand machte, auf den Bänken beim Kurhaus saß oder über die Landungsbrücke schlenderte.

Tatsächlich waren noch zahlreiche Menschen unterwegs, natürlich vor allem Besucher der Insel. Sie schritten plaudernd die Promenade entlang oder standen oben am Falm und betrachteten ehrfurchtsvoll den Mond, der seinen Schimmer über die Wellen breitete. Auch Tine hielt staunend inne und blickte auf das Naturschauspiel. Ringsherum glitzerten die Lichter der Gasthäuser in der Nacht. Manches Liebespaar wagte es im Dämmerlicht der jungen Nacht, Arm in Arm zu gehen, wohl wissend, dass niemand sich zu so später Stunde darüber mokieren würde.

Spontan beschloss Tine, ein Glas Limonade in einem der Lokale am Hafen zu trinken. Eines der Gasthäuser hatte sogar noch die Tische und Stühle draußen, sodass sie sich dorthin setzen und den Menschen zusehen konnte, die vorbeischlenderten. Die zehn Pence, die sie für das Getränk zahlen musste, wollte sie gerne für diesen schönen Abend ausgeben. »Darf ich mich zu Ihnen setzen?«, fragte unvermittelt ein junger Bursche, der ebenfalls mit einem Getränk auf die Terrasse getreten war.

»Bitte«, erwiderte Tine. »Es ist ja genügend Platz.«

Aber obwohl genügend Platz vorhanden war, setzte sich der Unbekannte direkt neben sie. »Ein schöner Abend«, sagte er nach einer kleinen Weile.

»Ja.« Tine kam sich seltsam vor, so allein mit einem jungen Mann an einem Tisch. »Sehr schön.«

Wieder vergingen ein paar Augenblicke. Tine betrachtete den Unbekannten aus den Augenwinkeln. Er trug einfache, aber ordentliche Kleider. Vielleicht war er ein Handwerker, vielleicht ein Hafenarbeiter. Ein Fischer war er sicher nicht, das hätte sie gerochen. Denn die Fischer mochten so sauber sein, wie sie wollten, den Fischgeruch bekamen sie nicht weg. »Sind Sie als Gast auf der Insel?«, fing er erneut an.

»Ich arbeite hier«, sagte Tine. »Ich komme aus Hamburg.«

»Ach. Hamburg, ja, da war ich schon. Schöne Stadt.«

»Na ja.«

»Finden Sie nicht?«

»Es kommt darauf an, wo man sich dort umsieht.«

»Da haben Sie recht«, lachte der junge Bursche. »Ins Gängeviertel braucht man nicht unbedingt gehen!« Er grinste sie an, doch seine Miene wurde sogleich wieder ernst, als er ihren Gesichtsausdruck sah. »Oh«, murmelte er. »Ich wollte nicht … also ich wollte nicht …«

»Schon gut«, sagte Tine und musste lächeln. »So schlimm ist das nicht. Ich muss es wissen.« Sie nahm einen Schluck von ihrer Limonade. »Und Sie?«

»Bitte?«

»Sind Sie von hier?«

»Ja. In achter Generation.«

»Erstaunlich«, sagte Tine.

»Erstaunlich? Warum erstaunlich?« Der junge Mann hatte seinen Bierkrug schon gehoben, nun hielt er inne.

»Erstaunlich, dass man so etwas weiß«, sagte Tine.

»So etwas?«

»Nun, dass Sie seit acht Generationen an einem Ort lebten. Ich wüsste nicht einmal, ob meine Großeltern eigentlich aus Hamburg stammen.«

»Ach«, erklärte der Unbekannte. »Ich finde, so wichtig ist das nicht. Diese ganze Sache mit den alten Familien … Für manch einen ist das sehr wichtig hier auf der Insel. Aber im Grunde ist doch jede Familie alt, nicht wahr?« Er leerte seinen Krug. »Nur dass die einen es aufgeschrieben haben und die anderen nicht. Aber letztlich ist die Familie der Queen nicht älter als Ihre. Oder meine.«

Tine nickte. So hatte sie es noch nie betrachtet. »Da haben Sie recht«, sagte sie. »Die hatten nur mehr Glück.«

Zurück in der Pension lief Tine dem Hausdiener in die Arme. »So spät noch draußen?«, fragte Alfred halb amüsiert, halb entrüstet.

»Nur ein kleiner Spaziergang«, erwiderte sie. »Es ist so ein schöner Abend.«

»Hm«, machte Alfred, als wollte er ihr nur nicht widersprechen. »Ach«, fiel ihm dann ein. »Das hier hat jemand für dich abgegeben.« Er reichte ihr einen kleinen Umschlag, der fest zugeklebt war.

»Für mich?« Wer sollte ihr denn hier einen Brief schreiben? Seltsam. »Danke.« Sie steckte den Umschlag in ihre Tasche und machte sich auf den Weg in die Kammer. Doch dann hielt sie noch auf der Treppe inne: Lieber wollte sie ihn nicht in Gegenwart von Hedi öffnen, zumal sie keine Ahnung hatte, was es sein könnte. Neugierig riss sie das Papier auf und zog einen Zettel heraus:

Ich erwarte Sie am kommenden Sonntag um 11.00 Uhr in meinem Büro. Gez. H.

Gez. H.? Es war klar, dass das nur bedeuten konnte: Gezeichnet Heesters. Sonntag, das war Tines freier Tag. Wusste der Hotelier das? Oder war es Zufall? Wie konnte er sie in sein Büro bestellen? Wie sah das denn aus, wenn sie als kleine Angestellte der Pension Wagner bei einem der renommierten Hoteliers der Insel vorstellig wurde? Tine war hin- und hergerissen.

In dieser Nacht konnte Tine nicht schlafen. Immer wieder ging ihr das Gespräch mit dem Hotelier durch den Kopf. *Ich arbeite in der Pension Wagner.*

Ach! Nun, wenn das die bessere Wahl ist …

War es denn die bessere Wahl? Gab es überhaupt eine Wahl für Tine? Die Pension Wagner war das Haus, in dem man ihr Arbeit gegeben hatte, nachdem ihr im Hotel Heesters die Tür gewiesen worden war. Es war das Haus, in das Frau Thevessen sie empfohlen hatte. Frau Thevessen, die ihr ein Obdach gewährt hatte, als Tine ohne Hoffnung, ohne Plan und ohne Geld gewesen war. Die Pension Wagner war das Haus, in dem Alfred und Frau Paulsen arbeiteten, von denen sie so viel gelernt hatte. Und ja, auch Hedi, über die sich nicht viel Gutes sagen ließ, außer dass sie ihre Arbeit gut machte – sofern sie sie nicht Tine erledigen ließ. Alles das lag Tine längst am Herzen, wie sie nun erkannte. Die kleine Pension am Nordstrand war der erste Ort, an dem Tine regelmäßig in einem richtigen Bett geschlafen und etwas zu essen bekommen hatte. Er war tausendmal besser als alles, was in Hamburg ihr Leben ausgemacht hatte. Und doch …

Hätte Herr Heesters sie nicht eingeladen, sie säße heute noch am Hamburger Hafen und verkaufte für ein paar Pfennige Blümchen, sie litte heute noch jeden Tag Hunger und müsste mit ansehen, wie ihr Vater betrunken nach Hause kam und die Mutter schlug oder sich heulend auf sein Lager warf. War es richtig gewesen, an jenem Morgen, nachdem sie wieder etwas Ordentliches zum Anziehen gehabt und sich sauber gemacht hatte, nicht noch einmal zum Hotel Heesters zu gehen und sich vorzustellen? War es nicht undankbar gewesen, stattdessen eine Stelle in der Pension Wagner anzutreten? Wie immer sie es drehte und wendete, Tine hatte ein schlechtes Gewissen –

entweder gegenüber der Pensionswirtin, die sie in der höchsten Not aufgenommen und ihr Arbeit und Unterkunft gegeben hatte, oder gegenüber Herrn Heesters, der ihr ihre Möglichkeiten aufgezeigt und sie eingeladen hatte, bei ihm zu arbeiten, als sie noch nichts von Helgoland wusste – und von der Pension Wagner schon gar nichts.

Und dann war da noch der Glanz, den das Hotel Heesters ausstrahlte. Es war nicht eines der ganz großen Häuser der Insel. Unter den vornehmen Hotels gehörte es eher in die zweite Reihe. Und doch war es wesentlich eleganter als die Pension Wagner. Auch gab es dort viel mehr Personal, das war schon daran ersichtlich, dass man Hausdienern des Hotels, Dienst- und Zimmermädchen überall auf der Insel über den Weg lief. Sie alle sahen dabei adrett und aufgeräumt aus. Vermutlich verdienten sie auch mehr als ein »Mädchen für alles« in einem kleinen Gästehaus, jedenfalls würden sie sicher sehr viel mehr Trinkgeld bekommen.

So drehten sich in Tines Kopf die Gedanken, und sie fand kein Ende in ihren Überlegungen, bis sie – schon im Morgengrauen – doch noch in einen kurzen traumlosen Schlaf fiel.

* * *

Diesmal verpasste sie die Messe nicht. Voller Dankbarkeit und Inbrunst betete Tine für sich selbst, vor allem aber für ihre Familie im fernen Hamburg. Am Vortag hatte sie all ihre Ersparnisse in einen festen Umschlag gepackt und ein paar ungelenke Zeilen dazu geschrieben:

Liebe Mutter! Auf Helgoland geht es mir gut. Ich hoffe,
Euch bald wiederzusehen. Meinen Lohn findest Du anbei.
Sage allen meine Grüße. Deine Tochter Tine

Dann hatte sie Alfred gebeten, die Adresse von Meister Herzfeld auf den Umschlag zu schreiben, weil seine Handschrift um ein Vielfaches schöner war als ihre, und den Brief zur Post gebracht, wohl wissend, dass er noch am Sonnabend mit der *Bombay* gen Hamburg reisen würde. Lange hatte sie dem Schiff hinterhergeblickt.

Und nun saß sie auf einer der hintersten Kirchenbänke und lauschte den Worten des Pastors, der, als er sie entdeckte, ein klein wenig nickte. Tine nickte zurück und legte kurz die Hand auf ihr Herz, um ihm zu zeigen, wie dankbar sie ihm und seiner Frau war.

In seiner Predigt bat der Pastor auch um Gottes Segen für die geliebte Queen Victoria und das gesamte Empire. Aber auch für den deutschen Kaiser und den Frieden in dem jungen Reich betete der Geistliche, was Tine erstaunte. »Der Herr wird uns manche Prüfung auferlegen«, rief Pastor Thevessen. »Es sind große und kleine Prüfungen. Wir können sie mit Gottvertrauen und dem rechten Glauben alle bestehen. Manche Veränderung wird kommen, nicht immer wird ein jeder zu den Gewinnern dieser Veränderungen gehören. Aber in der Gemeinschaft werden wir Sicherheit finden und das Beste aus unserem Schicksal machen …«

Tine hörte nur mit halbem Ohr hin, nachdem sie in einer der vorderen Bänke Herrn Heesters entdeckt hatte. Er saß in der ersten Reihe, der Platz neben ihm aber war leer. Wem er wohl gehörte? Doch eigentlich seiner Frau, nahm Tine an. Die aber war offensichtlich nicht hier.

Manche Veränderung wird kommen, dachte Tine. Ja, das könnte wohl geschehen. Sie trug den Brief von Herrn Heesters in ihrer Tasche. *Ich erwarte Sie am kommenden Sonntag um 11.00 Uhr in meinem Büro.*

Das hieß, dass er nach dem Gottesdienst in sein Hotel zurückgehen und dort auf sie warten würde. Und Tine hatte sich entschieden zu kommen. Zumindest anhören wollte sie, was er zu sagen hatte. Und dann würde sie entscheiden, was zu tun wäre.

Also lenkte sie ihre Schritte nach der Messe rasch hinüber zum Falm und lief die Treppe hinab zum Unterland. Sie musste unbedingt schneller als Frau Wagner sein, damit sie nicht sah, wie sie das Hotel Heesters betrat. Das Hotel lag in erster Reihe am Südstrand. *Beste Lage*, ging es Tine durch den Kopf. Das Theater lag nur zwei Gebäude weiter, vom Eingang blickte man auf die Landungsbrücke, und auch zum Kurhaus waren es nur ein paar Schritte. Nur zwei Hotels hatten eine noch prächtigere Position.

Hastig lief Tine die Treppen zur Terrasse hoch, doch dann hielt sie inne, drehte wieder um und suchte den Eingang für Lieferanten und Personal auf, der, wie sie wusste, am Hinterhaus lag. Überrascht stand plötzlich ein Hotelboy vor ihr, ein Junge vielleicht in Fritzis Alter, gekleidet in eine hübsche kleine rote Uniform. »Das ist der Eingang für das Personal«, sagte er.

»Ich weiß«, erwiderte Tine. »Es war mir peinlich, vorne reinzugehen. Ich bin selbst … Zimmermädchen«, flunkerte sie ein klein wenig. »In der Pension Wagner«, fuhr sie fort, als sie den misstrauischen Blick des Jungen sah. Der aber schien zufrieden und fragte: »Und wo willst du hin?«

»Zu Herrn Heesters.«

Da war er wieder, der misstrauische Blick. Tine lächelte und griff in ihre Tasche. Sie hielt ihm den Brief unter die Nase, ohne dass klar wurde, ob er ihn überhaupt lesen konnte. »Na gut«, sagte er. »Ich bring dich hin. Er wird aber noch nicht da sein.«

»Ich weiß. Er war in der Kirche.«

Ohne das zu kommentieren, lief der Junge, dessen strohblondes Haar unter einer schwarzen Kappe herauslugte, vor ihr her, bis sie in der Hotelhalle angelangt waren. Staunend stellte Tine fest, wie viel größer der Empfang hier war als in der Pension Wagner. Auf der anderen Seite des Raumes öffnete der Hotelboy eine glänzend polierte Tür und hieß Tine eintreten. »Bitte sehr«, sagte er. »Er ist bestimmt gleich zurück.«

Und so war es auch. Während Tine gerade in die Betrachtung eines wundervoll bis ins kleinste Detail nachgebildeten Segelschiffs vertieft war, ging die Tür erneut auf, und Herr Heesters betrat den Raum. »Schön, dass Sie meine Einladung angenommen haben«, sagte er, ohne sich mit einem Gruß aufzuhalten. Er nahm den Hut vom Kopf, der in demselben feinen Grau gefertigt war wie sein Anzug und die Weste, an der eine goldene Kette auf die Taschenuhr verwies, die er zweifellos eben konsultiert hatte, um zu prüfen, wie pünktlich Tine gewesen war. Überpünktlich, so viel stand fest. Denn auf der Standuhr in der Ecke von Herrn Heesters' Büro sah Tine, dass es noch einige Minuten vor der verabredeten Zeit war.

»Sie dürfen sich setzen.« Heesters deutete auf den Stuhl, der seinem Schreibtisch gegenüberstand. Einmal mehr saß Tine vor dem Inhaber eines Gästehauses. Und einmal mehr spürte sie, wie ihr Herz heftig schlug. »Gut«, sagte er dann. »Lassen Sie mich Folgendes zuerst klarstellen: Frau Wagner führt ein ordentliches Haus, und nichts liegt mir ferner, als ihr die Mitarbeiter abzuwerben.«

In Tines Hals bildete sich ein Kloß.

»Offensichtlich haben unglückliche Umstände dazu geführt, dass Sie bei Ihrer Ankunft auf der Insel nicht zu mir vorgelassen wurden. Ich habe unsere Hausdame, Frau Radtke, um Erklärung gebeten, sie konnte sich aber kaum noch daran erinnern, sondern erzählte mir nur von einem verlausten, verdreckten Gör, das vor einiger Zeit nach mir gefragt habe. Nun …« Heesters legte die Spitzen seiner Finger aneinander und betrachtete Tine. Ein feines Lächeln umspielte seine Lippen. »Ich kann mir nicht gut vorstellen, dass sie Sie gemeint hat, Fräulein …«

»Tine«, sagte sie. »Tine Tiedkens.«

»Fräulein Tine«, vollendete Heesters seinen Satz, und sein Lächeln wurde eher breiter. »Denn so wie es aussieht, haben Sie eine sehr passable Erscheinung und wissen sich auch zu benehmen. Davon konnte ich mir neulich ein Bild machen, als ich in der Pension Wagner zu Gast war.« Er seufzte. Das Lächeln war verschwunden. »Dennoch …«

Als Tine wenig später durch den Dienstbotenausgang das Hotel wieder verließ, wusste sie, dass sie sich an diesen Tag ihr Leben lang erinnern würde. Denn es war ein Tag, an dem sie eine weitreichende Entscheidung hatte fällen müssen. Sie hoffte inständig, die richtige getroffen zu haben.

***

Wie eine Fremde fühlte sie sich plötzlich in den doch eigentlich vertrauten Wänden der Pension Wagner. Sie war die Einzige, die wusste, dass ihre Zeit hier zu Ende ging. Morgen würde sie Frau Wagner um ein Gespräch bitten und ihr mitteilen, dass sie das Haus verlassen würde. Übermorgen schon würde sie ihre neue Stelle im Hotel Heesters antreten, als Serviermädchen. Sie würde Englisch lernen und mehr als doppelt so viel verdienen wie in der Pension Wagner. So viel, dass sogar dann für sie selbst etwas bliebe, wenn sie den größten Teil nach Hamburg schickte.

Aber es war Tine klar, dass Frau Wagner zutiefst gekränkt sein und sich ausgenutzt fühlen würde. Denn schließlich war sie es gewesen, die Tine aus der Not geholfen hatte. Dennoch würde sie auch – wenn auch vielleicht nur heimlich – ein klein wenig Verständnis für Tine aufbringen. Wie oft bekam man schon die Gelegenheit, von einem eher einfachen Gästehaus in eines der ersten Häuser am Platz zu wechseln. Wenn Tine diese Gelegenheit jetzt nicht wahrnahm, so würde niemand dafür einstehen können, dass es noch ein zweites Mal eine vergleichbare gab.

Mit unendlich schlechtem Gewissen plagte sich Tine durch den Tag und wälzte sich einmal mehr in ihrem Bett. Selbst Hedi, die sonst immer schlief wie ein Stein, beschwerte sich: »Kannst du bitte endlich ruhig sein da drüben? So kann kein Mensch schlafen. Wir haben morgen einen harten Tag vor uns.« Das hatten sie immer. Jeder Tag war hart, aber jeder Tag war in Tines Augen auch gut. Buchstäblich jeder Tag, den sie in diesem Haus verbracht hatte, war gut gewesen – um vieles besser als alle Tage, derer sie sich in Hamburg erinnern konnte. »Ich versuche es ja«, murmelte sie und drehte sich zur Wand, nur um sich wenige Augenblicke später wieder auf den Rücken zu drehen und dann auf den Bauch. Hedi stöhnte auf und warf sich ihrerseits im Bett herum. Doch irgendwann begann sie dann doch zu schnarchen, und zumindest in der Hinsicht brauchte sich Tine nicht mehr zu grämen.

Die Morgenstunden, lange vor dem Wecken, verbrachte Tine am offenen Fenster. Sie beobachtete, wie sich der Himmel langsam rötlich und dann immer heller färbte, lauschte auf die Wellen, die ganz nah an das Ufer platschten. Wie fast immer, so wehte auch an diesem Tag ein kräftiger Wind über die Insel. Irgendwo knatterte eine Flagge an ihrem Mast.

Zum ersten Mal seit längerem fiel Tine beim Bedienen im Frühstücksraum einmal wieder etwas herunter und zerbarst auf dem steinernen Boden. Mehrmals musste Hedi Anweisungen wiederholen, und oft war Tine fahrig und unkonzentriert, sodass selbst Frau Paulsen sich wunderte und sie irgendwann beiseitenahm: »Was ist denn los, Mädchen? Tu dir selbst einen Gefallen und reiß dich zusammen.«

Tine nickte tapfer und gab sich Mühe. So verstrich der Vormittag. Am Mittag wollte sie Frau Wagner sprechen, doch die Pensionswirtin war zu Besorgungen außer Haus. Als sie sie später zurückkehren sah, warteten andere Aufgaben: Neue Gäste waren eingetroffen, und während Alfred sich um das Gepäck kümmerte, war es an Tine, sich um die Sonderwünsche der Neuankömmlinge zu kümmern. Die Dame aus Kopenhagen, die Zimmer vier zugeteilt bekommen hatte, wünschte kleinere Kopfkissen, die Familie aus Frankfurt ließ sich einen Imbiss auf die Suite bringen, der Gentleman aus Newcastle brauchte Schreibzeug und bequeme Pantoffeln, die Tine rasch aus dem nächstgelegenen Schuhgeschäft holen musste. So gingen auch die frühen Nachmittagsstunden hin, bis Tine erneut vor dem Kontor stand und schon die Hand zum Klopfen heben wollte, als Alfred sagte: »Übrigens habe ich einen Brief für dich mit der Post gebracht.«

Er reichte ihr einen schmalen Umschlag, auf den mit zittrigen Buchstaben *Christine Tiedkens, Haus Wagner, Helgoland* geschrieben stand und als Absender: *Gerda Tiedkens, Hamburg.*

Überrascht nahm Tine den Brief und trat einen Schritt beiseite, um ihn zu lesen. Es fiel ihr nicht leicht, die ungeübte Handschrift der großen Schwester zu entziffern. Doch das war nicht der eigentliche Grund, weshalb Tine den Inhalt nicht zu begreifen vermochte. Nachdem sie eine Weile auf das Papier gestarrt hatte, wandte sie sich an Alfred. »Kannst … kannst du ihn mir vorlesen?«

Der Hausdiener nahm den Zettel zur Hand und las, was Gerda Tiedkens ihrer jüngeren Schwester geschrieben hatte. Dann ließ er den Brief sinken und blickte betroffen auf Tine. »Es tut mir unendlich leid«, flüsterte er, ehe er einen Arm um sie legte, tröstlich und hilflos zugleich.

***

Als Tine auf dem Schiff stand und auf die Insel blickte, war ihr so schwer ums Herz, dass sie die Tränen nicht halten konnte. Alfred hatte sie zum Steg gebracht. Diesmal war sie als ganz normale Passagierin zuerst auf dem Börteboot gefahren und würde nun auf dem Dampfer reisen, wenn auch dritter Klasse. Sie hatte sich ihren Wochenlohn von Frau Wagner auszahlen lassen, obwohl sie erst zwei Tage gearbeitet hatte, seit die Pensionswirtin ihr überhaupt einen Lohn zugesprochen hatte. Es fühlte sich so unwirklich an: Gestern noch schien es, als hätte sich ihr die ganze Welt aufgetan, als wäre alles möglich, ja als hätte Tine das Glück gepachtet! Und heute war alles verloren, durch einen unachtsamen Schritt in Hamburg zu Fall gebracht worden.

Liebe Tine!
Ich schreibe Dir, weil der Herr unsern lieben Vater zu sich gerufen hat. Es war ein Unfall. Er ist vom Kei gestürzt und von einem Kutter an der Hafenmauer erdrükt worden.
Man konte ihm nicht mehr helfen. Die Beerdigung findet am Mittwoch stat.
Grüße
Gerda

Es war schrecklich, sich vorzustellen, wie der Vater zu Tode gekommen war. Es war schrecklich, sich vorzustellen, wie sehr vor allem Fritzi unter der Nachricht leiden musste. Am Schrecklichsten war für Tine aber, dass sie trotzdem auch eine Art Erleichterung verspürte, gegen die sie sich nicht wehren konnte. Denn auch wenn es eine schreckliche Tragödie und auch wenn der Vater noch zu jung gewesen war, so war er doch als Krüppel und mit seiner Trunksucht eine quälende Belastung für die Mutter gewesen. Je jähzorniger und gewalttätiger er geworden war, umso mehr war die Mutter verwelkt, war zur alten Frau geworden, weit vor der Zeit. Das Leben ohne ihn würde leichter für sie sein, auch wenn die Arbeit sie weiterhin niederdrücken würde.

Auf der Landungsbrücke entdeckte Tine den Hausdiener Alfred. Sie winkte ihm zu, und er winkte zurück. »Mein Beileid«, sagte eine Stimme neben ihr. Als sie hinblickte, stand da der junge Mann, der sich neulich abends zu ihr an den Tisch gesetzt hatte.

»Sie wissen?«

Er seufzte. »Ist eine kleine Insel«, sagte er.

»Aber außer Alfred und Hedi weiß es eigentlich niemand. Frau Wagner natürlich …« Sie schwieg.

»Alfred«, erklärte er. »Er hat es mir erzählt.

»Oh.« Sie deutete zum Pier hinüber. »Dort steht er.«

Der junge Mann nickte. »Ja.«

Noch einmal winkte Tine dem Hausdiener zu. Auch der junge Mann neben ihr winkte. Und Alfred hob zum Gruß noch einmal seine Mütze. Er wandte sich ab und verließ den Steg. Doch dann blieb er noch einmal stehen und wartete, bis sich das Schiff in Bewegung setzte. Tief und mächtig tönte das Nebelhorn. An Deck hatten sich viele Reisende gesammelt, um noch einen Blick auf die Insel zu werfen. Helgoland. Ein Fels, nach dem sich viele sehnten, den viele besuchten und auf dem doch so wenige zu Hause waren. In dem Moment wusste Tine nicht, wo ihr Zuhause war. Hier? In Hamburg? Was die Zukunft bringen mochte … »Wer weiß«, sagte der junge Mann neben ihr. »Wer weiß.« Als hätte er ihre Gedanken gelesen.

***

III.

Zeit der Verantwortung

Hamburg und Helgoland 1887

Erstes Kapitel

Als Tine endlich auf dem Friedhof von St. Pauli eingetroffen war, hatte sich die kleine Trauergemeinde gerade aufgelöst. Ihre Mutter war im Begriff, mit den Geschwistern nach Hause zu gehen, der Pfarrer eilte zum nächsten Begräbnis, einige wenige alte Gefährten des Vaters, die vergeblich auf einen Leichenschmaus gehofft hatten und sonst wohl nicht gekommen wären, standen unschlüssig in der Nähe des offenen Grabs und wussten augenscheinlich nicht, wohin mit sich selbst.

»Das Fräulein aus Helgoland«, sagte Jolante spitz, als sie Tine den gekiesten Weg entlangkommen sah. Wie alle anderen auch war die zweitälteste Schwester in ihre ganz normale Alltagskleidung gewandet. Für so etwas wie Trauerkleider fehlten der Familie Tiedkens die Mittel. Lediglich die Mutter hatte sich einen schwarzen Schal über Kopf und Schultern gelegt. Sie hatte schon zu viele Beerdigungen, Trauerfeiern und Totenwachen besuchen müssen, um auf ein solches Kleidungsstück verzichten zu können. Nicht zuletzt hatte sie schon ein halbes Dutzend Säuglinge zu Grabe tragen müssen, die ihr noch im Kindbett oder wenig später verstorben oder gar tot zur Welt gekommen waren. »Mutter«, sagte Tine und fasste ihre rechte mit beiden Händen, führte sie an ihre Wange und benetzte sie mit ihren Tränen.

Almut Tiedkens hatte keine Tränen mehr. Sie stand starr und mit unbewegtem Gesicht. Ihr Blick aber lag mit einer Mischung aus Trauer und Groll auf der Tochter, die aus der Ferne heimgekehrt war. »Und?«, fragte sie. »Wat willst du nu hier?«

Verstört sah Tine auf. »Ich … ich will Abschied nehmen von Vater.« Es schnürte ihr das Herz zu, dass die Mutter in den Monaten von Tines Abwesenheit so gealtert war. Aber vielleicht war es auch nur, dass sie vergessen hatte, wie alt die Frau längst aussah, die ihr das Leben geschenkt hatte, dass sie sie in Erinnerung hatte als die junge Frau, die sie in Tines Kindheit gewesen war.

»Er liegt schon unter der Erde«, sagte die Mutter bitter und deutete mit dem Kinn zum Grab hin, auf das in dem Moment zwei Totengräber zutraten. Tine nickte und gab den Männern ein Zeichen. »Einen Augenblick noch«, sagte sie. »Bitte.« Dann stellte sie sich an die Grube und blickte hinab. Der Vater lag in einer einfachen Holzkiste, man konnte sie kaum einen Sarg nennen. An einer Stelle waren die Bretter so nachlässig zusammengenagelt, dass man fast hindurchsehen konnte. Ein Stich fuhr Tine ins Herz. Wie grausam das Leben war – und wie grausam der Tod. Hatte ihr Vater jemals eine glückliche Zeit gehabt? War seine Kindheit glücklich gewesen, seine Jugend? Solange Tine sich erinnerte, hatte Wilhelm Tiedkens es schwer gehabt, zuletzt so schwer, dass er am Leben zerbrochen war. Sie hatte lange darüber nachgedacht auf der Fahrt von Helgoland zurück nach Hamburg. Und sie war sich nicht sicher, ob der Tod dieses Mannes wirklich ein Unfall gewesen war. Gewiss, er mochte getrunken haben. Aber womöglich hatte er sich nur Mut angetrunken, das zu tun, was er als das Beste wähnte: dieses Leben zu verlassen, um an einem anderen Ort ein besseres zu finden.

Mit zitternden Händen nahm Tine die Blumen aus ihrer Tasche, die sie am Hafen von einem Blumenmädchen gekauft hatte – einem Mädchen, das genau auf jenem Platz saß, an dem Tine selbst immer wieder gesessen hatte –, und warf sie hinab auf das rohe Holz, unter dem der Körper ihres Vaters zurückkehren würde in den ewigen Kreislauf der Dinge. »Auf Wiedersehen, Vater«, flüsterte sie. Und sie hoffte, dass es ein Wiedersehen in einer besseren Welt sein würde, in der jede Seele ihr Glück fand. »Ich werde … ich werde dich in Erinnerung halten.« Das würde sie: als den Mann, der früher fröhlich sein konnte, auch wenn die Zeiten hart waren. Als den Mann, der mit ihr und den anderen Geschwistern am Abend Scherze gemacht und der zu der Mutter zärtlich gewesen war und ihr Komplimente gemacht hatte. Als den Mann, der er gewesen war, ehe er sein Bein und all seinen Lebensmut verloren hatte und zu dem verbitterten, bösen Trunkenbold geworden war, als der er nun sein Leben beendet hatte. Aber all das sagte sie nicht. Und sie dachte es nur in einem Teil ihres Herzens. Dann betete sie stumm, während die Totengräber von einem Bein aufs andere traten und sich überdeutlich anmerken ließen, dass es Zeit war, zum Ende zu kommen, damit sie endlich ihre Arbeit tun konnten.

Als Tine sich umwandte, waren alle schon gegangen. Alle außer Fritzi. Tine rief nach ihr und legte ihr den Arm um die Schultern »Wie geht es dir?« »Gut«, antwortete sie und schniefte. Tine drückte sie fest an sich, und Fritzi schlang beide Arme um ihre Taille. So liefen sie eng aneinandergepresst über den Gottesacker und den ganzen Weg zur Wohnung der Familie.

Mutter hatte einen Kuchen gebacken, zum ersten Mal seit langer, langer Zeit. Der Duft des Gebäcks verdrängte den Geruch von Armut und spendete den Kindern von Wilhelm Tiedkens für eine kurze Zeit Trost. Auch wenn der Vater seit seinem Unfall kaum noch Geld mit nach Hause gebracht, dafür aber immer wieder das wenige, was die Familie besaß, ins Wirtshaus getragen hatte, verloren sich nun alle in dem Gefühl, ganz allein auf der Welt zu sein. Zehn Geschwister und ihre Mutter. Der Vater würde nie wieder durch diese Tür kommen. Als erwarteten sie ihn dennoch, blickten alle immer wieder zu der schmalen Öffnung hin. Schweigend aßen sie den Kuchen. Es blieb genau ein Stück übrig, und jeder von ihnen dachte: Das ist Vaters Stück. Und niemand mochte danach greifen. Schließlich packte die Mutter es weg, dann machte sie sich wieder an die Arbeit, wie jeden Tag. Als wäre nichts gewesen.

»Mutter?«, fragte Tine, die zu ihr an den Herd trat. »Kann ich dir helfen?«

Die Mutter schnaubte abschätzig. »Nu bist du hier. Und wozu? Willst du wieder bleiben? Haben sie dich rausgeworfen, deine feinen Hoteliers im feinen Helgoland?«

»Aber Mutter! Ich wollte doch zu Vaters Begräbnis kommen!«

»Wärst besser arbeiten gegangen, Mädchen! Davon wird dein Vater auch nicht mehr lebendig, dass du hierherkommst und dich durchfüttern lässt.« Durchfüttern. Tine war tief getroffen. Alles Geld, das sie verdient hatte, hatte sie nach Hause geschickt und kein Wort des Dankes bekommen. Stattdessen schienen alle von ihr abgerückt zu sein, als hätte sie eine ansteckende Krankheit. Alle außer Fritzi. Die kleinere Schwester hing buchstäblich an Tines Rockzipfel. Erst jetzt wurde Tine bewusst, wie sehr Fritzi sie vermisst haben musste. In einer Familie wie dieser, in der jeder jeden Tag Angst vor dem nächsten Tag hat und alle ständig ums Nötigste kämpfen, gab es nicht viel Mitgefühl. Dafür gab es Neid und Missgunst. Entweder weil man wie Tine nach Höherem strebte oder weil man wie Fritzi praktisch nichts zum Auskommen der Familie beitrug. Natürlich litt die Schwester. Mehr, als Tine es sich vorgestellt hatte, das wurde ihr nun klar, und es belastete ihr Herz noch mehr.

»Wollen wir ein wenig spazieren gehen?«, fragte Tine die kleinere Schwester, nachdem sie sich ihr Lager wieder neben ihr eingerichtet hatte. Fritzi machte große, leuchtende Augen und nickte. »Ja. Spazieren!«

Tine nahm sie an der Hand und ging mit ihr hinunter zu Meister Herzfeld, der eben einem Seemann zwei faule Zähne gezogen hatte. Die ganze Baderstube stank noch nach den verfaulten Knochen. Doch Meister Herzfeld strahlte, als er die verlorene Tochter eintreten sah: »Tine! Dass du mal wieder hier auftauchst!« Doch dann wurde ihm der Anlass klar, und er blickte zu Boden. »Entschuldige. Natürlich, ich weiß. Mein Beileid. Ich wäre gekommen, wenn mich nicht ein paar Notfälle abgehalten hätten.«

»Danke, Meister Herzfeld«, entgegnete Tine. »Ich wollte auf der Beerdigung nicht fehlen. Aber das Schiff war nicht rechtzeitig da. Der Pfarrer war schon fertig.«

Der Bader zuckte die Achseln. »Er wird nicht viel gesagt haben. Diese Armenbegräbnisse sind eine schnelle Angelegenheit. Ein paar allgemeine Floskeln, ein kurzes Gebet und dann …« Er unterbrach sich, schüttelte über sich selbst den Kopf. »Du musst es mir nachsehen, Mädchen. Die Arbeit hier macht einen zynisch.«

Auch wenn Tine das Wort nicht kannte, wusste sie, was er meinte. So war das Leben im Gängeviertel: Man verlor sein Mitgefühl, man tat sich schwer damit. Wer litt, war nicht sonderlich mitfühlend, sobald es andere betraf. »Das macht nichts, Meister Herzfeld. Ich weiß, was Sie meinen. Manche Dinge sind nun einmal, wie sie sind. Manches kann man nicht ändern.«

»Da hast du recht, Tine. Aber du möchtest ja etwas ändern!« Der Bader hieß sie, sich hinzusetzen. Also nahm Tine Platz, und Fritzi drückte sich eng an sie und ließ ihre Hand nicht los.

»Nun erzähl doch mal, wie das so ist auf Helgoland.« Er sprach den Namen der Insel aus, als spräche er über den britischen Königshof oder ein feines Restaurant am Jungfernstieg.

»Also zuerst einmal«, sagte Tine, »ist die Insel wunderschön. Sie ist ganz rot, ich meine: Der Fels ist ganz rot, mit weißen Häusern und viel Grün. Es gibt dort unglaublich viele Vögel. Und im Grunde ist es auch nicht nur *eine* Insel, sondern es sind zwei. Eine große, hohe und eine ganz kleine, flache, bei der man denkt, sie könnte jederzeit von einer hohen Welle mitgenommen werden. Dorthin lassen sich die Gäste zum Baden bringen. Und bei uns, also auf der Hauptinsel, da wohnen sie in schönen Hotels und Pensionen. Die Zimmer werden jeden Tag sauber gemacht, die Betten zweimal die Woche frisch überzogen. Federbetten sind das! Und sie trinken Tee und Kaffee zu jeder Mahlzeit und manchmal auch dazwischen …«

So erzählte Tine all ihre Erinnerungen an die Insel. Sie berichtete vom Gouverneur, den sie einmal beinahe umgerannt hätte, und vom Pfarrhaus, in dem sie die erste Nacht verbracht hatte. Die Überfahrt im Maschinenraum verschwieg sie, doch von ihren zahlreichen Malheurs mit Porzellan und Glas erzählte sie freimütig, und Meister Herzfeld lachte schallend, sodass auch Fritzi ein ums andere Mal lachen musste. So kam es, dass die Schwester ausgerechnet am Tag der Beerdigung ihres Vaters so fröhlich war wie seit sehr langer Zeit nicht mehr.

Erst als es bereits Abend wurde, machten sich die Schwestern auf, um endlich ihren Spaziergang zu unternehmen. Zum Hafen hin gingen sie, standen auf den Mauern und blickten zur Wiederkehr, zu den großen Lastkähnen, zu den gewaltigen Kränen und zu den Fregatten, die am anderen Elbufer lagen. Hafenarbeiter waren damit beschäftigt, Taue zu flicken und letzte Waren auf die Wagen der Hafenbahn zu verladen. Und ohne sich dessen wirklich bewusst zu sein, hielt Tine Ausschau nach Peer, ob er nicht irgendwo zu sehen war. Doch das war er nicht.

Stattdessen entdeckte Tine ihre große Schwester Jolante, die mit einem Mann auf der Seite der Speicherstadt vor einem Haus stand und redete – und dann irgendwann verschwunden war, ebenso wie der Mann.

Nachdenklich schlenderte Tine mit ihrer Schwester zurück nach Hause. Vielleicht hatte die Mutter recht, vielleicht hätte sie wirklich nicht kommen sollen. Ihr Vater war tot, er würde nicht wieder lebendig, wenn sie am Grab stand, und er hatte auch nichts davon. Das Abschiednehmen, war es nicht letztlich ein Ritual für die Hinterbliebenen? War sie nicht im Grunde für sich selbst zurück nach Hamburg gekommen? Weil es dann vielleicht weniger schwerfiel, abzuschließen mit der Erinnerung an ihren Vater, wie er einst und wie er zuletzt gewesen war? Und weil es dann leichter fiel zu akzeptieren, dass sie nunmehr Halbwaise war?

»Ich hab Hunger«, sagte Fritzi und riss Tine aus ihren Gedanken.

»Aber ja, Fritzi, natürlich. Du hast Hunger. Ich auch.« Ein wenig Geld würde Tine ausgeben, für sich und ihre Schwester, damit Fritzi wenigstens an diesem Tag nicht hungern musste. Denn es war klar, dass der ständige Hunger schon morgen wieder zu Gast sein würde bei der Familie Tiedkens – ein Gast, der sich nie verabschiedete.

Sie kamen an einer Garküche vorbei, an der sich ein paar Hafenarbeiter angestellt hatten, und reihten sich ein. Es duftete nach gebratenem Fisch, den man hier mit einer Scheibe Graubrot bekam. Tine kaufte für sie beide, und dann setzten sie sich an ein Fleet und aßen schweigend, Schulter an Schulter. »Gut«, murmelte Fritzi, und sie wiederholte es mehrmals.

»Ja«, seufzte Tine. Wie sollte sie ihrer Schwester nur klarmachen, dass sie beschlossen hatte, schon morgen wieder zurück nach Helgoland zu fahren? Sie wusste, dass sie Fritzi schon einmal das Herz gebrochen hatte mit ihrer heimlichen Abreise. Auch wenn sie es ihr diesmal sagte, würde ihr das Herz erneut brechen. Also entschied sie sich, auch diesmal heimlich abzureisen. So würde Fritzis Glück, die größere Schwester wieder bei sich zu haben und Zeit mit ihr zu verbringen, wenigstens bis zum Morgen anhalten, wenn sie entdeckte, dass Tine wieder weg war.

Als am späten Abend endlich alle schliefen, packte Tine leise ihre Sachen wieder, um die Wohnung ohne Aufheben im Morgengrauen zu verlassen. Sie würde gehen, wenn noch alle schliefen. Mit Fritzis Hand auf ihrer Brust lag Tine lange wach und lauschte auf die Geräusche des Gängeviertels, die so ganz anders waren als die von Helgoland. Sie mochte kurz eingenickt sein, doch ihre innere Uhr war seit so langer Zeit auf die früheste Morgenstunde eingestellt, dass sie erwachte, als die erste zarte Morgenröte aufschimmerte.

So leise wie möglich schlüpfte sie unter der Decke hervor und zog sich an. Sie nahm ihre Tasche und beugte sich noch einmal über Fritzi, um ihr einen Kuss zu geben. Doch die Schwester schlief nicht. Stattdessen blickte sie sie mit ihren großen, dunklen Augen an und flüsterte: »Nicht.«

»Was nicht?«, fragte Tine, doch sie wusste, was Fritzi meinte. Im Dämmerlicht konnte sie die glitzernden Augen ihrer Schwester erkennen.

»Nicht gehen.«

»Fritzi, ich muss. Ich gehöre nicht mehr hierher.«

»Aber du magst mich doch?«

»Ich mag dich, Fritzi, das weißt du.«

»Ich mag dich auch.« Ein Wortwechsel, den sie so oft schon geführt hatten. Tine spürte, wie ihr Herz eng wurde. Sie nickte. »Ich weiß.« Fritzi blickte sie an, aber sie ließ nicht los. Im Gegenteil, sie hielt Tines Ärmel krampfhaft fest. »Mitkommen«, flüsterte sie schließlich.

»Das geht nicht, Fritzi. Ich kann dich nicht mitnehmen.«

»Ich will mitkommen.« In den Augen der kleineren Schwester konnte Tine lesen, dass sie ihren Entschluss gefasst hatte. Sie wollte nicht hier bei den anderen bleiben, sondern mit ihr kommen. Und auch wenn sie keine Ahnung hatte, wie das gehen sollte, spürte Tine, dass das Schicksal ihr in diesem Moment keine Wahl ließ: Wenn sie gehen wollte, würde sie Fritzi mitnehmen müssen. So unmöglich es war, mit Fritzi ihr Glück zu machen, so unmöglich war es, ohne sie zu gehen.

* * *

Anders als bei ihren ersten Überfahrten herrschte diesmal schwere See, als Tine sich mit Fritzi auf den Weg nach Helgoland machte. Auf der Elbe war es noch ruhig. Fritzi bewunderte Blankenese und Glückstadt, sie staunte, wie riesengroß der Fluss wurde! Als eine Möwe sich auf die Reling setzte, jauchzte die kleinere Schwester vor Glück. Doch schon vor Cuxhaven wurde es ungemütlich an Bord. Und als sie in die offene Elbmündung hinausfuhren, begann das Schiff heftig zu rollen. Beiden Schwestern wurde übel, und sie mussten die weitere Reise trotz Regens an Deck verbringen, weil sie nichts mehr bei sich behalten konnten. »Soso, zwei Fräuleins beim Fischefüttern!«, rief ein Matrose, der vorbeikam lachend und zwinkerte ihnen zu. Doch nach Lachen war Tine und Fritzi nicht zumute.

Als endlich die Insel in Sicht kam, bemerkten sie es erst gar nicht, so elend fühlten sie sich. Doch mit dem Anblick von Helgoland schien sich alle Seekrankheit mit einem Mal zu verflüchtigen! Kaum hatte Tine den roten Felsen erblickt, vergaß sie, wie schlecht ihr war. »Schau nur, Fritzi!«, rief sie und deutete nach vorne, wo sich ein schmaler rötlicher Streifen im Trüben abzeichnete. »Helgoland!«

Auch Fritzi schien es mit jeder Meile, die sie zurücklegten, deutlich besser zu gehen. Und auch der Himmel klarte auf. Wenig später drangen gar einige Sonnenstrahlen durch die Wolkendecke und erleuchteten die Insel, dass sie aussah wie ein Bild eines Kirchenfensters: funkelnd und bunt inmitten einer düsteren Umgebung. »Schön«, flüsterte sie und schien ihre Seekrankheit ebenfalls völlig vergessen zu haben.

»Ja«, sagte Tine. »Das ist unsere Insel.«

»Unsere?«

»Deine und meine, Fritzi. Hier werden wir leben.« Und das hoffte sie auch. Dass sie hierbleiben konnten. Dass sie ihr Leben hier verbringen und ihr Glück finden würden.

»Schön«, sagte Fritzi und schwieg anschließend, bis sie von Bord gingen.

Das Übersetzen mit dem Börteboot machte der Schwester ein wenig Angst, doch sie hielt sich einfach ganz fest an Tines Arm und stand auch diesen letzten Teil der Strecke tapfer durch. Dann endlich standen sie auf der Landungsbrücke, festen Boden unter den Füßen und mit roten Wangen.

Kurz zögerte Tine, überlegte zur Pension Wagner zu gehen. Doch dann fasste sie sich ein Herz und marschierte mit Fritzi an der Hand Richtung Theater. Das Hotel Heesters hatte wie andere Häuser am Südstrand die Flaggen rausgehängt – offenbar weil das Vereinigte Königreich einen Feiertag beging. Immer wieder musste Tine ihre Schwester zum Weitergehen drängen, weil Fritzi staunend stehen blieb. »Mach mal den Mund zu«, raunte sie ihr zu, als sie endlich vor dem Hotel angelangt waren. Und Fritzi schloss den Mund und riss die Augen nur umso weiter auf.

Diesmal gingen sie durch den Vordereingang und traten an den Empfang. Frau Radtke stand an der Theke, und es gelang ihr, obwohl sie etwas kleiner war, auf Tine herabzusehen. »Ja, bitte?«

»Guten Tag«, grüßte Tine. »Mein Name ist Tine Tiedkens. Ich möchte gerne Herrn Heesters sprechen.«

»Wir haben Sie vor drei Tagen erwartet, Fräulein Tiedkens«, erklärte die Hausdame, ohne sich vom Fleck zu rühren.

»Ich weiß. Leider ist mir etwas dazwischengekommen.«

»Und nun haben Sie sich entschieden, den Gästeeingang zu benutzen und doch noch bei uns vorbeizuschauen?«

Tine holte schon Luft, um ihr etwas zu entgegnen, doch Frau Radtke schnitt ihr mit einer knappen Handbewegung das Wort ab und erklärte: »Ich gebe Herrn Heesters Bescheid.«

»Danke.«

Während die Hausdame sich entfernte, blickten die Schwestern sich in der Hotelhalle um, in der gemütliche Sessel auf feinen Teppichen standen und ein prächtiger Blumenstrauß den Empfang zierte. *Edelrosen*, dachte Tine. *Englische Rosen. Es muss einen Blumenladen auf der Insel geben.* Den hatte sie noch gar nicht entdeckt.

Frau Radtke ließ die Schwestern lange warten. Als sie schließlich zurückkam, blickte sie Tine nicht einmal an. »Ich darf Sie bitten, den Hinterausgang zu benutzen«, sagte sie nur.

»Den … Hinterausgang?«

»Ja. Wir erwarten, dass Sie uns nicht mehr belästigen.«

»Belästigen? Aber …«

»Vielen Dank für Ihren Besuch«, sagte die Hausdame knapp und widmete sich demonstrativ dem Gästebuch.

Zutiefst beschämt nahm Tine ihre Schwester wieder an der Hand und zog sie mit sich. Draußen empfing sie ein Regenguss. Als machte der Himmel sich über sie lustig. Verzweifelt überlegte Tine, was nun zu tun sei. Es war kindisch gewesen zu glauben, sie könnte einfach tun, als wäre nichts geschehen. Sie hatte ja auch gar nicht Bescheid gegeben im Hotel Heesters, dass sie wegen eines Trauerfalls … und selbst wenn … Sie hatte ja nicht einmal gewusst, ob sie noch einmal zurückkehren würde auf die Insel. Und nun, da sie da war, hatte sie ihre Schwester bei sich und …

Für Herrn Heesters musste es natürlich aussehen, als wäre sie einfach nicht gekommen. Tine fand nicht den Mut, noch einmal zu insistieren. Zu kalt hatte die Hausdame sie abserviert, zu aussichtslos erschien ihr ihre Situation angesichts der Tatsache, dass sie nun auch noch mit einem geistig zurückgebliebenen Mädchen unterwegs war. Wohl oder übel musste sie zurück in die Pension Wagner – und sie war heidenfroh, dass sie abgereist war, ohne zu kündigen.

* * *

Wie ganz anders war der Empfang in der Pension Wagner! Alfred war überrumpelt, weil er Tine nicht erwartet hatte: »Ich wäre doch gekommen und hätte dir mit dem Gepäck geholfen!«, sagte er.

»Gepäck? Ich hab doch nur diese Tasche«, erwiderte Tine und lachte erleichtert. »Ich bin froh, wieder hier zu sein.«

»Du hast ganz schön gefehlt«, erklärte der Hausdiener. »Sogar Hedi hat gestöhnt.« Er schmunzelte. »Na ja, *vor allem* Hedi.«

»Ist Frau Wagner hier?«

»Im Kontor.«

Die Tür zu Frau Wagners Büro stand offen. Tine klopfte an und räusperte sich. »Oh! Herein!«, rief die Pensionswirtin, als sie sah, wer es war. Doch dann hob sie die Augenbrauen. »Und du bist?«, fragte sie, als sie Frederike erblickte.

»Meine Schwester«, erklärte Tine und machte einen Knicks.

»Aha. Und du hast sie mitgebracht, weil …«

»Weil … ich … sie … also wir …« Plötzlich wurde Tine bewusst, wie schwierig die Lage tatsächlich war. Sollte Fritzi hier arbeiten? Aber was? Und wo sollte sie unterkommen? In Hamburg, ja, da hatten sie sich ein Nachtlager geteilt. Aber sie konnte Fritzi nicht gut hier in ihrer Kammer in ihrem Bett schlafen lassen, während nebenan Hedi lag. Andererseits … »Ich hoffe, dass ich etwas für Fritzi finden kann.«

»Finden«, wiederholte Frau Wagner und musterte die Schwester mit kritischem Blick. »Kann sie nicht selber sprechen? Wie heißt du?«

»Fritzi«, sagte Fritzi.

»So. Und was kannst du?« Fritzi schwieg. Was sollte sie auch antworten. »Kochen«, sagte sie, als schon niemand mehr erwartete, dass sie antwortete.

»Kochen?«

»Wäsche kochen.«

»Hm.« Frau Wagners Blick wanderte von Fritzi zu Tine und zurück. »Und auf dem Waschbrett ruffeln und wringen und mangeln?«

»Mangeln?« Das kannte Fritzi nicht. »Ich weiß nicht …«

Die Pensionswirtin verdrehte die Augen. »Deine Schwester ist einfältig wie eine Kuh«, sagte sie. »Ich wüsste nicht, wie sie hier arbeiten sollte.« Als sie Tines betroffenen Blick bemerkte, seufzte sie. »Sie kann eine Nacht hierbleiben und mit euch essen. Aber dann musst du etwas für sie suchen, sonst haben wir ein Problem.«

Tine nickte tapfer. »Danke, Frau Wagner«, sagte sie leise. Und ihre Schwester echote: »Danke, Frau.«

Die Pensionswirtin schüttelte den Kopf und beugte sich wieder über ihre Arbeit. Tine aber zeigte Fritzi das Haus und zog sich dann um, damit sie im Salon und später im Speisesaal helfen konnte, während die Schwester sich in die Küche zu Frau Paulsen setzte und wartete.

* * *

Es gab einen Ort auf der Insel, von dem Tine wusste, dass dort das Gute zu Hause war: das Pfarrhaus der Thevessens. Es war schon spät, als sie mit Fritzi die lange Treppe zum Oberland hinaufstieg und dann die Kirchstraße entlang zur Pastorei lief. Eigentlich gehörte es sich nicht, so spät noch an eine Tür zu klopfen. Doch morgen würde die Arbeit so früh wieder beginnen, dass keine Zeit war, vorher zu Thevessens zu gehen.

Die Pfarrersfrau war erstaunt, aber trotz der vorgerückten Stunde sichtlich erfreut, Tine zu sehen. »Du bist wieder hier! Wir haben von deinem Verlust gehört. Komm herein, Tine. Wen hast du uns denn da mitgebracht?«, fragte sie, als hätte sie den ganzen Tag noch kein Wort gesprochen.

»Guten Abend, Frau Thevessen«, grüßte Tine und schob ihre Schwester vor sich her ins Pfarrhaus. »Danke, dass wir eintreten dürfen.«

Der Pastor saß an seinem Platz in der Küche und las in einem Buch. »Guten Abend, die Damen!«, grüßte er freundlich. »Und mein Beileid, Tine. Wir haben es schon gehört.«

»Danke, Herr Pastor. Das ist sehr liebenswürdig.«

»Er ist jetzt an einem besseren Ort«, erklärte der Pfarrer mit einem Lächeln.

»Das ist er«, sagte Tine, und sie wusste, dass es die Wahrheit war, womöglich wusste sie es gar noch besser als der Pastor.

»Was verschafft uns denn die Ehre zu so später Stunde?«, wollte der Geistliche wissen, während seine Frau bereits zum Kessel griff, um Wasser für eine Kanne Tee aufzusetzen.

Tine seufzte. »Es geht um meine Schwester. Fritzi.« Auf ein Zeichen des Pastors hin setzten sich die beiden auf die Bank an der Wand. »Wir … also ich …« Sie biss sich auf die Lippen. Den ganzen Abend über hatte sie sich die Worte zurechtgelegt, aber jetzt fand sie sie nicht wieder.

»Deine Schwester ist mit dir gekommen«, half der Pastor nach.

»Ja. Sie wollte nicht alleine in Hamburg bleiben.«

»Ihr habt sonst keine Familie?«

»Doch«, erklärte Tine. »Das schon. Aber niemand mag sich um Fritzi kümmern.« Nun wusste sie, was sie sagen würde. Nämlich die ganze schlichte Wahrheit. »Meine … unsere Familie ist arm. Was ich bei Frau Wagner verdiene, schicke ich nach Hause. Aber das reicht nicht für alle. Wir sind … wir sind zehn Geschwister. Da bleibt nichts übrig.«

»Und jetzt ist auch noch dein Vater gestorben«, sagte der Pastor mitfühlend.

»Er hat nichts verdient oder jedenfalls fast nichts. Weil er nur ein Bein hatte. Ein Unfall.«

»Ja, ich erinnere mich, du hattest es uns erzählt.« Der Pastor legte sein Buch beiseite. »Und nun hast du dich entschieden, deine Schwester mit dir zu nehmen, damit sie nicht weiter in Armut leben muss. Weil du hier genug für zwei verdienst?«

Tine nickte. »Na ja, so ungefähr. Ich muss … Ich möchte mein Geld weiterhin nach Hause schicken. Die anderen müssen ja auch irgendwie leben. Und ich habe ja alles, was ich brauche. Ein Bett. Und etwas zu essen …«

Der Pastor legte seine Brille ab und betrachtete die beiden nächtlichen Besucherinnen. »Du hast ein gutes Herz, Tine Tiedkens«, sagte er. »Aber du kannst nicht allein alles Elend der Welt lindern.«

»Nein«, flüsterte Tine. »Ich … ich kann nicht einmal für uns zwei sorgen.« Eine Träne fiel ihr aus dem Augenwinkel. »Ich dachte … also, Frau Wagner, sie … Ich kann Fritzi nicht in der Pension …« Weiter kam sie nicht. Schluchzend schlug sie die Hände vors Gesicht. Bis jetzt hatte sie die Kraft aufgebracht, alles zu erdulden, alles zu schlucken, hatte sie Hoffnung gehabt und Mut. Aber nun, im Kreise dieser Menschen, von denen sie wusste, dass sie ihr nur Gutes wollten, konnte sie ihre Enttäuschung und ihre unendliche Traurigkeit nicht mehr für sich behalten. Fritzi blickte sie erstaunt an und legte dann liebevoll den Arm um sie, Frau Thevessen tat von der anderen Seite das Gleiche. Der Pastor aber stand auf und kam zu ihr, nahm ihre Hand in die seine und erklärte: »Sei nicht verzweifelt, Tine. Hat dir der Herr nicht schon einmal geholfen auf unserer kleinen Insel? Glaub mir, der Herr blickt mit Freude auf dich. Er will dir nur wohl, und er wird dir wieder helfen.«

Doch Tine war untröstlich. So einfach war das alles nicht. Glauben – und alles wurde wieder gut, das gab es nur im Märchen. Oder in der Kirche.

Und bei Thevessens, wie sich herausstellte. Denn der Pastor

fragte plötzlich seine Frau: »Brauchst du nicht schon lange Hilfe beim Putzen?«

»Stimmt!«, rief Frau Thevessen, als fiele es ihr erst jetzt auf. »Und mit den Betten.«

»Beim Anzügebürsten.«

»Und natürlich im Pfarrgarten«, ergänzte die Frau des Pfarrers. »Da bräuchte ich schon lange jemanden, der mir hilft.« Sie wandte sich an Tine. »Könnte das nicht deine Schwester versuchen?« Natürlich hatten die beiden längst erkannt, dass Fritzi zwar freundlich war, aber eben nicht die Schlaueste.

»Das könnte sie bestimmt!«, beeilte sich Tine ihnen zu versichern. »Sie war viele Male mit mir in den Blumengründen hinter dem Elbstrand und hat mir geholfen.«

»Nun, so soll sie es doch versuchen. Ich kann ihr zwar keinen Lohn bezahlen, aber sie könnte in unserem Gästezimmer schlafen und hätte natürlich auch freie Kost.«

»Wirklich?« Tine konnte kaum glauben, dass der Himmel ihr ein weiteres Mal in Gestalt des Pastors und seiner Frau gnädig war und aus der dunkelsten Stunde helfen würde. »Sie dürfte wirklich hierbleiben?«

»Zumindest bis sich eine andere Lösung für sie gefunden hat«, erklärte der Pastor und wandte sich an Fritzi: »Möchtest du das denn?«

Fritzi blickte von Tine zu ihm und wieder zurück. »Bist du dann bei mir, Tine?«, fragt sie, sichtlich verunsichert.

»Ich bin ganz in der Nähe, Fritzi«, versicherte ihr Tine. »Viel näher, als wenn du in Hamburg geblieben wärst. Ich bin in der Pension Wagner. Dem Haus, wo wir vorhin waren.«

»Und ich?«

»Du bist dann hier.«

»Hier.«

»Ja.« *Bitte*, dachte Tine, *bitte sag ja.*

»Ja?«

»Ja.«

Und Fritzi Tiedkens sagte ja. Sie würde bleiben. Bis morgen. Und vielleicht auch übermorgen? Vielleicht.

Tine war so erleichtert, als sie zurück in die Pension kam, dass sie sich ihrer Erschöpfung ganz hingab und praktisch augenblicklich in tiefen Schlaf fiel. Sie zog sich nicht einmal mehr um. Das Einzige, was sie noch denken konnte, war: *Gott sei Dank.* Und immer wieder: *Gott sei Dank.*

***

Zweites Kapitel

Endlich schienen sich die Dinge zum Guten zu wenden. Der Sommer ging hin, und der Herbst kam. Es war ein milder Herbst mit vielen Sonnentagen. Weiterhin war die Insel für viele Gäste ein beliebtes Ziel, auch wenn sie etwas weniger wurden und kürzer blieben. Entsprechend leichter war die Arbeit zu tun, und Tine fand von Woche zu Woche mehr Zeit, im Pfarrhaus vorbeizusehen und sich nützlich zu machen. Denn auch wenn Fritzi natürlich alles tat, was man ihr sagte, so machte sie doch der Pastorengattin mitunter mehr Arbeit, als sie ihr abnahm. Dann wieder fand Tine die Schwester im Garten vor, wo sie einen Teppich so hingebungsvoll und ausgiebig klopfte, dass man sie unterbrechen musste, sonst hätte sie ihn womöglich noch in seine Einzelteile zerlegt. »Sie ist ein gutes Kind«, stellte der Pastor fest, als ihn Tine einmal in der Kirche antraf, wohin sie bei jedem Besuch rasch ging, um ein Gebet zu sprechen oder auch einmal eine Kerze anzuzünden, die sie für zwei Pence unten im Laden der Familie Stöver gekauft hatte. »Sie ist nur langsam. Und manchmal muss man sich eben die Mühe machen, Dinge ein zweites Mal zu erklären.«

»Oder ein drittes Mal«, sagte Tine und musste grinsen.

»Oder ein drittes Mal«, bestätigte der Pastor und zwinkerte ihr zu. »Aber ich habe sie gerne um mich. Manchmal denke ich, es wäre schöner auf der Welt, wenn alle Menschen wären wie deine Schwester. Sie hat ein so reines Herz, was sie auch sagt und tut, ist ohne Arg und ohne Hintergedanken.« Er schmunzelte. »Na gut, manchmal auch ohne Gedanken.« Dann lachten sie beide und spazierten hinüber zum Pfarrhaus, wo Frau Thevessen gerade einen Kakao für Fritzi zubereitet hatte. »Ich wusste nicht, dass du kommst!«, schalt sie Tine. »Sonst hätte ich mehr gemacht. Aber jetzt ist die Schokolade alle!«

»Heißt das, für den Pastor ist nichts mehr übrig?«, fragte ihr Mann mit gespielter Empörung.

»Tja. Der Pastor sollte sich ohnehin ein wenig zurückhalten«, rief Frau Thevessen lachend und griff ihm an die in der Tat ausladende Taille. Dann rief sie Tines Schwester, die gerade Wäsche aufgehängt hatte und nun träumend im Pfarrgarten stand und den Vögeln zusah, die sich in einem Baum balgten.

»Ich bin Ihnen beiden so dankbar, Frau Thevessen. Und Herr Pastor«, sagte Tine leise. »Ich weiß gar nicht, was ich sagen soll.«

»Dann will ich dir mal was sagen«, erklärte die Pfarrersgattin. »Das Mädchen ist der reinste Segen für uns. Wie du weißt, haben wir ja leider keine Kinder – und wir haben es wahrlich versucht!«

»Helga!«, rief der Pastor erschrocken.

»Ach du. Nun sei nicht albern. Die junge Frau hier ist doch nicht aus Porzellan. Die weiß vermutlich mehr über die Dinge des Lebens als du, mein Lieber.«

»Helga!«

Tine fragte sich, ob sie da tatsächlich eine Rötung auf des Pastors Gesicht erkannte, da fuhr Frau Thevessen fort: »Jedenfalls ist Fritzi längst wie eine Tochter für uns.« Sie senkte die Stimme und blickte aus dem Fenster, wo sie Tines kleinere Schwester langsam zurück zum Haus kommen sah. »Wie das Kind, das wir nie hatten und so gerne gehabt hätten.«

Der Pastor räusperte sich. »Das zumindest hast du gut gesagt, liebe Frau.«

Die Pastorengattin knuffte ihren Mann in die Seite, zwinkerte Tine zu und machte Fritzi die Tür auf. »Immer herein mit dir! Wir haben Besuch.«

»Tine!«, rief Fritzi und fiel ihrer Schwester um den Hals, als hätte sie sie seit Jahren nicht gesehen, dabei war es der zweite Besuch in dieser Woche.

»Fritzi! Geht's dir gut?«

»Ja, Tine! Sehr gut!« Fritzis Augen leuchteten – und sie leuchteten noch mehr, als sie den Kakao auf dem Tisch stehen sah. »Kakao!« Unsicher blickte sie von einem zum anderen.

»Für dich«, erklärte Frau Thevessen und nickte ihr aufmunternd zu. Andächtig griff Fritzi nach dem Getränk und schnupperte ausgiebig daran. Als sie vor Wonne lauthals seufzte, mussten alle anderen lachen. Doch anders als erwartet führte Fritzi die Tasse nicht an die Lippen, sondern reichte sie Tine. »Trink«, sagte sie.

»Nein, Fritzi, das ist doch für dich.«

»Trink.«

Zögernd griff Tine nach der Tasse und nippte ein wenig an dem Getränk. Zur Verblüffung der anderen musste auch sie seufzen. Sie reichte den Kakao an ihre Schwester zurück. »Ich wusste nicht, dass er so gut schmeckt«, murmelte sie entschuldigend.

»Du wusstest nicht …«, sagte die Pastorengattin. »Du hast noch nie …?«

Tine schüttelte den Kopf.

»Also das ist doch … Nun, dann weiß ich ja, was zu tun ist.«

Von dem Tag an kam Tine jede Woche einmal zum Kakao ins Pfarrhaus zu Besuch. Alle vier saßen sie dann um den Küchentisch oder an besonders schönen Tagen auch im Pfarrgarten und genossen eine Tasse des köstlichen Getränks. Fritzi erzählte ihr dann, was sie alles gelernt hatte. Und sie lernte eine Menge! Tatsächlich wurde sie auch geradezu beredt. Denn während sich in Hamburg niemand jemals die Mühe gemacht hatte, viel mit ihr zu sprechen, weil sie ja ohnehin viel zu beschränkt war, hatte Frau Thevessen in Fritzi eine dankbare Zuhörerin gefunden. »Es ist doch so: Mein lieber Mann muss den ganzen Tag mit seinen Schäfchen sprechen …«

»Schäfchen?«, fragte Tine.

»Den Gläubigen. Und wenn er dann zu Hause ist, setzt er sich am liebsten an den Tisch, liest seine Zeitung und hat seine Ruhe. Und unsereins? Steht am Herd, arbeitet im Haushalt und im Garten oder putzt die Kirche – und kommt höchstens mal zum Plaudern, wenn man einkaufen geht. Aber man kann ja nicht ständig einkaufen gehen, nicht wahr?« Sie lachte. »Jedenfalls genieße ich das sehr, dass ich mal jemanden hab, der mir geduldig zuhört und sich für meinen Kram interessiert.«

»Kram …«, murmelte der Pastor.

»Doch, doch, mein Lieber. Wir wissen doch, dass es Kram ist. Nötiger Kram vielleicht, aber Kram.« Sie schenkte ihm ein Lächeln, das ihm bedeutete: Es macht mir nichts aus, ich bin glücklich und dankbar.

Glücklich und dankbar, das war auch Tine. Jedes Mal wenn sie das Pfarrhaus verließ, dankte sie Gott für die Güte dieser beiden Menschen. Und jedes Mal war sie verblüfft, welche Fortschritte Fritzi unter der Anleitung der Pastorengattin gemacht hatte. Manchmal war es schon so, dass man völlig vergaß, dass Fritzi nicht wie andere Mädchen war. Sie war aufgeweckter als früher, sie plauderte mehr, sie folgte den Gesprächen aufmerksamer und erledigte immer öfter ganz selbstständig Dinge, auf die sie früher nie gekommen wäre.

An ihren freien Tagen half Tine gern im Pfarrgarten. Inzwischen hatte sie sich auch mit der Blumenhändlerin Frau Fricke bekannt gemacht, deren kleiner Laden etwas versteckt in einem Winkel nahe der großen Treppe ins Oberland lag. Mehr als einmal war sie dort vorbeigegangen, um die Begonien und die Orchideen zu bewundern, die Nelken und vor allem die geradezu märchenhaften Rosen, die Frau Fricke sich von England liefern ließ: magische Blüten in zartem Rosé und in Seidenweiß. Sollte sie jemals heiraten, Tine würde sich solche Blumen für ihren Brautstrauß wünschen.

Der Herbst brachte bald auch die ersten Stürme über die Insel. Es war Zeit, die empfindlicheren unter den Pflanzen zu schützen, sie gut einzupacken gegen die Elemente. Manches musste zugeschnitten werden, anderes brauchte Schutz an den Wurzeln … So brachten die drei Frauen bald ganze Tage im Freien zu, kümmerten sich um die Gewächse, erzählten sich gegenseitig Geschichten von Helgoland oder aus Hamburg, brachten einander Lieder bei, vor allem Weihnachtslieder. Fritzi fiel es besonders leicht, sich die Melodien und Reime zu merken – und sie hatte eine wunderschöne Stimme! Das war Tine noch nie aufgefallen, weil es zu Hause gar keine Gelegenheit gegeben hatte zu singen. Mutter hatte gesungen, ja, für die Kleinen. Und manchmal sie selbst, wenn sie sich um die Kleinen gekümmert hatte. Aber Fritzi? Die hatte nur auf den Ausflügen mit Tine gesungen.

Nun also stellte sich heraus, dass die kleinere Schwester eine große Stimme hatte! Der Pastor, als er einmal im Garten vorbeikam und Zeuge dieses Talents wurde, befand: »Fritzi wird dieses Jahr bei der Christmette die Solostimme singen.«

Und so kam es, dass Fritzi Tiedkens, ein mehr als einfaches Mädchen aus dem Gängeviertel zu Hamburg, an den Proben des Helgoländer Kirchenchors teilnahm und unter der kundigen Anleitung des Pastors Thevessen die Solostimme einiger der schönsten Weihnachtslieder einstudierte, die in jenem Jahr zum Vortrag kommen würden.

***

Vorher aber kam die Zeit der Stürme. Der goldene Herbst mit seinem milden Licht, der das Rot des Felsens noch intensiver werden ließ, als es ohnedies war, wurde von einer einzigen kräftigen Windböe fortgepustet, und es folgte unbarmherzige Kälte. Nachdem sich einige schwere Gewitter entladen hatten, setzte ein steter Sturm ein, der sich mehrere Tage hinzog und die Wellen aufpeitschte, dass es keinerlei Boots- und Schiffsverkehr mehr auf Helgoland gab. Die Fischer blieben mit ihren Kuttern im Hafen und vertäuten dort alles, was nur festgebunden werden konnte. Dennoch rissen sich immer wieder kleinere und auch größere Boote los und trieben gen Düne oder auf die offene See hinaus und waren verloren. An manchen Tagen, wenn der Sturm etwas nachließ, machten sich Wagemutige auf die Suche nach Strandgut und kamen oft mit bemerkenswerten Trophäen zurück: Fässern voller Lebensmittel, Kisten voller Waren, die über Bord gegangen oder – was zu befürchten war – bei einer Havarie aus dem sinkenden Schiff gespült worden waren. Auch Alfred machte sich an seinem freien Tag auf die Jagd nach Angespültem und wurde zu seinem Entsetzen fündig: Er traf auf den leblosen Körper eines Menschen, eines Matrosen vermutlich, der an den Felsen zerschmettert worden war. Man bereitete dem Mann ein einfaches Begräbnis, sprach einige Gebete und widmete sich wieder dem Tagesgeschäft.

Die meisten Helgoländer blieben in jenen Zeiten zu Hause. Es gab ja auch nicht allzu viel zu tun: Die Gäste waren fort,

Waren kamen nicht mehr an und wurden auch nicht mehr versandt, man zog sich zurück in sein eigenes kleines Leben. Auch in der Pension Wagner war es nicht anders. Die Wirtin kam kaum aus ihren Räumen. Wenn, dann vergrub sie sich in Arbeiten in ihrem Kontor, wo sie bereits jetzt das nächste Jahr vorbereitete. Alfred immerhin hatte gut zu tun, weil der Winter die Zeit war, in der er Ausbesserungen vornahm. Also feilte und hobelte er in seiner Werkstatt Leisten und Bretter für die Decken und die Böden, flickte Teppiche, lief mit dem Farbeimer durchs Haus und pinselte alle Stellen, an denen die Farbe abblätterte. Vorher aber schliff er die betreffenden Stellen ab. Er befestigte lose gewordene Bodenplanken, reparierte die Tür zur Vorratskammer, nahm einen Teil des Küchenherds auseinander, um den Abzug zu reinigen, ehe sich Tine mit Frau Paulsen daranmachte, den Herd selbst intensiv zu reinigen, sodass er nach einem Tag des Schrubbens und Polierens beinahe aussah, als wäre er neu gekauft.

Nur Hedi beteiligte sich nicht an alledem: Sie war für einige Zeit zu Frau Wagners Schwester in deren Näherei gezogen, wo sie sich mit Handarbeiten beschäftigte und sich im Übrigen möglichst wenig zeigte. An einem Abend im Oktober war es nämlich zum Eklat gekommen, weil Hedi sich nach einem abendlichen Spaziergang in der Tür geirrt und bei Alfred geklopft hatte. Der Hausdiener war bereits schlafen gegangen, doch das focht Hedi nicht an. Sie scheuchte ihn aus dem Bett und bedrängte ihn in seiner Kammer, bis Alfred ganz gegen seine Gewohnheit laut geworden war.

Es stellte sich heraus, dass Hedi schwanger war. Allerdings nicht von Alfred. Frau Wagner war innerlich zerrissen, weil Hedi ihr mehr als einen Grund gegeben hätte, sie zu entlassen. Zum einen war es natürlich absolut unverzeihlich, dass sich das

Zimmermädchen auf eine Affäre eingelassen hatte. Zum Zweiten war es völlig undenkbar, dass Hedi mit einem Kind die Stelle weiter ausüben konnte. Und nicht zuletzt war es ein Zeugnis tiefster menschlicher Verderbtheit, dass die junge Frau das Kind offenbar dem Hausdiener hatte anhängen wollen. Denn keinen anderen Zweck konnte doch die Begebenheit Ende Oktober gehabt haben.

Frau Wagner hatte Hedi nicht wie üblich zur Seite genommen und unter vier Augen mit ihr gesprochen, sondern auch »die anderen Mitglieder des Haushalts«, wie sie es genannt hatte, dazugebeten, was sich am Ende als Glück für Hedi herausstellen sollte.

»Ich muss dir nicht erklären, wie unmöglich dein Verhalten war, Hedwig«, hatte Frau Wagner gesagt, als alle sich im Salon versammelt hatten. Hedi hatte vor der Pensionswirtin gestanden wie ein Schulkind, während Alfred, Frau Paulsen und Tine sich im Hintergrund hielten. »Ich bin empört darüber, dass du nicht genug Anstand hattest, dich nicht mit dem Männervolk einzulassen, solange du unter meinem Dach wohnst und hier in Dienst bist. Du kennst meine Haltung dazu. Und wie recht ich damit habe, das zeigt sich jetzt.« Die alte Frau schüttelte kummervoll den Kopf. »Wie willst du denn deine Arbeit hier tun, wenn du einen Säugling hast, der ständig schreit und an die Brust will!« Keine Frage, eine Feststellung, denn die Antwort stand ja fest: gar nicht. Mit einem Neugeborenen, ja überhaupt mit einem kleinen Kind konnte man diesen Dienst nicht verrichten.

»Das allein wäre Grund genug, dich mit einem Tritt vor die Tür zu jagen, Hedwig.«

Die so Gescholtene konnte die Tränen nicht länger zurückhalten. Sie hob zu einer Erwiderung an, aber Frau Wagner schnitt ihr mit einer energischen Bewegung der Hand das Wort ab. »Jetzt spreche ich. Und ich spreche dir ins Gewissen. Falls du noch eines hast. Und daran habe ich starke Zweifel. Denn es ist ja wohl der Gipfel der Gemeinheit, unserem guten Alfred, der dir stets mit Respekt begegnet ist, auch noch die Vaterschaft andichten zu wollen.«

»Ich …«

»Was?«, rief Frau Wagner und sprang geradezu von ihrem Stuhl auf. »Willst du behaupten, Alfred hätte sich jemals unanständig dir gegenüber verhalten? Hat er irgendetwas getan, dass du sein Leben ruinierst? Dass du ihm das Kind eines anderen Mannes unterschiebst? Ist dir eigentlich klar, von welch niederer Gesinnung das ist?« Mit jedem Wort war ihre Stimme lauter geworden. Als sie schließlich Luft holte, heulte Hedi auf und warf sich auf den Boden. »Es tut mir ja so leid!«, rief sie. »So leid, Frau Wagner. Und Alfred! Es tut mir leid!«

»Davon wird es nicht ungeschehen«, sagte die Pensionswirtin verächtlich und blickte auf das Zimmermädchen herab wie auf Gewürm zu ihren Füßen. »Dass du überhaupt noch hier bist, liegt allein daran, dass ich es nicht über mich bringe, eine schwangere Frau aus dem Haus zu jagen.« Frau Wagner atmete schwer und ließ sich wieder auf den Stuhl sinken. Kopfschüttelnd stellte sie fest: »Aber ich weiß bei Gott nicht, was ich mit dir tun soll. Denn bleiben kannst du auch nicht.«

Hedi blieb weinend auf den Boden gekauert. Tine konnte kaum zu ihr hinsehen, so sehr dauerte sie trotz allem das Schicksal ihrer Zimmergenossin.

»Ich kann und will es nicht allein entscheiden«, sagte die Pensionswirtin müde. »Deshalb habe ich die anderen dazugebeten, nicht um dich zu demütigen, falls du das glaubst.«

»Nein, Frau Wagner, das denke ich nicht«, schluchzte Hedi.

»Ich weiß selbst, dass ich … dass es eine scheußliche …« Ihr fehlten die Worte. Doch Frau Wagner wartete, bis sich das Zimmermädchen wieder gefasst hatte. »Sie hätten alles Recht der Welt, mich rauszuwerfen, Frau Wagner«, sagte Hedi schließlich und richtete sich so weit auf, dass sie vor der Pensionswirtin kniete. »Und ich habe kein Recht hierzubleiben. Ich kann nur Sie und auch Alfred inständig um Vergebung bitten. Und mein Kind … mein Kind auch … dass ich keinen Vater habe … für mein … Kind, wenn es … wenn es … zur Welt kommt.« Der Rest ging in einem heftigen Schluchzen unter, auch wenn Hedi offenbar noch etwas zu sagen versuchte.

»Nun geh raus und warte einen Augenblick«, sagte Frau Wagner schließlich. »Ich möchte hören, was die anderen über deinen Fall denken. Und dann werde ich entscheiden.«

***

Sie hatten entschieden. Es war eine Entscheidung zugunsten einer werdenden Mutter gewesen, aber keine Entscheidung ohne Härten. Auf Bitten Tines durfte Hedi in der Pension Wagner bleiben, wenn es gelänge, für die Hochsaison eine Betreuung für das Neugeborene zu finden. Alfred hatte seinen Segen dazu gegeben. Er sah in der neuen Situation vor allem die Gelegenheit, endlich sicher zu sein vor Hedis immer wiederkehrenden Anträgen, denn der Vorfall in jener Oktobernacht war ja nicht der erste und einzige gewesen. Allerdings hatte er eine Bedingung gestellt: »Ich möchte, dass Tine die Aufgaben von Hedi übernimmt und Hedi die von Tine.«

Überrascht hatte Frau Wagner diesen Wunsch zur Kenntnis genommen, aber nichts gesagt. Dann hatte sie Frau Paulsen, die sich für neutral erklärt hatte, Tine und Alfred aus dem Zimmer geschickt und Hedi wieder hereinkommen lassen.

Seither war Tine Zimmermädchen und würde als solches beinahe doppelt so viel verdienen wie im letzten Sommer, wenn die neue Saison begann. Doch vorher war noch das Weihnachtsfest zu begehen, es waren die härtesten Wochen des Jahres mit Eis und Sturm zu überstehen, und ein Kind war auf die Welt zu bringen. Dass das buchstäblich zu verstehen war, hätte Tine allerdings zu der Zeit noch nicht gedacht. Das sollte sich erst im Februar erweisen, als Hedi in den Wehen lag.

***

Die Vorweihnachtszeit im Gängeviertel war geprägt gewesen vom Gedanken an die täglichen Entbehrungen und dem verzweifelten Versuch, etwas Festliches für die anstehenden Feiertage zu erringen, irgendetwas. Als Vater noch beide Beine gehabt hatte, als er noch stark gewesen war, da war er manchmal mit Johann und Frieder frühmorgens an die Alster gewandert, dorthin, wo der Fluss noch ungezügelt war, und hatte Enten gejagt. Das war natürlich verboten und deshalb gefährlich gewesen. Andererseits konnte sich Tine noch jetzt an die zwei Weihnachtstage erinnern, an denen die kleine Wohnung nach Entenbraten geduftet hatte. Es war eine der schönsten Erinnerungen ihrer ganzen Kindheit. An Heiligabend waren sie in der Christmette gewesen, am nächsten Morgen hatte es eine Bescherung gegeben, die zwar ärmlich war, aber von Herzen kam – und dann hatte Mutter gekocht, stundenlang, bis sie es alle kaum noch erwarten konnten, dass der Braten endlich fertig war. Gerda hatte Rotkraut und ein paar Kartoffeln organisiert. Allein am Duft des Festmahls hatten alle sich schon derart berauscht, dass sie sogar zu zwölft von einer Ente satt geworden waren und selig den restlichen Weihnachtstag verbrachten.

Wo sie den Weihnachtstag diesmal verbringen würde, war

Tine nicht wirklich klar. Einerseits hatte Frau Wagner angekündigt, dass sie die Mitarbeiter in den Salon bitten würde. Andererseits war Fritzi kurz vor Heiligabend vorbeigekommen und hatte Tine eröffnet: »Frau Thevessen möchte, dass du mit uns feierst, Tine.«

»Mit euch? Ich weiß nicht, Fritzi, das erscheint mir nicht richtig.«

»Kommst du?«

»Das wäre doch aufdringlich. Ich glaube, das geht nicht, Fritzi.«

»Kommst du? Ja?«

Sie hatte Fritzi den Wunsch nicht abschlagen können. Die Schwester war so hoffnungsvoll gewesen, hatte sie mit so leuchtenden Augen angesehen, dass Tine schließlich geseufzt und ihr aufgetragen hatte: »Sag Frau Thevessen, dass ich mich freue. Und dass ich gerne komme.« Fritzi hatte sie umarmt, geküsst und war sogleich wieder davongelaufen, so heiter und unbeschwert, wie Tine sie früher allenfalls auf den langen Spaziergängen an den Elbstrand gesehen hatte. Die Insel tat der Schwester gut, sehr gut sogar. Sie hatte sich so verändert! Fritzi ganz alleine irgendwo hinzuschicken, das wäre früher nicht möglich gewesen. Jedenfalls hätte es sich niemand getraut. Oder vielmehr: Niemand hätte es ihr zugetraut. Und mit jedem Stückchen Vertrauen, das Fritzi von den Thevessens geschenkt wurde, wuchs ihr Selbstvertrauen – und mit dem Selbstvertrauen ihre Fähigkeiten. Oft durfte Fritzi schon allein im Pfarrhaus bleiben, sie brachte die Post weg, erledigte kleine Einkäufe, steckte in der Kirche neue Kerzen auf, holte Wasser … Jedes Mal wenn Tine ihre Schwester in der Pastorei besuchte, war sie stolz darauf, dass Fritzi alles konnte – und was sie alles durfte! Die Thevessens waren der reinste Segen für Fritzi. Und für Tine.

Wenige Tage vor Weihnachten machte Tine sich auf den Weg zum Oberland. Sie hatte einige Handarbeiten von Frau Wagner für die Pastorengattin. Frau Thevessen war eine der begabtesten Stickerinnen der Insel, und sie verstand sich vortrefflich darauf, Ausbesserungsarbeiten an empfindlichen Stücken vorzunehmen. Deshalb ließ Frau Wagner sie stets Tischdecken und Servietten, Zierdeckchen, aber auch Blusen und Schürzen oder hie und da mal ein Kleid ausbessern. Das ersparte ihr teure Neuanschaffungen und bescherte der Pfarrersfrau ein kleines Einkommen, das natürlich auch im Pfarrhaus sehr gelegen kam. Denn der Pastor einer so kleinen Gemeinde muss sich naturgemäß mit beschränkten Mitteln abfinden.

Auch mit kleinen Näharbeiten konnte Fritzi inzwischen gelegentlich helfen. Knöpfe und Knopfleisten machte sie mitunter schon besser als Frau Thevessen selbst, was ihr viel Lob einbrachte. In der kalten Jahreszeit war es schwieriger geworden, aber Tine bemühte sich stets, ein kleines Sträußlein oder einen Kranz mitzubringen, den sie unterwegs aus Zweigen wand, die sie am Wegesrand fand. Es gab einen Stechpalmenbusch, der wunderbar weihnachtliche Gebinde ermöglichte. Da er hinter einigen anderen Büschen verborgen lag, hatte ihn scheinbar kaum jemand sonst bemerkt, weshalb Tine mit ihren Mitbringseln großes Hallo erntete. »Wo hast du nur diese entzückenden Zweige her, meine Liebe?«, rief Frau Thevessen, als sie ihr einen kleinen Kranz reichte, in den sie zwischen die Stechpalmen auch noch ein paar Hagebutten und Schlehen als Farbtupfer gesteckt hatte.

»Geschäftsgeheimnis«, sagte Tine und lachte. Das Wort gefiel ihr, die Blumenhändlerin vom Jungfernstieg hatte es einst benutzt.

Auch die Pastorengattin lachte und hieß sie eintreten. »Es wird einen Sturm geben.«

»Ich weiß«, entgegnete Tine, die inzwischen das Wetter auf der kleinen Insel recht gut einzuschätzen gelernt hatte. Ein Sturm zu Weihnachten, das wäre aufregend, allerdings auch etwas traurig. Schließlich würde sie Zeit haben, um spazieren zu gehen, aus dem Fenster zu schauen, vielleicht auch einmal auf einen Grog in die *Fischerhütte* oder zum *Seeadler* zu gehen. Vielleicht würde sie auch im *Palace Hotel* einen Tee trinken und etwas Shortbread bestellen. Jedenfalls war sie entschlossen, dieses Christfest auf eine ganz besondere Weise zu begehen. »Ich bringe Ihnen hier die Näharbeiten von Frau Wagner.«

»Ach, wie gut. Aber ich werde vor den Feiertagen nicht dazu kommen. Wir haben hier mit der Gemeindearbeit alle Hände voll zu tun.« Frau Thevessen nahm Tine den Korb ab und stellte ihn auf das Sofa in der Stube.

»Das ist völlig in Ordnung, Frau Thevessen«, erklärte Tine. »Frau Wagner braucht die Sachen sowieso nicht in der nächsten Zeit. Sie wissen ja, wir haben keine Gäste.«

»Ja, natürlich. Obwohl es an Weihnachten so schön ist auf Helgoland.« Die Pastorengattin sagte es fast ein wenig verträumt. »Aber es fährt ja auch kein Passagierschiff in diesen Wochen.«

Eigentlich waren es Monate, in denen Passagiere höchstens ausnahmsweise auf die Insel befördert wurden. Gewiss, es gab ein Postschiff, es gab die Fischereiflotte, die zu jeder Jahreszeit und an jedem Tag hinausfuhr, wenn es die Wetterlage zuließ. Aber sonst war die Insel vom Rest der Welt weitgehend abgeschnitten. Und es schien auch, als bräuchte sie das: eine Erholung von den Menschenmassen, die ab dem Frühjahr zu Zehntausenden nach Helgoland kamen.

Wie jedes Mal, wenn sie im Pfarrhaus zu Gast war, wurde Tine auf einen Tee eingeladen. Wie jedes Mal zeigte ihr Fritzi, was sie Neues gelernt hatte. Und wie jedes Mal gingen sie zuletzt noch gemeinsam hinüber in die Kirche, um für die Familie in Hamburg zu beten und für den Vater, dass es ihm gut ginge, dort, wo er nun war.

Anders aber als sonst musste Fritzi nicht mehr weinen. Vielmehr war sie inzwischen von einer Art steter Heiterkeit beseelt. Sie lachte viel, plauderte viel und schien die beständige Melancholie abgestreift zu haben, die sie früher immerzu umgeben hatte. Nur eines hatte sich nicht geändert: Sie hielt Tine immer noch fest, wenn sie beisammen waren, und ging stets Hand in Hand mit der großen Schwester.

***

Zurück in der kleinen Pension am Nordstrand, fand Tine zu ihrer Überraschung Post vor. Die Mutter hatte geschrieben. Kaum dass Tine die altmodische Handschrift entziffern konnte. Zuerst war ihr der Schreck in die Glieder gefahren. Das letzte Mal, als sie einen Brief bekommen hatte, war der Vater gestorben. Und nun? Schickte Almut Tiedkens ihrer Tochter Weihnachtsgrüße – verbunden mit der Bitte um Geld.

Du weist wie schwer wir es hier haben. Wenn du ein par Mark übrig hast schick sie uns bitte, damit wir an Weinachten nicht hunger leiden müssen. Der Winter ist hart. Gerda und Jolante verdinen wenig, weil so wenig Schiffe ankomen. Im Rathaus werde ich nicht gebraucht. Es felt uns am nötigsten. Georg ist krank. Vielleicht mus er sterben. Du kanst für ihn beten. Ich bete für dich jeden abend. Danke wen du uns hilfst
Deine Mutter

Sie wusste nicht, wie lange sie diese Zeilen angestarrt hatte. Irgendwann hatte sich eine Hand auf ihre Schulter gelegt.

Alfred. »Schlechte Nachrichten?«, fragte er mit seiner sanften Stimme.

Tine zuckte mit den Achseln. »Nicht schlechter als sonst.« Sie sagte es leichter, als sie es empfand. Vor allem gab es eine Stimme in ihr, die ergänzte: *Nachrichten von zu Hause sind immer schlecht.* Doch das sprach sie nicht aus. Sie wollte nicht, dass alles noch schlimmer dadurch wurde, dass sie es größer machte als nötig.

»Kann man irgendwie helfen?«

»Nein.« Sie schüttelte den Kopf. »Manche Dinge sind, wie sie sind. Ich kann etwas tun. Und das werde ich auch. Mehr ist nicht möglich.«

Alfred nickte verständnisvoll. »Na dann ...« Er machte eine aufmunternde Geste. »Magst du nach drüben kommen? Ich bräuchte deine Hilfe mit den Küchenvorräten.«

»Sicher. Ich bin gleich da.«

Als der Hausdiener den Salon verlassen hatte, faltete Tine den Brief zusammen und steckte ihn in ihre Schürze. Sie blickte auf die Uhr. Schon nach fünf. Draußen war es fast dunkel. Der Wind hatte zugenommen, leichter Regen prasselte ans Fenster. Ob das Postschiff morgen überhaupt auslaufen konnte? Auf jeden Fall würde sie ihre Antwort an die Mutter und die Ersparnisse, die sie in den Umschlag stecken wollte, heute noch zu Poststation bringen, damit sie morgen oder spätestens übermorgen zu Hause ankamen.

***

Das Schiff, das die Post transportierte, lief aus. Schnee bedeckte über Nacht die Insel. Und dann kam Heiligabend. Staunend blickte Tine aus ihrem kleinen Dachfenster auf den strahlend blauen Himmel. Als sie den Fuß vors Haus setzte, war es kalt –

aber der Sturm hatte sich verzogen, kaum ein Lüftlein wehte über Helgoland. Alles war frisch geweißt, dass es schien, als hätte sich die Insel ein winterliches Gewand angezogen, um diesen besonderen Tag zu begehen.

Kinder lieferten sich Schneeballschlachten am Strand und in den Gassen, überhaupt war die halbe Insel draußen. Wie eine kleine heilige Gemeinde beging man auf Helgoland den fröhlichen Wintertag. Tine eilte nach den morgendlichen Arbeiten hinüber in Frau Wetckes kleinen Teeladen, um ein Päckchen vom Darjeeling zu kaufen. Den würde sie den Thevessens mitbringen. Und für Fritzi besorgte sie im Tuch- und Kurzwarenladen Bertram zwei hübsche Spitzenbänder, weil sie wusste, wie sehr ihre Schwester die besetzten Kragen der typischen Helgoländer Tracht liebte. So konnte sie ihre eigenen Kleider damit verzieren. Für Alfred kaufte sie in der Tabakhandlung am Falm eine Zigarre, die aus Übersee kam. Sie hatte gesehen, dass er einige Zeit lang einen Stumpen geraucht hatte – auf mehrere Etappen, um länger etwas davon zu haben. Eine Weile hatte sie überlegt, ob sie Hedi auch etwas schenken sollte. Zuerst hatte sie sich dagegen entschieden, sich dann aber doch ein Herz gefasst: Was nützte es, der Zimmergenossin auf Dauer böse zu sein, weil sie ihr einige Male übel mitgespielt hatte. Hedi war zwar ein komplizierter Fall, aber eigentlich war sie wohl kein schlechter Mensch. Sie wollte nur nicht unter die Räder kommen und hatte nicht das rechte Gefühl dafür, wie sie das verhindern konnte. Es dauerte eine Weile, bis Tine sich durchrang, bei ihrem Geschenk die Vergangenheit nicht zu berücksichtigen. Aber dann hatte sie zufällig gehört, wie der Pastor vor der Kirche mit einem Mann aus der Gemeinde gesprochen und gesagt hatte: »Versuch, beim Schenken nicht an dich zu denken, sondern an den anderen. Der Beschenkte soll das Gefühl haben, dass dein Geschenk nicht Tadel ist, sondern Wertschätzung. Nur wenn dir das gelingt, wirst du gottgefällig schenken.«

Auch wenn Tine keine Ahnung hatte, worum es bei dem Gespräch ging, hatte sie doch sofort erkannt, dass es ein Rat war, der sich auch an sie richtete. Also war sie unmittelbar in die Bertramsche Tuchhandlung gelaufen, hatte sich einen halben Meter feinen Baumwollstoff gekauft und daraus zwei entzückende kleine Leibchen für das Kind genäht, das Hedi bald zur Welt bringen würde. Sie hatte sich so in diese winzigen Kleidungsstücke verliebt, dass sie am liebsten selbst ein Kindchen gehabt hätte, das sie darin hätte einwickeln können.

All diese Geschenke wickelte Tine in den frühen Nachmittagsstunden in Seidenpapier, das es bei Frisch & Cie. gab, einem Laden für Schreibwaren und Geschäftsbedarf, wo man auch edles Briefpapier erwerben konnte, Tinte, Federkiele, Siegelwachs – auch wenn das zunehmend aus der Mode kam – und allerlei andere edle Dinge, die vor allem für Geschäftsreisende und für gelangweilte Dauergäste wichtig waren. Zuletzt schnürte sie sie mit einer königsblau eingefärbten Wolle zu. Dann saß sie eine Weile still da und blickte sich die Kostbarkeiten an. Es war das erste Mal, dass sie überhaupt irgendjemandem irgendetwas zu Weihnachten zu schenken beabsichtigte. Sie selbst wäre vermutlich gar nicht darauf gekommen, hätte sie nicht Frau Paulsen davon erzählen hören, dass das bei den Engländern sehr gebräuchlich war. Vielleicht war es das ja auch bei den deutschen Familien, die es sich leisten konnten. Sie wusste es nicht. Was sie aber wusste, war, dass sie es sich dieses Jahr leisten konnte. Gewiss, sie hatte sehr wenig Geld, weil sie praktisch ihren ganzen Lohn nach Hamburg geschickt hatte. Und wenn sie erst einmal alles besorgt hatte, war gar nichts mehr übrig. Aber es lohnte sich! Auch wenn es eine Sünde war:

Tine war so stolz auf sich, als sie vor den kleinen Päckchen saß. Ein seltsames Gefühl. Vor allem: ein völlig neues Gefühl. Tine war noch nie stolz auf sich gewesen. Verlegen räumte sie die Geschenke weg, sie würde sie ja erst am nächsten Morgen brauchen, und zog sich um.

An diesem Abend begingen die Mitglieder des »Haushalts« das gemeinsame Essen nicht in der Dienst-, sondern in ihrer eigenen Kleidung. Es war auch nicht an Frau Paulsen, alles ganz allein zuzubereiten. Stattdessen halfen alle gemeinsam, den Tisch mit Brot und Käse, Wurst und geräuchertem Fisch zu decken, mit gesalzener Butter, eingelegtem Gemüse und einem Krug Wein. All dies würde sie erwarten, wenn sie von der Mette zurückkamen. Dies und eine Reine mit gefüllten Bratäpfeln, die die Köchin vorbereitet hatte und ins Rohr schob, unmittelbar bevor sie sich gemeinsam zur Kirche aufmachten.

Still lag die See ringsumher, ein sachter Wind verwehte die Rauchfahnen über den Häusern. Alles war erleuchtet, sodass Helgoland in der riesigen Finsternis, die es umgab, wie ein Sternenmeer im Nirgendwo wirkte. Und inmitten all dieser Lichterpracht thronte St. Nicolai und schickte den Klang seiner Glocken übers Wasser.

Im Kirchengebäude war es richtiggehend warm. So viele Menschen hatten sich dort hineingedrängt, und so viele Kerzen erhellten das Gotteshaus. Vorne aber am Altar stand der Chor und begrüßte die Ankömmlinge mit einem Jubelgesang, dass Tines Herz wie wild zu schlagen begann. Sie schob sich zwischen zwei Frauen, die sie vom Einkaufen kannte, nickte ihnen mit einem Lächeln zu und kniete sich nieder, die Hände gefaltet, die Wangen von weihnachtlicher Freude gerötet. Dort vorne neben dem Altar sang auch Fritzi, so schön und klar, dass Tine sie genau heraushören konnte unter den Stimmen. Ihre

Blicke trafen sich, und Tine konnte erkennen, dass Fritzi Tränen des Glücks in den Augen hatte. Vermutlich war es das, was auch ihre Schwester umgekehrt in ihren Augen sah. Denn auch hier und jetzt verspürte Tine Stolz. Stolz auf ihre jüngere Schwester, die es so schwer hatte im Leben und die alles so gut machte, nun, da ihr endlich die Möglichkeit gegeben worden war. Wie viel köstlicher war dieser Stolz als der kleine, schäbige um ihrer selbst willen, den sie im Angesicht der Geschenke auf der Kammer empfunden hatte!

»Gloria in excelsis Deo!«, jubelte der Chor – und Tine jubelte innerlich mit und dankte dem Herrn, dass er sie auf diese wundervolle, eigentümliche und so großartige Insel geführt hatte. Nur mit halbem Ohr lauschte sie der Weihnachtspredigt, die der Pastor an seine Gemeinde richtete. Stattdessen studierte sie die Gesichter dieser Menschen, die hier draußen, so weit weg von aller Welt lebten, ihre harten und entbehrungsreichen Winter fristeten, im Sommer dann ein fröhliches, unbeschwertes Inselreich für die Besucher entstehen ließen, nur um sich im nächsten Herbst aufs Neue den Stürmen zu stellen, die an ihren Klippen nagten, ihre Boote zermalmten und an den Häusern rüttelten. Wie ein Kreislauf aus Tag und Nacht, Licht und Schatten, Lachen und Weinen. Dieser Kreislauf hatte manches Gesicht geprägt, manche Furche ins Antlitz der Insulaner gegraben. Aber jetzt leuchteten die Augen der Halunder im Angesicht der Frohen Botschaft. Mit Erstaunen bemerkte Tine, wie viele von ihnen sie schon kannte. Stövers und Küppers, Jan Freese, Freriksens und Bertrams. Sogar den Gouverneur hatte Tine kennengelernt. Und die schreckliche Frau Radtke aus dem Hotel Heesters besuchte ebenfalls die Mette. Sie alle saßen an ihren angestammten Plätzen und lauschten abwechselnd dem Chor und dem Pastor.

Schließlich entdeckte Tine auch Herrn Heesters. Er saß in einer der vorderen, abgetrennten Bänke – allein, trotz der Enge im Kirchenschiff. Als hätte er ihren Blick bemerkt, wandte er sich in dem Moment um und sah sie an. Tine nickte und lächelte ihm zu. Und für einen Augenblick schien es ihr, als erwiderte er ihr Lächeln. Doch dann erkannte sie, dass er durch sie hindurch in eine unbestimmte Ferne blickte, fast als erwarte er, dass noch jemand durch die Tür käme, ehe er sich wieder dem Pastor zuwandte, der ein paar letzte Segensworte an die Gemeinde richtete.

Gen Ende stimmte der Chor noch einmal ein Lied an, und Fritzis Stimme tönte über die Menschen hinweg wie Engelsgesang. Es dauerte einige Zeit, ehe Tine sich von ihrem Platz erheben und den Kirchgängern nach draußen folgen konnte, so ergriffen war sie. Hätte doch die Mutter diese Stimme hören können, hätte der Vater sie noch hören können! So entbehrungsreich und freudlos das Leben in der Familie Tiedkens gewesen war, es hatte doch immer auch so etwas wie Sehnsucht nach dem Schönen und Guten gegeben. Tine erinnerte sich, wie sie mit dem Vater einst durch die Stadt gegangen waren, vier oder fünf der Geschwister. Es war an einem Winterabend gewesen, irgendwann in der Vorweihnachtszeit. Und da sie nichts gehabt hatten außer Hunger, hatte der Vater beschlossen, ihnen etwas zu schenken, das ihnen niemals mehr irgendjemand würde wegnehmen können: die Lichter der Stadt. Und so kam es, dass Johann feierlich die Lichter von St. Pauli übertragen wurden, Tine die Lichter der Speicherstadt. Fritzi hatte die Lichter am Alsterufer bekommen, und eines der anderen Geschwister, Tine wusste nicht mehr, welches, durfte sich Herr über die Lichter von St. Georg nennen.

An diesem Heiligabend des Jahres 1887 war es Tine Tiedkens,

als hätte man ihr die Lichter von Helgoland geschenkt. Pastor Thevessen hatte den Weg über den Kirchhof mit kleinen Windlichtern erleuchtet, die Pastorei erstrahlte im hellen Glanz: Aus allen Fenstern schimmerte es verheißungsvoll – und die Glocken des Kirchturms läuteten das Weihnachtsfest ein.

»Kommst du?«, fragte Hedi, die vor der Kirche auf Tine gewartet hatte.

»Ja«, erwiderte sie überrascht. Und noch überraschter war sie, als das Mädchen sich bei ihr unterhakte. »Warten wir nicht noch auf Alfred?«

»Der hat noch etwas zu erledigen«, erklärte Hedi einsilbig.

Tine konnte die Kollegin zittern spüren. »So kalt?«

Hedi schüttelte den Kopf. »Nein. Nicht kalt.«

Gewiss, es war eine schwierige Zeit für das Zimmermädchen. Und die Zeiten würden nicht besser für sie werden. In wenigen Wochen würde sie mit einem Kind niederkommen, dann hatte sie einen Säugling, aber keinen Vater dafür, sie hatte eine schlechter bezahlte Stelle, musste zusehen, wie sie ganz allein sich und ihr Kind durchbrachte – und die Gemeinde, die eben noch die Geburt des Herrn bejubelt und das Hohelied der Nächstenliebe gesungen hatte, würde der unverheirateten Mutter die kalte Schulter zeigen. So liebenswert die Menschen auf der Insel auch sein mochten, sie würden Hedi schneiden, würden hinter ihrem Rücken verächtlich über sie sprechen, würden weder Verständnis für sie haben noch sie groß unterstützen. Denn letztlich waren die Menschen überall gleich. »Weißt du, Hedi«, sagte Tine. »Meine Mutter ist jetzt allein mit acht Kindern in Hamburg.«

»Neun Kinder? Ihr wart zu zehnt?«

»Ja. Und es war schwer. Sogar als mein Vater noch am Leben war. Er war durch einen Unfall zum Krüppel geworden und konnte nicht mehr arbeiten, höchstens ab und an ein Netz flicken oder … ach, ich weiß gar nicht, was er gemacht oder was er versucht hat. Wir haben uns alle verdingt, seit wir fünf Jahre alt waren.«

»Fünf.« Hedi seufzte. »Ich hoffe nur, dass es keine Zwillinge werden«, sagte sie dann.

»Oder Drillinge«, ergänzte Tine.

»Drillinge?« Hedi blieb erschrocken stehen. Tine lachte. »Ein Scherz, Hedi. Es werden bestimmt keine Drillinge. Drillinge sind sehr, sehr selten.«

»O Gott, o Gott, o Gott«, murmelte Hedi vor sich hin und klammerte sich noch etwas fester an Tines Arm. So gingen sie gemeinsam übers Oberland zur Treppe und dann hinunter Richtung Nordstrand. Als sie an der Apotheke am oberen Treppenabsatz vorbeikamen, entdeckte Tine Alfred, der mit einem jungen Mann zusammenstand und leise plauderte. Sie zögerte kurz, ging dann aber weiter. Sie kannte den jungen Mann, es war der Bursche, der sie auf ihrer Überfahrt nach Hamburg an Bord des Schiffes angesprochen hatte. Ein netter Kerl ganz sicher.

Zurück im Hotel, empfing sie ein betörender Duft nach Bratäpfeln. Als Alfred wenig später nach den beiden Mädchen zur Tür hereinkam, beschlossen Frau Wagner und ihre Angestellten den Heiligen Abend mit ihrem gemeinsamen Abendmahl und zuletzt einem ziemlich starken Eiergrog, der Tine so tief schlafen ließ, dass sie am Weihnachtsmorgen geweckt werden musste, weil sie trotz des strahlenden Himmels auch um halb acht Uhr noch wie ein Kleinkind selig schlummerte.

***

Drittes Kapitel

Das Jahr 1888 begann auf der Insel Helgoland mit grauem, kaltem Wetter. Man hütete das Haus, wenn man nichts Dringendes zu erledigen hatte. Die Politik war wieder zum Tagesgespräch geworden. Tine schnappte öfter etwas auf, wenn sich Alfred und Frau Paulsen in der Küche unterhielten, ob denn nun und unter welchen Umständen wohl die Insel bald zum Deutschen Reich gehören würde. »Werden denn eigentlich die Bewohner von Helgoland gar nicht gefragt?«, wollte sie irgendwann wissen, und beide – der Hausdiener und die Köchin – sahen sie verwundert an und brachen dann in Lachen aus. »Ach, Kindchen, du bist ja was naiv«, erklärte Frau Paulsen. »Die Insulaner? Die hat doch noch nie jemand gefragt.«

»Noch nie? Hat denn die Insel schon mal jemand anderem gehört?«

»Gehört«, sagte Frau Wagner, die plötzlich in der Tür stand, »hat sie allezeit nur den Halundern selbst. Aber das hat noch nie jemanden gekümmert. Die Engländer sind nicht die Ersten, die sich zu Herren über Helgoland erklärt haben. Die Dänen, die Wikinger, alle möglichen Fürsten hatten es schon auf diese Insel abgesehen.«

»Aber warum?«, fragte Tine. »Das ist doch nur …« Sie unterbrach sich, weil ihr auf einmal in den Sinn kam, wie unpassend das klänge. Doch Alfred sprach aus, was sie dachte: »Das ist doch nur ein unbedeutender kleiner Flecken mitten im Meer, der kaum mehr hergibt, als die Einwohner selber brauchen. Stimmt.« Er seufzte. »Stimmt aber auch nicht.«

»Das verstehe ich nicht.«

»Nun.« Frau Wagner setzte sich zu ihnen an den Küchentisch und half beim Nüsseknacken. »Helgoland liegt strategisch günstig.«

»Strategisch?«

»Man kann es von überall her gut erreichen. Es ist wie ein Leuchtturm für alle möglichen Routen. Man kann anderen den Weg abschneiden, wenn man auf Helgoland sitzt.«

»Den Weg abschneiden? Aber wer sollte denn jemandem den Weg abschneiden wollen?«

Alfred schnaubte verächtlich. »Alle würden das am liebsten allen antun. Die Briten den Deutschen und die Deutschen den Briten. Die Holländer, die Dänen. Alle. Jeder will den anderen überflügeln oder unterdrücken.«

Frau Wagner nickte bedeutsam. »Und wenn Krieg herrscht, wird das besonders wichtig. Denn dann kann man seine Flotte hier vor Anker gehen lassen und ist näher am Feind.«

»Hm.« So hatte Tine das nie betrachtet. »Aber wir haben ja keinen Krieg.«

»Gott sei Dank haben wir keinen«, erklärte nun Frau Paulsen und nahm eine Schüssel mit geschälten Nüssen vom Tisch, um sie klein zu mahlen. »Aber das kann sich jederzeit ändern.«

»Das *wird* sich ändern«, verbesserte Frau Wagner. »Mit dem Kaiser, den die Deutschen jetzt haben … Der wird sich nicht mit der zweiten Geige zufriedengeben. Jetzt, wo er sein Kaiserreich hat, will er doch als Nächstes sein Weltreich.«

Und alle schwiegen sie und sannen über diese Worte nach.

***

In den ersten Tagen des eisigen Februar war es so weit: Tine und Hedi hatten Sand vor dem Haus gestreut, denn der stete

Sprühregen der Gischt hatte den Weg und die Treppen vor der Tür spiegelglatt werden lassen. Sie waren gerade dabei gewesen, die beiden Eimer wieder zu verstauen, als Hedi plötzlich aufgestöhnt und sich die Seite gehalten hatte. »Alles in Ordnung mit dir, Hedi?«

»Ich ... ich glaube, es ist so weit.«

»Aber ... aber du bist doch erst im achten Monat!«

»Es scheint früher kommen zu wollen«, ächzte Hedi und setzte sich auf die Bank vor der Tür.

»Lass uns lieber reingehen, hier ist es viel zu kalt.« Tine hakte das Zimmermädchen unter und führte sie ins Haus. Dort setzte sie sie an den Empfang und klopfte an Frau Wagners Kontor. »Ja?«

»Verzeihung, Frau Wagner. Hedi ist so weit.«

»Aha. Nun, dann müssen wir uns wohl um sie kümmern.« Die Pensionswirtin hieß Tine, zum Nordstrand zu laufen, wo Frau Liebrecht ihr Häuschen hatte, die einzige Hebamme der Insel. Es war ein gefährlicher Weg in jenen Tagen, denn je näher man am Meer lief, umso eisiger war die Strecke. Auch wenn Tine mehrmals ausrutschte und einmal gar hinfiel, kam sie wohlbehalten bei Frau Liebrecht an und bat sie, rasch hinüber zur Pension Wagner zu kommen. Hedi hatte zum Glück schon mit ihr gesprochen, sodass die Hebamme nicht überrascht war. Sorgen machte Tine sich dennoch, als sie sah, wie alt Frau Liebrecht war! Zunächst brauchte die Hebamme eine gefühlte Ewigkeit, bis sie ihre Tasche gepackt hatte, dann fand sie ihre Brille nicht. Zuletzt musste Tine ihr dabei helfen, die Stiefel zu schnüren, weil ihre Finger zu sehr zitterten und sie ohnehin nicht gut genug sah.

Mit ungutem Gefühl begleitete sie die alte Dame schließlich zum Nordstrand, wobei die beiden Frauen sich aneinander festhielten und sich gegenseitig ein wenig Sicherheit auf dem eisigen Pflaster gaben. Es dämmerte bereits, als sie endlich die drei Treppen zur Pension hochstiegen, und Tine erwartete, dass man bei ihrem Eintreten verkünden würde: »Alles schon erledigt, Sie können wieder nach Hause gehen, Frau Liebrecht.« Doch das Gegenteil war der Fall. In dem Moment, in dem sie die Tür öffneten, hörten sie drinnen schon Hedi schreien.

»Nu, das scheint ja mal eine kompliziertere Angelegenheit zu werden«, murmelte Frau Liebrecht und ließ sich zunächst einmal einen Grog geben, ehe sie in das Zimmer trat, in dem Hedi auf einem frischen Bett lag und ihnen aus schreckgeweiteten Augen entgegenblickte. »Das wird schon, mein Mädchen«, erklärte Frau Liebrecht, nachdem sie Hedi die Hand getätschelt und beiläufig den Bauch betrachtet hatte, von dem Tine fand, dass er so groß sei, als befänden sich darin mindestens Fünflinge.

Dann ließ sich die Hebamme neben der werdenden Mutter nieder, rieb ihre Hände mit einer stark duftenden Salbe ein und begann, Hedis Bauch abzutasten. »Hm«, sagte sie. Und noch einmal: »Hm.« Dann bat sie darum, der Schwangeren ein Glas Rum zu bringen. Indes wurde Hedi erneut von Wehen geschüttelt. Ihre Stirn war schweißnass. Tine war im Hintergrund geblieben, eigentlich nur um sich bereitzuhalten, falls etwas gebraucht würde. Aber nun trat sie zu ihr und nahm Hedis Hand in ihre. Sie konnte sich an die Geburten der jüngeren Geschwister ziemlich gut erinnern. Es war jedes Mal schrecklich gewesen, aber auch irgendwie heilig. Diesmal war es ganz und gar nicht heilig, sondern grausam, weil Hedi wieder und wieder schrie und die Augen verdrehte. So kannte Tine das von ihrer Mutter nicht. Aber da war es wohl auch einfacher gewesen mit den Niederkünften.

»Kann man irgendetwas tun?«, fragte Frau Wagner fürsorglich.

»Alle raus«, erwiderte die Hebamme knapp. Und zu Tine: »Du kannst bleiben. Damit sie mir nicht vom Bett springt, so wie sie sich anstellt.«

Also zog sich die Pensionswirtin zurück, während Tine bang verfolgte, wie die Hebamme sich daranmachte, den Muttermund zu untersuchen. »Geweitet ist es«, murmelte sie und griff noch einmal zu ihrer Tasche, um erneut irgendeine Salbe herauszunehmen, mit der sie nun allerdings Hedis Unterleib behandelte. »Man kann ja sogar schon das Köpfchen sehen. Hören Sie mir mal zu«, sagte sie dann zu Hedi, »wenn die Wehen das nächste Mal kommen, hören Sie auf mein Kommando, ja? Sonst sind wir hier noch ewig beschäftigt.«

Hedi, gepeinigt von Schmerzen, nickte und drückte Tines Hand fester. Frau Paulsen kam mit einem großen Glas Rum. »Und wohin nun damit«, fragte sie.

»Am besten, Sie flößen es ihr gleich ein, damit sie sich mal ein wenig entspannt«, erklärte die Hebamme.

»Aber das Kind?«, wagte Frau Paulsen anzumerken.

»Das Kind kommt in den nächsten paar Minuten sowieso zur Welt. Außerdem hat ein Schlückchen Rum noch niemandem geschadet. Bei Geburten ist es ein bewährtes Mittel.« Was die Hebamme auf den Gedanken brachte, noch ein weiteres Glas für sich selbst zu bestellen. Hedi nippte indes tapfer an dem Getränk, verschluckte sich aber und musste husten, was ihre Schmerzen noch verstärkte.

»Herrgott!«, fluchte Frau Liebrecht. »Diese Primadonnen immer bei den Erstgeburten …«

Dann setzte die nächste Wehe ein, Frau Liebrecht drückte mit einer Hand kräftig auf den Bauch, während sie mit der anderen den Muttermund zu weiten versuchte. Unwillkürlich legte Tine ihre freie Hand auf Hedis Stirn und streichelte sie beruhigend. »Alles wird gut«, sagte sie, wie die Nachbarin es immer zu Mutter gesagt hatte, als sie bei der Geburt der Geschwister geholfen hatte – vielleicht auch bei Tines eigener Geburt. »Mach dir keine Sorgen.«

»Dafür hat sie auch gar keine Zeit«, murrte die Hebamme. »Jetzt pressen Sie mal und liegen Sie nicht bloß da und stöhnen. Pressen, pressen, pressen!«

Hedi tat ihr Bestes. Doch das Kind kam allenfalls einige Millimeter weiter zum Vorschein. Dann waren die Wehen wieder vorüber. Der Schmerz blieb. Die junge Frau stöhnte, atmete so flach, dass Frau Liebrecht Tine anherrschte: »Na los, ein bisschen Rum verträgt sie schon, unsere Mimose. Ich sag Ihnen mal was, meine Liebe«, wandte sie sich dann wieder an Hedi, »Sie sind nicht die Erste, die ein Kind bekommt. Und sie werden nicht die Letzte sein. Beim nächsten Mal wird es leichter. Und diesmal müssen Sie sich mehr Mühe geben. Auch Kinderkriegen will gelernt sein.«

Tine hob das Glas an Hedis Mund und flößte ihr ein wenig Rum ein, während die Hebamme wieder nach ihrer Brille suchte. Schließlich gab sie die Suche auf. »Egal«, murmelte sie. »Das Entscheidende sieht man mit den Händen.«

Und doch sah sie es nicht. Als in den späten Abendstunden endlich der Kopf des Kindes aus Hedis Bauch ragte und das Zimmermädchen schon mehrmals die Besinnung verloren hatte, schlug die Hebamme die Hände über dem Kopf zusammen und erklärte: »Dann müssen wir es jetzt herausziehen. Wenn es nicht schnellstens Luft bekommt, wird es sterben.« Sie hatte schon das Köpfchen mit beiden Händen gepackt und Tine angewiesen, Hedi an den Schultern niederzuhalten, als Tine etwas auffiel: »Warten Sie, Frau Liebrecht!«

»Was? Wir müssen es jetzt zu Ende bringen!«

»Der Hals! Ich glaube, die Nabelschnur hat sich …«

Die Hebamme verstand sofort, was ihr das Mädchen zu sagen versuchte. Sie tastete mit ihren zittrigen alten Fingern am Hals des Kindes entlang. »Ja«, sagte sie leise. »Die Nabelschnur liegt um den Hals. Kein Wunder, dass es sich nicht bewegt. Hol mir ein Messer!«

»Bitte?«

»Ein Messer! Rasch!«

»Was für ein Messer, Frau Liebrecht?«

»Ein kleines, ein Obstmesser.«

Tine flitzte in ihre Kammer und war wenige Augenblicke später mit dem Messer zurück, das ihr Meister Herzfeld geschenkt hatte und dessen Klinge leicht gebogen war. Sie reichte es der Hebamme. Unvermittelt sah sie sich in die Geburt zurückversetzt, die Meister Herzfeld so ruhig und gekonnt begleitet hatte. Mit zitternden Händen tastete die Hebamme nach der Nabelschnur und suchte die passende Stelle mit dem Messer. Im nächsten Moment fluchte sie und hielt sich einen Finger an den Mund. »Auch das noch«, nuschelte sie, während sie an der blutenden Wunde saugte, die sie sich zugezogen hatte. »Hier nimm mal.« Sie reichte Tine das Messer zurück und riss sich einen Streifen Stoff von dem Tuch, das sie für das Neugeborene bereitgelegt hatte, um es sich um den Finger zu wickeln.

Hedi stöhnte. »Aber Frau Liebrecht«, stotterte Tine. »Wenn Sie es nicht richtig sehen …«

»Dann was? Willst du es machen? Ich kann nichts dafür, dass meine Augen nicht mehr so gut sind wie früher. Das wirst du noch früh genug feststellen, wie das ist, wenn man alt wird!« Plötzlich brach ihre Stimme, und ein Beben ging durch die alte Frau.

»Ich kann es doch versuchen«, sagte Tine, erstaunt über ihre eigene Tapferkeit. »Wenn Sie mich anleiten? Ich kann Ihre Hände und Ihre Augen sein. Ich muss nur wissen, was zu tun ist.«

Die alte Frau nickte. »Wenn du dir das wirklich zutraust ... Also ...« Und dann leitete sie Tine an. Erstaunt stellte Tine fest, dass sie nur ganz am Anfang selbst zitterte. Sowie sie aber die Nabelschnur in der Hand hielt, war sie so gefesselt von der Bedeutung ihrer Aufgabe, dass alles Weitere wie von selbst geschah. Sie setzte die Klinge, horchte kaum auf die Hebamme, dachte vielmehr an Meister Herzfeld, ja hatte beinahe das Gefühl, als könnte sie sich heimlich mit ihm unterhalten, während sie die Nabelschnur leicht vom Hals des Kindes wegzog und dann mit einem schnellen, glatten Schnitt durchtrennte. Ein Ruck ging durch den winzigen Körper. Hedi schnappte nach Luft, die Hebamme drängte Tine beiseite und stützte mit der einen Hand das Becken der werdenden Mutter, während sie mit der anderen den Kopf und den Oberkörper des Kindes aufnahm. Sekunden später war das Neugeborene auf der Welt. Ein Klaps, ein Schrei – und ein dankbares Schluchzen der Mutter, das überging in ein stilles, dankbares Weinen.

»Ein Junge«, sagte die Hebamme. Und zu Tine: »Hol einen Zuber mit warmem Wasser, damit wir es waschen können.« Plötzlich klang ihre Stimme ganz mild: »Inzwischen soll es bei der Mutter liegen.« Behutsam legte sie den Säugling auf Hedis Brust, die ihre Arme darum schlang, als wollte sie es nie, nie, niemals wieder loslassen. »Danke«, flüsterte sie. »Danke.« Dann schloss sie die Augen und versank ganz und gar in der Liebe zu ihrem Kind.

* * *

Viertes Kapitel

Die Taufe fand in St. Nicolai statt, an dem Taufbecken, das seit Menschen gedachten neben dem Altar vorne stand. Es war ein ebenso merkwürdiger wie denkwürdiger Tag. Merkwürdig, weil an diesem Tag so gut wie jedes Wetter über die Insel kam. Am frühen Morgen entlud sich ein schweres Gewitter über Helgoland, und zwei Boote wurden vom Blitz getroffen und loderten hell, bis sie an der Hafenmole versanken. Am Vormittag hatte sich das Unwetter verzogen, und die Sonne stach herab und ließ die See so gleißend funkeln, dass man kaum hinsehen konnte. Dann aber rollten schwere Wolken von West herein und brachten Schneegestöber mit sich, das im Laufe des Nachmittags in Regen überging, sodass die ganze Insel im Morast versank. Die Soldaten ihrer Majestät der Queen, die zu größeren Übungen aus der Kaserne gerückt waren, sahen aus wie nach einer Schlacht, als sie gen Abend wieder in ihre Unterkünfte zurückkehrten.

Denkwürdig war der Tag auch, weil es neben einer Taufe auch noch zwei Begräbnisse und eine Hochzeit zu absolvieren gab und der Pastor kaum Zeit fand, sich all seinen Aufgaben mit der nötigen Hingabe zu widmen. Doch die Hochzeit war lange geplant worden – und der Tod kündigt sich nun einmal selten an und sucht Beachtung, wann immer er eintritt. Die Taufe hätte man wohl auch um einen oder zwei Tage verschieben können, doch Hedi hatte zwei ungetaufte Geschwister sterben sehen und wollte um alles in der Welt vermeiden, dass das auch ihrem Neugeborenen passieren könnte. Also fügte sich der Pastor in sein Schicksal, zumal die Taufe zu den freudigen Ereignissen des Tages gehörte, und erfüllte ihr den Wunsch.

Auch für Tine war es ein besonderer Tag, ein sehr besonderer sogar. Denn nachdem Hedi erfahren hatte, wie es bei der Geburt ihres Sohnes wirklich zugegangen war, hatte sie Tine gebeten, Taufpatin des Kleinen zu werden.

Selbst als sie am Taufbecken standen und der Pastor sie fragte: »Welchen Namen soll dieses neue Mitglied in der Gemeinschaft der Gläubigen tragen?«, konnte sie es kaum fassen, dass ihr diese Ehre zuteilwurde. Doch sie wusste, dass es nicht nur eine Ehre, sondern auch eine große Verantwortung war, die sie für diesen winzigen Menschen übernahm, der nun in ihren Armen lag und darauf wartete, das heilige Sakrament der Taufe zu empfangen. »Otto Ansgar«, hauchte sie.

»Otto Ansgar«, wiederholte der Pastor mit einem Lächeln und hob die Schale mit dem geweihten Wasser über den flaumgeschmückten Kopf des Kleinen. »So taufe ich dich hiermit im Namen des Herrn auf den Namen Otto Ansgar«, sagte er, und ein Schauder rieselte über Tines Rücken, so bewegt war sie von diesen Worten und von diesem Augenblick. Und sie schwor sich, dass dieses Kind niemals in Not leben sollte, wenn sie es nur irgendwie vermeiden konnte.

Frau Thevessen hatte es sich nicht nehmen lassen, die kleine Gesellschaft zu bewirten. Sie hatte Kuchen gebacken und Kaffee aufgebrüht. Es duftete in der Pastorei wie in einem Kaffeehaus. Hedi nahm dankbar einige kleine Geschenke für Otto entgegen. Und als Frau Thevessen auch noch jedem ein Gläschen selbstgebrannten Sanddornschnaps einschenkte, wurde es trotz der Beerdigungen, zu denen sich ihr Mann verabschiedete, eine ausgesprochen fröhliche Runde. Für ein paar Stunden vergaßen alle, dass die Saison vor der Tür stand, in der sie wieder von frühmorgens bis spätnachts arbeiten würden. Niemand dachte über die Mühsal nach, die es für Hedi bedeuten würde, sich lange Arbeitstage um die Gäste zu kümmern und des Nachts um einen winzigen Säugling. Und keiner sprach davon, wie schwierig es werden würde, eine Betreuung für Otto zu finden. Zunächst. Doch als alle anderen gegangen waren, brachte Tine es zur Sprache: »Frau Thevessen …«

»Was denn, Tine? Ich seh's dir an, etwas bedrückt dich.«

»Es geht um Otto.«

»Ach, ist er nicht allerliebst?«

»Das ist er. Aber wir haben alle keine Ahnung, wie das gehen soll mit der Arbeit und dem Kind. Ich meine, für Hedi.«

Die Pastorengattin nickte und sah nachdenklich aus dem Fenster. »Ja, das leuchtet mir ein.« Es wirkte, als sähe Frau Thevessen in diesem unbestimmten Blick die ganze Insel vor sich, jeden einzelnen Bewohner, jedes Haus und jede Familie. »Lass mich mal mit ein paar Leuten sprechen, Tine«, sagte sie. »Ich glaube, wir finden eine Lösung.«

***

Der Winter verabschiedete sich spät in jenem Jahr. Aber endlich wehte ein Hauch von Frühling über die Insel. Die Bauarbeiten am Kurhaus hatten deutlich länger gedauert als geplant. Die Instandsetzungsarbeiten am Hafen, die wie jedes Jahr vorgenommen werden mussten, waren immer noch im Gange. Am Südstrand hatte ein neues Hotel eröffnet, das vor allem auf Gäste aus dem Deutschen Reich abzielte und sich *Hotel Kaiser Wilhelm* nannte. Es hatte lange Diskussionen gegeben, da es sich für ein Haus dieses Namens nicht als selbstverständlich erwies, dass der Gouverneur seine Genehmigung erteilte. Doch zuletzt hatten die Zuwendungen des Hoteliers offenbar Früchte getragen.

Sehr viel kleinere Veränderungen hatten in der Pension Wagner Einzug gehalten: Tine hatte Frau Wagner überredet, täglich frischen Blumenschmuck arrangieren zu lassen. Sie selbst hatte sich erboten, für alles Nötige zu sorgen. Einerseits gab die Natur der Insel bereits so manches her, das für Farbtupfer auf den Tischen des Speiseraums und des Salons sorgte, andererseits hatte sich Frau Thevessen bereit erklärt, zwei Dutzend kleine Töpfchen mit Krokussen und anderen Frühlingsblumen auf den Fensterbänken ihres Schuppens zu ziehen, die nun Blüten trugen und für eine freundliche Atmosphäre auf allen Zimmern sorgten.

Was noch fehlte, waren die Gäste, die durch den späten Frühlingsbeginn dieses Jahr nur spärlich eintrafen. Doch nach und nach füllte sich das Haus, und es kehrte das bunte Leben und die besondere Eleganz und Internationalität zurück, für die die Insel in aller Welt berühmt war.

Anfangs war es Tine schwergefallen, als Zimmermädchen die Organisation über alle Räume des Hauses zu führen. Und auch wenn es ihr seltsam und irgendwie ungerecht vorkam, so hatte sie öfter bei Hedi nachgefragt, wie etwas klugerweise gemacht werden musste. Hedi indessen war ihr nicht gram, sondern half ihr, wo und wie sie nur konnte. Zu tief war die Dankbarkeit, die sie Tine gegenüber empfand. Denn ihr Kind lebte, und es war gesund und kräftig. Dank Frau Thevessen, die einmal mehr als guter Geist der Insel gewirkt hatte, war sogar eine Lösung gefunden worden, wie der kleine Otto versorgt werden und Hedi dennoch arbeiten konnte: Die Frau des Bootsbauers Reimers war kurz nach Hedi von einem kleinen Mädchen entbunden worden, das aber nur ein paar Tage überlebt hatte.

Zuerst war Anne Reimers zu Tode betrübt gewesen und hatte nur noch apathisch zu Hause gesessen. Doch dann hatte der Pastor mit ihr gesprochen und ihr vorgeschlagen, dass sie Hedis Kind als Tagesmutter zu sich nehmen konnte. So geschah es dann auch. Kurz nach der Taufe hatte Hedi den kleinen Otto zu ihr gebracht. Die beiden Frauen hatten lange gesprochen, der Korb mit Köstlichkeiten, den Hedi von Frau Paulsen mit auf den Weg bekommen hatte, mochte das seine beigetragen haben. Zu guter Letzt jedenfalls waren alle glücklich gewesen – und Otto hatte eine zusätzliche Mutter gewonnen. »Wenn der Kleine mal alt genug ist, kann er mir in der Werkstatt helfen«, erklärte Bootsbauer Reimers jedem, der es hören wollte. »Er ist so kräftig, dass er meiner Frau schon fast die Brustwarze abgebissen hat. Und das ohne einen einzigen Zahn!«

Die Morgenstunden verbrachte Tine nun wieder meist auf der Suche nach Blumen, Gräsern und Zweigen. So erlebte sie manchen Sonnenaufgang auf dem Oberland und konnte zusehen, wie der Feuerball aus dem Meer aufstieg, groß und rot und von überwältigender Schönheit. Noch atemberaubender war das Schauspiel, wenn Nebel in der Luft hing, sodass die Sonne als vages, aber intensives Licht an den Himmel stieg. Dann hielt sie inne und wartete, bis sich der glühende Ball vom Horizont gelöst hatte, ehe sie mit ihrer Suche weitermachte.

An einem Tag im April begegnete ihr bei ihrem morgendlichen Spaziergang über den kargen Felsen der Hotelier Heesters. Sie hatte bereits alles gefunden, was sie sich vorgestellt hatte, und war im Begriff, zurück zur Pension zu gehen, als sie seine schlanke, elegante Gestalt auf sich zukommen sah. Einen Moment überlegte sie, ob sie ausweichen sollte, doch dann fand sie es albern. Sie hatte keinen Grund, sich zu verstecken. Und auch wenn für ihn alles dagegen sprechen mochte, sie war es gewesen, der alle Ungerechtigkeit des Schicksals widerfahren war. Als sie auf gleicher Höhe waren, nickte Tine ihm mit einem freundlichen Lächeln zu.

Heesters grüßte knapp, hob kaum den Hut. Die Geschäftsmäßigkeit seiner Geste traf Tine wie ein Schlag ins Gesicht. Schon war er vorüber, ohne das Wort an sie zu richten, da fasste die junge Frau ihren Mut und folgte ihm. »Herr Heesters«, rief sie, bemüht, nicht zu atemlos zu klingen, während sie gleichzeitig spürte, wie ihr Herz heftig schlug. »Auf ein Wort bitte!«

Er sog scharf die Luft ein und blieb stehen. »Ja, bitte?« Einen Moment lang überlegte Tine, ob sie einen Knicks machen sollte, doch dann entschied sie sich dagegen. Sie arbeitete nicht für ihn – jedenfalls noch nicht –, und er war auch nicht zu Gast in der Pension Wagner. Hier draußen unter freiem Himmel waren sie beide unabhängige Menschen, zumindest unabhängig voneinander. »Wenn Sie erlauben, möchte ich mich erklären.«

Er zuckte mit den Schultern und tippte sich an den Hut. »Es gibt nichts zu erklären, Fräulein. Ich wünsche einen guten Tag.«

Die Kälte in seiner Stimme empfand Tine wie eine weitere Ohrfeige. Für einen Augenblick wusste sie nichts zu entgegnen. Schon hob der Hotelier seinen Gehstock, den er seit einiger Zeit à la mode trug, und nahm den Weg wieder auf, während sie stehen geblieben war. »Leben Ihre Eltern noch?«, rief Tine ihm hinterher. Er hielt inne, wandte sich um, den Blick streng auf sie gerichtet. »Pardon?«, sagte er mit rauer Stimme. »Was haben Sie mit meinen Eltern zu schaffen, Fräulein?«

»Nichts, Herr Heesters.« Tines Herz flatterte. *Zwei unabhängige Menschen*, dachte sie. *Was für ein Unsinn. Wie kann ich es wagen …* Und doch hörte sie sich sagen: »Mein Vater lebt nicht mehr. Er ist am ersten September letzten Jahres verstorben.«

Ein Räuspern. »Nun, das tut mir leid für Sie.« Er nickte. Deutlich genug, um den guten Formen Genüge zu tun, kurz genug, um seine andauernde Missbilligung auszudrücken.

»Ich habe es einen Tag später erfahren und bin dann gleich auf den Dampfer. Nach Hamburg.« Sie schluckte. »Das war der Tag …«

»Der Tag?« Eine leichte Verunsicherung schien die Züge des Hoteliers weicher werden zu lassen. Er setzte seinen Stock ab und hatte sich ihr nun ganz zugewandt.

»Der Tag, an dem ich hätte bei Ihnen vorsprechen sollen, mein Herr.«

***

IV.

Zeit des Umbruchs

Helgoland 1888

Erstes Kapitel

Das Hotel Heesters war ganz anders als die Pension Wagner. Zunächst einmal war es weitaus größer, was nicht nur dazu beitrug, dass es lichter und prächtiger wirkte, sondern auch die Wege länger machte. Ein Nachteil, wie Tine schon an ihrem ersten Arbeitstag in diesem eleganten Haus feststellte.

Es war nicht leicht gewesen, den anderen ihren Entschluss mitzuteilen, dass sie vom nächsten Monat an den Arbeitsplatz wechseln würde. Natürlich hatte Frau Wagner sie als untreu und undankbar beschimpft. Das Schlimme war, dass Tine es genauso empfand. Dennoch hatte sie die Einladung von Herrn Heesters angenommen, sich noch einmal vorzustellen. Und diesmal war es genauso gewesen, wie sie es sich erträumt hatte. Eigentlich war es sogar noch besser gewesen. Denn nach ihrem Jahr in der Pension Wagner wusste sie, wie ein Gästehaus funktioniert, welche Arbeiten dort anfielen, wie sie zu erledigen waren, wie man sich zu geben hatte, welche Fähigkeiten sie besaß, was sie schon beherrschte und auch was noch nicht. Sie hatte Selbstbewusstsein gewonnen und viel gelernt. Auch wie man sich richtig ausdrückt – gegenüber den Gästen wie gegenüber Vorgesetzten. Alles das brachte sie nun mit. Und als sie Henry Heesters gegenüber an seinem Schreibtisch saß und ihm von ihrer Zeit bei Frau Wagner erzählte, da blieb ihm nicht verborgen, dass er es mit einer ebenso leidenschaftlichen wie mutigen jungen Frau zu tun hatte, dass Tine sich für nichts zu schade war, aber dass sie auch den Anspruch hatte, Dinge besser zu machen, als es vielen anderen nötig erschien. Kurz, er war vom ersten Augenblick an überzeugt. Auch erinnerte er sich an das Mädchen, das er vor fast zwei Jahren an den Landungsbrücken im Hamburger Hafen angetroffen und dem er ein kleines Blütenzweiglein abgekauft hatte. Wie sehr hatte es sich entwickelt, wie sehr war sie gereift! »Wenn Sie es also immer noch bei uns probieren wollen, dann lade ich Sie hiermit gerne ein, zum nächsten Ersten eine Stelle im Hotel Heesters anzutreten«, sagte er am Ende des Gesprächs. Und auch wenn das der Zweck ihres Besuchs gewesen war, so hatte Tine in dem Augenblick doch den Atem angehalten und gelauscht, ob da noch irgendetwas käme, weil sie kaum glauben konnte, dass alles sich nun doch noch zum Guten wenden sollte. »Wirklich?«

»Absolut.«

»Ja«, sagte Tine. »Ich will.«

»Ja, ich will«, wiederholte Heesters schmunzelnd. »Wenn das mal keine großen Worte sind für eine Stelle als …«

»… als?« In dem Moment wurde Tine sich bewusst, dass sie zwar über ihre Erfahrungen gesprochen hatten, darüber, was sie beherrschte, aber nicht darüber, welche Aufgaben im Hotel Heesters auf sie warteten.

»Als Erstes Serviermädchen«, sagte Heesters. »Für diese Saison. Im nächsten Jahr wären Sie stellvertretende Hausdame, wenn Sie Ihre Sache gut machen. Und wer weiß, in zwei, drei weiteren Jahren …«

Tine schluckte. Sie machte einen Knicks und erklärte: »Sehr gerne, Herr Heesters.«

Dann hatte sie das Hotel verlassen und war unmittelbar in die Kirche gelaufen, um zu beten, zu danken und um Verzeihung zu bitten, dass sie Frau Wagner, Frau Paulsen, Hedi und Alfred verlassen würde, die so viel für sie getan hatten und die für sie wie eine zweite Familie geworden waren.

Der Gedanke an die erste Familie aber war es gewesen, der Tines Entschluss gefördert hatte: Im Hotel Heesters würde sie fast zweimal so viel verdienen wie bei Frau Wagner. Geld, das sie nach Hause schicken konnte. Schon jetzt waren ihre Einkünfte, das hatte sie aus einem Schreiben ihrer Schwester Jolante erfahren, die wichtigste Geldquelle für die Tiedkens in Hamburg. *Ich brauch neue Schuh Tine,* hatte Jolante in ihrer ungelenken Schrift formuliert. *Und Gerda braucht neue Schlüpfer. Bitte schicke Geld wen Du kannst.*

Natürlich hatte Tine Geld geschickt, auch wenn sie sich noch gut an Gerdas Schlüpfer erinnerte, die nun einmal viel zu fein waren, als dass sie lange hielten. Andererseits: Wenn sie ganz ehrlich zu sich war, musste sie sich eingestehen, dass sie selbst auch gerne schönere Unterwäsche hätte – und überhaupt schönere Kleider. Denn bei ihrem Vorstellungsgespräch war sie sich plötzlich schäbig vorgekommen. Das Kleid, das sie sich im letzten Jahr gekauft hatte, nachdem sie den Schwestern die geliehenen Sachen zurückgegeben hatte, war ein Sommerkleid und passte noch nicht in die Jahreszeit. Außerdem spannte es etwas um die Brust, die übers Jahr gewachsen war. Die Schuhe waren ausgetreten, und sie nannte immer noch keine Handtasche ihr Eigen, was dazu führte, dass sie die Dinge, die sie brauchte, in der eingenähten Tasche ihres Kleides oder in der Jacke tragen musste. Das wirkte nicht sehr vorteilhaft und war auch nicht sehr vornehm.

Entsprechend sehnsuchtsvoll ging sie mehrmals die Woche an den Geschäften für Damenkonfektion von Ehrlich und von Jürgens vorüber und blickte durch die Fenster, wo Puppen die neuesten Kreationen zur Schau stellten. Besonders angetan hatte es ihr ein Kleid in dunklem Blau mit weißen Bordüren an den Ärmeln und am Saum. Es war auf Figur geschnitten und hatte hinten unterhalb der Taille eine doppelt ausgestellte Naht, was die weibliche Figur betonte.

An einem Abend kurz vor Ladenschluss huschte sie hinein und fragte Herrn Jürgens der sich dann als Herrn Jürgens' Neffe und Assistent herausstellte, was dieses wunderschöne Stück kosten solle. Als sie den Preis hörte, wusste sie, dass sie noch lange würde sparen müssen, um sich ein solches Kleid leisten zu können, selbst wenn es ein eher günstiges aus der Kollektion des Konfektionsgeschäfts Jürgens war. Sie wusste aber auch, dass ihr Kleid vom letzten Jahr nicht so schlimm aussehen konnte, wie sie es befürchtet hatte. Sonst hätte Herrn Jürgens Neffe sie nicht geradezu mit den Augen verschlungen.

So lief sie tief betrübt und zugleich auf seltsame Weise beschwingt durch die kleinen Gassen Helgolands, um ihre Besorgungen zu erledigen: ein Paar Strümpfe, eine neue Schleife fürs Haar und endlich eine Bürste. Bisher hatte sie nur einen Kamm gehabt, doch Hedi hatte ihr einmal ihre Bürste geliehen, und wie wunderbar hatte es sich angefühlt, sich damit zu frisieren!

Der Umzug von der Pension Wagner ins Hotel Heesters verlief nicht ohne Tränen. Frau Paulsen steckte Tine ein Päckchen Shortbread zu. »Denk mal gelegentlich an uns hier, wenn du davon knabberst.«

»Aber wir werden uns doch immer wiedersehen! Beim Einkaufen. In der Kirche. Ich weiß nicht …«

»Da hast du recht, Tine«, erwiderte die Köchin. »Aber es wird nicht dasselbe sein. Es ist nicht dasselbe, wenn man nicht unter einem Dach lebt.«

Tine nickte. »Ja, da haben Sie sicher recht. Und ich bin so dankbar, dass ich mit Ihnen arbeiten durfte. Und mit Ihnen unter einem Dach leben«, fügte sie hinzu. Dann wandte sie sich an Alfred, der seltsam schweigsam war. »Wir bleiben ja Freunde«, sagte er einsilbig.

»Ja, Alfred, das bleiben wir. Auch dir möchte ich danken.«

»Ich danke dir, Tine«, sagte Alfred leise. »Du warst eine Bereicherung für uns alle. Wir werden dich vermissen.«

»Ich werde euch auch vermissen.« Sie drückte ihn fest und drehte sich dann zu Hedi um, deren Augen in Tränen schwammen. »Es tut mir so leid«, sagte das Zimmermädchen.

»Es tut mir auch leid, dass ich gehe«, entgegnete Tine.

»Nein, das ist es nicht.« Hedi wühlte in ihrer Schürze nach einem Taschentuch und schnäuzte sich kräftig. Dann holte sie tief Luft und sagte: »Es tut mir leid, dass ich so ein Biest war. Ich habe dich ausgenutzt und dir das Leben schwer gemacht und dich schikaniert und …« Sie schluchzte. »Und du warst so ein guter Mensch. *Bist* so ein guter Mensch!«

»Ach Hedi«, seufzte Tine und nahm ihre Hände. »Das ist doch alles Schnee von gestern. Wir sind Freundinnen und werden es immer bleiben. Und außerdem bin ich ja Ottos Patin, da wirst du mich sowieso nicht los.«

Hedi musste lachen, und auch Frau Paulsen und Alfred fielen in das Lachen ein. Dann half der Hausdiener der ehemaligen Kollegin, ihre Sachen mit dem Leiterwagen hinüberzubringen zum Hotel Heesters. Als sie vor dem schönen und stolzen Haus angelangt waren, zog er seine Mütze vom Kopf, wie es einst Peer gemacht hatte, vor langer, langer Zeit im fernen Hamburg, und sagte: »Bis bald, Tine. Ich wünsche dir, dass du ganz glücklich wirst hier.«

»Danke, Alfred. Irgendwie habe ich das Gefühl, das könnte klappen«, sagte Tine, und es klang leichthin, obwohl sie plötzlich voller Sorge war, dass es womöglich alles anders kommen könnte und dass sie gerade den größten Fehler ihres Lebens beging.

***

Tine teilte sich die Kammer mit einer jungen Frau aus Stade, die seit drei Jahren regelmäßig zur Saison auf die Insel kam und mal als Zimmermädchen, mal als Serviermädchen arbeitete, Helga. Sie hatte unglaublich blasse Haut und war scheinbar am ganzen Körper übersät mit Sommersprossen. Tine fand sie auf Anhieb sympathisch, auch wenn sie nicht sehr gesprächig war. »Arbeitest du denn gerne im Heesters?«, wollte sie von ihr wissen.

»O ja, sehr gerne.«

»Und die anderen, sind sie nett?«

»Sehr nett.«

»Wie schön. Wir werden sicher auch gut zusammenarbeiten.«

»Mhm.«

Tine hatte eine eigene Truhe für sich, obwohl sie kaum etwas besaß, das sie hätte hineintun können. Aber mit etwas Glück und Sparsamkeit würde sich das ja über die Jahre vielleicht ändern. »Und wenn die Saison zu Ende ist, fährst du wieder nach Hause?«

»Ja. Nach Stade.«

»Wo deine Familie lebt.«

»Meine Mutter.«

»Verstehe.« Tine bedrängte Helga nicht weiter mit Fragen. Schüchternheit war ihr im Grunde sympathisch, bedeutete sie doch, dass jemand sich nicht so wichtig nahm. Peer war schüchtern gewesen. Was er jetzt wohl machte?

Die Uniformen im Heesters waren viel schöner als die einfachen Dienstkleider in der Pension Wagner. Man sah darin geradezu hübsch aus, fand Tine. Sie bestanden aus einer blütenweißen Bluse mit kleinem Kragen und einem hinten geknöpften

Kleid in Blau, über das eine weiße Schürze gezogen wurde, die am Rücken gekreuzt, dann einmal um die Taille gewickelt und wiederum vorne seitlich mit einer Schleife gebunden wurde. Dazu trugen die Mädchen dunkle Strümpfe und Schuhe. Das Schönste aber war, dass alles passte! Sogar die Schuhe drückten nicht, noch schlüpften die Fersen beim Gehen heraus.

Frau Radtke übernahm es, Tine das ganze Haus zu zeigen. »Was die Kammern betrifft, weißt du, wo deine liegt, das genügt im Grunde. Die männlichen Mitarbeiter sind auf einer anderen Etage«, erklärte sie. »Mich findest du am Ende des Flurs.« Sie wies an Tines Zimmer vorbei den dunklen Gang hinab, wo etwas zurückgesetzt noch ein Zimmer lag, oder vielmehr: eine kleine Wohnung, wie Tine noch herausfinden würde.

»Aber ich würde es natürlich nie wagen, bei Ihnen zu klopfen«, versicherte Tine ihr respektvoll.

»Das wäre ja fatal«, entgegnete Frau Radtke mit Befremden.

»Entschuldigung?«

»Fatal. Tödlich!«, erklärte die Hausdame. »Natürlich klopfst du bei mir.«

»Ach so. Ähm, und bei … welcher Gelegenheit? Entschuldigen Sie bitte, Frau Radtke, in der Pension Wagner hatten wir keine Hausdame. Ich weiß eigentlich gar nicht …«

»Du weißt nicht, wozu unsereins überhaupt gut sein soll?«, fragte Frau Radtke schneidend, und Tine spürte ihr Herz heftig klopfen. »So habe ich es nicht gemeint.«

Aber Frau Radtke überhörte die Worte und erklärte nur: »Die Hausdame ist der gute Geist eines Hotels. Wo immer etwas zu regeln ist, wann immer eine Entscheidung getroffen werden muss, wann immer etwas passiert ist, wendet ihr euch nicht direkt an den Hotelier, sondern an mich. Und ich kann dir versichern: Es gibt jeden Tag tausend Anlässe dafür! Bilde dir nicht ein, alles selbst entscheiden zu dürfen oder für alles eine Lösung zu finden. In einem großen Haus wie dem unseren ist es wichtig, dass Dinge auf eine bestimmte Art und Weise geregelt werden, sonst herrscht schon bald das blanke Chaos. Wir haben unsere Gepflogenheiten und unsere eigenen Methoden. Möglicherweise wirst du sie alle erlernen, falls du lange genug hier bist. Nun, wir werden ja sehen.«

Als Nächstes erwanderten sie die drei Stockwerke mit Gästezimmern. Es waren insgesamt etwas mehr als vierzig. Riesig kam Tine dieses Haus vor. Und alle Zimmer waren sehr geschmackvoll eingerichtet! Überall gab es zusätzlich zu Bett, Nachttischchen und Sitzgelegenheit noch einen kleinen Schreibtisch mit Stuhl. In einigen Zimmern gab es gepolsterte Sessel, in manchen sogar gemütliche Schemel für die Füße – und in allen Zimmern konnte ein kleiner Ofen gefeuert werden, sodass es im ganzen Haus angenehm warm war. Die Suiten besaßen zusätzlich eine kleine Handbibliothek mit Lesesessel und einem Tischchen, auf dem sicherlich an manchem Abend eine Karaffe mit Wein oder ein guter Brand zu finden war. Besonders vornehm fand Tine, dass die Suiten sogar eigene Kabinen für die Körperpflege mit einer Toilette besaßen. Hätte sie dieses Wort schon gekannt, sie hätte diese Unterkünfte als den Inbegriff von Luxus betrachtet. So stand sie einfach staunend da und bewunderte, wie geschmackvoll und großzügig alles hier war.

Tines Blicke entgingen Frau Radtke nicht, und ihr wiederum entging nicht die Genugtuung, mit der die Hausdame die Pracht des Heesters vorführte. »Die Einrichtung hat Frau Heesters vorgenommen. Von der Tapete bis zu den Servietten im Frühstücksraum.«

»Oh, verstehe. Sie muss eine sehr besondere Frau sein.«

Die Hausdame sagte nichts, sondern führte Tine weiter zu den Salons im Erdgeschoss. Es gab ein Teezimmer und ein Raucherzimmer, einen großen Salon und einen Speisesaal, der auch als Frühstücksraum genutzt wurde. Im Rauchersalon stand ein großer, wunderschöner Holzkasten auf einem Tisch aus poliertem Nussbaumholz. »Der Humidor«, erklärte Frau Radtke, und auf Tines ratlosen Blick seufzte sie und hob mit den Fingerspitzen vorsichtig den Deckel an. In der Schatulle lagen ordentlich aufgereiht dicke und dünnere Zigarren. »Ein Schatz, den wir hüten. Es sind die besten Zigarren, die du auf Helgoland bekommst«, stellte Frau Radtke klar. »Deine Finger haben an diesem Humidor nichts zu suchen. Falls dich ein Gast um eine Zigarre bittet, läufst du und holst einen Hausdiener. Falls du keinen findest, kommst du zu mir. Und sollte ich aus irgendeinem Grund ebenfalls nicht verfügbar sein, so geh und gib Herrn Heesters Bescheid. Niemand kennt sich so gut mit Zigarren aus wie er. Bevor er unerfahrene Frauenhände an diese kostbare Ware lässt, kümmert er sich lieber selber darum.«

Ergeben nickte Tine. Sie wusste, wie genussvoll die feinen Herren oft in ihren Sesseln dem Rauch einer Zigarre nachsannen. Auch erinnerte sie sich gut daran, wie der Vater manchmal, wenn er irgendwo einen Stummel ergattert hatte, für einige Zeit am Fenster saß und in die Ferne blickte, während er den Tabakrest schmauchte. Rauchen, das war eine seltsame Beschäftigung, irgendwie geheimnisvoll und ebenso sinnlich wie geistig. Auch wenn es für alle anderen die Luft verpestete. Für die Raucher selbst musste es etwas Wundervolles sein.

Die Küche war riesig im Vergleich zu der von Frau Paulsen Zwei Köche und drei Küchenjungen arbeiteten hier – und keine Frau, wie Tine verblüfft feststellte. Für die Übergabe der

Speisen an die Bedienungen hatte man eine Durchreiche eingerichtet, sodass die Serviermädchen nur noch ausnahmsweise in die Küche hineinlaufen mussten. Eine gute Idee eigentlich, fand Tine. Auf diese Weise ließen sich Zusammenstöße verhindern. Auch die anderen Arbeitsräume waren großzügiger. Lediglich die kleine Werkstatt erinnerte Tine an Alfreds Werkzeugkammer.

Anders als in der Pension Wagner lagen im Heesters die Vorratsräume nicht in einem gesonderten Anbau, sondern im Keller unter dem Haus, der sich erstaunlich weit in den Felsen hinein erstreckte. In langen Regalreihen hinter abgesperrten Gittern lagen hier Weine in Flaschen. Auch einige Fässer gab es. Ebenso wie Fässer mit Bier und Kraut und eingelegten Gurken. In anderen Regalreihen stapelten sich Marmeladen, Konfitüren und getrocknete Früchte. Es gab einen gesonderten Teil, in dem geräucherter Fisch, Speck und Würste gelagert wurden. In einer großen Schütte gab es Kartoffeln, daneben stapelten sich Kisten mit Zwiebeln. Andere Kisten waren voll mit Äpfeln verschiedener Sorten. Es gab von allem so viel, dass Tine sich unwillkürlich fragte, ob man für das Heesters überhaupt jemals einkaufen gehen musste. Aber natürlich: Frisches Obst und Gemüse waren nur in geringen Mengen hier unten, weil sie nur für kurze Zeit zwischengelagert wurden.

Auf ihrem Weg durch das Haus lernte Tine nach und nach die meisten ihrer neuen Kolleginnen und Kollegen kennen. Sie alle begegneten ihr mit einem freundlichen Lächeln und neugierigen Blicken. Und Tine konnte auch durchaus verstehen, dass sie ein wenig befangen wirkten. Denn für ein Erstes Serviermädchen war sie ziemlich jung. Und dass sie aus der Pension Wagner kam, das ließ nicht darauf schließen, dass sie die Aufgaben eines Ersten Serviermädchens bereits perfekt beherrschte. »So«, schloss Frau Radtke die Führung. »Und nun übergebe ich dich Wiebke, die bisher das Erste Serviermädchen war. Sie wird dir alles erklären, was deine speziellen Aufgaben anbelangt. Ich erwarte, dass du dich ganz und gar für das Hotel Heesters einsetzt, dass du keine Flausen im Kopf hast, dass du den Gästen stets mit der größtmöglichen Zuvorkommenheit begegnest und es nie am nötigen Respekt fehlen lässt. Dann besteht eine gewisse Wahrscheinlichkeit, dass du für längere Zeit hier arbeiten kannst. Aber auch nur dann«, fügte sie hinzu und schaffte es, nicht das geringste Lächeln zu zeigen. Tine knickste und versicherte ihr: »Ich bin überaus dankbar, dass ich hier arbeiten darf, Frau Radtke. Und ich werde Sie nicht enttäuschen.« Das glaubte sie auch wirklich. Allerdings nicht lange.

***

Am nächsten Morgen übernahm Tine ihre Aufgaben. Sie fand sich schon früh an der Küche ein, um mit den anderen Serviermädchen zu besprechen, wer welche Tische übernehmen würde. Denn das hatte sie sich im Vorfeld schon von Frau Paulsen erklären lassen, die früher selbst einige Zeit als Serviermädchen gearbeitet hatte, dass in jedem größeren Restaurant die Tische in Bereiche eingeteilt wurden, für die jeweils eine Bedienung zuständig war. Wie groß aber ein Speisesaal mit achtzig Gästen ist, von denen ständig welche kommen und gehen und jeder seine eigenen Gewohnheiten hatte, das war Tine neu. Wieder und wieder stellte sie an jenem Morgen fest, dass am einen Tisch Kaffee fehlte, am anderen Tee. Und wo es Tee gab, da fehlte die Milch. Und wo es Milch gab, da war der Zucker plötzlich alle. Als eine französische Dame Crêpe Suzette bestellte, wusste Tine nicht nur nicht, worum es sich dabei handelte, bis sie bei der Küche angelangt war, hatte sie auch diesen fremdartigen Begriff schon wieder vergessen. Zurück am Tisch der Dame, sprach sie sie versehentlich mit Ma'am an, was bei einer britischen Lady ganz richtig gewesen wäre, von Französinnen aber nicht geschätzt wurde. Sie winkte Helga, ihr zu assistieren. In Wirklichkeit hoffte sie, dass Helga sich einfach darum kümmern, und vor allem, dass sie verstehen würde, was die Dame wünschte. Das tat sie auch und eilte sofort davon, die Bestellung an die Küche zu melden.

In der Zwischenzeit waren zwei Tische frei geworden, aber noch immer nicht abgeräumt, obwohl bereits die nächsten Frühstücksgäste wartend in der Tür standen. Tine räumte rasch selbst alles beiseite, stieß dabei aber die kleine Vase mit der Pfingstrose um, sodass nun auch noch die Unterdecke gewechselt und der Tisch getrocknet werden musste, ehe ihn eine der Kolleginnen mit flinken Bewegungen neu eindeckte.

Trotz all dieser Missgeschicke wahrte Tine die Haltung und versuchte den Eindruck zu erwecken, sie hätte alles im Griff. So nahm das Frühstück ein Ende, und die Tische wurden frisch für das Mittagsmahl vorbereitet. Doch erneut musste sie feststellen, dass ihr noch vieles an Wissen fehlte: Es gab Besteck, mit dem sie nichts anzufangen und das sie nicht aufzulegen verstand: Hummerzangen, Steakmesser, Messerbänkchen … Sie hielt die Platzteller für Essteller. Die Gläser waren nicht in der richtigen Ordnung, zumindest nicht nach den Gepflogenheiten des Heesters.

Und dann stellte sich auch noch heraus, dass zwar etliche Gäste das Hotel für einen Ausflug zur Düne oder für eine Segelpartie um die Insel verlassen, aber noch mehr Fremde sich das Heesters für den Lunch ausgesucht hatten. »Der Fluch der guten Küche«, hatte Reiner gemurmelt, einer der Hausdiener.

Und in der Tat gab es die köstlichsten Speisen aus dem Meer, vom Land und aus der Luft: Fisch und Krustentiere, Rindersteak und gebackenes Huhn.

Tine versuchte, jeden Fehler, der ihr beim Frühstück unterlaufen war, zu vermeiden. Das gelang ihr auch weitgehend – nur dass sich stattdessen etliche neue Fehler einstellten. Es war wie verhext!

Gläser gingen zu Bruch, Servietten fielen herunter, Gäste beschwerten sich über den Unverstand des neuen Serviermädchens. Einmal kippte sich Tine beim Servieren Sauce über die Schürze, einmal stolperte sie und verschüttete Wein. Am schlimmsten freilich war, dass sie immer wieder ihre Mitarbeiterinnen in die falsche Richtung schickte oder unklare Anweisungen gab, sodass das Mittagsessen am Ende noch chaotischer verlief wie das Frühstück.

Natürlich blieb es nicht aus, dass Frau Radtke sie am Nachmittag zur Seite nahm und ihr ins Gewissen redete. »Wir sind stolz darauf, dass wir hier den besten Service bieten, junges Fräulein«, sagte sie. »Daran halten wir fest, damit das klar ist. Woran wir nicht festhalten, sind Mitarbeiter, die diesen bestmöglichen Service nicht liefern können oder wollen. Ich hoffe, du hast mich verstanden?«

»Das habe ich, Frau Radtke.«

»Dann ist es gut. Denn meine Geduld ist aufgebraucht.«

***

Beim Tee lief es erstaunlich gut! Das war aber auch dem Umstand zu verdanken, dass Tine das ganze letzte Jahr über immer Tee serviert und sich damit beschäftigt hatte. Sie wusste nicht nur, den Gästen das Gewünschte zu verschaffen, und dies ebenso flink wie elegant, sie konnte sogar die ein oder andere

Empfehlung aussprechen oder Anregungen geben, wie die köstlichen Getränke noch ein klein wenig köstlicher schmeckten! Selbst die lang gedienten Serviermädchen und sogar Frau Radtke konnten angesichts der Umsichtigkeit und Zuvorkommenheit, mit der Tine die Gäste umsorgte, nicht umhin, ihr Anerkennung zu zollen.

Wie anders aber verlief der Abend im Speisesaal! Vom ersten Moment an ging alles schief. Tine hatte nicht gewusst, dass am Abend alle Serviermädchen eine andere Uniform trugen, indem sie nämlich dunkelblaue Schürzen über die Kleider zogen, die sie nicht vorne, sondern hinten verschnürten. So platzte sie wie ein Fremdkörper in die Truppe. Dann – nachdem sie sich hastig umgezogen hatte – stellte sich heraus, dass die Reservierungskärtchen nicht platziert worden waren. Doch die ersten Gäste kamen bereits die Treppe herunter, und Tine setzte sie ungewollt ausrechnet an die Tische, die bereits reserviert gewesen waren.

Mit den Anforderungen eines Ehepaars aus Glasgow sprachlich völlig überfordert schickte Tine ein anderes Serviermädchen an den Tisch, das jedoch andernorts fehlte, sodass sich bei der Übergabe in der Küche plötzlich die Gerichte stapelten und zu guter Letzt durcheinandergebracht wurden. Es wäre vielleicht möglich gewesen, sie doch noch an die richtigen Tische zu bringen, hätten nicht besonders hungrige Gäste aus Berlin bereits begonnen, sich über ihre Teller herzumachen. Natürlich folgte die Beschwerde auf dem Fuße: Das Bestellte und das Gebrachte stimmten nun einmal nicht überein – und nun fehlte das bereits Gekostete dort, wo es tatsächlich bestellt worden war!

Als gegen halb elf Uhr am Abend die letzten Gäste den Speisesaal verlassen hatten, stand Tine schluchzend hinter dem

Paravent, der den Zugang zum Küchentrakt abtrennte, und hatte die Hände vors Gesicht geschlagen. Es war der schlimmste Arbeitstag, den sie je erlebt hatte. Am schlimmsten aber war, dass alle an ihr vorbeiliefen und ihre Arbeit erledigten, kein Einziger aber ein tröstendes Wort oder eine Geste für sie übrig hatte. Im Gegenteil: Für Tine fühlte es sich an, als hätten sie nur darauf gewartet und sähen sich nun in ihren Erwartungen bestätigt.

Und dann kam Frau Radtke an ihr vorbei. »Da hat sich wohl jemand ein wenig zu viel zugetraut«, sagte sie leise, aber laut genug, damit Tine es hören konnte, und fügte hinzu: »*Erstes* Serviermädchen.«

***

Tine wartete nicht, bis Herr Heesters sie ansprechen würde, sie ergriff die Flucht nach vorne. Es ging schon auf Mitternacht zu, die Kolleginnen schliefen längst, als sie mit zitternden Händen vor dem Büro des Hoteliers stand und nach einigen tiefen Atemzügen anklopfte.

»Ja, bitte?«

Zögernd öffnete sie die Tür und trat ein.

»Aha«, sagte er. Da wusste Tine, dass sich ihr beschämender Arbeitstag bereits bis zu ihm herumgesprochen hatte. »Sie wissen es schon«, flüsterte sie.

»Nun, vielleicht schildern Sie mir einfach einmal Ihre Version der Geschichte«, bot ihr Henry Heesters an und lehnte sich in seinem Stuhl zurück, an dem er über einigen Papieren gesessen hatte.

»Meine Geschichte«, sagte Tine und trat zwei Schritte auf ihn zu, blieb aber in respektvollem Abstand. »Meine Geschichte ist sicher die gleiche wie die, die Sie schon gehört haben von …«

Heesters ging darauf nicht ein. Und es war ja auch egal, ob ihm Frau Radtke berichtet hatte oder einer der Hausdiener oder ob es eines der Serviermädchen gewesen war. Jede und jeder hätte alles Recht der Welt gehabt, sich über sie zu beschweren, denn sie hatte es allen anderen schwer gemacht. Der Hotelier nickte. »Dann ist es nicht sehr erfreulich, wie es für Sie im Heesters losgegangen ist.«

»Nein, Herr Heesters. Vor allem ist es nicht erfreulich für Sie, weil Sie mir ja vertraut haben, dass ich es gut mache und …« Tine stockte die Stimme.

»Wir werden es verwinden«, erklärte Henry Heesters. Er musterte Tine aus nachdenklichen Augen. »Wissen Sie, vielleicht war es ein Fehler, Sie gleich mit einer so verantwortungsvollen Aufgabe zu betrauen.«

»Vermutlich.«

»Bitte?«

»Entschuldigung«, murmelte Tine, beschämt, dass sie ihren Arbeitgeber unterbrochen hatte.

»Ich fand, dass Sie Ihre Arbeit für Frau Wagner sehr ordentlich machen. *Sehr* ordentlich. Und ich habe auch ein paar Erkundigungen eingeholt.«

»Erkundigungen?«

Auch darauf ging Heesters nicht ein. Er schien es nicht gewöhnt zu sein, dass man ihn fortwährend unterbrach oder kommentierte. »Aber die Pension Wagner ist eben doch zwei Nummern kleiner als unser Haus hier. Und das Erste Serviermädchen hat besonders viele organisatorische Aufgaben. Mein Fehler, das nicht zu berücksichtigen.« Er räusperte sich. »Wir werden eine andere Lösung finden müssen. So können wir jedenfalls nicht weitermachen. Eigentlich brauchen wir morgen früh schon eine vernünftige Alternative.« Er ließ seinen Blick lange auf Tine ruhen, fast wirkte es, als lächelte er unwillkürlich, dann wischte er seine Gedanken beiseite, beugte sich wieder über seinen Schreibtisch und erklärte: »Sagen Sie Frau Radtke, dass sie morgen vor sieben Uhr bei mir sein soll. Ich brauche ihren Rat.«

»Sehr wohl, Herr Heesters«, erwiderte Tine und machte einen Knicks. Dann zog sie sich zurück und schloss leise die Tür seines Arbeitszimmers. *Vor sieben Uhr,* dachte sie. Der Hotelier arbeitete noch immer, und es war schon nach Mitternacht. Er schien sich nicht viel aus Schlaf zu machen, oder er hatte unglaublich viel zu tun – oder beides. Und nun sollte sie auch noch Frau Radtke belästigen, die womöglich schon schlief.

Mit bangen Gefühlen stieg Tine hinauf in den Dienstbotentrakt und lief den Gang entlang zu der Tür, hinter der sie die Kammer der Hausdame wusste. Ihr Klopfen war so leise, dass sie es selbst kaum hörte. Halb hoffte sie, dass Frau Radtke bereits in tiefem Schlaf lag, halb fürchtete sie, sie könnte sie nicht früh genug sprechen, um ihr Herrn Heesters' Wunsch mitzuteilen. Doch entgegen aller Wahrscheinlichkeit hatte die Hausdame Tines zaghaftes Klopfen gehört und befahl mit ihrer kühlen, knappen Stimme: »Herein!«

Abermals trat Tine durch eine Tür, durch die sie lieber nicht getreten wäre an diesem Tag – und war erstaunt, eine kleine Wohnung vorzufinden, die so behaglich eingerichtet war, dass man sich jeden anderen Menschen dort hätte vorstellen können, nur nicht Frau Radtke. »Guten Abend«, sagte Tine mit furchtsamem Lächeln.

»Guten Morgen trifft es eher«, beschied Frau Radtke und bot Tine dann zu ihrem abermaligen Erstaunen einen Stuhl an. »Nun, ich nehme an, du hast bei Herrn Heesters vorgesprochen?«

»Das habe ich, Frau Radtke.«

»Gut. Und ich nehme an, er hat dich von deiner Pflicht als Erstes Serviermädchen entbunden?«

»Sie meinen, er hat mir die Stellung genommen? Ja, das hat er.« Tine blickte zu Boden. Sie hatte noch genau Frau Radtkes Worte im Ohr: *Da hat sich wohl jemand ein bisschen zu viel zugetraut.*

»Dann wirst du uns wieder verlassen?«

»Ich weiß es nicht, Frau Radtke.«

»Du weißt es nicht? Hat er dich denn nicht entlassen?«

Tine zuckte mit den Achseln. »Er … er hat es nicht gesagt.«

»Nun, dann werden wir uns wohl noch eine Weile mit dir herumplagen müssen.«

Tine spürte, wie ihr Tränen in die Augen stiegen, doch sie wollte sich keine Blöße geben und rang sich einen trotzigen Gesichtsausdruck ab. »Vermutlich«, sagte sie.

»Hm. Nun gut. Was willst du also von mir?«, fragte die Hausdame und unterdrückte ein Gähnen. *Zumindest ist sie ein Mensch,* dachte Tine. *Auch sie kennt Müdigkeit.* »Herr Heesters wünscht, dass Sie morgen vor sieben Uhr in sein Büro kommen.«

»So. Will er das. Dann weiß ich ja, was ich zu tun habe. Vielen Dank für die Auskunft. Gute Nacht.«

»Gute Nacht, Frau Radtke«, sagte Tine, erhob sich, knickste und verließ dann die kleine Wohnung im Nordtrakt des Hauses Heesters, nicht ohne noch einmal einen bewundernden und neidvollen Blick auf die hübschen Vorhänge und die entzückenden Möbel geworfen zu haben.

***

Der Beschluss lautete, dass Tine als einfaches Zimmermädchen im Hotel Heesters beschäftigt würde. Die Stelle eines Ersten

Serviermädchens blieb vorläufig unbesetzt, die bisherigen Bedienungen Trude und Anne teilten sich die Aufgaben, Tine würde ihnen bei Bedarf zuarbeiten, sobald sie mit den Abläufen und Gepflogenheiten des Hauses hinreichend vertraut war. Tine war dankbar über diese Regelung, auch wenn sie nun kaum mehr als bei Frau Wagner verdienen würde. Doch sie wusste, sie konnte sich bewähren und würde ihre Sache gut machen.

Wie sich schnell herausstellte, waren die beiden anderen Zimmermädchen ein gut eingespieltes Team. Das war einerseits sehr hilfreich, andererseits hatte es zur Folge, dass Tine sich schon bald als fünftes Rad am Wagen empfand. Sie bekam keinen eigenen Flur, den sie bearbeiten konnte, sondern wurde von Trude und Anne mit Arbeiten betraut, die den beiden entweder lästig waren, wie etwa das Putzen der Öfen, oder die noch übrig waren, nachdem die Zimmer in der Hauptsache in Ordnung gebracht waren. Vor allem aber sollte sie die Schmutzwäsche in die großen Wäschesäcke im Hauswirtschaftsraum bringen, die Böden fegen, die Flure bohnern. Auf die Weise war klar, dass sie nie ein eigenes Ergebnis vorweisen konnte. Tine machte sich keine Illusionen, sie kannte diese Art der Aufgabenverteilung von Hedi. Und sie beklagte sich nicht, sondern entschied, dass es am einfachsten sein würde, den Respekt und vielleicht auf längere Sicht sogar die Freundschaft der beiden anderen Zimmermädchen zu erlangen, wenn sie ihnen so hilfreich wie möglich zur Seite stand und ihnen half, die eigene Arbeit möglichst glanzvoll zu präsentieren.

Schwieriger war es, mit der neuen Situation in der gemeinsamen Kammer mit Helga klarzukommen. Tine war schließlich zunächst als die höhergestellte Mitarbeiterin des Hotels eingezogen. Nun war sie plötzlich ein einfaches Zimmermädchen, das ganz selbstverständlich im Rang unter der länger gedienten Kollegin stand. Und das ließ Helga sie durchaus spüren. War sie anfangs einsilbig gewesen, weil sie gegenüber der Neuen mit der besonderen Aufgabe schüchtern war, so war sie es nun, um Tine zu zeigen, dass sie die höhere Position innehatte. Im Grunde, fand Tine, war das auch richtig so: Helga war sicher drei, vielleicht sogar vier Jahre älter als sie, sie arbeitete schon länger in dem Beruf, da sollte sie auch das höhere Ansehen genießen und mehr verdienen. Allerdings dauerte es eine Nacht, bis Tine zu diesem Ergebnis kam. Eine Nacht, in der sie lange wach lag und sich wieder und wieder fragte, ob sie mit dem Abschied aus der kleinen Pension Wagner nicht eine große Dummheit begangen hatte.

* * *

Als sie am nächsten Tag, nachdem alle Zimmer gemacht waren, eine freie Stunde hatte, beschloss sie, zur Pastorei zu laufen und Frau Thevessen nach ihrer Meinung zu fragen. Sie war es schließlich gewesen, die Tine zu Frau Wagner gebracht hatte.

Es war ein windiger, aber klarer Tag. So weit man blicken konnte, war die See mit Schaumkronen bedeckt, einige größere Boote segelten hart am Wind und mit erstaunlicher Geschwindigkeit an Helgoland vorbei. Zwei große Schiffe waren dabei, vor Anker zu gehen, bald würden neue Gäste im Hotel Heesters und in all den anderen Unterkünften der Insel eintreffen.

Tine lief nicht direkt zum Pfarrhaus, sondern machte einen Umweg hinter den Militärgebäuden vorbei, um einen kleinen Blumenstrauß für die Pastorengattin zu pflücken. Dass sie dabei beinahe einer Einheit von Soldaten in die aufgepflanzten Bajonette gelaufen wäre, jagte ihr einen riesigen Schrecken ein. Der Anführer der Kompanie brüllte sie auf Englisch an, Tine verstand kein Wort. Aber sie wusste auch so, was er von ihr wollte, nämlich dass sie schnellstens aus der Umgebung der Kasernen verschwand. Es war allgemein bekannt, dass man sich nicht in der näheren Umgebung der Militärbauten aufhalten durfte, Alfred hatte es »Sperrgebiet« genannt, allerdings auch dazu gesagt, dass es außerhalb der Kaserne offiziell eigentlich gar keine solchen gab. Aber das Militär machte seine eigenen Regeln, das kannte Tine auch aus Hamburg, wo viel Marine vor Anker lag und tatsächlich ein größerer Teil des Hafens für Zivilisten vollständig gesperrt war.

Es war Fritzi, die ihr die Tür der Pastorei öffnete. »Fritzi!«

»Tine! Komm!« Die Schwester packte sie am Arm und zog sie herein, um sie lang und innig zu umarmen. »Wie geht es dir?«

Tine grinste. Diese Frage hatte sonst immer sie zuerst gestellt. »Gut, Fritzi. Und dir?«

»Auch gut«, erwiderte die Schwester. Und doch: »Aber ich sehe dir an, dass es nicht stimmt«, sagte Tine, als sie Fritzi genauer betrachtete.

Die nickte. »Und bei dir auch nicht«, erwiderte die Schwester. »Warum?«

»Ach, Fritzi, ich habe doch eine neue Arbeit angefangen«, erklärte Tine. »Und es klappt nicht so gut, wie ich gehofft hatte.«

Fritzi nickte. »Später.«

»Ja, Fritzi. Später. Das wird schon. Du hast recht. Aber was ist bei dir?«

»Frau Thevessen.«

»Frau Thevessen? Ist sie wegen irgendetwas böse mit dir?« Fritzi blickte erschrocken. »Böse? Mit mir?«

»Ich dachte nur. Also ist sie nicht böse. Das würde auch gar nicht zu ihr passen. Hm, was ist denn dann mit ihr? Wo ist sie überhaupt?« Denn in der Tat wunderte Tine sich, dass die Pastorengattin noch nicht an der Tür aufgetaucht war.

»Frau Thevessen liegt im Bett«, erklärte Fritzi.

»Um die Zeit? Ist sie krank?«

Fritzi nickte. »O je. Bringst du mich zu ihr?« Die Schwester nickte abermals und ging voran.

Matt sah die Pastorengattin aus, blass und fast ein wenig dünn. »Guten Tag, Frau Thevessen«, grüßte Tine.

»Moin, Tine. Schön, dich zu sehen.«

»Wie geht es Ihnen? Was ist denn passiert?«

»Ach, nichts Besonderes, wirklich. Mir ist heute nur nicht ganz wohl.«

»Genau wie gestern«, ergänzte Fritzi und sah mit bedeutungsvollem Blick auf ihre Schwester.

»Kann ich denn etwas für Sie tun, Frau Thevessen?«

»Nein, Tine. Fritzi umsorgt mich wunderbar. Und mein Mann ist auch bald wieder hier, der kümmert sich auch ganz rührend. Man könnte meinen, *er* wäre die Pastorengattin.« Sie lächelte müde.

»Ein Tee vielleicht?«, schlug Tine vor. »Oder etwas Obst? Ich könnte rasch ein paar …« Die Frau des Pfarrers schüttelte den Kopf. »Danke, Tine. Wenn du dich unbedingt nützlich machen möchtest, könntest du vielleicht den Korb mit Eiern mit hinunter zum Unterland nehmen. Frau Wagner wartet schon … oh! Ich fürchte, das ist keine so gute Idee, entschuldige.«

»Nein, nein!«, beeilte sich Tine zu sagen. »Das mache ich gerne. Dann kann Fritzi bei Ihnen bleiben und auf Sie aufpassen.«

Die Pastorengattin lächelte erneut. »Guter Einfall. So kann ich nichts anstellen.« Sie blickte zum Fenster hin, wo einige hübsche weiße Wölkchen vorbeizogen. »Morgen geht es sicher schon wieder viel besser. Vielleicht magst du mich dann auf eine Tasse Tee besuchen?«

»Sehr gerne, Frau Thevessen. Die Eier finde ich in der Küche?«

Die Pastorengattin nickte und ließ den Kopf zurücksinken, schloss die Augen und flüsterte: »Danke.« Dann schlief sie ein.

***

Auf dem Weg zum Nordstrand haderte Tine mit sich, ob sie nicht doch hätte bleiben und Frau Thevessen versorgen sollen. So blass und schmal hatte sie sie noch nie gesehen. Im Gegenteil, eigentlich war sie eher eine füllige Frau und von gesunder Farbe. Doch je näher sie der Pension Wagner kam, umso mehr drängte sich eine andere Sorge in den Vordergrund ihrer Gedanken: wie wohl ihre ehemalige Arbeitgeberin reagieren würde, wenn sie nun plötzlich in der Tür stand. Der herzliche Abschied war eine Sache, getrennte Wege waren eine andere. Und es war gut möglich, dass die Nöte des kleinen Gästehauses, all die Arbeit zu bewältigen ohne eine zusätzliche Kraft, inzwischen für frostigere Erinnerungen an Tine Tiedkens gesorgt hatten.

Doch Tines Sorgen waren unbegründet. Frau Wagner empfing sie mit einem freundlichen Lächeln und bot ihr sogar an, kurz zu ihr ins Kontor zu kommen. »Nun, wie geht es denn drüben bei Heesters? Ich bin sicher, du hast es sehr schön dort.«

»Das habe ich, Frau Wagner, danke.« Sie zögerte.

»Aber?«

»Aber ich habe mich ziemlich dumm angestellt an meinem ersten Tag und gleich wieder die Stelle als Erstes Serviermädchen verloren.«

Frau Wagners Augen wurden groß. »Tatsächlich? Das kann

ich mir schwerlich vorstellen. Du hast hier doch alles gelernt, was es braucht.«

Tine zuckte betrübt die Achseln. »Aber das Heesters ist ein großes Haus. Es ist nicht leicht, da den Überblick zu behalten. Und wenn dann noch alles neu ist …«

»Verstehe. Nun, das wird sicher noch. Du bist doch noch dort beschäftigt?«

»Das bin ich, Frau Wagner. Als Zimmermädchen.«

Abermals schenkte ihr die Pensionswirtin ein Lächeln. »Das ist mehr, als es hier war.«

»Hier war ich auch Zimmermädchen, Frau Wagner!«

»Ja, das warst du. Aber Zimmermädchen im Heesters zu sein ist mehr wert, als Zimmermädchen in einer kleinen Pension zu sein. Sei stolz auf das Erreichte und arbeite daran, dass es mehr wird.«

»Das werde ich, Frau Wagner.« Tine zögerte. »Trotzdem vermisse ich Sie und die anderen.«

»Ach, das beruht auf Gegenseitigkeit, glaub mir. Und doch müssen wir uns alle damit abfinden.« Sie faltete die Hände auf dem Schreibtisch zum Zeichen, dass die Unterhaltung beendet war.

»Danke, Frau Wagner«, sagte Tine. »Ich weiß es sehr zu schätzen, dass Sie so freundlich zu mir sind.« Tine stand auf und machte einen Knicks, doch die alte Dame schüttelte den Kopf und gab ihr die Hand. »Es gibt keinen Grund, vor mir zu knicksen«, erklärte sie. »Sei selbstbewusst und stolz. Dann wirst du es weit bringen, das spüre ich.«

* * *

Die nächsten Tage begann sich Tine im Hotel Heesters einzuleben. Nach einiger Zeit fand sie sogar in Theodor, einem der

Hausdiener, einen Mentor. Theodor war neben Frau Radtke so etwas wie der gute Geist des Heesters. Auch er war nicht auf Helgoland geboren worden, aber er lebte schon sehr lange auf der Insel. Mit seinen ergrauten Haaren und dem mächtigen Bauch wirkte Theodor würdiger als mancher Gast. Hinzu kam, dass er eine tiefe Stimme besaß, die seinem Gegenüber alle Ehrfurcht abrang. Tine war ihm mit großem Respekt begegnet und hatte Abstand gehalten, weil sie ihn fast ein wenig fürchtete, bis sie herausfand, dass hinter dieser beinahe aristokratischen Gestalt ein sehr einfühlsamer und humorvoller Mensch steckte. Seither liebte sie Theodor, der ihr sogar erlaubt hatte, ihn Theo zu nennen, was ihr irgendwie seltsam vorkam, wo er doch so viel älter war als sie. »Ach«, hatte er gesagt, »das Alter. Vom anderen Ende her betrachtet kommt es einem gar nicht so vor, als wäre es besonders viel Zeit, die dazwischenliegt. Abgesehen davon bin ich doch ein Jungspund!« Er lachte und zwinkerte ihr zu. Damit war das Eis gebrochen.

Tine arbeitete, so gut sie es nur irgend schaffte. Sie war die Erste, die sich im Haus zu schaffen machte, und die Letzte, die abends in ihre Kammer ging. Es war beschwerlich, und an manchen Tagen fand sie kaum noch die Kraft, nach oben zu steigen, um ins Bett zu gehen. Aber es verschaffte ihr Anerkennung bei den anderen Mitgliedern des Hauses – ausgenommen Frau Radtke, die sie weiterhin mit Argusaugen beobachtete und nur darauf zu warten schien, dass Tine wieder alles falsch machte, etwas anstellte oder ihr ein Missgeschick passierte. Ein solches Missgeschick unterlief ihr auch tatsächlich just an dem Tag, an dem eine größere Anzahl neuer Gäste mit der *Queen of the Seas* erwartet wurde, einem luxuriösen Dampfer, der die Insel von Southampton aus ansteuerte. Sie war gerade mit Staubwischen fertig, als sie unglücklich gegen ein Tischchen stieß und eine

Vase zu Boden fiel und zerbrach. Frau Radtke stand so schnell in der Tür, als hätte sie davor gestanden und auf diesen Augenblick gewartet. »Um Gottes willen!«, rief sie und stand schockiert vor dem Malheur. »Tine! Weißt du, was diese Vase wert ist?«

»Ich …«, stotterte Tine.

»Es tut mir sehr leid, Frau Radtke«, warf in der Sekunde Helga ein, die gerade dabei war, die Betten zu überziehen. »Ich bin beim Aufschütteln der Kissen an den Tisch gekommen.«

»Helga?« Frau Radtke blickte irritiert von Tine zu dem anderen Zimmermädchen und zurück. »Ich dachte …« Sie kniff die Augen zusammen. »*So* war das, ja?«, fragte sie Tine.

»Es ist sehr nett von dir Tine, dass du dich hierhin gestellt hast«, sagte Helga und lächelte ihre Kollegin an. »Aber es ist nicht nötig. Frau Radtke muss mich rügen, aber sie wird mir nicht den Kopf abreißen, nicht wahr, Frau Radtke? Es tut mir wirklich sehr leid.«

Ohne ein weiteres Wort drehte die Hausdame sich um und verließ das Zimmer. Hastig sammelte Tine die Scherben auf und wartete kurz, bis Frau Radtke sicher außer Hörweite war. »Warum hast du das gemacht?«, fragte sie dann. »*Ich* war es doch. Jetzt ist sie böse auf dich.«

»Wenn sie böse auf dich wäre, wäre das schlimmer«, erklärte Helga, die noch nie so viel in Tines Gegenwart gesprochen hatte. »Denn dann hätte sie mit Sicherheit dafür gesorgt, dass du hier rausfliegst.«

»Vielleicht hab ich es ja verdient.«

»Denkst du auch mal an uns?«

»Wie bitte? Ich verstehe nicht, was du meinst.«

»Na, wenn du weg bist, müssen wir die ganze Arbeit zu zweit machen. Glaub bloß nicht, ich hätte mich deinetwegen vorgedrängt. Wenn du fliegst, haben wir den Schaden.«

»Verstehe«, sagte Tine. »Trotzdem danke.«

Helga zuckte die Achseln und wandte sich wieder ihrer Arbeit zu. Tine aber wusste ganz genau, dass das nur die halbe Wahrheit war. Das Zimmermädchen hatte es vielleicht nicht nur ihretwegen getan, aber auch ihretwegen. Und das tat Tine unendlich gut und gab ihr Kraft.

Kraft, die sie brauchte, denn es hatte sich herausgestellt, dass Frau Thevessen an einer schweren Grippe erkrankt war und hoch fieberte. Deshalb kümmerte sie sich um die Pastorengattin, so oft sie nur konnte, und war jede freie Minute im Pfarrhaus, um der Frau, die ihr wie keine andere geholfen hatte, beizustehen, Wickel zu machen, Kräutertee einzuflößen, ihr zur Toilette zu helfen, weil sie selbst dafür zu schwach war. Einige Stunden lang glaubte Tine, sich bei ihr angesteckt zu haben, weil ihre Beine so schwer waren, dass sie kaum gehen und sie vor Erschöpfung nicht einmal mehr schlafen konnte. Doch letztlich war es nur die völlige Verausgabung, die ihr so zu schaffen machte. Dabei erging es Fritzi kaum besser. Sie war nun ganz allein für den Pfarrhaushalt zuständig, erledigte alles, selbst Dinge, die sie noch nie gemacht hatte, um dem Pastor zur Hand zu gehen und alles am Laufen zu halten. Je mehr aber Fritzi an Aufgaben erfüllte, umso mehr wuchs sie über sich hinaus. Selbst die manchmal kaum ansprechbare Frau Thevessen stellte fest, dass Fritzi ihre Sache fabelhaft machte, ja mehr als das. Und es war unüberhörbar, dass sie stolz auf das Mädchen war, das die Einschränkungen der Einfalt inzwischen so deutlich überwunden hatte. Fritzi mochte immer noch ein bisschen langsamer sein als andere und ein bisschen naiver. Aber sie war mittlerweile zu beinahe allem in der Lage, was auch andere konnten. Und sie war durch die häufigen Gespräche mit der Pastorengattin geradezu beredt geworden.

Am Ende einer unendlich anstrengenden Woche begann es endlich besser zu gehen. Frau Thevessen konnte sich zeitweise wieder aufsetzen, war jetzt durchgehend bei sich und verlangte sogar danach, das Neueste aus der Zeitung zu erfahren und den jüngsten Tratsch von der Insel, wobei sowohl Tine als auch Fritzi ihr damit nicht so recht weiterhelfen konnten. Sie aß jetzt Hühnersuppe, die die Schwestern gemeinsam gekocht hatten, schlug auch mal die Bibel auf, wollte dann aber doch lieber einen Roman von Brigitte Augusti, deren Werk sich gerade großer Beliebtheit auf der Insel erfreute und besser geeignet war, sich auch einmal hinfort zu träumen. Am Sonntag, als Tine sie nach der Messe besuchte, war sie es gar, die ihrerseits den Mädchen ein wenig aus einem Roman vorlas, ehe sie sich ermüdet doch ein Nickerchen gönnte. Fritzi begleitete Tine auf einen Besuch bei Otto, dem kleinen Patenkind, das sich prächtig entwickelte und dem es bei Reimers gut zu gehen schien. »Moin, die Fräuleins Tiedkens!«, rief der Bootsbauer schon von weitem.

»Moin, Herr Reimers! Wie geht es Ihnen?«

»Wie es einem alten Haudegen mal so geht«, erwiderte der Mann und setzte die Mütze wieder auf, die er für die beiden jungen Frauen gezogen hatte. »Sie besuchen mal wieder Ihren kleinen Wunderknaben, was?«

»Ob er ein Wunderknabe ist, weiß ich nicht …«

»Und wie er das ist! Er sagt jetzt schon Mama!«

»Wirklich?« Tine wagte gar nicht zu fragen, ob er das gegenüber Hedi tat oder gegenüber Frau Reimers, die er ja viel öfter sah.

»Und zwar zu allem und jedem«, lachte der Bootsbauer. »Die hier ist auch Mama!« Er klopfte vergnügt auf den Rand eines Börteboots, das er gerade fertig angestrichen hatte.

»Na, dann wissen Sie ja jetzt, wie Sie es nennen müssen«, erklärte Tine keck und fiel in Reimers' Lachen ein.

Der kleine Otto war wirklich ein Sonnenschein. Bester Laune krabbelte er über eine Decke in dem kleinen Garten der Bootsbauerfamilie, und Frau Reimers hatte alle Hände voll zu tun, ihn davon abzuhalten, in die Werkstatt zu verschwinden. »Dürfen wir ihn ein wenig mitnehmen?«, fragte Tine.

»Nur zu«, entgegnete die üppige Frau des Bootsbauers. »Dann kann ich mal einen Moment ausruhen.«

Tine, den Jungen auf dem Arm, und Fritzi waren schon dabei, sich Richtung Nordstrand aufzumachen, da rief ihnen Knut Reimers hinterher: »Hallo, die Damen, hätten Sie Lust, die Mama auszuprobieren?«

»Die Mama?«, fragte Tine verwirrt.

»Na, mein neues Boot hier. Ich muss eine kleine Tour damit machen, um zu sehen, ob sie schon reif ist, dass ich sie ausliefere.«

»Gerne«, sagte Tine, und Fritzi rief: »Wie schön! Wie schön!«

Dabei wussten die beiden noch gar nicht, welche aufregenden neuen Erfahrungen sie dank Knut Reimers bald machen würden.

***

Dem kleinen Jungen machte das Geschaukel auf Reimers' Börteboot offenbar nicht das Geringste aus. Tine hatte zwar ein etwas mulmiges Gefühl, wenn sie daran dachte, dass das Boot noch nie im Wasser gewesen war. Jungfernfahrt nannte man das bei Schiffen, das hatte sie schon gehört. Ob es bei Booten auch so genannt wurde, wusste sie nicht. Aber in diesem Fall war es ja schließlich eine doppelte oder gar dreifache Jungfernfahrt, wenn man bedachte, dass zwei unverheiratete junge

Damen an Bord saßen. Fritzi allerdings hatte ziemlich große Angst. Sie klammerte sich an Tines Arm, mit dem sie doch das Kind hielt.

»Schon mal auf der Düne gewesen?«, fragte Reimers mit seinem breiten Lächeln.

»Nein«, erwiderte Tine. »Leider immer noch nicht. Die wenigen Tage, die ich frei hatte, hatte ich so viel zu tun. Und im Winter ...«

»Ja, im Winter, da macht das nicht so viel Spaß, das kann ich schon verstehen. Aber heute ist ja grandioses Wetter, da können wir leicht mal rüberrudern.« Und er legte sich in die Riemen, sodass die kleine Ausflugsinsel mit schier unglaublicher Geschwindigkeit näher kam.

Als sie schließlich am Steg anlegten, stellte der Bootsbauer fest: »Von mir aus könnt ihr hier schon einen kleinen Spaziergang machen. Ich will prüfen, ob Wasser eindringt. Das geht nicht, wenn ich die Mama gleich wieder an Land ziehe. Ich bleibe also eine halbe Stunde oder so hier liegen, dann geht's wieder zurück.«

Und so kam es, dass Tine endlich den langersehnten Ausflug auf die Düne machte, diesen winzigen Flecken Land im Meer, von dem man glauben konnte, er würde mit der ersten höheren Welle weggespült.

Traumhaft schön war es hier und ganz anders als auf der Hauptinsel! Zunächst gab es hier sehr viel Sand. Die ganze Insel war rings umgeben von feinstem Strand, den die Einheimischen in der Saison auch sorgsam pflegten und für die Badegäste täglich von Algen und Strandgut säuberten. Nachdem sie ein paar Schritte gelaufen waren, zogen Tine und Fritzi ihre Schuhe und Strümpfe aus, weil sie nicht vermeiden konnten, dass Sand hineinrieselte. Dann spazierten sie an den nördlichen Strand der Düne, genossen das Gefühl des heißen Sands zwischen den Zehen, liefen auch ein Stück im Wasser – und sahen sich plötzlich einer Gruppe von Inselbewohnern gegenüber, mit denen sie nicht gerechnet hatten: Robben lagen dicht an dicht am Strand, so weit das Auge reichte! Große, ja riesige Seehunde mit dunkelgrauem, fast schwarzem Fell. Immer wieder richtete sich eins der Tiere auf und änderte seine Position, drehte sich um oder robbte ins Wasser. Andere kamen von dort und warfen sich in den Sand, um sich an der Sonne zu wärmen. »Was ist das?«, fragte Fritzi ängstlich.

»Seehunde, Fritzi. Das sind Seehunde.«

»Ich habe Angst.«

»Wir gehen besser nicht näher ran.«

»Das würd ich auch empfehlen«, sagte Knut Reimers, der plötzlich hinter ihnen stand. »Sie sind freundlich, aber nicht ungefährlich. Wenn man sie in Ruhe lässt, lassen sie einen auch in Ruhe. Aber wenn man zu nah rangeht …«

Unwillkürlich stolperten die beiden Schwestern mit dem kleinen Otto ein paar Schritte zurück.

»Meist liegen sie in Rudeln zusammen«, sagte Reimers. »Es gibt also noch genug Strand nur für die Menschen.«

Zu einem solchen Strandabschnitt gingen die Mädchen und bewunderten die Buchten, in denen Sonnenkörbe aufgestellt waren, die Umkleidehäuschen und zuletzt das Strandcafé, auf dessen Terrasse sich zahlreiche vornehme Gäste eingefunden hatten, um sich bei Tee und Kuchen zu unterhalten und das Strandleben zu beobachten. Als sie einen freien Tisch nah beim Haus entdeckte, fasste Tine sich ein Herz und wandte sich an ihre Schwester: »Darf ich Sie auf eine Tasse Kakao einladen, Gnädigste?« Fritzi kicherte und antwortete: »Gerne, gnädiges Fräulein.« Und dann lachten sie beide und nahmen fröhlich auf der Terrasse des Strandcafés Platz, als wäre es das Selbstverständlichste von der Welt.

Klein Otto war inzwischen eingeschlafen. Doch kaum war der Kakao getrunken, wachte er auf, und es war mehr als deutlich zu riechen, dass er eine neue Windel brauchte. »O je!«, rief Tine. »Und wir haben keine Ersatzwindel dabei!«

Zum Glück wartete Herr Reimers schon an seinem Boot. »Treten Sie näher, Fräuleins, es wird Zeit!«

»Hält es denn dicht?«, fragte Tine sicherheitshalber und betrachtete mit einer gewissen Skepsis das neue Boot.

»Bis drüben reicht es wahrscheinlich«, sagte Reimers und fügte lachend hinzu, als er die erschrockenen Mienen der Schwestern sah: »Kleiner Scherz.«

An diesem Abend sank Tine in seligen Schlaf. Es war einer der schönsten Tage auf der Insel – oder vielmehr: auf den Inseln – für sie gewesen. Und sie nahm sich vor, möglichst bald wieder hinüber zur Düne zu fahren, auch wenn sie es normalerweise bezahlen musste, und sich wieder ins Strandcafé zu setzen, um dem Leben auf diesem wunderschönen Fleckchen Erde zuzuschauen. Außerdem wollte sie das Innere dieser kleinen Nebeninsel erkunden: die Pflanzen, die dort wuchsen, und alles, was in ihnen lebte.

* * *

Zweites Kapitel

Es war an einem Donnerstag Ende Juni, als Herr Heesters seine Mitarbeiter im Salon zusammenrief, und es herrschte eine seltsam ernsthafte Atmosphäre. »Was ist denn los?«, wollte Tine von Helga wissen. Doch die zuckte nur die Achseln. »Werden wir wohl gleich erfahren.«

Frau Radtke nutzte die Aufstellung der Mitarbeiter für eine Inspektion der Kleidung, rügte die Uniform des Hausdieners Hans, räusperte sich, als sie am Hausdiener Theodor vorbeiging, den sie nun einmal nicht gut rügen konnte, putzte das Küchenmädchen Imke herunter, als sie ihre verschmutzte Schürze sah, monierte Wiebkes Schuhe als nachlässig geputzt und kam gerade vor Tine zu stehen, um sie mit kleinen Augen zu mustern, als die Tür aufging und der Hotelier in den Salon trat. »Danke, dass Sie alle gekommen sind«, sagte er, und Tine dachte bei sich, dass er wirklich ein feiner Mensch sein musste, schließlich verstand es sich nicht für jeden von selbst, sich bei seinen Mitarbeitern für eine Selbstverständlichkeit zu bedanken.

»Ich möchte Ihnen mitteilen, dass wir in den nächsten Tagen hohen Besuch bekommen werden. Wie Sie alle wissen, ist das Heesters nicht eines der ersten Häuser der Insel, aber dennoch eines der besten. Jedenfalls bemühen wir uns ständig darum, und das scheint auch dem Gouverneur von Helgoland nicht verborgen geblieben zu sein. Deshalb hat er eine Delegation von wichtigen Geschäftsleuten aus dem Deutschen Reich hierher empfohlen.« Der Hotelier blickte von einem zum anderen, als würde er jeden und jede ganz persönlich ansprechen mit seinen Ausführungen: »Es kommt jetzt ganz auf Sie an, ob diese Buchung für uns ein wichtiger Schritt in die Zukunft wird oder ein Fehlschlag, der uns womöglich sehr schadet. Ich wünsche, dass das Heesters in den nächsten Tagen nicht nur eines der besten Hotels auf Helgoland ist, sondern nicht weniger als das beste Hotel der Insel. Das können wir, wenn wir uns größte Mühe geben. Da wir eine kleine Truppe sind, heißt das für Sie alle, dass Sie mehr tun müssen als üblich. Die Zimmer müssen nicht nur glänzen, sie müssen strahlen. Die Speisen müssen nicht nur köstlich sein, sondern perfekt. Und ich möchte, dass wir Menüs anbieten, die nicht in jedem besseren Haus zu finden sind. Wir alle müssen den Gästen jeden noch so kleinen Wunsch von den Augen ablesen. Außerdem müssen wir uns in den allerbesten Umgangsformen üben. Wer nicht sicher ist, wie man jemanden anspricht, fragt bei Frau Radtke nach, niemand beherrscht das besser als sie.« Er nickte zu der Hausdame hin, die beinahe einen Hauch von Rot auf den Wangen zeigte und geschmeichelt zurücknickte. »Natürlich haben wir daneben auch die üblichen Gäste«, fuhr Henry Heesters fort. »Es ist mir ausgesprochen wichtig, dass niemand, ich wiederhole: niemand das Gefühl hat, er sei ein Gast zweiter Klasse. Im Heesters gibt es nur Gäste erster Klasse! Auch wenn es sich also um einen ganz normalen Gast handelt, umsorgen Sie ihn wie ein Mitglied des englischen Königshauses. Oder des preußischen, wenn Ihnen das lieber ist.« Im Hintergrund hörte man den Hausdiener Theo leise lachen, doch Herr Heesters fuhr unbeirrt fort: »Ihre Kleidung muss so makellos sein wie Ihre Umgangsformen. Wenn Sie fürchten, etwas nicht perfekt erledigen zu können, wenn Sie müde sind, wenn Sie unsicher sind, ich wiederhole: Wenden Sie sich an Frau Radtke. Und wenn Sie Frau Radtke nicht finden, wenden Sie sich an mich, und zwar ohne zu zögern. Sie stören mich nicht, wenn Sie meine Hilfe brauchen. Sie stören mich nur, wenn Sie etwas falsch machen. Ich bin jederzeit für jedes Mitglied dieses Hauses da.« Er blickte den Küchenmädchen nacheinander ins Gesicht, auch weil er wusste, dass diese Geste von allen anderen genau registriert würde: »Für jedes!«

Frau Radtke straffte sich, soweit das noch möglich war, und wollte schon in die Hände klatschen, um die Versammlung aufzulösen, da hob Henry Heesters die Hand und sagte: »Gibt es von Ihrer Seite irgendwelche Fragen?« Niemand rührte sich. »Keine? Sind Sie sicher? Jetzt ist der richtige Augenblick.«

Tine hob die Hand. »Wird es eine Liste dieser Gäste für das Personal geben?«

»Es gibt immer eine Liste«, warf Frau Radtke ein.

»Nein«, sagte Herr Heesters. »Ich denke, die Frage ist gut und richtig. Denn die Liste, die Sie meinen, liebe Frau Radtke, liegt bei Ihnen und ist nicht immer für alle einsehbar. Es könnte für das Zimmerpersonal nützlich sein zu wissen, wer in welchem Zimmer wohnt.«

»Für die Küche auch«, sagte einer der Köche.

»Richtig«, stimmte der Hotelier zu. »Wir machen mehrere Listen. Jede Abteilung bekommt eine, um eigene Notizen darauf machen zu können.«

Plötzlich hatten alle möglichen Mitarbeiter noch Fragen, und es dauerte noch mehrere Minuten, bis die Versammlung wieder aufgelöst wurde. »Eigentlich sollten wir solche Listen immer bekommen«, sagte Helga zu Tine, als sie gemeinsam die Treppen hochgingen, um im Obergeschoss mit den Zimmern anzufangen.

»Vielleicht können wir's ja beibehalten«, erwiderte die. »Wenn es sich bewährt …«

***

Die Delegation traf am darauffolgenden Freitag ein. Es waren alles Herren, von denen jeder offenbar größten Wert darauf legte, nicht als der Geringste zu gelten. Jedenfalls trugen sie bereits beim Ausbooten Frack und Zylinder, was seltsam wirkte, beinahe als setzte eine Trauerprozession auf die Insel über. Dazu kam, dass die Herren nicht im selben Boot zu sitzen wünschten beziehungsweise zu stehen. Denn fast alle standen bei der Fahrt vom Dampfer zum Anleger, zumindest bis sie befürchteten, ins Wasser zu stürzen. Spätestens dann setzten sich die meisten von ihnen doch hin.

Baron Merwitz war der Erste, der im Heesters eintraf. Der Hotelier hatte für diesen Tag noch einige Insulaner als zusätzliche Hausdiener angeheuert, damit jeder der Gäste eine eigene Begleitung von der Landungsbrücke zum Hotel zur Verfügung hatte. Dennoch war das Erste, was der Fabrikant aus Hamburg zu sagen wusste, dass es eine Zumutung sei, zu Fuß zum Hotel gehen zu müssen. Es fiel Herrn Heesters nicht im Traum ein, ihn darauf hinzuweisen, dass es lächerlich sei, für die paar Schritte ein Fuhrwerk einzusetzen, zumal es auf der Insel so etwas wie einen Landauer oder gar einen Phaeton gar nicht gab. Stattdessen entschuldigte er sich vielmals für die Unbequemlichkeit und entschädigte den Baron mit einem Glas französischen Champagners, wozu sich der feine Herr nicht zweimal bitten ließ.

Sodann trafen praktisch zeitgleich ein Kaufmann und ein Reeder aus der Hansestadt ein, die sich offenbar kannten, wenn auch nicht zum jeweiligen Vergnügen. Denn es war beiden sichtlich ein Anliegen, den jeweils anderen zu ignorieren und sich selbst in den Mittelpunkt des Geschehens zu stellen. Doch auch mit dieser Situation ging der Hotelier, der alle Ankömmlinge persönlich empfing, souverän um und verstand es elegant, einen der beiden Frau Radtke zu übergeben, die ihn nach seinen besonderen Wünschen fragte und ihn mit erstaunlichem Charme zu seiner Suite brachte, während er den anderen damit überraschte, dass er ihm das Paradezimmer zum Südstrand hin überließ, der einzige Raum des Hauses mit einem Balkon – und der einzige, vor dem die Flaggen des Deutschen Reichs aufgezogen würden.

Als wesentlich umgänglicher erwies sich Reinmar von Reekers, der nicht nur über eine Flotte von Lotsenschiffen im Hamburger Hafen verfügte, sondern auch an etlichen Gasthäusern und Hotels in der Hansestadt beteiligt war. Anders als die anderen war Reekers persönlich vom Kaiser in den Adelsstand erhoben worden und entstammte einer bürgerlichen Familie. Mit sichtlichem Wohlwollen musterte er das Hotel und nahm die Mühen zur Kenntnis, die man sich mit ihm machte. »Da haben Sie sich aber mächtig ins Zeug gelegt, mein Guter«, grüßte er Heesters jovial, und Tine, die mit den anderen Angestellten im Spalier stand, fragte sich, ob die beiden sich kannten. Doch das war offenbar nicht der Fall. Denn Henry Heesters verbeugte sich und erwiderte: »Es ist uns eine Ehre, Sie im Heesters begrüßen zu dürfen, Herr von Reekers.«

»Reekers im Heesters«, lachte der Neuankömmling. »Das klingt doch schon mal, als wäre es eine gute Eingebung gewesen, uns hier unterzubringen. Ich freue mich auch. Dann lassen Sie mir mal mein Kämmerchen zeigen!«

»Kämmerchen? Ich bitte Sie, lieber Herr von Reekers! Sie bekommen natürlich das schönste Zimmer des ganzen Hauses. Besser gesagt: die schönste Suite.«

Der Hanseat lachte. »Das erzählen Sie allen, mein Guter!

Aber immerhin erzählen Sie es sehr überzeugend.« Ohne ein weiteres Wort von Henry Heesters abzuwarten, nickte er dem Hausdiener zu und machte sich auf den Weg.

So kam einer nach dem anderen. Und nach kurzer Zeit waren sie alle in ihren Zimmern und Suiten untergebracht, und das Personal widmete sich wieder seinen Aufgaben.

»Sie wollen auf Helgoland investieren«, flüsterte Helga, als sie mit Tine ging, um nach und nach bei den Gästen zu klopfen und nach besonderen Wünschen zu fragen, so wie es Frau Radtke mit Baron von Merwitz getan hatte.

»Investieren?«

»Sie wollen hier Geschäfte machen.«

»Aber was soll man denn hier für Geschäfte machen?«, fragte Tine erstaunt. »Die Insel ist doch so klein. Und es gibt ja auch schon alle Geschäfte.«

Helga lachte. »Du bist naiv, Tine. Sie wollen ihr Geld hierherbringen. Neue Hotels. Ein richtiger Hafen. Neue Schiffsverbindungen, sowas.«

»Woher weißt du das denn alles?«

»Mein Freund ist …« Helga stockte.

»Du hast einen Freund?«

»Sag es niemandem!«, zischte Helga. »Wir wollen uns verloben.«

Tine nickte. »Und was sagt er, dein Freund?«

»Mein Freund arbeitet für den Gouverneur. Er ist …« Sie stockte und musterte Tine, entschied dann aber, ihr offenbar doch zu vertrauen. »Er ist Engländer. Die Insel soll wachsen.«

»Wachsen? Was soll das heißen?«

»Ja. Mehr Geschäfte. Mehr Hotels. Mehr Gäste. Von allem mehr.«

»Von allem mehr«, wiederholte Tine und versuchte, sich das vorzustellen. Tatsächlich fiel es ihr nicht schwer, denn es war das, was sie jahrelang im Hamburger Hafen beobachtet hatte. Der wuchs auch unaufhörlich, ja immer schneller sogar. Ständig wurde dort gebaut und erweitert und gegraben und noch mehr gebaut. Ob es der Militärhafen war oder die Speicherstadt. Ob es neue Landungsbrücken waren oder mehr Gleise für die Hafenbahn. Aber sollte das alles auch auf einer so kleinen Insel wie Helgoland möglich sein? Es gab schließlich kaum Platz für neue Bauten, jedenfalls nicht am Süd- und am Nordstrand, den bewohnten Teilen der Insel. Sicher, man konnte das Oberland weiter bebauen. Aber …

»Tine?«

»Entschuldige, ich habe versucht, mir das alles vorzustellen.«

»Mach das, wenn du frei hast. Jetzt müssen wir arbeiten.«

***

Als am nächsten Tag der Gouverneur den Frühstücksraum des Hotels Heesters betrat, herrschte helle Aufregung unter den Angestellten. Es fühlte sich an, als sei das Haus plötzlich der Mittelpunkt der Insel, und in gewisser Weise war es das auch. Denn auch wenn die beteiligten Herren – ein gutes Dutzend schwerreicher Industrieller und Kaufleute aus Hamburg und Umgebung und einige hochrangige Vertreter der britischen Krone – ihre Gespräche in größtmöglicher Diskretion führten, blieb es nicht aus, dass die Mitarbeiter des Hotels immer wieder Teile der Diskussionen aufschnappten und dann in den Gemeinschaftsraum trugen, wo beim gemeinsamen Essen darüber diskutiert wurde. »Sie sind sich jetzt schon sicher, dass die Insel sowieso bald deutsch sein wird«, erklärte der Hausdiener Hans, der zwei der Gäste vom Festland auf einem Morgenspaziergang mit einem großen Schirm hatte begleiten müssen, weil es zu nieseln begonnen hatte.

»Wirklich?«, fragte einer der Köche. »Warum sollten die Briten das glauben?«

»Die Deutschen glauben es.«

»Die Deutschen glauben viel.«

»Aber sie erreichen auch viel. Gerade in den letzten Jahren.«

Theodor seufzte. »Dann gebe Gott, dass sie sich diesmal irren.«

»Warum?«, fragte Tine.

»Weil es nicht gut wäre für Helgoland, wenn die Insel deutsch würde.«

»Aber sie war doch früher auch deutsch.«

»Das behaupten die Deutschen gerne. Stimmt aber nicht«, stellte Theodor fest. »Die Insel war nie deutsch. Sie war dänisch, ja. Und jetzt ist sie britisch. Aber deutsch war sie nie.«

Eines der Serviermädchen hatte gehört, dass der Baron von Merwitz zwei oder gar drei Millionen Goldmark in die Insel zu investieren gedachte, vorausgesetzt, man räumte ihm ein Vorkaufsrecht auf einige Grundstücke in Hafennähe ein.

»Zwei Millionen Goldmark?«, rief Hans, der gerade schweißüberströmt in den Gemeinschaftsraum kam, nachdem er das gesamte Gepäck eines der Herren vom ersten in den dritten Stock geschleppt hatte – die Unterkunft war als nicht standesgemäß abgelehnt worden. »Damit kann er doch die ganze Insel kaufen! Und wieso sollte der Gouverneur das gutheißen?«

»Das heißt der Gouverneur auf jeden Fall gut, weil es Geld auf die Insel bringt. Das macht seine kleine Kronkolonie hier wertvoller. Auch wertvoller für die Krone. Gerade wenn es darum geht, sie womöglich an die Deutschen zu verscherbeln. Und was das Kaufen der ganzen Insel betrifft: Eher nicht,

Hans«, entgegnete der Koch Anton. »Wie es aussieht, wird allein schon deshalb alles teurer, weil die Herren hier mit Geld um sich werfen.«

»Wie soll das gehen?«, fragte Wiebke. »Dadurch wird ja nicht alles teurer.«

»Allerdings!«, korrigierte Hans. »Je mehr Geld da ist, umso mehr Geld wird genommen. Je mehr Geld genommen wird, umso teurer wird alles.«

Ein Moment, in dem alle schwiegen und überlegten, was das wohl für sie bedeuten mochte. Höhere Löhne? Oder dass das Geld, das sie selbst verdienten, weniger wert wurde. Vielleicht auch beides?

Tine selbst half im Rauchersalon aus, als die Hausdiener mit anderen Aufgaben belegt waren, und servierte den Herren Kognak und Whisky. Der Gouverneur war zugegen, und mehrere der Kaufleute überboten sich mit Phantasien über die neuen Hafenbauten, die zwingend geboten wären. »Wir brauchen Molen, die weiter ins Meer reichen«, erklärte Herr von Reekers, der einiges von der Materie verstand. »Sonst können größere Schiffe weiterhin nur in sicherer Entfernung von der Insel vor Anker gehen. Damit ist das Anlanden von schweren Gütern ausgeschlossen. Und das wiederum bedeutet, dass Sie dauerhaft keine größeren Mengen Stahl einsetzen können.«

»Hm«, sagte der Großhandelskaufmann Feinberg, der ebenfalls zugegen war und sich eben von Theo eine kostbare Zigarre anschneiden ließ. »Da gebe ich Ihnen recht. Ohne Stahl sind moderne Befestigungen unmöglich. Der Hafen selbst braucht neben Zement auch Stahl.«

»Stück für Stück, so muss das gehen. Nur so bekommen wir die nötige Anzahl an Liegeplätzen für Hochseeschiffe gestemmt.«

»Und wie hoch schätzen Sie diese Zahl?«

»Fürs Erste sollte zumindest ein halbes Dutzend in Fregattengröße genügen.«

»Fregattengröße? Sie denken militärisch, von Reekers.«

»Jeder denkt heute militärisch, mein Freund.«

An der Stelle musste Tine mit klopfendem Herzen den Salon wieder verlassen, um die benutzten Gläser in die Küche zu bringen und neue Getränke zu holen. Sie hörte gerade noch, wie der Gouverneur sich in englischer Sprache in das Gespräch einschaltete und die Herren mit ihm zu plaudern begannen beziehungsweise einander übersetzten, was er sagte.

»Fregatten?«, rief Wiebke, als Tine in der Küche davon erzählte. »Das fehlte uns noch, dass uns einer Kriegsschiffe auf unsere schöne Insel bringt!«

In dem Moment betrat Frau Radtke die Küche und zischte: »Werdet ihr wohl augenblicklich aufhören, euch um anderer Leute Angelegenheiten zu kümmern? Es gehört sich nicht, zuzuhören, wenn andere reden, schon gar nicht so wichtige Persönlichkeiten wie unsere verehrten Gäste!«

»Wenn wir nicht hinhören, werden wir nicht erfahren, was sie wünschen«, warf Theo ein, der ebenfalls vorbeikam. Doch Frau Radtke würdigte seinen Einwurf mit keinem Wort.

Die Konferenz im Rauchersalon ging bis weit in die Nacht. Es wurden viele Flaschen edelster Brände geleert und Dutzende schwerer Zigarren geraucht. Zweimal wurde in die Küche um kleine Häppchen geschickt, weil die Herren vom Hunger gepeinigt wurden. Einer der Köche schnitt sich in völliger Übermüdung beinahe einen Finger ab. Am Ende des Abends, das hieß gegen drei Uhr morgens, saßen einer der Köche, Hausdiener Hans, eines der Küchenmädchen und Tine im Gesellschaftsraum und warteten auf die letzten Wünsche. Frau Radtke hielt die Stellung vor dem Salon, um jederzeit Weisungen erteilen zu können. Doch schließlich zogen sich auch die letzten der Geschäftsleute zurück – der Gouverneur war schon gegen Mitternacht gegangen und hatte allseits eine gute Nacht gewünscht.

Für die vier im Gesellschaftsraum allerdings würde diese Nacht noch andauern: Sie hatten bereitzustehen für den Fall, dass einer der Gäste während der Nacht noch einen Wunsch äußerte.

***

Es dauerte nur eine Viertelstunde, und schon ging es los: Der Gast aus Suite Nummer vier verlangte nach einem zusätzlichen Kopfkissen. Mit schweren Gliedern raffte Tine sich auf, es aus der Wäschekammer zu holen und so rasch wie möglich hinaufzubringen in den zweiten Stock. Es war der joviale Herr von Reekers, dem sie es bringen sollte. Ehe sie sich mit dem Kissen auf den Weg zu seiner Suite machte, prüfte sie noch einmal mit einem kurzen Blick in den Spiegel, ob ihre Schürze nicht verknittert war und ob die Strümpfe ordentlich saßen, immerhin hatte sie seit mehr als achtzehn Stunden durchgehend gearbeitet. Dann eilte sie hinauf und klopfte vorsichtig an seine Tür.

Der Unternehmer öffnete im Morgenmantel. Obwohl auch er einen langen Tag gehabt hatte, wirkte er so vergnügt wie die ganze Zeit über. »Sehr freundlich!«, sagte er mit anerkennendem Blick zu dem Zimmermädchen. »Legen Sie es gleich auf mein Bett.«

Tine knickste, was ihr schwerfiel, so lange, wie sie inzwischen auf den Beinen war. Mit einem leichten Schwindelgefühl ging sie ins Nebenzimmer und drapierte das Kissen auf das bereits aufgeschlagene Bett, wobei sie die Petroleumlampe auf dem Nachttisch ein wenig weiter zum Fenster hin schob, damit nichts passieren konnte.

»Trinken Sie doch ein Glas Champagner mit mir … ähm.«

»Tine«, sagte Tine. »Nein danke, gnädiger Herr. Das ist sehr freundlich, aber es ist mir auch gar nicht erlaubt.« Außerdem wäre sie vermutlich auf der Stelle in Schlaf gesunken, wenn sie auch nur einen winzigen Schluck Alkohol zu sich genommen hätte.

»Dann gießen Sie mir ein Glas ein«, sagte Reekers und zwinkerte ihr aufmunternd zu. Und als Tine an das Tischlein mit dem Champagner trat, den man dem Gast in einem Eimer mit Eis gebracht hatte, schob er nach: »Oder besser gleich zwei.«

»Sehr wohl, gnädiger Herr«, erwiderte Tine mit einem Nicken und goss ganz vorsichtig, denn sie hatte gelernt, wie schnell solche Weine überschäumten, zunächst ein Glas voll und dann noch eines. Der Hamburger Geschäftsmann streckte die Hand aus und ließ sich eines der Gläser geben. Dann hielt er Tine die andere Hand hin. Irritiert nahm sie das zweite Glas, um es ihm ebenfalls zu reichen, denn wenn sie eines gelernt hatte, dann, dass man jede noch so seltsame Eigenart der Gäste zu respektieren habe. *Tu stets, als wäre es das Normalste von der Welt*, hatte schon Frau Wagner einmal zu ihr gesagt. Das galt im Heesters noch viel mehr als in der kleinen Pension. Als Tine Herrn von Reekers aber das zweite Glas hinhielt, zog er seine Hand zurück. »Ach nein«, sagte er und grinste. »Nun, da Sie es schon so hübsch halten, sollten Sie doch wenigstens einmal mit mir anstoßen. Cin cin!« Und ehe Tine sich's versah, klirrten die Gläser, und der Unternehmer trank seines in einem Zug leer.

Verlegen blickte sie zu Boden und war schon im Begriff, das

Glas wieder hinzustellen, da forderte sie der Gast auf: »Sie werden mir aber doch nicht die freundliche Geste verwehren, einmal daran zu nippen?« Sein Lächeln schien plötzlich ein wenig kälter geworden zu sein, sein Blick war durchdringend. Vor allem hielt er sich nicht mit Tines Gesicht auf, sondern wanderte an ihr herab und blieb an den Hüften hängen.

»Ich … ich muss wieder gehen, Herr von Reekers«, flüsterte Tine. Sie setzte das Glas an die Lippen und gab vor, einen kleinen Schluck zu nehmen. Ehe sie es aber wieder absetzen konnte, hatte der Unternehmer das Glas am Boden genommen und drückte es gegen ihre Lippen. »Trink es aus«, flüsterte er. »Es wird dir schmecken.« Tine zuckte zurück, entkam dem prickelnden Getränk aber nicht, das in ihren Mund und ihre Nase drang, sodass sie sich verschluckte und zu husten begann.

»Da hat aber jemand wenig Erfahrung, was?«, lachte von Reekers und nahm ihr das Glas aus der Hand, um es auf das Tischchen mit dem Sektkühler zu stellen. Dabei kam er Tine so nah, dass sie die Wärme spüren konnte, die von seinem Körper ausging. Und den Geruch, der nicht frisch war. Doch statt von ihr abzulassen, griff von Reekers Tine ins Haar und roch daran. »Mmmhhh«, kam es fast keuchend über seine Lippen, während Tine unauffällig versuchte, sich zu lösen. »So jung und köstlich …« Instinktiv nahm Tine die Arme nach oben, um sich zu schützen. Doch der Geschäftsmann ließ von ihr ab. »Ich hab es mir anders überlegt«, sagte er ganz entspannt. »Ich brauche das Kissen doch nicht. Nimm es wieder mit.«

»Sehr wohl, mein Herr«, erwiderte Tine aufatmend, machte ihren Knicks und lief, um das Kissen aus dem Schlafzimmer zu holen. Ein Fehler, wie ihr im nächsten Moment bewusst wurde. Denn auch der Unternehmer war hinter ihr in den Raum gekommen, der beherrscht wurde von diesem mächtigen, prachtvollen Bett, von dem Tine wusste, dass es nicht nur deshalb so beliebt war, weil man darin so gut schlafen konnte. Sie packte das Kissen und drehte sich um, damit sie so schnell wie möglich an Reekers vorbei nach draußen kam. Doch Reekers' Hand schnellte vor und packte sie am Arm mit einer Kraft, dass sie aufschrie. »Na, wer wird denn so zimperlich sein?«, fragte der Geschäftsmann mit leiser, gefährlicher Stimme. »Du hast lang genug gearbeitet, Mädchen. Jetzt ist es mal Zeit für ein bisschen Vergnügen.«

»Ich … ich bin noch nicht fertig mit meiner Arbeit«, stotterte Tine und versuchte vergeblich, ihren Arm aus seinem Griff zu befreien. »Ich … muss …«

»Du musst jetzt gar nichts!«, fuhr Reekers sie an und stieß sie rückwärts, sodass sie aufs Bett fiel. »Nichts außer hierbleiben und mir ein bisschen Gesellschaft leisten.« Er öffnete seinen Morgenmantel, unter dem er nackt war. Entsetzt schlug Tine die Hände vors Gesicht. Als er einen Schritt auf sie zutrat, versuchte sie, übers Bett zu klettern, um sich auf der anderen Seite in Sicherheit zu bringen. Doch Reekers packte sie am Fuß und zog sie zurück, wobei ihr Kleid hochrutschte. »Ah!«, rief er. »Das sind aber schöne Aussichten! Und ich bin sicher, sie werden noch viel schöner!«

Tine wehrte sich und drehte sich weg, um seinem Griff zu entkommen. »Ja«, knurrte er. »Ich mag es, wenn so ein Kätzchen ein bisschen wilder ist. Ich werd dich schon noch zähmen, du kleines Raubtier.« Mit einem Ruck riss er ihr das Kleid halb vom Leib, wobei es an mehreren Stellen riss und einige Knöpfe wegsprangen. »Bitte!«, rief Tine. »Herr … Reekers. Tun Sie das nicht.«

»Herr *von* Reekers, du kleine Schlampe!«, zischte der Unternehmer und warf seinen Morgenmantel von sich, während er mit der anderen Hand nach Tines Schlüpfer griff. »Es wird Zeit, dass dir mal jemand zeigt, was ein Herrenreiter ist!«

Entsetzt sah Tine sein rotes Geschlecht in einem wuchernden Haarkranz aufragen. Sie trat nach ihrem Peiniger und warf sich auf die andere Seite des Bettes, wobei sie die Petroleumlampe vom Nachttischchen stieß. Mit einem Ächzen wankte Reekers rückwärts und hielt sich mit beiden Händen den Schritt. Sicher wäre er im nächsten Augenblick umgekippt, hätte ihn nicht jemand an beiden Schultern festgehalten. »Herr von Reekers! Vorsicht, sonst tut sich noch jemand weh!« Wie aus dem Nichts stand plötzlich Henry Heesters in der Suite. »Tine, bitte ziehen Sie sich an und verlassen Sie Herrn von Reekers' Suite. Sie haben hier nichts zu suchen.«

»Ich … er …« Tine schossen die Tränen in die Augen. Beschämt raffte sie die Reste ihres Kleides um den blanken Busen und versuchte, vom Bett zu klettern, ohne sich noch mehr Blöße zu geben. »Es ist nicht …«

»Gehen Sie jetzt«, sagte Heesters, und sie konnte durch nichts erkennen, was er in diesem Moment dachte. Sie wusste nur, dass all das niemals hätte passieren dürfen. Und dann sah sie, wie Flammen neben dem Bett aufloderten.

Binnen weniger Augenblicke waren die Hausdiener mit Eimern voller Sand und Wasser vor Ort. Henry Heesters hatte Tine gescheucht, sie alle zu holen, um das Feuer zu löschen, und hatte dann selbst den Betthimmel heruntergerissen und das Feuer mit der Bettdecke erstickt. Auch die Vorhänge vor dem Fenster waren in Flammen gestanden, als Hans eingetroffen war, ein Teppich hatte ebenfalls Feuer gefangen. Als hätten sie es schon tausendmal geübt, saß jeder Handgriff der beiden Männer, die Henry Heesters zu Hilfe geeilt waren: Hans kümmerte sich um den Teppich, Theo um den Vorhang. Der Hotelier riss das Fenster auf, sobald das offene Feuer erschlagen und vom Sand erstickt war, um frische Luft herein- und vor allem den giftigen Rauch hinauszulassen, während Herr von Reekers blass und schockiert auf einen Sessel in seinem Salon gesunken war, immer noch nackt und scheinbar völlig sprachlos ob der Ereignisse.

Endlich schickte Henry Heesters die Hoteldiener aus der Suite, nicht ohne ihnen aufzutragen, dass Helga und Wiebke schnellstens die an diesem Tag freigewordene Suite von Rittmeister Hanauer und seiner Frau für einen Umzug fertig machen sollten. Dann wandte er sich an Tine und wiederholte: »Gehen Sie jetzt.«

Niemals hatte Tine sich so beschämt und verletzt gefühlt wie in diesem Augenblick. Sie wollte etwas erwidern, doch Heesters schüttelte nur den Kopf und nickte zur Tür hin. Ohne ein weiteres Wort las sie ihren heruntergefallenen Schuh auf und humpelte dann hinaus, um sich in der nächstgelegenen Besenkammer zu verstecken und sich ihren Tränen und ihrer Erschöpfung hinzugeben.

Wenige Augenblicke später öffnete sich die Tür des kleinen Verschlags, und ein Schatten stand vor Tine. Sie zuckte zusammen, doch dann erkannte sie, wer es war: »Frau Radtke!«, rief sie erleichtert.

»Hier bist du also«, sagte die Hausdame eisig. »Gut. Dann kannst du auch hierbleiben. Du kommst noch vor dem Frühstück in Herrn Heesters' Büro. Diese Geschichte wird nicht ohne Folgen bleiben.« Dann warf sie die Tür zu, und Tine hörte zu ihrem Entsetzen, wie sich der Schlüssel im Schloss umdrehte.

***

Drittes Kapitel

Es ist doch offensichtlich, dass sie versucht hat, sich Herrn von Reekers an den Hals zu werfen.«

»Sagt er das?« Henry Heesters' Stimme klang skeptisch, vielleicht auch nur müde.

»Haben Sie etwa ernsthafte Zweifel daran, Herr Heesters?« Frau Radtke hatte offenbar keine. Ihre Stimme bebte vor Empörung. »Ich habe gleich gewusst, dass uns dieses Mädchen nur Ärger bringen wird.« Henry Heesters seufzte. Zu gerne hätte Tine seine Miene gesehen. Doch sie stand wie angewurzelt vor der Tür zu seinem Büro und konnte weder klopfen, um sich bemerkbar zu machen, noch weggehen, um nicht heimlich zu lauschen. »Hat sie das denn?«

»Nun«, sagte Frau Radtke. »Sie erinnern sich nicht an unsere letzte Besprechung in diesem Raum, als Sie ihr in Ihrer Gutmütigkeit eine Stelle als Zimmermädchen angeboten haben, nachdem sie sich als Erstes Serviermädchen unmöglich benommen hatte? *Erstes* Serviermädchen!« Sie schnaubte jetzt verächtlich.

»Ich sehe ein, Frau Radtke, dass es keine gute Idee war, ihr gleich eine so verantwortungsvolle Aufgabe zu übertragen. Sie hatte mich bei meinem Besuch in der Pension Wagner überzeugt …« Er lachte. »Schauen Sie nicht so, Frau Radtke. Ich versichere Ihnen, es waren allein professionelle Gründe, die mich überzeugt hatten. Aber das Wagner ist nun einmal nicht das Heesters.«

»Das ist es wahrlich nicht, Herr Heesters. Deshalb können

wir hier nicht Leute einstellen, wie es Frau Wagner tut. Unsere Gäste sind viel anspruchsvoller.«

Wieder seufzte der Hotelier. »Ich fürchte, sie sind nicht nur anspruchsvoller, Frau Radtke.«

»Bitte?«

»Das Vorkommnis heute Nacht …« Heesters schien aufgestanden zu sein, denn nun kamen Schritte näher, die eindeutig nicht Frau Radtkes waren. Erschrocken trat Tine einen kleinen Schritt zurück, dann wieder einen vor und klopfte. »Ah, Tine, kommen Sie rein«, sagte der Hotelier, der in diesem Moment an der Tür angelangt war. Er ließ sie ein und schloss dann hinter ihr. »Wir haben gerade über Ihren Fall gesprochen.«

Tine knickste und blieb mit gesenktem Blick im Raum stehen. Frau Radtke musterte sie von oben bis unten. Sie hatte sie vor einigen Minuten aus der Besenkammer gelassen und auf ihr Zimmer gescheucht, damit sie sich ordentlich anziehen konnte. Nun trug Tine zwar keine perfekt passende Uniform mehr, und es war ihr in der Kürze der Zeit nicht mehr gelungen, ihr Haar halbwegs zu machen. Aber zumindest konnte sie sich so wieder unter Menschen wagen. Und Henry Heesters musste sich eingestehen, dass sie so aufgelöst und übernächtigt durchaus entzückend wirkte. Er räusperte sich und trat hinter seinen Schreibtisch, ohne sich aber zu setzen. »Ich nehme an, wir sind uns einig, dass sich Vorkommnisse wie in dieser Nacht nicht wiederholen dürfen«, fing er an, und die beiden Frauen nickten. »Uns ist nicht ganz klar, was genau vorgefallen ist«, fuhr er fort, obwohl er sich eigentlich ziemlich sicher war. Aber vielleicht hatte ja auch Frau Radtke recht. Das aufzuklären würde ohne die Mitwirkung des Zimmermädchens nicht möglich sein. »Mögen Sie uns Ihre Version der Geschichte einmal erzählen?«

Tine zögerte. Doch dann schüttelte sie den Kopf. »Nein«, sagte sie leise. »Das möchte ich nicht.«

»Nicht?«, fuhr Frau Radtke sie an. »Herr Heesters bietet dir an, dich hier reinzuwaschen, und du schlägst seine Hand einfach aus?«

»Das würde ich nie tun«, erklärte Tine und blickte zuerst zu ihr und dann zu ihrem Arbeitgeber. »Es ist nur so …«

»Ja?«, sagte Heesters und nickte ihr aufmunternd zu, ohne aber seine ernste Miene aufzugeben.

»Sie haben gesagt …« Und mit diesen Worten wandte sie sich an die Hausdame: »Sie haben gesagt, der Gast hat immer recht. Egal, was er wünscht, es steht ihm zu. Wir werden …« Sie stockte, schluckte, blickte zu Herrn Heesters. »Wir werden ihm alle Wünsche erfüllen.« Sie holte tief Luft. »Aber …«

Einen Moment blieb dieses *Aber* in der Schwebe, dann ergriff der Hotelier wieder das Wort. »Aber es gibt Wünsche, die man nicht erfüllen kann. Ich stimme Ihnen zu, Tine.« Er holte tief Luft. »Es war also ein Wunsch von Herrn von Reekers, der zu der Situation geführt hat, die wir … nun, die wir vorgefunden haben?«

»Dazu möchte ich nichts sagen, Herr Heesters.«

»In Gottes Namen, warum denn nicht?«, rief Frau Radtke und warf die Hände in die Luft.

»Weil es sich nicht gehört«, sagte Tine leise.

»Was gehört sich nicht, Herrgott nochmal? Die Wahrheit zu sagen? Oder eine Lüge zu erzählen?« Die Hausdame war einen Schritt näher an sie herangetreten und funkelte das Zimmermädchen mit zornigen Augen an.

»Es gehört sich nicht, schlecht von unseren Gästen zu sprechen«, sagte Tine so ruhig, wie es ihr möglich war. »Aber wenn das bedeutet, dass ich das Hotel verlassen muss, dann bin ich dazu bereit.« Dies war die Erkenntnis, die in den langen Stunden in der Besenkammer in Tine gereift war. Sie würde sich nicht entschuldigen. Aber sie würde sich auch nicht hinreißen lassen, den Hamburger Geschäftsmann zu beschuldigen. Denn dann würde sie unweigerlich verlieren. Sie galt als Niemand, während er ein hochangesehener, schwerreicher Unternehmer war. Für ihn galten nicht dieselben Regeln wie für jemanden aus Tines Schicht. Der einzige Weg, ihre Würde zu bewahren, war, selbst mit der Sache zurechtzukommen. Dass die Diskretion, die das mit sich brachte, dem Scheusal die Möglichkeit gab, sich ohne jeden Schaden aus der Affäre zu ziehen, nahm sie in Kauf.

»Frau Radtke«, sagte Hotelier zu seiner Hausdame. »Wären Sie so freundlich, uns für einen Moment alleine zu lassen?«

»Gewiss.« Die strenge Frau im hochgeschlossenen schwarzen Kleid verließ das Büro, und Henry Heesters setzte sich hin. Immer noch oder schon wieder war er tadellos gekleidet, und Tine fragte sich, ob er sich nach den Ereignissen der Nacht überhaupt hatte umziehen können. Andererseits konnte er unmöglich trotz des Feuers und des Rauchs einen so makellosen Anzug und ein so blütenweißes Hemd vom Vortag tragen. Als wollte er ihre Gedanken Lügen strafen, lockerte Henry Heesters seine Krawatte und lehnte sich zurück. »Gut«, sagte er. »Was Sie sagen, Tine, gefällt mir. Es zeigt, dass Sie verstanden haben, wie ein solches Haus funktioniert. Und es zeigt, dass Sie Mut haben. Ich bin mir nicht sicher, ob ich an Ihrer Stelle nicht die Gelegenheit genutzt hätte, die Wahrheit zu sagen. Denn machen wir uns nichts vor, wir beide wissen ganz genau, wie solche Männer denken und was sie glauben, sich herausnehmen zu dürfen. Vermutlich weiß es auch Frau Radtke, aber sie würde es nie zugeben. Sie müssen wissen, Frau Radtke arbeitet schon sehr lange für mich. Sie betrachtet das Heesters als ihre Familie. Eigentlich *ist* das Heesters ihre Familie. Bevor sie etwas auf einen Gast kommen lässt, hackt sie sich lieber den rechten Arm ab. Frau Radtke ist der Inbegriff von Zuverlässigkeit und Disziplin. Egal. Ich frage Sie jetzt offen, ob Sie wollen, dass wir Herrn von Reekers zur Rede stellen. Denn wenn Sie das erwarten, werde ich es tun. Es geht nicht an, dass unsere Mitarbeiter ihres Leibes und Lebens nicht sicher sind in unserem eigenen Haus.« Er beugte sich vor und deutete Tine, sich ebenfalls zu setzen.

Doch die schüttelte den Kopf. »Nein, Herr Heesters«, sagte sie mit matter Stimme. »Es bedeutet mir nichts. Ich glaube auch nicht, dass es etwas ändern würde. Dass *er* sich ändern würde. Das Seltsame ist …«

»Was ist das Seltsame?« Henry Heesters klang ehrlich interessiert.

»Das Seltsame ist, dass er bis dahin sehr freundlich wirkte. So nett! Eigentlich ganz anders als …« Sie unterbrach sich.

»Ja«, stimmte der Hotelier zu. »Das ist mir auch aufgefallen. Aber manche Menschen beherrschen es trefflich, sich selbst einen Anstrich der Menschenfreundlichkeit zu verleihen. Und wenn dann die Maske fällt, kommt ein Unmensch dahinter zum Vorschein. Es tut mir leid, Tine, dass Ihnen diese schreckliche Erfahrung hier widerfahren ist. Und zugleich bin ich froh zu erkennen, dass meine Vermutung stimmte. Ich kann mich nur bei Ihnen entschuldigen.«

Erstaunt blickte Tine auf. »Sie, Herr Heesters? Bei mir? Aber wofür?«

»Dass Ihnen einer unserer Gäste unschicklich zu nahe gekommen ist. Dass Sie um … nun, um Ihre … Unversehrtheit fürchten mussten.« Er lächelte etwas verlegen, wurde dann aber wieder ernst. »Und dass diese Geschichte sehr böse hätte ausgehen können, wenn man bedenkt, dass ein Feuer ausgebrochen ist.«

»Das Feuer …« Tine rang die Hände. »Das Feuer ist ausgebrochen, weil ich die Lampe umgestoßen habe, Herr Heesters. Das ist das Schlimmste. Ich habe das Feuer verursacht.«

»Reden Sie sich das nicht ein, Tine.« Henry Heesters stand auf und kam um den Schreibtisch herum zu Tine. »Es ist alles schlimm genug. Und es wird nur schlimmer, wenn Sie die Schuld bei sich suchen.« Er legte ihr die Hand auf die Schulter, eine warme, tröstliche Hand. »Ich bin froh, dass Ihnen nichts Schlimmeres passiert ist«, sagte er. »Uns allen. Den Gästen. Den Mitarbeitern. Und ich versichere Ihnen, ich werde mich bemühen, in Zukunft besser darauf zu achten, dass niemand vom Personal in Situationen kommt, in denen er Übergriffen ausgesetzt ist.«

»Das … das ist sehr großmütig von Ihnen, Herr Heesters.«

»Nein, Tine. Es ist eine Selbstverständlichkeit, und ich hätte mich schon früher darum bemühen sollen. Bevor das alles geschehen ist.«

* * *

So verständnisvoll der Hotelier auf die Geschehnisse reagiert hatte, so ungnädig reagierte die Hausdame. Für Frau Radtke schien der Fall unwiderlegbar klar zu sein – und Tine diejenige, der er anzulasten war. Entsprechend kühl behandelte sie das Zimmermädchen in den nächsten Tagen und Wochen. Als die Dienstpläne für die Folgewoche gemacht wurden, teilte sie Wiebke einen zusätzlichen freien Tag zu und Tine mehrfach doppelte Schichten, was bedeutete, dass sie jeweils sechzehn Stunden arbeiten musste. Das aber waren nur die üblichen

Aufgaben als Zimmermädchen. An den Abenden hatte sie sich für den Room Service bereitzuhalten, zwischen den Schichten den Serviermädchen im Salon und im Speisesaal zu helfen. Außerdem sollte Tine, da einer der Küchenjungen ausgefallen war, beim Kartoffelschälen und beim Herdputzen helfen, zweimal, nachdem die Küche geschlossen worden war, den Küchenboden schrubben und den Gemeinschaftsraum wischen. Sie wurde für Botendienste eingeteilt und musste frühmorgens Vorräte für die Küche aus dem Keller nach oben bringen und für die Köche vorbereiten.

Nach einigen Tagen zeigten sich dunkle Ringe unter ihren Augen. Herr Heesters lief ihr auf einem der Flure über den Weg und hielt sie an: »Geht es Ihnen gut, Tine? Sie sehen etwas angegriffen aus.«

»Es geht mir gut, Herr Heesters, vielen Dank. Wir haben nur alle sehr viel zu tun.«

»Verstehe. Ja, diese Saison ist sehr fordernd für das ganze Personal. Ich hoffe, Sie machen öfter mal eine Pause?«

»Gewiss, Herr Heesters, gewiss.« Tine knickste und eilte davon. Sie brauchte keine weitere Auseinandersetzung mit Frau Radtke. Hätte sie sich über die ungleiche Behandlung beklagt, wäre alles nur schlimmer geworden, das war völlig klar.

An jenem Abend hatte ihr die Hausdame aufgetragen, die Flure sämtlich zu putzen. Das hieß: alle Teppiche aufrollen und die Böden bohnern, und zwar ohne dabei Krach zu machen, die Teppiche abzukehren und wenn nötig auszuschütteln, was allerdings alleine nicht machbar war. Da die anderen aber bereits Feierabend hatten, blieb ihr nichts anderes übrig, als es irgendwie zu probieren. Eine Reinigung tagsüber kam laut Frau Radtke nicht in Frage, weil dadurch nur die Gäste belästigt würden.

Seit die Delegation aus Hamburg abgereist war, hatte im Hause wieder ein normales Procedere Einzug gehalten, alles wurde wieder gemacht wie vorher – und doch auch nicht. Denn die Regeln, die Herr Heesters für die ganz besondere und ganz besonders zuvorkommende Behandlung der Geschäftsleute aus der Hansestadt aufgestellt hatte, sollten fortan für alle Gäste des Heesters gelten, egal ob sie aus dem Vereinigten Königreich kamen oder aus dem Deutschen Reich, ob sie zur Kur auf der Insel weilten oder aus geschäftlichen Gründen, ob sie erwachsen waren oder Kinder.

Als Tine bei ihrer Arbeit am Zimmer eines Ehepaars aus Berlin vorüberkam, hörte sie einen Schmerzenslaut. Erschrocken hielt sie inne und überlegte kurz, ob sie Bescheid geben sollte, weil womöglich jemand Hilfe brauchte. Dann fiel ihr ein, dass es kein Einzelzimmer war und dass ja der Ehemann der Frau ebenfalls dort wohnte. Es war anzunehmen, dass auch er sich im Zimmer aufhielt, denn die Lokale und Tanzhallen der Insel waren längst geschlossen. Sie wollte schon weiterwischen, da hörte sie es erneut. Und noch einmal. Immer wieder. Da wurde ihr plötzlich klar, dass es keine Schmerzenslaute waren, denen sie unabsichtlich lauschte, sondern … Sie spürte, wie ihr Herz schneller schlug und ihr das Blut in die Wangen schoss. *O Gott,* dachte sie. *Und das in einem Hotel, in einem so feinen noch dazu!* Sicher, sie hatte auch im Haus Wagner schon solche Erlebnisse gehabt, aber noch nie war ein Gast dabei so laut gewesen wie diese Frau – und jetzt auch ihr Mann, der ebenfalls immer deutlicher zu hören war. Ein Stöhnen war das, ein Grunzen fast von ihm, dass Tine ganz nervös wurde. Sie wagte nicht, sich zu bewegen. Wenn die Herrschaften drinnen sie hier draußen hörten, dachten sie womöglich, sie würde lauschen, und das tat sie doch gar nicht. Das hieß: Sie *wollte* es nicht tun, konnte aber nicht anders. Endlich, nach einer Ewigkeit, wie es ihr schien, steigerte sich das Stöhnen so sehr, dass man hätte meinen können, das Ehepaar wollte das ganze Heesters aufwecken, und dann war es ganz plötzlich vorbei, und Tine merkte, wie sie zuletzt so lang die Luft angehalten hatte, dass sie jetzt ganz tief ausatmen musste.

»Eine Schande«, sagte da auf einmal Frau Radtke hinter ihr. »Eine Schande, wirklich. Wenn ich dich noch einmal dabei ertappen sollte, wie du Gäste belauschst, dann fliegst du noch in derselben Minute.« Dann drehte sie sich um und verschwand in Richtung ihrer kleinen Wohnung, während Tine zutiefst beschämt zurückblieb und mit glühenden Wangen den Boden schrubbte, bis sie ihre Finger nicht mehr spürte.

Am nächsten Tag – sie hatte kaum drei Stunden geschlafen, damit sie beim Gemüseputzen helfen konnte – spürte sie schon beim Aufstehen, dass sie Temperatur hatte. Das Glühen ihrer Wangen hörte nicht mehr auf. Da an diesem Tag aber etliche neue Gäste vom Festland erwartet wurden, die über Cuxhaven anreisten, galt es, möglichst schnell die Zimmerwechsel zu erledigen. Und das bedeutete, dass alle anderen Zimmer so früh gemacht sein mussten, dass sich die Zimmermädchen ab den Mittagsstunden nur den Unterkünften der neuen Gäste widmen konnten. Ausgerechnet aber hatte Helga ihren freien Tag, sodass Tine ihre eigene und Helgas Arbeit übernehmen musste, denn Wiebke erklärte gleich, dass sie genügend mit ihren Zimmern zu tun hätte.

Tine verzichtete auf Frühstück und Mittagessen, um ein wenig Zeit zu sparen. Als ihr am frühen Nachmittag Theo mit dem Gepäck der ersten Neuankömmlinge begegnete, schüttelte er den Kopf. »Du solltest eine Pause machen, Mädchen«, sagte er. »Bist du krank?«

»Es geht schon, Theo«, entgegnete Tine. »Wird auch wieder weniger Arbeit.«

»Wir können aber nicht brauchen, dass jemand krank wird.« Seine sonst so fröhliche Miene war nun verschwunden. Stattdessen zeigte die hohe Stirn deutliche Sorgenfalten.

»Ich werde aber nicht krank«, sagte Tine und schluckte. Ihr Hals fühlte sich irgendwie eng an. Außerdem spürte sie unter den Backenknochen zwei dicke Schwellungen, die schmerzten, wenn sie sie berührte.

Und doch gelang alles, und die neuen Gäste fanden die schönsten Zimmer vor, in denen kein Stäubchen den genussvollen Aufenthalt trübte und keine Fensterscheibe unpoliert geblieben war. Zufrieden, wenn auch erschöpft stellte Tine die Putzutensilien in eine der Besenkammern und eilte zur Küche, um sich umzuziehen, denn sie sollte auf Frau Radtkes Weisung hin gleich anschließend im Salon beim Tee aushelfen.

Dort waren nicht nur verschiedene Gäste zu bedienen, sondern auch einige Fremde – und die Frau des Gouverneurs! Sie hatte sich mit einer Freundin im Heesters verabredet, weil es dort die köstlichsten Scones zum Tee gab. Also saßen die beiden Ladys mit ihren prächtigen Kleidern in der Mitte des Salons und scheuchten ein ums andere Mal das Personal umher mit ihren ständigen Wünschen. Mal war die Clotted Cream zu dünn, dann war sie zu dick. Der Zucker war nicht süß genug, der Tee zu heiß. Anschließend war er zu lau. Und überhaupt war es die falsche Sorte, man hatte schließlich Ceylontee bestellt, doch das, was man serviert bekommen hatte, konnte unmöglich Ceylontee sein. Also brachte Tine auf Geheiß des Kochs Assamtee, der von den Damen als Ceylontee identifiziert und akzeptiert wurde. War der Gouverneur selbst ein würdiger Herr mit tadellosem Auftreten und einer gewissen Milde, so stellte seine Frau das genaue Gegenteil da: Sie brauchte die größtmögliche Aufmerksamkeit und fand stets ein Haar in jeder Suppe. Als Tine die Anweisung: »More milk please« nicht auf Anhieb verstand, brach die Gattin des Gouverneurs in eine heftige Schimpftirade aus, worauf Tine sich vielmals entschuldigte, so tief wie möglich knickste, abermals knickste – und dann unmittelbar zu Boden stürzte. Im Fallen griff sie nach einem Halt, erwischte aber nur das Kleid der Gouverneursgattin, das prompt zerriss, worauf die Frau aufsprang und auf Tine einschrie. Die allerdings hörte es nicht mehr, weil sie ohnmächtig auf dem Boden liegen blieb.

***

Als Tine die Augen wieder aufschlug, war sie zunächst überzeugt davon, in der Pastorei gelandet zu sein. Denn über ihr schwebte das Gesicht von Fritzi, so schön und rein, dass ihr Tränen über die Wangen liefen. »Wie geht es Frau Thevessen?«, fragte sie die Schwester.

»Tine?«, fragte Fritzi zurück. »Was ist mit dir?«

»Ich weiß nicht, Fritzi«, murmelte Tine, der es schwerfiel zu sprechen. Dann schloss sie wieder die Augen und brauchte einen Moment, sich erneut zu besinnen.

»Sie bleiben jedenfalls hier, bis es Ihnen wieder besser geht«, sagte eine männliche Stimme aus dem Hintergrund. Und als Fritzi sich zur Seite drehte, erkannte Tine, dass Henry Heesters hinter ihrer Schwester stand – und dass es nicht die Pastorei war, wo sie sich befand, sondern ein Zimmer, das sie nicht kannte. »Wo bin ich denn?«, fragte sie.

»Sie sind bei uns, Tine. Helga hat Ihnen ein Bett bereitet.«

»Bei … Ihnen? Und Fritzi? Ich meine, meine Schwester?«

»Ist zu Besuch gekommen.«

»Du warst so lange nicht bei uns, Tine«, sagte Fritzi. »Ich … wir haben uns Sorgen gemacht.«

»Nicht ganz ohne Grund, wie man sieht«, fügte Henry Heesters hinzu.

»Es geht mir bestimmt gleich besser, Herr Heesters!«, beeilte sich Tine, ihm zu versichern. »Ich bin nur … ich war nur …« Und dann fiel ihr wieder ein, was im Salon beim Tee geschehen war. »O Gott«, flüsterte sie. »Die Frau des Gouverneurs.«

»Sie hat sich schon nach Ihnen erkundigt«, erklärte Heesters.

»Nach mir erkundigt? Die Frau des Gouverneurs?«

»Es war ihr wohl selbst unangenehm, wie sie Sie angeherrscht hat.«

»Oh.«

Die nächsten Minuten versuchte Tine, sich alles wieder zusammenzureimen. Jetzt erst fiel ihr auf, dass sie ein Nachthemd trug. »Warum … bin ich … wer hat …« Erschrocken versuchte sie sich aufzurichten. Sie lag in einem Zimmer des Hotels! Zimmer 9! Sie kannte es. Natürlich! Sie selbst hatte es erst gestern frisch geputzt. Gestern? Plötzlich war sie nicht mehr sicher, ob sie überhaupt alles mitbekommen hatte, was seit dem Zwischenfall im Salon geschehen war. Nein, sie hatte es nicht: Sie wusste nicht, wie sie hierhergekommen war, warum sie im Bett lag und wer ihr die Kleider aus- und das Nachthemd angezogen hatte!

»Helga hat sich bisher um Sie gekümmert, Tine«, sagte der Hotelier, als hätte er ihre Gedanken gelesen. »Sie hatte ein sehr schlechtes Gewissen.«

»Ein schlechtes … Gewissen?« Tine spürte Übelkeit und ein elendes Schwindelgefühl über sich kommen.

»Sie sollten sich jetzt schonen, Tine. Ihre Schwester möchte auf Sie aufpassen. Ich nehme an, dass Ihnen das recht ist.«

»Sehr recht, Herr Heesters. Danke«, flüsterte Tine und versuchte, sich nicht zu übergeben, was ihr mühsam gelang.

»Gut. Dann gehe ich jetzt. Und übrigens …« Der Hotelier stand schon an der Tür, hielt aber noch einmal inne. »Ich habe dafür gesorgt, dass so etwas nicht noch einmal vorkommt. Wer so mit meinen Mitarbeitern umspringt, hat in meinem Haus nichts verloren. Sie müssen also nicht befürchten, dass dergleichen noch einmal passiert. Fürs Erste sind Sie jedenfalls beurlaubt. Und wenn es Ihnen wieder besser geht, möchte ich Sie als Entschuldigung zu einem schönen Abendessen einladen und Ihnen eine kleine Entschädigung bezahlen.«

»Ja«, flüsterte Tine, doch sie hatte keine Vorstellung, wovon der Mann sprach. Vor allem: Was meinte er damit, dass er dafür gesorgt hätte, dass so etwas nicht noch einmal vorkäme?

***

Fritzi erwies sich als sehr begabte Krankenpflegerin. Sie machte alles genauso, wie sie es von Tine bei der Pflege von Frau Thevessen gelernt hatte. Die Pastorengattin kam zweimal vorbei, um sicherzugehen, dass Tine rasch wieder gesund werden würde. Einmal brachte sie sogar den Pastor mit, der sich einen Scherz über den letzten Segen nicht verkneifen konnte. Tine allerdings blieb das Lachen doch sehr im Halse stecken. Fritzi wich kaum von Tines Bett, sowohl Wiebke als auch Helga sahen ständig nach ihr, und als auch noch die Hausdiener mehrmals an der Tür klopften, verbat sich Tine weitere Besuche. »Ich liege schließlich nicht im Sterben!«, stellte sie klar und hoffte, dass es der Wahrheit entspräche.

Es stellte sich heraus, dass sie sehr hoch gefiebert und zwei Tage in Ohnmacht verbracht hatte. Sie hatte phantasiert und nicht auf Ansprache reagiert. Auch wenn es wohl nur eine gewöhnliche Grippe war, die sie erwischt hatte, war allen klar, dass die Umstände, unter denen Tine in den letzten Wochen hatte arbeiten müssen, ihr alle Kraft geraubt hatten, die sie nun so dringend brauchte. Henry Heesters hatte sich berichten lassen. Zunächst von Frau Radtke, die nichts Gutes über Tine zu sagen gewusst hatte, auch wenn es keine konkreten Vorwürfe gab, die sie ihr hätte machen können. Dann mit den beiden Zimmermädchen, die nach einigem Zögern zugaben, Tine einen Großteil ihrer Arbeit aufgebürdet zu haben. Anschließend hatte der Hotelier den guten alten Hausdiener Theodor zu sich bestellt, der ihm unumwunden dargelegt hatte, dass Tine aufs Übelste ausgenutzt worden war und dass ihr Zusammenbruch ihn nicht verwunderte. »Das hätte keiner lange durchgehalten.«

»Und warum haben Sie mir nichts gesagt, Theodor?«

»Ich habe Frau Radtke meine Meinung gesagt«, erklärte der Hausdiener. »Und es war auch Frau Radtkes Verantwortung.«

Bestürzt musste Henry Heesters zugeben, dass der Hausdiener recht hatte. Worauf er noch einmal die Hausdame zu sich zitierte, um sie zur Rede zu stellen. Doch es stellte sich heraus, dass sie beide offenbar nicht mehr dieselbe Sprache zu sprechen imstande waren. Voll Befremden musste der Hotelier feststellen, dass seine älteste und treueste Mitarbeiterin ungerecht und herrschsüchtig agiert und sich nicht um das Wohl der ihr Untergebenen gekümmert hatte. Im Gegenteil: Nicht einmal jetzt sah Frau Radtke ein, dass sie falsch gehandelt hatte. »Es ist doch offensichtlich, Herr Heesters, dass dieses Mädchen nur Ihre Gutmütigkeit und Ihre Freundlichkeit ausnutzt!«, erklärte sie. »Sie hat nichts gelernt und ist ein Niemand. Sie kommt aus dem Gängeviertel, wussten Sie das?«

»Ich wusste es nicht, Frau Radtke. Aber ist das nicht ein Grund mehr, ihre Leistung zu würdigen?«

»Leistung? Ja. Wenn Sie es eine Leistung nennen wollen, dass sie der Frau des Gouverneurs das Kleid vom Leib gerissen hat?«

»Sie ist zusammengebrochen, nachdem Sie sie Tag und Nacht haben arbeiten lassen. Was haben Sie denn erwartet?«

»Ich hätte erwartet, dass sie ihren Dienst tut und sich hinten anstellt, wenn es um Lob und Anerkennung geht. Alle anderen Mitarbeiter in diesem Haus sind länger bei uns. Aber es scheint nur noch um Fräulein Tiedkens zu gehen, seit sie hier ist.«

»Das kann ich nicht nachvollziehen, Frau Radtke. Wäre es nicht recht gewesen, einem neuen Mitglied unserer Belegschaft besondere Aufmerksamkeit zu widmen? Sie besonders anzuleiten und einzuweisen? Und auch besonders darauf zu achten, dass sie nicht überfordert wird?«

An der Stelle hatte Frau Radtke den Kopf geschüttelt und erklärt: »Es sieht wohl so aus, als wollten Sie mich zur Verantwortung ziehen für die Verfehlungen dieses Fräuleins?«

»Nein, Frau Radtke«, erwiderte Henry Heesters scharf. »Wenn ich Sie zur Verantwortung ziehe, dann für Ihre eigenen Verfehlungen! Und das tue ich hiermit!«

Am selben Tage noch hatte Hildegard Gertrude Radtke das Heesters verlassen und sich ein Zimmer in einem kleinen Gästehaus beim Hafen genommen.

***

Viertes Kapitel

Es dauerte fast zwei Wochen, bis Tine wieder ganz gesund war. Sie hatte um einiges abgenommen und war immer noch blass. Aber sie fühlte sich wieder stark genug, um zu arbeiten. Fritzi hatte sie gepflegt, Herr Heesters täglich nach ihr gesehen, ihr sogar einmal Blumen mitgebracht und sie gefragt, ob sie vielleicht das eine oder andere Buch lesen möchte. Das hätte sie gern getan, allein um Bücher zu lesen, dafür brachte sie die Konzentration nicht auf, zumal es ihr immer noch nicht ganz leichtfiel, so flüssig zu lesen, dass ein Buch wirklich vor allem Freude und weniger Arbeit war. Also setzte sich der Hotelier tatsächlich eines Tages im Zimmer Nr. 9 ans Fenster, schlug einen Band mit Gedichten eines gewissen Detlev von Liliencron auf und trug ihr einige davon vor.

Du hast ein flüchtig Glück. Um Gottes willen,
Verrat es nicht und zeig es keiner Seele!
Der Neid, ein arger Dieb, hat scharfe Brillen;
Er weiß, es ist die kostbarste Juwele,
Und wird nicht eher seinen Hunger stillen,
Bis ers geraubt dir hat mit heißer Kehle.
Sag, meinethalben, es brennen die Antillen,
Du rittest hin auf einsamem Kamele.

Prüfend blickte Henry Heesters zu der jungen Frau hin, die still unter der Bettdecke lag und deren Brust sich sacht hob und senkte, während sie ihrerseits in eine unbestimmte Ferne blickte, wo sie vielleicht kostbare Juwelen und einsame Kamele vor sich sah.

Noch besser als Liliencrons Werke gefielen Tine die Gedichte von Richard Dehmel, der sich ohnehin großer Popularität erfreute und landauf, landab gelesen wurde. Am schönsten fand sie »Ein Freiheitslied«:

Es ist nun einmal so,
seit wir geboren sind:
Die Blumen blühen wild und bunt,
wir aber mauern Wände
gegen den Wind.

Es wird wohl einmal sein,
wenn wir gestorben sind:
Dann blühen die Blumen noch immer so,
und über unsre Mauern
lacht der Wind.

Als Henry Heesters es ihr vortrug, bat sie ihn, es noch einmal zu wiederholen. »Es ist wie Trost und Hoffnung. Und zugleich ist es traurig«, sagte sie. Und der Hotelier stimmte ihr zu. Gewiss fühlte Tine sich auch deshalb so besonders angesprochen von diesen Gedichten, weil die Stimme des Hoteliers einen so schwärmerischen Klang bekam, wenn er sie vortrug. *Als wäre er imstande, das Gelesene inständig nachzuempfinden,* dachte sie. Und ein wenig entsprach es auch dem, was sie selbst tief in ihrem Inneren fühlte: dass der Dichter Dinge aussprach, die sie tief in ihrer eigenen Seele verborgen fand.

Als der Hotelier das Zimmer verließ, hatte er scheinbar versehentlich das Buch mit den Gedichten liegen gelassen. Und

Tine hatte es dann doch zur Hand genommen und begonnen, darin zu lesen. Erst nur wenig, weil es nicht einfach war: Noch nie hatte sie Poesie gelesen. Im Grunde war sie froh, wenn sie die Anweisungen eines Rezepts verstand oder einen Einkaufszettel lesen konnte. Doch diese wohlgesetzten, feinen Verse fesselten sie in einer Weise, wie sie es nicht kannte. Und sie las bis spät in die Nacht.

Manchmal las sie nun auch ihrer Schwester vor, die in den ersten Tagen ständig da gewesen war, nun aber wieder im Pfarrhaus wohnte und nur noch jeden zweiten Tag für ein paar Stunden zu ihr kam. »Hör nur, Fritzi! Ist das nicht wunderbar?«

Glück, von allen deinen Losen
Eines nur erwähl' ich mir.
Was soll Gold? Ich liebe Rosen
Und der Blumen schlichte Zier.

Und ich höre Waldesrauschen,
Und ich seh' ein flatternd Band –
Aug' in Auge Blicke tauschen,
Und ein Kuss auf deine Hand.

Geben nehmen, nehmen geben,
Und dein Haar umspielt der Wind.
Ach, nur das, nur das ist Leben,
Wo sich Herz zum Herzen find't.

»Ja«, sagte Fritzi. »Das ist schön.«

»Es ist zauberhaft!«, erklärte Tine. »Nicht einfach nur schön.«

»Ja, Tine. Es ist wirklich schön.«

Ob Liebe wirklich so war, wie Fontane schrieb? Ob man

jemanden danach fragen konnte? Aber wen? Mit Fritzi war das nicht möglich, die war jünger als Tine selbst und wusste noch weniger von der Liebe. Tine hatte den Verdacht, dass sie Peer hätte fragen können, wenn er denn noch bei ihr gewesen wäre. Alfred hätte sie fragen können, doch dem begegnete sie nur noch gelegentlich auf der Straße oder am Anleger. Frau Thevessen? Die hätte am Ende noch auf ihren Mann verwiesen – und das wäre Tine wirklich peinlich gewesen.

»Sie haben es gelesen?«, fragte Henry Heesters überrascht, als er wieder vorbeikam.

»Ja. Und es war wunderschön. Auch wenn ich nicht alles ganz verstanden habe.«

»Das macht nichts, Tine. Es ist sogar eines der Geheimnisse der Lyrik, dass man manches erst beim zweiten oder dritten Mal lesen versteht. Und manches womöglich niemals.«

»Lyrik?«

»Poesie.«

»Oh. Es muss wundervoll sein, solche Verse dichten und all diese Geheimnisse darin verstecken zu können.«

»Das ist es vermutlich«, erwiderte der Hotelier. »Ich habe einen Bekannten, der ab und zu ein wenig dichtet. Ich werde ihn fragen.«

»O ja!«, rief Tine. »Und dann erzählen Sie mir, was er sagt.«

Heesters lachte. »Versprochen«, sagte er. Doch er kam nicht mehr darauf zurück.

Tine war bereits wieder gesund und hatte zu arbeiten begonnen, als ihr der Hotelier eines Tages auf der noch leeren Sonnenterrasse begegnete. »Herr Heesters?«

»Ja, Tine?«

»Entschuldigen Sie, dass ich nachfrage …«

»Nur zu«, ermunterte er sie. »Was wollen Sie wissen?«

»Ich wollte wissen, ob sie ihn gefragt haben.«

»Gefragt? Wen? Was?« Amüsiert betrachtete Henry Heesters seine junge Mitarbeiterin und fand sie einmal mehr entzückend, auch wenn sie immer noch an einer leichten Blässe litt. Aber das würde sich geben.

»Den Dichter.«

»Oh! Ja! Ich habe ihn gefragt.«

»Wirklich?«, hauchte Tine. »Und was hat er gesagt?«

»Dass es umwerfend ist, sich all diese Luftschlösser zusammenzureimen und den Rest der Welt in Verwirrung zu stürzen.«

»Das habe ich mir gedacht«, sagte Tine, und sie mussten beide lachen.

***

Der Sommer war, wie jeder Sommer auf Helgoland, von aufregender Vielfalt. Viele Tausend Gäste kamen auf die Insel, besuchten das Kurhaus, das Casino, das Theater. Es wurde nach Kräften am neuen Hafen gebaut, etliche neue Gebäude entstanden, und wie jedes Jahr gingen noch mehr Schiffe vor dem Südstrand vor Anker als im Jahr zuvor. Bootsbauer Reimers stellte mehr Börteboote her denn je, die Hotels und Pensionen waren ausgebucht, die Lokale meist bis auf den letzten Platz besetzt. Die Menschen hatten die Düne so stark in Beschlag genommen, dass sich nur noch wenige Seehunde zeigten. Es gab mehr Fischer, die mit Ausflugspartien ihr Geld machten, als solche, die ihren Lebensunterhalt mit Fischerei verdienten. Zugleich wurden immer größere Mengen an Waren mit den Dampfern nach Helgoland gebracht. Denn viele Menschen benötigen viel – und die Wohlhabenden, die sich eine Sommerreise nach Helgoland leisten konnten, benötigten noch viel mehr.

Tine genoss diesen Sommer sehr! Sie hatte jetzt mehr freie Zeit als bisher und machte oft Spaziergänge zu den stolzen Felsnadeln, die auf der Westseite der Insel aus dem Meer ragten. Sie betrachtete den Flug der Vögel und auch wie sie sich an ihren Nistplätzen stritten. Stolze Vögel waren es und große, nicht wie die kleinen Möwen, die sie vom Hamburger Hafen oder vom Elbstrand kannte. Manchmal begleitete Fritzi ihre Schwester, ein-, zweimal kam auch Frau Thevessen mit und erzählte ein wenig aus der alten Zeit, als die Insel noch ein Piratennest gewesen war. Besonders die Geschichte des Klaus Störtebeker beeindruckte und gruselte Tine, vor allem aber ihre jüngere Schwester. Dass die Freibeuter, die sich »Vitalienbrüder« genannt hatten, hier einen Unterschlupf gefunden hatten und dann irgendwo dort draußen in den Gefilden rund um die Insel aufgestöbert und gefangen genommen worden waren, das konnte sich Tine kaum vorstellen, wo es doch hier so schön und friedlich war. Und dass der stolze Piratenkapitän, als man ihn geköpft hatte, noch viele Schritte gelaufen war, davor grausten sich die Schwestern so sehr, dass die Pastorengattin laut lachen musste. »Ihr seid zwei zarte Pflänzchen!«, rief sie. »Das hätte ich nicht von euch gedacht.« Aber natürlich wusste sie, wie düster diese Geschichten klangen, gerade wenn man sie zum ersten Mal hörte, und sie verstand es auch, sie besonders grausig auszumalen.

Am grausigsten aber waren die Geschichten von den großen Sturmfluten, die die Insel heimgesucht hatten. Viele Male waren sie über Helgoland hinweggedonnert und hatten aus einer einst großen Insel diese kleine gemacht. Zuletzt hatten sie die Düne von der Hauptinsel getrennt. »Denn einst war es eine einzige wunderschöne Insel«, erklärte Frau Thevessen, während sie auf dem roten Felsen standen und hinüberblickten zu der kleinen Sanddüne. »Aber dann hat sich die See erhoben, und haushohe Brecher sind herangerollt und haben Mensch und Tier und alles, was darauf war, mit dem Teil mitgerissen, der damals zwischen der Düne und dem Felsen existierte. Alles versank im Meer. Nur ein paar kleine Klippen sind übrig geblieben von dem Land, das hier einmal war. Die Halunder haben gebetet und sich in ihren Häusern versteckt. Aber es half nichts. Die Flut war zu mächtig, sie hat einfach alles mit sich genommen und die armen Frauen und Kinder und Männer weggeschwemmt. Kein Einziger ist jemals wieder aufgetaucht. Ganze Familien haben so ihr kühles Grab gefunden. Viele dachten, dass selbst die Düne noch ins Meer gerissen würde, doch dann, plötzlich, von einem Moment auf den anderen, war der Sturm vorüber, und die Sonne ging auf über Helgoland, als wäre nie etwas passiert. In manchen Sturmnächten aber kann man heute noch die Schreie der Opfer hören, das sage ich euch. Ich habe sie selbst schon gehört, wie sie aus der Tiefe der See heraufrufen, doch niemand kann sie mehr retten.«

An der Stelle brach Fritzi in Tränen aus, und Frau Thevessen musste sich eingestehen, dass sie etwas übertrieben hatte. Gewiss, es stimmte ja, dass die Insel von den Fluten in zwei Teile gerissen worden war. Aber soweit man davon noch etwas wusste – denn es lag ja schon mehr als zweihundert Jahre zurück –, war die Landzunge, die es damals gegeben hatte, nicht bebaut gewesen. Und die meisten Menschen waren wohl tatsächlich verschont geblieben. Dennoch war schwerer Sturm stets etwas, das der Insel vor Augen führte, wie verwundbar sie war. Tine war froh, dass sie noch keine Sturmflut erlebt hatte. Sie hoffte, dass es lange, lange Zeit keine mehr geben würde, nicht nur um ihrer selbst willen.

An einem Sonntag im Oktober, die Saison war schon

vorüber, nur noch wenige Gäste waren im Heesters und überhaupt auf der Insel verblieben, fragte der Hotelier, ob Tine nicht Lust hätte, ihn auf einer kleinen Ausfahrt mit seinem Segelboot zu begleiten. Es war bekannt, dass Henry Heesters eine der schönsten Jollen der Insel besaß und gerne ausgedehnte Fahrten damit unternahm. Auch Tine hatte ihn schon von fern draußen auf See kreuzen sehen, ein einzelner Mann unter einem blendend weißen Segel im riesigen Meer. Ein schönes Bild war das gewesen. Und Tine hatte sich mehr als einmal gefragt, warum ihn seine Frau denn nie begleitete. »Ich würde ja gerne«, sagte sie zögernd.

»Aber? Spricht etwas dagegen? Haben Sie Pflichten? Ich gebe Ihnen frei!« Wenn er lachte, wirkte er wie ein frecher Junge, obwohl er sicher schon Anfang dreißig war.

»Hat Ihre Frau denn nichts dagegen, wenn Sie … ich meine … wenn ich … also …«

Da wurde sein Gesicht wieder ernst und mild zugleich. »Nein«, sagte er und blickte hinüber zum Bootshafen, wo seine Jolle lag. »Ich bin sicher, sie hat nichts dagegen.«

»Hm. Dann würde ich Ihr Angebot gerne annehmen.« Tine spürte, wie ihr Herz schneller schlug. Eine Bootsfahrt, das war etwas Besonderes! Wie oft hatte sie schon die Ausflügler beobachtet und beneidet, die sich um die Insel herumskippern ließen. Und nun sollte sie selbst auf einem eleganten weißen Segelboot übers Meer fahren!

Sie holte noch rasch ihren Sonnenhut, den sie sich kürzlich gekauft hatte. Nachdem der strahlende Sommer in einen freundlichen Herbst übergegangen war, konnte man die Sommerware viel günstiger bekommen! Und Tine war ausgesprochen stolz auf ihre Neuerwerbung, die sie von ferne fast wie eine Dame aus feinem Hause aussehen ließ.

Riccarda hieß das Boot, auf das Tine ziemlich ungeschickt stieg, so ungeschickt, dass sie beinahe ins Wasser gefallen wäre, hätte nicht Henry Heesters sie an der Hand gehalten und herübergezogen auf die glänzenden Planken. »Ein schöner Name«, sagte Tine. »Und ein schönes Boot.«

»Ja, das ist es«, stimmte der Hotelier zu. »Es ist mein ganzer Stolz. Und meine liebste Beschäftigung.«

Tine nickte. »Ich habe Sie schon manchmal von der Klippe aus gesehen.«

»Ich weiß, Tine«, sagte Henry Heesters mit einem Lächeln. »Ich Sie auch.«

»Oh«, machte sie und errötete sanft.

Dann legten sie ab. Die Jolle nahm so schnell Fahrt auf, dass Tine den Atem anhielt. Sie hatte nicht gedacht, dass ein solches Boot eine solche Geschwindigkeit an den Tag legen konnte. Der Wind blähte das Segel, dass sie meinte, der Mast müsse brechen. Henry Heesters packte das Ruder und beschrieb einen großen Bogen um die kleine Klippe, die zwischen dem Oberland und der Düne aus der See ragte. Und dann jagte das Boot dahin, flog geradezu über die Wellen, vorbei an der Düne Richtung Süden, weg von Helgoland, zwischen zwei riesigen Dampfern hindurch, von denen herab die Menschen ihnen zuwinkten. Tine jauchzte vor Vergnügen, obwohl sie auch ein wenig Angst hatte. »Wo fahren wir hin?«, rief sie.

»Nach Amerika!«, rief Henry Heesters lachend zurück.

»Nach Amerika?«

»Vielleicht doch nicht ganz!« So ausgelassen hatte Tine Herrn Heesters noch nie gesehen. Es war, als sei er ausgewechselt. So ernsthaft und bedacht er sonst immer war, jetzt blinzelte er lachend in die Sonne, und sein Haar wurde vom Wind zerzaust. Er hatte seine Jacke abgelegt und die Ärmel hochgekrempelt und manövrierte die Jolle ganz allein mit kräftigen Armen und erkennbarer Freude, bis sie allein auf See waren, weit weg von allen anderen Booten und Schiffen, und er das Segel festzurrte und sie mit einem Mal ganz ruhig über die Wellen schaukelten und scheinbar ins Nichts fuhren.

Mit einer gewissen Sorge stellte Tine fest, dass die Insel immer kleiner wurde. Manchmal verschwand sie gar hinter einer hohen Welle, und nur der Kirchturm von St. Nicolai und der Leuchtturm waren noch zu erkennen. »Geht es Ihnen gut?«, fragte Henry Heesters, der sie beobachtet hatte.

»Danke. Ja.« Doch natürlich konnte sie nicht verbergen, dass ihr nicht ganz geheuer war, so weit draußen zu sein. »Ich kann nicht schwimmen.«

»Ach«, erwiderte Henry Heesters lachend. »Da haben Sie was mit unseren Fischern gemein.«

»Bitte?«

»Von denen können die meisten auch nicht schwimmen. Das erstaunt Sie? Früher haben wir gesagt, das ist so üblich unter Seeleuten, dass sie nicht schwimmen können, damit sie besser auf ihr Boot aufpassen. Sie verstehen, wenn sich jemand nicht selbst über Wasser halten kann, gibt er sich noch mehr Mühe, wenigstens sein Boot über Wasser zu halten.«

»Verstehe«, sagte Tine. »Können Sie es denn?«

»Schwimmen? Ja. Aber keine Sorge, ich gebe trotzdem auf mein Boot acht.«

»Das dachte ich mir schon.«

Eine Weile hielten sie nur die Gesichter in die Sonne und die Nase in den Wind und segelten gelassen dahin. Dann wollte Tine es doch wissen: »Aber wohin geht die Fahrt denn nun?«

»Das kommt drauf an«, sagte der Hotelier. »Wir können die Elbmündung hinauffahren bis Vogelsand, wenn Sie mögen. Es ist wunderschön dort und ganz einsam.« Er deutete in die Richtung, in die sie fuhren. »Oder wir beschreiben einen großen Bogen und umrunden unsere kleine Insel, ein-, zweimal.«

»Dann würde ich gerne Helgoland umrunden«, erklärte Tine rasch. »Davon habe ich schon lange geträumt.«

Heesters nickte und lächelte. »Und manchmal, Tine Tiedkens, manchmal werden Träume wahr!«

***

Als Tine an diesem Abend ins Bett sank, war sie so voller Eindrücke, dass sie lange nicht schlafen konnte. Sie hatte die Insel über sich aufragen sehen wie einen riesigen Berg, sie hatte ihr Gesicht in die sprühende Gischt gehalten, sie hatte das Ruder geführt und ein Boot gelenkt. Sie hatte sich von einem vollendeten Gentleman wieder an Land helfen und sich zu einem Abendessen auf der Terrasse des Strandcafés der Düne einladen lassen. Sie war mit ihm in der Dämmerung über die kleine Nebeninsel gewandert und hatte das dichte Buschwerk und die Vielzahl der Vögel bestaunt, die dort eine ganz eigene Natur bildeten. Sie war im schon reichlich kalten Wasser mit nackten Füßen neben Henry Heesters am Strand entlangspaziert, der die Schuhe getragen und die Hosenbeine hochgekrempelt hatte. Zuletzt hatte er ihr noch ein Glas Wein im Salon des Hotels angeboten, hatte die Flasche selbst geöffnet und hatte selbst eingeschenkt, er hätte einen guten Kellner abgegeben. Und immer wieder hatte sie gestaunt, wie fröhlich er sein konnte und wie strahlend sein Lächeln war. Sein Lächeln, das sie jetzt vor sich sah in der Dunkelheit der Kammer, wohin sie nach ihrer Genesung wieder umgezogen war. »Helga?«

»Hm?«

»Kennst du Frau Heesters?«

»Hm?«

»Die Frau vom Chef. Kennst du sie?«

Helga wühlte sich aus dem Bett hoch. »Die Frau vom Chef? Ich bin doch erst vor zwei Jahren gekommen.«

Nun war es Tine, die verständnislos dreinblickte. »Und in der ganzen Zeit ist sie nicht einmal hier aufgetaucht?« Sie hatte sich ja selber schon gewundert, dass Frau Heesters nie im Hotel erschien. Aber irgendwann musste sie doch auch einmal da gewesen sein. Tine erinnerte sich genau, wie Frau Radtke ihr gesagt hatte, dass die Wohnung, die sie damals im Heesters bewohnt hatte, von Henry Heesters' Frau eingerichtet worden wäre.

»Zum Glück nicht.« Helga gluckste. »Ich schätze, dann wären wir hier alle vor Schreck gestorben. Frau Heesters ist doch seit fünf Jahren tot!«

»Tot?« Tine sank in ihr Bett zurück und starrte an die Decke. Natürlich. Das erklärte alles. Dass sie nie zu sehen war. Dass Henry Heesters auf die Frage, ob seine Frau nichts dagegen hätte, antwortete: *Ich bin sicher, sie hat nichts dagegen.* Ja, dass er sie überhaupt mit auf seine Bootstour genommen hatte.

Nachdem sie eine Weile ihren Gedanken nachgehangen hatte, fragte sie noch einmal in die Dunkelheit: »Weißt du auch, woran Frau Heesters gestorben ist?«

»Mmmmmm …« Helga seufzte und zog sich das Kissen über den Kopf. »Lass mich schlafen.«

Tine aber stand auf und hockte sich neben ihr Bett. »Was ist denn passiert, dass sie so jung gestorben ist?«

»Na was wird schon passiert sein? Sie hat ein Kind bekommen.« Helga warf sich herum und wandte Tine den Rücken zu.

»Das heißt, er hat eine Tochter? Oder einen Sohn?«

»Das Kind ist auch gestorben«, murrte Helga. »Und jetzt lass mich endlich in Ruhe. Die Nacht ist kurz genug.«

Gestorben, dachte Tine. *Wie schrecklich!* Sie sah das Gesicht des Hoteliers vor sich und erinnerte sich, wie überrascht sie von seinem Übermut gewesen war, seiner Fröhlichkeit, seinem Lachen. Erst jetzt wurde ihr bewusst, dass sie Henry Heesters bisher eigentlich immer nur mit einem Gesichtsausdruck von, ja, wovon gesehen hatte? Traurigkeit? Melancholie? Und erst jetzt machte sie sich klar, dass es nicht nur für die Frau um etwas Entscheidendes ging, wenn ein Kind zur Welt kam, sondern auch für den Mann. Henry Heesters hatte sie beide verloren, sein Kind und seine Frau, jene beiden Menschen, die er im Leben am meisten liebte, auf die er seine Zukunft gebaut hatte. War es ein Wunder, wenn ihn stets eine Aura von Kummer umgab? Meister Herzfeld hatte einmal zu ihr gesagt: *Die gefährlichste Zeit im Leben ist die Geburt. Für das Kind und für die Mutter.* Wie recht er gehabt hatte. Wie gern Tine jetzt mit ihm gesprochen hätte. Sie wusste nicht, was sie ohne Meister Herzfeld getan hätte in dieser dunklen Zeit im Gängeviertel. Was für ein Glück, dass sie ihn gekannt hatte.

***

An einem der ersten Novembertage kam Hedi ins Heesters. »Du musst kommen und helfen!«, rief sie, als Tine, nach der sie verlangt hatte, endlich im Gemeinschaftsraum erschien.

»Warum? Was ist denn los? Du bist ja ganz aufgelöst.«

»Die Hebamme …«

»Was ist mit ihr? Könnt ihr sie nicht finden?«

»Doch! Aber es gibt zwei Geburten auf der Insel. Eine im Oberland und eine bei uns.«

»Bei euch? Aber wer soll denn …«

»Eine Kaufmannsgattin aus Lübeck«, erklärte Hedi, während sie schon auf dem Weg zum Nordstrand waren. »Sie war schon ziemlich weit, aber der Arzt hatte ihr Helgoland empfohlen.« Sie schnaubte verächtlich. »Im siebten Monat …«

»Und? Das ist doch keine schlechte Idee.«

»Aber es ging ihr schon nicht gut, als sie ankam. Sie war seekrank. Und dann hatte sie eine Blutung. Nur ein bisschen, aber …« Hedi atmete durch und hielt sich die Seite. »Aber es wurde nicht wieder richtig gut, sondern blutete noch zweimal nach, da hat ihr Doktor Fest verboten, wieder auf den Dampfer zu gehen. Sie sollte ihr Kind hier zur Welt bringen.«

Tine nickte. »Das war sicher vernünftig.«

»Ja! Nur dass jetzt Olsens Frau in der Kirchstraße ein Kind bekommt und Frau Geheimrat Toft bei uns. Natürlich möchte die Hebamme lieber oben bei Olsens entbinden. Und hin- und herlaufen kann sie in ihrem Alter nicht mehr.«

»Verstehe«, erwiderte Tine, während sie die Stufen zur Pension Wagner hochlief. »Wo habt ihr die Schwangere hingebracht?«

»Zimmer vier.«

»Gut. Hol warmes Wasser in einem großen Zuber, frische Tücher, eine Flasche Rum …«

»Natürlich …« Mit schnellen Schritten machte sich Hedi auf, um das Gewünschte zu holen, während Tine in den ersten Stock zu Zimmer vier lief.

Frau Wagner wartete bei der werdenden Mutter, die einen so großen Bauch hatte, wie Tine noch nie einen gesehen hatte. »Wie geht es Ihnen?«, fragte sie die Frau und legte beruhigend eine Hand auf die der Schwangeren. Die allerdings sah angesichts der jungen Dienstmagd, die ins Zimmer getreten war, nicht eben erfreut aus. Stattdessen spiegelte sich Panik in ihren Augen. »Das ist Ihre Hilfshebamme?«, keuchte sie und warf Frau Wagner einen entsetzten Blick zu.

»Glauben Sie mir, sie kennt sich aus«, erwiderte die Pensionswirtin und lächelte ihr begütigend zu. »Sie hat schon Wunder gewirkt in diesem Haus.«

Tine spürte, wie ihr Puls beschleunigte. Ihr Atem unterschied sich kaum von dem der werdenden Mutter, bei der eine neue Wehe im Anzug war. »In welchen Abständen kommen sie denn inzwischen?«, fragte sie und nahm Hedi den Rum ab, goss sich ein wenig davon auf die Handfläche und verrieb alles, dass ein intensiver Duft nach Alkohol aufstieg. »Alle fünf Minuten vielleicht«, erklärte Frau Wagner und seufzte. »Ich sehe mal nach Geheimrat Toft.« Dann verschwand sie ins Nebenzimmer, wo Tine sie mit einem Mann sprechen hörte, während die Schwangere stöhnte. »Hören Sie«, sagte sie, sich an die Anweisungen von Frau Liebrecht erinnernd. »Wenn ich sage *pressen*, dann pressen Sie, ja? Es dauert noch ein wenig, aber nicht mehr lange.« Sie legte ihre Hand auf den Leib der Frau und staunte heimlich, wie prall er war und wie unglaublich es war, dass aus dieser kleinen Öffnung zwischen den Beinen einer Frau ein fertiges Kind kommen konnte. Es war eigentlich unvorstellbar. Und doch geschah es jeden Tag tausendfach. »Lassen Sie uns mal sehen, ob Sie schon bereit sind für die Geburt«, sagte sie und beugte sich vor, um das Tuch hochzuheben, das Hedi diskret über den Unterleib der Frau gelegt hatte. Tatsächlich sah alles das, was sonst klein und gut versteckt war, jetzt groß und völlig verändert aus. Tine kannte diesen Anblick, sie hatte ihn bei Meister Herzfeld schon miterlebt und auch als sie Hedi in diesem Haus geholfen hatte. Und doch konnte sie es kaum fassen. Sie erinnerte sich, dass die Hebamme den Geburtskanal mit irgendetwas eingeschmiert hatte, wusste aber nicht womit. »Hedi?«

»Ja?«

»Frau Liebrecht hat ein gutes Mittel, das die Geburt geschmeidiger macht. Kannst du laufen und mir etwas davon holen?«

»Ja, natürlich. Wonach soll ich fragen?«

»Sie weiß es schon. Bring mir so viel davon, wie ich brauche. Frag sie einfach.«

Fast wirkte es, als wäre Hedi ganz froh, dass sie einen Grund hatte, den Ort zu verlassen. »Und wenn du anschließend Doktor Fest holen kannst, wäre das wunderbar.«

»Guter Gedanke. Das mache ich.« Im nächsten Moment war Hedi verschwunden, und Tine war allein mit der Schwangeren. Sie nahm ihre Hand und wunderte sich, dass die Frau den Druck nicht nur zu erwidern schien. Vielmehr war es, als wolle sie Tines Hand zerdrücken. »Sie wissen auch nicht, was wir hier tun, richtig?«, flüsterte sie, und Tine erschrak. »Aber wir schaffen das schon.« Sie lächelte tapfer. »Jahrtausendelang haben Frauen ihre Kinder ganz allein irgendwo in der Wildnis zur Welt gebracht. Da werden wir es zu zweit in einem schönen Bett auch schaffen, was?«

»Ja«, flüsterte Tine zurück. »Das werden wir.«

»Sie sind ein gutes Mädchen. Dafür, dass Sie so jung sind, sind Sie sehr mutig.«

Tine lachte leise. »Manchmal ist Mut das Einzige, was einem weiterhilft.«

»Das haben Sie sehr gut gesagt. So will ich es auch halten. Ich werde jetzt einfach mutig sein und …« Der Rest der Rede ging in einem Stöhnen unter, als die nächste Wehe ihren Leib durchfuhr. Tine versuchte zu erfühlen, wie das Kind im Bauch lag, doch sie konnte sich kein Bild davon machen. Stattdessen erschien es ihr, als wäre die Scham der werdenden Mutter noch einmal gewachsen. Vorsichtig fühlte sie zwischen ihre Beine.

Womöglich war es schon der Kopf des Kindes, den sie mit zwei Fingern spürte? Hoffentlich kam Hedi schnell zurück. Es konnte nicht mehr lange dauern. Und Tine wusste, wie gefährlich es war, wenn etwas dort unten riss. Sie hatte im Gängeviertel Frauen gekannt, die kaum in der Lage waren, sich hinzusetzen, so sehr waren sie bei der Geburt verletzt worden.

Doch dann ging es auf einmal ganz schnell. Tine befahl der Frau des Geheimrats zu pressen, was sie tat, das Kind bewegte sich, der Geburtskanal öffnete sich, und schon kam das Köpfchen zum Vorschein, Augenblicke später die kleinen Schultern. Tine nahm das Kindchen so behutsam wie nur irgend möglich entgegen, während sie die Frau unablässig bestärkte und lobte, als wäre es etwas, das man erlernen und einfach beherrschen konnte. Einen Moment lang wusste Tine nicht, was sie tun sollte, das Kind war da, hing an dieser Schnur aus dem Bauch der Frau, die Ärmchen angewinkelt, die Beine baumelnd. Die Nabelschnur! Sie musste diese Schnur durchtrennen! »Ein Messer!«, rief sie nach drüben, denn niemand hatte offenbar daran gedacht, eines zurechtzulegen. »Schnell!«

Frau Wagner stürzte herbei, sah sich um, fand natürlich auch kein Messer und hatte den Geistesblitz: »Den Brieföffner! Wir nehmen den Brieföffner!« Sie riss die Schublade des Schreibtischs auf, den es in Zimmer 4 gab, griff sich den Brieföffner und reichte ihn Tine, die aber nur darauf starrte und sich nicht zutraute, nun auch das noch zu tun. »Natürlich«, murmelte sie und griff nach der Nabelschnur. Einen Atemzug später war das Kind frei. Tine hob es an den Beinen hoch, wie sie es schon einige Male gesehen hatte, und klopfte ihm sacht auf den Po, und als es nicht reagierte, noch einmal etwas fester – und da tat es seinen ersten Atemzug auf dieser Erde und begann zu schreien, so zart und leise, dass alle ringsum in Tränen ausbrachen, einschließlich Frau Wagner, von der man sich das kaum hätte vorstellen können.

»Was ist es?«, fragte die Mutter und streckte die Arme nach dem Baby aus.

»Ein Junge«, sagte Tine und legte ihr das Kind auf die Brust.

»Ein Junge«, flüsterte die Frau und schloss es in die Arme. »Unser Junge.« Der Geheimrat war hinzugetreten und kniete neben seiner Frau nieder. »Unser Junge«, wiederholte er. »Unser Sohn. Danke. Tausendmal danke.«

Tine aber wankte nach draußen vor das Zimmer und dann vor das Haus, wo ihr Hedi entgegengelaufen kam. »Was ist los, Tine? Gibt es Probleme?«

»Nein«, sagte Tine und hatte das Gefühl, als fiele die ganze Last der Erde von ihr. »Es gibt keine Probleme. Es gibt ein Kind. Und alle sind gesund.« *Gesund*, dachte sie, *vor allem aber: am Leben.*

***

Es sprach sich schnell herum auf der kleinen Insel, die jetzt wieder ganz verlassen mitten im Meer lag, was die junge Frau aus dem Heesters geschafft hatte. Und es kam nicht selten vor, dass Tine beim Einkaufen, auf der Straße oder beim Spazierengehen halb scherzhaft, halb respektvoll mit »Moin, Fräulein Hebamme!« gegrüßt wurde. Sie blickte dann stets verlegen zu Boden, weil ihr kein passender Gegengruß in den Sinn kam. Fritzi war natürlich überaus stolz auf ihre große Schwester, am meisten legte aber Frau Thevessen Stolz an den Tag, die keine Gelegenheit ausließ, den Leuten davon zu erzählen, wie schwer Tine es ganz am Anfang auf Helgoland gehabt hatte. Auch der Pastor erwähnte es mehr als einmal – insbesondere bei der Sonntagsmesse, bei der auch die frischgebackenen Eltern anwesend waren. Der Geheimrat hatte darauf bestanden, dass seine Frau sich zuerst von den Strapazen der Geburt erholen und dass der Kleine erst ein paar Tage frische Inselluft geschnuppert haben sollte, ehe sie sich auf den Weg zurück aufs Festland machten, selbst auf die Gefahr hin, dass sie es tatsächlich nicht in der allernächsten Zeit schaffen würden überzusetzen. Denn wie so oft Anfang November wurde die See rau, und immer wieder fegten kleinere und größere Stürme über Helgoland hinweg.

»Die junge Frau kann uns allen als Vorbild dienen«, predigte der Pastor. »Ihr ganzes Leben lang hatte sie es schwer. Und es hat lange gedauert, bis sie einen Weg fand, dem Elend zu entkommen. Wir Halunder haben es ihr dabei nicht leicht gemacht. Aber sie hat sich nicht entmutigen lassen. Denn diese junge Frau besitzt einen Wesenszug, von dem wir alle lernen können: Sie verliert nie die Hoffnung. Und wenn die Aufgaben riesig werden, dann begegnet sie ihnen mit riesigen Anstrengungen. Selbst als sie unter der Last der Arbeit zusammenbrach, ist sie nicht in Selbstmitleid versunken, sondern hat auf Gott vertraut und wieder zu Kräften gefunden. Und nun hat sie einem kleinen Menschen geholfen, das Licht der Welt zu erblicken! Das Licht der Welt zu erblicken, meine Brüder und Schwestern, ja, denn wir alle wissen: ER ist das Licht der Welt, Jesus Christus, unser Herr. In seinem Namen werden wir heute Nachmittag die heilige Taufe begehen, die vielleicht ohne diese junge Frau nicht möglich gewesen wäre. Deshalb möchte ich ihr heute im Namen der ganzen Kirchen- und Inselgemeinde, die wir alle hier sind, tiefen Dank aussprechen. Und ich bin stolz, dass meine Frau und ich sie einige Tage in unserem Haus beherbergen durften. Es wäre uns eine Freude, sie nachher bei der Tauffeier ebenfalls dabeizuhaben.«

Schweigend und beschämt lauschte die Gemeinde der Predigt. Denn es war mehr als deutlich geworden, dass viele sich nicht rühmlich verhalten hatten. Als die alteingesessenen Familien aus den vorderen Kirchbänken nach dem Gottesdienst ins Freie schritten, da nickte so mancher Tine im Vorbeigehen zu, und der eine oder andere Segensgruß war zu hören. Henry Heesters legte eine Hand auf die ihre und drückte sie. »Sie sind die Beste«, flüsterte er, und Tine lächelte ihm verlegen zu. Überhaupt verwirrte sie die ganze Aufmerksamkeit über die Maßen. Wären sie doch alle schon weg gewesen! Aber immer noch kamen weitere Kirchgänger von vorne und grüßten, dankten und lobten. Und dann stand plötzlich eine schmale Frau in dunklem Mantel vor ihr, zögerte kurz und machte dann einen tiefen Knicks.

»Frau Radtke?«, stotterte Tine.

»Ich hatte keine Ahnung«, sagte die ehemalige Hausdame des Heesters mit rauer Stimme. »Und das ist das Schlimmste. Denn ich war so ungerecht. Ich habe einfach angenommen, Sie … Aber jetzt …« Sie schüttelte den Kopf, als wollte sie ein böses Gespenst verscheuchen. »Es tut mir leid, Fräulein Tiedkens«, sagte sie dann. »Aus tiefstem Herzen leid. Ich bitte Sie hiermit um Verzeihung. Was mir geschehen ist, ist mir zu Recht geschehen. Aber was ich Ihnen angetan habe, war ein großes Unrecht. Ich kann nur hoffen, dass Sie … aus Nächstenliebe … dass Sie mir vergeben können.«

Dann lief sie rasch nach draußen und verschwand so schnell, dass Tine nicht einmal antworten konnte. Sie hätte auch gar nicht gewusst, was sie hätte sagen sollen. Erst viel später, als sie allein über die Insel ging, sich den kalten Wind ins Gesicht wehen ließ und dem Ruf der Möwen lauschte, wurde ihr klar, was sie sagen, und noch mehr, was sie tun konnte.

***

»Sie wollen *was*?« Henry Heesters sah so perplex drein, dass Tine lachen musste. »Ich möchte Sie bitten, Frau Radtke wieder einzustellen«, erklärte sie und hob entschuldigend die Hände. »Sie war eine gute Hausdame, und wir haben bis heute keinen Ersatz für sie gefunden.«

»Aber sie hat Sie schrecklich behandelt. Ich will nicht, dass Menschen in meinem Hotel arbeiten, die anderen Menschen so etwas antun. Egal wem.« Und mit beinahe sanfter Stimme fügte er hinzu: »Ihnen am wenigsten, Tine.«

»Ich weiß«, erwiderte sie. »Aber Frau Radtke wird so etwas nie wieder tun, da bin ich ganz sicher. Und deshalb können Sie auch sicher sein, dass Sie keinen solchen Menschen bei sich beschäftigen, wenn Sie sie wieder einstellen.«

»Also, ich bin wirklich sprachlos.« Und wie zum Beweis dieser Behauptung setzte er sich und griff nach einer Karaffe mit Whisky, um sich selbst ein Glas einzugießen. »Sie auch einen?«, fragte er nach kurzem Zögern. Aber Tine winkte ab. »Nein danke. Sehr freundlich.« Sie betrachtete den Mann, der ihr so viel Gutes getan hatte, wie er dasaß, ein wenig zerzaust nach einem langen Tag, offensichtlich irritiert durch ihren Wunsch und eindeutig hin- und hergerissen, ob er ihn ihr erfüllen oder ob er bei seiner Entscheidung bleiben sollte. »Wir wissen gar nicht, ob sie nicht längst eine andere Stellung gefunden hat, die sie womöglich gar nicht wieder verlassen möchte oder kann.«

»Doch«, sagte Tine. »Das wissen wir. Sie ist als Verkäuferin in dem Damenkonfektionsgeschäft Jürgens tätig. Und ich bin zwar sicher, dass sie auch das gut macht, aber ich habe keinen Zweifel, dass sie tausendmal lieber wieder im Heesters Hausdame wäre.«

»Man könnte ihr eine andere Aufgabe zuteilen«, überlegte der Hotelier laut.

»Nein«, sagte Tine, überrascht von ihrem Mut, ihm dauerhaft zu widersprechen. »Das wäre für niemanden gut. Sie beherrscht alles, was die Hausdame eines feinen Hotels beherrschen muss.«

»Damit haben Sie zweifellos recht, Tine, aber …« Henry Heesters schüttelte den Kopf. »Ich weiß nicht, ob das wirklich klug ist.«

Tine schenkte ihm ihr schönstes Lächeln und bat ihn: »Sprechen Sie doch einmal mit ihr. Ich werde sie an meinem freien Tag zum Tee in den Salon einladen. Dann kommen Sie dazu und sprechen mit ihr. Und ich ziehe mich zurück. Wenn es eine schlechte Idee von mir war, war es nur eine Einladung zum Tee. War sie gut, kann Frau Radtke bei Jürgens kündigen und zu uns zurückkehren.«

Heesters seufzte und trank seinen Whisky aus. »Wenn Sie das wirklich wünschen, Tine, dann möge es so sein.«

»Ich danke Ihnen. Sie sind ein guter Mensch.«

»Ich wünschte, ich wäre es, Tine. Ich wünschte, ich wäre es.«

***

Fünftes Kapitel

Die Insel war in großer Aufregung an Weihnachten 1888. Es war nicht irgendein Weihnachtsfest, das auf Helgoland begangen wurde: Der neue Gouverneur würde sein Amt antreten. Er kam mit dem Schiff aus Bremen, was keine Selbstverständlichkeit war, denn die See war rau in jenen Tagen und die Überfahrt gefährlich. Doch der neue Statthalter ihrer Majestät der Königin Viktoria war ein unerschrockener Mann, der schon so manche Schiffsreise überstanden hatte. Er hatte Dienst getan auf Mauritius und auf den Falklandinseln im fernen Südatlantik. Nun also hatte man ihm das Kommando über den roten Felsen vor der deutschen Küste übertragen, und es war viel darüber gemunkelt worden, welche Absicht der Krone sich dahinter verbarg, ausgerechnet ihm diesen Posten zuzuweisen. Sollte er dem Ansinnen des Kaiserreichs die Stirn bieten und dazu beitragen, die Insel für das Vereinigte Königreich zu bewahren? Oder erwartete man von ihm, eine besonnene, würdevolle Übergabe des Felsens in deutsche Hände?

Diese bangen Fragen stellten sich manche der zahlreichen Menschen, die den neuen Gouverneur am Weihnachtstage 1888 am Südstrand begrüßten, während auf dem Oberland mehrere Dutzend Schuss Salut für ihn abgefeuert wurden. Dass er nicht mit einem kleinen Stab übersetzte, sondern neben neuen Soldaten auch allerlei Staatsdiener, Hausmädchen, einen Diener, einen Privatsekretär, vor allem aber seine Frau, eine wunderschöne, zierliche Lady im vollendet eleganten Kleid, und seine fünf Kinder samt Gouvernante mit nach Helgoland brachte, ließ viele aufatmen, denn das tat man doch nicht, wenn man die Absicht hegte, den Ort bald wieder zu verlassen. Natürlich machte nach kürzester Zeit der Scherz vom Gouverneur die Runde, der eine Gouvernante beschäftigte. Doch in erster Linie waren die Einheimischen froh, zumal der neue Inselkommandant ein fröhlicher und umgänglicher Herr zu sein schien. Das Glück, das den Insulanern auch bisher recht vernünftige und freundliche Gouverneure zugeteilt hatte, schien sie nicht verlassen zu haben.

Auch Tine beobachtete die Ankunft des neuen Inseloberen, wenn auch nicht am Strand, sondern von einem Fenster des Heesters aus. Das ganze Haus war wie alle Gebäude der vorderen Reihe beflaggt und festlich geschmückt. So prächtig hatte Tine die Insel außerhalb der Saison noch nie gesehen. Dennoch war es nicht einfach, etwas zu erkennen, denn die schwere See hatte dazu geführt, dass das Schiff erst in der Dunkelheit angekommen war, und die Laternen, mit denen die Insulaner dem neuen Gouverneur leuchteten, richteten dagegen in der rauen Witterung wenig aus.

Soldaten standen an der Landungsbrücke Spalier, ein Komitee aus Staatsdienern hatte sich eingefunden. Die Honoratioren der Insel waren anwesend, auch Pastor Thevessen hatte sich nicht nehmen lassen, den neuen Mann zu begrüßen: Sir Arthur Barkly, der jeder einzelnen dieser Persönlichkeiten die Hand gab und manchen Scherz parat hatte. Auch aus der Ferne wirkte er auf Tine, als sei er der richtige Mann am richtigen Platz. Dennoch konnte sie nicht anders, als zu lauschen, als sich am späteren Abend Herr Heesters und einige bedeutende Persönlichkeiten der Insel im Salon des Hotels einfanden, um den Tag bei einem Glas französischem Wein und reichlich Hummer gebührend zu begehen.

»Es wird bald ein anderer Wind wehen auf der Insel, mein Lieber«, erklärte der deutsche Sekretär des Gouverneurs.

»Das ist zu befürchten, Herr Gätke«, seufzte Henry Heesters. »Die Briten haben Helgoland nie wirklich ernst und nie besonders wichtig genommen. Ich denke, die Deutschen nehmen da eine andere Haltung ein.«

»In der Tat, lieber Heesters«, erwiderte Gätke. »Für die Deutschen ist die Insel seit jeher ein Sehnsuchtsort und ein nationales Symbol.«

»Es wird viel übers Nationale gesprochen in letzter Zeit«, warf der Pastor ein. »Das macht mir etwas Sorgen. Sind wir nicht alle Kinder Gottes?«

»Ha!« Gätke, der sich nicht sonderlich für die Interessen der Briten zu interessieren schien, obwohl er in ihren Diensten stand, warf sich in die Brust. »Wir haben gegen die Franzosen ein Reich errungen. Endlich ist die deutsche Kleinstaaterei überwunden, endlich haben wir die Schmach, die uns Bonaparte zugefügt hat, abgeworfen. Dass sich die deutschen Stämme durch ihr Deutschtum verbunden fühlen, sollte Sie nicht überraschen.«

»Aber muss das denn mit einem so nationalen Anspruch verbunden sein? Die Engländer und Schotten und Iren, die Inder und Rhodesier und wie sie alle heißen, fühlen sich doch auch durch die Krone ihrer Majestät der Queen verbunden und bleiben doch Engländer und Schotten und Inder.«

»Wir werden ja sehen, wer am Ende über den anderen obsiegt«, erklärte Gätke und hob sein Glas. »Ich jedenfalls trinke auf den neuen Gouverneur unserer schönen Insel und auf den deutschen Kaiser!« Ohne auf eine Erwiderung der anderen zu warten, trank er seinen Sauvignon in einem Zug leer und stellte klirrend das Glas ab.

»Obsiegt«, murmelte der Pastor und schüttelte den Kopf. »Gott bewahre, dass einer über den anderen obsiegt.«

Der Sekretär lächelte etwas mitleidig. »Wir sind nun einmal natürlich Rivalen, Herr Pastor. Es wird nicht beim Patt bleiben.«

»Meine Herren«, mischte sich nun Henry Heesters begütigend ein. »Die Briten und die Deutschen haben stets friedlich miteinander gelebt. Das werden sie auch weiterhin tun. Und wenn sie wirklich Rivalen sind, dann nur zum Besten der Welt. Eine gesunde Konkurrenz belebt das Geschäft. Davon profitieren bekanntlich alle.«

Nachdenklich nippte der Pastor an seinem Wein. »Ich kann nur hoffen, dass Sie recht haben, mein lieber Heesters.«

In der Folge ging es um Geschäftliches. Um die Frage, welche Veränderungen der neue Gouverneur auf der Insel vornehmen würde. Würde er neue Baugenehmigungen erteilen? Würde er neue Abgaben fordern? Würde er sich um mehr britische Gäste kümmern, oder würden weiterhin Jahr für Jahr mehr deutsche Gäste nach Helgoland kommen? Schon jetzt bildeten ja die Briten eine deutliche Minderheit, was nicht nur damit zusammenhing, dass die Insel nicht regelmäßig von einem der Seehäfen des Vereinigten Königreichs angelaufen wurde. Eine regelmäßige Linienverbindung bestand bisher nur von Cuxhaven aus. Verschiedene Schiffe, die vom Hamburger Hafen ausliefen, gingen regelmäßig vor Helgoland vor Anker, um dann weiterzufahren an ihre Bestimmungsorte in England oder den Niederlanden.

Tine, die mehrmals in den Raum kam, um leere Flaschen und benutzte Gläser abzutragen oder neue zu bringen, schnappte manche Bemerkung auf und versuchte, mehr von der schwierigen Lage zu verstehen, in der sich die Insel befand: zwischen dem riesigen Weltreich der Queen, das sich rund um den Erdball erstreckte und von einem jahrhundertelang gewachsenen System aus Bürokratie und Militär unterhalten wurde, und dem ehrgeizigen Deutschen Reich, das im Kreis der Großen mitspielen wollte und von einem machthungrigen, militärbegeisterten Kaiser vorangetrieben wurde. Im Grunde, so schien es ihr, war es stets die Kunst der Einheimischen gewesen, sich in ihrer Abgeschiedenheit zu verstecken und sich keiner Seite wirklich Untertan zu machen. Die Briten jedenfalls hatten der Insel eine Art Sonderstatus eingeräumt, mit dem sich gut leben ließ. Ob die Deutschen es genauso halten würden? Darüber wurde auch unter den Gästen des Hoteliers eifrig gestritten. Henry Heesters aber verstand es wunderbar, den Frieden unter den Besuchern zu wahren. Immer wieder schaltete er sich verständnisvoll und entgegenkommend ein, ohne jeder abwegigen oder gefährlichen Meinung einfach recht zu geben. Und zwischendurch zwinkerte er Tine gelegentlich zu, wenn er sie sah, als würde er all das nur mäßig ernst nehmen.

Die Gesellschaft löste sich schon früh wieder auf, denn es war ja der Weihnachtstag, und die Herren hatten Familie. Und so fand Tine sich bald allein im Salon und räumte das letzte benutzte Geschirr weg, überzog die Tische mit frischen Decken und lüftete währenddessen kräftig durch, um den Rauch und die überhitzte Luft nach draußen zu lassen. Immer noch war die See aufgewühlt, aber dennoch lag die Insel in einem tiefen Frieden. Das Schiff, mit dem der Gouverneur angekommen war, ankerte in geringer Entfernung und war hell erleuchtet. Auch die Matrosen feierten das Weihnachtsfest, und Tine fragte sich, was das wohl für die Heizer und Maschinisten bedeutete. Saßen sie in ihren winzigen Kajüten und gossen sich einen Becher Brandy ein oder durften sie heraufkommen und gemeinsam mit den anderen Matrosen Lieder singen. Lauschten sie alle einer Ansprache das Kapitäns oder war der längst an Land und genoss einen guten Braten im *Seeadler* und anschließend die Zuwendung einer der Bedienungen, die gegen entsprechendes Trinkgeld auch etwas näher kamen, als es schicklich war?

»Was für ein eigenartiger Weihnachtsabend«, seufzte Henry Heesters, der nach der Verabschiedung der letzten Gäste noch einmal in den Salon kam. Müde sah er aus, aber zufrieden. »Wir feiern die Ankunft des Herrn!«, sagte er doppeldeutig und goss sich noch ein Glas Whisky ein. »Sie auch?«, fragte er Tine. Doch die schüttelte den Kopf. »Lieber nicht«, sagte sie. »Sonst müssen Sie mir am Ende wieder ein Zimmer freiräumen.« Henry Heesters lachte. »Ja. Das wollen wir nicht riskieren.« Er deutete zur Tür. »Die anderen feiern längst. Wollen Sie nicht auch rübergehen?«

»Ja«, sagte Tine, ohne sich vom Fleck zu rühren. Sie spürte den Blick des Hoteliers auf sich, und er machte ihr Gänsehaut. »Wünschen Sie noch etwas, Herr Heesters?«

Es dauerte eine Weile, bis Henry Heesters antwortete. »Wünschen, Tine, ja wünschen würde ich mir manches. Aber manche Wünsche sind unerfüllbar.«

»Sind sie das? Ich erinnere mich, dass Sie uns in diesem Raum einmal gesagt haben, dass wir unseren Gästen jeden Wunsch erfüllen sollen, wie seltsam er auch sein möge.«

Der Hotelier nickte bedächtig. »Ja«, sagte er. »Daran erinnere ich mich auch. Und ebenso daran, dass manche dieser Wünsche Menschen ins Unglück stürzen können. Menschen, die wir …« Er zögerte und murmelte leise: »Menschen, die wir lieben.«

Tine trat zu ihm und sah ihm in die Augen. »Herr Heesters …«

»Henry«, sagte er. »Nenn mich Henry. Zumindest wenn wir unter uns sind.«

»Aber …«

»Kein Aber. Es ist ein einfacher Wunsch, der niemanden unglücklich macht, aber mich glücklich.« Er erwiderte ihren Blick. Seine Augen waren so blau, so sanft, so unglücklich.

»Ich bin sicher, Sie würden sich nie etwas wünschen, was andere Menschen ins Unglück stürzt.« Henry Heesters riss sich von ihrem Anblick los. »Da wäre ich nicht so sicher«, sagte er und rang die Hände. »Was, wenn ich mir wünschte, Sie würden mich nie …« Er wandte sich zum geöffneten Fenster und sah hinaus. »Sie würden mich nie verlassen?«

»Aber ich werde Sie doch nicht verlassen … Henry!«, versicherte ihm Tine und trat zu ihm. »In meinem ganzen Leben war ich nie so glücklich wie hier. Bei Ihnen.«

Er lachte leise. »Darüber bin ich sehr froh, Tine. Aber das ist es nicht, was ich meine.«

Tine schnappte nach Luft. Was er meinte … Sie ahnte es. Wusste es! Und doch … »Aber … ich bin nur ein … Zimmermädchen«, stotterte sie. »Ich bin niemand.«

»Niemand?« Henry Heesters wandte sich zu ihr um. »Wie können Sie so etwas sagen, Tine! Sie sind … Du bist doch alles!«

»Alles«, wiederholte Tine und schüttelte den Kopf. »Wie sollte ich alles sein?« Sie lächelte. Eine seltsame Vorstellung. »Wenn ich eine Königin wäre, wäre ich doch nicht alles.«

»Wenn du eine Königin wärst, Tine, könntest du dich dann für einen einfachen Geschäftsmann entscheiden? Sagen wir, einen Hotelier?«

»Eine Königin kann alles tun … Henry.« Auch wenn sie sich nicht sicher war, daran wollte sie glauben.

»Du bist eine Königin, Tine.«

»Sie machen sich über mich lustig, Herr Heesters.«

»Nein, Tine, wenn hier jemand lächerlich ist, dann bin ich

es. Ich bin doppelt so alt wie du – und doch gebe ich mich der Hoffnung hin, träume, sehne mich …«

Siebzehn. Sie war siebzehn Jahre alt. War das zu jung? War er zu alt? Die Mutter war sechzehn gewesen, als sie den Vater geheiratet hatte. Und ihre Mutter war noch jünger gewesen. Niemand hatte sie gefragt, ob sie Ehefrau werden wollte. Niemand hatte wohl auch gefragt, ob sie Mutter werden wollte. Und dann war sie Wilhelm Tiedkens' Frau geworden, der nur wenig älter war, und brachte ihm zehn Kinder zur Welt, mehr sogar, aber zehn hatten überlebt. Eine alte Frau war sie inzwischen. Aber war sie so viel älter als Henry Heesters? Doch, die Mutter war wohl an die zehn Jahre älter. Der Gedanke war seltsam tröstlich für Tine. Siebzehn. Wusste er das? »Sie wissen, wie alt ich bin, Henry?«

»Ich weiß nur, dass du eine erwachsene Frau bist, dass du seit vielen Jahren ein ehrliches und hartes Leben lebst. Dass du fleißig und brav bist, stets für alle da bist. Dass du … wunderschön und reizvoll bist.« Er suchte nach Worten.

Wunderschön, dachte Tine, *ja, das mochten Männer vielleicht so sehen, wenn sie eine junge Frau betrachteten.* Oft schon hatte Tine ihre gierigen Blicke gespürt, hatte unverschämte Angebote bekommen und sich frecher Annäherungen erwehrt. Es war nicht leicht für eine junge Frau in einfachen Verhältnissen, sich vor Misshandlungen zu schützen. Eine Frau natürlich aus gutem Hause, die Gattin eines angesehenen Bürgers, eines wohlhabenden Geschäftsmannes gar, eine solche Frau musste dergleichen Übergriffe nicht befürchten. Da nahmen sich die Männer nicht einfach, wonach ihnen gerade war. Aber das war es nicht, was Henry Heesters' Rede so verlockend für sie machte. Es war die Art, wie er es sagte: unsicher, zärtlich, voller Angst, sie könnte ihn zurückweisen. In diesem Augenblick war nicht er es, der über ihr Schicksal bestimmte. Sie war es, die den Lauf seines Lebens in der Hand hielt. Und ihres Lebens.

In diesem Augenblick wusste sie, dass es ein gutes Leben sein würde. Für sie beide. »Denken Sie denn, dass Sie eine Frau lieben können, die niemand ist und aus dem Nichts kommt?«

»Für mich wäre sie alles«, flüsterte Henry Heesters und streckte die Hände nach ihr aus. »Für mich *ist* sie alles!«

»Ich kenne einen sehr klugen und liebenswerten Mann«, flüsterte nun auch Tine. »Der hat einmal zu mir gesagt: Manchmal, Tine Tiedkens, manchmal werden Träume wahr.«

»So soll es auch für Tine Heesters sein, ein langes glückliches Leben lang«, sagte der Hotelier, kniete vor ihr nieder und küsste ihre Hände.

* * *

V.

Zeit des Glücks

Helgoland 1889

Erstes Kapitel

Liebe Mama!
Hoffentlich geht es Euch allen gut. Heute schreibe ich Dir, weil etwas Wunderbares geschehen ist. Stell Dir vor, der Inhaber des Hotels, in dem ich arbeite, hat mir einen Heiratsantrag gemacht, und ich habe ihn angenommen. Wir werden uns am 5. Mai in der Kirche St. Nicolai auf Helgoland das Jawort geben. Dafür erbitte ich Deinen Segen. Natürlich würde ich mich unendlich freuen, wenn Du bei meiner Hochzeit dabei wärst. Ich weiß, dass es schwer ist für Dich, Hamburg zu verlassen. Aber mein Verlobter, Henry Heesters heißt er, würde Dir gerne die Überfahrt schenken. Auch den Geschwistern, wenn sie mitkommen. Und Ihr könntet in unserem schönen Hotel wohnen, wo man einen herrlichen Seeblick hat und ausgezeichnet speist. Bitte überlege es Dir, liebe Mama.
Schreib mir nur bald!
In treuer Liebe Deine Tochter Tine

***

Die Hochzeit sollte am ersten Sonntag im Mai stattfinden, und Henry Heesters wollte nichts dem Zufall überlassen. Mehrmals reiste er nach Hamburg und auch einmal nach Amsterdam, um für die besten Speisen und Getränke zu sorgen, Schmuck für das Hotel zu ordern und – zuletzt in der holländischen Metropole und ohne dass er es Tine verraten hätte – ein traumhaftes Brautkleid zu kaufen, das er allerdings zuerst in die Schneiderei Hansen brachte, wo Frau Hansen es nach Tines Wünschen überarbeiten sollte. Denn nach einem alten Brauch und Aberglauben durfte der Bräutigam das Brautkleid nicht vor dem Hochzeitstag sehen. Erst wenn Tine also vor den Altar trat, würde er wirklich wissen, wie sie darin aussah. Henry Heesters entfesselte nicht nur eine ungeheure Energie bei der Vorbereitung der Feierlichkeiten, er übertrumpfte sich selbst mit guten Einfällen, sei es, wie das Hotel herausgeputzt, sei es, womit die Hochzeitsgesellschaft unterhalten werden sollte, und sei es, wer zu dem großen Ereignis geladen wurde.

Dass der Gouverneur samt Gattin kommen sollte, verstand sich von selbst. Und sosehr Tine ihren Zukünftigen auch bewunderte, dass der oberste Herr der Insel seine Anwesenheit tatsächlich ankündigte und der Hochzeitsgesellschaft die Ehre geben würde, davon war sie denn doch überwältigt. Zumal es Henry gelungen war, den Gouverneur auch dazu zu bringen, dem Brautpaar als Trauzeuge zu dienen. »Der Gouverneur? Du machst dich über mich lustig!«, rief Tine, als er es ihr an einem lauen Frühlingsmorgen im Speisesaal zuraunte.

»Das würde ich nie wagen, mein Herz!«, erwiderte er. »Er hat es mir gestern Abend in die Hand versprochen.«

»Wie hast du das nur geschafft, du unglaublicher Mann?« Tine war völlig fassungslos.

»Sagen wir, ich war überzeugend«, scherzte Henry Heesters. Doch tatsächlich war es auch eine Anerkennung des Gouverneurs für die vielfältigen Anstrengungen, die der Hotelier in seinem Sinne unternommen hatte, um den Status der Insel als britische Kronkolonie zu retten. Henry Heesters hatte bei seinen Reisen aufs Festland mehrmals diplomatische Aufgaben übernommen und war inzwischen als Vermittler zwischen den beiden Lagern sehr geschätzt.

Ebenfalls ihr Kommen angekündigt hatten der Pastor und

seine Frau, einige führende Geschäftsleute und Hoteliers der Insel, darunter natürlich Frau Wagner, die sogar Hedi frei gegeben hatte, zumindest der Trauung beizuwohnen, wohingegen sie Alfred zwei Stunden auf der Hochzeitsfeier zugestanden hatte. Die Familien Reimers, Freriksen, Stöver, Wetcke und Bertram hatten zugesagt, etliche Damen und Herren, von denen Tine allenfalls vom Hörensagen wusste und über die sie ihren Zukünftigen immer wieder ausfragte. »Pfeifer? Wer sind Pfeifers?«

»Henning Pfeifer ist einer der größten Immobilienhändler der Insel. Und das größte Schlitzohr, das du auf Helgoland finden kannst.«

»Aha«, sagte Tine. »Er verkauft Grund und Boden, ja? Und was haben wir mit ihm zu schaffen, wenn er so ein Schlitzohr ist?«

»Wir waren zusammen in London«, erklärte Henry Heesters. »Genau genommen hat er mich überhaupt nach Helgoland gebracht.«

»In London?« Tine staunte immer wieder, was ihr zukünftiger Ehemann alles erlebt hatte und wovon sie keine Ahnung hatte. Immer wieder befiel sie dann auch eine leise Sorge, sie könnte Dinge erfahren, von denen sie lieber nichts gewusst hätte.

Mehrere Offiziere der britischen Armee würden unter den Gästen sein, zwei Reeder aus Hamburg, zu Tines Erstaunen aber fand sich kein einziger geladener Gast namens Heesters auf der Liste. »Was ist mit deinen Verwandten?«, wollte sie wissen, als sie eines Abends noch zu zweit im Salon saßen und eine Tasse Tee tranken.

»Es gibt niemanden mehr«, sagte Henry Heesters einsilbig.

»Niemanden? Deine Eltern sind beide tot?«

Er nickte, mied aber ihren Blick. »Und es gibt auch keine Geschwister? Du warst das einzige Kind deiner Eltern? Was ist mit Onkeln und Tanten? Es kann doch gar nicht sein, dass auch von den Geschwistern deiner Eltern niemand mehr am Leben ist. Oder von deren Kindern, deinen Vettern und Basen …« Henry Heesters seufzte und blickte in den Dampf, der zart kräuselnd aus der Tasse aufstieg. »Nein«, sagte er leise. »So ist es nicht. Die Wahrheit ist, dass ich mich … nein, dass meine Familie sich von mir losgesagt hat.«

»Deine Familie hat sich von dir losgesagt?« Tine war fassungslos. »Aber warum sollte sie das tun? Du bist der beste Mensch, den ich jemals kennengelernt habe! Niemand würde sich jemals von dir lossagen!«

»Ach, das ist, wie du es siehst. Meine Eltern sahen das anders. Wie du weißt, stamme ich ursprünglich aus den Niederlanden. Mein Vater war ein sehr angesehener Geldverleiher. Wie sein Vater vor ihm. Sie waren stolz darauf, über die Generationen hinweg immer weiter aufgestiegen zu sein in der Gesellschaft. Dazu gehörte natürlich auch, dass man immer eine gute Partie machte.«

»Eine gute Partie?«

»Beim Heiraten. Kein männliches Mitglied, das nicht eine Frau mit großer Mitgift in die Familie geholt hätte, kein weibliches, das nicht in eine der ersten Familien eingeheiratet hätte. Geld kommt zu Geld …«

Ja, das hatte Tine schon gehört. Und sie hatte es auch selbst beobachtet. Während die Armen tagein, tagaus ums Überleben kämpften und sich abstrampelten, um am Ende trotzdem nur in ein Armengrab geworfen zu werden, schienen die Reichen allein dadurch immer noch reicher zu werden, dass sie die anderen für sich arbeiten ließen und warteten, dass sich ein weiterer Geldsegen über ihre Köpfe ergoss. »Da bin ich natürlich keine gute Partie«, sagte sie leise. »Im Gegenteil.« Sie musste schlucken. »Ich verstehe, dass sie nicht kommen wollen, weil sie sich schämen, dass du eine solche Person zur Frau nehmen willst … Aber mussten sie sich deshalb gleich von dir lossagen?«

»Eine solche Person? Wie sprichst du denn von meiner Zukünftigen?« Henry Heesters schüttelte den Kopf. »Das hast du völlig falsch verstanden.« Er legte eine Hand auf ihre. »Es geht nicht um dich.«

»Ich verstehe wirklich nicht …«

»Es geht um … Antje.«

»Antje. Deine erste Frau.«

»Ja. Sie war eine Schneiderin.« Er seufzte. »Und in den Augen meiner Familie eines Heesters nicht würdig.« Er schwieg darüber, dass es die Schneiderei war, in der er das Hochzeitskleid gekauft hatte, in der sie einst tätig gewesen war.

»Aber eine Schneiderin, das ist doch ein sehr ehrenwerter Beruf.«

»Das ist er. Das hat man nicht einmal bestritten!« Tine konnte hören, wie ihn der Ärger übermannte. »Aber meinem Herrn Vater war das nicht genug. Ehrenhaftigkeit, liebe Tine, ist nämlich kein Geld wert. Im Gegenteil, meist sind es die weniger ehrenwerten Personen, die es in der Hinsicht weit bringen. Wer keine Skrupel kennt und die Moral nur in der Kirche sucht, der kann leicht reich werden. Woher haben denn all die alten Familien, die Vons und Zus, *ihre märchenhaften Vermögen*? Weil sie alle einst Raubritter oder Ausbeuter waren. Oder beides.«

»Und deshalb hat dein Vater dich verstoßen?« Henry Heesters hob entschuldigend die Hände. »So sieht es aus. Seit ich ihm zu verstehen gegeben habe, dass ich diese Frau heiraten würde, egal ob er mir seinen Segen gäbe oder nicht, hat er kein Wort mehr mit mir gesprochen. Er hat mich von der Erbfolge ausgeschlossen und all meinen anderen Familienmitgliedern verboten, jemals wieder mit mir in Kontakt zu treten. Wozu sollte ich ihnen noch eine Einladung schicken. Ich bin für diese Menschen tot.«

Eine Hochzeit also, bei der der Bräutigam als einziger Anwesender den Namen Heesters trug, zumindest bis die Trauung vollzogen war. So traurig diese Familiengeschichte war, Tine fand es tröstlich, dass sie nun ebenfalls seinen Namen tragen und eine neue Familie mit ihm gründen würde. Eines Tages würde niemand mehr fragen, wo denn eigentlich seine Familie sei. Denn sie würde sich hoffentlich mit zahlreichen Kindern und auch Enkeln präsentieren.

Tines Mutter hatte die Einladung ausgeschlagen. Sie konnte oder wollte mit den Jüngsten nicht weg, wusste auch nicht, wie sie die anderen Kinder während ihrer Abwesenheit versorgen sollte, und vor einer Reise zur See graute ihr auch. Dafür hatte die Zweitälteste von den Geschwistern, Jolante, ihr Kommen angekündigt, und Tine war überglücklich, ihre große Schwester wiederzusehen. Bestimmt würde Jolante mächtig Eindruck machen, denn sie war eine Schönheit, Henry würde staunen und sich hoffentlich nicht Hals über Kopf in sie verlieben. Tine musste grinsen, wenn sie daran dachte. Und dann wurde sie wieder ernst, weil ihr in den Sinn kam, dass sie bald eine Frau sein würde, und sosehr sie sich darauf freute und dem Augenblick entgegenfieberte, so sehr verspürte sie doch auch eine heimliche und gar nicht geringe Angst vor dem Moment.

***

Die Stunden in der Schneiderei Hansen genoss Tine ganz besonders. Nicht nur dass sie sich keine Gedanken darüber machen musste, ob sie sich dieses prachtvolle Hochzeitskleid leisten konnte, sie stand ganz im Mittelpunkt der Aufmerksamkeit von Frau Hansen persönlich, die als beste Schneiderin der Insel galt und Tine umsorgte, als wäre sie die Kronprinzessin persönlich. Dabei versuchte sie keineswegs, der jungen Frau irgendeine Art der Gestaltung einzureden, sondern forschte sehr gekonnt nach den Vorstellungen, die Tine von einem perfekten Kleid und von sich als Braut hatte.

Es war ein Traum in Weiß, der Tine umgab, in feinstem Moiré, mit Brüsseler Spitze an den eng anliegenden Ärmeln und am Ausschnitt, den die beiden Frauen einvernehmlich ein wenig großzügiger schnitten. »Du wirst die schönste Frau sein, die dein Mann je gesehen hat«, sagte Frau Hansen, die Tine mit der größten Selbstverständlichkeit duzte. »Und die anderen Männer werden ihn beneiden. Wo du auch noch so eine wunderbar schmale Taille hast! Versuch dir die nur möglichst lang zu bewahren.«

»Keine Angst«, sagte Tine und lachte. »Ich schätze, ich werde gar nichts essen können an meinem Hochzeitstag.«

Die Schneiderin gluckste und raunte geheimnisvoll: »Womöglich wirst du trotzdem dick. Aber nur für einige Zeit und nicht so schnell wie von Mayonnaise und Sahnetorte.«

Zu guter Letzt musste sich Tine noch ein paar Schuhe aussuchen, die zu ihrem Kleid passten. Das war schon deshalb nicht einfach, weil es auf der Insel scheinbar kein einziges weißes Paar Schuhe gab. »Wie machen es denn die anderen?«, fragte Tine verzweifelt Frau Hansen, die ihr dabei zur Seite stand.

»Na, die heiraten eben nicht in Weiß.«

»Nicht?«

»Nein. Sondern in Tracht. Wir haben doch eine so schöne Tracht auf unserer Insel …«

»Denken Sie, man wird es mir übelnehmen, wenn ich nicht in Helgoländer Tracht heirate?«

»Ach, bestimmt nicht! Dir gönnt man hier wirklich alles Glück der Welt. Seit der Predigt an Weihnachten …« Als könne sie es immer noch nicht glauben, schüttelte die Schneiderin den Kopf, dann deutete sie auf ein Paar schwarze Schuhe mit mittelhohem Absatz, die ein wenig extravagant spitz vorne zuliefen. »Meinen Sie wirklich?«, fragte Tine und überlegte bei sich, wozu sie solche Schuhe jemals wieder tragen sollte.

»Unbedingt!«, erklärte Frau Hansen. »Erstens strecken sie dich etwas, und dein Zukünftiger ist doch so ein stolzer Mann und dazu einen ganzen Kopf größer als du. Und zweitens wirst du als Hotelbesitzerin in Zukunft sowieso allerlei festliche Anlässe mitmachen müssen. Da schadet ein Paar hocheleganter Schuhe überhaupt nicht.«

Hotelbesitzerin. Als solche hatte Tine sich bis heute noch nicht gesehen. Gewiss, sie würde die Frau von Henry Heesters sein, dem Hotelier. Aber sie selbst war doch letztlich immer noch das Zimmermädchen, das nun eben … »Du wirst doch nicht behaupten wollen, dass du vorhast, weiterhin als Zimmermädchen zu arbeiten?«, sagte Frau Hansen ungläubig.

»Na ja«, sagte Tine. »Jemand muss ja …«

»Ach was! Nun ist aber gut!« Die Schneiderin warf lachend die Hände in die Luft. »Das ist ja wohl der größte Unsinn, den ich seit langem gehört habe! Henry Heesters ist ein bedeutender Geschäftsmann auf dieser Insel. Der kann auf gar keinen Fall ein Zimmermädchen zur Frau haben.«

»Er hat sich aber eines ausgesucht«, erwiderte Tine zaghaft.

»Ja. Hat er. Zum Heiraten. Aber wenn er es erst einmal zur Frau hat, hat sie einen Hotelier zum Mann. Wie sieht das denn aus, wenn seine Frau für die Gäste die Betten macht und die Zimmer putzt und wer weiß was noch?«

Nachdem Frau Hansen Tine diese Lektion beigebracht hatte,

nahm sie die zukünftige Frau Heesters unter ihre Fittiche und erklärte ihr ein wenig, wie die Gesellschaft wirklich funktionierte. Wie man seinen Platz fand, wie man ihn verteidigte – und auch was bei aller Sympathie nicht akzeptiert wurde. Denn auch auf Helgoland gab es eine strikt in Klassen unterteilte Gesellschaft: Die alten Familien hatten in allen wichtigen Fragen das Sagen, selbst wenn es dafür kein Gesetz gab und es in manchem Falle sogar gegen das Gesetz sprach. Doch auch der Gouverneur, obwohl er uneingeschränkter Herr über die Insel war, hielt sich an das Votum der Patrizier.

Der Statthalter der Krone und seine Organe waren offiziell die bestimmende Klasse auf Helgoland. Dann kamen die führenden Vertreter des Militärs. Erst dann gab es eine Schicht, die sich aus den reichen Geschäftsleuten und den Honoratioren zusammensetzte.

»Honoratioren?«, fragte Tine, der dieses Wort fremd war.

»Der Pastor. Die Lehrer. Der Kurverwalter. Der Zollmeister. Der Hafenvorsteher. Solche Leute.«

»Oh. Und wir?«

»Und ihr. Die Hoteliers, die Geschäftsleute, die Kaufmänner.«

Langsam begann Tine, die Hierarchie auf der Insel zu durchschauen. Und sie war beeindruckt, wie viel Frau Hansen von all dem verstand. Sie war eine kluge und eindrucksvolle Frau. »Und Sie«, sagte sie.

»Und wir«, bestätigte die Schneiderin nicht ohne Stolz. »Wenn auch ganz unten in dieser Schicht.«

Und Tine fragte sich, wie viele Schichten wohl noch zwischen dieser und derjenigen kämen, zu der sie einst gehört hatte. Denn es war ihr ja bisher schon bewusst gewesen, dass ein unsichtbarer Boden ihr Leben als Zimmermädchen von dem Leben trennte, das sie einst in Hamburg geführt hatte. Was sie aber sicher wusste, war, dass sie damals zur untersten Schicht gehört hatte. Und dass all ihre Geschwister und auch ihre Mutter das immer noch taten.

***

Am Vorabend der Hochzeit traf endlich Jolante ein. Sie kam mit dem Schiff von Cuxhaven, wohin sie mit der Elbfähre gefahren war. Und sie sah umwerfend aus. »Jolante!« Tine lief ihr entgegen und umarmte sie, kaum dass die Schwester den Fuß auf den Südstrand gesetzt hatte. »Jolante! Ich bin so froh, dass du gekommen bist!«

Die große Schwester drückte Tine und hielt sie dann mit beiden Armen von sich. »Meine Güte, Schwesterchen, du hast dich aber gemacht«, sagte sie anerkennend. »Du bist noch hübscher geworden. Und du strahlst, dass man meinen könnte, du willst heiraten. Ach Moment, du *willst* ja heiraten!« Und dann lachten sie beide und kicherten und liefen Arm in Arm hinüber zum Heesters und konnte gar nicht aufhören, sich zu drücken und zu herzen. »Sag, wie geht es allen?«, wollte Tine wissen.

»Je nu«, sagte Jolante. »Es geht, wie es immer geht. Man schlägt sich durch. Mama ist alt geworden. Vaters Tod hat sie sehr mitgenommen.« Plötzlich war alle Fröhlichkeit wie weggeblasen. »Nachts liegt sie wach und weint. Und weißt du, was das Schlimmste ist: Ich glaube, sie weint nicht, weil Vater weg ist, sondern weil wir alle anderen immer noch da sind. Aber ich kann es ihr nicht verdenken. Wir sind nun einmal der Grund, dass sie so elend hausen muss.«

»Ich hätte mich so gefreut, wenn sie gekommen wäre.«

»Wie sollte sie? Alles hängt doch an ihr. Nicht auszudenken, wenn ihr auch etwas zustieße …«

Erschrocken schlug Tine die Hände vor den Mund. »Sag so

etwas nicht. Ich schicke doch alles, was ich verdiene, nach Hamburg. Ich habe die ganze Zeit nur gespart und mir nicht die kleinste Kleinigkeit gegönnt. Jedenfalls fast nicht …«

Jolante lachte. »Nun übertreib nicht, Tine. Dir geht es doch gut hier, wenn ich mir dich so ansehe. Aber glaub mir, ich bin froh, dass es so ist. Meine Güte, ist das schön hier! Wenn es diese Insel nicht gäbe, dann müsste man sie erfinden, was?«

»Ja«, sagte Tine. »Das müsste man wirklich. Aber zum Glück gibt es sie.«

»Und zum Glück lebt meine kleine Schwester jetzt hier. Jetzt habe ich immer einen guten Grund hierherzukommen.«

»Das wäre großartig!«

»Wie geht es Fritzi? Ist sie auch immer noch hier?«

»Natürlich«, sagte Tine verwundert. »Es geht ihr gut. Sie wohnt bei Thevessens. Herr Thevessen ist der Pastor.«

»Sie lebt im Pfarrhaus? Das ist ja witzig.«

Sosehr Tine sich über Jolantes Besuch freute und so gut es ihr tat, nach so langer Zeit wieder ihre vertraute Stimme zu hören, so sehr irritierten sie Jolantes Reden. Ein wenig war ihr die Schwester doch fremd geworden. »Wir haben dir eines unserer schönsten Zimmer hergerichtet«, erklärte sie. »Es wird dir gefallen.«

»Na, dann bin ich mal gespannt, wie euer feines Haus so ist.« Mit der Geste einer großen Dame betrat Jolante die Halle, und sogleich wandten sich ihr alle Blicke zu. Sie nickte in jede Richtung und drehte sich dann einmal um sich selbst. »Sehr geschmackvoll«, stellte sie fest und nickte Tine anerkennend zu. »Wo muss ich hin?«

»Erst einmal musst du Henry kennenlernen.«

»Deinen Zukünftigen.«

»Ja. Er erwartet uns schon. Im Salon.«

»*Im Salon!*«, echote Jolante, und es klang, als würde sie sich ein wenig lustig machen über Tines Wortwahl. Aber dann staunte sie doch, als sie den Raum betrat, der im milden Nachmittagslicht beinahe golden leuchtete. Henry Heesters saß auf einem Sessel und studierte die Zeitung. Als die beiden jungen Frauen eintraten, erhob er sich, kam auf sie zu und reichte Jolante die Hand. »Sie müssen die Schwester meiner Tine sein«, sagte er und deutete mit einer Verbeugung einen Handkuss an, den Jolante huldvoll annahm. »Das ist Jolante«, sagte Tine. »Und das ist mein Verlobter Henry. Ich hoffe, ihr sagt gleich du zueinander.«

»Meine Güte, Tine, du gehst aber aufs Ganze«, warf die große Schwester ein, erklärte dann aber ebenso forsch: »Nenn mich gerne Lola, wie all meine Freunde.«

»Lola. Gerne«, sagte der Hotelier. »Ich bin Henry, und ich hoffe, wir werden uns gut verstehen.«

»Das werden wir, Henry, da habe ich keine Zweifel. Tine würde sich keinen Mann aussuchen, der mir nicht auch gefiele.« Sie zwinkerte Tine zu, die leicht errötete und vorschlug: »Wollen wir gemeinsam einen Kaffee trinken?«

»Gerne, Tinchen«, sagte Jolante. »Lass mich mich nur vorher etwas frisch machen. Die lange Reise, du verstehst …«

»Aber natürlich!«, rief Henry Heesters. »Theo wird Ihr … wird dein Gepäck nach oben bringen. Ich nehme an, meine Liebe, du möchtest deiner Schwester das Zimmer selbst zeigen?«

»So ist es!«, sagte Tine und hakte Jolante unter. »Hier lang, Schwesterherz!«

* * *

Zweites Kapitel

Die Trauung war überwältigend. Die halbe Insel hatte sich in die kleine Kirche gezwängt, Pastor Thevessen hatte eine hinreißende Predigt über die Macht der Liebe und die Unwägbarkeiten des Lebens gehalten, die Bänke des Gotteshauses waren von Fritzi mit entzückenden Blütensträußchen geschmückt worden, der Chor hatte die Gäste zu Tränen gerührt, Tine natürlich auch, am meisten aber Henry Heesters. Der Hotelier war so offensichtlich der glücklichste Mann auf Erden, dass ihn nahezu alle vor dem Kirchenportal umarmten, was bei den an sich eher verschlossenen Insulanern nicht eben üblich war. Es schien, als freue sich die ganze Insel über diesen Ehebund zwischen zwei Menschen, die nur durch Gottes Fügung zusammengefunden haben konnten: dem Mann aus den Niederlanden und dem Blumenmädchen aus Hamburg, die weit draußen in der Nordsee zueinander gefunden hatten.

»Wäre ich nicht selbst so glücklich vermählt, würde ich Sie heftig beneiden, mein Lieber«, sagte lachend der Pastor und klopfte dem Bräutigam mit einer Hand auf die Schulter, während er ihm die andere reichte. Doch dann wurde er leise und fügte mit heiligem Ernst hinzu: »Heesters, halten Sie Ihr Glück fest, das rate ich Ihnen. Gott hat Ihnen einmal die große Liebe offenbart. Und nun offenbart er sie Ihnen ein zweites Mal. Mehr darf man vom Leben nicht erwarten.«

Und ebenso ernst erwiderte Henry Heesters: »Ich hätte nie geglaubt, dass ich solches Glück noch einmal erleben darf, Herr

Pastor. Seien Sie versichert, ich werde alles tun, um es zu pflegen, bis dass der Tod uns scheidet.«

»Ja«, sagte der Pastor. »Bis dass der Tod euch scheidet. So soll es sein. Aber erst in ferner Zukunft.« Er zwinkerte dem Hotelier zu. »Aber jetzt lassen Sie uns feiern. Denn einen solchen Tag werden Sie nicht wieder erleben!«

Also zog die Hochzeitsgesellschaft hinab zum Unterland, wo das Heesters im vollen Schmuck stand. Über Nacht waren an allen Balkongeländern Blumengirlanden angebracht worden mit Rosen in Weiß und Rosé, nicht ganz so exquisit wie die Exemplare, aus denen Tines Brautstrauß gesteckt war, aber dennoch prächtiger als alles andere, was man in jenen Tagen auf der Insel fand. Auf dem Dach und vor den Fenstern flatterten ein Dutzend Flaggen – durchweg die Helgoländer Farben: Grün, Rot und Weiß. Ein langer roter Teppich war vor die Treppe gelegt worden, den Henry Heesters für feierliche Anlässe angeschafft hatte und nun einweihen wollte. »Es sieht aus wie vor einem Schloss«, flüsterte Tine, als sie vor dem Hotel ankamen.

»Es ist ein Schloss«, flüsterte ihr Ehemann zurück und grinste. »Und du bist die Königin.«

»So fühle ich mich heute auch. Mir ist schon ganz schwindelig vor lauter Glück.«

»Wenn das so ist ...«, sagte Henry Heesters, »... dann müssen wir aufpassen, dass du nicht hinfällst.« Und er packte sie mit der Rechten um die Taille und hob sie mit der Linken hoch, um sie die letzten Schritte zu tragen. Die Hochzeitsgäste, die hinter ihnen her zum Hotel gingen, jauchzten und jubelten spontan und ließen das Paar hochleben. Mancher Hut flog in die Luft, als Henry Heesters seine Braut über die Schwelle trug. Und drinnen wurde das Paar von Klatschen und freudigen

Ausrufen empfangen: Das Personal hatte sich in der Halle versammelt und bildete nun ein Spalier, durch das Henry Heesters seine Frau trug, um sie am Ende behutsam wieder abzusetzen und ihr einen zärtlichen Kuss zu geben. Dann richtete er den Blick auf die Mitarbeiter und auf die hinter dem Brautpaar ins Haus drängenden Gäste. »Danke!«, rief er. »Tausend Dank!« Er drückte Tine fest an sich, die in diesem Augenblick so überwältigt war, dass sie einfach nur geschehen ließ, was geschah.

»Dies ist der glücklichste Tag in meinem Leben«, erklärte Henry Heesters. »Und ich freue mich unendlich, dass Sie alle daran teilhaben können. Es ist uns eine Ehre, Sie heute in unserem Heim begrüßen zu dürfen. Mit Tine ist ein Traum in Erfüllung gegangen. Ich möchte Sie bitten, mit mir gemeinsam auf meine wunderschöne, hinreißende und kluge Frau anzustoßen!«

Die Hausdiener griffen zu den Tabletts mit gefüllten Gläsern, die bereits auf den Tischen in ihrem Rücken standen, und beeilten sich, jedem Gast Champagner zu reichen. »Auf Tine Heesters!«, erklärte der Bräutigam feierlich. »Die wundervollste Frau, die ein Mann sich nur wünschen kann. Ich danke Gott und ich danke dir, Tine, dass ich mein Leben fortan mit dir teilen darf. Mögest du nie an mir verzweifeln.« Er hob sein Glas. Im Hintergrund wurden Rufe laut: »Hört, hört!«

Rasch nahm Tine ein Glas von Theos Tablett und hob es ebenfalls. »Und auf meinen Ehemann Henry, der so mutig war, eine Frau zu wählen, die nichts mitbringt in diese Ehe außer sich selbst. Und der so gut ist, dass er keinen Unterschied macht zwischen Groß und Klein, Arm und Reich, Deutsch und Britisch oder Niederländisch … Ich will dir immer eine gute Frau sein …«

Jubel brandete auf, Gläser klirrten, während Henry Heesters

Tines Lippen mit seinen verschloss und sie sich vor aller Welt innig küssten.

»Ad multos annos!«, rief der Gouverneur, der zuletzt die Halle betreten hatte, weil er dem Tross langsam gefolgt war.

»Ad multos annos!«, echote es durch das ganze Hotel. Und es war der glücklichste Moment im Leben von Tine Heesters, geborene Tiedkens.

Der Salon war so festlich geschmückt wie das restliche Hotel: Henry Heesters hatte neue Hussen anfertigen lassen, die in crèmefarbenem Ton perfekt zu den Damasttischdecken und den entsprechenden Servietten passten. Hunderte von langen Kerzen erleuchteten bereits jetzt, mitten am Tag, den Raum, üppige Blumensträuße verbreiteten einen betörenden Duft und veredelten ihn vollendet. Die Krönung aber bildete ein neues Porzellanservice, das Tine noch nie gesehen hatte und dessen Blütendekor die Buchstaben »HTH« zierten: »Henry und Tine Heesters«. Ungläubig schlug sie sich die Hände vor den Mund und fiel dann ihrem Gatten um den Hals. »O, Henry!«, rief sie. »Es ist wunderschön! Aber du … du musst ein Vermögen dafür ausgegeben haben!«

»Nichts im Vergleich zu dem Gewinn, den ich heute gemacht habe«, flüsterte Henry Heesters seiner frisch Angetrauten ins Ohr. »Oder gar zu dem Geschenk, das du mir heute vielleicht noch machen möchtest.«

Tine spürte, wie ihr die Röte ins Gesicht stieg. »Henry!«, flüsterte sie zurück. »Ich habe mich bestimmt verhört. Du würdest nie so etwas sagen. Ganz bestimmt nicht.«

Doch ihr Gatte grinste nur und zuckte die Achseln. »Ich weiß nicht einmal, was du meinst«, sagte er und führte seine Frau an den Tisch in der Mitte, wo eine mehrstöckige Hochzeitstorte aufgebaut war, wie man sie auf Helgoland noch selten zu Gesicht bekommen hatte. »Da haben Sie sich aber mächtig verausgabt, mein lieber Heesters«, erklärte der Zollmeister und nickte dem Bräutigam anerkennend zu.

»Wer eine so exquisite Hochzeitsgesellschaft zu Gast hat, der muss das auch zu würdigen wissen«, erklärte der Hotelier. »Bitte, meine Herrschaften, beachten Sie die Platzkärtchen.«

In der Tat stand auf jedem Platz ein kleines Kärtchen, auf dem in feiner Schrift der Name des jeweiligen Gastes geschrieben war, sodass die Anwesenden sich mit einem Mal in überraschenden Konstellationen zusammenfanden. »Du hast den Pastor neben den Wirt des *Störtebeker* gesetzt?«, flüsterte Tine ihrem Mann zu. »Weißt du denn nicht, dass er … nun, dass er … Also, ich meine, dass in seinem Lokal …«

»Du meinst, dass es dort sehr lockere Kontakte zwischen den Geschlechtern gibt?«, fragte Henry Heesters zurück. »Aber natürlich, mein Liebes. Genau deshalb fand ich, die beiden könnten sich gut verstehen. Sie haben ja sozusagen beide mit Fragen der Moral zu tun.«

»Und meine Schwester …«

»Was ist mit deiner Schwester, Tine? Stört es dich, dass ich sie neben Sir Frederick gesetzt habe?«

»Er ist der Oberbefehlshaber!«, flüsterte Tine. Doch ihr Gatte lachte leise. »Nun, der Oberbefehlshaber wäre wohl der britische Premierminister, mein Liebes. Sir Frederick ist nur der Inselkommandant.«

»Eben! Der Oberbefehlshaber des Militärs auf Helgoland. Und Jolante …« Tine verdrehte die Augen.

»Lola ist eine entzückende Person«, erklärte Henry Heesters. »Ich habe das Gefühl, ganz Helgoland liegt ihr schon zu Füßen.« Er schmunzelte. »Zumindest der männliche Teil davon.«

Tine seufzte. »Wenn das mal keine Probleme bringt.«

»Ach«, sagte Henry Heesters mit einem Achselzucken. »Die Helgoländerinnen sind keine Frauen, die sich verstecken müssen. Außerdem glaube ich, dass sie ihre Männer ganz gut unter Kontrolle haben.«

»Dann ist es ja gut, dass ich inzwischen eine Helgoländerin bin«, lachte Tine.

»Oha!«, rief Henry Heesters und blickte gespielt erschrocken, ehe er in ihr Lachen einstimmte.

»Die Torte!«, riefen einige Gäste. »Schneidet die Torte an!«

Und so geschah es. Mit klopfendem Herzen und zitternden Händen griff Tine nach dem Messer und setzte es auf die oberste Etage des dreistöckigen Kunstwerks, das Henry Heesters unter strenger Geheimhaltung gegenüber Tine in der Küche hatte anfertigen lassen und das mit zahlreichen kleinen Rosenblüten aus Marzipan dekoriert war. Er legte seine Hand auf die ihre und drückte sie leicht. »Lass es uns zusammen machen«, flüsterte er ihr ins Ohr. »So wie wir in Zukunft alles zusammen machen wollen.«

Die Hochzeitsgesellschaft war von solcher Größe, dass von der riesigen Torte dennoch jeder nur ein ganz kleines Stückchen bekam – zumal auch alle Mitarbeiter des Hotels etwas abhaben sollten, vom Zimmermädchen zur Küchenhilfe, vom Hausdiener bis zum Laufburschen.

Natürlich wurden Reden gehalten. Der Gouverneur ließ es sich nicht nehmen, einen Toast auf das Brautpaar auszubringen, auch der Schiffsbauer Reimers hielt eine seiner legendären Ansprachen, die er in reinstem Helgoländer Platt vorbrachte, weshalb weder Tine noch Henry Heesters alles verstanden. Aber dass er treffsicher seine Pointen anbrachte, war dem Gelächter der Gäste zu entnehmen und ließ auch diejenigen mitlachen, die ihm wenig folgen konnten. Frau Thevessen und Fritzi hatten ein Gedicht einstudiert, etwas sehr Anrührendes von Liliencron, das sowohl die Braut wie auch den Bräutigam zu Tränen rührte. Und zu guter Letzt erhob sich auch Henry Heesters und wandte sich vor aller Augen und Ohren an seine junge Braut:

»Liebste Tine«, sagte er in heiligem Ernst, dass Tine schlucken musste und ihr die Tränen in die Augen schossen, noch ehe er mit seiner Rede begonnen hatte. »Dass wir heute hier feiern würden, durften wir beide nicht erwarten. Dir ist es gelungen, ein Leben in Armut und Mühsal hinter dir zu lassen. Durch deinen unvergleichlichen Lebensmut, deine Tapferkeit und deine Kraft hast du es trotz deiner Jugend geschafft, dir und deiner Schwester Fritzi ein neues Leben aufzubauen an einem Ort, wie es wenige auf dieser Welt gibt: dem wunderschönen, stolzen Felsen Helgoland. Durch deine unvergleichliche Liebenswürdigkeit, deinen Frohsinn und deine Anmut hast du es außerdem geschafft, einen Mann aus seiner Trauer und seiner Verzweiflung zu retten, der niemals geglaubt hätte, dass es noch einmal eine strahlende, fröhliche Zeit in seinem Leben geben würde. Dass es aber die beste und schönste Zeit sein würde, die er sich überhaupt vorstellen kann, das war nun wirklich nicht zu erwarten.

Tine Heesters, du bist hierhergekommen und hast die Insel und mein Herz erobert. Du hast mir Mut und eine Zukunft gegeben, du hast Freude auf diese Insel gebracht und vielen Menschen hier Gutes getan, am allermeisten natürlich mir. Dafür werde ich dir bis ans Ende meines Lebens dankbar sein. Nun ist es meine Aufgabe, dich diesen Dank jeden Tag in Wort und Tat spüren zu lassen und jeden deiner Tage zu einem Geschenk zu machen – eine große Herausforderung, der ich mich mit Freuden stelle.

Und dennoch wird es nicht ausbleiben, dass ich dich enttäusche. Denn niemand ist vollkommen, und ich bin es sicherlich am allerwenigsten. Dann möchte ich dich bitten, an diesen Tag und an diese Worte zurückzudenken und mich daran zu erinnern, welchen Schwur ich geleistet habe. Es möge jeder Tag, jede Stunde in deinem Leben voll Freude sein, Tine Heesters. Und ich möge mit jedem meiner Atemzüge an dieser Freude mitwirken. Ich liebe dich, Tine, und ich werde dich immer lieben. Danke, dass du mir mit deinem Jawort die Möglichkeit gegeben hast, dir dies mein Leben lang zeigen zu dürfen.«

Mit diesen Worten kniete er sich vor seiner jungen Braut nieder und küsste ihre Hände. Dann stand er auf, hob sein Glas und sagte in Richtung der ergriffenen Hochzeitsgesellschaft: »Stoßen Sie mit mir an auf das Glück meines Lebens, meine Frau Tine Heesters.«

»Cheerio!«, riefen die Gäste und erhoben ebenfalls die Gläser. »Hoch!« – »Ein Hoch auf das Brautpaar!« – »Auf Tine Heesters!« – »Auf die Brautleute!«

Mit dem Klirren der Gläser setzte Musik eines Streichquartetts ein, das Henry Heesters für die Gesellschaft engagiert hatte und das sich während der Ansprachen im Salon drüben in der Hotelhalle postiert hatte. »Wenn Sie tanzen möchten, wäre jetzt Gelegenheit!«, rief der Bräutigam.

»Aber erst wenn Sie selbst das Tanzbein geschwungen haben, lieber Heesters!«, rief der Pastor zurück.

Also reichte Henry Heesters seiner Braut die Hand und führte sie hinüber in die Halle. »Ich kann doch nicht tanzen, Henry!«, flüsterte Tine ihm zu.

»Dann sind wir schon zwei«, flüsterte Henry Heesters lachend zurück. Allerdings war das maßlos geschwindelt, wie sich schon rasch herausstellte. Denn der Hotelier beherrschte nicht nur selbst ganz wunderbar den Walzer, sondern verstand es auch, seine Partnerin so sicher zu führen, dass sie schon nach wenigen Schritten wie von selbst übers Parkett schwebte und vor Entzücken laut lachte.

Nachdem sie einige Runden zu den Klängen von Johann Strauß getanzt hatten, traten auch andere Paare hinzu und begannen, sich zum Dreivierteltakt zu drehen. Und so verging der Nachmittag bei fröhlicher Stimmung mit leichter Musik, heiteren Gesprächen und prickelnden Getränken.

***

Es war bereits früher Morgen, als Henry Heesters seine Braut in die kleine Wohnung unter dem Dach führte. Tine kannte die Räume natürlich. Sie hatte hier schon als Zimmermädchen geputzt, später dann hatte Henry ihr alles gezeigt und erklärt: »Es ist nur für einige Zeit, mein Herz. Natürlich soll meine Familie angemessen leben.«

»Es ist größer und schöner als jede Wohnung, in der ich je leben durfte, Henry«, hatte Tine geantwortet und die zwei Zimmer mit so viel Liebe angesehen, dass ihr Zukünftiger sie unwillkürlich hatte in die Arme ziehen und küssen müssen. »Was für eine ungerechte Welt«, hatte er geflüstert und ihr Haar gestreichelt. »Schlösser sollten für dich erbaut werden, Tine Tiedkens.«

Sie schob ihn von sich und blickte ihm ernst in die Augen. »Im Moment fühlt es sich eher an wie Luftschlösser.«

Nun also würde diese hübsch eingerichtete Wohnung mit den Blümchenvorhängen, den prächtigen persischen Teppichen, den eleganten Nussbaummöbeln, dem bestickten Sofa und den seltenen Zimmerpflanzen, die auf den Fensterbänken standen, ihr Zuhause sein. Lediglich das Bett hatte sie sich neu gewünscht. Es wäre ihr merkwürdig vorgekommen, mit ihrem Gemahl dort zu schlafen, wo einst eine andere Frau die Nächte mit ihm verbracht hatte. »Das ist ein guter Vorschlag«, hatte Henry Heesters befunden. Und er hatte ein Himmelbett angeschafft, wie es vermutlich auf ganz Helgoland kein zweites gab! Mit pastellfarbenem Baldachin, in den ebenso fremdartige wie bezaubernde Arabesken gewebt waren, deren Muster auch die Bettwäsche zierte. »Wo hast du das nur gefunden?«, rief Tine, die es in dieser Nacht zum ersten Mal sah. »Gibt es so etwas auf den friesischen Inseln?«

»Nein, mein Herz. Aber in London findet man solche Schmuckstücke. Ich habe ein solches Bett im berühmten Hotel Ritz gesehen und mich erkundigt, wer es angefertigt hat. Es war also nur eine Frage der Zeit, ob der Schreiner es bis zu unserer Hochzeit schaffen würde.«

»Und eine Frage des Geldes vermutlich?«

»Darüber spricht ein Gentleman nicht«, erwiderte Henry und lächelte sie liebevoll an. Tine spürte seine Hand über ihren Rücken streichen. »Schickt sich ein solches Bett denn für einen Gentleman?«

»Wenn es sich im Ritz schickt, schickt es sich gewiss auch für uns.« Fragend blickte er sie an. Und als Tine ihm kaum merklich zunickte, begann er zögerlich, die Schleife ihres Kleides zu lösen. »Du bist wunderschön, Tine.« Er hielt inne.

»Was?«

»Hast du schon einmal … ich meine, bist du noch …?« Er suchte verlegen nach Worten. Tine zuckte zurück. »Du meinst, ob ich noch …?« Er blickte zu Boden. »Ich wollte nur …«

»Hast du denn daran Zweifel?« Plötzlich war der Zauber verflogen.

»Aber nein, mein Herz! Ich …«

»Wie kannst du das fragen?«

»Es ist nur …«

»Was? Es ist was?«

»Dein Leben bisher. Ich meine … Es ist schwierig für eine Frau … die Männer … Entschuldige! Ich weiß nicht, wie ich es sagen soll.«

»Du meinst, wenn man arm ist, dann verkauft man sich? Ist es das, was du meinst?« Henry Heesters warf die Arme in die Höhe. »Um Himmels willen, nein! Ich bitte dich, Tine! So etwas würde ich niemals von dir denken!«

Sie wandte sich von ihm ab und sah durch das Fenster in die dunkle Nacht hinaus. Die Lichter Helgolands waren längst erloschen. »Sondern?«

»Denk doch nur an die Sache mit von Reekers. Es war kein Zufall.«

»Kein Zufall? Wie meinst du das?«

»Nun, eine junge Frau, hübsch, aber eben nur ein Zimmermädchen. Versteh mich nicht falsch! Dafür können Zimmermädchen nichts, du und alle anderen Frauen, die das Pech hatten, nicht in eine bevorzugte Position hineingeboren worden zu sein! Es ist nur … die Männer … solche Männer meinen, sich einfach nehmen zu können, wonach ihnen ist. Weil es niemanden gibt, der sich für diese Frauen einsetzen würde.«

Tine drehte sich wieder zu ihm hin. Sie hatte Tränen in den Augen. »Aber du hast dich damals für mich eingesetzt.« Henry Heesters seufzte. »Ein glücklicher Zufall«, antwortete er leise und beschämt, weil er die Schönheit des Augenblicks mit seiner Frage zerstört hatte.

»Das mag wohl sein«, erwiderte Tine. »Aber hättest du das nicht für jede Frau in dieser Situation getan?«

»Sicher! Jeder Mann hätte das getan!«

»Jeder Gentleman«, verbesserte Tine, und Henry Heesters nickte. »Vermutlich hast du recht.« Sie schlang die Arme um ihn. »Dann vergessen wir jetzt alles, was war, und tun, was Tradition und Sitte von uns erwarten.«

»Tradition und Sitte?«, fragte Henry Heesters ungläubig.

»Na ja«, erwiderte Tine und zwinkerte ihm zu. »Und ich vielleicht auch ein bisschen.«

»Tine Heesters!«, rief der Hotelier lachend. »Du bist die unglaublichste und wundervollste Frau der Welt!« Und dann hob er sie hoch und trug sie zum Bett, wo er sie behutsam hinlegte und fortfuhr, ihr Kleid zu öffnen. »Und du bist der unglaublichste Mann der Welt«, sagte Tine leise, während sie sein Hemd aufknöpfte und schließlich seine Brust berührte. Behutsam erkundeten ihre Hände seinen Körper, fühlten sein heißes Verlangen, zogen ihn an sich, als sie endlich nackt auf den Laken lag, und packten ihn voll Sehnsucht, während er zärtlich, aber gierig in sie drang. *So also fühlt es sich an*, dachte sie – doch dann dachte sie nichts mehr, sondern versuchte, sich den Gefühlen hinzugeben, die auf sie einstürmten, mächtig und köstlich, ungeahnt und überwältigend.

***

Drittes Kapitel

Es war ein milder Sommerabend, kaum ein Lüftlein wehte über die Insel, als Tine und ihr Gemahl die Strandpromenade entlangspazierten und, mal hierhin, mal dorthin grüßend, zum Kurpavillon hinschlenderten, wo es eine Premiere geben würde, auf die Tine womöglich mehr als jeder andere Inselbewohner hingefiebert hatte. Es war dem Zufall zu verdanken gewesen, dass Fritzi ausgerechnet an jenem Tag im Pfarrgarten einige englische Volkslieder angestimmt hatte, als der Leiter der diesjährigen Kurmusik beim Pastor zu Gast war, um die musikalische Begleitung einer Trauerfeier zu besprechen. Sein geübtes Ohr hatte in Fritzis Stimme sogleich ein ganz besonderes Timbre erkannt. Das allein hätte sicher zu nichts geführt, wäre nicht wenig später die Sopranistin aufgrund einer schweren Angina ausgefallen, derweil die Frau des Gouverneurs für das Promenadenkonzert einige besondere Wünsche angemeldet hatte. Und so kam es, dass an jenem Abend im Juli Friderike Tiedkens auf dem Liederblatt stand, das in den Schaukästen des Kurhauses und des Casinos hing.

Voller Aufregung und überaus stolz drängte Tine ihren Mann, möglichst rasch hinüberzulaufen und sich die besten Plätze zu reservieren, während Henry Heesters erklärte: »Es gibt nur beste Plätze, mein Liebes. Und Fritzi wird ohnehin erst, kurz bevor es losgeht, auftauchen. Die Musiker nehmen zuerst Platz und stimmen ihre Instrumente. Dann stehen ein paar instrumentale Stücke auf dem Zettel, und erst dann wird deine Schwester die Bühne betreten. In der Zeit können wir ohne weiteres noch zur Langen Anna laufen und wieder zurück. Und noch eine Tasse Tee auf der Düne trinken.«

»Du Schelm!«, rief Tine und stieß ihn neckisch in die Seite.

»Macht er wieder seine Scherze?«, fragte Frau Hansen, die in diesem Augenblick des Weges kam. »Herr Heesters, schämen Sie sich, Ihre junge Braut so in Verlegenheit zu bringen.«

»Nun«, entgegnete der Hotelier. »So wie es aussieht, sind Sie es, die sie gerade in Verlegenheit bringt.«

»Henry!«, zischte Tine von der Seite.

»Ach lass nur nur, liebe Tine«, lachte die Schneiderin. »Wir kennen uns so lange, dass mir dein Gatte kaum böse sein wird. Und ich ihm genauso wenig.« Die Schneiderin nickte mit einem anerkennenden Blick auf Tines leichtes Sommerkleid. »Du siehst ganz entzückend aus, wenn ich mir die Bemerkung erlauben darf, Tine.«

»Ach, danke, liebe Frau Hansen. Wer würde das nicht gerne hören«, erwiderte Tine, der es ein wenig peinlich war, dass das Kleid nicht von ihr stammte. »Mein Mann hat es mir aus London mitgebracht.«

»Aus Amsterdam, mein Liebes«, korrigierte Heesters.

»Da kann man schon durcheinanderkommen, was?«, lachte die Schneiderin. »Sie sind ja schon eifrig auf Reisen, kaum dass Sie verheiratet sind, Herr Heesters.« Frau Hansen winkte mahnend mit dem Zeigefinger.

»Einmal London, einmal Amsterdam«, erklärte der Hotelier und hob die Hände. »So ist das nun einmal im Geschäftsleben. Wer die Welt zu sich holen will, muss auch in die Welt hinausreisen.«

»Verstehe. Und das können wir hier ja einigermaßen – die Welt zu uns holen. Sie gehen bestimmt zum Abendkonzert?«

»Natürlich«, sagte Heesters. »Heute singt doch Tines Schwester.«

»Tatsächlich? Die jüngere, will ich hoffen?«, fragte Frau Hansen in einem Ton, der Tine aufhorchen ließ.

»Die jüngere, ja«, sagte sie. »Ehrlich gesagt weiß ich gar nicht, ob meine ältere Schwester auch so gut singt.«

»Dann wollen wir nur hoffen, dass wir das nie herausfinden«, erklärte die Schneiderin und zwinkerte Tine zu. »Wenn sie sich auch noch auf die Bühne stellt und singt, dann werden wir hier eine nie dagewesene Schlaflosigkeit erleben. Unter der männlichen Bevölkerung, meine ich.« Sie nickte Tine und Henry Heesters zu, bevor sie ihren Weg fortsetzte.

»Was meint sie mit Schlaflosigkeit unter der männlichen Bevölkerung?«, fragte Tine, der Frau Hansens Benehmen ziemlich seltsam vorkam. Henry Heesters zuckte die Achseln. »Nun«, sagte er. »Ich nehme an, damit will sie sagen, dass deine Schwester eine ziemlich atemberaubende Schönheit ist.«

Tine blickte zu ihrem Gatten auf. »Ist sie das?«

»Natürlich nicht im Vergleich zu dir«, beeilte sich Henry Heesters seiner Frau zu versichern. »Aber du bist ja jetzt unter der Haube ...«

»Nein, im Ernst. Ich weiß, dass Jolante gut aussieht. Aber unter Schwestern denkt man ja nicht über ›atemberaubende Schönheiten‹ nach. Ist sie das, eine atemberaubende Schönheit?« Henry Heesters seufzte. »Ich will ganz ehrlich zu dir sein, Tinchen«, sagte er. »Für meinen Geschmack ist sie etwas zu ... nun, sagen wir, zu offensiv. Aber wenn man es mag, wie sie sich gibt, wie sie sich kleidet und wie sie spricht, dann ist sie zweifellos ziemlich unwiderstehlich.«

»Aha.« Tine überlegte, ob sie mit dem Wort »offensiv« etwas anfangen konnte, war sich aber doch einigermaßen sicher, dass sie wusste, was Henry meinte. Jolante liebte Kleider, die etwas zu kurz waren und etwas zu viel Ausschnitt hatten. Sie trug bevorzugt auffällige Farben, machte sich die Haare nie nach der Mode, sondern stets nach ihrem ziemlich ungewöhnlichen Geschmack. Sie redete zu viel, zu laut und nicht selten auch ein wenig ordinär. Aber es stimmte ja, die Männer lachten stets am lautesten über Jolantes Witze. Überhaupt, dass sie solche Witze machte, Witze, die sonst eigentlich den Herren vorbehalten waren und auch dann nur in kleiner, diskreter Runde gemacht wurden, das war schon etwas Besonderes. »Und nach wessen Geschmack ist Jolante dann?«, wollte sie wissen.

Die Frage schien ihrem Gatten durchaus ein wenig unangenehm zu sein. »Nun ja, wenn ich ehrlich bin … Also …«

»Nun?«

»Ich würde sagen, beinahe jedem Mann gefällt das.«

»Tatsächlich?« Tine blieb stehen. »Jedem Mann?«

»Tja, ich kann nichts dafür«, sagte Henry Heesters mit entschuldigender Miene. »Deine Schwester ist sicher keine Frau, die die Herren zum Heiraten suchen. Aber ansonsten … Ich denke, es liegt daran, dass nicht viele Frauen so … offen sind.«

Als hätte sie nur auf dieses Stichwort gewartet, tauchte Jolante plötzlich vor dem Kurpavillon auf. Obwohl es Abend war und die Sonne bereits dicht über dem Horizont stand, trug sie einen gelben Sonnenschirm, der zu ihrem ebenso gelben Cocktailkleid passte. Dafür hatte sie auf einen Hut verzichtet und stattdessen ein rotes Band in ihr hoch aufgestecktes Haar geflochten. Tine und ihr Mann entdeckten sie gleichzeitig. »Wenn man vom Teufel spricht«, murmelte Henry Heesters.

»Wie bitte?«

»Nichts, mein Liebes. Aber sieh sie dir an, und du verstehst, was ich meine.«

Tatsächlich musste sich Tine eingestehen, dass ihre Schwester ebenso großartig wie zweifelhaft aussah. »Du hast recht«, flüsterte sie. »Jolante ist wirklich … nun, sie ist …«

»Eben«, sagte Henry Heesters, und sie grinsten sich an wie zwei Verschworene, ehe sie sich küssten.

***

Jolante blieb das Inselgespräch, ja sie wurde es noch mehr, als man sie häufiger in Gesellschaft eines Offiziers der britischen Marine im Casino sah, und erst recht, als bekannt wurde, dass sie gelegentlich Gesellschaften beiwohnte, die der Gouverneur in seiner Dienstvilla gab. Bei alledem machte sie keinerlei Anstalten, die Insel wieder zu verlassen. Sie hatte sich in dem hübschen Zimmer, das ihr Tine und Henry im Hotel überlassen hatten, ausgezeichnet eingelebt, Fritzi brachte ihr öfter aus dem Pfarrgarten Blumen vorbei und lauschte ihren Erzählungen. Die Hausdiener waren gut damit beschäftigt, ihre immer umfangreichere Garderobe zur Wäscherin und wieder zurück zu bringen, die exquisiten Schuhe zu putzen, die sie allabendlich vor ihre Tür stellte, und im Übrigen den extravaganten Wünschen nachzukommen, die sie zu jeder erdenklichen Tages- und Nachtzeit äußerte. Auf die Weise hatte nicht nur der gute alte Theo gelegentlich das Vergnügen, eine nächtliche Karaffe Burgunder hinaufzutragen oder für eine leichtere Bettdecke zu sorgen, sondern neuerdings überraschend häufig der neue Lehrling Ole, den sie morgens um ein Lachsbrötchen schickte und spät am Abend um ein Fußbad mit Ringelblumen oder Kölnischwasser oder beidem – nicht zu vergessen, dass Ole sich die Zeit nehmen sollte, das Fußbad selbst auszuprobieren und sich auch sonst ein wenig Zeit für sie nehmen sollte.

Tine indes fand sich nach und nach in die Rolle als Herrin

des Hauses ein, was ihr nicht leichtfiel. Immer wieder legte sie selbst Hand an, sei es, dass sie rasch ein paar Betten überzog, statt das Zimmermädchen anzuweisen, sei es, dass sie beim Eindecken der Tische zur Hand ging, statt nur die anderen zu beaufsichtigen. Das allerdings verschaffte ihr bei den Mitarbeitern des Hotels große Sympathien. Man schätzte es, dass die junge Frau die Nase nicht hoch trug, nur weil sie es jetzt gekonnt hätte.

Gelegentlich besuchte Tine Frau Radtke in ihrer kleinen Wohnung, die sie nun wieder im Hotel hatte und die im Grunde das spiegelverkehrte Abbild ihrer eigenen neuen Unterkunft mit Henry war, um mehr über das Führen eines solchen Hauses zu lernen. Denn das war ihr sehr rasch aufgefallen: Auch wenn es bequemer war, nicht alles selbst erledigen zu müssen, war es doch kaum weniger Arbeit, sich darum zu kümmern. Ein Dutzend Mitarbeiter zu dirigieren hieß, stets über alles im Bilde zu sein, jeden Einzelnen zu kennen, um seine Fähigkeiten und Schwächen zu wissen, immer den Überblick zu behalten, unablässig wach und rege zu sein und niemals nachzulassen.

»Das ist vielleicht das Schwierigste von allem«, erklärte Frau Radtke, als sie bei einer Kanne Tee in den Zimmern der Hausdame saßen, »dass man jeden Tag genauso umsichtig und fleißig sein muss wie am Tag zuvor. Ein Haus wie das unsere möchte für die Gäste perfekt sein. Das bedeutet, dass man sich nie zufriedengeben darf, dass man niemals schlechter oder langsamer arbeiten darf als am Tag zuvor. Dieses Niveau zu halten ist ein Fluch, glauben Sie mir, liebe Frau Heesters. Vor allem … vor allem weil einen ja selbst niemand kontrolliert. Wenn man selbst nachlässt, lassen alle nach. Sie tun es nicht aus Bosheit oder Faulheit, sondern weil der Mensch nun einmal so ist. Das Pferd, dem man die Peitsche nicht mehr gibt, wird langsamer reiten. Die Mannschaft, die nicht angetrieben wird, wird nicht mehr so schnell segeln, weil sie die Wanten langsamer erklimmt und die Segel langsamer hisst.«

Ja, das hatte Tine auch schon bemerkt. »Sie haben recht, Frau Radtke. Ich habe es bei mir selbst schon erkannt.«

Die Hausdame schenkte Tee nach. »Das muss dann aber die große Ausnahme gewesen sein«, sagte sie, und es klang kein bisschen scherzhaft. »Denn ich habe ja selbst … nun, ich habe ja selbst versucht, Sie zu Fehlern zu bewegen. Leider.«

»Sie haben versucht …?«

»Sicher. Als ich Sie damals so gequält habe!« Frau Radtke schlug die Augen nieder. »Und ich bitte Sie, mir zu glauben, dass es mir immer noch unendlich leidtut.«

»Aber Sie sagen doch selbst, ein Pferd, dem man die Peitsche nicht mehr gibt …«

»Gewiss!«, fiel die Hausdame ihr ins Wort. »Gewiss! Aber man kann es auch übertreiben! Wenn Sie Ihr Pferd zu sehr schlagen, wird es zusammenbrechen. Man darf die Zügel nie schleifen lassen. Aber man darf auch nicht das Maß verlieren. Sonst macht man alles zunichte. Was ich damals tat, war … es war …« Ihre Stimme wurde so leise, dass Tine sie kaum noch hörte. »… böse.«

Für einen Augenblick schwiegen beide. Tine nahm einen Schluck von dem Tee, dann nickte sie und sagte: »Umso mehr freut es mich, dass wir das alles hinter uns gelassen haben, Frau Radtke. Und Sie machen das alles wieder gut, indem Sie mich an Ihrem Wissen teilhaben lassen.«

»Das will ich tun, solange ich noch hier bin«, erklärte die Dame und schnäuzte sich diskret in ein kleines Taschentuch.

»Solange Sie noch hier sind? Haben Sie denn vor, uns zu verlassen?«

Erstaunt blickte die Hausdame auf. »Aber weshalb sonst sollten Sie mich über alles so peinlich ausfragen? Mir ist natürlich klar, dass ich Ihnen behilflich sein muss, bis Sie selbst eine erfahrene Hausdame sind und mich nicht mehr brauchen.«

»Sie nicht mehr brauchen?« Entgeistert starrte Tine Frau Radtke an. »Aber ganz und gar nicht!«, erklärte sie. »Denken Sie etwa, wir würden Sie dann wieder entlassen? Nein, wir sind glücklich, dass wie Sie haben. *Ich* bin glücklich, dass wir Sie haben.« Etwas leiser fügte sie hinzu: »Und ich bin froh, dass wir doch noch Freundinnen geworden sind.«

»Freundinnen?« Nun war es die Hausdame, die Tine entgeistert anblickte.

»Wenn Sie mir die Ehre erweisen wollen, Frau Radtke.«

Schweigend sah die Hausdame ihre Herrin an und schüttelte dann langsam den Kopf. »Sie sind wirklich ein außergewöhnlicher Mensch, Frau Heesters.«

»Tine.«

»Tine.«

Seltsam, dachte Tine, wie die Dinge sich verändern. *Noch vor kurzem konnte diese Frau über mein Leben bestimmen und mir antun, was immer sie wollte. Und nun bin ich es, die ihr Schicksal bestimmt. Ob es einmal eine Zeit geben wird, in der sie wieder über mir steht?* Es war viel von Glück die Rede gewesen in den zurückliegenden Monaten. Wie flüchtig dieses Glück war, hatte Tine oft schon erlebt, aber nie hatte sie diese Flüchtigkeit so sehr gefürchtet wie jetzt. Denn bisher war das Glück etwas gewesen, was es für sie nur in geringen Mengen gegeben hatte oder eben gar nicht. Nun aber, da es sie so reich beschenkt hatte, bangte Tine plötzlich, es könnte ihr alles wieder genommen werden. Denn je mehr sie darüber nachdachte, umso deutlicher erkannte sie, dass das Glück niemals wirklich verdient war, sondern allein in Gottes Belieben lag. So viele Menschen kannte sie, die alles Glück der Welt verdient hätten und doch in bitterer Armut und Krankheit lebten. Und so manchen Menschen hatte sie kennengelernt, der sich eines Lebens erfreute, für das er nichts getan hatte, jedenfalls nichts Gottgefälliges.

»Was ist Ihnen, Tine?«, fragte Frau Radtke, die den unvermittelten Schrecken im Blick der jungen Frau erkannte.

»Ich habe Angst, Frau Radtke …«

»Hilde.«

»Hilde.«

»Angst wovor?«

»Davor, dass ich alles wieder verlieren könnte.«

Die Hausdame lächelte wissend. »Ja«, sagte sie. »Das kann ich gut verstehen. Aber geht es uns nicht allen so? Dass wir das Morgen fürchten, weil alles vorbei sein könnte? Weil alles verloren sein könnte, wofür wir heute noch leben?«

»Sie sind eine kluge Frau, Hilde«, sagte Tine.

»Nein«, erwiderte sie. »Nicht sonderlich klug. Nur eine Frau, die schon vieles erlebt hat.«

***

Am dritten Montag im Juli ging Henry Heesters erneut aufs Schiff. Diesmal trat er eine Geschäftsreise nach Hamburg an.

»Muss es denn wirklich sein?«, hatte Tine am Vorabend gefragt, als sie in ihrer kleinen Wohnung im Hotel beisammensaßen.

»Es muss sein, mein Liebes. Die Konkurrenz wird immer stärker. Du weißt, dass zwei neue Gästehäuser eröffnet haben, eines am Hafen, eines auf dem Oberland am Falm. Und vor allem letzteres kann einem schon Sorgen machen.«

»Aber warum sollten wir uns Sorgen machen, Henry? Das Hotel ist ausgebucht, wir mussten sogar schon Gäste abweisen!«

»Das Hotel Perle ist ein erstklassiges Haus. Alles ist nicht nur neu, sondern vom Feinsten. Schlüter ist ein guter Geschäftsmann. Er wird uns die Gäste schneller abjagen, als wir schauen können.«

»Das glaube ich nicht, Henry. Wir haben eine viel bessere Lage hier zwischen Theater und Kurhaus, direkt am Südstrand mit der Promenade und dem Anleger …«

»Er hat die bessere Aussicht, Tine«, erklärte der Hotelier. »Und glaub mir, das wird in Zukunft ein wichtiger Punkt sein.«

»Die Aussicht? Im Ernst? Wer wählt denn sein Hotel wegen der Aussicht?« Henry Heesters sah seine junge Frau mit amüsierter Nachsicht an. »Alle, Tinchen. Alle. Hast du die Plakate gesehen, mit denen die Kurverwaltung jetzt wirbt?«

»Gewiss. Was ist mit ihnen?«

»Sie zeigen den roten Felsen. Sie zeigen die Insel unter blauem Himmel. Majestätisch, glänzend, prächtig.«

»Ich weiß, Henry. Aber was …«

»Nun, die Gäste wollen einen erhebenden Blick haben, wenn sie aus ihrem Hotelzimmer schauen. Sie wollen auf diesem Felsen sein, erhaben über die See blicken und stolz, dass sie einen so bevorzugten Platz haben, an dem sie ihre Sommertage verbringen können. Sie wollen nicht auf die Börteboote und auf die Hafenarbeiter schauen. Sie wollen nicht morgens den Seetang vor dem Hotel liegen sehen und die Matrosen unter ihren Fenstern vorbeilaufen hören.«

So hatte Tine es noch nie bedacht. »Aber was willst du machen?«, fragte sie schließlich. »Unser Haus liegt nun einmal am Südstrand. Du kannst es nicht aufs Oberland versetzen.« Sie schenkte ihrem Mann ein Lächeln. »Außerdem finde ich diese

Lage trotzdem viel schöner. Man muss nicht die lange Treppe hinauflaufen. Um uns herum sind die schöneren Geschäfte, und den Blick auf den Hafen finde ich sehr reizvoll.« Henry Heesters küsste sie auf die Stirn. Zärtlich strich er über die Narbe, die Tine dort trug. »Was ist dir geschehen?«, wollte er wissen.

Doch sie schüttelte nur den Kopf. »Das war in einer anderen Zeit in einer anderen Welt. Alle Wunden sind verheilt.«

»Du bist wundervoll, Tine«, flüsterte Henry Heesters. »Wenn du nicht so wärst, wie du bist, man müsste dich so erfinden.«

»Das wollte ich dir auch schon öfter sagen«, erwiderte Tine und küsste zurück, allerdings auf den Mund, um ihren Mann schließlich mit sich hinüberzuziehen ins Schlafzimmer.

Als sie nun am Strand stand und ihm zuwinkte, wie er mit dem Börteboot hinübergerudert wurde zur *Princess of the Seas*, die ihn nach Hamburg bringen würde, musste sie an diesen Abend zurückdenken. Henry hatte ihr nicht wirklich verraten, was genau er unternehmen wollte, um gegen das kürzlich eröffnete Hotel Perle und all die anderen neuen Bauvorhaben bestehen zu können. Allerdings hatte sie ihm auch kaum Gelegenheit dazu gegeben. Sie sandte ihm eine Kusshand und rang sich ein Lächeln ab, obwohl ihr zum Heulen war, so sehr vermisste sie ihn schon jetzt, kaum dass er seinen Fuß ins Boot gesetzt hatte. Wieder würde er einige Tage lang weg sein, und wie jedes Mal würde Tine sich fragen, ob er auch wohlbehalten zurückkommen würde. Denn auch wenn es nur selten Unglücke zur See gab auf dieser Strecke, war doch das Meer ein unberechenbares Wesen, das immer wieder nach Laune selbst die stärksten Planken zerstörte und selbst die größten Schiffe verschlang.

Es würde noch mehr als eine Stunde dauern, bis die *Princess* die Anker lichtete. In der Zeit hatte Tine vor, hinauf aufs Oberland zu gehen und für Henrys wohlbehaltene Wiederkehr zu beten. Sie würde rechtzeitig wieder am Strand stehen, um ihm noch einmal zuzuwinken.

So lang und so steil war ihr die Treppe hinauf zum Falm noch nie vorgekommen. Mehrmals musste sie innehalten, um wieder Luft zu bekommen. Oben angelangt stand sie einige Zeit an der kleinen Mauer und blickte hinab auf den südlichen Teil der Insel, auf die Hafenmole, die in den letzten Monaten weiter ausgebaut worden war, und auf die Schiffe und Boote, die vor Helgoland lagen. Es stimmte schon, die Aussicht von hier war außergewöhnlich. Es wirkte, als wäre man Herr über die Insel, wenn man von hier oben aufs Unterland blickte und auf die Düne, die östlich im Meer lag. Vielleicht hatte Henry tatsächlich recht, und die Menschen interessierten sich ernsthaft für die Aussicht, die ein Hotel bot. Aber die ließ sich nun einmal nicht ändern. Deshalb widerstand Tine auch dem Impuls, das Hotel Perle zu betreten, als sie daran vorüberging, obwohl Herr Schlüter gerade vor der Tür stand und mit eleganter Verbeugung den Hut zog. »Moin, Frau Heesters!«

»Moin, Herr Schlüter. Hübsches Haus.«

»Man tut, was man kann.«

»Viel Glück für Sie und Ihr neues Hotel.«

»Das werden wir haben, Frau Heesters«, entgegnete Schlüter selbstbewusst. »Aber danke für die guten Wünsche.«

Ob es an dem frechen Blick lag, mit dem der Hotelier sie ansah, oder daran, dass ihr Kleid zu eng geschnürt war, jedenfalls fühlte sich Tine unwohl, als sie die Kirchstraße entlanglief. Dankbar atmete sie die kühle Luft von St. Nicolai ein, die sie wenig später umgab. Mit einem Seufzen ließ sie sich auf einer der hinteren Bänke nieder und sammelte sich zu einem Gebet für ihren Ehemann, auf dass der Herr ihm eine gute Reise und eine gesunde Heimkehr bescheren mochte.

Sie bemerkte nicht, dass sich jemand hinter ihr in die Kirche begeben hatte. Erst als der Pastor ihr sacht seine Hand auf die Schulter legte, schreckte sie hoch. »Verzeihen Sie, Pastor Thevessen, ich hatte sie nicht gehört!«

»Du warst ins Gebet vertieft, wie sollte ich darüber klagen«, erwiderte der Pastor und ließ sich neben sie nieder. »Henry ist schon auf dem Schiff?«

»Ja.« Tine nickte und versuchte, ihre Sorge hinunterzuschlucken. »Das ist er.«

»Hast du schon dein Gebet gesprochen?«

»Das hatte ich gerade vor.«

»Nun, dann lass uns das gemeinsam tun, denn auch ich will für ihn beten. Für euch beide.«

»Danke, Herr Pastor.«

Nachdem sie ein Licht für Henry Heesters entzündet hatten, gingen sie gemeinsam hinüber in die Pastorei, wo Frau Thevessen im Pfarrgarten gerade eine Kanne duftenden Kaffees aufgetischt hatte. »Es scheint, wir brauchen noch eine Tasse!«, rief sie, als sie Tine sah. »Fritzi, bist du so gut und holst noch ein Gedeck?« Sie musterte die Besucherin und zögerte. »Geht es dir nicht gut, Tine?«

»O doch!«, beeilte sich Tine zu sagen. »Es ist nur … nun, Henry ist schon wieder auf eine Reise aufgebrochen. Das heißt, sein Schiff legt in einer Stunde ab. Weniger. Aber er fehlt mir jetzt schon.«

»Hach, die Liebe!«, flötete Frau Thevessen, ließ aber ihr kritisches Auge nicht von Tine. »Dann wird ein Stück Apfelkuchen die richtige Medizin sein.«

Er war es nicht. Stattdessen brachte Tine zunächst kaum ein

Stück herunter und musste dann wenig später alles wieder von sich geben. »Es tut … tut mir schrecklich leid, Frau Thevessen«, stammelte sie, zutiefst beschämt von dem Vorfall. »So etwas ist mir noch nie … Ich weiß auch nicht, was mit mir los ist.«

»Na, das ist ja wohl ziemlich offensichtlich«, erklärte die Pastorengattin mit einem freudigen Lächeln. »Du bist in freudiger Erwartung! Das ist mit dir los!«

»In freudiger Erwartung? Meinen Sie wirklich?« Aber natürlich wusste Tine in dem Augenblick, dass Frau Thevessen recht hatte. Deshalb war ihr so seltsam gewesen, deshalb hatte sie kaum Luft bekommen, deshalb hatte sie schon seit Tagen kaum Appetit gehabt: Sie war schwanger! »O Gott!«, rief sie. »Ich muss es Henry sagen!«

Doch im selben Moment fiel ihr ein, dass ihr Ehemann längst auf dem Schiff war und dieses Schiff in wenigen Minuten ablegen würde. »Ich … schaffen wir … er kann doch nicht …« Der Klang eines Nebelhorns tönte durch die Luft. »Wie spät ist es?«

»Tja«, sagte der Pastor und faltete vergnügt die Hände über dem Bauch. »Es sieht so aus, als müsste der werdende Vater noch ein paar Tage warten, bis ihm die frohe Kunde zuteilwird.«

»Ich muss los!« Tine sprang auf. Auch wenn sie es ihm nicht mehr sagen konnte, so wollte sie doch wenigstens am Strand stehen, um ihm zuzuwinken, so wie sie es vorgehabt hatte. Vielleicht würde er an Deck stehen, vielleicht würde sie ihn sogar von der Mole aus sehen!

Plötzlich hatte sie wieder Energie. Auch wenn sie vorsichtig sein wollte in ihrem Zustand, hastete sie die Kasinostraße hinab und dann die Treppe zum Unterland hinunter, über die Hafenpromenade und auf die Landungsbrücke, bis sie ganz vorne stand, dem Schiff so nah, wie es an keinem anderen Ort der Insel möglich gewesen wäre. Mit klopfendem Herzen hielt sie an und blickte suchend zu dem Dampfer hinüber, ob sie ihn nicht erhaschte. Noch einmal tönte das Nebelhorn, dunkle Rauchfahnen zogen aus den riesigen Schloten des Schiffs. An Deck drängten sich die Passagiere, die noch einmal einen Blick auf die Insel werfen wollten, ehe sie Helgoland verließen. Für Tine waren sie nur eine unbestimmte Masse, ein Kopf wie der andere, denn sie hatte ein Gesicht vor Augen, das sie suchte – und endlich auch fand. Da stand er, weit vorne am Bug der *Princess*, den Hut in der Hand. Als sie ihm winkte, wusste er, dass sie ihn entdeckt hatte. Er hob den Hut und winkte zurück, Liebe im Blick, Liebe und Hoffnung. Ja, Henry Heesters wusste, dass er das Glück seines Lebens für einige Tage zurückließ. Allein er wusste nicht, dass es nicht nur Tine war, die auf ihn warten würde, sondern ein winziger, ganz besonderer Mensch, den sie unter dem Herzen trug.

***

Viertes Kapitel

Buntes Treiben herrschte auf Helgoland. Die Saison war in vollem Gange, täglich legten Schiffe an und brachten neue Gäste auf die Insel. Nie zuvor war der Fels in der Nordsee so gut besucht gewesen, wie in jenem Sommer, der überdies gesegnet war mit prächtigstem Wetter. Die Düne zog Badegäste an, dass mehr Fähren übersetzten denn je, das Casino machte glänzende Geschäfte, die Tanzhallen mussten immer häufiger Besucher abweisen, weil sie überfüllt waren. Längst diskutierte die Kurverwaltung nicht mehr, ob man neue Einrichtungen auf der Insel eröffnen sollte, sondern nur noch, welche – und vor allem: wie viel größere als bisher geplant.

Auch das Hotel Heesters erfreute sich steter Auslastung, auch wenn das für die Mitarbeiter des Hauses ständige Überlastung bedeutete. Obwohl sie sich vorgenommen hatte, vorsichtig zu sein, legte Tine täglich vielfach Hand mit an, half beim Bettenmachen und beim Eindecken, brachte den Tee oder den Kaffee zu besonderen Gästen gerne persönlich und arbeitete von frühmorgens bis spät am Abend. Neben Frau Radtke war sie die Erste, die morgens aufstand, und die Letzte, die ihr Tagewerk beschloss. Manchmal war sie so erschöpft, dass sie es nicht mehr bis ins Bett schaffte, sondern über ihrer Stickarbeit im Sessel einschlief. Henry hatte aus Hamburg geschrieben, dass er direkt nach Amsterdam reisen und zwischendurch nicht wieder auf die Insel kommen würde. Obwohl es sie schmerzte, ihn so lange nicht zu sehen, war sie auf der anderen Seite doch auch froh. Denn das bedeutete, dass er anschließend für längere Zeit auf

Helgoland bleiben und nicht gleich wieder abreisen würde. Und so sehnte sie den Tag herbei, an dem er wieder nach Hause kam.

Jeden zweiten Tag stieg sie hinauf aufs Oberland, um ein Gebet für ihren Mann zu sprechen und für das Kind, mit dem sie in jeder stillen Minute heimlich zu flüstern begonnen hatte. Sie konnte es immer noch nicht fassen, wie schnell sie schwanger geworden war. Bald würde sie es den anderen erzählen. Aber zuerst musste Henry davon erfahren. Sie konnte es ihm nicht antun, dass er ahnungslos war, während alle Welt von ihrem Zustand wusste. Auch wollte sie nicht riskieren, dass er es erfuhr, ehe sie es ihm sagen konnte. Deshalb hatte sie die Thevessens und Fritzi zu strengem Stillschweigen verpflichtet. Dabei hätte sie sich so gerne mit jemandem unterhalten. Schließlich war es ihre erste Schwangerschaft, und sie wusste nicht wirklich, wie sie sich verhalten sollte. Dass man sich schonen sollte, das war ihr bekannt – abgesehen davon, dass es für eine Frau in ihrer Position praktisch unmöglich war. Aber sonst? Was durfte sie? Was durfte sie nicht? Würde Henry, wenn er zurückkam, wieder bei ihr liegen dürfen? Es war schon erstaunlich: Bis zu ihrer Verlobung hatte sie kaum jemals das Gefühl gehabt, dass ihr etwas fehlte, nur weil sie noch nie mit einem Mann … aber dann, von einem Augenblick auf den anderen … Und erst seit sie mit Henry …! Wenn sie nur daran dachte, stieg ihr schon die Röte ins Gesicht. Ob es allen Frauen so ging? Ob sie alle den Moment herbeisehnten, an dem sie mit ihrem Mann zärtlich sein konnten? Seltsam: Das Ganze kam ihr gleichzeitig natürlich, aber auch unschicklich vor.

In der zweiten Woche seit jenem denkwürdigen Tag im Garten der Pastorei wusste sie, was sie tun würde. Sie bat Frau Radtke, sich um alles zu kümmern, und verließ das Haus Richtung Nordstrand, wo die alte Frau Liebrecht ihre Wohnung hatte. Mit etwas Glück würde sie da sein und ihr ein paar gute Ratschläge geben können. Halb hoffnungsvoll, halb bang lief Tine an der Promenade entlang und am Kurhaus vorbei, um dann in die kleine Gasse abzubiegen, in der das Haus der Hebamme lag. Es war ein geduckter, kleiner Bau, eines der ältesten Gebäude der Insel, eine Kate fast, wie es sie sonst nur noch auf dem Oberland in den hinteren Reihen gab. Seit Tine Frau Liebrecht zur Hand gegangen war, verband die beiden so unterschiedlichen Frauen ein beinah freundschaftliches Verhältnis. Während die Hebamme sonst als eher ruppige Person galt, verhielt sie sich Tine gegenüber mit unbekannter Sanftmut. Tatsächlich huschte ein Lächeln über ihr faltiges Gesicht, als sie die Tür öffnete und die junge Hoteliersgattin vor sich erblickte. »Frau Heesters!«, rief sie. »Wie schön, dich zu sehen! Komm doch herein!«

»Danke, Frau Liebrecht. Sehr gerne.« Tine trat ein und ging in die gute Stube, die rechter Hand lag und in der ein ziemliches Durcheinander herrschte. »Wie geht es Ihnen?«

Die Hebamme zuckte die Achseln. »Wie soll es einer so alten Frau schon gehen? Man lebt von einem Tag auf den anderen und versucht, noch so vielen Menschen auf die Welt zu helfen wie möglich, bevor man sie selbst verlässt.«

»Sprechen Sie nicht so, Frau Liebrecht! Sie werden mindestens hundert Jahre alt.«

»Gott bewahre!«, rief die alte Frau. »So alt sollte niemand werden. Es ist ja schon beschwerlich genug, wenn man die siebzig überschritten hat. Einen Tee?«

»Ich möchte Ihnen keine Umstände machen.«

»Keineswegs. Ich habe mir schon welchen gemacht. Ich hoffe nur, er ist noch nicht ganz kalt.« Sie griff mit zitternden Händen nach einer Tasse und stellte sie vor Tine auf den Tisch.

»Wenn Sie erlauben …«, sagte Tine und goss zuerst Frau Liebrecht nach und dann sich selbst ein.

»So«, sagte die alte Dame und blickte gütig auf Tine. »Wann wird es denn so weit sein?«

Tine erschrak. »Sieht man es etwa schon so deutlich?«

»Sehen? Nein, natürlich nicht. Du bist so gertenschlank wie je.« Die Hebamme kicherte. »Aber ich glaube nicht, dass du nur zum Teetrinken bei einer alten Vettel wie mir vorbeischauen wolltest.«

»Bei einer alten … Also bitte, liebe Frau Liebrecht. Das würde ich nie denken! Und schon gar nicht sagen.«

»Ich weiß, Kindchen, ich weiß. Aber nun erzähl, wie geht es dir denn?«

»Nun ja, ich bin sehr oft sehr müde. Und morgens ist mir oft übel …«

»Alles ganz normal«, beruhigte die Hebamme die junge Frau. »Ich nehme an, ihr habt bis zur Hochzeitsnacht gewartet?«

Entrüstet stellte Tine ihre Teetasse ab. »Aber natürlich!«

Die alte Dame schürzte die Lippen. »Man weiß nie«, sagte sie. »Und nun ist bei der zweiten Gelegenheit deine Blutung ausgeblieben, ja?«

»Richtig. Das heißt, eigentlich ist sie schon bei der ersten Gelegenheit … nicht mehr …«

»Halleluja! Dann seid ihr aber wirklich füreinander geschaffen, was? Nun gut, demnach wird es wohl ein Winterkind werden. Februar wahrscheinlich. Weißt du, wann du fällig gewesen wärst? Dann können wir es genauer ausrechnen.«

»Fällig?«

»Mit den Tagen.«

»Oh. Ja, ich denke schon.«

Nachdem sie eine Weile überlegt und gerechnet hatten, stand

für die Hebamme fest, dass Tine gegen Margarethen niederkommen würde. »Dann will ich sie Margarethe nennen. Wenn es eine Tochter ist.«

»Ein schöner Name«, stimmte Frau Liebrecht zu. Dann erklärte sie ihr, worauf sie achten sollte in der ersten Zeit ihrer Schwangerschaft. Eigentlich war nichts dabei, was Tine sich nicht auch selbst gedacht hätte. Nur ... »Und die Sache mit ... nun, dem Ehebett?«, fragte sie schließlich etwas verlegen.

»Was ist mit dem Ehebett?«, fragte die Hebamme zurück. »Ist es zu klein? Zu unbequem?« Sie schmunzelte. »Oder kratzt die Bettwäsche?«

»Sie wissen schon, Frau Liebrecht«, sagte Tine etwas vorwurfsvoll. »Dürfen wir es teilen? Darf mein Mann bei mir liegen?«

»Tja«, sagte die Hebamme. »Das hängt ganz davon ab.«

»Wovon hängt es ab?«

»Davon, ob du ihn zu dir lassen willst oder nicht.« Sie zwinkerte. »Manchen Frauen ist eine Schwangerschaft ja ein gelegener Grund, den Mann ein wenig auf Abstand zu halten. Aber bei euch jungen Turteltäubchen nehme ich an, dass es nicht das ist, worauf du hoffst?«

Beschämt schlug Tine die Augen nieder. »Nein«, erwiderte sie leise. »Eher im Gegenteil.«

»Dann kann ich dich beruhigen«, erklärte Frau Liebrecht und zwinkerte ihr zu. »Ihr dürft alles tun, was Ehepaare gerne tun wollen.«

***

Sehnsüchtig erwartete Tine die Rückkehr ihres Mannes. Oft ertappte sie sich dabei, wie sie an Frau Liebrechts Worte dachte. Auch wenn es nicht besonders schicklich war, sie konnte es kaum erwarten, Henry wieder in die Arme zu schließen und ihn ganz für sich zu haben. Doch die Wochen vergingen. Auch aus Amsterdam schickte er ihr ein Schreiben, in dem er ihr ebenso leidenschaftlich seine Liebe versicherte wie seine Hoffnung, nun bald endlich nach Hause kommen zu können. *Die Banken machen es einem nicht leicht, mein Herz. Und die Reedereien noch weniger. Aber alles ist auf gutem Weg, und mit Gottes Hilfe bin ich gegen Laurentis wieder auf unserer lieben Insel.*

Und so stand Tine schon ab dem ersten August an jedem Tag, an dem ein Schiff aus den Niederlanden vor Anker ging, auf der Landungsbrücke und blickte hoffnungsvoll auf die Börteboote, in denen die Gäste übergesetzt wurden. Doch Henry kam nicht am ersten und auch nicht am zweiten oder dritten August. Als Laurentis anbrach, stand Tine noch früher auf als sonst, sie hatte ohnehin kaum ein Auge zugetan in banger Vorfreude auf seine Heimkehr, und schlüpfte in ihr schönstes Kleid, auch wenn es an den Brüsten etwas spannte. Aber das würde Henry vermutlich sogar gefallen, falls er es überhaupt bemerkte. Sie wollte so schön für ihn sein wie möglich. Und als sie Stunden später am Strand stand und die Silhouette der *Sea Star* aus dem Dunst näher kommen sah, schlug ihr Herz wie wild. Endlich würde sie wieder in seine Arme sinken, seinen Atem auf ihrer Haut spüren, seine geliebte Stimme hören können. Endlich würden sie wieder eins sein, wie sie es vor Gott geschworen hatten!

Doch Henry Heesters war nicht an Bord der *Sea Star*. Er war auch nicht auf der *Morning Glory*, die am nächsten Tag anlangte. Natürlich war Tine enttäuscht. Aber sie mühte sich, es sich nicht anmerken zu lassen. Es war das Los so vieler Frauen von Seemännern, dass sie hofften und bangten, warteten und enttäuscht wurden – nur um dann plötzlich ihren Mann in der Tür stehen zu sehen, wenn sie am wenigsten auf ihn gewartet hatten, dass es Tine lächerlich vorkam, Tränen zu vergießen. Und doch tat sie es, heimlich, am Abend in ihrer kleinen Wohnung, während sie sich an ihrer Stickarbeit festklammerte und auf die Geräusche des Hauses lauschte.

Manchmal schneite Jolante bei ihr herein, bevor sie anschließend noch ins Casino ging. »Wo hast du nur das Geld her für diese vielen Casinobesuche?«, fragte Tine erstaunt.

»Geld? Aber man braucht doch kein Geld, um hineinzukommen.«

»Nicht?«

»Nein. Ich jedenfalls nicht. Und wenn ich spiele, dann nur weil mich jemand einlädt.«

»Tatsächlich? Wer sollte dich denn zum Spielen einladen?«

»Ach, da gibt es schon den einen oder anderen, der ein wenig Mitleid mit einer armen Frau hat.«

Tine lachte. »Wie eine arme Frau wirkst du aber gar nicht, Schwesterherz.«

»Na, im Vergleich zu dir bin ich ja wohl arm wie eine Kirchenmaus.« Jolante blickte sich in der kleinen Wohnung um. »Nur eine bessere Bleibe könntet ihr euch leisten, du und dein werter Gemahl.«

»Was ist denn an dieser auszusetzen?« Tine mochte die zwei Zimmer, ja sie liebte sie. Zum einen, weil es ihr hier wirklich gut gefiel, zum anderen, weil sie hier die glücklichsten Stunden ihres Lebens verbracht hatte.

»Also für eine Dame von deinem Stand finde ich sie etwas kleinlich«, erklärte Jolante. »Versteh mich nicht falsch. Es ist nett hier. Aber als Hoteliersgattin solltest du schon deine eigene Villa haben. Wie die anderen Damen der Gesellschaft.«

»Aber ich bin doch keine Dame der Gesellschaft«, erwiderte Tine. »Ich bin Tine aus dem Gängeviertel.«

»Bist du das? Also ich bin jedenfalls nicht Jolante aus dem Gängeviertel.«

»Aha? Sondern?«

»Lola. Und zurzeit wohnhaft auf Helgoland.«

»Ja. Solange du hier bist. Aber du wirst ja nicht ewig hierbleiben.«

Jolante musterte ihre Schwester aus schmalen Augen. »Möchtest du mich wieder loshaben?«

»Aber nein«, beeilte sich Tine zu sagen. »Darum geht es doch gar nicht! Ich freue mich, dass du hier bist!«

»Dann ist ja gut«, sagte die große Schwester, raffte ihr gestreiftes Chiffonkleid, warf noch einen Blick in den kleinen Spiegel neben der Tür und winkte Tine zu. »Ich muss los. Meine Verabredung wartet schon lang genug.«

»Mit wem bist du denn …?«

Doch Jolante war schon aus der Tür. Und Tine staunte, wie gut sich die Schwester auf Helgoland eingelebt hatte und wie sehr sie sich hier zu amüsieren schien. Sie legte ihre Stickerei beiseite und trat ans Fenster, um Jolante hinterherzuschauen. Von einem bestimmten Winkel aus konnte man den Weg zur Treppe ganz gut sehen. Tatsächlich tauchte die junge Frau im eleganten Kleid wenige Augenblicke später unten auf und huschte hinüber zum Aufgang.

Tine streckte sich und überlegte, ob sie noch eine Runde durchs Haus drehen sollte. Eigentlich war es schon sehr still im Heesters. Andererseits war es nie verkehrt, noch einmal nachzusehen, ob alle Schuhe eingesammelt und alle Wäschesäcke mitgenommen worden waren, die die Gäste allabendlich vor die Türen ihrer Zimmer stellten. Also tat es Tine ihrer Schwester gleich und blickte noch einmal in den Spiegel neben der Tür, fand, dass sie noch angemessen aussah, sich hinauszubegeben, und machte dann ihre Runde über die Flure, auf denen Gästezimmer gelegen waren. Aus der Suite eines englischen Gentleman drang gedämpft das Gepolter eines Streitgesprächs, das er wohl jeden Abend mit seiner Frau hielt. Aus einem Zimmer im Ostflügel waren leise Laute der Lust zu hören, die Tine sehnsüchtig an ihren Mann denken ließen. Irgendwo im ersten Stock weinte jemand einsam vor sich hin, und Tine bedauerte, nichts tun zu können, weil es sich nun einmal nicht schickte, in einer solchen Situation an die Tür zu klopfen.

Kurzentschlossen sperrte sie die Hintertür noch einmal auf und trat hinaus in die kühle Abendluft. Der Himmel hatte sich in den letzten Tagen zugezogen, der Seegang war stärker geworden, kleinere Schiffe mieden die Reise nach Helgoland. Bald würde es auch regnen, vielleicht stürmen. Wäre doch Henry nur endlich wieder zurück! Am Ende dauerte es noch länger, bis er wiederkam, weil das Wetter eine Reise zur See vereitelte.

Obwohl sie fröstelte, schritt sie das Stück zur Landungsbrücke hin und ging am Steg bis ganz nach vorne, dorthin, von wo sie ihrem Ehemann Lebewohl gewunken hatte. Hier würde sie auf ihn warten, jeden Tag, an dem ein Schiff anlegte, bis er endlich nach Hause gekommen war. Längst verspürte sie die Trennung wie einen stechenden Schmerz in ihrer Brust, das Alleinsein wie eine Strafe für das Glück, das sie in der Zweisamkeit empfunden hatte. Sie schlang ihre Arme um sich, doch der Wind fuhr ihr durch und durch. »Ach Henry«, flüsterte sie. »Ach, Henry. Warum musstest du auch unbedingt verreisen?« Sie wischte sich eine Träne aus dem Auge. Immerhin beobachtete sie niemand um diese Uhrzeit. Und selbst wenn ein abendlicher Spaziergänger sie hier vorne am Kai stehen sah, so würde er doch nur denken, was nun einmal offensichtlich war: dass sie eine Frau war, die auf ihren Mann wartete. Eine Frau und ein Kind. Doch das wusste niemand. Sie legte eine Hand auf ihren Bauch. Ein klein wenig wölbte er sich inzwischen. Sie merkte es genau, auch wenn andere es noch kaum erkennen würden. Wann sie das Kind wohl spüren konnte? In dem Moment durchfuhr sie ein heftiger Schmerz, und sie krümmte sich zusammen. Kaum in der Lage zu atmen, klammerte sie sich instinktiv an einer Bohle fest, um nicht zu Boden zu fallen. Ein plötzlicher Krampf packte sie und zwang sie auf die Knie. Hilflos ließ sie sich zur Seite fallen und hielt sich mit beiden Händen den Bauch. »Was …?«, keuchte sie. »Was … ist denn? Warum …?« Wenige Augenblicke später ließ der Schmerz ein wenig nach, da bemerkte sie, dass ihr Kleid ganz nass geworden war. Und als sie an sich herabblickte, sah sie einen großen dunklen Fleck auf dem Rock. »O Gott!«, keuchte sie und schlug sich die Hände vors Gesicht. Denn auch wenn sie nicht viel über Schwangerschaften wusste, das war ihr im selben Atemzug klar: Sie hatte das Kind verloren.

***

»Aber warum haben Sie denn nichts gesagt, um Himmels willen?« Frau Radtke war ganz aufgelöst, während die Hebamme die Ruhe selbst war. »Machen Sie sich nichts draus, Kindchen«, sagte Frau Liebrecht mit sanfter Stimme, während sie Tines Hand streichelte. »So etwas kommt ständig vor. Seien Sie lieber froh, dass es so früh passiert ist.«

Verständnislos blickte Tine von der Hebamme zu Frau Radtke und wieder zurück. »Froh sein? Wie soll ich denn da froh sein?«

»Aber denken Sie nur, meine Liebe«, sprang die Hausdame der alten Frau bei. »Wenn die Schwangerschaft schon weiter gewesen wäre – wie viel schrecklicher es gewesen wäre, das Kind zu …«

»Das Kind zu verlieren«, vollendete Tine ihren Satz. »Ja. Vermutlich haben Sie recht, ganz sicher sogar. Dennoch fühlt es sich schrecklich an.«

Die Hebamme lächelte hinter ihren dicken Brillengläsern. »Ihr guter Mann wird Sie schon zu trösten wissen.«

Tine schossen unvermittelt neue Tränen in die Augen. »Aber er weiß doch noch gar nichts davon …«

»Oh, er wusste noch nichts von der Schwangerschaft?«

»Nein«, flüsterte Tine. »Und ich glaube, ich will es ihm auch gar nicht sagen. Wenn Sie Stillschweigen bewahren können?«

»Aber warum denn nicht?«, warf Frau Radtke ein. »Es wäre doch auch sein Kind gewesen!«

»Eben«, sagte Tine. »Wozu soll er den gleichen Schmerz fühlen, den ich fühle? Er würde im selben Moment von Glück und Trauer bestürmt. Aber am Ende würde es die Trauer sein, die bleibt.«

Eine Weile saßen die drei Frauen schweigend beisammen. Dann erhob sich die Hausdame und erklärte: »Also von mir wird niemand etwas erfahren. Ob Sie es Ihrem Gemahl selbst erzählen wollen, irgendwann vielleicht, das entscheiden Sie selbst, Tine. Und was die Kleider betrifft: Die bringe ich selbst zur Wäscherei. Nicht zu unserer üblichen. Dann stellt auch niemand Fragen.«

»Sie sind die Beste, liebe Hilde, tausend Dank.«

»Da nicht für«, wiegelte die Hausdame ab. »Nun werden Sie erst mal wieder gesund und fröhlich.«

»Gesund ist unsere Frau Heesters ja zum Glück«, stellte die Hebamme richtig. »Eine Fehlgeburt ist keine Krankheit, so wenig wie eine Schwangerschaft eine Krankheit ist. Nur zu

Kräften kommen sollten Sie, meine Liebe. Aber da kann Ihnen ja in diesem schönen Haus die Küche helfen. Tun Sie mir nur einen Gefallen und arbeiten Sie zwei oder drei Tage nicht. Und wenn ich sage zwei oder drei Tage, dann meine ich zwei oder drei Tage.« Sie blickte Tine streng in die Augen. »Vielleicht verzichten Sie auch auf… nun, Sie wissen schon … falls Ihr Mann in den nächsten Tagen wieder zurück ist.«

»Oh. Ja, ich verstehe.« Und während sie noch voller Scham darüber war, dass Frau Radtke dieses Gespräch mitbekam, wurde Tine klar, dass sie sich nie Gedanken darüber gemacht hatte, ob es wohl jemals jemanden im Leben der Hausdame gegeben hatte, der ähnlich von ihr ersehnt worden war, wie Henry von ihr ersehnt wurde. Und wie das überhaupt mit all den Mitarbeiterinnen und Mitarbeitern in den vielen Gästehäusern der Insel war. Oder in den Herrenhäusern der großen Städte, wo unzählige Dienstmädchen und Diener arbeiteten, ohne je die Möglichkeit eines Lebens zu zweit zu haben.

»Wenn ich etwas für Sie tun kann, Tine, lassen Sie es mich wissen«, sagte Frau Radtke und nahm die Wäsche vom Boden auf, wohin sie in der Eile geworfen worden war.

»Danke Hilde. Ich weiß nicht, was ich ohne Sie täte.«

»Nun, ich hoffe, das Gleiche, das Sie auch jetzt tun werden«, erklärte die Hausdame mit amüsiertem Lächeln. »Nämlich zu Kräften kommen und nicht arbeiten. Obwohl, ich bin nicht sicher, ob Sie das ohne mich schaffen würden. Denn ich werde auf Sie aufpassen wie ein Schießhund. Sonst laufen Sie ja doch im nächsten Augenblick schon wieder über die Flure und lesen jedem Gast die Wünsche von den Augen ab.« Damit verschwand die Hausdame, der wenig später auch die Hebamme folgte, die noch eine warme Milch mit Honig bei einem der Serviermädchen für Tine bestellt hatte. Tine aber blieb allein in ihrer kleinen Wohnung zurück und fühlte sich so alleine wie noch nie in ihrem Leben.

Sie wusste nicht, wie lange sie still geweint und um ihr verlorenes Kind getrauert hatte, aber längst stand die Sonne über den dramatischen Wolken, die über Helgoland hinwegzogen, als es an der Tür klopfte. »Ja, bitte?«

»Tine?« Fritzi steckte den Kopf zur Tür herein. »Wie geht es dir?«

»Ach, Fritzi, wie schön, dass du da bist. Komm herein.«

Die jüngere Schwester trat an den Sessel, auf dem Tine sich niedergelassen und von dem aus sie den Flug der Möwen beobachtet hatte. »Was ist mit dir?«

»Nichts, Fritzi, nichts.«

»Aber ich habe Frau Radtke gesehen, und sie sah traurig aus. Und du siehst auch traurig aus. Und du sitzt hier. Das tust du doch nie!«

»Nein, Fritzi, das stimmt. So sitze ich nie tagsüber da. Aber es geht mir gut, glaub mir.«

»Und dem Kind?«

Tine musterte ihre Schwester. »Haben sie dir etwas gesagt?«

»Was gesagt, Tine?«

»Wegen dem Kind.«

»Geht es dem Kind nicht gut?«

»Nein, Fritzi. Leider nicht.«

»Oh. Das tut mir leid.« Eine kleine Weile folgte Fritzi dem Blick ihrer Schwester nach draußen, wo sich ein paar Möwen in der Luft tummelten. »Wird es denn wieder gesund werden?«

Tine schüttelte den Kopf. »Ich fürchte nein, Fritzi.«

»Dann kommt es wohl zu Papa.«

»Ja. Das wird es.« Zu Papa. Fritzi hatte den Vater immer

Papa genannt, selbst wenn er sie geschlagen hatte, selbst wenn er die Mutter geschlagen hatte. Papa. »Ja, zu Papa«, wiederholte sie.

»Da werden sie sich beide freuen.«

Tine musste lächeln. »Vermutlich. Hoffentlich treffen sie sich dort oben«, sagte sie leise. »Es sind doch schon so viele Menschen dort.«

»Aber man findet sich doch immer da droben!«, erklärte Fritzi voller Gottvertrauen. »Der Himmel ist ein ganz einfacher Platz für alle.«

Nicht wie die Erde, dachte Tine. *Hier unten ist alles kompliziert, und manchmal weiß man nicht, worauf man hoffen, was man glauben und wie man handeln soll.* »Das bleibt aber unser Geheimnis«, sagte sie und nahm Fritzis Hand.

»Was denn, Tine?«

»Dass mein Kind jetzt im Himmel ist.«

Und Fritzi nickte mit heiligem Ernst. »Ich will es niemandem verraten.«

***

Vielleicht wäre Tine in tiefer Trauer versunken, hätte nicht der übernächste Tag die Ankunft der *Lady of Marrakesh* mit sich gebracht, die aus Rotterdam kommend Station vor Helgoland machte und Passagiere brachte – unter anderen Henry Heesters, dessen Geschäfte es endlich erlaubt hatten, die Heimreise anzutreten, und der nicht hatte warten wollen, bis endlich ein Schiff von Amsterdam aus zu seiner Insel fuhr. Hätte nicht Frau Radtke Tine aus dem Haus gescheucht, weil sie befürchtete, dass der jungen Frau sonst die Decke auf den Kopf fallen würde, sie wäre nicht vor Ort gewesen. So aber stand sie gedankenversunken am Südstrand, als ein Börteboot ihr beinahe vor die Füße fuhr, dem mit federndem Sprung ein Mann entfloh, der strahlte wie der helle Morgen. Zuerst traute Tine ihren Augen nicht. Doch als er ihren sprachlosen Mund mit seinen Lippen verschloss, war es, als drehte die Welt sich mit einem Mal doppelt so schnell. »Henry!«, keuchte sie atemlos, als er sie endlich freigab.

»Tine! Ich habe dich so unendlich vermisst!«

»Herr Heesters!«, grüßte ein vorüberschreitender Geschäftsmann und hob seinen Hut. »Gott zum Gruße!« Henry Heesters nickte nur zurück und wandte sich wieder seiner Frau zu, als einer der Botenjungen des Heesters neben ihnen stehen blieb und sich verbeugte. »Moin, Herr Heesters.« Die Kramersfrau grüßte, der Schwager des Pastors, der Kurverwalter. Henry Heesters stöhnte auf. »Komm, lass uns von hier verschwinden, sonst können wir kein einziges vertrautes Wort wechseln.« Er hakte seine Frau unter und drängte sie zum Hotel. »Du musst mir alles ganz genau erzählen«, sagte er. »Aber vorher will ich dir zeigen, was ich dir mitgebracht habe.« Er lupfte den Hut in Richtung der Gattin des Gouverneurs, die ihren Weg kreuzte. Dann huschte er so behände durch die Tür seines Hotels, dass Tine ihm kaum folgen konnte. Als sie endlich in ihrer kleinen Wohnung alleine waren, schlang er die Arme um sie, dass sie kaum Luft bekam. »Henry!«, rief sie. »Henry! Bitte!« Sie befreite sich aus seinem Griff und sah ihm tief in die Augen. »So sehr hast du mich vermisst?«

»Mehr, als ich es je sagen könnte.« Er versank förmlich in ihren Augen. »Aber ich möchte es dir zeigen. Am liebsten hier und jetzt. Auf der Stelle.«

»Das geht leider nicht, mein Liebster«, erklärte Tine zögerlich. Wie gerne hätte sie sich ihm hingegeben, selbst auf die Gefahr hin, dass man genau das gemutmaßt hätte drunten, wo natürlich auch andere inzwischen von der Ankunft des Hoteliers erfahren hatten. »Du musst noch ein paar Tage warten.«

»Nein! Sag nicht, dass …« Er sah so enttäuscht aus, dass Tine auflachte. »Drei Tage, Liebling. Drei Tage nur.«

»Drei Tage, die sich anfühlen werden wie drei Jahre.« Er schüttelte den Kopf. »Und das nach der langen Zeit, die wir getrennt waren.«

»Also ich habe das nicht so beschlossen. Weder die Trennung noch die … nun, die Frauendinge, die uns nun behindern.«

Er nickte. »Nun gut. Aber dann wird mich nichts mehr halten.« Wieder schloss er sie in seine Arme.

»Das wird es auch nicht, Liebster.« Sie stupste seine Nase. »Und nun zeig mir schon, was du mir mitgebracht hast. Du hast doch gar kein Gepäck bei dir.«

»Das brauche ich auch nicht«, erwiderte Henry Heesters und griff in seine Rocktasche. »Es ist nur winzig klein.«

»Aha?« Neugierig beobachtete Tine, wie er ein kleines Schächtelchen herausholte, das mit einem roséfarbenen Band umbunden war. »Für dich, Tine Heesters. Es heißt, sie bringen Glück in der Liebe.«

»Aber das habe ich doch schon«, sagte Tine leise und nahm das Päckchen. Vorsichtig löste sie das Band und öffnete es. Darin war in feinstes Seidenpapier etwas eingeschlagen. Sie hob das Papier an und staunte sprachlos über die unbeschreibliche Schönheit, die sich ihr offenbarte. »Für mich?«, fragte sie ungläubig.

»Für meine wundervolle, wunderschöne und absolut bezaubernde Frau«, sagte Henry Heesters. »Falls diese Beschreibung auf dich zutrifft, so muss es wohl für dich sein.«

»O danke, mein Liebster, tausend Dank!« Tines heiße Küsse fachten sein Feuer erneut an, sodass er sich schließlich seinerseits aus ihrer Umarmung befreien musste. »Mein Gott, du bist unglaublich«, keuchte er. »Ich halte es kaum aus vor Sehnsucht!«

»Und du bist der beste Ehemann der Welt.«

»Das musst du sagen«, erklärte Henry Heesters mit verliebtem Lächeln. »Denn es gibt ja nur den einen für dich.« Dann nahm er ihr das Päckchen wieder aus der Hand. »Darf ich …?«

»Gerne, Henry«, erwiderte Tine und lachte. »Ich fürchte nur, auch dafür werden wir noch ein klein wenig warten müssen.«

»Warten müssen?«, fragte ihr Mann irritiert.

»Ich habe keine Ohrlöcher, Henry!«, lachte Tine. »Du hast mir die schönsten Ohrringe der Welt geschenkt. Aber erst einmal werde ich mir Ohrlöcher stechen lassen müssen.« Nach einem Augenblick voller Verlegenheit stimmte ihr Mann ein, und sie lachten beide so frei und wild, dass sie am Ende doch noch aufs Bett sanken und sich zumindest mit den Händen liebkosten und dem Glück sein Recht ließen.

Als Henry Heesters einige Zeit später in Tines Arm eingeschlafen war, wanderte ihr Blick hinüber zu dem kleinen Schächtelchen, das auf dem Nachttischchen gelandet war. *Wundervoll, wunderschön und absolut bezaubernd,* dachte sie. Ja, so waren jedenfalls diese Ohrringe, in denen kirschrote Rubine von kleinen Smaragden und Brillanten umkränzt waren. *Die Farben von Helgoland.* Das war kein Zufall. Die Insel hatte Tine Glück gebracht. Henry Heesters hatte ihr Glück gebracht. Sie war schon so glücklich, glücklicher, als sie es sich je hätte erträumen können. Und mit einem Mal schien ihr selbst der Schmerz über das verlorene Kind ein klein wenig nachzulassen, weil sie ihn mit ihrem Mann teilen konnte, selbst wenn er gar nichts davon wusste. Er gab ihr Kraft, er gab ihr Zuversicht, er war wie ein Quell der Freude für sie. »Danke,

Henry«, flüsterte sie in sein verwuscheltes Haar. »Danke, dass du wieder da bist.«

Eine Weile lagen sie so still beieinander, die junge Frau und ihr schlafender Mann, bis sie ihn plötzlich leise erwidern hörte: »Danke, Tine. Danke, dass du auf mich gewartet hast.«

***

In den folgenden Tagen widmete sich der Hotelier so viel wie nur irgend möglich seiner jungen Frau. Die Tatsache, dass das Heesters offenbar auch während seiner Abwesenheit in bester Weise fortgeführt worden war, erleichterte es ihm, Vorschläge zu machen, über die er selbst noch vor wenigen Monaten den Kopf geschüttelt hätte: »Sollen wir den Tag heute auf der Düne verbringen, Tine?«

»Auf der Düne? Hast du dort Geschäfte zu erledigen?«

»Aber nein, ich dachte nur, Zeit mit dir zu verbringen. Wenn ich mich recht erinnere, hast du öfter davon gesprochen, wie gut es dir dort gefallen hat – aber wir waren seither nicht gemeinsam drüben.«

»Ich war überhaupt nur ganz selten dort«, erklärte Tine, die sich selbst wunderte, wenn sie darüber nachdachte. Aber tatsächlich hatte sie wenige wirklich freie Tage gehabt, und die hatte sie hauptsächlich damit verbracht, ihre Schwester und die Thevessens zu besuchen.

Und so setzten sie am späten Vormittag auf die Düne über und suchten sich einen Platz am Strand, wo sie im Schatten eines der neuen Strandkörbe, die dort überall aufgestellt worden waren, die Füße in den Sand steckten und die Menschen beim Baden, den Flug der Vögel und die sanft an den Strand rollenden Wellen betrachteten, während Henry Heesters Tine aus einem Gedichtband vorlas, den er mitgebracht hatte:

So komme, was da kommen mag!
Solang du lebest, ist es Tag.

Und geht es in die Welt hinaus,
Wo du mir bist, bin ich zu Haus.

Ich seh dein liebes Angesicht,
Ich seh die Schatten der Zukunft nicht.

»Schön ist das«, sagte Tine und strich mit den Fingern durch sein Haar. »Von wem ist es?«

»Der Dichter heißt Theodor Storm.«

»Ich hab noch nie von ihm gehört. Liest du noch eines?«

»Gewiss. So hör mir zu:

Die Schleppe will ich dir tragen,
Ich will deinem Wink mich weihn,
An Festen und hohen Tagen
Sollst du meine Königin sein!

Deiner Launen geheimste und kühnste
Gehorsam erfüll' ich dir;
Doch leid ich in diesem Dienste
Keinen andern neben mir.

Solang ich dir diene in Ehren,
Gehöret dein Lächeln mein;
Deinen Hofstaat will ich vermehren,
Doch der Erste will ich sein.«

Eine Weile noch lauschte Tine dem Klang der Verse nach, dann richtete sie sich auf und blickte ihren Mann in tiefem Ernst an. »Das wirst du, mein Liebster. Immer.«

»Ich weiß«, sagte Henry Heesters. »Und du wirst immer die Erste in meinem Leben sein.«

Tage verbrachten sie auf der Düne, Tage auch auf dem Boot. Einmal stand Henry Heesters am Morgen im Zimmer, einen Weidenkorb in der Hand, darin einen Kuchen, den er in der Küche geordert hatte, eine Flasche Wein und eine Flasche Wasser, und strahlte seine Frau an: »Heute segeln wir einmal um die Welt.«

Tine lachte. »Ist das nicht ein wenig weit? Wie sollen wir denn am Abend wieder zurück sein?«

»Ach, wir werden sehen. Zieh dir etwas Leichtes an, es wird heiß.«

»Auch auf dem Wasser?«

»*Gerade* auf dem Wasser, Tinchen!«

Und tatsächlich brannte die Sonne vom Himmel, dass sie beide den Schatten des Segels suchten und oft kaum auf den Kurs achteten. Doch Tine wusste ja, dass ihr Ehemann ein erfahrener Segler war, der immer den Weg nach Helgoland finden würde. So ging der Tag hin, weit übers Meer trieb das kleine Boot, und mehr als einmal tauschten sie nicht nur heiße Küsse aus, sondern versanken ganz und gar ineinander. Das Schaukeln der Wellen war wie eine zusätzliche Melodie in ihrem Liebesspiel. Und wenn Tine vorsichtig über den Bootsrand blickte, ob wirklich kein anderes Schiff in der Nähe war, so stellte sie nur fest: Nein, hier draußen auf dem Meer waren sie völlig allein, außerhalb der Welt. »Ahoi!«, rief Henry einmal und winkte mit seiner Kappe, die er beim Segeln stets trug, sich nun aber vom Kopf riss. Doch kein anderer Kapitän erwiderte den Gruß. Stattdessen sah Tine nur die Spitze eines Leuchtturms aus dem Meer ragen. »Denkst du, man hat uns von dort gesehen?«, fragte sie erschrocken.

»Und wenn? Ein weißes Segel in den Wellen, mehr würde man auch mit dem stärksten Fernglas nicht erkennen.«

»Wo sind wir denn hier eigentlich?« Wusste er wirklich noch, wo das kleine Boot entlangfuhr?

»Wir haben es schon fast geschafft«, erklärte Henry Heesters grinsend.

»Geschafft?«

»Unsere Weltumseglung! Wir haben eine kleine Abkürzung genommen. Aber das müssen wir ja niemandem verraten. Ehe die Sonne untergeht, sind wir wieder auf unserer geliebten Insel.«

Und wirklich tauchte der rote Felsen in dem Augenblick vor ihnen auf, in dem die Sonne auf der anderen Seite des Bootes als großer roter Ball den Horizont berührte. »Was für ein Tag!«, rief der Kapitän und umarmte seine Begleiterin. »Es war der schönste in meinem Leben. So wie jeder neue Tag mit dir, Tine Heesters.« Und küsste sie zärtlich auf die Stirn, auf beide Augen und auf den Mund.

***

Trotz der Nähe, die sie in vollen Zügen auskosteten, blieb Henry aber seit seiner Rückkehr aus Hamburg und Amsterdam seltsam geheimnisvoll. Es schien Tine, als würde er ihr etwas verschweigen. Als sie ihn einmal darauf ansprach, reagierte er ausweichend und fand rasch Gelegenheit, das Thema zu wechseln. Auch wenn Tine das Gefühl hatte, er trüge etwas mit sich herum, das eigentlich gut war und nicht etwa ein düsteres Geheimnis, so begann es sie doch zu kränken, wenn er in Momenten, in denen er sich unbeobachtet glaubte, plötzlich einen triumphierenden Gesichtsausdruck bekam und in eine unbestimmte Ferne blickte, als gäbe es dort etwas ganz Besonderes zu sehen. Und immer wieder fand sie ihren Mann tief in Gedanken versunken.

»Nun sag schon, was beschäftigt dich in letzter Zeit so sehr!«, drängte sie, als er wieder einmal am Fenster stand und leise vor sich hin murmelte.

»Nichts, mein Liebes, nichts«, versicherte er ihr und gab vor, nach der Uhr blicken zu müssen.

Doch diesmal ließ sie sich nicht abwimmeln. »Ich sehe doch, dass es etwas gibt, was dir im Kopf umgeht. Warum lässt du mich nicht an deinen Gedanken teilhaben?« Auch wenn sie es nicht wollte, so konnte sie nicht anders, als schmollend zu gucken.

»Pläne!«, sagte Henry Heesters, mit einem Mal ganz ernst. »Pläne. Nicht nur Gedanken.«

Sie nahm ihn an der Hand und zog ihn zum Sofa hin, wo er sich neben sie setzte. »Was für Pläne sind das, Henry? Ich bin deine Frau!«

»Natürlich, mein Herz, das bist du. Aber lass mich noch ein paar Fragen klären, damit ich dir alles ganz genau sagen kann. Ich möchte dir keine Wolkenschlösser präsentieren.«

»Wolkenschlösser? Es ist etwas Großes?«

»Etwas sehr Großes, Tinchen. Und du wirst es lieben.«

Tine suchte in seiner Miene nach Anzeichen, dass er einen Scherz machte, dass er es ironisch meinte, vielleicht auch, dass er sich über sie lustig machte. Doch sie fand nichts dergleichen. Ihr Ehemann hatte große Pläne. »Sollten wir nicht zuerst sehen, was mit der Insel wird, ehe wir große Pläne schmieden?«, fragte sie, sich wieder an die Diskussionen der letzten Zeit erinnernd, dass Helgoland wohl tatsächlich bald ans Deutsche Reich fallen würde.

»Das sollten wir nicht nur, das müssen wir sogar, mein Liebes. Dass es passieren wird, steht fest. Es ist nur noch nicht ausgemacht, *wann* genau. Und so lange müssen wir abwarten.«

»*Was* abwarten, Henry?« Sie sah ihn flehentlich an. Doch Henry Heesters lachte und stand auf. »Du erfährst es früh genug, Tine, ich verspreche es dir!«

Und so gingen erneut Tage und Wochen hin, in denen Tine ihren Gatten heimlich beobachtete, ob sie nicht irgendetwas erraten würde, das hieß: ob *er* sich nicht verraten würde. Doch Henry Heesters war ein diskreter Mann, und so tappte sie weiter im Dunkeln. Einmal sah sie Geschäftspost auf dem Schreibtisch im Büro liegen, geöffnete Briefe von einem Kreditinstitut in Hamburg. Vielleicht wäre sie schwach geworden und hätte die Schreiben gelesen, wäre nicht im nächsten Moment Frau Radtke aufgetaucht und hätte sie in ein Gespräch verwickelt.

Allwöchentlich fanden nun im Salon abendliche Treffen der Honoratioren der Insel statt, bei denen die politische Lage erörtert wurde. Offenbar war es wirklich ausgemacht, dass Helgoland unter deutsche Herrschaft kam. In einem Teil ihres Herzens verspürte Tine so etwas wie Stolz, denn das Deutsche Reich war auch ihre Heimat, sie selbst war Deutsche – und sie war sich damit nie als Fremde auf dieser Insel vorgekommen, weil doch alle Deutsch sprachen! In einem anderen Teil ihres Herzens aber meldete sich eine eigentümliche Sorge. Was würde es an Veränderungen mit sich bringen, wenn die Insel dem Kaiserreich zufiele? Wie würden die Deutschen hier regieren? Warum überhaupt brauchte es eine der Großmächte? Eine Frage, die sie eines Abends in den Raum stellte, als sie den Herren ein Tablett mit Kognak brachte und kurz die Fenster öffnete, um den schweren Zigarrenrauch hinauszulassen: »Warum sollte Helgoland sich denn nicht selbst regieren?«

»Sich selbst regieren?«, fragte der Zollmeister amüsiert. »Mit Verlaub, Frau Heesters, das ist eine köstliche Idee, aber leider eine völlig unrealistische.«

»Es geht nicht darum, was Helgoland sollte oder könnte, mein Schatz«, erklärte Henry Heesters. »Die Insel ist zu klein, um eine Wahl zu haben. Sie muss sich fügen. Entweder den Briten oder den Deutschen. Und wenn die beiden gemeinsam über das Schicksal unserer Insel entscheiden, dann muss sie sich beiden fügen.«

Natürlich, dachte Tine. *Die Großen nehmen sich, was sie begehren. Wie immer. Es ist das Recht des Stärkeren.* »Aber können wir dabei nicht mitreden?«

»Wir reden mit, gnädige Frau«, warf der Kurverwalter ein. »Seit Jahren gibt es diplomatische Bemühungen. Und ich bin sicher, sie werden auch fruchten.«

»So? Um was zu erreichen?« Tine wusste, dass die Herren diese Diskussionen lieber unter sich geführt hätten. Es war nicht üblich, dass Frauen sich daran beteiligten. Doch sie wollte wissen, was hier passierte. Und sie spürte, dass Henry hinter ihr stand. Er würde sie nicht wegscheuchen wie manche Männer ihre Frauen, wenn es um die »wichtigen Dinge« und die »Weltläufte« ging.

»Helgoland genießt eine Reihe von Sonderrechten«, erklärte Gätke, der deutsche Diener des Gouverneurs, der ebenfalls an der Runde teilnahm. »Wir sind von allerlei Zöllen befreit, es geht um Abgaben und Seerechte. Fischerei, Einnahmen durch Schifffahrt und Gäste … Die Insel hat sich in den letzten Jahren darum bemüht sicherzugehen, dass diese Rechte durch einen Wechsel zum Deutschen Reich nicht beschnitten werden.«

»Die Insel?«

»Vertreter der Bevölkerung, gnädige Frau.«

»Wie wer?«

»Darüber darf ich leider nichts sagen«, stellte der Mann klar. Tine blickte zu ihrem Mann hin, der entschuldigend die Hände hob. *Nun gut*, dachte Tine, *das kann ich auch später mit ihm besprechen.* »Dann danke ich für die Auskunft, die Herren«, sagte sie mit einem Lächeln in die Runde, ehe sie die Fenster wieder schloss und den Salon verließ.

Zwei Stunden später schmiegte sie sich an den starken Körper ihres Mannes, der sich gänzlich unbekleidet unter die Bettdecke geschoben hatte, sodass klar war, worauf er es abgesehen hatte. »Mein Liebster«, flüsterte Tine.

»Mein Herz«, flüsterte er zurück und knöpfte zärtlich ihr Nachthemd auf. »Du bist noch wach.«

»Oh, du darfst mich jederzeit wecken«, hauchte Tine und küsste ihn sanft am Hals und an der Schulter. Doch dann wich sie ein wenig zurück.

»Was ist?«

»Wer hat für Helgoland verhandelt?« Sie verschränkte die Arme vor der Brust und setzte sich etwas auf.

»Wie bitte? Willst du jetzt etwa über Politik sprechen?«

»Nein. Im Grunde nicht. Aber das will ich wissen.«

»Nun«, erklärte Henry Heesters, dessen Feuer unvermittelt erloschen war. »Verschiedene Leute.«

»Zum Beispiel?«

»Gott, was soll ich sagen. Der Gouverneur natürlich …«

»Der kann nicht für die Insel sprechen, weil er die britische Krone vertritt.«

»Das stimmt. Aber der Zollmeister. Der war ganz sicher in

die Gespräche mit eingebunden. Denn es ging ja vor allem um Zölle und dergleichen …«

»Hm. Und wo haben die Gespräche stattgefunden?«

»Nun, im Vereinigten Königreich. Und im Kaiserreich. Und natürlich auch hier auf der Insel …«

Tine stand auf und blickte auf ihren Gatten herab, der sich die Bettdecke über den Leib zog. »Ich habe darüber nachgedacht, Henry.«

»Aha?«

»Und ich denke, dass ich jemanden kenne, der mitverhandelt hat.«

»Nun, du kennst vermutlich die meisten. Immerhin bist du ja …«

»*Gut* kenne, Henry. Und damit meine ich: sehr gut.« Sie blickte ihn durchdringend an. »Jemanden, der in letzter Zeit öfter auf Reisen war. Jemanden, der weder britischer noch deutscher Staatsbürger ist und deshalb der ideale Mann für diplomatische Dienste ist.« Henry Heesters seufzte. »Ja, gewiss, du hast recht«, sagte er. »Ich habe mich auch für ein, zwei Gespräche zur Verfügung gestellt.«

»Ein, zwei?«

»Ich bin Hotelier, Tinchen, nicht Diplomat. Ja, ich habe ein paar Botschaften überbracht, aber viel mehr war da nicht. Mach es nicht größer, als es ist.«

»Und warum hast du mir nichts davon erzählt?«

»Ehrlich, ich dachte nicht, dass es dir wichtig wäre.«

»Wenn unsere Insel einer anderen Flagge untersteht?« Tine zögerte. »Vielleicht hast du sogar recht, vielleicht wäre es mir gar nicht so wichtig gewesen. Aber jetzt, wo ich weiß, dass du daran beteiligt warst, kränkt es mich, dass ich es nicht wissen durfte.« Henry Heesters stand auf und trat auf Tine zu. »Bitte, mein Liebes, du musst mir glauben, es gibt nichts, was ich dir verheimlichen möchte. Mein diplomatischer Einsatz war nur eine Nebensächlichkeit bei meinen Reisen.«

Sie ließ es zu, dass er sie umarmte. »Und die Hauptsache?«, wollte sie wissen.

»Die Hauptsache war, dass uns der Lauf der Dinge nicht unvorbereitet trifft. Wir haben Pläne, Tinchen, uns wird diese Veränderung zugutekommen. Und ehe du fragst: Ich werde dir in den nächsten Tagen diese Pläne vorstellen, und zwar so genau, wie du es dir nur wünschst.«

***

Inzwischen meldeten auch die Zeitungen, dass Helgoland mit dem kommenden Jahr dem Deutschen Reich zufallen würde. Bei einem Teil der Bevölkerung war der Jubel groß, weil man sich von den Deutschen Investitionen erwartete. Andere waren voller Sorge. Als Tine an einem Sonntag Anfang August ihren kleinen Patensohn besuchte, der inzwischen wacker zwischen den Bootsplanken und dem Werkzeug herumlief und ständig zu Unsinn aufgelegt war, sah sie dem Bootsbauer Reimers an, dass er Kummer hegte. »Was ist mit Ihnen, Herr Reimers?«, wollte Tine wissen.

»Mit mir? Nicht viel, meine Gute. Aber mit Helgoland …« Er nickte sorgenvoll vor sich hin.

»Weil wir jetzt deutsch werden?«

»Unsere kleine Insel ist ein so unbedeutender Fleck im Meer. Warum war es den Deutschen so wichtig, diesen Felsen zu bekommen? Warum haben sie dafür ein riesiges Land in Afrika aufgegeben?«

»Aber die Deutschen haben sich doch immer schon gewünscht, dass der Felsen zum Reich gehört«, hielt Tine dagegen.

»Wer erzählt so etwas? Das Reich? Gibt es doch erst seit ein paar Jahren. Helgoland trägt das Wort Land im Namen, weil es sein eigenes Land ist. Es gehört nicht zu einem anderen Land. Es gehört nur den Helgoländern.«

Er spricht und denkt wie ich, dachte Tine. So ähnlich hatte sie auch kürzlich argumentiert. »Und die Briten, was ist mit denen?«

»Die haben wir hier freundlich aufgenommen und geduldet, und sie waren so höflich, das nicht auszunutzen. Im Gegenteil: Wir haben mehr und bessere Rechte hier genossen als die anderen Völker im Vereinigten Königreich. Ob wir das auch bei den Deutschen tun werden, das wird man sehen.«

Tine versuchte ihn aufzumuntern: »Mein Mann sagt mir, dass wir eine Garantie dafür haben, und zwar für mindestens zwanzig Jahre!«

»Zwanzig Jahre. Ja, für Sie klingt das nach einer langen Zeit, meine Liebe. Aber wenn Sie erst einmal fünfzig sind und älter, dann bedeuten zwanzig Jahre nichts. Sie sind schneller verflogen, als Sie sich das vorstellen können.«

»Da mögen Sie recht haben, Herr Reimers. Aber der Kaiser hat sich doch sehr um das Wohl der Insulaner bemüht …«

»Hat er das?«

»Die Männer sind von der Wehrpflicht ausgenommen!«

»Das waren sie auch bisher schon.«

»Wer will, kann die britische Staatsangehörigkeit annehmen …«

»Und dann? Nach England auswandern? Oder gar als Fremder auf der eigenen Insel leben? Was soll das denn bringen?«

»Ach, ich bin zuversichtlich, Herr Reimers«, sagte Tine voll jugendlicher Überzeugung. »Die Helgoländer haben sich doch noch nie unterkriegen lassen.«

»Zuversichtlich? Das bin ich nicht, junge Frau. Aber ich wünsche mir von Herzen, dass Sie recht haben und ich unrecht.«

»Nun lassen Sie uns morgen mal hören, was genau vereinbart ist.« Denn in der Tat sollte am folgenden Tag der Vertrag zwischen der britischen Krone und dem deutschen Kaiser öffentlich verlesen werden, ein Ereignis, bei dem Tine unbedingt dabei sein wollte.

Anders als erwartet allerdings wurde dieser Akt nicht mit Pomp und Gloria begangen. Vielmehr standen nur eine Reihe von Herren im Frack vor dem Gouverneursgebäude auf dem Oberland und reichten einander Papiere, die geöffnet und anschließend laut vorgelesen wurden – allerdings nicht laut genug, dass man den Inhalt auch in den hinteren Reihen hätte hören können. Und so war es vor allem eine Beobachtung, die Tine an jenem 9. August 1890 auf dem kleinen Platz am Falm machte: die Beobachtung, dass alle mit banger Miene in die Zukunft blickten. Oder zumindest: fast alle. Denn Henry, der vorne bei den Honoratioren stand, gewiss auch weil er am Zustandekommen des Vertrags mitgewirkt hatte, blickte voll Stolz und Zuversicht in die Welt. Als er Tines Blick auffing, funkelten seine Augen, und er zwinkerte ihr verschwörerisch zu. Sie wusste ja, dass er ihr heute endlich seine Pläne offenbaren wollte.

So wartete Tine auf das Ende der Veranstaltung, beobachtete mit gemischten Gefühlen, wie der Union Jack eingeholt und die Flagge des deutschen Kaiserreichs aufgezogen wurde und die Herren einander feierlich die Hand gaben, ehe sich die Menge verlief, eifrig über die Zukunft diskutierend und spekulierend. Vor dem Hafen wartete bereits das Schiff, mit dem der Gouverneur und seine Familie die Reise zurück nach London antreten würden. Mrs Barkly und die Kinder, alle im feinsten

Sonntagsstaat, standen etwas abseits. Tine aber hatte genau gesehen, wie sich die Gouverneursgattin mehr als einmal Tränen aus den Augen wischte. Nun traten immer wieder Frauen aus der Bevölkerung an sie heran und reichten ihr kleine Blumensträuße, um die sie Bänder in den Helgoländer Farben Grün, Rot und Weiß gebunden hatten. Auch Tine hatte ihr ein Sträußlein gemacht. »Mrs Barkly, we will miss you«, sagte sie. »Thank you so much for all you did. For your kindness, for …« Dann fehlten ihr die Worte, nicht nur weil sie an die Grenzen ihres Englisch stieß. Die Gouverneursgattin machte einen so niedergeschlagenen Eindruck, dass es Tine förmlich das Herz zerriss. Offenbar hatte sie die Insel sehr liebgewonnen – und Tine konnte es ihr so gut nachfühlen. Mrs Barkly nickte nur und rang sich ein Lächeln ab. Die Tränen ließ sie inzwischen laufen. Für eine Engländerin war sie geradezu rührend emotional.

Dann setzte sich der Tross in Bewegung, und der Gouverneur und sein kleiner Hofstaat nahmen den Weg hinunter zum Strand, um ins Boot zu steigen. Ein letztes Mal gaben die verbliebenen britischen Soldaten Salut. Auch sie würden sodann die Stellung räumen und die Reise in die Heimat antreten. Mehr als ein gebrochenes Herz würde zurückbleiben, mehr als eines in die Welt hinausziehen, denn natürlich hatten auch die Militärangehörigen ihre Liebchen auf der Insel gehabt. Henry Heesters trat hinter seine Frau und umarmte sie zärtlich. »Eine Ära geht zu Ende«, sagte er leise. »Und eine neue beginnt.«

»Eine gute Ära geht zu Ende«, erwiderte Tine. »Gebe Gott, dass eine gute neue beginnt.«

»Das wird sie, Tinchen. Vor allem für uns. Wollen wir nach Hause gehen?«

»Gleich. Ich möchte noch sehen, wie der Gouverneur an

Bord geht.« Und so blieben sie noch einige Zeit an der Mauer am Falm stehen und blickten hinab aufs Unterland und auf die Börteboote, die sich bald in Bewegung setzten und den Gouverneur und seine Familie hinüberbrachten zu dem Dampfer, dessen Schlote bereits rauchten. Am morgigen Tag würde der deutsche Kaiser die Insel persönlich in Besitz nehmen. Es war eine Demonstration von Würde und Anerkennung, die der scheidende Gouverneur dem Felsen im Meer und seinen Bewohnern entgegenbrachte. Sir Arthur Barkly trat die Überfahrt stehend an, und er blickte nicht nach vorne zum Schiff, sondern zurück auf die Insel, die ihm anderthalb Jahre unterstanden hatte. Ehe er an Bord des Dampfers ging, salutierte er noch einmal gen Helgoland, und die Insulaner ließen ihn hochleben, denn sie wussten, dass er in der Zeit seines Aufenthalts zu einem der Ihren geworden war.

***

VI.

Zeit des Wandels

Erstes Kapitel

Was *ist* das, Henry?«, fragte Tine ihren Mann staunend. Wie ein Puppenhaus stand das kleine Kunstwerk vor ihr, kaum größer als eine Hutschachtel, bis ins kleinste Detail einem wirklichen Hause ähnlich, mit Fensterchen aus Pergament, Kaminen, aus denen kleine Wollgespinnste ragten, einer Treppe wie vor einem großen Theater und vor allem einem Schild über dem Eingang, das stolz verkündete: *Hotel Imperial Helgoland*.

»Das, mein Liebes, wird unser neues Zuhause sein.«

»*Hotel Imperial*? Und wo steht es, dieses Hotel? Jedenfalls nicht auf unserer Insel. Ich kenne kein solches Haus auf Helgoland.«

»Noch nicht, Tinchen«, erklärte Henry Heesters mit verschmitztem Lächeln. »Noch nicht. Aber bald wirst du es kennenlernen.«

»Ha. Dazu müsste es wohl erst gebaut werden.« Tine schüttelte den Kopf. »Es gibt kein Haus auf der Insel, das so aussieht.«

»Weil wir es erst bauen müssen.«

Erstaunt blickte Tine auf. »Bauen? Wir? Wie meinst du das?«

»So, wie ich es sage, mein Liebes.« Henry Heesters breitete die Arme aus. »Das ist es, was mich die letzten Monate so beschäftigt hat.« Er zog seine Frau an sich und setzte sich auf den Sessel am Fenster, sodass sie auf seinem Schoß landete. »Du weißt, wie sehr mich die Veränderungen auf unserer Insel umgetrieben haben«, erklärte er. »Zum einen natürlich die Tatsache, dass wir nun deutsch sein werden. Und du kennst die deutschen Gäste ...« Er machte eine vielsagende kleine Pause. Ja, Tine kannte die deutschen Gäste, die anspruchsvoller und ungnädiger waren als etwa die Holländer oder gar die Briten. »Dann natürlich Schlüter mit seinem neuen Hotel Perle. Er hat die Zeichen der Zeit erkannt und ein Haus mit allem Komfort erbaut ...«

»Das weiß ich doch alles, mein Liebster!«, fiel ihm Tine ins Wort. »Aber ein neues Hotel. *So* ein Hotel!« Sie deutete auf das wunderschöne, prächtige Modell auf dem Tisch. »Wie sollen wir so etwas denn bezahlen? Dazu müssten wir reich sein! Und das sind wir doch nicht, oder?«

»Nein, Tine, das sind wir nicht«, stimmte Henry Heesters ihr zu. »Aber das müssen wir auch gar nicht sein. Allenfalls werden wir es durch dieses Hotel werden.« Er nahm ihre Hand in seine. »Aber wer weiterkommen will im Geschäftsleben, der muss investieren. Und investieren kann man auch ohne Geld. Ohne *eigenes* Geld.«

»Aber haben wir denn Geldgeber?«

»Wir haben Banken. Zwei, um genau zu sein. Eine in Hamburg, eine in London. Die letztere wollte uns allerdings nichts geben, weil die Insel nun den Deutschen gehören wird.«

»Also haben wir eine Bank?«

»Ich konnte noch ein zweites Institut von unseren Plänen überzeugen. In Amsterdam.«

»Deshalb die Reisen?«

»Ja, mein Liebes. Deshalb die Reisen.«

»Aber warum hast du mir nichts gesagt?«

»Ich wollte dir keine falschen Hoffnungen machen. Ich wollte dir erst davon berichten, wenn ich sicher sein würde, dass alles klappt. Und das wird es nun. Gestern hat mir Sir

Arthur sein Grundstück beim Conversationshaus verkauft. Die Verträge sind gesiegelt und vollzogen.«

»Beim Conversationshaus?« Das war zwischen dem Kurpavillon und der Post, fast ganz beim Waalhörn, jener Landzunge, die sich nach Südosten erstreckte. »Und die Banken haben dir das Geld gegeben?«

»Das haben sie.« Der Stolz, der aus seinen Worten sprach, war unüberhörbar.

»Und es macht dir nichts, dass es nicht auf dem Oberland ist? Ich meine, wegen der Aussicht ...«

»Im Gegenteil, Tinchen! Es ist besser als das Oberland! Von dort hat man einen traumhaften Blick auf die Düne, ohne dass man all die Stufen hinaufsteigen müsste. Es ist der beste Platz der ganzen Insel.«

»Ja, das ist er wohl.« Tine konnte es immer noch nicht fassen. »Aber wäre es nicht klüger gewesen, unser schönes Heesters etwas in Schuss zu bringen, statt gleich ein neues Hotel zu eröffnen? Und was machen wir überhaupt mit dem Heesters?«

»Das Heesters, mein Liebes, wird uns noch gute Dienste leisten, bis das *Imperial* fertig ist. Danach werden wir es verkaufen und einen Teil der Schulden zurückzahlen.«

»Hm.« Tine blickte aus dem Fenster, wo inzwischen tiefe Nacht herrschte. »Wäre es nicht sinnvoller, es gleich zu verkaufen und weniger Schulden zu machen?«

Der Hotelier nickte anerkennend. »Du bist eine weise Frau, Tine. Aber manchmal ist es schlauer, ein kleines Risiko für eine große Chance einzugehen.«

»Und was wäre das für eine große Chance?«

»Die Preise werden steigen, Tine. Alles wird jetzt schon teurer. Im nächsten Jahr werden die Grundstücke und Häuser so viel an Wert zulegen, dass es ein Fehler wäre, sich jetzt davon zu trennen.«

Tine nickte. »Das leuchtet mir ein.«

»So frage ich dich denn: Habe ich dein Einverständnis mit diesen Plänen?« Plötzlich war der Hotelier ernst geworden, ja es zeichnete sich gar eine Falte auf seiner Stirn ab, die Tine zuvor noch nie gesehen hatte.

»Mein Einverständnis? Du fragst mich?«

»Natürlich! Schließlich tue ich all das für dich. Und ich tue es deinetwegen.« Und leise, ganz leise fügte er hinzu: »Hätte ich dich nicht gewonnen, so hätte ich nie die Kraft gehabt, mir ein solches Werk vorzunehmen. Deshalb soll es ganz dein sein.«

»Oh, Henry! Ich bin die glücklichste Frau der Welt. Und ich werde alles mit dir gemeinsam tun und jeden Weg mit dir gehen. Wenn du dieses wundervolle Haus bauen willst, werden wir es bauen. Auch wenn doch alles am Ende nur durch dich entsteht.«

»Das tut es nicht, Tine. Du bist die Quelle von allem«, erwiderte er und strich ihr übers Haar. »Und es wird nicht unbeschwert an dir vorübergehen. Es wird auch auf dich viel Arbeit und große Mühe zukommen. Ich werde deinen Rat brauchen, manches Mal vielleicht auch nicht selbst da sein, um mich um alles zu kümmern … Wirst du diese Mühen auf dich nehmen können?« Beinahe schien sich Sorge, schien sich Verzagtheit in seine eben noch so selbstsichere Stimme zu mischen.

»Ich kann es nicht nur«, entgegnete Tine und stand auf. »Ich will es auch. Wenn es dein Wunsch ist, dieses Hotel zu bauen, ist es auch mein Wunsch. Es soll unser Wunsch sein, Henry. Und ich werde alles dafür tun, dass unsere gemeinsamen Wünsche wahr werden.«

***

Der Tag war bereits angebrochen, als Tine endlich aus dem Bett krabbelte, in dem sie sich noch lang und innig geliebt hatten, ehe sie beide in Schlaf gesunken waren. Sie trat ans Fenster, nackt und fröstelnd, warf einen Blick hinaus aufs Meer – und erschrak. »Was ist mit dir, Liebes?«, fragte Henry Heesters, der ihre Reaktion bemerkt hatte. »Schiffe, Henry!«

»Mein Liebes, wir sind auf Helgoland«, murmelte der Hotelier und drehte sich wieder zur Seite, um weiterzuschlafen. »Da ist es normal, dass man Schiffe auf dem Meer sieht.«

»Kriegsschiffe?«

Plötzlich war Henry Heesters hellwach. »Kriegsschiffe?« Auch er trat ans Fenster, wie Gott ihn erschaffen hatte. »Meine Güte, das sind ja ganze Flottenverbände! Der neue Herrscher will es offenbar aller Welt zeigen.«

»Der neue Herrscher? Du meinst Kaiser Wilhelm?«

»Den Zweiten, ja. Höchstpersönlich.«

Denn der Kaiser wurde erwartet, um die Insel »höchstpersönlich in Besitz zu nehmen«. Tatsächlich war ihm Helgoland ja sogar persönlich übertragen worden und nicht etwa dem Deutschen Reich oder dem Königreich Preußen, dem die Insel zukünftig angehören sollte.

»Und welches ist sein Schiff?«, fragte Tine, die seit ihrer Hamburger Zeit kein solches Aufgebot an Militärmarine mehr gesehen hatte.

»Von diesen? Keines. Der Kaiser hat doch eine exquisite Jacht«, erklärte Henry Heesters. Die *Hohenzollern.*«

»Die *Hohenzollern*?«, lachte Tine amüsiert. »Er hat sein Schiff nach der eigenen Familie benannt? Das ist ja, als hieße mein Schiff Tiedkens.«

»Na na, nun sei mal kein Snob«, rügte ihr Ehemann scherzhaft. »Erstens hieße es Heesters, und zweitens heißt unser Hotel ja auch so.«

»Das ist etwas ganz anderes«, befand Tine und schlüpfte in den Morgenmantel, den Henry ihr von einer Reise nach London mitgebracht hatte. »Besser, wir machen uns jetzt bereit für den Tag. Es gibt viel zu tun.«

»Das gibt es, Tine«, sagte Henry Heesters und griff nach ihr, um sie noch einmal zum Bett zu ziehen. »Aber zuerst …«

»Nein, nein«, wehrte sich die junge Frau. »Damit musst du bis morgen warten.« Sie küsste ihn auf die Nasenspitze. »Oder zumindest bis heute Abend.«

»Dann wähle ich heute Abend«, erklärte Henry Heesters und gab sie frei.

* * *

Der Empfang für den Kaiser war ein Triumph. Vier schwere Kreuzer waren vor Helgoland vor Anker gegangen, dazu vier Panzerschiffe und eine ganze Flottille von Torpedobooten. Sie waren im Laufe der Nacht vor der Insel aufgetaucht und lagen nun als eine Demonstration von Stärke und Macht vor dem roten Felsen in der Morgensonne. Es waren aber auch zahlreiche Schiffe mit Zivilisten angereist, die den historischen Augenblick miterleben wollten, wie die Insel vor der Elbmündung nach Jahrhunderten endlich »deutsch« werden würde. Und so war Helgoland an jenem Tag nicht nur von zweitausendfünfhundert Soldaten der kaiserlichen Marine überrannt, sondern auch noch von Abertausenden Gästen, die dem Ereignis beiwohnen wollten.

Ein Festkomitee war wochenlang mit der Vorbereitung der Übergabefeierlichkeiten beschäftigt gewesen. Nun erstrahlte die ganze Insel in festlichem Schmuck und angetan mit der Flagge des Kaiserreichs. Sie flatterte auf Hunderten Masten, sogar etliche Boote und Schiffe der Einheimischen hatten die schwarz-weiß-rote Fahne gehisst – neben der Helgoländer Trikolore. Den Schulkindern war die kaiserliche Hymne eingetrichtert worden, die sie aus voller Brust schmetterten, als die Jacht Wilhelms II. endlich gegen Mittag einlief.

Der Kaiser wurde von zahlreichen Helgoländern bejubelt, die sich der Feierlichkeit des Augenblicks nicht entziehen konnten, mehr noch aber von den unzähligen Gästen vom Festland, die sich im nationalen Stolz dem Gesang der Schülerinnen und Schüler anschlossen und sich in untertänigster Gesinnung überboten.

Der Tross des Kaisers begab sich nach einigen Grußworten und dem Austausch von Förmlichkeiten hinauf aufs Oberland, wo Pastor Thevessen mit einer Feldmesse beauftragt worden war. Und er war heilfroh, dass der Gottesdienst nicht in seiner kleinen Kirche stattfinden sollte, denn es hätte ja nicht einmal ein Bruchteil der Anwesenden dort Platz gefunden. Dennoch war ihm die Messe auf den Weiden des Oberlands nicht ganz geheuer. Denn – da machte er sich keine Hoffnung – kaum jemand würde verstehen, was er zu sagen hätte. Und er hatte einiges zu sagen. Insbesondere war es ihm ein Anliegen, dem neuen Herrscher gute Ratschläge ins Stammbuch zu schreiben, etwa dass er die Eigenheiten der Insulaner respektieren sollte und dass wahre Größe nicht mit Macht verwechselt werden durfte. Nun, vielleicht würde es im Laufe des Tages noch andere Gelegenheit geben, es ihm gar persönlich zu sagen.

Tine hatte sich neben ihrem Mann in eine der vorderen Reihen gesetzt: Die Stühle für die wichtigen Persönlichkeiten der Insel und vor allem natürlich für den Kaiser und seine Entourage waren um den eigens aufgebauten Altar gestellt worden, das einfache Volk hatte sich dahinter stehend eingefunden.

Ehe aber der Pastor das Wort bekam, verlas Staatssekretär von Bötticher die offizielle Proklamation seiner kaiserlichen Majestät, die den Helgoländern die bestmögliche Wahrung ihrer althergebrachten Rechte zusicherte. Dann wurde die Flagge des deutschen Kaiserreichs gehisst, und Tausende von Menschen, Soldaten und Zivilisten, ließen den Kaiser und das Reich hochleben, die Hymne wurde abermals gesungen – und erst dann erbat man sich Gottes Segen für die neue Herrschaft über den roten Felsen in der Nordsee.

In der ersten Reihe, unweit seiner Majestät, saß neben dem Reeder Hennerkes, der sich in den letzten Jahren eine beträchtliche Handelsflotte aufgebaut hatte, im tiefroten Kleid und mit weit ausladendem Hut, Jolante Tiedkens und betrachtete spöttisch die Gamaschen des Staatssekretärs, während sie unauffällig mit Hennerkes' Manschettenknopf spielte. Die Augen der Anwesenden waren ohnehin wahlweise auf den Kaiser oder auf die Redner gerichtet. Nur Tine bemerkte die freche Neckerei ihrer Schwester und versuchte, sie mit mahnenden Blicken davon abzubringen. Doch Jolante zwinkerte ihr nur zu, sodass Tine beschloss, sich nicht weiter um sie zu kümmern. Unglaublicherweise schien sich die ältere Schwester weiterhin nicht mit dem Gedanken zu befassen, ihr Zimmer im Heesters aufzugeben und wieder nach Hamburg zurückzukehren. Manchmal, nein inzwischen eigentlich sehr oft hatte Tine den Eindruck, dass Jolante vor allem darauf aus war, hier auf der Insel einen Mann zu finden. Das Problem war, dass die reichen und einflussreichen Männer unter den Insulanern meist verheiratet waren. Und ein einfacher Fischer oder Hafenarbeiter wäre niemals nach Jolantes Geschmack gewesen – abgesehen davon, dass er sich ihre Extravaganzen nicht hätte leisten können. »Lass sie«, sagte Henry Heesters leise von der Seite, als hätte er Tines Gedanken gelesen. »Sie muss selbst wissen, was sie tut, sie ist erwachsen.«

»Aber sie lebt unter unserem Dach«, erwiderte Tine ebenso leise, während der Pastor endlich zur Messe schritt. »Was sie auch tut, es wird auf uns zurückfallen.«

»Das glaube ich nicht. Was soll sie denn tun, Tine? Sie ist eine alleinstehende Frau, vielleicht auf der Suche nach einem Mann. Mit etwas Glück wird sie einen finden.«

»Im Casino?«

»Warum nicht? Dort verkehren auch nicht nur Familienväter. Vielleicht geht ihr ein reicher Kaufmann aus Hamburg ins Netz, der sie stolz nach Hause führt.«

»Hm. Dein Wort in Gottes Ohr«, meinte Tine, wenig überzeugt, aber doch zumindest versöhnt mit dem Gedanken.

***

Die Bauarbeiten am neuen Hotel begannen noch in den Herbstmonaten. Der Winter kam spät in diesem Jahr, sodass vor allem nach der Saison große Fortschritte gemacht wurden. Täglich war Henry Heesters auf der Baustelle und dirigierte die Arbeiter. Die besondere Beschaffenheit des Felsens ermöglichte es, dass nach ersten Kellerarbeiten die Mauern hochgezogen werden konnten, während darunter noch weitere Lagerräume ausgehoben wurden. So wuchs der Bau in zwei Richtungen gleichzeitig: nach oben und nach unten. Der Hotelier hatte eine Stelle auf dem Oberland ausgemacht, von der aus man dem Gebäude geradezu beim Wachsen zusehen konnte. Jeden Sonntag nach dem Gottesdienst spazierte er mit Tine dorthin und erklärte ihr, was an neuen Fortschritten seit dem letzten

Besuch erzielt worden war. Er klang dabei wie ein kleiner Junge, der auf Lob hofft – und er bekam Lob.

Manchmal ging auch Fritzi mit, die sich so fröhlich wie sanftmütig in ihrem kleinen Leben im Pfarrhaus eingerichtet und ihr persönliches Glück gefunden hatte. Wie Tine war auch ihre jüngere Schwester ein anerkanntes Mitglied der Inselgemeinschaft geworden, was Tine den Insulanern hoch anrechnete, zumal sie wusste, wie hartherzig und kalt die Hamburger Fritzis schlichtem Gemüt begegnet waren.

An einem stürmischen Herbstsonntag drängte Tine ihren Ehemann, noch etwas weiter Richtung Norden zu gehen. Sie wollte die Felsnadeln besuchen und die Vögel beobachten. Lachend kämpften sie sich durch den Wind. Doch irgendwann wurde Henry Heesters seltsam leise und ernst. »Was hast du plötzlich?«, fragte Tine und nahm ihn fest am Arm.

»Nichts, Tinchen. Nichts.«

Sie blieb stehen. »Ich sehe, dass es dir nicht gut geht.«

»Es geht mir gut, mein Liebes. Es ist nur …« Er starrte auf eine Stelle an der Klippe, wenige Schritte vor ihnen.

»Es ist was, Henry? Nun sag es mir schon?«

»Ehe du kamst …« Er stockte. »Nein wirklich …« Doch als er ihren Blick sah, nickte er und erklärte mit kummervoller Miene. »Ich war so unglücklich nach dem Tod … nach dem Tod meiner ersten Frau.« Er seufzte und drückte Tine an sich. »Ich dachte, dass es kein Glück mehr für mich auf der Welt geben würde. Da habe ich … da bin ich …« Wieder starrte er zu der Stelle an der Klippe hin.

»Du wolltest dir das Leben nehmen?«

Lange blieben sie eng umschlungen stehen, ehe er, kaum hörbar, zugab. »Ja, Tine, das wollte ich. Aber ich war nicht stark genug.«

»Was für ein Glück!«

»Was für ein Glück, mein Liebes. Was für ein Glück.«

* * *

Gegen Sankt Nikolaus kamen die Bauarbeiten am neuen Hotel zum Erliegen. Die Arbeiter, so sie keine Insulaner waren, waren mit den letzten Schiffen aufs Festland zurückgekehrt. Der Frost hatte sich auf der Insel festgekrallt, eisig kalter Wind zerschnitt die Luft, sodass zu Hause blieb, wer nicht dringend nach draußen musste. Dennoch huschte Tine an einem Montagmorgen durch die düsteren Gassen, um einen Besuch zu machen.

»Sieh an, die junge Frau Heesters! Wie schön, Sie zu sehen! Mögen Sie nicht hereinkommen?« *Mein Gott*, dachte Tine, *wie alt sie geworden ist!* Und doch freute sie sich, die alte Dame wiederzusehen, der sie schon länger nicht begegnet war. »Danke«, sagte sie und trat ein.

Dunkel war es in der kleinen Kate. Doch die alte Dame schien sich trotzdem gut zurechtzufinden. »Einen Tee, wie letztes Mal?«

»Sie haben ein gutes Gedächtnis, Frau Liebrecht«, sagte Tine anerkennend.

»Das Einzige, was noch gut funktioniert«, erwiderte die Hebamme. »Schenken Sie lieber ein, sonst verschütte ich noch alles.«

Tine tat wie ihr geheißen. Dann setzte sie sich zu der alten Frau und fragte: »Haben Sie denn viel zu tun in letzter Zeit?«

»Ach, Kinder werden immer geboren«, erwiderte die Hebamme. »Sommers wie winters. Obwohl …«

»Obwohl was?«

»Es sind etwas mehr Kinder im September und Oktober. Schon auffällig. Aber auch nicht wirklich überraschend, was?«

»Nun, die Seemänner sind zu Weihnachten und im kalten Januar und Februar zu Hause, die Menschen bleiben in ihren Wohnungen, es ist dunkel …«

»So ist es«, bestätigte Frau Liebrecht. »Und Sie sind also wieder so weit?«

»Ich denke, ja.«

»Das freut mich, meine Liebe. Es hat sie doch sehr mitgenommen, dass es mit der ersten Schwangerschaft nichts wurde.«

Ja, das hatte es. Aber Tine hatte damit zu leben gelernt. Die Wahrheit war, dass der Alltag den Schmerz gelindert hatte. Henrys Liebe ebenso wie die unendlichen Mühen der täglichen Arbeit und die Fülle der Aufgaben, die Tine als Hoteliersgattin zugewachsen waren. »Muss ich Sorge haben, dass es wieder nichts wird, Frau Liebrecht?«

Die alte Frau lächelte und tätschelte Tines Hand. »Nein, meine Liebe, das müssen Sie nicht. Jede Schwangerschaft kann in einem Kind enden oder in einer Enttäuschung. Wenn Sie einmal eine Fehlgeburt hatten, heißt das nicht, dass Sie wieder eine haben werden. Aber glauben Sie mir, viele, sehr viele Frauen teilen Ihr Schicksal. Dass die Frucht abgeht, das passiert immer wieder. Und dass gesunde Kinder von gesunden Müttern zur Welt gebracht werden, ebenso. Deshalb ist es richtig, wenn Sie jetzt auf Gott vertrauen, sich schonen und zuversichtlich in die nächsten Monate gehen. Vor allem aber …«

»Vor allem?«

»Vor allem aber sagen Sie es Ihrem Mann. Und zwar heute noch.«

»Heute? Warum heute? Er hat so viel zu tun! Die Baustelle. Die Buchhaltung …«

»Glauben Sie wirklich, dass ihm sein Buchhalter wichtiger ist als sein Stammhalter?«

Tine musste lachen. »Nein, das glaube ich nicht. Da haben Sie recht.«

»Nun, so wüsste ich nicht, warum Sie es ihm nicht heute noch erzählen sollten.«

»Gut«, sagte Tine und überlegte schon, wann und wie sie es Henry offenbaren würde. »Und Sie werden mir helfen?«, fragte sie die alte Dame.

»Gewiss«, erwiderte die Hebamme. »Solange es noch geht, werde ich nicht müde, dem Helgoländer Nachwuchs auf die Welt zu helfen.«

»Danke.« Tine legte ihre Hand auf die der alten Dame. »Ich bin so froh, dass ich Sie habe.«

»Ach«, entgegnete Frau Liebrecht. »Das beruht völlig auf Gegenseitigkeit.« Sie lachte. »Ich würde ja gern mit einem Gläschen Sanddornschnaps mit Ihnen anstoßen. Aber das lassen wir mal lieber in Ihrem Zustand.«

»Ja«, stimmte Tine zu. »Das lassen wir. Trinken Sie eines auf mein Wohl. Und auf das meines Kindes.«

»Also zwei. Das will ich gerne tun.« Die alte Dame kicherte. Dann machten sich die beiden Frauen daran auszurechnen, wann es so weit sein würde. Seit jenem Tag, an dem Tine die Hebamme so mutig und erfolgreich im Haus Wagner vertreten hatte, genoss sie die besondere Wertschätzung der alten Dame. Und Frau Liebrecht ließ keine Gelegenheit aus, auf Tines segensreiches Wirken hinzuweisen. Auch aus diesem Grund wohl war die Zuwanderin aus Hamburg trotz ihrer Jugend so rasch in den Kreis der Insulaner aufgenommen worden.

Leider fiel es der alten Dame schwer, den errechneten Termin selbst zu notieren. »Machen Sie das, Frau Heesters«, sagte sie, und beinahe schien es Tine, als wische sich Frau Liebrecht eine Träne aus dem Augenwinkel. »Meine Augen sind nicht mehr die besten.« Aber auch die Hände … Das Zittern, das Tine schon bei ihrem letzten Besuch der Hebamme aufgefallen war, war stärker geworden, deutlich stärker. »Gerne«, sagte sie und trug das Datum in eine Liste ein, auf der fast nichts Leserliches mehr zu finden war.

»Was es zu beachten gilt, das haben wir ja letztes Mal schon besprochen.«

»Nun, ich weiß nicht, ob ich …« Tine zögerte.

»Ob Sie nicht alles falsch gemacht und deshalb das Kind verloren haben? Das denke ich nicht. Außer vielleicht, dass Sie zu viel gearbeitet haben. Aber das tut im Grunde jede Frau. Es gibt ja auch kaum jemanden, der Rücksicht auf den Zustand einer Schwangeren nimmt«, klagte die Hebamme. »Die Männer schon gar nicht.«

»Meiner wusste es gar nicht. Er war ja nicht einmal hier.«

Die alte Frau seufzte. »Jaja, ich weiß. Manchmal kommt eben alles zusammen. Also, ich bin sicher, Sie machen von ganz allein alles richtig. Und wenn Sie es Ihrem Mann erzählen, wird er ohnehin auf Sie aufpassen, so wie ich ihn kenne.«

Tine musste lächeln. »Ja, da schätzen Sie ihn richtig ein«, bestätigte sie. »Das wird er.«

»Dann reicht es ja aus, dass Sie auf Ihre Schwester achtgeben, Frau Heesters.«

»Meine Schwester? Ich glaube, sie hat sich gut eingelebt auf Helgoland. Sie ist glücklich hier.«

»Da mögen Sie wohl recht haben, meine Liebe«, erklärte die alte Hebamme geheimnisvoll. »Vielleicht sogar ein bisschen zu glücklich.« Sie zwinkerte hinter ihren dicken Brillengläsern und hob einen Finger. »Nun, Sie werden schon aufpassen.«

Tine nahm sich ein Herz und umarmte die alte Dame, ehe

sie sich verabschiedete und zum Hotel zurückeilte. Eisig schlug ihr der Wind entgegen und erinnerte sie bitter an die Stunde, in der sie ihr erstes Kind verloren hatte. Vielleicht würde sie Henry auch davon erzählen. Ja, das würde sie tun. Denn er war der Vater, und er hatte das Recht, darüber Bescheid zu wissen. Und nun, in dem Wissen, dass Tine erneut schwanger geworden war, würde er es auch leichter verwinden.

***

Staunend blieb Tine vor der Baustelle stehen, die auf dem Weg zwischen Frau Liebrechts Kate und dem Heesters lag. »Kaiserstraße?«, fragte sie einen der Arbeiter.

»Jo. Neuer Name. Benannt nach Willem Zwo. Klingt ja auch nach wat?«

»Hm.« *Hotel Imperial Helgoland* an der Kaiserstraße. Das klang in der Tat eindrucksvoll. Tine hatte schon gehört, dass nahezu alle Straßen der Insel neue Namen erhalten sollten. Deutscher sollten sie klingen, gerade so, als wäre die Insel schon immer deutsch gewesen. Möglichst nichts sollte mehr an das Vereinigte Königreich und die Queen erinnern. Manchem John war gar nahegelegt worden, sich zukünftig Johann oder doch wenigsten Jahn zu nennen, wie es sich für einen deutschen Mann gehörte. Doch da hatte der Kaiser die Rechnung ohne den Wirt gemacht – oder zumindest ohne die Insulaner. Denn die hatten nicht nur ihre eigenen Traditionen, sondern ganz sicher auch ihren eigenen Kopf. Henry Heesters saß in seinem Büro und studierte wie so oft Pläne. »Mein Liebes, sag mir, würdest du die Badezimmer direkt hinter der Zimmertür anlegen, oder sollte zuerst ein Stück Flur kommen?«, fragte er und küsste sie auf die Wange.

»Lass sehen.« Tine trat neben ihn und betrachtete die Zeichnungen. »Wie kannst du dich nur in diesem Wirrwarr zurechtfinden?« Sie schüttelte den Kopf. »Muss ich es mir ansehen oder darf ich es mir einfach vorstellen?«

»Stell es dir vor, wenn dir das leichter fällt. Ich bewundere deine Vorstellungsgabe. Mir hilft eine Zeichnung.«

»Dann schlage ich vor, das Badezimmer direkt neben die Zimmertür zu machen. Zur einen Seite hin – und zur anderen Seite hin eine Garderobe. Auf die Weise nimmt der Flur nicht unnötig Platz weg, und wir können die Zimmer größer machen.« Henry Heesters umarmte seine Frau und drückte sie fest. »Du bist ein Genie, Tine!« Doch dann bemerkte er, wie sie auf Distanz ging. »Was ist?«

»Nicht so fest, Henry.«

»Nicht so fest? Aber ich … so drücke ich dich doch immer.«

»Für die nächste Zeit nimm mich zärtlicher in den Arm.« Sie blickte ihm tief in die Augen. »Uns«, sagte sie leise.

»Uns?«

»Nein, uns.«

»Euch …« Henry Heesters hielt die Luft an. »Euch?« Sie nickte. »Du meinst, dich und …« Als sie erneut nickte und er eine Träne in ihrem Augenwinkel glitzern sah, sank er unvermittelt auf die Knie und küsste sie so sanft wie innig auf den Bauch. »O Tine«, sagte er, die Wange glühend auf ihren Leib gelegt. »Meine Tine. Du schenkst mir ein Kind. Ich … ich weiß nicht, was ich sagen soll.«

»Sag nichts, mein Liebster, sondern lass uns ein wenig spazieren gehen. Denn ich muss dir noch etwas anderes sagen.«

Wenige Augenblicke später standen sie vor dem Haus, Tine im neuen Wintermantel, den Henry aus London hatte liefern lassen, der Hotelier im Frack und mit Hut, so vornehm wie ein

Hamburger Bankier. »Wenn du weiter so strahlst, weiß es gleich die ganze Insel«, sagte Tine mit einem verschmitzten Lächeln.

»Pah, die sollen es ruhig wissen. Ich bin ja auch der glücklichste Mann der Welt! Das darf mir jeder ansehen.«

Lachend zog Tine ihren Gatten mit sich Richtung Treppe. »Du willst zum Oberland?«, fragte Henry Heesters besorgt.

»Was? Glaubst du, ich kann die paar Treppen nicht mehr steigen, nur weil ich ein winziges Kind unter dem Herzen trage?« Dabei musste Tine durchaus bang daran denken, wie es ihr am Tag von Henrys Abreise so unendlich schwergefallen war, diesen Weg zu gehen. Doch anders als damals fühlte sie sich nun voller Kraft und Zuversicht. Natürlich, diesmal war ihr Mann bei ihr, stand ihr zur Seite und würde auch in nächster Zeit nicht auf Reisen gehen. Obwohl … »Henry?«

»Was ist, mein Liebes? Geht es dir nicht gut?«

»Es geht mir gut. Ich dachte nur: Du hast doch keine Reisen vor demnächst?«

»Reisen? Wieso sollte ich?« Erstaunt betrachtete Henry sie von der Seite. »Es ist Winter, es gibt kaum Verbindungen, ich habe unsere Geschäfte geregelt – und das Beste, was ich jetzt tun kann, ist auf unseren Bau zu achten.«

Tine atmete auf. »Das beruhigt mich«, sagte sie. »Denn ich brauch dich jetzt.«

»Keine Sorge, mein Liebes. Ich werde mich so sehr um dich kümmern, dass du dir noch wünschen wirst, ich ginge mal für ein paar Tage auf ein Schiff nach Tahiti.«

Dann lachten sie gemeinsam, während sie die Treppe zum Oberland erklommen und die Kasinostraße hinunter zur Pastorei liefen, um den Thevessens und vor allem natürlich Fritzi von der frohen Kunde zu berichten.

Henrys Zärtlichkeiten waren nie inniger gewesen als in den Tagen und Wochen, nachdem er davon erfahren hatte, dass er Vater werden würde. Es hatte am Ende doch einige Tage gedauert, bis Tine ihm den zweiten Teil der Geschichte erzählt hatte: die Fehlgeburt während seiner Abwesenheit im letzten Sommer. Und Henry schwor, dass er Tine nie mehr alleine lassen würde, wenn sie ihn brauchte.

Er betrieb den Neubau des Hotels nun mit noch mehr Energie als zuvor. »Wenn unser Kind da ist, soll auch das Haus stehen, denn ich will mich auf euch konzentrieren können, Tinchen«, erklärte er. Und mit einem schelmischen Gesichtsausdruck fügte er hinzu: »Außerdem wäre es doch fabelhaft, wir könnten die Einweihungsfeier und die Taufe miteinander verbinden, oder?«

Auf die Einweihungsfeier hatte Tine noch keinen Gedanken verschwendet. Natürlich musste die Eröffnung eines neuen Hotels mit einer gewissen Zeremonie begangen werden, schließlich galt es auch, dem noch unbekannten Haus die nötige Aufmerksamkeit zu verschaffen. Angesichts der Herausforderungen mit einem Neugeborenen war Tine dennoch ein wenig bang, wenn sie daran dachte, wie groß ihr Mann sich das Fest offenbar vorstellte. Dass Henry tatsächlich in der Lage sein würde, sich in den ersten Wochen und Monaten nach der Eröffnung auf Frau und Kind zu konzentrieren, das jedenfalls war ausgeschlossen, auch wenn Tine es rührend fand, dass er offenbar selbst daran glaubte.

Wohler wäre ihr beinahe gewesen, er hätte sich in den folgenden Monaten mehr um sie gekümmert. Gewiss, er war stets um sie bemüht, behandelte sie mit besonderer Behutsamkeit, fragte unablässig, ob es ihr gut ging und ob sie irgendwelche Wünsche hätte. Aber innerlich war er allzu oft weit weg:

bei seinen Plänen, bei der Finanzierung, bei den Arbeitern. Nun gut, bei Letzteren war er leibhaftig noch viel öfter. Täglich zu Beginn der Arbeiten, gegen Mittag und dann ab dem späteren Nachmittag für Stunden hielt sich Henry Heesters auf der Baustelle auf und dirigierte das Entstehen seines Traums mit einer Leidenschaft und Vehemenz, dass es selbst die größten Skeptiker nicht mehr wunderte, wie schnell es mit dem neuen Hotel voranging. Hätten nicht heftige Stürme den Nachschub an Baumaterialien unterbunden, das *Imperial* wäre in Rekordzeit entstanden. Doch auch wenn manches die Wintermonate über brachlag, verstand es der Hotelier, die Teile des Neubaus wirklich vorwärtszubringen, die weitgehend witterungsunabhängig waren. Die Keller wurden bis in den letzten Winkel ausgebaut und sogar eingerichtet. Als sie praktisch im nutzfertigen Zustand waren, ließ Henry Heesters sie versiegeln und scheuchte seine Arbeiter zu den inzwischen wieder möglichen Ausbauarbeiten im oberen Teil des Hauses. In der Zeit entstanden die prächtigen, später beinahe legendären Treppen des *Imperial*, Es wurden Kamine gemauert, Marmorböden verlegt und in manchen Räumen auch Stuckarbeiten vorbereitet.

Auch Tine machte einen täglichen Spaziergang zur Kaiserstraße. Sie bewunderte ihren Gatten für seine Durchsetzungskraft, vor allem aber für die unglaubliche Phantasie, mit der er seine Vision in die Wirklichkeit übersetzte. Er sah das ganze Haus buchstäblich vor sich: jede Tür, jedes Fenster, jeden Raum, alle Aufgänge und Winkel. Die Gesinderäume, die Salons – es würde im *Imperial* zwei davon geben, einen größeren und einen kleineren –, die Kabinette, den Konferenzraum, der sowohl für hotelinterne Versammlungen genutzt werden sollte als auch von Teilnehmern von außerhalb. Er wusste genau, wie die Badezimmer aussehen würden, in welcher Richtung die Türen sich öffnen würden, wo eine zusätzliche Stufe eingebaut werden musste und wie die kürzesten und schönsten Wege im Hotel verlaufen würden. Denn auch das war eine seiner vielen Erkenntnisse: Die Gäste sollten stets die prachtvollste Ansicht des Hauses zu sehen bekommen, das Personal sollte stets so zügig wie möglich arbeiten und dennoch seine Kräfte schonen.

»Du bist ein Genie, Henry«, sagte Tine, als sie ihn eines Tages mit einem der Arbeiter diskutierend vorfand.

»Wenn ich ein Genie wäre, wüsste ich eine Methode, den Herren meine Vorstellung zu vermitteln«, seufzte er verzweifelt. »Es ist offensichtlich so, dass man offene Kamine nicht mit einem Vorsprung zur Seite hin abmauert.«

Tine lachte. »Entschuldige, aber ich weiß auch nicht, wovon du sprichst.«

»Du hast mich darauf gebracht!«

»Ich? Worauf? Und wie?«

»Weil du immer so verfroren bist«, erklärte der Hotelier und legte wie zur Bestätigung den Arm um seine Frau. »Wenn man seitlich am Kamin ein zusätzliches Mäuerchen einplant, so gibt es den Bewohnern des Raums die Möglichkeit, sich direkt ans Feuer zu setzen, ohne dass es einem mitten ins Gesicht strahlt.«

»Du meinst, man hat ein gemütliches Plätzchen am Kamin?«

»Genau.«

»Wunderbarer Gedanke. So etwas will ich auch.«

»Längst eingeplant, mein Liebes. Jetzt müssten es die Herren nur noch so machen, wie ich es mir vorgestellt habe.«

»Ach, das werden sie schon noch.«

»Ich wüsste nicht, wie«, sagte Henry Heesters verzweifelt und betrachtete kopfschüttelnd, wie sich der Maurer wieder ans Werk machte.

»Ich auch nicht, aber du wirst das schon hinbekommen«, erklärte Tine. »Denn du bist ein Genie.«

»Dein Wort in Gottes Ohr, Tinchen, dein Wort in Gottes Ohr.«

***

Zweites Kapitel

Nicht alles wurde so perfekt, wie Henry Heesters es sich ausgemalt hatte. Doch am Ende war das Ergebnis aller Bemühungen so nahe an seiner Vision vom perfekten Hotel, dass er an einem Abend im Mai mit feierlicher Miene vor seiner Frau stand und verkündete: »Liebe Tine, es ist so weit. Wir werden das *Imperial* in vier Wochen eröffnen. Und ich möchte dich bitten, die Einladungen zu verschicken.«

»In vier Wochen? Aber Henry, du weißt, dass mein Termin in zwei Wochen ist!«

»Und ich hoffe, es wird alles genau so klappen, wie es der liebe Gott vorherbestimmt hat. Dann feiern wir die Geburt unseres Kindes mit der größten Gesellschaft, die es in diesem Jahr auf Helgoland geben wird.«

Denn das war sie, die Eröffnung des *Hotel Imperial Helgoland:* ein gesellschaftliches Ereignis ersten Ranges. Die halbe Insel war geladen, hinzu kamen Gäste aus Hamburg, Cuxhaven, Bremen, den Niederlanden, dem Vereinigten Königreich, Abgesandte der Geldgeber und Vertreter der Wirtschaft, Kaufleute, Reeder, einige Mitglieder fürstlicher Familien, die ersten Gäste des Hauses, die nach der feierlichen Eröffnung des *Imperial* nicht so rasch wieder abzureisen, sondern ihre Kur mit einem Aufenthalt im ersten Haus am Platze zu verbinden gedachten.

Tine hatte sehr gehofft, ihre Mutter nun endlich wiederzusehen, doch Frau Tiedkens und die anderen Geschwister blieben in der Hansestadt. Dabei hatte Tine, seit sie nicht mehr nur Zimmermädchen war, die monatlichen Zahlungen an die

Familie kräftig erhöht! Nachdem sie sich zunächst gegrämt hatte, weil sie als Hoteliersgattin kein eigenes Einkommen mehr und deshalb auch nichts mehr zu schicken hatte, war es ganz leicht gewesen, Henry von ihrer Verpflichtung zu erzählen, die Familie in Hamburg zu unterstützen. Ja er selbst hatte sie danach gefragt, wie es denn den Angehörigen im Gängeviertel erging und wie sie sich durchs Leben schlugen nach dem Tod des Vaters. Da hatte Tine ihm erzählt, dass sie fast ihren gesamten Lohn allmonatlich hinschickte, um die Mutter und die Geschwister zu unterstützen.

»Nun, da du jetzt keinen Lohn mehr hast, müssen wir das wohl gemeinsam unternehmen«, hatte Henry gesagt. »Ich schlage vor, wir verdoppeln den Betrag. Denn ich gehöre ja jetzt auch zur Familie – und da möchte ich für meinen Teil etwas beitragen, wenn du erlaubst.« Tine hatte es nicht nur erlaubt, sondern ihn leidenschaftlich für seine Großzügigkeit geküsst und ein Dankesgebet an den Himmel geschickt dafür, dass nun auch ihre Angehörigen von ihrem Glück profitierten.

Und nun saß sie an dem kleinen Schreibtisch in der Wohnung des Heesters, die sie bald aufgeben würden, um hinüber ins *Imperial* zu ziehen, wo Henry eine halbe Etage für sie einrichten ließ: fünf Zimmer, davon eines »für die Kinder«, ein kleiner Salon, ein Schreibzimmer, ein großzügiges Schlafzimmer und ein Esszimmer, das sogar über einen Speiseaufzug direkt mit der Küche im Souterrain verbunden war. Wann immer Tine daran dachte, schüttelte sie sprachlos den Kopf. So viel Platz brauchte kein Mensch, nicht einmal eine kleine Familie brauchte fünf Zimmer. Fünf Zimmer, das wäre selbst für die Tiedkens in Hamburg zu viel gewesen, die nach Vaters Tod und dem Weggang von drei Schwestern ja nur noch zu acht waren.

Seufzend wandte sie sich ihrer Arbeit zu: Sechshundert Einladungskarten hatte Henry in Hamburg drucken lassen. Sechshundert Adressen galt es zu schreiben, damit die Botschaft ihre Empfänger zuverlässig und rechtzeitig erreichte:

Zur feierlichen Eröffnung des
Hotel Imperial Helgoland
am 1. Juni 1891
beehren sich die Gastgeber Henry und Christine Heesters

---

höflichst um ihre Teilnahme an einem
abendlichen Empfang mit anschließendem Konzert
und Tanz zu bitten.
Helgoland, den 30. April 1891

Es fiel Tine nicht leicht, ihre Hand ruhig zu halten, als sie die Namen der Empfänger dieser Einladung auf die Linie setzte:

S. Exz. Sir Arthur Barkly und Gemahlin

Ob der ehemalige Gouverneur der Insel noch einmal hierherkommen würde? Seine Gattin würde zweifellos nur zu gerne die Reise antreten. Doch ob solcherlei persönliche Wünsche eine Rolle spielten … Für Henry würde es freilich eine Ehre sondergleichen sein – und für ganz Helgoland wäre es *das* Gespräch. Ach, überhaupt würde die Gesellschaft *das* Ereignis des Jahres auf der Insel werden. Seit klar war, wann die Eröffnung sein würde, kam Jolante ständig bei Tine vorbei, vorgeblich um sich nach ihrem Befinden zu erkundigen, nun da sie so kurz vor der Niederkunft stand, tatsächlich aber – da machte sich Tine keine Illusionen –, weil sie neugierig war, welche Namen auf der Einladungsliste zu finden sein würden, weil sie selbst Vorschläge dazu machte und weil sie schon allein die Vorfreude auf die Ansammlung von schönen und reichen Gästen über die Maßen genoss.

Auch an diesem Tag, Tine hatte gerade die fünfzigste Einladung beschriftet, stand die ältere Schwester plötzlich wieder in der Tür und fragte: »Wie fühlst du dich, Schwesterherz?«

»Es ging mir nie besser«, schwindelte Tine, die erschöpft und nervös zugleich war. »Und du?«

»Ach, ich bin gerade auf dem Weg ins Casino und dachte, ich sehe mal nach dir.«

»Ins Casino. Bist du da nicht ein bisschen sehr oft?«

»Tinchen, Tinchen, je älter du wirst, umso schnippischer behandelst du deine große Schwester«, erwiderte Jolante amüsiert. Sie raffte ihr fliederfabenes Musselinkleid und setzte sich auf den Sessel, auf dem Tine und Henry vor kurzem noch heftige Zärtlichkeiten ausgetauscht hatten. Zum Glück sah sie nicht, wie Tine leicht errötete – oder sie sah es, schob es aber auf die Schwangerschaft. »Gibt es denn schon Zusagen?«

»Ach, von der Insel haben praktisch alle gleich zugesagt.« Tine schloss die Augen und versuchte sich vorzustellen, was das bedeutete. »Ungefähr zweihundertachtzig.«

Mit einem Pfiff drückte Jolante ihre Anerkennung aus. »Alle wichtigen Persönlichkeiten dabei?«

»Ich weiß zwar nicht, ob du auf jemand Bestimmten anspielst, aber ja: Ich glaube nicht, dass es jemand *Wichtigen* gibt, der nicht anwesend wäre.«

»Das freut mich für euch. Und vom Festland?«

»Bankiers. Von denen kommen einige. Unternehmer aus Hamburg und Bremen. Ein Reeder aus Rotterdam. Geschäftsleute aus London ... Aber die meisten Einladungen sind vermutlich noch nicht einmal angekommen. Und einige ja noch gar nicht abgeschickt.« Tine deutete auf den Stapel, der vor ihr lag. »Ich hoffe, dass ich mit diesen hier fertig werde, bis das Schiff nach Cuxhaven ablegt.«

»Wenn du möchtest, kann ich die Umschläge mitnehmen«, bot Jolante großzügig an.

»Wir könnten zusammen gehen«, schlug Tine vor. »Ich würde gerne bei Henry vorbeischauen.«

»Er ist drüben im neuen Hotel?«

»Natürlich. Er kommt eigentlich nur noch für ein paar Stunden zum Schlafen herüber.«

»Verstehe.« Jolante blickte auf die kleine Tischuhr, die über dem Sekretär stand. »Dann beeil dich mal, damit wir wegkommen.« Und während Tine die letzten drei Umschläge beschriftete, studierte ihre ältere Schwester das Modell des *Imperial* auf dem Tischchen. »Schon erstaunlich, was? Es sieht wirklich genauso aus, wie es jetzt geworden ist.«

»Warte, bis du es von innen siehst.«

»Schön?«

Tine seufzte. »Mir macht das Sorgen«, erklärte sie. »Es ist so luxuriös, dass mir ganz schwindelig wird, wenn ich denke, was das alles gekostet haben muss.«

»Nun, dein Gemahl wird das nötige Kleingeld wohl haben«, stellte Jolante fest, und es schwang mehr in ihren Worten mit als Anerkennung, eher klang es nach schlecht verborgenem Neid. Tine aber winkte ab. »Wo denkst du hin? Das ist doch alles mit geliehenem Geld erkauft.«

»Ach. Ihr habt einen Kredit aufgenommen?« Fasziniert betrachtete Jolante das kleine hölzerne Haus neben sich, als müsste sie es noch einmal in ganz neuem Licht studieren.

»Einen? Ich wünschte, es wäre einer. Aber soweit mir Henry die Situation erzählt hat, stehen wir bei drei Banken in der Schuld.«

»Drei Banken!«, rief Jolante. »Gratuliere, Tine!«

Erstaunt blickte Tine zu ihrer Schwester hin. »Kein Grund, sich lustig zu machen.«

»Lustig zu machen?« Jolante stand auf und trat zu ihrer jüngeren Schwester. »Ich mache mich nicht lustig, Tine. Ich meine das ernst! Drei Banken, das bedeutet, dass dein Mann gleich mehrere Geldgeber von seinen Plänen überzeugen konnte. Die meisten wären doch glücklich, wenn ihnen nur eine einzige Bank Geld leihen würde. Aber drei Banken, da muss man schon ein besonderes Projekt haben.«

Tine legte den Stift weg. »So habe ich das noch nie betrachtet«, meinte sie nachdenklich.

»Solltest du aber. Ich wusste ja schon immer, dass du einen ziemlichen Glücksgriff mit deinem Henry gemacht hast. Aber dass er die Bankiers so um den kleinen Finger wickelt ...« Sie schnalzte mit der Zunge. *Ja*, dachte Tine, *vom Um-den-Finger-Wickeln verstand Jolante etwas.* Und dieser Gedanke machte ihr Mut, dass die seltsame Betrachtungsweise ihrer Schwester womöglich wirklich näher an der Realität lag als ihre Sorgen, die ihr in letzter Zeit oft nachts den Schlaf geraubt hatten. »Wir können gehen.«

»Na endlich!«, rief Jolante wenig einfühlsam und klatschte in die Hände. »Sind das alle?« Sie nickte zu dem Stapel Umschläge hin.

»Das sind alle. Die anderen sind längst verschickt.«

»Gut. Dann nehme ich die jetzt ...« Sie griff nach der Post und war schon im Begriff, eilig die Wohnung zu verlassen, als sie sah, wie Tine sich an der Lehne des Stuhls, auf dem sie eben noch gesessen hatte, festklammerte und mit einer Hand die Seite hielt. »Alles in Ordnung mit dir, Tine?«

»Das Kind«, ächzte die Hochschwangere. »Ich glaube … es kommt.«

***

Obwohl Theo schon wenige Minuten später hinübergelaufen war zur Kaiserstraße, um den werdenden Vater zu benachrichtigen, kam Henry Heesters nicht mehr rechtzeitig, um die Geburt seines ersten Kindes mitzuerleben. Als er den Salon der kleinen Wohnung betrat, vernahm er bereits das winzige Stimmchen eines Neugeborenen aus dem Nebenraum. »Es ist … sie hat …« Sprachlos blickte er den Anwesenden ins Gesicht: Frau Radtke, Jolante, Hedi, die Theo vor dem Hotel begegnet und dann sogleich zu Tine gekommen war. »Ist Frau Liebrecht …?«

»Es ist alles gut, Herr Heesters«, erklärte Frau Radtke, die ihre eigene Rührung kaum verbergen konnte. »Sie sind Vater einer gesunden Tochter geworden.«

»Ich bin … Und Tine? Geht es ihr …?«

»Es geht ihr wunderbar, und Sie können auch zu ihr.«

Mit hämmerndem Herzen trat Henry Heesters ins Schlafzimmer seiner kleinen Wohnung. Tine lag erschöpft im Bett, das Haar hing ihr wirr in die Stirn, aber dennoch strahlte sie übers ganze Gesicht. In ihren Armen, an ihrer Brust ein Säugling: ein winziges Wesen, in eine warme Baumwollbluse gewickelt, weil gerade nichts anderes zur Hand gewesen war. »Mein Herz!«, rief Henry Heesters und kniete sich neben Frau und Kind. »Mein Liebling!«

»Ach, Henry, mein Guter. Es tut mir leid, dass du nicht dabei sein konntest. Aber es ging so schnell …«

»So schnell … Und vor allem so gut. Lass mich mein Kind sehen.« So vorsichtig, als berührte er einen Schmetterling, streichelte er über den Kopf des Neugeborenen. »Was für ein Wunder«, flüsterte er. »Wie schön sie ist.«

Tine lachte. »Sie ist noch sehr zerknittert. Aber du hast recht, sie ist ein Wunder.«

»Und das bist du auch, Tinchen«, sagte Henry Heesters und beugte sich vor, um seine Frau zu küssen.

»Zerknittert?«

»Ein Wunder!«

»Zwei Wunder auf einmal«, erklärte Tine. »Was für ein Tag!«

»Was für ein Tag!«, lachte der frischgebackene Vater. Dann nahm er ihre Hand und führte sie an seine Wange. »Ich bin so dankbar, dass ich dich habe. Du hast das Glück zurück in mein Leben gebracht.«

Beschämt schlug Hedi, die hinter ihm ins Zimmer getreten war, die Augen nieder, just in dem Augenblick, als auch Frau Liebrecht eintraf. »Hätten Sie nicht noch einen Bruder für die junge Frau hier?«, fragte die alte Hebamme und nickte zu dem Zimmermädchen des Wagner hin. Und alle Anwesenden lachten, während Frau Liebrecht sich daranmachte, nach der eben Niedergekommenen zu schauen. »Jetzt aber mal alle raus hier!«, scheuchte die Hebamme die *anderen* aus dem Zimmer. Dann sah sie nach dem Säugling und der frischgebackenen Mutter. »Da hab ich ja Glück, dass ich Ihnen sowieso nichts berechnet hätte, gute Frau«, sagte sie zu Tine. »So schnell, wie Sie das Kind bekommen haben, hätten Sie mich sonst um meinen Verdienst gebracht.«

»Aber Frau Liebrecht, selbstverständlich bekommen Sie Ihren Lohn!«, erwiderte Tine.

»Papperlapapp«, knurrte die alte Dame und winkte ab. »Sie

haben schließlich mindestens eine Geburt bei mir gut, seit sie mich im Wagner vertreten haben.«

»Wenn Sie meinen …«

»Ein hübsches Kindchen haben Sie da zur Welt gebracht, meine Liebe. Da kann man nur gratulieren. Und mit einer Leichtigkeit … Respekt!«

»Na ja«, sagte Tine. »So leicht hat es sich gar nicht angefühlt.«

Die alte Hebamme nickte wissend. »Ja, das kann ich mir denken. Frau Radtke hat Ihnen geholfen?«

»Eigentlich hauptsächlich meine Schwester«, stellte Tine fest und war selbst erstaunt. »Womit ich nie gerechnet hätte.«

»Da wären wir schon zwei«, stimmte die alte Dame zu und nickte anerkennend. »Sie wissen, wozu ich Ihnen rate?«

»Zum Üblichen?«, erwiderte Tine. »Schonung, Ruhe, Langsamkeit? Alles, was nicht richtig in mein Leben passt?«

»Richtig. Versuchen Sie es trotzdem, meine Liebe. Sie tun es ja auch für Ihr Kind.«

Tine seufzte. »Wir haben in drei Wochen Eröffnung des neuen Hauses.«

»Ja. Das erfordert Disziplin. Sich angesichts dessen zurückzuhalten wird Ihnen nicht leichtfallen.«

»Wenn ich es aber schaffe …«

»Ja?«

»Denken Sie, ich kann dann schon tanzen?«

Lachend stand die Hebamme auf. »Tanzen? Das können Sie auch übermorgen schon wieder, meine Liebe. Sie sollten es nur nicht jeden Tag tun, sonst sind Ihre Kräfte schnell aufgebraucht. Lassen Sie es ruhig angehen, und Sie werden eine Menge Freude haben bei Ihrer Eröffnungsfeier.«

»Danke, Frau Liebrecht.«

»Gerne.«

»Und wir sehen uns dann?«

»Bei der Feier? Das glaube ich nicht. So etwas ist nichts für eine alte Frau.«

»Überlegen Sie es sich bitte, es wäre mir eine Ehre.«

»Ich werde darüber nachdenken.«

***

Die Hebamme kam. Und nicht nur sie kam. Alle kamen. Alle, die Rang und Namen hatten. Alle, die gesehen werden wollten. Alle, die mitreden wollten. Alle, die sich ein solches Fest nicht entgehen lassen wollten.

Es wurden zwei Dutzend Kisten Champagner getrunken, es wurden fünfzig Hummer serviert, es wurden vierzig prächtige Blumensträuße in der Halle und auf den Fluren aufgestellt, das Haus wurde beflaggt, und zwar nicht nur mit der Helgoländer und der kaiserlichen Fahne, sondern auch mit dem Union Jack, mit der niederländischen und der dänischen Flagge, mit den Farben von Frankreich, Spanien, dem Habsburgerreich und des Königreichs Polen, mit russischer und schwedischer Fahne. Es war ein großes internationales Spektakel, zumal auch zahllose Gäste aus dem Ausland angereist waren. Henry Heesters ließ nach einem Cocktailempfang ein Streicherensemble spielen, es wurde Tee, Kaffee und Gebäck gereicht und schließlich zum Diner im festlich gedeckten Speisesaal – dem größten von ganz Helgoland – gebeten, wo mehr als zweihundert Kerzen die reich mit Stuck verzierten Decken erleuchteten und das Gold der schweren Brokatvorhänge zum Schillern brachten. Das Tafelservice trug die Initialen »HTH«, die Kristallgläser waren erst am Vortag endlich aus Böhmen geliefert worden.

Sir Arthur Barkly hatte die Reise wegen anderweitiger Verpflichtungen zwar nicht unternehmen können, doch seine Frau hatte es sich nicht nehmen lassen, noch einmal an diesen Sehnsuchtsort zurückzukehren. Sie war am frühen Nachmittag in die »Kaisersuite« gezogen, die aus drei repräsentativen Räumen im zweiten Obergeschoss bestand, über zwei Bäder und einen Balkon verfügte und sogar einen eigenen Zimmerservice genoss. Obwohl zwei Abgesandte des Hauses Hohenzollern der Gesellschaft beiwohnten, hatte Henry Heesters Lady Barkly zu seiner Rechten platziert, so wie er den Neffen der Queen neben Tine gesetzt hatte. Ihm als Niederländer war es besonders wichtig zu betonen, wie wenig national er dachte – in seiner Vorstellung hatte Helgoland immer für Weltoffenheit gestanden, und er selbst betrachtete sich als das beste Beispiel dafür, wie wenig auf diesem Felsen die nationale Gesinnung zählte.

Richard von Winterstein, einer der Bankiers aus Hamburg, betrachtete diese Attitüde mit Skepsis. »Die Zeichen, mein Lieber, stehen auf Nationalstaatlichkeit«, hatte er Henry beim nachmittäglichen Sherry erklärt.

»Das Vereinigte Königreich ist ein Gebilde aus vielen Völkern«, hatte Henry erwidert. »Die K.-u.-K.-Monarchie ist ein Vielvölkerstaat.«

»Und beide sind sie Konzepte von gestern, lieber Heesters. Die Zukunft gehört dem deutschen Kaiserreich! Hier wächst ein nationales Gewicht heran, gegen das diese maroden Gemischtwarenläden nicht viel auszurichten haben werden. Sehen Sie sich nur an, welche Kräfte allein auf dieser kleinen Insel entfesselt werden, seit sie deutsch geworden ist!«

In der Tat waren seit Monaten Bauarbeiten im Gange, die eine nie dagewesene Dimension erreicht hatten. Die Hafenanlagen sollten auf mehr als die dreifache Größe ausgebaut werden. Der Kaiser hatte klar die Losung ausgegeben, dass Helgoland zum wichtigsten Militärhafen der ganzen Nordsee werden solle. »Sie mögen recht haben, Herr von Winterstein. Aber es ist ja nicht so, dass wir uns nicht auch um die deutschen Gäste in herausragender Weise bemühen würden.«

»Daran werden Sie auch gut tun, Heesters. Denn lange wird es nicht mehr dauern, da nur noch deutsche Gäste kommen werden.«

An jenem Abend aber war es eine ganz und gar internationale Gesellschaft, die nach einer kurzen, aber berührenden Ansprache des Gastgebers und einer längeren, sehr erschöpfenden des kaiserlichen Statthalters zum Tanz schritt, hinüber in den großen Ballsaal, der jeder der Tanzbühnen, die es auf der Insel gab, mit Leichtigkeit Konkurrenz machen konnte. Henry Heesters hatte für die Tanzmusik das beste Orchester engagiert, das in dieser Saison auf Helgoland spielte, und er hatte dafür gesorgt, dass die beliebtesten Melodien aus den jeweiligen Ländern der Gäste gespielt wurden.

Bis allerdings Tine endlich dazu kam, auch selbst auf die Tanzfläche zu treten, war es längst fortgeschrittener Abend. Denn ihr Gatte hatte auf ihren eigenen und ausdrücklichen Wunsch die Geldgeber durch das gesamte Hotel geführt, um ihnen möglichst jeden Winkel zu präsentieren. Die große Standuhr in der Halle schlug deshalb bereits zehn Uhr, als er endlich hinter seine Frau trat, sie zärtlich umarmte und ihr ins Ohr flüsterte: »Ich gratuliere Ihnen zu diesem fulminanten Abend, Gnädigste.«

Lachend wandte Tine sich um und küsste ihn. »Und ich gratuliere Ihnen zu der bezaubernden Gastgeberin«, erwiderte sie neckisch. »Auch wenn sie die meiste Zeit mit langweiligen Menschen über langweilige Dinge plaudern muss, statt von ihrem Gatten zum Tanz aufgefordert zu werden.«

»Wie schockierend, meine Liebe! Erlauben Sie, dass ich das ändere?« Er verbeugte sich und reichte ihr die Hand. Tine ergriff sie und ließ sich von ihm auf die Tanzfläche führen. Sogleich ertönte ein Walzer von Johann Strauß, denn darum hatte der Hotelier ausdrücklich gebeten. Und nach wenigen Augenblicken drehte sich das *Hotel Imperial Helgoland* um das verliebte Paar wie ein Rausch aus Farben und Frohsinn.

Erst in den frühen Morgenstunden sanken Tine und Henry Heesters in ihr neues Bett, erschöpft und glücklich, so voller Eindrücke, dass sie beide kein Auge zutaten. Doch da sich ohnehin die Kleine zum wiederholten Mal meldete und an die Brust genommen werden wollte, machte das auch nichts mehr. Und so saß Tine Heesters schon bei Tagesanbruch am Fenster, ihr Mädchen an der Brust, während sie selbst an der Brust ihres Ehemanns lehnte, der sein Gesicht in ihren Haaren vergraben hatte und eine leise Melodie für sie summte. »Was für ein unglaubliches Leben«, flüsterte Tine.

»Ja. Und was für eine unglaubliche Nacht.«

***

Die Taufe in der Kirche St. Nicolai war für den nächsten Tag angesetzt worden. Henry Heesters war es wichtig gewesen, dass einige der Gäste, die zur Einweihung des neuen Hotels gekommen waren, auch die Möglichkeit hatten, dieser Zeremonie beizuwohnen. Fritzi hatte die Kirche mit weißem Blütenschmuck verziert. Sie würde eine Taufpatin sein, Hedi die andere. Auch wenn die Freundschaft mit dem Zimmermädchen des Hauses Wagner in den letzten Monaten unter der Vielzahl der Verpflichtungen gelitten hatte, war es Tine wichtig, diese erste Vertraute, die sie auf Helgoland gehabt hatte, an ihrer Seite zu wissen. Der Pastor vollzog die Taufe so souverän und würdevoll, dass alle sehr ergriffen waren. Als Fritzi zuletzt dem Neugeborenen eine selbstgemachte Puppe zusteckte und erklärte: »Sie soll dir immer Glück bringen, kleine Henriette«, flossen ringsum die Tränen.

Nach einem kurzen Gottesdienst machten sich alle auf den Weg zum Unterland, um auf das Wohl der neuen Erdenbürgerin anzustoßen. »Henriette Almut? Wieso um alles in der Welt diese Namen?«, fragte Jolante, die neben Tine die Treppen hinabging. Allen war noch der Tanz der vorangegangenen Nacht in den Beinen.

»Henriette nach dem Vater, Almut nach unserer Mutter, Schwesterherz.«

»Gott ja, Mama heißt ja Almut. Weil man immer nur Mama sagt. Oder *Mutter,* wie du.«

Tine musste lachen. »Du bist schon lustig, *Lola.*« Dass sich die ältere Schwester eine so gewagte Namensabkürzung gegeben hatte, amüsierte sie immer noch.

»Tja, dafür bin ich bekannt«, erwiderte Jolante mit einem Augenzwinkern, ehe sie sich wieder dem Reeder von Rohrstedt zuwandte, der ihr förmlich an den Lippen hing und dem es offensichtlich überaus schwerfiel, seine Hände bei sich zu behalten. Wo immer sich die Möglichkeit bot, griff er nach Jolantes Hand, stützte sie am Arm, legte ihr die Hand auf den Rücken, dass Tine mehrfach andere Frauen um sie her sich räuspern hörte. Jolante indes schien sich nicht daran zu stören, sondern vielmehr ihrerseits Interesse an dem mächtigen Geschäftsmann zu haben, was Tine nicht wirklich wunderte.

»Der heutige Tag sei ganz und gar meiner über alles geliebten Frau und unserem Kind gewidmet«, erklärte Henry Heesters wenig später bei einer kleinen Ansprache im erneut festlich gedeckten Saal des neuen Hotels. »Dass uns der Herr mit einer gesunden Tochter beschenkt hat, ist das größte Glück auf Erden. Ich danke dir, Tine, dass du mich erwählt hast, um eine Familie zu gründen. Und ich danke dir, Henriette Almut, dass du uns erwählt hast, deine Eltern zu sein.«

Allgemeines Gelächter und einige launige Zurufe erfüllten den Saal.

»Ja, lachen Sie nur, liebe Gäste!«, entgegnete Henry Heesters. »Denn heute ist ein Tag der reinen Freude. Ich will es kurz machen mit meiner Rede, denn ein kluger Kopf hat einmal gesagt, eine gute Rede fängt mit dem Anfang an und hört mit dem Schluss auf – beides sollte sich möglichst aneinanderfügen.«

Heiterkeit lag über dem Raum. Man kannte Henry Heesters, der schon mal ausufernd zu sprechen pflegte, und so klatschten einige der Anwesenden Beifall.

»Deshalb, liebe Freunde, liebe Verwandte, meine Herrschaften, die Sie diesen Freudentag mit uns begehen, erheben Sie Ihre Gläser und stoßen Sie mit uns an auf das hübscheste Neugeborene, das ich je gesehen habe, auf die entzückendste junge Mutter, die mir je begegnen wird, und darauf, dass sie beide stets von Gott behütet sein mögen! Cheerio!«

»Cheerio!«, schallte es dem jungen Vater entgegen, und die Gläser klirrten über den fröhlichen Stimmen, die den Raum füllten.

Eine kleine Kapelle spielte gefällige Promenadenmusik, die Kellner gingen durch die Reihen und schenkten Champagner nach, und Tine und ihr Mann waren rasch von Gratulanten umringt und so sehr ins Gespräch vertieft, dass sie kaum bemerkten, wie im Hintergrund zwei Männer die Stimmen erhoben und es schon bald zu einer Auseinandersetzung kam, die auch vom Pastor, der sich eingemischt hatte, kaum mehr gebändigt werden konnte. Erst als einige Gläser zu Bruch gingen, horchte Henry Heesters auf und drängte sich zu den Streithähnen durch.

»Was ist denn um Himmels willen geschehen, meine Herren?«, fragte er entsetzt über die wüsten Beschimpfungen, mit denen sich der Reeder von Rohrstedt und Georg Schlüter, der Sohn des gleichnamigen Hoteliers, bewarfen.

»Sie unterlassen diese Dreistigkeiten, mein Herr!«, rief Schlüter. »Oder ich fordere Genugtuung!«

»Duellieren will er sich? Er? Sie sind ja von Sinnen, Sie Grünschnabel.« Von Rohrstedt schien in seiner Empörung wie eine geladene Kanone: jeden Augenblick bereit loszugehen. »Sie sind ja gar nicht satisfaktionsfähig!«

»Sieeeee …!«, brüllte Schlüter und sprang auf den Reeder zu, wurde aber sogleich von mehreren anwesenden Herren zurückgehalten.

»Die Herren werden sich jetzt unverzüglich entfernen«, sagte Henry Heesters so ruhig, wie es ihm angesichts der Umstände möglich war. »Und zwar alle beide. Es gibt keine Entschuldigung für Ihr Verhalten unter meinem Dach.«

Schlüter fuhr zu ihm herum. »So? Gibt es das nicht? Lieber Heesters …« Er war so empört, dass er kaum Luft bekam. »Es geht nicht an, dass ein solcher … ein solcher …«

»Mäßigen Sie sich, Schlüter. Bitte.« Henry Heesters legte ihm begütigend die Hand auf den Arm, die der junge Mann aber wegwischte.

»Dieser … Herr! Hat sich meiner Verlobten auf eine so unmögliche Weise genähert, dass …« Schlüter fehlten offenbar die Worte, während er den Reeder anfunkelte und erneut die Fäuste ballte.

»Ihrer Verlobten? Ich weiß ja nicht, was geschehen ist«, erklärte Henry Heesters. »Aber ich bin sicher, es wird sich alles aufklären lassen. Wenn wir nur ein wenig zivilisierter miteinander umgehen, meine Herren.«

»Zivilisierter?«, brüllte Schlüter. »Dieser Wüstling hat meiner Lola an den …« Er holte Luft und wiederholte dann: »Ich fordere Genugtuung!«

»Ha! Ihre Verlobte hat es doch darauf angelegt, Sie Wicht!«, blaffte von Rohrstedt den Hotelier an. »Sehen Sie sich das liederliche Weibsbild doch nur an …«

»Pardon?«, mischte sich in dem Augenblick der Adjutant des Inselkommandanten ein. »Sie sprechen hier nicht von Frau Tiedkens, will ich hoffen?« Der schneidige Militär in seiner makellosen Uniform war erst vor wenigen Augenblicken zu der Gesellschaft hinzugestoßen, nachdem er seinen Dienst beendet hatte.

»Sehr wohl sprechen wir von ihr«, stellte Schlüter klar und suchte mit den Augen nach Jolante, die aber nirgends zu sehen war. »Dieser Kerl hat meine Verlobte auf eine geradezu erniedrigende Weise unsittlich …«

»*Ihre* Verlobte? Dann darf ich Sie darüber aufklären, dass Fräulein Tiedkens und ich uns bereits das Eheversprechen gegeben haben. Es ist ja wohl ein Skandal …« Weiter kam der Adjutant nicht mit seiner Rede, weil in dem Moment die Faust des Reeders in Georg Schlüters Gesicht landete und ihn unmittelbar zu Boden schlug.

Die nächsten Minuten galten der Bändigung der drei Herren, die sich binnen Sekunden ineinander verkeilt hatten und den Saal in ein Tollhaus zu verwandeln drohten. Als es Henry Heesters endlich gelang, den Tätlichkeiten Einhalt zu gebieten, wusste er, dass mehr Porzellan zerschlagen worden war als nur die zu Bruch gegangenen Tassen und Teller der nebenstehenden Tische.

***

»Sie hat *was?*«, fragte Tine und starrte ihren Ehemann ungläubig an. Henry Heesters trat auf sie zu und umarmte sie. »Sie hat offenbar mehrere Affären auf der Insel gehabt. Mit verheirateten Männern. Und mit solchen, denen sie vorgaukelte, sie heiraten zu wollen.«

»Aber warum sollte sie das tun?« Natürlich wusste Tine, wie Jolante in Hamburg ihr bisschen Geld verdient hatte. Dass sie in der *Seemannsbraut* nur serviert hätte, hatte sie schon lange nicht mehr geglaubt. Seit sie wusste, dass es auch »Arbeit« gab, die keine Arbeit hätte sein dürfen, mit der aber manche Frau aus armen Verhältnissen sich durchschlug.

»Sie hat sich aushalten lassen, Tine. Von mehr als einem Mann. So einfach ist das. Für die einen war sie das Verhältnis, das sie neben der Ehe her heimlich pflegten. Für die anderen war sie der Traum einer aufregenden Frau, die sie gerne heimgeführt hätten. Sie alle haben ihr Geld gegeben, kleine Geschenke gemacht. Oder auch größere …«

»Daher die wunderschöne Garderobe, mit der Jolante immer …«, flüsterte Tine und schüttelte den Kopf. »Aber das konnte doch gar nicht gut gehen!« Sie blickte zu Henry auf. »Irgendwann musste das doch herauskommen, sie konnte ja schließlich nicht alle heiraten!« Henry Heesters seufzte tief. »So ist es. Und ehrlich gesagt, das nehme ich ihr auch übel. Denn dieser Skandal hier in unserem Haus …«

»Denkst du, er könnte uns schaden?«

»Ich hoffe, er wird es nicht. Aber ich kann es nicht ausschließen, Tine. Die Menschen sind nur zu gerne bereit, sich in moralischen Dingen über andere Menschen zu erheben.«

»Das stimmt«, pflichtete Tine ihm bei. »Und sie kennen kein

größeres Vergnügen als das der Schadenfreude.« Sie schlug die Hände vors Gesicht. »Womöglich waren es noch mehr, die bei unseren Feiern anwesend waren.«

»Noch mehr?«

»Liebhaber und Betrogene.«

»Ja«, sagte Henry Heesters und fuhr ihr sanft übers Haar. »Das ist anzunehmen. Und Betrüger.«

Eine Weile hielten sie einander schweigend fest, dann küsste Henry Heesters seine Frau auf den Scheitel und erklärte: »Ich werde ein paar Gespräche führen müssen.«

»Ja«, sagte Tine. »Ich auch.«

»Du auch?«

»Mit meiner Schwester.«

»Danke«, erwiderte ihr Ehemann und schenkte ihr ein zärtliches Lächeln, das die Sorge allerdings nicht aus seiner Miene zu vertreiben imstande war. Während er sich auf den Weg zu Georg Schlüter machte, den er im Hotel Perle anzutreffen hoffte, suchte Tine ihre Schwester in deren Zimmer auf. Sie fand sie in völlig aufgeräumter Stimmung in einem entzückenden Nachtkleid vor, über das sie nachlässig einen edlen Morgenmantel gestreift hatte. Beides umschmeichelte ihre in der Tat verführerische Figur so hinreißend, dass Tine sie mit einer Mischung aus Ratlosigkeit und Eifersucht betrachtete. »Warum hast du das gemacht, Jolante?«

»Was gemacht, Schwesterherz?«

»All diesen Männern das Herz gebrochen?«

»Um Himmels willen, Tinchen! Das denkst du doch nicht wirklich?« Jolante blickte mit süffisantem Lächeln auf ihre jüngere Schwester. »Die Herren haben doch gar kein Herz.«

»Jolante! Wie kannst du so etwas sagen? An einem solchen Tag!«

»Ist es denn nicht so? Denkst du, dieser Reeder hatte mehr im Sinn, als mich heute Nacht auf seinem Zimmer zu empfangen?« Als Jolante Tines schockierten Blick sah, lachte sie laut. »Keine Sorge! Ich weiß ja, was sich gehört! Ich habe keinen Mann in eurem Hotel besucht. Jedenfalls fast keinen …«, fügte sie hinzu.

»O Gott!«, stöhnte Tine und setzte sich auf einen der samtbezogenen Sessel in Jolantes Zimmer. »Wie konntest du uns das antun?«

Die ältere Schwester warf sich ihr gegenüber in den anderen Fauteuil und erklärte: »Glaub mir, Schwesterherz, die Herren haben alle ihren Spaß. Sie nehmen sich einfach, was sie brauchen. Und manchmal gibt man es ihnen sogar mehr oder weniger freiwillig. Aber es darf eben nicht beim Geben bleiben. Wir Frauen müssen uns selbst helfen!«

»Wir Frauen? Glaubst du etwa, dass alle so sind wie du, Jolante?«

»Nein, Tine, das glaube ich nicht. Manche müssen gar nicht so sein, die haben einfach Glück. So wie du. Und manche, die meisten, lassen sich ausnutzen und benutzen. So ist das.«

Sie wollte es nicht sagen, aber kaum hatte sie es gedacht, da hatte sie es auch schon ausgesprochen: »So wie du uns ausgenutzt hast?«

Ein Schweigen hing im Raum. Ein Schweigen, das von beiden so unterschiedlichen Frauen ganz unterschiedlich empfunden wurde. »Entschuldige«, sagte Tine schließlich leise. »Das hätte ich nicht sagen sollen.«

»Schon gut, Schwesterherz. Du hast ja recht. Ich habe es mir bei euch gut gehen lassen. Hab mich an dein Glück rangehängt. Das war vielleicht nicht ganz in Ordnung. Aber ehrlich gesagt …« Jolante zögerte kurz. »Ehrlich gesagt hatte ich Angst.«

»Angst? Wovor? Ich kenne keine Frau, die so furchtlos wäre wie du!«

»Angst davor, wieder in dieses kleine, hässliche, schmutzige Leben im Gängeviertel zurückzukehren. Ihr habt es so schön hier. Alles ist so prächtig, scheint so leicht. Alles ist so aufgeräumt und hat seinen Platz.«

»Na ja, aufgeräumt ist jetzt wohl nicht mehr alles«, erklärte Tine, die sich wieder gefasst hatte. »Nachdem du die Gesellschaft auf der Insel durcheinandergewirbelt hast.«

»Da hast du vermutlich recht«, sagte Jolante mit melancholischem Lächeln. »Es tut mir leid, Tine. Ich verstehe, dass du böse auf mich bist. Ich hätte dich in meine kleinen Abenteuer nicht mit hineinziehen dürfen.«

»Kleinen Abenteuer«, sagte Tine seufzend und blickte aus dem Fenster, hinter dem es längst tiefe Nacht geworden war. Plötzlich verspürte sie eine unendliche Müdigkeit. Natürlich, es waren zwei Tage mit Feierlichkeiten gewesen – und der Skandal vor ein paar Stunden hatte sie innerlich förmlich durchgeschüttelt. Nun fühlte sie sich so ausgelaugt, dass sie auf der Stelle in Jolantes Bett hätte fallen und schlafen können. »Wir sprechen morgen weiter, Jolante.«

Doch die Schwester schüttelte den Kopf. »Das müssen wir nicht, Tine. Ich gehe morgen so früh wie möglich aufs Schiff. Die *Sea Empress* liegt vor Anker, die bringt mich direkt nach Hamburg.«

»Die *Sea Empress*? Auf der wird sicher auch von Rohrstedt reisen!«, warf Tine ein.

»Sicher wird er das. Aber er reist erster Klasse. Und ich muss sehen, dass ich einen Platz im Unterdeck bekomme.«

»Oh. Aber wir könnten sicher …«

»Lass nur, Tine. Es ist gut so. Ich kann es mir auch leisten.

Und ihr habt endlich eine Sorge weniger. Und einen Gast, der sich seit jeher ums Zahlen drückt auch.«

»Ach Jolante, ich weiß nicht …«

»Aber ich weiß, Tine. Es ist besser so. Besser für uns beide.« Sie zwinkerte ihrer Schwester zu. »Ich könnte sowieso nicht bleiben. Stell dir nur vor, wie kompliziert das alles wäre, jetzt, wo die Herren voneinander wissen. Und dabei sind es nur die drei …«

»Nur die drei? Gibt es etwa noch weitere Herren, mit denen du …?«

»Das willst du nicht wissen, Schwesterherz, glaub mir.« Die beiden Frauen standen auf und umarmten sich, wohl wissend, dass sie nie wieder in dieser Weise zusammenleben würden. »Und jetzt geh«, sagte Jolante leise. »Es ist spät, du hattest einen langen und anstrengenden Tag.«

»Zwei.«

»Umso besser, wenn du jetzt ins Bett gehst.«

Tine nickte und wandte sich zur Tür. Sie war schon fast draußen, als sie ihre Schwester leise sagen hörte: »Vielleicht sagst du mir Lebewohl. Morgen früh.«

Ja, dachte Tine. *Das will ich tun.*

***

Die *Sea Empress* war lange schon am Horizont verblasst, da stand Tine immer noch auf dem Steg vor dem Kurpavillon und blickte hinaus aufs Meer. Dorthin, wo ihre Schwester, die schöne und stolze, die leichtlebige und furchtlose Jolante Tiedkens, Richtung Hamburg verschwunden war. Sie wusste, dass es nicht unwahrscheinlich war, dass sie sich nie wiedersehen würden. Gewiss, als Gattin von Henry Heesters konnte Tine jederzeit in ihre Heimatstadt reisen, konnte ihre Familie besuchen, sie konnte sogar selbst in guten Hotels leben, gehörte nicht mehr zu denen, die bedienten, sondern zu jenen, die bedient wurden ... Und doch: Würde sie es jemals tun? Ihre Mutter war nicht nach Helgoland gekommen zu ihrer Hochzeit, und sie war auch nicht zu Henriettes Taufe gekommen. Sie war nicht gekommen, um Tine zu besuchen, und auch nicht, um Fritzi wiederzusehen. Gab es ein deutlicheres Zeichen dafür, dass sie nun verschiedenen Welten angehörten?

Und selbst wenn sie noch einmal »nach Hause« gefahren wäre: Was für eine Heimkehr wäre das gewesen? Sie wäre als Fremde gekommen und als Fremde wieder abgereist. Nein, das Gängeviertel war nicht mehr ihre Heimat. Und ihre Familie hieß nun Heesters und bestand aus einem wundervollen Mann und einem zauberhaften kleinen Kind – und aus Fritzi, für die sie immer da sein wollte und immer da sein würde. Ihre Heimat aber, das war nun Helgoland, die stolze Insel inmitten der rauen Nordsee.

Aus der Entfernung betrachtete Tine, wie das Heesters ausgeräumt wurde. Henry hatte einen Abnehmer gefunden und einen guten Vertrag verhandelt, sodass das alte Hotel bereits einen beträchtlichen Teil des neuen bezahlte. *Ausgerechnet Schlüter*, dachte Tine. Ausgerechnet der Mann, dessen Sohn von Tines Schwester aufs Grausamste bloßgestellt worden war, hatte das Heesters gekauft, nannte nun ein Haus auf dem Ober- und eines auf dem Unterland sein Eigen. Wenn auch nicht mit vergleichbarer Pracht wie Henry Heesters wurde Georg Schlüter mit diesem Kauf zu einem der großen Hoteliers der Insel. Mit leiser Wehmut erkannte Tine, dass das Schild, das einst den Namen des Hotels kündete, bereits abgenommen worden war. Sicher würde in den nächsten Tagen ein neues angebracht werden.

Mit bangem Herzen schritt Tine den Südstrand entlang hinüber zur Kaiserstraße, wo sie schon erwartet wurde. »Sie hat Hunger!«, erklärte Frau Radtke vorwurfsvoll und reichte ihr das Bündel, das sie auf dem Arm hielt: Henriette, die mit zartem, aber kräftigem Stimmchen nach der Brust schrie. »Gewiss«, murmelte Tine. »Es tut mir leid, dass ich so lange weg war.«

»Sie ist gefahren?«

»Ja.«

»Gut. Auch wenn ich mir denken kann, dass es Ihnen nahegeht. Aber glauben Sie mir, es ist besser so. Ich kann nur hoffen, dass wir den Skandal nicht allzu sehr zu spüren bekommen werden.«

Allerdings sah es danach nicht aus. Die Ereignisse der letzten Nacht schienen sich wie ein Lauffeuer verbreitet zu haben. Tatsächlich waren einige Gäste ausgezogen und hatten sich Unterkünfte in anderen Hotels der Insel gesucht. Als Tine ins Büro kam, sah sie einen fassungslosen Hotelier, der sich buchstäblich die Haare raufte. »Wie dumm kann man sein?!«, rief er aufgebracht.

»Aber Henry, was ist? Ich habe … was habe ich denn …«

»Du? Aber nein! Verzeih, mein Liebes!« Er stürzte auf sie zu und umarmte sie, dass sie kaum Luft bekam. »Die Gäste! Ich wurde zur Rede gestellt. Wie ein Schuljunge! Von Glausners. Von Bethges. Von Spandorffs. Vom Maschall Heinichen. Unglaublich! Sie zitieren mich zu sich und erwarten eine förmliche Entschuldigung für die ehrenrührige Situation, in die ich sie gebracht habe.«

Als er sie wieder losließ, erkannte Tine, wie getroffen er war. Sein Gesicht wirkte grau, tiefe Falten zogen sich über seine Stirn, die Augen wirkten glanzlos und müde. »Du darfst dir das nicht so zu Herzen nehmen, Henry«, sagte sie und strich ihm zärtlich über die Wange. »Das ist ein Ärgernis für ein paar Tage. Aber in ein paar Wochen wirst du darüber lachen. Heinichen ist doch eine lächerliche Gestalt. Er will sich wichtig tun, das ist alles …«

Doch Henry Heesters schüttelte den Kopf. »Wenn es doch nur das wäre, Tine.« Er seufzte tief. »Aber die Sache bringt uns ernsthaft in Schwierigkeiten.«

»Wie sollte sie das?«, fragte Tine erstaunt. »Eine Frau, die sich danebenbenimmt, ein paar Männer, die sich wie Esel verhalten …«

»Winterstein hat seine Einlagen zurückgefordert«, unterbrach Henry Heesters seine Frau abrupt, und als sie aufblickte, erkannte sie, dass er Tränen in den Augen hatte.

»Arthur von Winterstein? Seine Einlagen? Was heißt das?«

»Er will sein Geld zurück.«

»Aber es ist jetzt dein Geld, Henry. Er hat es dir geliehen und …«

»Er nennt es einen Wegfall der Geschäftsgrundlage, Tine. Seine Bank investiert nicht in unseriöse Geschäfte.«

»Aber unser Haus ist doch nicht unseriös! Das kann er niemals begründen!« Tine war außer sich. Kein Hotel konnte sichergehen, dass sich niemals etwas Unsittliches unter seinem Dach zutrug. Außerdem: »Jolante war schließlich keine Gesellschafterin des Hotels!«, erklärte sie triumphierend. »Winterstein wird niemals vor Gericht damit durchkommen.«

»Er beruft sich auf Kuppelei.«

»Kuppelei?« Natürlich hatte Tine den Begriff schon gehört. Aber was es damit tatsächlich auf sich hatte, hätte sie nicht zu sagen vermocht.

»Er behauptet, wir hätten Unzucht gefördert, indem wir

deine Schwester in unserem Haus haben wohnen lassen, in dem sie wohl auch einige Male Herren empfangen hat.«

»Herren empfangen …? Das hat sie nicht, Henry! Das hätten wir bemerkt! Ich hätte es bemerkt, Frau Radtke hätte es bemerkt. Theo.«

»Und? Können wir das beweisen?« Er ließ die Hände sinken und trat kopfschüttelnd ans Fenster, um in die tiefe Nacht zu starren. »Selbst wenn, Tinchen! Selbst wenn wir es beweisen könnten, wir müssten uns vor Gericht mit ihm streiten. Und das würde den Ruf unseres Hauses erst recht ruinieren. Monatelang würde darüber verhandelt. Die Presse würde genüsslich darüber berichten! Am Ende könnten wir womöglich das Darlehen, das wir von Winterstein bekommen haben, behalten, müssten aber dennoch schließen, weil doch niemand in einem Hotel mit so zweifelhaftem Ruf logieren will.«

»Vermutlich hast du recht, Henry«, erwiderte Tine und trat hinter ihn. Sie spürte, wie ihrem geliebten Mann alle Kraft abhandengekommen war. »Aber was sollen wir jetzt tun?«

»Ich weiß es noch nicht, mein Herz«, sagte Henry Heesters leise, wandte sich zu ihr um, nahm ihr Gesicht in die Hände und küsste sie sanft auf die Stirn. »Aber ich werde alles versuchen, um aus dem *Imperial* das zu machen, was es werden sollte.«

»Was es werden sollte?«

»Ein Märchenschloss für dich, Tine. Und für Henriette.«

Tine nickte. »Danke, Henry. Ich bin dir so dankbar. Und es tut mir so leid, dass meine Schwester …«

Er legte den Finger auf ihre Lippen. »Sag es nicht«, flüsterte er. »Du kannst ja nichts dafür. Du hast mir schon im letzten Winter gesagt, dass wir Lola nicht auf Dauer bei uns wohnen lassen müssen. Nein, eigentlich schon im Sommer davor. Aber ich habe nicht auf dich gehört.«

»Weil du ein gutes Herz hast, mein Liebster.«

»Warum auch immer, Tine. Es war mein Fehler. Und nun musst du dafür büßen.«

»Wenn es eine Buße ist, mit dir durch die dunkle Nacht zu gehen«, sagte Tine in heiligem Ernst, »dann will ich, dass es immer Nacht ist.«

***

Noch in derselben Woche reiste Henry Heesters nach London, wo er die *Royal Bank of Scotland* und das Bankhaus *Pickton & Raleigh* besuchte. Tine musste unterdessen feststellen, dass manche Buchung storniert wurde. Doch die große Katastrophe blieb aus. Auch wenn mancher Insulaner die gebürtige Hamburgerin plötzlich nicht mehr zu kennen schien und auch wenn mehr Menschen vor dem Hotel stehen blieben, um mit dem Finger darauf zu deuten, als hereinkamen, um einen Kaffee zu sich zu nehmen oder zu Abend zu essen, schien es nach einigen Tagen, als würde der Sturm vorübergehen und als wäre wieder ein normales Leben möglich.

An einem Montag kam mit dem Schiff aus London ein Brief, der Tines Herz schneller schlagen ließ:

Mein Liebes!

Pickton wird die Summe übernehmen, die uns durch Winterstein ausgefallen ist. Alles wird gut! Ich muss noch einige Tage hierbleiben, bis die Verträge gezeichnet und gesiegelt sind, aber dann kehre ich so schnell wie möglich nach Hause zurück. Ich küsse Deine Hände und sende Dir tausend Küsse!

Dein Dich liebender Gemahl

Eine Träne tropfte auf den Brief, als Tine ihn weglegte. Alles würde gut werden. Sie blickte hinüber zu der Wiege, in der die kleine Henriette schlief, nichts ahnend von den Kümmernissen und Mühen ihres Vaters und von den Sorgen und Hoffnungen ihrer Mutter. Sie stand auf und trat neben das Mädchen, das im Schlaf an den Lippen saugte. »Du kleines Wunder«, sagte sie leise und streichelte zärtlich das Händchen, steckte den Finger hinein und spürte glücklich, wie die winzige Faust zupackte. »Hoffentlich geht alles gut. Du sollst in Glück und Frieden aufwachsen.« *Nicht wie ich*, dachte sie, sagte es aber nicht. Denn sie wollte nicht undankbar sein. Auch wenn ihre Kindheit hart gewesen war, so hatte der liebe Gott einen Lebensweg für sie vorgesehen, der sie hierhergeführt hatte, auf diese schöne stolze Insel mit ihren schönen stolzen Häusern, einem Ehemann, wie es keinen besseren geben konnte, und einer Aufgabe, die sie ganz und gar erfüllte: Mutter und Ehefrau zu sein, ein großes, würdiges Haus zu führen und täglich Menschen kennenzulernen, deren Bekanntschaft ihr früher unmöglich erschienen wäre.

Gott sei Dank hatte Henry geschrieben. Endlich konnte sie wieder schlafen. Es war die erste Nacht seit der Taufe, in der Tine nicht von Ängsten und Albträumen geplagt war, auch wenn sie ihren Mann sehr vermisste und mehr als einmal ihre Hand hinüberwanderte auf die Seite, auf der Henry immer lag.

Und dann kam der Morgen, und mit dem Morgen kam das Schiff aus Cuxhaven. Und mit dem Schiff kamen die Zeitungen vom Vortag. Tine hätte den Artikel vielleicht gar nicht gesehen, da sie so viel zu tun hatte, gerade jetzt, da ihr Mann nicht da war. Aber natürlich gab es Gäste, die den Bericht lasen und die sie damit konfrontierten. »Frau Heesters, ich bin schon sehr erstaunt, was man über Ihr Haus in der Presse liest«, erklärte Baron von Bühler und warf ihr die Zeitung auf die Empfangstheke, einen Artikel obenauf, der so titelte:

Stolz der Nation? Oder Schande des Reiches?
Helgoland und die Moral

Erschrocken nahm Tine die Zeitung zur Hand und las:

> Wie aus gut informierten Kreisen bekannt wurde, herrschen auf der Hochseeinsel offenbar sehr lockere Sitten. Das jüngst eröffnete *Hotel Imperial,* ein Haus erster Kategorie, scheint jedenfalls keine Skrupel zu kennen, wenn es um die Unterhaltung der Gäste geht. Dass dort sittenloses Treiben herrscht, wird von mehr als einem Zeugen verbürgt. Offenbar hat das Hotel wie auch sein Vorgängerhaus einem Freudenmädchen Örtlichkeiten zur Verrichtung ihrer ungeheuerlichen Taten zur Verfügung gestellt. Als es vor einigen Tagen zum Skandal kam, stellte sich heraus, dass die betreffende Person mehrere Eheversprechen abgegeben und damit mehrere ehrenwerte Herren zu erheblichen finanziellen Zuwendungen bewegt hatte. Die Bigamistin hat die Insel dem Vernehmen nach zwar verlassen. Ob es noch weitere solche Frauen im *Hotel Imperial* gibt, ist nicht bekannt. Inzwischen wird polizeilich wegen Kuppelei gegen den Betreiber des Etablissements ermittelt …

Tine ließ die Zeitung fallen und musste sich an der Rezeption festhalten, weil ihr für einen Moment schwarz vor Augen wurde. Theo, der in der Nähe stand, hatte sie schon einige Zeit beobachtet und sprang nun herbei, um sie zu stützen. »Setzen Sie sich, Frau Heesters«, sagte er und zog einen Stuhl zu ihr, auf den sie sich fallen ließ. Sie versuchte, die Tränen zurückzuhalten, wollte sich Baron von Bühler gegenüber keine Blöße geben. »Danke, Theo«, sagte sie mit rauer Stimme. Dann atmete sie tief durch und wandte sich an den Baron: »Ist es nicht eine ungeheuerliche Dreistigkeit, was sich die Presse erlaubt? Ein unbescholtenes Haus mit einem solchen Rufmord zu überziehen.«

Der Baron betrachtete die Hoteliersgattin skeptisch. »Rufmord? Ist es das?« Er zuckte die Achseln. »Selbst wenn – ich kann unmöglich in diesem Haus bleiben. Man denkt ja, ich hätte hier genächtigt, um mir unehrenhafte Frauen zuführen zu lassen!«

»Herr von Bühler!«, rief Tine. »Sie glauben doch nicht wirklich, dass wir hier Kuppelei dulden! Oder gar selbst … Ich bitte Sie! Sie kennen meinen Mann!«

Der Baron wiegte den Kopf. »Mag sein, Frau Heesters. Mag sein. Aber ich kenne auch die Leute. Und wenn die erst einmal anfangen zu reden … Sie werden verstehen, dass ich auf meinen Ruf keinen Schatten fallen lassen kann. Ich darf Sie deshalb bitten, in einer Stunde mein Gepäck aus dem Zimmer zu holen. Sie erfahren bis dahin von mir, wohin Sie es bringen sollen.«

Zornig stand Tine auf und atmete tief durch. »Es ist ihr gutes Recht, unser Haus zu verlassen, Herr Baron«, erklärte sie, so ruhig wie möglich. »Aber Sie werden verstehen, dass ich Ihnen keinen Nachlass auf die Rechnung geben kann. Sie haben sich für vier Wochen bei uns einquartiert, und ich muss leider darauf bestehen, dass auch vier Wochen bezahlt werden.«

Der Baron lächelte amüsiert. »Denken Sie das wirklich?«, fragte er. »Dann muss ich Sie enttäuschen, gnädige Frau. Ich werde für diese Buchung gar nichts bezahlen. Nicht für die drei Wochen, die noch ausstehen, noch für die Woche, die bereits hinter mir liegt.«

»Aber Sie haben hier logiert!«, rief Tine völlig konsterniert. »Sie haben hier gespeist, Weine bestellt, Gäste empfangen. Sie haben …«

»Ich habe in einem seriösen Haus gebucht. Und nun muss ich sehen, dass Sie stattdessen ein unseriöses Haus führen. Seien Sie froh, wenn ich Sie nicht auf Schadensersatz verklage. Und glauben Sie mir, das tue ich nur, weil es besser für uns alle ist, wenn nicht bekannt wird, dass ich hier abgestiegen bin.« Er hielt inne und lauschte einen Moment auf seine eigenen Worte. »Ja, abgestiegen, das trifft es wohl«, sagte er, wandte sich ab und ging davon.

Er blieb nicht der Einzige. Noch weitere Gäste verließen das *Imperial* unverzüglich. Andere kürzten ihren Aufenthalt ab. Natürlich war der Artikel das Tagesgespräch auf der Insel – und er blieb es für geraume Zeit.

Als Henry Heesters von seiner Reise zurückkam, sah Tine einen gebrochenen Mann von Bord des Schiffes gehen, das ihn von London nach Helgoland gebracht hatte. »Was ist mit dir, mein Lieber?« Sie griff nach seiner kalten Hand, fühlte seine Stirn, wischte eine Haarsträhne beiseite und suchte in seinen Augen nach einer Antwort. Doch erst als sie später allein in ihrem kleinen Esszimmer saßen, wo Tine einige von Henrys Lieblingsspeisen hatte servieren lassen, offenbarte er ihr das ganze Dilemma: »Der Vertrag mit Pickton ist geplatzt. Sie haben die Meldung ebenfalls gelesen und ihr Angebot zurückgezogen. Die Royal Bank will sich gleichfalls nicht weiter engagieren und hat das Darlehen fällig gestellt.«

»Fällig gestellt?«, fragte Tine, die sich in der Geschäftssprache noch nicht sehr gut auskannte.

»Wir müssen es zurückzahlen.«

»Bis wann?«

»Unverzüglich.«

»Das heißt?«

»Sofort.«

»Aber wir haben das Geld nicht, oder?« Henry Heesters lächelte müde. »Nein, mein Liebes, wir haben es nicht.«

»Und was geschieht jetzt?«

Der Hotelier zuckte die Achseln. »Das *Imperial* wird verkauft. Mit dem Erlös wird ein Teil der Schulden getilgt.«

»Ein Teil. Und der Rest?«

»Frag nicht, Tine. Ich kann es dir nicht sagen. Ich bin so ratlos, wie ein Mann nur sein kann. Ich wünschte, ich hätte dich nie in diese Situation gebracht.« Er seufzte tief. »Das Glück deines Lebens hätte ich sein wollen. Das Unglück deines Lebens bin ich geworden.«

»Sag das nicht!«, rief Tine. »Du *bist* das Glück meines Lebens. Und wenn wir arm wären wie Kirchenmäuse, wäre ich doch die reichste Frau auf der Welt, weil ich dich habe!« Sie griff nach seinen Händen und zog ihn zu sich, zog ihn mit sich, hinüber ins Schlafzimmer, um ihn zu lieben und ihn all den Gram und all den Ärger vergessen zu lassen. Mit heißen Küssen bedeckte sie sein Gesicht, seine Brust und den ganzen Körper, während sie ihn auskleidete und sich selbst, sank mit ihm aufs Bett und schmiegte sich in entfachter, glühender Lust an ihn. Doch ihr Mann fand keine Kraft, sich hinzugeben und die Last der Tage zu vergessen. Und so lagen sie lange eng umschlungen beieinander und lauschten auf die pochenden Herzen des jeweils anderen, während die Nacht verging und ein neuer Tag über

Helgoland anbrach, ein weiterer Tag voll Kummer und Sorge um das Morgen und das Übermorgen und immer so fort. Es dämmerte bereits, als Tine endlich in einen unruhigen Schlaf fand, in dem sie von schrecklichen Träumen gepeinigt wurde.

Als sie wenig später erwachte, war das Bett neben ihr leer, kalt und feucht. Auch Henry hatte sich durch die letzten Stunden gequält. Doch da war mehr. Eine ungekannte Düsternis bemächtigte sich der jungen Frau, eine böse Ahnung, ein Grauen, das ihr mit einem Mal einen Schauder über den Rücken jagte. »Henry?« Sie stand auf, warf einen Blick auf die Wiege, in der sie das Kindlein selig schlummern glaubte. Doch zu ihrem Schrecken starrte Henriette sie mit großen Augen an, als hätte sie die plötzliche Furcht ihrer Mutter gespürt. »Mein Schatz, schlaf«, sagte Tine hastig, legte die weggestrampelte Decke wieder über die Kleine und versuchte, ihre unwillkürliche Angst hinunterzuschlucken. Doch in Wahrheit steigerte sich die Panik noch, als sie ihren Mann in der schönen Wohnung, die er ihnen eingerichtet hatte, nicht fand. Er würde im Büro sein! Natürlich! Tine versuchte sich zu beruhigen. Er würde arbeiten, er hatte einen Gedanken gehabt, wie er die Situation bereinigen konnte, wie sie an Geld kamen, wie sie ihren guten Ruf wiedergewinnen würden. Er musste doch, er würde doch alles versuchen … Tine stolperte mehr, als dass sie lief, hinunter in das Kontor ihres Mannes und riss die Tür auf. Doch es hing nur der kalte Zigarrenrauch des Vorabends in der Luft. Niemand war hier, nichts regte sich. Ja schlimmer: Es sah aus, als wäre seit langer Zeit niemand mehr da gewesen. Der Schreibtisch war so aufgeräumt wie nie. Nur ein Umschlag lag in seiner Mitte. Zögernd trat Tine näher. Sie wollte es gar nicht wissen, aber sie wusste es: Es war ein Brief an sie. Sie wollte ihn auch nicht nehmen, doch ihre Hände taten es ganz von allein, als hätten sie nur darauf gewartet, als hätte das Unglück nur darauf gewartet, sich auf Tine zu stürzen und ihr Leben zu zerstören und alles, woran sie hing und wofür sie atmete. Mit zitternden Fingern zog sie ein Blatt heraus und faltete es auf. Es stand nur ein Wort dort geschrieben, ein einsames, verzweifeltes Wort:

Verzeih

Mit einem Schrei ließ sie das Blatt fallen, schlug sich die Hände vor den Mund, blickte sich um, verzweifelt um einen Gedanken ringend, einen Gedanken, was sie tun könnte, um das Unheil abzuwenden. Einen Gedanken, was genau wirklich geschehen war. Und dann wusste sie es. Sie sah es geradezu vor sich. Er hatte es getan, natürlich hatte er es getan. Es war damals sein Plan gewesen. Nun hatte er ihn verwirklicht. Oder war es noch nicht zu spät? Konnte sie noch etwas tun, um ihn abzuhalten?

Im nächsten Augenblick lief Tine, ohne sich auch nur Schuhe anzuziehen, hinaus vors Hotel und rannte hinüber zur großen Treppe. Zum Oberland, sie musste aufs Oberland! Immer zwei Treppen auf einmal nehmend flog sie förmlich empor, den ganzen Weg, schlug am Ende hart auf dem Boden auf, als sie sich an der letzten Stufe verfing, humpelte weiter, lief die Kirchstraße hinab bis ans Ende der Bebauung und dann quer über die große Wiese, zwischen weidenden Kühen hindurch zur Klippe am Lummenfelsen. Dort war die Stelle. Die Stelle, die er ihr gezeigt hatte. Sie hörte noch seine Stimme, wie er sagte: *»Ich dachte, dass es kein Glück mehr auf der Welt für mich geben würde.«* Sah ihn noch, wie er neben ihr dort stand und hinabblickte. Vierzig Meter in die Tiefe. Wo die See in großen

Wellen gegen den Fels brandete. Wo der Stein jeden Stürzenden erschlug. Wo …

Wo Henry Heesters im achtunddreißigsten Jahr sein Leben beendet hatte. Dort unten lag er, die Glieder verrenkt, die Knochen zerschmettert, aus leeren Augen emporstarrend, als hätte er sie erwartet, als wollte er Tine ein letztes Mal sehen, ehe man ihn unter die Erde brachte oder das Meer ihn davonspülte und mit ihm allen Kummer und alle Enttäuschung, die er über die junge Frau aus Hamburg gebracht hatte.

Sie aber stand oben und sank auf die Knie, unfähig zu einem Laut, einem Gedanken außer: *Vorbei. Es ist vorbei. Mein Traum ist vorbei.* So fand man Tine wenig später, regungslos, das Nachthemd flatternd im Morgenwind, das Haar aufgelöst, den Blick in eine unbestimmte Ferne gerichtet. Ein Insulaner, der nach seinem Bienenvolk sehen wollte, hatte sie gefunden und angesprochen. Doch Tine hatte ihm nicht geantwortet. Erst nach einer Weile hatte der Mann entdeckt, dass am Fuß des Felsens ein Toter lag. Natürlich hatte er Tine erkannt – und sie schließlich hinüber zur Pastorei gebracht, wo er sie ihrer Schwester übergeben hatte, die seltsamerweise ähnlich aufgelöst aussah.

Auch Fritzi hatte in jener Nacht keinen Schlaf gefunden. Auch sie war von bösen Ahnungen gepeinigt worden. Es war nicht an ihr vorübergegangen, dass dunkle Wolken über dem neuen Hotel und über Tines junger Familie hingen. Nun schloss sie ihre große Schwester fest in die Arme, ohne dass Tine fähig gewesen wäre, ihre Zuneigung zu erwidern. Nichts wäre an diesem Tag in der Lage gewesen, die junge Frau aus ihrer völligen Verzweiflung zu holen – außer dem Kindlein, das die kluge Frau Thevessen wenig später aus dem Hotel holte, um es zu seiner Mutter zu bringen. Henriette schrie aus Leibeskräften und drängte sich an ihre Mutter. Als sie schließlich Tines Brust fand und sich beruhigte, war es, als strömte das Leben in dem Maße wieder zu der Mutter hin, in dem die Milch aus ihr herausströmte. Nach einiger Zeit begann sie, das Köpfchen der Kleinen zu streicheln, auf ihre Geräusche zu lauschen und sie sanft aufs zarte Haar zu küssen. Fritzi saß ganz nah, um zu tun, was sie nur tun konnte. Als sie Tine leise sagen hörte: »Ich bleibe da. Für dich, mein Kind«, da konnte sie die Tränen nicht mehr halten und verfiel in haltloses Schluchzen, in das schließlich auch die Frau des Pastors einfiel und sogar der Pastor selbst, der ebenfalls ins Zimmer gekommen war, um da zu sein für Tine und ihre Schwester.

***

Drittes Kapitel

Das Begräbnis war eine einsame Angelegenheit gewesen. Einige Fischer hatten den Leichnam des Hoteliers von der unzugänglichen Stelle geborgen, Frau Thevessen hatte darauf bestanden, ihn in der Kirche aufzubahren, und sich mit Fritzi darum gekümmert, dass der Verstorbene würdig anzusehen war. Der Sturz hatte fürchterliche Verletzungen verursacht. Doch Tine sah ihren Mann so vor sich, wie sie ihn in Erinnerung hatte, und sie würde ihn nie anders vor sich sehen. Er war der stolze Gentleman, den sie einst am Hamburger Hafen kennengelernt hatte, der sie eingeladen hatte, bei ihm zu arbeiten, den sie verletzt und schließlich bezaubert hatte, so wie er sie bezaubert hatte als ein einfühlsamer, humorvoller, kultivierter Mann. Und als ein zärtlicher Geliebter, sanftmütiger Vater und kluger Begleiter. Alles das sah sie, als sie sich ein letztes Mal über seine zerschundene Stirn beugte und sie küsste, seine kalte, wächserne Haut mit ihren Lippen berührte, um sich zu verabschieden, ehe der Sarg geschlossen und hinausgetragen wurde.

Es wäre die Pflicht der Weggefährten von Henry Heesters gewesen, ihn zum Ort seiner letzten Ruhestätte zu tragen. Doch von ihnen war niemand erschienen. Als lösche der Tod nicht alle Schuld, mieden sie ihn selbst jetzt noch, da er sich selbst für etwas gerichtet hatte, was er nicht verschuldet hatte. Er hatte die Konsequenzen für etwas gezogen, was ohne sein Zutun geschehen war, das er aber nicht mehr in Ordnung bringen konnte. Die Verzweiflung hatte ihn in den Tod getrieben.

Und selbst das verzieh man ihm nicht. Denn der Freitod war nur eine weitere Schande auf dem Weg dieses gescheiterten Mannes. Ja, es hatte einige gegeben, die ein kirchliches Begräbnis vehement abgelehnt hatten. Auch wenn die Haltung der Kirche hier eindeutig den Gegnern recht gab, lehnte der Pfarrer es ebenso vehement ab, Henry Heesters die letzten Weihen und ein Grab auf geweihtem Grund zu verwehren. Zuletzt konnte er auf den Umstand verweisen, dass niemand sicher wusste, ob es wirklich ein Selbstmord oder womöglich doch ein Unfall war.

Nur von ihrer Schwester, der Pastorengattin, Frau Radtke und der alten Hebamme begleitet schritt Tine hinter dem Sarg her zum offenen Grab. Sie fand es tröstlich, dass ein Rosenbusch über dem Stein emporwuchs, den sie für ihn setzen lassen würde: ein Stück vom Felsen selbst, den er so geliebt hatte.

Als Pastor Thevessen zu seiner kurzen Rede anhob, erschien Frau Wagner am Eingang zum Friedhof, begleitet von Alfred und Hedi. Sie alle traten näher und lauschten den Worten, die an den Allmächtigen gerichtet, aber für die Hinterbliebenen gedacht waren:

»Herr, heute vertrauen wir Dir die Seele eines Mitbruders an, wie es keinen zweiten gab. Henry Heesters war eine Stütze unserer Inselgemeinschaft. Er war ein Mensch, dem seine Mitmenschen nicht gleichgültig waren. Er war voller Lebensmut und Tatendrang, weil er die Welt, die Du uns anvertraut hast, Herr, im besten Sinn gestalten wollte. Er wollte sie schöner und prächtiger machen und hat niemals geruht oder gezweifelt. Mit ihm verlieren wir einen liebevollen Ehemann und Vater, einen besonnenen und beherzten Mitbürger, einen guten Christen und einen wahren Freund. Wir danken Dir, o Herr, für die Zeit, die wir mit ihm verbringen durften. Wir danken Dir, dass

Du ihn uns zum Gefährten gegeben hast und dass wir Teil seines Lebens sein durften. Vor allem danken wir Dir, dass Du ihm und seiner Frau ein gesundes Kind geschenkt hast, in dem er weiterleben wird und in dem wir ihn täglich in unserer Mitte wissen. Henry Heesters, gehe hin in Frieden. Amen.«

»Amen«, antworteten die wenigen Anwesenden und fassten sich unwillkürlich an den Händen, als der Sarg von zwei Tagelöhnern, die auch gelegentlich den Dienst als Totengräber versahen, in die Grube gesenkt wurde.

Tine stand noch lange dort. Selbst als die beiden Männer längst begonnen hatten, das Grab wieder zuzuschaufeln, harrte sie aus, bis die Arbeit erledigt war. Die anderen Trauergäste waren mit dem Pastor hinübergegangen ins Pfarrhaus, um einen kleinen Leichenschmaus zu nehmen, nur Fritzi war bei ihrer Schwester stehen geblieben.

Endlich atmete Tine tief durch und straffte sich. »Gehen wir«, sagte sie. Dann folgten sie den anderen hinüber in die Pastorei. »Ich habe einen Entschluss gefasst«, verkündete sie, als sie sich an den Tisch setzte und in die Runde blickte.

***

Als wäre es der heiterste Tag, strahlte die Sonne auf die junge Mutter, die mit ihrem winzigen Kind im Arm die Treppe zum Unterland nahm und noch eine Weile am Südstrand stand, ehe sie ins Hotel zurückging. Eine leichte Brise wehte vom Westen her, Richtung Elbmündung lagen mehrere große Schiffe vor Anker, vom Hafen her trug der Wind den Lärm der Bauarbeiten. Eine Fregatte zog zwischen der Hauptinsel und der Düne vorbei, Kinder spielten am Waalhörn. Drüben auf der Düne konnte Tine die winzigen weißen Tupfer der Badekleider sehen. Fahnen flatterten hier wie dort: kaiserliche Flaggen vor allem, aber auch das Grün-Rot-Weiß von Helgoland. Alles wirkte so unbeschwert, dass es Tine beinahe unwirklich vorkam, in dieser Stunde, in der sie nur noch ihr Kind hatte, das so klein war wie ihre Schwierigkeiten groß. Doch sie würde kämpfen. Sie würde das tun, was auch Henry vorgehabt hatte. Es würde ihr auch helfen, über die Zeit der Trauer hinwegzukommen. Denn das wusste sie, dass die ersten Tage schwer waren, aber die folgende Zeit noch viel schwerer. Noch war ja alles gefüllt von Pflichten im Angesicht des Todes eines geliebten Menschen, man kam kaum zu sich selbst. Aber bald schon würde die große Leere kommen, die Zeit, in der man das Wort an den Liebsten richten wollte, aber niemand hörte. Die Zeit, in der man Trost suchte, aber keinen fand.

»Mein Beileid, Frau Heesters«, sagte Theo, der seinen Dienst hatte verrichten müssen und nur deshalb nicht gekommen war.

»Danke, Theo. Bitte bleiben wir doch bei Tine.«

»Sehr wohl, Frau … Tine. Pardon.«

»Ich bin froh, dass ich Sie habe«, sagte Tine, fügte dann aber hinzu: »Ich hoffe, das wird nicht allzu kurz sein.«

Natürlich war den Mitarbeitern des Hotels klar, dass sie ohne eine nennenswerte Anzahl an Gästen auf Dauer nicht würden überleben können. Das *Imperial* stand am Abgrund. Wenn es dazu noch eines Beweises bedurft hatte, dann war es der Tod des Inhabers gewesen: der Selbstmord! Der Hausdiener räusperte sich: »Sie werden erwartet, Tine. Ich habe mir erlaubt, den Herrn in den kleinen Salon zu setzen.«

»Den Herrn? Um wen handelt es sich denn?«

»Es ist wohl ein Bankier. Mehr weiß ich leider auch nicht.«

»Gut, Theo. Danke, dass Sie ihn in den Salon gebeten haben. Sagen Sie ihm, ich bin in ein paar Minuten bei ihm. Ich muss mich nur noch rasch ums Kind kümmern.«

»Gewiss.« Der Hausdiener nickte und verschwand Richtung Salon, während Tine Frau Radtke aufsuchte und sie bat, Henriette für eine kleine Weile zu übernehmen. »Wir haben Besuch, der uns nützlich sein könnte, Hilde.«

»Dann will ich beten, dass Sie recht haben, Tine«, erwiderte die Hausdame und übernahm die Kleine. Wenn sie Henriette auf den Arm hob, das war Tine schon mehrmals aufgefallen, offenbarte die ansonsten so strenge Frau eine unerwartet warme Seite, eine Fürsorglichkeit, die man ihr gar nicht zugetraut hätte. Mehrmals schon hatte Tine gedacht, wie schwer es wohl für Frau Radtke sein mochte, selbst keine Kinder bekommen zu haben.

Der Herr im Salon hatte es sich mit einer Zeitung bequem gemacht und sogar seinen Frack abgelegt, was sich ganz und gar nicht schickte in einem fremden Haus. »Guten Tag, mein Herr«, grüßte Tine, die sich entschlossen hatte, seine Nachlässigkeit nicht zur Kenntnis zu nehmen. »Was kann ich für Sie tun?«

Der Besucher legte die Zeitung beiseite, musterte die junge Frau reichlich unverschämt und schien tatsächlich einen Augenblick lang zu überlegen, ob er aufstehen sollte. Doch dann erhob er sich und reichte ihr die Hand. »Stetten«, sagte er. »Bankhaus Tellkamp. Wir würden uns gerne die Bücher ansehen.«

»Pardon? Die Bücher ansehen?«

»Die Rechnungsbücher Ihres Hotels.«

An jedem anderen Tag hätte Tine laut aufgelacht. An jenem aber brauchte sie ihre Kraft, um die Fassung zu wahren. »Und was berechtigt Sie, Einsicht in unsere Bücher zu verlangen, Herr … Stetten?«

»Nun, so wie es aussieht, werden wir bald die neuen Eigentümer Ihres …« Er korrigierte sich: »… dieses Hauses sein. Da gehört es zu solidem Wirtschaften, dass man sich ein Bild davon macht, wie es um die Dinge steht. Abgesehen davon müssen wir dem Erwerber gegenüber korrekte Angaben über die Verbindlichkeiten, die Außenstände und alle anderen relevanten Zahlen machen.«

»Es steht bestens um die Dinge, mein Herr«, erklärte Tine schroff. »Und zur Stunde bin ich die Eigentümerin dieses Hauses und darf Sie höflichst bitten, sich nun einen anderen Ort für Ihre Zeitungslektüre zu suchen.«

»Oho! Die kleine Madame hat Haare auf den Zähnen!«, rief der Bankier und schien es geradezu zu genießen zuzusehen, wie die Witwe um Fassung rang.

»Ich bin keine kleine Madame. Wären Sie nun bitte so höflich, eine Frau, die eben ihren Mann zu Grabe getragen hat, in Ruhe zu lassen?«

»Ach ja, natürlich. Da hat Sie Ihr Gatte aber ganz schön sitzen lassen, was?« Der Mann griff nach seinem Frack und zog ihn geradezu provozierend langsam über. »Vermutlich sind Sie besser dran ohne ihn. Ein Pleitier ist alles andere als eine gute Partie.«

Die Ohrfeige, die Tine dem Bankier wie aus dem Nichts versetzte, knallte so laut, dass es von den Wänden widerhallte. Einen Moment hielt der Mann verblüfft inne. Dann lachte er schallend. »Kein Wunder, dass er sich die Klippen runtergestürzt hat!«, rief er dann. »Er hatte wohl Angst vor Ihnen!« Und während er sich zur Tür wandte, erklärte er ganz nebenher: »Es liegen zwei Angebote vor, wir gedenken eines davon unverzüglich anzunehmen, sobald wir als Eigentümer eingetragen sind. Sehen Sie lieber zu, dass Sie sich eine andere Bleibe suchen, Gnädigste.«

»Zwei Angebote? Wofür?«

»Für das Hotel natürlich. Die Banken haben ihre Kredite fällig gestellt, Sie haben keine Reserven mehr, dazu brauchen wir gar nicht in die Bücher zu sehen. Das Eigentum fällt unmittelbar an unser Institut – und wir werden verkaufen, das steht fest.«

»Das werden wir ja noch sehen!«, rief Tine.

»Das werden Sie, Gnädigste«, entgegnete Stetten gönnerhaft. »Ach ja!«, fiel ihm plötzlich ein, und er griff in die Brusttasche seines Fracks. »Das hier darf ich Ihnen noch übergeben.« Er reichte ihr einen Umschlag.

Tine zögerte. »Was soll das sein?«

»Eine Rechnung. Offenbar haben Sie die Stuckateure noch nicht bezahlt.« Er richtete den Blick an die Decke und nickte durchaus anerkennend. »Immerhin: Geschmack hatte er, der Herr Gemahl, das muss man ihm lassen.« Er seufzte theatralisch. »Nur muss das leider bezahlt werden. Und da Sie ja nicht nur den Auftrag erteilt haben, sondern auch noch Eigentümerin des Hauses sind, wie Sie völlig richtig sagen, ist es Ihre Pflicht, die Kosten dafür zu tragen.«

»Raus!«, zischte Tine ihn an und warf die Tür hinter dem Mann zu, dessen Geruch noch im Raum hing, wie sie angewidert feststellte. Dann ließ sie sich auf den Stuhl hinter Henrys Schreibtisch sinken und starrte längere Zeit aus dem Fenster, von dem aus man die Masten der Schiffe und Boote sehen konnte, die im Hafen angelandet waren.

Leider hatte dieser Stetten offenbar die Wahrheit gesagt, wie Tine im Laufe des Nachmittags feststellte. Es gab Verträge, die sie nicht verstand, weil sie auf Englisch verfasst waren und ihr Englisch viel zu schlecht dafür. Aber auch in den Vereinbarungen, die Henry mit den deutschen Banken getroffen hatte, waren Klauseln enthalten, wonach das Hotel mit allem, was an

Beweglichem und Unbeweglichem darin und daran war, an das Institut fiel, wenn Zinsen oder Tilgungen aus dem Darlehensvertrag nicht oder nicht rechtzeitig geleistet wurden.

Nachdem sie vor wenigen Stunden erst beschlossen hatte, das Lebenswerk ihres Gatten fortzuführen und das *Hotel Imperial* Helgoland zu einem florierenden Haus zu machen, musste Tine mehr und mehr einsehen, dass es wohl für dieses stolze Unternehmen keine Zukunft gab, zumindest keine, in der sie eine Rolle spielen würde. *Keine Reserven*, dachte sie. *Ist das so? Haben wir keine Reserven?*

Es gab eine Kasse, in der mehrere Hundert Goldmark lagen. Auch wenn die Banken ihr kein Geld mehr geben würden, auf diese Barschaft hatte sie noch immer Zugriff. Doch wie lange noch? Einem plötzlichen Impuls folgend klingelte Tine nach dem Hausdiener. Wenige Augenblicke später stand Theo in der Tür. »Ja, bitte?«

»Theo, ich weiß, wie sehr Sie unter den Ereignissen der letzten Wochen gelitten haben. Aber ich weiß auch, wie treu Sie uns waren und wie sehr Sie sich immer eingesetzt haben, zunächst für das Heesters, dann für das *Imperial* …«

Der Hausdiener hob die Hand. »Ist es jetzt vorbei? Sie setzen mich vor die Tür?«

»Nein, Theo«, sagte Tine. »Ich weiß nicht, wann es vorbei ist. Ob es überhaupt vorbei sein muss. Aber ich weiß, ich bin Ihnen viel schuldig. Deshalb habe ich beschlossen, einen Teil dieser Schuld zu begleichen.« Sie reichte ihm einen Umschlag und drückte ihm beide Hände. »Nehmen Sie das als kleine Aufmerksamkeit. Und schicken Sie mir bitte Frau Radtke.«

Mit der Hausdame verfuhr sie ebenso und auch mit allen anderen Mitarbeitern des Hauses, vom Koch bis zum Mädchen für alles. Jede Angestellte und jeder Bedienstete des *Imperial* erhielt ein Kuvert mit einer kleineren oder größeren Summe, sodass am Ende nur noch ein sehr geringer Betrag in der Kasse war.

Dann sperrte Tine das Büro hinter sich ab und stieg hinauf in ihre Wohnung. Sie hatte die Tasche, mit der sie vor drei Jahren auf die Insel gekommen war, nie weggeworfen, obwohl sie schäbig und unansehnlich war. Nun suchte sie sie hervor und begann, ihre persönlichen Habseligkeiten einzupacken. Ungläubig stellte sie fest, dass kaum die Leibwäsche hineinpasste. *Wie schnell man vergisst, was Armut ist*, dachte sie. *Wie schnell man sich daran gewöhnt, ein Leben zu führen, in dem es an nichts mangelt.* Doch das war keine Selbstverständlichkeit. Und wenn es eines Beweises dafür bedurfte, so hatte spätestens der Hamburger Bankier ihn vorhin erbracht: Jederzeit konnte einen das Unglück wieder in die düsteren Gefilde von Armut und Ohnmacht stürzen.

Henriette schrie in ihrer Wiege. Vorsichtig hob Tine sie hoch und drückte sie an sich. »Mein Kind, ich hatte so gehofft, dass dein Leben voller Freude sein würde. Aber manchmal muss man erkennen, dass die Freude schon ganz bald aufgebraucht ist. Und dass nur Dunkelheit übrig bleibt.« Langsam schritt sie mit dem Kind durch die Wohnung, während sie die Dinge betrachtete, mit denen ihr Dasein im Heesters und nun im *Imperial* umgeben gewesen waren: die hübschen Möbel aus Nussbaum, die Lampen mit Schirmen aus Glas und Seide, die Vasen mit den Blumenmotiven, die Fotografien, die Henry hatte anfertigen lassen, die Teppiche aus dem fernen Orient, die Uhr auf dem Kaminsims, das prächtige Himmelbett, das ihr Ehemann für das neue Schlafzimmer hatte fertigen lassen … All die Gegenstände, die das Leben bequem und hübsch machten, sie würde sie zurücklassen müssen. Denn alles gehörte ja nun der Bank und würde schon bald einen neuen Eigentümer finden, ja hatte ihn wohl gar schon gefunden.

Zärtlich fuhr Tine mit den Fingerspitzen über den Bilderrahmen, der ein Porträt ihres Mannes umgab. »Das hast du nicht verdient, mein Liebster«, sagte sie leise, während ihre kleine Tochter nach ihrer Brust suchte.

Einmal noch legte sie das Kind in dieser schönen Wohnung an, lauschte auf die Geräusche des Hauses, auf die Wellen, die gegen das Ufer schlugen, sog all das Schöne in sich auf, mit dem ihr Gatte sie umkränzt hatte, dann packte sie noch ein paar andere Dinge in eine zweite Tasche, legte zuletzt Henrys Fotografie obenauf und trat mit einem Seufzen hinaus auf den Flur, gerade als Frau Radtke klopfen wollte. »Was gibt es, Hilde?«

»Herr Schlüter wünscht sie zu sprechen«, sagte die Hausdame.

»Oh! Der Verlobte meiner Schwester …«, murmelte Tine.

Doch Frau Radtke widersprach: »Sein Vater.«

»Der Inhaber des Hotels Perle?«

»Ja. Georg Schlüter senior.«

»Danke, Frau Radtke. Ich komme gleich. Sagen Sie Theo, ich wäre ihm dankbar, wenn er meine Taschen nach unten brächte?«

»Sie verreisen?«

»Ja, Hilde. Ich muss mich leider auf den Weg machen.«

Die Hausdame nickte überrascht und griff dann selbst nach den Taschen, und als Tine ihr zur Hand gehen wollte, wehrte sie ab: »Nein, nein, Tine. Sie tragen das Kind, ich trage die Taschen.«

»Nun gut. Danke.«

Schlüter wartete in der Halle. Er war gerade in die Betrachtung der Brokatvorhänge vertieft, als Tine eintraf. »Herr Schlüter!«

»Frau Heesters. Guten Tag.«

»Guten Tag. Was kann ich für Sie tun?«

»Nun, eigentlich nichts. Ich wollte Ihnen nur mitteilen, dass ich mich ein wenig umsehe.«

»Aha? Und wozu genau?«, fragte Tine erstaunt.

»Wir wollen keine Zeit verlieren bei der Übernahme.«

Bei der Übernahme, dachte Tine, *natürlich!* Schlüter hatte ein Angebot für das *Imperial* abgegeben, vermutlich das Angebot, das die Bank anzunehmen gedachte. »Bitte«, sagte sie. »Tun Sie sich keinen Zwang an.«

Schlüter hob überrascht die Augenbrauen. »Nun, ähm …« Er wirkte verunsichert. »Sie verstehen, dass wir … ich meine, immerhin geht es um eine stolze Summe, die wir …« Er stockte, als er bemerkte, wie Tine ihn sanft anlächelte.

»Es ist alles gut, Herr Schlüter«, sagte sie. »Tun Sie, wozu Sie gekommen sind, und entschuldigen Sie mich, wenn ich mich verabschiede.«

»Verabschiede … gewiss.« Mit einer gewissen Verlegenheit nickte der Hotelier Tine zu, wohl wissend, wie sehr er vom Unglück der Familie Heesters profitierte und wie sehr der Verlust Tine treffen musste – obwohl er kaum erahnen konnte, wie tief die Dunkelheit war, in der sich die junge Frau wiedergefunden hatte.

* * *

Die Insel strahlte wie am ersten Tag, als Tine den Fuß auf sie gesetzt hatte. Und wie an jenem Tag waren all ihre Hoffnungen zerstört. Mehr noch als damals! Unendlich lang kam ihr die Zeit vor, die seither vergangen war, wie ein ganzes Leben! Und ein Leben war es ja auch gewesen: ein neues nämlich, das sie hier auf Helgoland gefunden hatte. Gefunden und wieder verloren. Wie damals stand sie am Südstrand und blickte auf die Häuserreihe. Dort drüben stand das ehemalige Heesters, über dem jetzt ein Schild mit der Aufschrift »Hotel Schlüter« prangte, in goldenen Lettern auf grünem Grund. Anders als damals flatterte der Union Jack nicht mehr an den Fahnenmasten, dafür aber viele Flaggen mit den Farben des deutschen Kaisers und dem Reichsadler.

Noch mehr Menschen als damals drängten sich auf der großen Treppe zum Oberland, die Tine mit ihrem Kindlein nahm, um noch einmal St. Nicolai zu besuchen, wo sie vor Stunden erst gewesen war – und doch erschien es ihr wie in einer anderen Zeit. Denn es war noch eine Zeit des Suchens gewesen, des Suchens nach einem Weg, mit der Unerbittlichkeit des Schicksals umzugehen. Jetzt aber wusste sie, was zu tun war. Das winzige Hoffnungslicht, zu schaffen, was Henry nicht geglückt war, war erloschen: Die Wirklichkeit hatte Tine mit aller Härte zurückgestoßen und ihr den einen, einzigen und unausweichlichen Weg gezeigt. Tine sah die Fotografie von Henry vor sich, seinen Blick, mit dem er sie herbeizusehnen schien, mit dem er sie zu rufen schien!

Die Kirche war kalt und leer. Kaum eine Kerze brannte auf dem Opferaltar. Dort hing das Bildnis des Herrn am Kreuz. Mit überraschend leichten Schritten ging Tine hinüber und sank auf die Knie. »Herr«, flüsterte sie. »Es ist eine Sünde, ich weiß. Aber du wirst besser für sie sorgen können als ich. Bitte vergib mir.« Dann küsste sie das kleine Mädchen, das sie aus großen Augen anblickte, und legte es zu Füßen des Kruzifixes, ehe sie die zitternden Hände faltete und ein letztes Vaterunser betete.

***

Nur noch wenige Menschen waren auf den Pfaden des Oberlands jenseits der Häuser unterwegs. Es hatte aufgefrischt und leichter Regen wurde vom Westwind über die Insel getrieben. Ein paar Minuten noch, dann würde sie alleine hier draußen sein, allein auf dem Felsen sitzen und in die untergehende Sonne blicken. Und dann …

Sie hatte die Gestalt gar nicht gehört, die zu ihr getreten war, so sehr war Tine in ihre Gedanken versunken. Doch als sich eine Hand auf ihre Schulter legte, schreckte sie auf. »Manchmal prüft uns das Leben schwer, Tine«, sagte eine vertraute Stimme. »Manchmal wissen wir gar nicht, wie wir mit unserem Schicksal leben können. Aber es gibt immer ein Morgen. Die Welt dreht sich immer weiter, Tine. Sie wird sich auch für dich weiterdrehen. Achte du nur auf dich und dein Kind, dann wird sich alles zum Guten wenden.«

»Zum Guten wenden, Sie sagen das so, Frau Liebrecht. Aber …« Tine versagte die Stimme. Sie versuchte, die Tränen herunterzuschlucken, wollte sich nicht gehen lassen, hier am Ziel ihrer Lebensreise, so nah bei ihrem Ehemann. Zwei, drei Schritte musste sie nur gehen, dann war alle Trauer, alle Verzweiflung vorüber, alle Schuld war vergeben, alle Sorgen vergessen.

»Und es ist wahr, Tine«, erwiderte die alte Frau und setzte sich neben sie. »Du wirst es sehen. Du wirst es sogar selbst bewirken!«

Ja, dachte Tine. *Das wäre schön gewesen.* Wenn alles sich zum Guten gewendet hätte. Für ihr Kind. Für das Andenken ihres Mannes. Und doch … Sie schüttelte den Kopf. »Mein Leben ist vorbei, Frau Liebrecht«, flüsterte sie. »Ich habe mehr gehabt, als ich verdient hätte. Jetzt muss ich den Preis dafür zahlen.«

Da griff die Hebamme nach Tines Hand und erhob sich mühsam wieder, die junge Frau mit sich ziehend. »Vielleicht ist es vorbei, das alte Leben. Aber es gibt noch so viel, was auf dich wartet, Tine Heesters. Auf all das willst du verzichten? Du denkst, für dein Kind wird gesorgt werden? Vermutlich ja. Der Pastor wird es finden oder seine Frau. Vielleicht auch deine Schwester oder eines der Gemeindemitglieder. Und dann? Selbst wenn sie es aufziehen, selbst wenn sie es pflegen wie ihr eigenes Kind – wird es jemals ihr eigenes Kind sein? Nein. Weil es dein Kind ist. Und du bist seine Mutter. Du magst um deinethalben verzweifelt sein. Aber du musst um deines Kindes willen stark sein. Du *kannst* stark sein, Tine Heesters!« Die alte Frau blieb stehen und blickte Tine fest in die Augen. »Du bist eine starke Frau, Tine. Und starke Frauen braucht diese Welt. Jetzt mehr denn je.«

Autorin

Anna Jessen liebt die Nordsee seit der Kindheit. Daher ist jede mögliche Reise dorthin eine willkommene Gelegenheit, sich den Wind um die Nase wehen zu lassen, Feuersteine zu sammeln und auf der Düne den Gedanken nachzuhängen. Helgoland ist für Anna Jessen die »Insel der Wünsche«, faszinierend durch die einzigartige Natur, die liebenswerten Menschen und nicht zuletzt durch die besondere Geschichte, die dieser Fels erlebt hat. Neben dem Reisen gilt die ausgesprochene Leidenschaft Anna Jessens dem Schreiben, der Musik und der Arbeit im Buchhandel.

Anna Jessen im Goldmann Verlag

Die Insel der Wünsche. Stürme des Lebens. Roman
Die Insel der Wünsche. Gezeiten des Glücks. Roman
Die Insel der Wünsche. Klippen des Schicksals. Roman
Traumfrauen. Petticoat und große Freiheit. Roman (Mai 2023)

(Alle auch als E-Book erhältlich)